Zu diesem Buch

Klaus Mann wurde am 18. November 1906 in München als ältester Sohn von Thomas und Katia Mann geboren. Schon als Schüler schrieb er Gedichte und Novellen. 1924 ging er als Theaterkritiker nach Berlin. Mit seiner Schwester Erika, Pamela Wedekind und Gustaf Gründgens gründete er ein Theaterensemble. Mit den eigenen Stücken «Anja und Esther» und «Revue zu Vieren» erregte er in Berlin und auf Gastspielreisen frühes Aufsehen. 1929 unternahm er zusammen mit Erika eine Weltreise, die von improvisierten Vorträgen und Auftritten der Geschwister finanziert wurde. Darüber schrieben sie das Reisebuch «Rundherum» (rororo Nr. 4951). 1932 veröffentlichte Klaus Mann die Autobiographie seiner bewegten Jugend «Kind dieser Zeit» (rororo Nr. 4996). Im Frühjahr 1933 emigrierte er zunächst nach Paris. 1936 veröffentlichte er den Roman «Mephisto», der sich mit den Zuständen im Dritten Reich auseinandersetzte und in dessen Zentralfigur, dem Komödianten Höfgen, Klaus Mann das Symbol «eines durchaus komödiantischen, zutiefst unwahren, unwirklichen Regimes» sah. (Seit seinem Erscheinen heftig umstritten und 1968 in der Bundesrepublik verboten, erschien der Roman 1981 als rororo Nr. 4821. Der von István Szabó gedrehte Film erhielt 1982 den «Oscar».) 1936 verließ Klaus Mann Europa und ließ sich in New York nieder. Er nahm als US-Soldat am Feldzug in Nordafrika und Italien teil und besuchte 1945 im Auftrag der Armee-Zeitung «Stars and Stripes» Österreich und Deutschland. 1948 unternahm er eine Vortragsreise durch Europa und appellierte an alle, die im Krieg gegen den Faschismus verbündet waren, nun gemeinsam eine neue Friedensordnung in Staat und Gesellschaft aufzubauen. Am 21. Mai 1949 schied Klaus Mann in Cannes freiwillig aus dem Leben.

Von Klaus Mann erschienen als rororo-Taschenbücher außerdem: «Der Vulkan» (Nr. 4842), «Symphonie Pathétique» (Nr. 4844), «Flucht in den Norden» (Nr. 4858), «Treffpunkt im Unendlichen» (Nr. 4878), «Alexander» (Nr. 5141), «Der Wendepunkt» (Nr. 5325), «André Gide und die Krise des modernen Denkens» (Nr. 5378) und «Der fromme Tanz. Das Abenteuerbuch einer Jugend» (Nr. 5674).

In der Reihe «rowohlts monographien» erschien als Band 332 eine Darstellung Klaus Manns mit Selbstzeugnissen und Bilddokumenten von Uwe Naumann, die eine ausführliche Bibliographie enthält.

Klaus Mann

Der siebente Engel

Die Theaterstücke

Herausgegeben von
Uwe Naumann und Michael Töteberg

rororo
Rowohlt

Umschlaggestaltung Barbara Hanke
(Foto: Ullstein)

Veröffentlicht im Rowohlt Taschenbuch Verlag GmbH,
Reinbek bei Hamburg, Mai 1989

Satz Garamond (Linotron 202)
Gesamtherstellung Clausen & Bosse, Leck
Printed in Germany
1480-ISBN 3 499 12594 3

INHALT

Anja und Esther

Ein romantisches Stück
in sieben Bildern

Hans Brausewetter gewidmet

PERSONEN

DER ALTE
ANJA } seine Enkelkinder
KASPAR }
ESTHER
JAKOB
6 KNABEN
6 MÄDCHEN
2 AUFWARTEFRAUEN
ERIK

Die Szene ist ein altes Stift.
Das Stück spielt in der Gegenwart, am Ende eines Sommers.

ERSTES BILD

Die Szene ist ein großer, dielenartiger Raum im Stift. Im Hintergrund eine große, breite Flügeltür, die, wird sie geöffnet, in ein hinteres Zimmer schauen läßt. Links seitlich eine Glastür, von der aus Stufen in den Park führen. Rechts seitlich eine kleine Tür nach dem Freien. Der Raum selbst ist dunkel getäfelt, sehr geräumig und wenig möbliert. Rechts, ganz im Vordergrund seitlich, ein schwerer geschnitzter Lehnsessel. Über der großen Tür im Hintergrund ein in die Wand eingelassenes Kruzifix. Rechts und links von der Flügeltür stehen zwei Kandelaber.
Es ist gegen Abend, wird rasch dunkel, doch ist bei Aufzug des Vorhangs die Bühne vollkommen hell.
Im Lehnstuhl vorn sitzt Anja. Sie trägt ein schlichtes, dunkles Kleid mit kleinem weißen Umlegekragen. Ihr Haar ist dunkel. – Die sechs kleinen Mädchen stehen in einer Reihe und in schwarze Trikots gekleidet mitten im Raum. Sie sind gerade beim Trainieren. Wenn der Vorhang aufgeht, haben sie alle in gerade Linie die weißen Beine hochgeworfen und die Arme weit ausgebreitet. Esther steht, als Lehrerin, vor ihrer Front, so daß sie dem Publikum den Rücken wendet. Sie läßt eine lange Gerte so scharf durch die Luft sausen, daß es zischt. Sie trägt ein graues, hochgeschlossenes Kleid, mit einem Lederriemen gegürtet.
Im Hintergrund, die Flügeltür flankierend, sitzen gebückt auf zwei ganz niedrigen Schemeln die beiden alten Aufwartefrauen. Sie spielen zu den Übungen der Kinder eine Art von Begleitmusik, die eine auf einer mißglückten Flöte, die andere auf einer falschen Zither. Sie sitzen arbeitsam gebückt.

ESTHER *scharf zählend*: Eins – zwei – und drei!!
Die Gerte saust nieder, die Kinder senken die Beine, stehen gerade in Reih und Glied. Demungeachtet spielen die Aufwartefrauen weiter. Eine wimmernde und doch scharf-rhythmische Klagemusik.

ESTHER *wendet sich*: Jetzt könnt ihr ausruhen. Wir üben nachher noch den «Tanz in Schwarz», die Schlußstellung wenigstens.

Die Reihe der Kinder löst sich still auf. Sie setzen sich entweder einfach auf die Erde oder sie lehnen sich wie erschöpft an die Wand. Sie sehen alle etwas blaß aus. – Währenddem wimmert immerfort die Musik.

Esther zündet sich eine Zigarette an:

Ich bin wirklich gespannt, wie es morgen nun klappen wird. Wichtig genug wäre es. –

ANJA *wendet sich lächelnd an die Aufwartefrauen*: Wenn es Ihnen nicht ganz besondere Freude macht weiterzuspielen, können Sie aufhören. Wir sind lange schon fertig.

DIE AUFWARTEFRAUEN *heben beide gleichzeitig den Kopf*: Schon fertig? – Haben es wieder übersehen.

Sie stehen auf, nehmen ihre Instrumente unter den Arm und humpeln dem Ausgang rechts seitlich zu.

ESTHER *ihnen nach*: Wir rufen Sie, falls wir noch etwas üben sollten.

DIE AUFWARTEFRAUEN *im Hinaushumpeln*: Bitte schön, wir dekken inzwischen den Tisch zum Abendessen.

ESTHER *zu Anja*: Übrigens kann man die Wirkungsmöglichkeit der Tänze bei dieser grauenhaften Musik überhaupt nicht beurteilen. Morgen früh, bei der Generalprobe, wirst du erstaunt sein, wenn wir das Orchester aus der Stadt dahaben.

ANJA: Ich mag die Musik der Aufwartefrauen ja gern. – Sie klingt, wie wenn die Tiere des Alten in den heißen Gewitternächten klagen.

ESTHER *sieht sie an*: Ja – da hast du recht –. Nur als Begleitung zu einem Gruppentanz ist sie nicht ganz das Richtige.

Eines der kleinen Mädchen hat sich in aller Stille eine Zigarette angezündet.

ANJA: Ruth hat eine Zigarette schon wieder zwischen den Fingern.

ESTHER: Sie kann es nicht lassen, und der Alte hat ihr fünf Stück jeden Tag zugestanden. – Ich halte das Mißlingen oder das Glükken der morgigen Premiere immerhin für wesentlich, nachdem wir uns über ein Jahr vor der sogenannten Öffentlichkeit nicht produziert haben.

ANJA: Das kommt, weil diese da erst etwas lernen mußten und weil von der vorigen «Generation» ja nur wir beide noch da sind – und Jakob und Kaspar –.

ESTHER: Ja, das ist wahr –. Jetzt sind sie alle fort –. Wo sind sie hin –?

ANJA *bricht ab*: Wenn du den «Tanz in Schwarz» wirklich noch üben möchtest, würde ich dir raten, bald anzufangen. Jeden Augenblick kann es zum Nachtmahl läuten.

ESTHER *wirft die Zigarette fort*: Also dann – aufgestanden!

Sie ergreift die Gerte, stellt sich in Positur. Die Mädchen stehen rasch auf, bilden wieder eine Reihe.

Jetzt muß eine laufen und die Musikdamen holen. Ihr steht steif wie die Stöcke. – Lauf, Eliza, lauf!

Ein kleines Mädchen läuft hinaus.

Vom Park her tritt der Alte ein. Ihm folgen die sechs Knaben. Der Alte bietet einen absonderlichen Anblick. Er trägt einen langen weißen Vollbart, und seine Beine sind von den Knien ab nackt und affenhaft dicht behaart. Seine Benehmen ist von einer starren und abgestorbenen Herzlichkeit. – Die Jungen haben kurze weiße Kittel an, mit braunen Riemen gegürtet und mit hellroter Borte am Halsausschnitt. Dazu kurze weiße Hosen und nackte Beine. Sie sind zwischen zwölf und vierzehn Jahre alt.

DER ALTE: Wolltest du die Kleinen noch üben lassen, Esther – Kind?

Fährt ihr übers Haar.

Ja, ja, ja – du bist unermüdlich. Aber ich muß sie dir leider entführen. Ich will mit ihnen allen zusammen vorm Nachtmahl ihr Schlußlied noch einmal probieren, das ging zuletzt ganz noch nicht so, wie es sollte. Morgen aber, vor der Generalprobe, möchte ich sie nichts mehr tun lassen, und heute nach dem Abendessen müssen sie schleunigst ins Bett.

ESTHER: Schade.

ANJA *zum Alten*: Nimm sie dir ruhig mit. Ich kann mir nicht vorstellen, daß am «Tanz in Schwarz» noch etwas besser zu machen wäre.

Die kleine Eliza kommt wieder hereingelaufen.

ELIZA: Da sind die Musikdamen –.

Die Aufwartefrauen kommen hinter ihr dreingehinkt.

AUFWARTEFRAUEN: Sind ja schon da – sind ja schon da – pressiert doch nicht so –

DER ALTE *dem kleinen Mädchen entgegen*: Komme zu mir, Eliza.

Still – bist ja ganz außer Atem –. Wie dein kleines Herz fliegt! – So, so, so –

ESTHER *zu den Aufwartefrauen*: Nein – gehen Sie nur wieder. Ich kann Sie leider nicht gebrauchen.

Die Frauen humpeln klagend davon.

DER ALTE *bei Eliza*: Wir singen unser Rosenlied nur noch einmal vorm Abendessen. Jetzt ist dein Herz wieder still. – Wir gehen zusammen in mein Studierzimmer.

Bei Esther.

Esther – Kindchen ist traurig, weil es jetzt nicht arbeiten mehr kann? Ei, ei, ei – wer hätte das vor ein paar Jahren gedacht?

ESTHER: Ach was – ich bin nur ein bißchen nervös, daß etwas danebengeht morgen.

DER ALTE: Wie sollt es, mein Lieb? Die Kindchen werden ihre Sache brav und niedlich machen. Eliza und Gimietto sind die Akkuratesse selbst, und die führen's doch an. – Jetzt kommt mit dem Alten!

Er geht, Eliza an der Hand führend, hinaus. Die anderen Mädchen und die Knaben folgen.

ESTHER: Ich bin fest davon überzeugt, daß der Rosenchor schon vorzüglich geht. Der Alte möchte nur mit Eliza zusammensein, das ist ihm das Wichtigste.

ANJA: Laß ihm doch sein Vergnügen. Es tut niemandem weh, Eliza am wenigsten. Komm, setz dich auf die Lehne des Stuhls zu mir. – Jetzt singen die Kinder.

Der Gesang setzt gedämpft ein.

DIE KINDER SINGEN:

«Laßt uns singen und fröhlich sein
In den Rosen,
Mit Jesus und den Freunden sein!
Wer weiß, wie lange wir hie sollen sein
In den Rosen!»

Während des Gesangs sind Kaspar und Jakob an der Tür zum Park erschienen. Kaspar trägt einen hochgeschlossenen Anzug aus dunklem, aber nicht aus schwarzem Stoff. Jakob ist ähnlich, aber extremer gekleidet – mit langen Manschetten und auffallend spitzen, vielleicht roten Schuhen.

JAKOB: Schön singen sie.

ANJA: Der zweite Vers. –

DIE KINDER SINGEN:

«Jesu Wein ist aufgetan
In den Rosen.
Dort sollen wir all zur Minne gahn,
So mögen wir Herzensfreud' empfahn
In den Rosen.

Er soll uns schenken den Zyperwein
In den Rosen,
Wir sollen alle trunken sein,
All von der süßen Minne sein
In den Rosen.»

Jakob und Kaspar kommen jetzt mehr nach vorn.

KASPAR: Ich wollte eigentlich mit den Jungen noch ein bißchen arbeiten, den letzten Tanz, den sie haben, zu dem ich sie anführe. Aber der Alte holte sie mir fort.

ESTHER: So erging es mir auch. Jetzt muß es ohne das gut sein.

KASPAR: Von dem Tanz, Esther, den du mit den Kindern einstudiert hast, verspreche ich mir die größte Wirkung eigentlich aus dem ganzen Programm. Er ist von jener höchsten und innigsten Zierlichkeit – ich weiß nicht, aber mir kommt es vor, als sei die Anmut hier auf einem Punkt angelangt, an dem sie zur Trauer wieder wird, die sie war.

ESTHER: Ich will Ehre mit ihm einlegen, für den Alten und für das Stift. – Anja meinte auch, daß er gut sei.

ANJA: Wenn er die Leute nicht rührt, sind sie unzugänglich. Ich denke, daß er gerade die bösesten Vorurteile zerbrechen müßte. Gegen ihn kommen mir unsere «Grauen Engel» fast wie spröde und abstoßend vor. – Wenn ich freilich den Alten mit den Kindern üben höre, ist es mir wieder, als müsse dieser Gesang alle am innigsten bewegen.

JAKOB: Ich schwanke immer noch, welche von meinen Chansons ich singen soll. Vielleicht könnte das Schminkelied als frivol und als zu leichtsinnig erscheinen. Sicherlich sind die Leute nicht aufs beste gestimmt gegen uns. Oberflächlichen Beurteilern könnte es vorkommen, als ginge gerade dieses Couplet über das konventionelle Kabarett in keiner Weise hinaus. – Was meinst du, Anja?

ANJA: Es ist so schwer zu raten. Mir ist es aber fast, als wenn die Intensität, mit der du dieses Lied gerade singst, den Vorwurf der Frivolität zum mindesten vernichten müsse.

JAKOB: Auf jeden Fall habe ich mich entschlossen, die Ballade vom toten Jüngling und vom bösen kleinen Mädchen nicht zu sprechen.

ESTHER: Ich glaube allerdings auch, daß diese Geschichte von der eiskalten Leichenbuhlschaft etwas gar zu hohe Anforderungen an das Begriffsvermögen der Leute stellt.

KASPAR: Wer für die nicht zu Ende zu denkende Traurigkeit des Leichenlieds keinen rechten Sinn hat, ist vielleicht gar imstande, es noch als unsittlich zu verschreien.

JAKOB: Trotzdem liebe ich die Ballade von all meinen Stücken am meisten.

ESTHER: Sorge macht mir auch immer noch die Aufnahme der ersten großen Pantomime. Ob sie nicht doch einerseits zu langwierig, andererseits zu gewagt in ihren erotischen Komplikationen ist? – Man darf nicht vergessen, daß sie fast den ganzen ersten Teil des Programms in Anspruch nimmt.

ANJA: Deine Vorsicht, glaube ich, geht zu weit. Den Primitivsten noch muß ihre Buntheit erfreuen.

KASPAR: Wie hübsch doch die Kostüme geworden sind!

ESTHER: Ich habe mir sicherlich alle Mühe gegeben, als ich sie entwarf.

KASPAR: Und du wirst mir glauben, daß ich nicht so leichthin die «erotischen Komplikationen», von denen du sprichst, mir ausgedacht habe. Mehr von mir, als zu denken ist, habe ich an dieses Spiel hingegeben.

ESTHER: Den Ernst unserer Arbeit wird hoffentlich niemand in Frage stellen. Bedenken habe ich nur wegen ihrer rein äußerlichen Wirksamkeit.

DIE KINDER SINGEN:

«Laßt herum die Gläschen gehn
In den Rosen,
So mögen wir fröhlich heimwärts gehn
Und allezeit in Freuden stehn
In den Rosen.»

ANJA: Daß sie allezeit in Freuden stehen wollen – es rührt mich so –

JAKOB: Die Aufwartefrauen sagten mir, es wäre schon ausverkauft.

ESTHER: Ja, trotz des weiten Weges von der Stadt.

Eine Schelle läutet.

ANJA: Jetzt läutet es zum Abendessen.

KASPAR: Da kommt der Alte auch mit den Kindern zurück. Gimietto geht wieder mit Elis. Habt ihr auch beim Singen seine Stimme so deutlich herausgehört?

Der Alte, Eliza an der Hand, kommt vom Park. Hinter ihm die anderen Kinder. Auch die Mädchen haben jetzt kurze weiße Kleider an.

DER ALTE: So, jetzt haben die Kinder gesungen. Habt ihr ihre Stimmen hier hören können! – Aber Anja sieht schlecht aus. Fehlt Anja etwas?

ESTHER: Ja, das habe ich auch schon gedacht. Mir mußt du es sagen, wenn dir irgend etwas nur fehlt.

ANJA: Nein – ich bin ganz gesund. Nein, mir fehlt nichts. Das macht nur diese Lichtstimmung – und vielleicht bin ich müde.

Die Aufwartefrauen öffnen von innen die Flügeltür, die ins hintere Zimmer führt. Das Zimmer, das fast so breit ist wie die eigentliche Szene, nur lange nicht so tief, liegt jetzt nicht ganz, aber in breitem Ausschnitt sichtbar. Es ist im Gegensatz zum Halbdunkel des vorderen Raums hell beleuchtet. Es ist grau gestrichen. Durch das ganze Zimmer geht ein hölzerner Tisch, jetzt zum Nachtmahl gedeckt. Um diesen Tisch stehen als Stühle lehnenlose Schemel. Der Stuhl des Alten allein in der Mitte ist patriarchalisch erhöht.

DIE AUFWARTEFRAUEN *stehen knicksend an der Tür*: Es ist angerichtet – bitte sehr – es ist angerichtet.

Der Alte, Kaspar, Jakob, die Knaben und die Mädchen gehen hinüber. Anja aber, die ebenfalls aufstehen will, wird von Esther in den Stuhl zurückgedrückt.

ESTHER *zu den Hinausgehenden*: Gleich – einen Augenblick – wir kommen gleich nach –.

DER ALTE *hat sich auf seinen Sessel und breit an den Eßtisch gesetzt*: Bitte – wir fangen einstweilen schon an.

Er beginnt in sich hineinzulöffeln.

JAKOB *schon an der Tür*: Ist Anja nicht gut?

ESTHER: Doch, doch – wir kommen in einer Minute. –

Wenn alle sitzen – die Knaben mit dem Rücken gegen das Publikum, die Mädchen mit der Front –, schließen die Aufwartefrauen von innen die Flügeltüren. Jakob und Kaspar sitzen zwischen den Knaben. Die Stühle für Anja und Esther zwischen den Mädchen sind freigeblieben.

Esther bei Anja, auf der Lehne des Stuhls:

Anja – dir fehlt doch nicht wirklich etwas?

ANJA: Nein, nein – wie kommst du darauf? Ich bin doch gesund.

ESTHER: Manchmal plötzlich habe ich so Angst um dich – als könntest du auf einmal sterben –

ANJA: Du mußt nicht Angst haben. – Du sollst vor nichts Angst haben. –

ESTHER: Denn wenn du tot bist, was soll ich denn dann tun? Mir ist, als könnte ich die abscheulichsten Dinge begehn und von hier weggehn und mich an alles hinwerfen – wenn du tot bist.

ANJA: Wir müssen hinein zu den anderen. Hörst du, sie essen schon.

ESTHER: Und wie rasch es jetzt dunkel geworden ist! – Horch!

Draußen ruft eine Stimme irgend etwas, wie Hallo oder Hoiho – eine Art Jauchzer oder eine Art Hilfeschrei.

Esther plötzlich zitternd:

Was war das?

ANJA: Eine Knabenstimme.

ESTHER: Aber aus dem Stift war es keiner, der schrie. Die kenne ich –.

ANJA: Du zitterst ja.

ESTHER: Zittere ich? – Ja, ich weiß selbst nicht, was mich so aufregt. Aber jetzt geht es vorbei. – Eigentlich wollte ich dir nämlich nur etwas erzählen; deswegen bat ich dich hierzubleiben. Es ist nicht viel – nichts Wichtiges eigentlich. – Es ist nur eine Stelle aus einem alten Buch, die ich dir erzählen wollte. Ich habe sie bis heute niemandem gesagt – keinem von den anderen – auch dem Alten nicht. – Aber denken muß ich seit Wochen an sie. Ich weiß nicht warum. Wie Musik, weißt du, ist sie in meinem Kopf. Aber ich habe sie noch niemandem gesagt. Sie steht in einem so alten Buch. – Sie handelt von den Sternen.

ANJA: Von den Sternen –?

ESTHER: Sie heißt, daß die Sterne durch die Nacht gesprengt sind wie schimmernde Tränen.

Plötzlich aufgerichtet, fast schreiend:

Welch grenzenloser Jammer muß in dem Auge gewesen sein, das sie weinte –

Wieder leise, ganz in sich zusammensinkend:

– meint das alte Buch. – Jetzt friert mich, da ich es gesagt habe. – Aber es ist doch schön? – Die lieben Sterne als Tränen Gottes, als Tränen des trauernden Gottes.

ANJA *ganz langsam*: Glaubst du nicht, daß Gott auch heiter ist – gewaltig heiter – unermeßlich heiter –?

ESTHER: Aber davon wissen wir nichts – wir Menschen nicht. Oder nur ganz selten – oder fast nie –.

ANJA *steht auf, geht langsam der Tür zu*: Aber jetzt müssen wir zu den anderen.

ESTHER *läuft ihr nach, hält sie, die gerade in der Mitte des Zimmers steht, fest*: Halt – warte nur noch einen Augenblick. – Ich möchte dir nur noch etwas anderes sagen, in aller Eile, woran ich in letzter Zeit auch soviel gedacht habe – etwas ganz anderes. – Ich habe nämlich gedacht, ob wir beide, du und ich, wohl einmal heiliggesprochen werden – heiliggesprochen, ja, von der Kirche, vom Papst selber – der Alte befürwortet es gewiß, er soll mit dem Papst ja fast innig befreundet sein. Dann wären wir die heilige Anja und die heilige Esther. Dann ständen wir silbern über den Türen der Bauernhäuser. Dann beteten vor uns die alten Frauen in ihren Kapuzen und die mageren blonden Schulmädchen und die Knaben. Dann gälte unsere schwache Stimme viel vorm Herrn. Und wenn wir stürben, würde ein großer Aufruhr unter den Engeln sein – gewaltig schlügen sie mit dem starren Gefieder, um die neuen Genossen festlich zu empfangen. – Dann wäre heilig alles, was wir tun –

Plötzlich ganz leise:

– auch das, was wir immer miteinander tun.

Wieder laut losbrechend, fast jubelnd:

Dann wären wir heilig!!

ANJA *streichelt ihr Haar*: Möchtest du das so gern?

ESTHER: Und du, glaube ich, bist es schon. Ich glaube ganz sicher, daß du es schon bist, du bist so sanftmütig, so ganz voll Sanftmut bist du, wie Menschen es gar nicht sein können. Machmal lehnst du ja ab – aber auch dein Ablehnen ist voll Sanftmut.

Ganz leise, nahe bei ihr:

Für mich bist du wie eine Heilige. Eine dunkle Heilige. Eine silbern-dunkle Heilige. Die heilige Anja. Meine heilige Anja. Meine Anja.

ANJA *umklammert in einer plötzlich und von tief heraufflammenden Leidenschaft Esthers Hände*: Ich weiß nicht – heilig – heilig –, ich verstehe die Worte nicht mehr. Jetzt hören die Worte auf – jetzt versinken sie – tief – *Sie küßt ihre Hände.*

ESTHER: Jetzt gehen wir nicht zu den anderen mehr. – Komm jetzt – komm jetzt mit mir – in den Garten – in die Nacht – in den Garten – komm jetzt – komm jetzt –

Ihre umschlungenen Gestalten verschwinden im Dunkel.

Eine kurze Zeit ist die Bühne leer. Geräusch von gedämpftem Gespräch aus dem Eßraum, dann humpeln, von der Tür rechts her, die beiden alten Aufwartefrauen, Schüsseln mit Essen tragend, über die Bühne.

DIE EINE AUFWARTEFRAU: Fräulein Esther und Fräulein Anja sind nicht zum Essen gekommen.

DIE ANDERE AUFWARTEFRAU: Eija, ja – schon wieder – schon wieder –.

Sie gehen ins Eßzimmer hinein, öffnen die Flügeltür aber nicht weiter, als zum Hineingehen nötig ist. Man sieht auf einen Augenblick den Alten, der schweigend in sich hineinißt.

Jetzt kommen von draußen Anja und Esther wieder herein. Bei ihnen ist Erik, den sie halb führen. Es ist jetzt so dunkel, daß man sein Äußeres zunächst nicht unterscheiden sein, aber seine Stimme klingt hell.

ESTHER: Ja, nun sagen Sie uns wenigstens, wie Sie hier hereingekommen sind? – Einen so zu erschrecken!

ERIK *der nicht ganz gerade stehen kann*: Ich weiß nicht – entschuldigen Sie bitte –, ich habe mich wohl verlaufen – entschuldigen Sie bitte sehr. Wo bin ich denn hier?

ESTHER: Das ist nicht so einfach zu definieren. Außerdem geht es Sie gar nichts an. Sie haben mich wahnsinnig erschreckt.

ANJA: Sie sind hier in einem alten Stift, in dem man ein sogenanntes «Erholungsheim für gefallene Kinder» eingerichtet hat.

ERIK *etwas lachend*: Erholungsheim? Erholungsheim für gefallene Kinder? – Da gehöre ich hin –.

ANJA: Sind Sie denn krank?

ESTHER: Eher scheinen Sie mir etwas betrunken zu sein.

ERIK: Krank? Betrunken? – Beides vielleicht. –

ESTHER: Sind Sie denn auch der, der vorhin im Garten so merkwürdig geschrien hat?

ERIK: Habe ich im Garten geschrien? – Das kann schon sein.

ESTHER *leise*: Da haben Sie mich schon einmal so aufgeregt.

Die Tür zum Eßzimmer geht auf. Ein Junge kommt heraus.

DER JUNGE: Der Alte läßt fragen, ob hier jemand Fremdes wäre – er habe Stimmen gehört.

ANJA: Ja, es ist jemand da. Der Alte soll kommen. Und zünde doch einmal die Kandelaber an!

Der Junge zündet die Leuchter an. Geht in den Eßraum zurück.

Erik steht blinzelnd in der plötzlichen Helle. Er ist ein Bursche von etwas proletarischem Aussehen, in einer Art von ramponiertem Matrosenanzug mit dazugehöriger Mütze gekleidet.

ESTHER *sieht ihn an und lächelt*: Sie also haben im Garten geschrien – Ihre Stimme klang hell –

Plötzlich abfallend, gereizt:

– aber es ist eine Unverschämtheit gewesen.

Der Alte, Kaspar, Jakob und ein Teil der Kinder kommen vom Eßraum her.

DER ALTE *sehr aufgeräumt*: Ei, ei – ein neuer Gast.

ERIK *zieht jetzt die Mütze*: Ja – entschuldigen Sie –, ich habe mich wohl verlaufen. –

DER ALTE: Sie kommen, denke ich mir, aus der Stadt.

ERIK: Ja – aus der Stadt –, ich bin nämlich krank. Nicht krank eigentlich – aber –

ESTHER *zum Alten*: Er ist natürlich ganz einfach betrunken.

KASPAR *sieht ihn an*: Er wird bei uns übernachten müssen.

ESTHER: Ja, er wird im Stift übernachten müssen.

DER ALTE: Wie heißen Sie denn?

ERIK: Ich heiße Erik.

Er taumelt, lacht aber dabei:

Darf ich hier schlafen? – Wenn ich hier schlafen könnte, würde ich vielleicht sogar bezahlen. Soviel Geld habe ich wohl noch. Ja? Ich bin müde – und hier soll ja ein Erholungsheim sein –

DER ALTE *plötzlich mit Stärke*: Ja. Hier ist ein Erholungsheim.

KASPAR: Er kann bei mir schlafen. Dann liege ich auf dem Sofa.

DER ALTE: Die Aufwartefrauen werden das Fremdenzimmer rüsten. Da schläft er stille.

Tritt plötzlich zu ihm, lacht ihn leise an:

Schlafen Sie fein still, junger Erik, fein still eingeschlafen –.

ERIK *schließt die Augen*: Fein still – sicherlich schläft's sich hier gut.

Seine Hand macht eine unbewußt auffahrende, fast abwehrende Bewegung gegen den Alten.

Fein still –

ESTHER *flüsternd*: Er hat Angst vor ihm – siehst du –, er hat Angst vorm Alten –.

DER ALTE *immer noch lachend*: Es soll ihn doch jemand zu Bett bringen.

Er sieht ihm leise lachend nach, wie Jakob und ein kleines Mädchen ihn hinausführen. Wenn er hinaus ist:

Hier wird er sich schon gesund schlafen – der prächtige Bursche.

Er schüttelt erst Anja, dann Esther und Kaspar die Hände:

Gute Nacht also. Jetzt bring ich die Kleinen zu Bett. Kommt ihr nicht mit hinauf und sagt gute Nacht?

KASPAR: Ja – vielleicht kommen wir nach –.

ALLE KINDER *verneigen sich zusammen vor den dreien und sagen mit hohen, blechernen Stimmen*: Gute Nacht.

Sie folgen dem Alten im Zug.

KASPAR *die Hand an der Stirn*: An was hat mich seine Stimme erinnert? Ich weiß nicht – wenn ich es nur wüßte. – Ich muß das einmal irgendwo schon gehört haben. – Ob er eigentlich Matrose ist?

KASPAR *lacht*: Irgend etwas dieser Art muß er am Ende wohl sein.

KASPAR: Aber merkwürdig hell ist seine Stimme gewesen – merkwürdig hell. – Ja, dann schlaft nur schön. Gute Nacht, Anja.

ANJA: Gehst du nicht noch zu den Kindern, Kaspar? – Du hast vergessen, Gimietto gut Nacht zu sagen. Er sah so traurig aus.

KASPAR: Ja – jetzt geh ich wohl zu den Kindern. – Auf Wiedersehn!

Er geht hinaus.

ANJA *nach einer Pause, mit sehr unsicherer Stimme*: Kommst du – kommst du heute abend noch ein bißchen zu mir?

ESTHER: Nein – lieber nicht –, morgen sollen wir tanzen, da müssen wir uns doch einmal gründlich ausruhn.

Sie zögert einen Augenblick, dann kurz:

Gute Nacht.

Und geht hinaus.

Anja steht regungslos mitten auf der Bühne. Jakob kommt herein.

JAKOB: Jetzt schläft der fremde Bursche hier – fest wie ein Stein –.

ANJA: Ja.

JAKOB: Anja, meine liebe Anja – möchtest du nicht noch ein bißchen in den Park hinaus mit mir?

ANJA *hebt die Schulter in matter Abwehr*: Nein – wie kannst du mich fragen? Es ist doch so kalt.

JAKOB: Aber im gefallenen Laub gingst du doch immer so gern.

ANJA: Würdest du nicht das Licht des Kandelabers auslöschen?

JAKOB: Doch – nur ist es dann dunkel.

Er löscht die Leuchter. Steht verkrümmt im Hintergrund. Anja steht aufrecht.

ZWEITES BILD

Eriks Schlafzimmer. Ein kleiner, fast zellenartiger Raum. Im Hintergrund ein verhältnismäßig hohes Fenster. Das Zimmer ist im Erdgeschoß gelegen, so daß man vom Fenster aus direkt in den Garten sehen kann. Rechts an der Wand das sehr einfache Bett mit einem Stuhl daneben. Links, ihm gegenüber, die Tür. – Es ist am Vormittag. Sonne scheint ins Zimmer. Im Bett liegt, in kindlich schlafender Stellung, Erik. Er hat ein derbes, leinenes Nachthemd an und ist mit einer biederen wollenen Decke zugedeckt.
Am Bett stehen ein kleines Mädchen und ein kleiner Junge – es sind Gimietto und Eliza –, weiß gekleidet, wie am Schluß des ersten Bildes. Das Mädchen trägt sorgsam eine Tablette mit Teller, Tasse, Frühstückseßwaren, der Junge eine Teekanne auf einem Untersatz.

DAS MÄDCHEN: Er schläft noch.
DER JUNGE: Wir müssen ihn wecken.
DAS MÄDCHEN: Tust du's?
DER JUNGE: Vielleicht schimpft er dann –.
Erik bewegt sich im Schlaf.
Wacht er jetzt auf?
DAS MÄDCHEN: Nein – ich werd ihn schon wecken müssen.
Ohne das Tablett aus der Hand zu stellen, kitzelt sie ihn ganz vorsichtig.
ERIK *erwacht unter Gähnen, sieht die Kinder am Bett*: Wer ist denn da –?!
DAS MÄDCHEN: Der Alte hat uns mit Frühstück zu Ihnen geschickt.
ERIK: Der Alte –?
DER JUNGE: Hat sogar von seiner eigenen besten Marmelade herausgegeben.
ERIK: Ja – stellt es nur hin – danke schön –.
DIE KINDER *stellen die Sachen auf ein Tischchen neben das Bett.*

Treten sofort bis an die Tür zurück: Brauchen Sie sonst noch etwas?

DAS MÄDCHEN: Der Alte läßt Sie bitten, wenn Sie irgendeinen Wunsch hätten, ihn uns ruhig mitzuteilen.

DER JUNGE: Wenn Sie zum Beispiel Lust hätten, ein Bad zu nehmen.

ERIK: Ein Bad? – Danke. Aber könnt Ihr mir vielleicht sagen, wo ich hier bin?

DER JUNGE UND DAS MÄDCHEN *genau zusammen, mit ganz hohen Stimmen, wie man etwas Eingelerntes, durchaus nicht Verstandenes hersagt*: Sie sind hier im Erholungsheim für gefallene Kinder.

Sie sind hinaus.

ERIK *sieht ihnen entgeistert nach*: Erholungsheim? – Gefallene Kinder? – Und was für eine merkwürdige Luft hier ist – als seien Tierkäfige in der Nähe. Aber die Kinder sahen blaß aus.

Er legt sich wieder zurück, sieht zur Decke.

Und dieses Zimmer – es ist mir, als läge ich in einer Klosterzelle –.

Ohne vorher zu klopfen, tritt Esther ein. Sie ist stark geschminkt und schon in ihrem Kostüm zur Pantomime. Sie trägt ein enges, weißseidenes Hemd, dazu ganz bunte Schuhe und eine bunte, rote oder grüne Glasperücke. Sie hat die lange Gerte aus der ersten Szene in der Hand.

Erik bemerkt sie zunächst nicht, liegt still und sieht zur Decke.

ESTHER *an der Tür, scharf*: Guten Morgen.

ERIK *fährt auf, sieht sie entsetzt an*: Um des Himmels willen –.

ESTHER *lächelt*: Sie erschrecken über mein Kostüm. Damit hat es aber weiter nichts auf sich. Wir haben heute morgen Generalprobe, und da ist es natürlich bequemer, gleich nach dem Aufstehen die Narrengewänder anzulegen.

ERIK *lächelt jetzt auch*: Sie sehen so bunt aus.

ESTHER *setzt sich auf den Stuhl, neben sein Bett*: Aber es ist doch hübsch, mein Kostüm? Ich habe es selbst entworfen.

ERIK *wie geblendet*: Bunt – unnatürlich bunt –

ESTHER *ungemein seriös und damenhaft*: Ich wollte mich eigentlich nur nach Ihrem Befinden erkundigen und wie Sie heute nacht geschlafen haben. Gestern abend hatte ich den Eindruck, als wenn es Ihnen nicht gar zu gutginge.

Erik: Nein – sicherlich nicht. – Offen gesagt kann ich mich so genau nicht mehr besinnen. Aber jetzt bin ich ja hier.

Esther *mit Munterkeit*: Und vielleicht bleiben Sie gleich ein paar Wochen und kurieren sich gründlich.

Erik: Ich weiß nicht. – Finden Sie nicht auch, daß es hier wie nach Tierkäfigen riecht?

Esther: Das hat seinen guten Grund darin, daß vor Ihrem Fenster die Tierkäfige des Alten beginnen.

Erik: Der Alte? Wer ist der Alte? – Ist er ein Tierzüchter? – Hier spricht alles von ihm.

Esther *mit einer gewissen Feierlichkeit*: Der Alte: Das ist der Leiter dieses Instituts.

Erik: Und Sie? Sind Sie hier Schülerin oder Lehrerin? Ich meine: Sind Sie ein gefallenes Kind oder sind Sie jemand, der diese bessern soll?

Esther *leise*: Ich bin schon viele, viele Jahre hier – als achtjähriges Mädchen brachte man mich ins Stift –, übrigens gebessert eigentlich soll hier niemand werden.

Erik: Aber eine Art von Verbesserungsanstalt muß es doch wohl sein, nach allem, was ich höre.

Esther *steht plötzlich auf, zieht sich scheu zurück*: Das kann ich Ihnen so in dieser Kürze nicht erklären. Nein, Besserungsanstalt ist sicher das richtige Wort nicht –
Plötzlich lächelnd und wieder einige Schritte näher bei ihm:
– aber ich will Ihnen etwas sagen: Heute bei Tisch sollen Sie zwischen mir und dem Alten sitzen. Dann will ich mich mühen, Ihnen mehr zu erklären – ja?

Erik: Ja – *Sieht sie an und lacht plötzlich.*

Esther: Warum lachen Sie denn?

Erik: So bunt sind Sie – und auf so komische Art – schrecklich bunt –.

Esther: Ja – ich habe es selbst entworfen. – Noch eins – Erik: Ich möchte so gern, daß Sie heute abend in der Garderobe sind – wir haben doch heute Premiere – Sie sollen in der Garderobe bei uns sein. – Ich möchte es gern –

Erik: Ja, wenn Sie es gern möchten – und wenn «der Alte» nichts dagegen hat –

Esther: Ach, der hat gegen vieles nichts einzuwenden. Und außerdem …

Plötzlich sehr laut lachend:
Wer selbst im Glashaus sitzt –
Bricht ab; mit Zärtlichkeit:
Aber Sie sind noch müde. – Schlafen Sie noch einmal ein –.
Ihre Hand macht den Ansatz zu einer Geste, als wolle sie sein Haar streicheln. Aber sie zieht sie zurück und läuft zur Tür:
Guten Morgen.
Sie ist hinaus.

ERIK: Jetzt ist sie fort – ob ich träume oder nicht, das weiß ich nicht ganz genau. Wenn ich die Augen noch so fest schließe: Wunderlichere Gesichte können mir auf keinen Fall kommen, als mir gerade eines erschien.
Er schließt die Augen.
Jetzt kommt, gleichfalls kostümiert, Jakob leise herein. Er trägt eine Art von spanischer Tracht mit spitzem Degen und blutroter Krause.

JAKOB *leise, aber sehr scharf*: Schlafen Sie noch?

ERIK *fährt auf, starrt ihn an*: Aber was ist denn jetzt schon wieder?

JAKOB: Sie scheinen geträumt zu haben. Ich dachte mir nur, es sei höflicher, sich heute morgen gleich ein wenig nach Ihnen umzusehen. Sie sind doch sehr fremd in dieser Umgebung, und da neigt man im allgemeinen zur Mißstimmung und lästiger Melancholie.

ERIK: Nein – danke. – Ich bin nicht mißgestimmt – danke. Sie sind wohl auch schon zur Generalprobe angezogen?

JAKOB *der etwas Gehässiges in der Stimme hat*: Sie erraten es. – Ich finde übrigens, daß Sie nicht nur nicht krank, sondern geradezu auffallend gesund wirken.

ERIK: Warum sollte ich denn krank aussehn?
Lacht zur Decke.
Nein, ich bin gesund!

JAKOB: Da haben Sie weitere Liebesdienste wohl nicht nötig. Ich wünsche weiterhin erquicklichen Schlaf. Schwierige Träume, denke ich, werden Sie ohnehin nicht oft enervieren.
Er empfiehlt sich mit einem Bückling.

ERIK: Ganz starr war sein Gesicht von Schminke – starr, wie eine Maske – und warum sprach er wohl so übertrieben gewandt und aufgeregt?

Es klopft vorsichtig an der Tür.

Jetzt kommt noch jemand, um mich zu besuchen. Bitte sehr, nur herein!

Kaspar kommt, in einem Kostüm aus schwerer schwarzer Seide, hochgeschlossen und gleichfalls mit buntem Haar.

KASPAR: Entschuldigen Sie, daß ich störe –.

ERIK: Das hat nichts zu bedeuten.

KASPAR: Ich wollte nur, ehe ich zur Bühne hinüber muß, einen Augenblick zu Ihnen hineinschauen, um mich nach Ihrem Befinden zu erkundigen, natürlich – und dann auch – erlauben Sie, daß ich mich eine Sekunde setze? Ich bin noch so müde.

ERIK: Setzen Sie sich doch, da geht es Ihnen wie mir.

KASPAR: Ja, ergeht es Ihnen da auch so? – Daß Sie sich zunächst nach dem Erwachen vom Schlaf nicht trennen können? – Daß Sie nicht loskommen von ihm, weil er Sie vielleicht gar zu innig eingesponnen hatte? – Ich gehöre die erste Stunde am Tag immer halb noch dem Schlaf.

ERIK: Ja – schlafen ist schön –.

KASPAR: Der Schlaf ist das einzig Schöne – mit Ausnahme von noch etwas –

ERIK: Das find ich nun nicht.

KASPAR: Aber eigentlich wollte ich Ihnen etwas geben – das hat allerdings auch zu tun damit, mit dem Schlaf. Ich habe es gestern ganz spät in der Nacht geschrieben, da war mir der Kopf schon ein wenig benommen. Hier –

Er gibt es ihm mit abgewandtem Gesicht.

ERIK *sieht es sich an, beinahe mit Ehrfurcht*: Das sind Verse. – Sind sie für mich?

KASPAR: Lesen Sie nur –.

Steht plötzlich auf.

Aber ich will lieber nicht dabei sein, wenn Sie es lesen – sehen möchte ich es lieber nicht. Und wenn Sie lieber schlafen wollen, dann schlafen Sie bitte. Schlafen ist schöner – obwohl es damit zu tun hat –.

Er ist schon an der Tür.

ERIK *sieht vom Papier auf*: Tanzen Sie jetzt?

KASPAR: Ja – jetzt tanze ich in meiner Pantomime. Mit Anja und Esther.

ERIK *sieht ihn an*: Was Sie nicht alles können: Tanzen und dichten. Wieviel müssen Sie loszuwerden haben. – Was erleben Sie hier?

KASPAR: Hier hat man nur ein Erlebnis, und das können Sie nicht verstehen. Aber mir ist es fast –.

Er wendet sich.

ERIK: Kommen Sie doch! Geben Sie mir doch die Hand! Warum laufen Sie so geschwind davon?

KASPAR *wie in Angst*: Ja – jetzt muß ich tanzen. – Aber vielleicht kann ich beim Mittagessen neben Ihnen sitzen?

ERIK: Nein, das geht leider nicht. Darum hat jemand anderes mich schon vor Ihnen gebeten.

KASPAR: Ja – ja, das hätte ich mir eigentlich denken können. Entschuldigen Sie, daß ich gefragt habe. – Auf Wiedersehn.

Er ist hinaus.

Erik sieht ihm ernst nach. Dann vertieft er sich wieder in das Gedicht. Er liest mit kindlich-ernster Aufmerksamkeit. Während des Lesens kommt ein Lächeln in sein Gesicht.

Dann klopft es leise.

ERIK *spricht, ohne sich deshalb vom Papier zu trennen*: Bitte sehr –.

Anja kommt herein. Sie trägt ein schwarzseidenes Kleid mit weit gebauschtem Rock, das ihr halb das Aussehen einer Rittersfrau, halb das einer spanischen Hofdame gibt.

ANJA *an der Tür*: Ich störe Sie – Sie lesen, wie ich sehe –.

ERIK *sieht ihr mit vom Lesen verschleierten Augen entgegen*: Ja – ein Gedicht. Aber Sie habe ich gestern schon einmal gesehen – im Garten – nachts –.

ANJA: Mit Esther zusammen.

ERIK: Ich dachte, Sie wären allein gewesen. – Kommen Sie zu mir! Wollen Sie sich auch nach meinem Befinden erkundigen?

ANJA: Ich möchte Ihnen nur guten Morgen sagen.

ERIK: Von allen, die heute morgen bei mir waren, haben Sie das schlichteste Kleid an.

ANJA: Das liegt an der Verteilung der Rollen in unserer Pantomime. – Waren heute morgen schon viele bei Ihnen?

ERIK: Ja – ich weiß nicht mehr –, ich bin wohl noch immer nicht wach. Jetzt habe ich auch noch diese Verse gelesen, die Kaspar für mich gedichtet hat, als er schon beinahe schlief.

ANJA: Hat Kaspar Ihnen Verse gemacht? – Wissen Sie eigentlich, daß er mein Bruder ist?

ERIK: Ist er wirklich Ihr Bruder? – Vielleicht erinnert er sogar in manchem an Sie.

ANJA: Mein Halbbruder, um genauer zu sein. Wir haben verschiedene Väter.

ERIK: Ihr Halbbruder – darf ich Ihnen die Hand küssen?

ANJA *erschrocken*: Nein – warum wollen Sie das?

ERIK *bittet inständig*: Ich möchte es gern – ich möchte es doch so gern! Sie können wahrlich nichts dagegen einzuwenden haben!

ANJA *überläßt ihm halb lächelnd die Hand*: Ich habe nicht viel dagegen einzuwenden.

ERIK *preßt seinen Mund eng und ganz heiß auf ihre Hand*: Wie kühl Ihre Hand ist – oh – wie kühl. Ich möchte sie dir so warm machen – und deine Arme, du hast so magere Arme, wie die Knaben sie haben.

ANJA *mit geschlossenen Augen*: Nicht. – Was machen Sie denn – nicht –

ERIK: Von allen, die ich gestern abend vielleicht sehen durfte, kann ich mich deiner allein noch entsinnen – du standest im Garten –

ANJA *macht sich los, läuft zur Tür*: Nicht – das sollen Sie nicht! Wie haben Sie mich denn angefaßt?!

Sie fährt sich den Arm entlang, als tue er weh.

Wieso habe ich mir das gefallen lassen können? Sind Sie zu den andern auch so gewesen?

Schlägt den Blick plötzlich nieder.

Haben – haben Sie Esther auch so gestreichelt?

ERIK *beteuert lebhaft*: Esther nicht – nein, die andern habe ich nicht so gestreichelt! Kommen Sie wieder, ich bitte Sie: Kommen Sie wieder!

ANJA: Sie dürfen mich nicht darum bitten. Ich möchte nicht unfreundlich gegen Sie sein –

Jetzt setzt entfernte Musik ein.

Oh, die Ouvertüre fängt ja schon an. Jetzt muß ich fort. – Auf Wiedersehn.

Sie ist schon hinaus.

ERIK *ruft ihr nach*: Und wenn Sie schon nicht bei mir bleiben mögen, so sagen Sie mir wenigstens, wie Sie heißen – welchen Namen Sie haben, damit ich doch an Sie denken kann!

ANJA *etwas entfernt schon*: Anja heiße ich – Anja –.

ERIK: Anja – Anja – ein dunkler Name. Anja und Esther. Anja und Esther –.

Draußen am Fenster geht der Alte vorbei, man sieht ihn bis zur Brust.

DER ALTE *winkt lachend ins Zimmer*: Oho, dieser Langschläfer! Wir sind alle schon fest an der Arbeit. Nun, schlafen Sie sich nur aus!

Es ist lachend vorüber.

Ihm folgt der Zug der Kinder, die gerade so groß sind, daß man ihre Köpfe über dem Fenster sieht. Die Köpfe ziehen, wie auf dem Puppentheater, am Fenster vorbei.

ERIK *hat sich im Bett halb aufgerichtet, um sie zu sehen. Fällt dann in die Kissen wieder zurück*: Jetzt aber – weiß ich nicht mehr, wo ich eigentlich bin. – Auf der Erde nicht, auf unserer gewöhnlichen Erde sicher nicht. – Und diese Musik. – Und dieser Geruch von den Käfigen – und dieses Alten Gelächter – und die schöne Anja – und diese Esther –.

Die Musik schwillt an; Erik schließt die Augen.

DRITTES BILD

Am Abend der Aufführung.
Große, allgemeine Garderobe oder vielmehr Warteraum. Das Zimmer ist breit, aber nicht sehr tief. Im Hintergrund, an der Wand, eine Reihe von zwölf kleinen Stühlen; in ihrer Mitte ein dreizehnter, größerer, schwererer. – Rechts, ganz auf der Seite des Hintergrunds, eine niedrige, durch einen grauen Vorhang verhüllte Tür, die, hebt man den Vorhang, einen langen, schmalen, niedrigen Kreuzgang hinuntersehen läßt, der zur Bühne führt. – Im Vordergrund wirres Durcheinander. Ein paar Stühle, auch ein paar kleinere Tische. Links, an der Wand, ganz im Vordergrund, ein Toilettentisch, auf dessen Platte unordentlich Schminkgegenstände verstreut sind. – Der ganze Raum ist in Grau gehalten, er ist niedrig und von Zigarettenrauch erfüllt.
Es sind anwesend: Anja, Esther, Kaspar und Erik. Erstere drei geschminkt und in ihren Tanzkostümen. Anja und Esther sind ganz vermummt, ganz eingewickelt in graues Tuch, auch das Gesicht gerahmt und eingebunden. Ihre Gesichter sind beinahe bunt geschminkt. Kaspar trägt ein großes silbernes Kostüm, panzerartig bis oben verschlossen, doch hat er ebenfalls einen grauen Mantel sich über den Panzer gezogen. Erik ist wie im ersten Bild gekleidet. – Sie rauchen Zigaretten.

KASPAR: Jetzt kommt Jakob zurück.
Er geht zur kleinen Tür und schlägt den Vorhang zurück. Jakob kommt den Gang hinunter. Er ist grotesk gekleidet, mit grüner Strubelperücke mit vielen grellen Bändern zu einem bunten Wams. Er trägt eine Laute in der Hand. Er ist sehr erschöpft und geht, ein wenig taumelnd, nach vorn, wo er sich setzt. – Der Vorhang zum Gang bleibt zurückgeschlagen.

JAKOB *die Hand an der Stirn*: Es war entsetzlich. – Mir ist es, als hätte ich keinen richtigen Ton herausgebracht. Ihr fandet doch auch, daß es unmöglich war?

ANJA: Wir können dich hier doch nicht hören.

KASPAR: Haben die Leute geklatscht?

JAKOB: Ja – doch. – Aber die Leute sind fürchterlich. Immer sind sie halb amüsiert, halb angewidert. Wenn man während des Singens das Gefühl nicht loswerden kann, daß keiner ein Wort da unten versteht – sie glauben immer, man macht dekadente Späßchen. Späßchen – Späßchen. – Mein Kopf tut so weh. Aber man könnte ihnen sein Herz hinwerfen. Die Blasiertheit dieser Herren und Damen schnürte mir beim Sprechen den Hals beinah zusammen.

KASPAR: Man darf nicht an sie denken.

ANJA: Willst du etwas haben, Jakob? Brauchst du etwas? – Wenn du willst, reibe ich dir die Stirn mit Eau de Cologne ein.

JAKOB: Danke – du bist lieb.

Seine Hand tastet nach ihrer, sie aber entzieht sie ihm.

ESTHER *plötzlich und unvermittelt in eine kleine Stille hinein*: Manchmal denke ich, was unsere Mütter wohl sagen würden, wenn sie uns nun so sähen. Und ob sie uns wohl verständen. Oder ob sie uns gar beschimpfen würden, um unserer Wirrnis willen.

ERIK: Meine Mutter schalt mich eigentlich fast nie.

ESTHER: Meine Mutter war krank. Sie war schwermütig. Blond und still und schön – sehr geisteskrank. Mit meinem Vater zankte sie sich auf das grauenhafteste, obwohl sie sich liebten. Dann suchte mich jeder auf seine Seite zu reißen.

ERIK: Ich sah meine Mutter allerdings nur selten. Sie trat ja im Zirkus auf.

ESTHER: Mein Vater war ehemals katholischer Geistlicher gewesen, aber er schied mit Skandal aus dem Verband der Kirche. Trotzdem ging er immer im Gehrock umher und peinigte uns alle, als wäre er der Großinquisitor Kardinal.

ERIK: Aber wenn meine Mutter mich sah, küßte sie mich.

KASPAR: Ist deine Mutter jetzt tot?

ERIK: Ich weiß nicht – ja –, jetzt ist sie wohl tot. Warum fragst du?

ESTHER *lacht scharf auf*: Er hätte sehen mögen, wie sie dich küßte.

Neigt sich ihm plötzlich näher zu:

Wie nannte sie dich! Was gab dir deine verstorbene Mutter für Kosenamen?

ERIK: Sie nannte mich – aber das mag ich nicht sagen.

ANJA: Kaspar und ich – wir haben unsere Mutter ja kaum gekannt.

Sie starb bald nach Kaspars Geburt, als Kaspars Vater sie verlassen hatte.

ERIK: Wer war Kaspars Vater?

ANJA: Das weiß niemand. Er kam irgendwoher, und er ging – damals lebte Mutter von meinem Vater ja schon lange getrennt.

ERIK: Aber eure Mutter war die Tochter des Alten. Er ist euer Großvater. Ihr seid seine Enkelkinder. – Das kommt mir – fast unheimlich vor. – Aber wie war dein Vater, Anja?

ANJA: Er war höherer Offizier, zu der Zeit seiner Ehe mit meiner Mutter wenigstens. Ganz dunkel erinnere ich mich seiner nur noch: In einer hellgrauen Uniform. – Ein strenger Herr. – Meine Mutter liebte ihn wohl nicht sehr –.

JAKOB *ganz leise aus dem Hintergrund*: Sogar wenn sie von diesem Vater spricht, der heute keine Sekunde zögern würde, sie als seine Tochter einfach zu verleugnen, ist etwas wie Mitleid in ihrer Stimme.

ESTHER: Wir dürfen ihn nicht bemitleiden. Wenn einer unser Feind sein kann, ist er es. Daß er den höchsten, vielleicht vollkommenen Typus dieser uns hassenswerten Gattung darstellt, macht ihn nur gefährlicher, verabscheuungswürdiger. Mich geht es nichts an, daß er Anjas Vater ist, sie hat beinahe nichts von ihm mitbekommen. – Oh, ich höre die gescheiten und wohlgedrechselten Worte, mit denen er uns, unser Leiden, unsere Lust als unsittlich, als liederlich, undiszipliniert beiseite tun würde. Wie ich seine Worte höre. – Sie gehen uns nichts an. Aber die Haltung, die Klugheit, die hinter ihnen steht, machen, daß sie schmerzen, wie sicher gezielte Pfeile.

KASPAR: Außerdem bietet dieser Achtenswerte gerade zu Mitleid denkbar wenig Anlaß. Angesehen und gut situiert wohnt er in der großen Stadt. Tüchtig ist er und dient dem Staate.

ANJA: Ich glaube, Kaspar, daß du da zu oberflächlich urteilst. Am Ende ist er jetzt allein mit seiner Generalsuniform.

ESTHER *mit einer von Spott verzerrten Stimme*: Er soll den Kriegsdienst leider quittiert haben und sich mit der nützlichen Abfassung human-pädagogischer Schriften beschäftigen.

JAKOB: Er ist der einzige Mensch, den der Alte als seinen Feind bezeichnet. – Der Alte allein war es auch, der Anjas Mutter zur Scheidung zwang.

ERIK: Und dann kam der andere daher, Kaspars Vater. Wie mag der ausgesehen haben? Kaspar, wie denkst du dir, daß dein Vater ausgesehen hat?

KASPAR: Er soll jung gewesen sein – schön wahrscheinlich. – Er hat wohl eine helle Stimme gehabt. – Vielleicht sah er dir ähnlich –.

ERIK: Warum soll er mir ähnlich gesehen haben? Gewiß war er anders. – Deine Mutter starb doch an ihm.

ANJA: Aber ich, sagte der Alte, soll fast in allem an meine tote Mutter erinnern. Auch Kaspar muß viel von ihr haben, nur daß bei ihm natürlich das Element des Vaters dazukommt.

ERIK: Sicher hatte es eure Mutter nicht leicht, da sie den einen nicht liebte und am andern starb.

ESTHER: Wenn sie uns sähen, die Mütter, vielleicht weinten sie.

KASPAR: Vielleicht aber wäre ihnen alles ganz klar und deutlich. Sie schauten uns nur zu und wüßten, daß es gut so ist, wie es ist.

ESTHER: Das glaube ich nicht, sie müßten ein schlechtes Gewissen haben. Denn sie sind doch schuld.

ANJA: Schuld geben sollten wir ihnen nicht, wir dürfen doch niemand verantwortlich machen. Sie konnten es doch nicht ahnen, wie sonderbar es ausgehen würde.

ESTHER: Ich mache die Eltern verantwortlich!! Denn sie hatten es leichter!! Die Eltern hatten es leichter. – Das ist meine heilige Überzeugung!

KASPAR: Vielleicht hatten sie es auch nicht so schön dafür.

ESTHER: Sollen wir sie auch noch bedauern, daß sie diese enervierende Art, es schön zu haben, entbehren mußten? Gerade deswegen vielleicht hatten sie es tausendmal bequemer, tausendmal leichter. In ihrer unverzeihlichen Skrupellosigkeit setzten sie uns in die Welt. Sie hatten ja den Boden unter den Füßen, den wir verlieren mußten. Sie hatten ihre kleine Trauer, in der sie hausten, ihre kleine Schwäche, die ihnen behaglich war. Aber wir müssen uns stündlich gefährdet fühlen, wie niemals ein Geschlecht noch gefährdet war. Wir sind hilflos zwischen alle Extreme gestellt, und niemand ist unser Führer. Jetzt wendet die Sittlichkeit dieser Väter sich gar noch erschrocken ab von dem fragwürdigen Geschlecht, das sie verschuldet haben.

ANJA *aufstehend, nach einer kleinen Stille*: Nun sind wohl die Kinder bald fertig mit ihrem Tanz.

KASPAR: Zu der nächsten Nummer muß ich hinaus. Es ist die, bei der ich die Kinder anführe.

ANJA: Und dann tanzen wir, Esther. *Sie steht bei ihr.*

ERIK *über den Namen lächelnd*: Anja und Esther. – Der Tanz der grauen Engel –.

ESTHER: Ich weiß nicht, was mit mir ist heute. Ich fühle mich wie zerschlagen.

ANJA *fährt ihr sacht übers Haar*: Du bist aufgeregt – still, still –

ESTHER: Deine Hand ist so schwer.

ANJA: Ja.

Sie läßt sie sinken.

ESTHER *wendet sich mit einer plötzlich aufflackernden Intensität an Erik*: Aber jetzt muß Erik uns mehr noch von seiner Mutter erzählen.

ERIK: Ich kann nicht erzählen.

ESTHER: Oh, du kannst schon, du brauchst nur zu sagen, wie ihr wohntet, was ihr zu Mittag aßt –.

ERIK: Wir hatten ein kleines Zimmer, auf einem Hof.

ESTHER: Und im Hof spieltest du Ball mit den anderen Jungen? Lachend lieft ihr über das Pflaster?

ERIK: Wenn meine Mutter nachts nach Hause kam, hatte sie hohe Stiefel an. Sie trat im Zirkus mit einer grellroten Perücke auf. Sie arbeitete mit meinem Vater zusammen in der Manege, aber sie waren nicht verheiratet.

ESTHER: Und wenn du nach Hause kamst, dann lagst du im Bett und schliefst. Du hattest dein Nachthemd an. Du warst dreizehn Jahre, vierzehn Jahre, fünfzehn Jahre warst du schon alt – ein ganz großer Junge schon. – Aber du schliefst im selben Zimmer mit ihr. Und tags balgtest du dich mit den Kameraden. – Wie alt bist du jetzt?

ERIK: Jetzt bin ich achtzehn Jahre alt. – Manchmal schlug sie mich auch, aber eigentlich selten, und es tat auch nicht weh. Sie nahm dann die Peitsche, die sie im Zirkus zum Arbeiten brauchte. Sie zog mich ganz aus und warf mich über den Tisch. Sie schlug mich nie, wenn ich sie geärgert hatte, sondern nur so. – Ich schrie, aber ich schrie nicht, weil es mir weh tat.

ESTHER: Nein, Peitschen tuen nicht weh. – Du bist über ein Jahr jünger als ich. Ist deine Mutter verunglückt?

ERIK: Ja – sie stürzte im Zirkus. Aber damals lebte ich schon nicht mehr mit ihr zusammen.

JAKOB: Jetzt kommen die Kinder. Ich höre das Publikum klatschen.

Ganz fernes Geräusch von Händeklatschen. Den engen Gang hinunter kommen die sechs Mädchen und die sechs Knaben. Sie gehen, ohne zu sprechen, etwas keuchend noch und leicht zitternd. Sie sind schwarz gekleidet und ebenfalls sehr stark geschminkt. Die Mädchen tragen kurze schwarze Kittelchen, und ihre Beine sind nackt und weiß. Die Jungen haben sehr kurze schwarze Hosen an mit langen schwarzen Strümpfen und gegürtete schwarze Jacken mit weißer Krause. Sie setzen sich alle in einer Reihe still auf die Stühle an der Wand.

KASPAR *ruft einen der Knaben*: Komm, Gimietto, dein Haar ist ja ganz verwirrt. Komm, ich streich es dir glatt.

Gimietto geht, mit etwas schwankendem Gang, zu ihm hin, und Kaspar ordnet des Knaben Haar.

ANJA: Jetzt müßt ihr aber zu trinken haben. Wartet, ich klingle den Aufwartefrauen.

Sie klingelt.

KASPAR *zu Gimietto*: War es auch gut? Und hat es den Leuten gefallen?

DER KNABE: Ich weiß nicht, geklatscht haben sie schon. Aber manche lachten auch und manche zischten. – Ich glaube, sie mögen uns nicht sehr gern.

KASPAR *wendet das Gesicht*: Aber jetzt tanzen wir zusammen. Und mögen die dann noch so verärgert da unten sitzen – wir machen es schön. Und dann kommen die grauen Engel und dann euer Schlußchor.

DER KNABE *wie erblindet vor Müdigkeit*: Kommt jetzt so bald schon die letzte Nummer? Der Rosen-Chor?

KASPAR: Ja, jetzt sind wir bald fertig. Da ist euer Getränk.

Die Aufwartefrauen kommen langsam den Gang hinunter, jede trägt ein Tablett mit Gläsern. Sie gehen die Reihe der Kinder entlang. Jedes nimmt sich ein Glas, wobei es ganz leise und hoch «danke» sagt. Dann trinken sie hastig und schweigend.

Kaspar zu Gimietto, der eilig trinkt:

Ist Elis wieder außer der Reihe getanzt?

GIMIETTO: Nein, ich glaube nicht –.

EIN MÄDCHEN *über ihr Glas gebückt*: Ich bin gestolpert.

ANJA: Hat es jemand gesehn?

DAS MÄDCHEN: Nein, aber mein Fuß tut jetzt weh.

Pause.

Die Kinder sitzen mit halbgeschlossenen Augen. Auch Gimietto scheint, bei Kaspar stehend, wie eingeschlafen.

ERIK *leise, ängstlich gleichsam*: Warum reden sie nicht?

ANJA: Sie sind müde.

KASPAR *sieht, während er Gimietto streichelt, zu Erik auf*: Sie sind so müde –. Der «Tanz in Schwarz» ist ihre anstrengendste Nummer.

Den Gang hinunter sieht man jetzt langsam den Alten kommen.

ESTHER *sieht ihm entgegen*: Wenn er einen Gang hinuntergeht, sieht er aus, als steige er einen beschwerlichen Bergweg hinauf. Wie sein Bart vor ihm her weht –.

DER ALTE *tritt ein, wendet sich, ohne zunächst jemand anders zu beachten, mit seiner starr-konventionellen Höflichkeit an Erik, als an den einzig Fremden*: Oh, Sie sind hier bei den Künstlern, Herr Erik. Freut mich, daß Sie bei uns schon so heimisch sind. Ich hoffe, daß Sie sich inzwischen völlig erholt haben.

Er schüttelt ihm, unter seinem Bart lachend, die Hand.

ERIK *verneigt sich, in höchster Verlegenheit*: Danke – oh, danke bestens –.

DER ALTE *wendet sich von ihm weg, an die Kinder*: Es hat zum erstenmal geläutet. Habt ihr es nicht gehört?

KASPAR: Sie sind so müde.

DER ALTE: Auch du könntest dich fertig machen. Du mußt ja mit ihnen hinaus.

KASPAR: Das will ich.

Er setzt sich an den Toilettentisch.

DER ALTE *setzt sich in den mittleren Stuhl, zwischen die Kinder*: Einen Augenblick will ich mich zu euch setzen. Gib mir die Hand, Eliza, du bist gestolpert.

Er ergreift zärtlich die Hand des kleinen Mädchens, das neben ihm sitzt.

ESTHER *die ganz in sich zusammengesunken saß, plötzlich mit einer gewissen Schärfe*: Die Kinder müssen sich neu schminken. Ihre Lippen sind viel zu blaß.

Jedes der Kinder zieht ein kleines Schminkzeug aus der Tasche, in dem auch ein Spiegelchen angebracht ist. Eifrig und gebückt arbeiten sie an ihren Gesichtern.

KASPAR *erhebt sich, frisch hergerichtet, wirft den Mantel ab, steht in silberner Schlankheit vor den Kindern*: Jetzt hat es zum zweitenmal geläutet. Wir sind fertig!

Die Kinder stehen in einer Reihe auf.

Komm, Gimietto, wir gehen als erste.

Sie gehen im Zuge hinaus, Kaspar mit Gimietto voran, danach die Jungen, danach die Mädchen – den Gang hinunter.

DER ALTE, ESTHER, ANJA UND JAKOB *wie ein dumpfer Chor*: Viel Glück.

ERIK *etwas nach ihnen, ganz hell*: Glück – viel Glück!

Der Zug ist verschwunden. Von fern setzt Musik ein.

ERIK: Jetzt tanzen sie.

ESTHER: Merkwürdig eigentlich, daß er tanzen kann. Er ist doch beinahe ungeschickt.

ANJA *leise*: Aber vielleicht ist die Anmut, die aus der Ungeschicklichkeit und aus der Schwierigkeit geboren ward, die höchste.

DER ALTE *schwer aus dem Hintergrund*: Da hat Anja recht.

ESTHER *auf Erik blickend*: Und dann dichtet er ja auch. Durch wie vieles sich die Überfülle seiner Erlebnisse gestalten will.

DER ALTE *wendet sich plötzlich, auf unheimliche Art, an Erik*: Es würde mich freuen, wenn Sie in aller Kürze, und da wir doch so beisammen sind, Ihre Eindrücke, das Leben im Stift betreffend, ein wenig charakterisierten.

ERIK: Ich weiß wahrhaftig nicht –.

DER ALTE: Ob Sie, ganz im allgemeinen, zufrieden sind, meine ich nur. Viele Fremde fühlen sich zunächst instinktiv abgestoßen. Mancher freilich verspürt bei längerem Aufenthalt fast unwiderstehliche Lust, ganz hierzubleiben.

Halb scherzend:

Wer weiß, wer weiß, vielleicht ergeht es Ihnen noch ähnlich.

ERIK: Nein, nein, das mag ich Ihnen gar nicht zumuten –.

DER ALTE *mit plötzlichem, tiefem Ernst*: Sie erinnern mich übrigens an einen anderen.

ERIK: Sollten Sie den zweiten Gemahl Ihrer Frau Tochter meinen? – Davon sprach Kaspar vorhin schon –.

DER ALTE *streicht sich, in großes Nachdenken versunken, den Bart*: Da werden Sie wohl doch nicht mehr lange der Unsrige bleiben – der eine so, der andere so. – Vielleicht, daß Sie gar –

Plötzlich laut:

Wenn Sie aber in der Welt irgendwo einen treffen, der's nötig hat: Den schicken Sie mir.

Er erhebt, in einem überraschend ungelenken Pathos, beide Arme, wie zu einer umfassenden Geste.

Die Wirrnis aller jungen Menschen hat Platz in diesen Räumen – die gequältesten und unruhigsten Kinder des Herrn mögen hier in aller Stille ihr Wesen treiben.

Sie haben ihm alle das Gesicht zugewandt. Er hat die Augen geschlossen, sein Gesicht ist eine große weiße Maske, dann steht er auf, geht schwerfällig zur Tür, wo er sich noch einmal umwendet.

Ich will die Kleinen doch tanzen sehen.

Lachend und brummend stapft er den Gang hinunter und fort.

ERIK *leise*: Jetzt ist er fort –.

ANJA: Haben Sie Angst vor ihm?

ERIK: Ich weiß nicht. – Er hat ein Gesicht wie ein Toter. Und doch geht eine Glut von ihm aus, eine tote Glut. – Aber Sie sind ja seine Enkeltochter.

ESTHER: Ja, Anja, in wie vielem du doch an ihn erinnerst.

ERIK *atmet schwer*: Ah, wie dicht die Luft hier ist. – Das kommt wohl vom Zigarettenrauch.

JAKOB *steht im Hintergrund*: Meine Mutter war leider auch geisteskrank. Klein und bucklig dazu. Aber ich bin fest davon überzeugt: Wenn sie mich so sähe, sie würde lachen. Ihr verzogenes Gesicht klemmt sich zwischen den Gitterstäben des Anstaltsfensters – sie lacht und lacht.

Er greift an seine grüne Perücke.

Und ich schäme mich doch so des bunten Kleids, das ich mir genäht habe.

ERIK: Jetzt bleibe ich gewiß nicht mehr lange hier.

Esther wendet den Kopf und sieht ihn an. Anja sitzt, ein wenig gebückt, vorm Toilettentisch, den Blick im Spiegel. Jakob ist, vor der grauen Wand, wie eine bunte Maske.

VIERTES BILD

Die Szenerie des ersten Bildes. Es ist ziemlich dunkel. Die Kandelaber sind nicht angezündet. Über der Flügeltür brennt nur eine vereinzelte Lampe.
Anja und Esther stehen ziemlich weit voneinander entfernt. Vorn im Lehnsessel sitzt Kaspar. Kaspar hat den grauen Anzug an aus dem ersten Bild. Anja und Esther sind in lange Mäntel gehüllt, als frieren sie. – Es ist am späten Abend, nach der Aufführung.

KASPAR: Heute, während der ganzen Aufführung habe ich darüber nachgedacht, wie es wohl sein wird, wenn wir alt geworden sind.

ANJA: Ich glaube immer, wir werden nicht alt.

KASPAR: Aber wir sind doch nicht schwach eigentlich. Unsere Eltern, die am Ende des Jahrhunderts jung gewesen sind, waren doch schwächer.

ESTHER: Trotzdem glaube ich auch, daß wir nicht alt werden.

ANJA: Auf jeden Fall ist es mir, als wenn noch nie eine Jugend sich so viel und so innig mit dem Tode beschäftigt hätte. Wir sprechen nicht oft davon. Aber über allem, was wir tun, ist der Gedanke an ihn.

KASPAR: Das kommt, weil – das andere so dicht und so geballt noch niemals in der Luft lag. Ihr wißt, was ich meine –.

ANJA UND ESTHER *zusammen, aber das Gesicht voneinander abgewandt*: Ja.

KASPAR: Aber aus alldem muß doch einmal irgend etwas kommen – eine Art Werk – eine Art Gestaltung. – Einer von uns muß das Lied singen, unser Lied. – Wie wird es sein?

Anja wendet den Kopf plötzlich und sieht Esther an.

KASPAR: Und einer von uns muß das Bild doch malen, unser Bild. Das soll aber ein seltsames Bild werden. – Und einer muß doch das Märchen erzählen. Wie wird es sein. Nur wir vielleicht werden es verstehen können, denn wir erleben es alle.

ANJA *wendet den Blick wieder ab von Esther*: Ja. Wir erleben es alle.

Esther sagt nichts. Aber wie plötzlich von einem gar zu süßen Gedanken ergriffen, reckt sie lächelnd die Arme.

KASPAR *sitzt ganz in sich versunken*: Darüber habe ich heute den ganzen Abend nachgedacht. Über die Werke, die von uns kommen müssen, und wie sie wohl sein werden. – Aber jetzt will ich gehen, um jemanden zu suchen.

ESTHER *schreit plötzlich auf*: Warum sagst du nicht, daß du gehen willst, um Erik zu suchen?

KASPAR: Warum sollte ich es dir sagen?

ESTHER: Übrigens wirst du ihn höchstwahrscheinlich nicht finden. Er ist ausgegangen.

KASPAR *hält sich am Stuhl*: Ich weiß – wahrhaftig – nicht, warum du dich so erregst. Du brauchst keine Angst zu haben. Ich wollte Erik nur einmal noch sehen, um ihm gute Nacht zu wünschen.

ESTHER: Deine Falschheit macht mich nervös. Als wenn ich es nicht ganz genau wüßte, was du gemeint hast mit dem Märchen, und daß wir es alle erleben. Das eine aber sage ich dir: Wenn du mir –

Sie wendet sich plötzlich ab.

KASPAR *macht eine Bewegung, als wolle er noch einmal zu ihr hin, geht aber zögernd zur Tür, die in den Park führt*: Gute Nacht also.

ESTHER *abgewandt*: Es kann sein, daß du ihn im Park findest. Ich glaube, daß er im Park ist.

KASPAR: Ja – dann will ich ihn suchen.

Er geht hinunter.

Anja und Esther sind allein. Sie stehen aufrecht, jede an ihrem Platz.

ESTHER *spricht, um kein Schweigen groß werden zu lassen*: Jetzt schlafen schon alle. – Und wie laut heute die Tiere des Alten im Garten schreien. – Diese Abende nach einer Premiere sind schauerlich. Außerdem war es letzten Endes ein Mißerfolg.

ANJA *unbeweglich*: War es ein Mißerfolg?

ESTHER *sehr nervös, hat einen Gegenstand zwischen den Fingern, mit dem sie spielt*: Mir wenigstens schien es so. – Man soll in den großen Städten auftreten, in den verrauchten Kaschemmen. –

ANJA: Ja – wer es könnte –

ESTHER *unvermittelt*: Übrigens war es doch seltsam, was Kaspar da vorhin sagte – von dem Märchen –.

ANJA: Daß wir es alle erleben? – Er hatte wohl recht.

ESTHER: Und daß es so traurig wäre.

ANJA: Hat er gesagt, daß es traurig sein müsse?

ESTHER: Es lag doch in seiner Stimme.

ANJA: Alles Schöne ist traurig.

ESTHER *zerbricht fast den Gegenstand in ihrer Hand*: Ist für dich, meine liebe Anja, jedes traurige Erlebnis auch ein schönes?

Plötzlich kurz auflachend, rasch und wie sinnlos weitersprechend:

Es hat mir noch nie annähernd soviel Spaß gemacht zu tanzen wie heute abend. Nie noch hat er mir soviel Freude bereitet – der Tanz der grauen Engel –

Sie geht, aber ohne sie anzusehen, einige Schritte näher auf Anja zu.

Du warst noch nie so schön wie heute – Anja!

ANJA *immer bewegungslos*: Du hast mich ja beinahe nicht angesehen, während wir tanzten.

ESTHER *nur einen Schritt noch von ihr entfernt, immer spielend mit dem Gegenstand*: Mir war es, Anja, als habest du heute das Märchen getanzt – unser Märchen –.

ANJA: Vielleicht habe ich das getan, mein Märchen getanzt.

ESTHER: Aber wir haben es doch gemeinsam – das Märchen –.

Anja antwortet nicht.

Aber wir hatten es doch immer gemeinsam –.

Anja geht mit ganz schleppenden Schritten von ihr fort, weiter in den Hintergrund hinein.

Als ich vorhin zu deinem Bruder sagte – daß ich schon wisse, welches Märchen er meinte – wollte ich doch natürlich damit nur ausdrücken – daß ich schon wisse, daß er unser Märchen meinte – und daß er uns damit nur ein bißchen necken wollte.

Anja regungslos.

Oh – oh, wie schauerlich sind diese Nächte nach den Premieren!

Sie duckt den Kopf, sie steht schamhaft verkrümmt.

Ja, glaubst du denn eigentlich, ich lüge, Anja??

Reckt sich in einem Ausbruch hoch, schreit:
Aber du zwingst mich zur Lüge!! Du allein bist schuld!! Dein regloses Wesen ist mir ständige Anklage, immerwährender Vorwurf! Deine Stille quält mich! Deine Schönheit quält mich! Du bist schuld, wenn ich lüge! Du zwingst mich dazu zu sagen, daß wir uns nahe sind! – Aber wir sind uns nicht nah! Nichts verbindet uns mehr! – Oh, wie deine Sanftmut mich gemartert hat – immer schon – schon immer hast du mich gequält. Du bist schuld, du bist allein schuld!! – Aber ich liebe ihn! Du hast es gewußt, daß ich ihn liebe, eh ich es noch wußte, von der ersten Sekunde an! Warum hast du mir nichts gesagt?! Warum warst du so still? Du tanztest den grauen Engel vor mir. – Deine Schönheit klagte mich an – du bist schuld, daß ich log –. Ich liebe ihn mehr, als ich's sagen kann –.
Sie steht weinend, sie verbirgt das Gesicht in den Händen.
Anja steht dunkel, nur als schmale Kontur zu unterscheiden, im Hintergrund. Nach dem Ausbruch sinken Esthers verkrampfte Hände. Sie steht wieder still.
Da Erik, vom Park her, rasch in den Raum tritt, breitet sich ein beinahe verzücktes Lächeln auf ihrem Gesicht aus.

ERIK *keucht noch, wie von einem Lauf durch den Park. Da er Anja und Esther sieht, bleibt auch er an der Tür stehen. Nach einer Pause beginnt er scheu zu sprechen*: Ihr steht so seltsam im Dunklen.
Pause, niemand regt sich.
Ihr seht aus wie zwei schwarze Madonnen. Und ihr habt doch kein Kind.

ESTHER *mit einer singenden, girrenden Stimme, ohne ihn anzusehen oder den Kopf zu wenden*: Vielleicht beschert uns der Heilige Geist noch eins.

ERIK *ein wenig lachend*: Ich kann's mir nicht vorstellen. Dazu steht ihr zu schmal nebeneinander.

ESTHER *mit der girrenden Stimme, noch immer ohne den Kopf zu wenden*: Wenn der schmalste Leib den Samen empfängt, dann darf er vielleicht die köstlichste Frucht gebären.

ERIK: Ich – kann's mir nicht vorstellen. – Jetzt komme ich eigentlich nur noch, um mich von euch zu verabschieden. Denn morgen in aller Frühe gehe ich weg, und da schlaft ihr doch noch –.

Esther wendet ihm jetzt, ohne vom Platz zu gehen, das Gesicht zu und sieht ihn an.

Erik schließt, da er ihren Blick auf sich fühlt, die Augen, steht, unter ihrem Blick lächelnd, mit geschlossenen Augen mitten im Raum.

Anja steht mit tiefgeneigtem Gesicht.

Erik ganz leise, so wie ein Kind im Traum spricht:

Du siehst mich so an – Esther! Warum siehst du mich denn so an?

Esther schließt, das nämliche Lächeln jetzt wie er in den Zügen, gleichfalls die Augen. Geht wie schlafwandelnd auf ihn zu.

Erik im Traum:

Jetzt – wandelst du – auf mich zu –.

Sie stehen nebeneinander, mit geschlossenen Augen beide. Anja steht immer mit tiefgeneigtem Gesicht.

ESTHER *singend*: Du mußt mir, wenn wir allein sind, mehr noch erzählen von der großen Stadt, in der du zu Hause bist. Der Geruch dieser großen Stadt und ihres menschlichen Lärmens ist stärker und frischer um deinen Leib, als um junge Helden jemals der Geruch der Wälder und Schluchten war.

Erik hebt die Hände, um nach ihr zu fassen, läßt sie aber wieder sinken.

Esther hat die Hände in sein Haar gewühlt:

Dein Haar – wie warm, wie jung, wie knabenhaft dein Haar ist.

Ihre Hände gleiten weiter, über sein Gesicht.

Ich fühle dein Gesicht – dein lebendiges Gesicht – deine Stimme, deine Augenlider, dein lieber Mund, dein lieber, lieber Mund –!

Sie gleitet an ihm hinunter, streichelt, sinkend, seinen ganzen Leib.

Ich fühle deinen Körper – deinen Körper – deinen lieben, lieben Körper – deine Knie, deine warmen Hände – deine Brust – deine Schultern – daß ich deinen Körper fühlen darf, dein Knabenhaar – dein lebendiges Gesicht, deinen Körper –.

Sie kauert halb zu seinen Füßen. Sie kost mit ihrem gelösten Haar seine Hände.

ERIK: Was tust du denn? Worein tauchst du denn meine Hände?

ESTHER: Ich wasche deine Hände mit meinem Haar – so ehre ich dich.

ERIK: Es ist, als wenn du mir eine schwere, süße Flüssigkeit über die Hände gössest. Das tut wohl. Einen Wundertrank gießt du über mich aus –.

ESTHER *zu seinen Füßen*: So liebe ich dich.

ERIK: In solches Naß hat noch keiner meine Hände getaucht. Sie sind's nicht gewohnt.

ESTHER: Oh, über dein lebendiges Gesicht – deinen lieben Mund – deinen Körper –.

KASPARS STIMME *aus dem Park*: Erik – Erik, ich suche dich.

ANJA *antwortet mit einer ganz klaren Stimme, ohne die Stellung zu verändern*: Erik ist nicht hier.

KASPARS STIMME *näher*: Anja – bist du's? Hast du auch Esther nicht gesehen?

ANJA: Esther war bis vor kurzem bei mir.

KASPARS STIMME: Dann komme doch du, meine Liebe, zu mir in den Park. Ich füttere die Tiere des Alten.

ANJA: Doch – ja – ich kann schon kommen –.

Sie geht langsam zu Esther und Erik, die immer noch in unveränderter Gruppe sind.

Esther – jetzt geh ich.

ERIK *mit geschlossenen Augen*: Auf Wiedersehen, Fräulein Anja.

ESTHER *das Gesicht gegen Erik gepreßt*: Ja – auf Wiedersehen dann.

ANJA *steht immer noch, kann noch nicht fort*: Ich geh in den Park.

ERIK: Dann grüßen Sie Kaspar von mir.

ANJA: Ja, den werde ich grüßen.

ESTHER *hebt das Gesicht, ihre Augen sind noch ganz verschleiert und wie schlaftrunken*: Gehst du jetzt in den Park? – Auf Wiedersehn. Ja, das habe ich schon einmal gesagt: auf Wiedersehn –. Du mußt hier so starr nicht stehen. – Ist er nicht schön?

Ihr Gesicht fällt wieder gegen Erik.

Er ist doch schön. – Schön ist mein Lieb. – So starr mußt du hier nicht stehn. – Sein Haar, sein lieber Mund, sein lebendiges Gesicht –.

Kaspar erscheint im Rahmen der Tür.

KASPAR *sieht Erik und Esther. In einer aufwallenden Wut hebt er die Fäuste. Seine Stimme ist ganz erstickt*: Esther – Esther, du sollst seine Hände loslassen – du weißt nicht, was du tust – Esther!

Sie hört ihn nicht.

ANJA *wendet sich ihm ruhig zu*: Jetzt komme ich, Kaspar. Wir müssen auch noch zu den Kindern gehen. Hast du Gimietto schon gute Nacht gesagt?

Sie faßt ihn sanft an der Schulter.

KASPAR *sinkt fast gegen sie*: Ja, Anja – jetzt gehen wir – zu den Kindern – jetzt gehen Anja und ich –.

Aneinandergestützt, als könne jeder für sich nicht gehen, verschwinden sie in den Park.

ESTHER *wendet, da Anja fort ist, den Kopf noch einmal nach der Tür*: Anja, ist Anja fort? Hat Anja nichts mehr zu uns gesagt?

ERIK *ohne sie zu hören*: Darf ich zu dir hinunterkommen, Esther? – Jetzt sehnt sich mein Leib nach dir.

ESTHER: Ja – jetzt kommst du –.

Er umschlingt die Kauernde. Sie liegen vereinigt.

FÜNFTES BILD

Eriks Schlafzimmer, wie im zweiten Bild.
Esther liegt im Bett. Sie hat ein weißseidenes Nachthemd an, das Haar ist gelöst. Sie ist mit Eriks wollener Decke bis zum Kinn zugedeckt. – Bei ihr auf dem Bett sitzt Erik. Er ist ohne Jacke, hat nur seine blaue Hose an und ein offenes Hemd.
Es ist 2 Uhr oder 3 Uhr in der Nacht. An der Wand flackert in einem Leuchter eine Kerze.

ESTHER *mit geschlossenen Augen*: Du mußt weitererzählen. Du mußt immerfort weitererzählen. – Deine Worte machen mich froh, wie ich's seit Jahren nicht war.

ERIK: Die Leute, bei denen ich damals in Stellung war, schmissen mich allerdings bald aus dem Haus. Sie sagten, ich hätte alle Laster im Blut. Das war aber nur, weil die beiden halbwüchsigen Töchter sich gegen mich so komisch benahmen. Nachts, als ich zu Bett gehen wollte, kauerte plötzlich die eine zitternd vor meiner Schlafzimmertür. Das ärgerte die Eltern natürlich. Die andere küßte ich einmal – mehr, weil sie mich darum bat –. Das verziehen die Eltern mir nicht. Trotzdem mochten sie mich im Grunde gern. Alle weinten, als ich von ihnen wegging. Von den Mädchen bekam ich später öfter noch ab und zu Liebesbriefe, auf ganz hellgrünem Papier.

ESTHER: Und dann – und was tatest du dann?!

ERIK: Dann wurde ich Kellner, aber nur für eine kurze Zeit. Ich arbeitete in einem großen Hotel. Dort traf ich Lolo.

ESTHER: Lolo?! Wer ist nun das wieder? Erzähle mir, wie es mit Lolo ging!

ERIK: Sie sagte zu mir, daß sie mich liebte –.

ESTHER: Sie liebte dich –.

ERIK: Wir reisten zusammen. Sie wollte es so gern, obwohl sie eigentlich viel zu alt für mich war. Sie war Operettendiva und reich.

ESTHER: Warum trenntest du dich von ihr?

ERIK: Ich trennte mich nicht von ihr. Sie starb. Das heißt: Eigentlich nahm sie sich ja das Leben – das tat sie, weil ich damals schon so mit Freddy befreundet war –.

ESTHER: Wer ist Freddy?

ERIK: Freddy war Steptänzer. Der brachte mich dann ans Kabarett.

ESTHER: Am Kabarett warst du auch?

ERIK: Ja, ich tanzte mit Freddy zusammen. Aber es war mir zu anstrengend, auf die Dauer. Dann pflegte Freddy auch ein Gift zu gebrauchen, an das ich mich schnell gewöhnte. Nur daß ich natürlich gleich wieder nicht Maß halten konnte. Das brachte mich etwas herunter.

ESTHER: Und jetzt tanzt Freddy ohne dich?

ERIK: Ja, jetzt tanzt Freddy wieder allein.

ESTHER: Sehr lange warst du eigentlich mit niemand zusammen –.

ERIK: Nein – ich weiß selbst nicht warum.

Er lächelt sie an.

Aber wir bleiben lange beieinander – ja? – Wir bleiben lange, lange beieinander.

ESTHER: Ja – lange. – Möchtest du das so gern? Möchtest du gern immer bei mir bleiben?

ERIK: Ja – doch. – Wir passen so gut zueinander. Doch, das wäre schon nett –. Still, hörst du nichts?

Am Fenster erscheint ganz kurz die Gestalt Anjas, bis zur Brust. Sie tritt aus dem Dunkel ans Fenster vor und stößt nur einen kleinen Laut aus, ein kurzes Wort, das halb Esthers Name ist, halb ein Klageruf. Dann verschwindet sie wieder.

Erik zitternd: Was war das?!

ESTHER *hat sich über ihn geworfen, so daß er sich nicht umdrehen konnte*: Ich weiß nicht – ein Tier schrie im Wald.

ERIK: Die Stimme klang menschlich.

ESTHER: Eine Eule war es – ein Nachtvogel – irgendein dunkles Tier aus dem Wald. Zittere nicht, Erik. Du sollst nicht zittern, mein Lieb; gib mir deinen Mund –.

Sie küssen sich.

ESTHER: Erik – ich habe heute abend Schlimmes gesagt, in der Garderobe – vom Leben und daß wir nicht hätten geboren werden dürfen. Du mußt mir das verzeihen, Erik. Jetzt schelte ich die Eltern nicht mehr. Jetzt danke ich ihnen; da ich dich gefunden habe, öffnet sich mir der Sinn des Ganzen –.

ERIK: Aber jetzt mußt du mir von hier etwas erzählen, vom Alten, vom Stift. Das ist doch alles so sonderbar hier.

ESTHER: Ja, das ist es schon – ein wirklich absonderlicher Aufenthalt, das ist es schon.

ERIK: Von dem Augenblick an, da ich das Stift betreten hatte, war es mir, als könne ich nicht mehr recht atmen. Es liegt soviel in der Luft – ich weiß nicht was – Elektrizität – und dieser Geruch immer von den Tieren des Alten. Ist es wahr, daß der Alte auf dieser Welt im Grunde nur seine Tiere liebt?

ESTHER: Ja – und seine kleinen Mädchen –

ERIK: Das hat mir ja auch jemand erzählt, aber ich mochte es nicht recht glauben. Auf jeden Fall habe ich nie einen Menschen so merkwürdig lachen hören – und Jakob, wie ist es mit Jakob?

ESTHER: Du fragst mich zuviel. Allein die Familienverhältnisse aller dieser Menschen – du hörtest ja heute in der Garderobe davon.

ERIK: Die Kinder rühren mich so. Wieso sind sie alle so blaß? Wieso sind sie – gefallen?

ESTHER: Jedes von ihnen hat sein eigenes Schicksal. Ihre Eltern sind größtenteils krank oder völlig entartet. Man fand die Kinder meist in Kaschemmen oder auch auf der Straße. Eliza und Gimietto zum Beispiel stöberte man in einem Etablissement höchst eigenartiger Natur auf.

ERIK: Und Kaspar? Aus ihm werde ich fast am wenigsten klug. Er steht zwischen diesen allen in so undeutlichen Umrissen –.

ESTHER: Er hat dir doch die Verse gemacht.

ERIK: Ja, die waren schön. Ich verstand sie beinah. – Manchmal, glaube ich, ist Kraft in ihm. Wie er den Mantel abwarf, heute abend, zum Beispiel, ehe er tanzen sollte, und dann vor der Reihe der Kinder stand – schlank vor ihrer Front –.

ESTHER: Ich war sehr mit ihm befreundet. Wir waren zu dritt nah befreundet –.

ERIK: Ich mag ihn gern, und manchmal denke ich –

ESTHER *halb vor sich hin*: Es ist fast, als könne ich, da ich dich nun besessen habe, das erste Mal ohne Ärgernis wieder an ihn denken. Sicher leidet er jetzt. Und es ist schön, daß auch er dich gern hat, eigentlich ist es schön –.

ERIK: Ich habe sie alle gern. Aber sie gehen so seltsam umher. Und seltsam ist auch das Ganze, das Institut selbst. Ich kenne mich damit nicht aus – ob es nun eine Besserungsschule ist oder ein Kabarett, ob es nun eine Art Kloster ist oder – oder das Gegenteil – das macht mich alles ganz wirr. Aber jetzt fahr ich ja fort von hier.

ESTHER: Ja, jetzt fahren wir – morgen –.

ERIK *im tiefsten Erstaunen*: Wir? – Ja, das klingt doch beinah –?!

ESTHER: Aber was hattest du denn gedacht?!

ERIK *begreifend und in kindlicher Freude*: Ja, das klingt ja beinah, als wolltest du mit mir gehn!!

ESTHER *mit geschlossenen Augen, ganz leise*: Ja – hattest du denn gedacht, ich würde hierbleiben?

ERIK *losjubelnd*: Und da wäre es also auch wahr, daß wir lange zusammenbleiben – nicht nur so hingesagt – auch wahr!!

ESTHER: Und er hatte gedacht –

ERIK *umarmt sie*: Ich weiß doch nicht, was ich gedacht habe –. Aber jetzt gehst du mit mir –. Jetzt lehre ich dich Steptanzen –. Jetzt leben wir zusammen in der großen Stadt – lange – lange –

ESTHER *ganz seiner Umarmung hingegeben*: Wir leben zusammen – wir leben – wir leben –. Jetzt gehöre ich zu denen nicht mehr – jetzt nimmermehr –. Die gehen seltsam umher – aber wir leben – wir leben –.

ERIK: Wir wollen auch heiraten, die Direktoren sehen es lieber. Hast du denn Geld?

ESTHER: Ja – Mama hinterließ welches, glaub ich – doch, sie soll welches hinterlassen haben.

ERIK: Und dann verdienen wir ja auch. Viel Geld wollen wir verdienen. Du mußt dir eine Toilette machen lassen – viele Toiletten, die brauchst du dann. Rote Toiletten, grüne Toiletten, wie Lolo sie hatte.

ESTHER: Wie Lolo sie hatte – wir leben – wir leben – wir leben zusammen –

ERIK *küßt sie*: Daran habe ich nicht gedacht – auch noch nicht, als du meine Hände mit deinem Haar gestreichelt hast. Daran habe ich nicht zu denken gewagt. Lolo war doch ältlich und war von der Operette, und Freddy ist auch nur ein Steptänzer gewesen. Aber du warst der graue Engel, wenn du auch zuweilen so bunt anzusehen warst. Ich dachte heute abend nach, du seist eine schwarze Madonna, als ich ins dunkle Zimmer trat – eine schmale, eine unfruchtbare –

ESTHER: Und wärest du denn ohne mich wieder fortgegangen von hier?

ERIK: Das hatte ich mir noch nicht so wohl überlegt. Ja, vielleicht wäre ich ohne dich fortgegangen.

ESTHER *umklammert ihn heißer*: Aber ich hätte dich ohne mich nicht gehen lassen – allein hätte ich dich gehen lassen – das hätte ich nicht getan – niemals hätte ich das getan –. Nachdem ich deine Hände mit meinem Haar gestreichelt hatte, nachdem ich die Schönheit deines Leibes gefühlt hatte – deine warmen Küsse – deinen Mund –, konnte ich hier und ohne dich nicht mehr sein. War ich ein grauer Engel? – Aber jetzt lernen wir Steptanzen zusammen. – Aber jetzt kaufe ich mir viele Toiletten, wie Fräulein Lolo sie hatte – rote und grüne und gelbe –, aber jetzt leben wir ja zusammen – leben wir ja – leben wir ja –

ERIK *mit einem plötzlichen Nachdenken*: Und der Alte?

ESTHER: Der Alte? Was geht mich der Alte an?

ERIK: Und Kaspar?

ESTHER: Kaspar? – Oh, Kaspar soll nicht traurig sein. – Er hat dich ja gern: Warum sollte er da traurig sein? Wir nehmen ihn mit, Kaspar nehmen wir mit. Wir gehen zusammen zu dritt, es ist besser für ihn –

ERIK: Ja, wenn Kaspar mitmöchte, soll er nur mit. Ich weise niemanden ab. – Und die blassen Kinder, mit denen du übtest?

ESTHER: Mit denen wird jemand anders üben. Wir schreiben ihnen bunte Postkarten aus den großen Städten – bunte Postkarten schreiben wir all unseren Bekannten. – Ich kaufe mir bunte Toiletten –

Kleine Stille.

ERIK *ganz leis*: Weißt du noch, Esther, wie es vorhin aus dem Wald schrie?

ESTHER: Ja, schrie es im Wald? – Die Nächte hier sind so unheimlich – man weiß nie, was für Stimmen da jammern. – Aber jetzt wird es bald Tag. Erst liegt das Land hellgrau – dann bricht die

Sonne durch – dann fahren wir in die Stadt, mit dem schnellsten Expreß – dort kauf ich mir bunte Toiletten – sei still! Hier sind soviel Eulen. – War es nicht eine kleine finstere Nachteule? – Gib mir deinen Mund –.

SECHSTES BILD

Die Szene ist am Portal des Stifts. Es ist grau und gotisch. Zu seiner Rechten sitzt, auf einem steinernen Bänkchen, Anja und zupft, über eine Schüssel gebückt, irgendwelche Beeren.
Links seitlich führen Gittertüren zu den Tierkäfigen des Alten. Neben Anja steht Jakob. Es ist am frühen Vormittag.

JAKOB: Jetzt kommen die Kinder bald vom Spaziergang zurück.
ANJA: Und der Alte füttert die Tiere. Es muß zehn Uhr sein.
JAKOB: In deinem Gesicht hat sich etwas verändert, seit gestern.
ANJA *über der Schüssel*: Findest du?
JAKOB: Aber du willst mir wohl nichts erzählen.
ANJA: Ich habe nicht gut geschlafen.
JAKOB: Ich wollte dich gern gestern abend noch sehen. Aber ich fand dich nirgends. Ich hatte das Gefühl, als wenn du gerade gestern hättest jemand brauchen können.
ANJA: Nein – gestern brauchte ich niemand.
JAKOB: Zupfst du hier Beeren?
ANJA: Ja. Für die Kinder, zum Nachtisch.
JAKOB: Gestern abend warst du so lieb zu mir. Du fragtest mich, ob ich Lavendelwasser brauchte.
ANJA: Das war doch nur selbstverständlich, nachdem du gesungen hattest. Ich meinte damit nichts Besonderes.
JAKOB: Nein – ich habe mir auch nichts anderes eingebildet. Soll ich jetzt gehen?
ANJA: Du störst mich nicht, wenn du bleiben möchtest.
JAKOB: Ich spaziere den Kindern ein wenig entgegen.

Er geht rechts nach der Seite, fort.

Anja sitzt und arbeitet still an den Beeren. Einmal, wie in plötzlicher Schwäche, läßt sie den Kopf schwer auf die Schüssel niedersinken.

In diesem Augenblick tritt aber der Alte aus dem Portal. Er trägt eine Schüssel, in der Futter ist für die Tiere. – Da richtet Anja sich wieder auf.

DER ALTE *begrüßt sie heiter*: Guten Morgen, Anja. Sitzt du hier und genießest die Sonne?

ANJA: Ja – und jetzt kommt ja so bald der Herbst.

DER ALTE: Ja, ja – der große Herbst –.

Er geht an ihr vorbei zum Tierkäfig. Er füttert Vögel, die aber nicht sichtbar werden, nur ihr Gekrächz hört man durch die Gitterstäbe. Er wendet, während er weiterfüttert, Anja den Kopf halb zu:

Hast du heut Esther schon gesehen?

ANJA *über der Schüssel*: Nein, heute habe ich Esther noch nicht gesehen.

DER ALTE: Darüber solltest du aber nicht traurig sein. Sie kommt – sie kommt wieder –

ANJA: Findest du, daß ich traurig bin? – Ich sitze nur hier in der Sonne –

Der Alte ist währenddem, um die Vögel zu füttern, weiter den Käfig hinunter und so von der Bühne gegangen. Kaspar tritt aus dem Haus.

KASPAR: Gut, daß ich dich treffe. – Guten Morgen, Anja!

ANJA: Guten Morgen.

KASPAR: Ich habe dich nämlich gesucht, heute nacht. Wo bist du denn gewesen? Die halbe Nacht habe ich dich gesucht.

ANJA: Sonst schläfst du doch immer so tief.

KASPAR: Heute konnt ich nicht. – Hast du denn geschlafen? Du warst nicht in deinem Zimmer.

ANJA: Nein, ich war im Wald – und auch im Park – und auch in den dunklen Gängen –

KASPAR: Aber in der Kirche warst du nicht.

ANJA *mit einer überraschend hochmütig auffahrenden Geste*: Nein, in der Kirche habe ich nichts zu suchen.

KASPAR: Ich weiß ja – du brauchst das nicht. – Ich aber war heute nacht in der Kirche, seit langer Zeit wieder zum erstenmal. Und so war es vielleicht gut, daß wir heute nacht getrennt waren. Über vieles habe ich nachgedacht.

ANJA: Über was hast du denn nachdenken können – in dieser Nacht?

KASPAR: Ich habe über das Leben mich besonnen. – Aber das geht dich nichts an. Mich aber – mich geht es wohl an. Darüber habe ich nachdenken müssen.

ANJA *hebt plötzlich den Kopf*: Du willst also mit ihnen gehen?

KASPAR *plötzlich beschämt und als verstünde er nicht*: Mit wem sollte ich gehen?

ANJA *sieht ihn immer noch an*: Wirst du es können?!

KASPAR: Ich freue mich darauf. – Ich freue mich sogar schon darauf –.

ANJA: Aber hast du denn ganz vergessen, wie widerlich es ist, da draußen? – Wir mußten unsere Kinderjahre doch schließlich dort zubringen. Weißt du es denn nicht mehr, wie schlimm es ist – diese Leute, die auf nichts weiter bedacht sind, als uns auszunützen, deren Liebenswürdigkeit die Luft vergiftet. – Diese Frauen mit ihrer geschmacklosen Eitelkeit, mit ihren trivialen Lastern. – Diese gescheiten, sittlichen Männer, in ihrer pharisäerhaften Geborgenheit – ja, weißt du es denn nicht mehr? – Und dieses Geld, dieses Geld, in dem alles Mindere sich gewaltig konzentriert, das zum großen Symbol dieses Lebens wurde, dieses grausige Geld, das sie da draußen brauchen, notwendig brauchen – ja, hast du es denn alles vergessen?

KASPAR *leise*: Du willst mir wohl angst machen –.

ANJA: Und wenn du keine Angst hast, so muß ich dir welche machen. Ich kenne dich, Kaspar, du erstickst darin – ich kenne dich –, du hältst es nicht aus – du erträgst den Ekel nicht. – Und woher weißt du denn, daß sie dich mitnehmen wollen, Erik und sie? – Wird sie es zulassen?

KASPAR: Sie hat mich darum gebeten.

ANJA: Das tut sie, damit irgendein Rückhalt sie mit uns, mit dem Stift, verbindet. Sonst ertränke sie gar zu geschwind. – Lange allerdings wirst du ihr nicht Stütze sein können.

KASPAR *ganz leise*: Und wenn ich, Anja, und wenn ich Angst nun hätte –?

Er wendet sich, dann:

Aber schön – schön, weißt du, muß es draußen doch sein! Und gerade wir, die wir doch fremd sind im Grunde diesem allen, wir müssen doch, habe ich mir gedacht, ganz anders noch diese Reize und Wonnen genießen können, als die Einheimischen. Du mußt denken: wenn es Abend wird in den großen Städten – und die

Lichtreklamen flammen auf – und aus allen Lokalen schreit die Musik – und die Dirnen haben rote Stiefel an. – Wenn ich dann mitten darin bin und denke dabei doch an dich, an meine Schwester Anja. – Wir müssen es auf eine ganz andere Art doch genießen.

Seine Stimme findet sich plötzlich, er spricht langsamer und viel ernster.

Und dann habe ich mir auch gedacht, daß ich da draußen, in den Städten, weißt du: ganz hingegeben den Städten, aber doch die Sehnsucht nach zu Haus im Herzen – ich dachte mir –, ich dachte mir, daß ich da draußen vielleicht das Werk tun könnte – das Lied singen – oder den Tanz tanzen – oder das Märchen erzählen: unser Märchen.

ANJA: Ja, dann mußt du wohl gehen. Dann war es nicht recht, daß ich dir abriet. Dann geh.

Eine kleine Pause. Sie zupft still Beeren. Dann beginnt sie wieder, eine große Zärtlichkeit in der Stimme:

Und sie – glaubst du denn, daß sie, daß Esther es wird aushalten können? Sie hat doch das nicht, mit dem Werk. – Sie will doch nichts gestalten eigentlich, sie hat doch nichts zu vollbringen – sie ist doch nur eine Frau –

KASPAR *mit abgewandtem Gesicht*: Aber – sie hat doch ihn – und mit ihm zusammen –

ANJA *schüttelt den Kopf*: Sie bleiben nicht lange beieinander.

KASPAR: Das ist wahr. Sie bleiben nicht lange beieinander. Das hielte sein Blut nicht aus – wahrscheinlich auch ihres nicht.

ANJA: Sie ist wie ein Kind, wie ein böses, lügnerisches – engelhaftes. – Wenn sie auseinander sind, was tut sie – was tut Esther denn dann?!

KASPAR: Dann findet sie einen andern. Man darf doch nicht hochmütig sein. Man muß doch suchen – suchen –, sich um Anschluß ein wenig bemühen.

ANJA *wie in akuter, momentaner Angst*: Und dann – und dann?! Und wenn das vorbei ist? Denn du glaubst doch wohl selbst nicht, daß sie bei dem oder bei dem nächsten oder bei dem übernächsten wird bleiben können. – Aber dann?! Um Gottes Barmherzigkeit willen: Sage mir doch, was ihr dann übriggleibt!!

KASPAR: Dann kehrt sie heim.

ANJA *läßt wie erlöst die Hände sinken*: Jetzt weiß ich es – danke. Dann kehrt sie heim – ins Stift – zum Alten – zu den Kindern –

KASPAR: Warum sagst du es nicht, Anja, daß sie zu dir dann heimkehren wird?

ANJA *sitzt wieder ganz still*: Heimkehren – zu mir heimkehren. Dann ist sie müd –

KASPAR: Vielleicht schon tot sogar.

ANJA: Ja, vielleicht schon tot. Aber stille auf jeden Fall. Dann kommst auch du wieder – ein wenig mitgenommen wahrscheinlich, nicht ganz so viele Gedanken mehr im Kopf und fast keine Sehnsucht – still, still –, das gibt eine fröhliche Heimkehr, eine sanftmütige Heimkehr. Aber wo der junge Erik ist, das weiß von uns dann nicht einer mehr.

KASPAR: Nein – was bedeutet uns dann dieser Erik noch?

ANJA *sieht lächelnd, fast schalkhaft zu ihm auf*: Aber schön ist er – nicht? Schön ist er?

KASPAR *erwidert ihren Blick*: Schön ist er.

ANJA *summt, fast wie eine Melodie, über den Beeren*: Weniger kluge Gedanken – fast keine Sehnsucht – fröhliche Heimkehr – still, still – sanftmütige Heimkehr –.

Der Alte kommt, die Schüssel mit dem Futter jetzt leer, heiter von den Käfigen.

DER ALTE: Jetzt haben sie genug, die Schleckermäulchen, für eine Stunde genug. – Von was sprecht ihr?

ANJA: Von dem, was später sein wird.

DER ALTE: Daß euch das alle so innig interessiert. Aber das ist wohl selbstverständlich.

KASPAR *geht plötzlich zu ihm hin und gibt ihm die Hand*: Guten Morgen, Großvater!

DER ALTE *lacht geschmeichelt unter seinem Bart*: Großvater? – Solche Höflichkeit bin ich ja gar nicht gewöhnt. Ist das nur, weil du mich jetzt verlassen willst?

KASPAR *fährt zurück*: Woher weißt du das?!

DER ALTE *immer noch lachend und schäkernd*: Ich weiß alles.

Noch einmal in seinem plötzlichen starren Pathos, das Gesicht versteinert zur weißen Maske, die Arme schwer erhoben:

Ich weiß alles!!

Kaspar, wie von Panik ergriffen, läuft einfach davon, rechts seit-

lich ab. Der Alte wiederholt noch einmal, wimmernd fast, mit sinkendem Kopf:

Muß – alles wissen –.

Erik kommt rasch aus dem Haus, die Matrosenmütze auf dem Kopf. Er bleibt stehen, da er die Anwesenden sieht, und zieht die Mütze. – Der Alte ungemein liebenswürdig:

Da ist ja auch unser Herr Erik! Gut geschlafen, Herr Erik? Angenehmes geträumt? Nach und nach eingewöhnt in der neuen Umgebung? Es wäre mir unlieb, wenn es an irgend etwas gefehlt hätte.

ERIK *verneigt sich vor ihm*: Danke – nein – danke.

Er geht zu Anja hin und küßt ihr die Hand.

Guten Morgen, Fräulein Anja. Sie zupfen Beeren, aber jetzt kommt Esther bald. – Guten Morgen, ich möchte gern Blumen holen und möchte auch den Tieren adieu sagen.

Er geht fort, wendet noch einmal den Kopf, um Anja zuzulächeln. Anja arbeitet wieder, fast ohne sich zu rühren, an den Beeren. Der Alte steht schwer mitten auf der Bühne und streicht seinen Bart. Kurze Stille. – Esther tritt aus dem Haus.

ESTHER *bleibt auf den Stufen stehen*: Ist der Alte hier?

Da sie ihn bemerkt:

Ich möchte dich einige Minuten allein sprechen.

DER ALTE: Ist es etwas Wichtiges?

ESTHER: Es ist mir wichtig.

DER ALTE: Ich habe keine Geheimnisse vor meiner Enkeltochter – keine wenigstens, die du mit mir teilen könntest.

ESTHER: Nun, meinetwegen mag Anja zuhören. – Ich habe dir auch weiter nichts mitzuteilen, als daß ich noch heute das Stift verlasse.

DER ALTE: Ja.

ESTHER: Was heißt «ja»?! Was meinst du nun wieder mit diesem «ja»?! Hast du mich nicht verstanden: Ich verlasse dich – für immer – gehe fort – und Kaspar geht mit mir!

DER ALTE: Und Kaspar geht mit dir.

ESTHER: Gott sei Dank scheint es dir nicht besonders viel Eindruck zu machen. Nun, ich habe die sonderbaren Liebeserklärungen, die du mir seit meinem siebten Jahr beinahe täglich machtest, offen gesagt, nie gar zu ernst genommen.

DER ALTE: Daran hast du nicht recht getan.

ESTHER: Du läßt mich ziehen wie einen gleichgültigen Gast.

DER ALTE: Die Frage ist nur, wie wir die Lücke, die durch dein und Kaspars Weggehen in unserem Programm entsteht, am zweckentsprechendsten ersetzen. Vielleicht reicht das Können von Gimietto und Eliza hin, um uns mit einem Solo auszuhelfen.

ESTHER: Das also sind die einzigen Gedanken, die in dieser Minute dich bewegen?! – Oh, ich habe eure Leidfähigkeit nie überschätzt! So seid ihr: starr, tot, ungut im Grunde! Wie eure Liebe der Lebenswärme ermangelt, wie eure Hitze künstlich und übersteigert ist! So läßt er mich gehen! Und wagt noch seine schamlose Behauptung aufrechtzuerhalten, er habe mich geliebt!

DER ALTE *ganz schwer, ganz langsam*: Was glaubst du, Esther, was ich mit all den Kindern erlebt habe, die ich großzog? Was glaubst du, was ich mit all den lieben Kindern noch erleben werde, die jetzt bei mir sind? – Schon so viele gingen von mir: Ich konnte sie doch nicht halten. – Aber vielleicht kommst du ja wieder.

ESTHER *krampfhaft*: Nein – wieder komme ich nicht! Wenn ich einmal draußen bin – nein, nein – wiederkommen nicht – nein, nein, nein, nein. – Und jetzt muß ich packen. Viel besitze ich nicht: aber was ich besitze, das muß ich doch alles einpacken. Denn ich komme nicht wieder. Ich muß mir allerdings in der Stadt sofort viel Neues kaufen, viele Toiletten, die brauche ich dort. Dort komme ich freilich nicht aus mit den schwarzen und grauen Kitteln, die hier jedermann trägt. Rote Toiletten – rote und grüne und gelbe Toiletten.

Sie dreht sich um, geht die Stufen hinauf, bis zur Tür. An der Tür wendet sie sich, zum erstenmal seit ihrem Auftreten, Anja zu. Jetzt wird ihre Stimme weicher:

Anja – wenn du mir vielleicht beim Packen helfen willst –?

ANJA *ist schon im Begriff aufzustehen*: Gern. –

ESTHER *plötzlich wieder rasch und scharf*: Das heißt – eigentlich ist es ja nur eine kleine Mühe. Es macht mich auch nur nervös, wenn noch ein zweiter dabei ist. Danke, bleibe nur sitzen.

Sie geht, ohne sich noch einmal umzusehen, ins Haus.

ANJA *steht, nachdem Esther schon fort ist, noch aufrecht vor ihrer Bank. Ihre Stimme ist ganz tot*: Aber – wenn ich dir – in irgend etwas helfen könnte –.

DER ALTE *tritt zu Anja, sieht auf die jetzt gebückt Sitzende hinab*: Jetzt will ich Anja allein lassen. Jetzt sollte keiner zu ihr reden.

Wenn du weinen kannst, Anja, dann weine. Jetzt sieht dich niemand.

Er geht.

Eine kurze Zeit sitzt Anja, ohne sich zu regen. Dann fernes Geräusch von fernen Tritten. Die Kinder kommen von ihrem Spaziergang zurück. Sie haben über ihren Anzügen und Kleidern kleine graue Pelerinen. Das erste der Mädchen führt Jakob. Da dieser Anja sitzen sieht, läuft er zu ihr hin, wobei er das kleine Mädchen mitten auf der Bühne stehen läßt. Der andere Zug geht indessen, gedämpft plaudernd und lachend, die Stufen hinauf und ins Haus.

JAKOB: Du sitzt so merkwürdig. – Soll ich dir ein Kissen bringen?

ANJA: Nein, danke.

JAKOB: Du frierst und zitterst ja förmlich. Ich werde dir warme Decken holen.

ANJA: Nein, geh nur. Die kleine Eliza wartet auf dich. Du mußt den Kindern Gesangstunde geben.

JAKOB *geht zu dem kleinen Mädchen hin, nimmt es bei der Hand und führt es, den andern nach, die Stufen hinauf. Aber an der Tür wendet er sich noch einmal um*: Aber wenn ich dir vielleicht in irgend etwas helfen könnte.

ANJA: Nein – nein – danke.

Jakob verschwindet im Haus.

Anja sitzt still, sieht ins Weite. Sie glättet die Beeren in der Schüssel mit beiden Händen:

Und einer – fragt den anderen – ob er ihm vielleicht – in irgend etwas helfen könnte. – Und er kann es doch nicht.

Sie steht langsam auf; geht langsam Stufe für Stufe dem Portal zu. An der Tür taumelt sie, wie von plötzlicher Schwäche angewandelt. Die Schüssel entfällt ihrer Hand, zerschlägt auf den Steinfliesen. Sie selbst sinkt, laut aufweinend, wie geschüttelt von physischer Not, gegen die Säulen.

Die beiden alten Aufwartefrauen kommen, auf den Lärm hin, eilig aus dem Haus angelaufen.

DIE AUFWARTEFRAUEN: Oje, oje – die schönen Beeren auf dem Fußboden – und Scherben dazwischen und die Schüssel kaputt. – Ja, was sollen denn da die lieben Kinder zum Nachtisch haben?

Sie bücken sich, um die Beeren aufzusammeln.

SIEBENTES BILD

Die Szene des ersten und des vierten Bildes.
Zwischen vielen Koffern, die in der Mitte der Bühne aufgestapelt sind, steht Esther im Reisekostüm. Sie ist mit einer gewaltsam und grotesk anmutenden Rüstigkeit gekleidet, mit hohen, ledernen Handschuhen, einem gegürteten Paletot, einem Herrenhut und einem Spazierstock.
Anja, gekleidet wie immer, steht beiseite.

ESTHER: Zu Anfang wird es dir ziemlich schwerfallen, deinen Bruder Kaspar zu entbehren. Du warst ihm am Ende enger verbunden, als du es selbst wußtest. In wie vielem seid ihr euch ähnlich, und eure Verschiedenheiten heben sich in so glücklicher Weise auf, daß man einen ohne den anderen sich kaum mehr vorstellen kann. *Ihre Stimme ist ganz eintönig, ihre Augen ganz starr.*

ANJA: Ja – das wird schwer sein.

ESTHER *setzt sich plötzlich, als könne sie vor Müdigkeit einfach nicht mehr stehen, auf einen der Koffer*: Jetzt, da ich gehen muß, fällt mir so vieles plötzlich ein – ganz belanglose kleine Erlebnisse, die wir zusammen hatten – vor Jahren vielleicht. Sie bestürmen mich förmlich.

ANJA: Daran habe ich auch eben gedacht: Wie wir noch kleine Mädchen waren –.

ESTHER: Und du sahst aus wie ein Junge, mit deinem kurzgeschnittenen schwarzen Haar – wie ein ernster Junge –.

ANJA: Wie wir mit dem Alten zusammen das erste Mal die Tiere füttern durften.

ESTHER: Und der große Adler biß mich in den Finger.

ANJA: Er blutete.

ESTHER: Ja, er blutete. Aber dann standest du hinter mir und hattest weiße Watte bereit und pflegtest mich. Und warst ein ernster Junge, der seine Braut pflegt.

ANJA: In den ersten Jahren konntest du es nicht lassen, dich zu schminken.

ESTHER: Ja – wie oft du mir den Rotstift versteckt hast.

ANJA: Du hattest es dir zu Hause angewöhnt.

ESTHER: Mama sah es so gern, aber wenn Papa dazukam, schrie er vor Ärger.

ANJA: Lippenrot über den Augen und blaue Striche darunter: So tanztest du.

ESTHER: Wir übten zusammen, damals schwang Wolf noch die Gerte!

ANJA: Die du dann geschwungen hast –.

Kleine Stille.

ESTHER: Was mag aus Wolf geworden sein?

ANJA: Vielleicht triffst du ihn irgendwo. Tanzen wird er – Step – tanzen –.

ESTHER: Dann war damals auch Marie Therèse da. Sie hatte ein so kleines weißes Gesicht.

ANJA: Wie sie dich liebte. – Wenn du in den Raum kamst, machte sie ein ganz böses, verkniffenes Gesicht, vor lauter Liebe.

ESTHER: Dann starb sie ja bald.

ANJA: Ab und zu kam damals deine geisteskranke Mutter zu Besuch. In ihrer grauen Kalesche kam sie angefahren.

ESTHER: Und die milchigen Perlen klirrten an ihrem Hals.

ANJA: Der Alte war ausgesucht höflich zu ihr.

ESTHER: Er stapfte zum Wagenschlag, ließ sie aussteigen und lachte ihr zu, unter seinem Bart.

ANJA: Mama streichelte dein Haar und hatte ganz verschleierte Augen dabei. Die wollten nichts mehr sehen.

ESTHER: Wenn sie fort war, kniete sich der Alte zu uns und sprach stockend von seiner Liebe. Bei aller Wonne erschrak ich, wenn dieser große rote Mund unter dem Bart auf mich zukam.

ANJA: Deine arme Mutter steckte man dann bald ins Irrenhaus.

ESTHER: Aber damals, glaub ich, trugst du schon lange Haare. Du hast sie wohl gleich von Anfang an so geflochten wie jetzt – so schwer im Nacken. Mit einer anderen Frisur könnte ich mir dich kaum vorstellen.

ANJA: So trug ich sie immer.

ESTHER: Wenn wir dann zu dritt spazierengingen, Kaspar und du und ich! Wir waren wie verrückt und ärgerten alle Bauern und tanzten all unsere Tänze auf den Wiesen und sogar auf den Landstraßen.

ANJA: All unsere Tänze – wir hatten so viele. Täglich erdachten wir neue. Alles, was wir erlebten, konnten wir durch sie ausdrücken. Aber im Grunde erlebten wir immer das eine, in bunten Variationen.

ESTHER: Als wir mit Gert die Hampelmannpantomime einstudiert hatten, tanzten wir sie in den kleinen Vorgärten der Bauernhäuser. Und Kaspar schrie seine Gedichte dazu. – Wir schrien alle seine Gedichte.

ANJA: Wenn uns die Bauern aber prügeln wollten, dann brauchte ich sie nur ernst anzusehen.

ESTHER: Und weil du ein so würdiges Wesen hattest –

ANJA: Ließen sie uns gehen!

Sie lachen beide.

Die Aufwartefrauen kommen vom Park.

EINE AUFWARTEFRAU: Der Wagen für Fräulein Esther wartet schon. Wir sollen die Koffer holen.

Jede packt sich einen der vielen Koffer auf und humpelt damit zur Tür.

ESTHER *aufgeschreckt, wie entgeistert*: Der Wagen – der Wagen –?!

AUFWARTEFRAUEN *schon an der Tür*: Ja, ja, ja, der Reisewagen, Fräuleinchen, der Reisewagen!

Sie verschwinden im Park.

ESTHER *die Hand an der Stirn*: Der Reisewagen – der Reisewagen –.

ANJA *geht langsam zur Tür, wendet sich an der Tür um, sieht Esther an*: Esther – ich wollte dich noch um etwas bitten: Wenn du – draußen – ein Kind bekommen solltest – dann schicke es doch lieber dem Alten ins Stift.

ESTHER *lacht viel zu laut*: Aber wo denkst du denn hin? Aber wie sollte ich denn ein Kind bekommen!!

ANJA: Denn mit dem Kind, das habe ich mir jetzt überlegt, ist es doch ungefähr wie mit dem Werk – das Kaspar draußen tun will, unserem Werk, das geboren ist aus der leidenschaftlichen Hingabe an das Leben, aber mit der Sehnsucht stets nach Haus.

In nicht verkrampfter, sondern weiter und reiner Verzückung: Und dein Kind – wer weiß, wie es wird. Wenn der schmalste Leib den Samen empfängt, dann darf er vielleicht die köstlichste Frucht gebären.

ESTHER *ganz verwirrt zwischen den Koffern*: Aber ein Kind – aber wie soll ich denn wohl ein Kind bekommen??

ANJA: Und daß du dich nach zu Hause sehnen wirst, weiß ich. *Ganz leise, vor sich im Hinausgehen:* Das weiß ich –

ESTHER *steht mit vor Tränen erblindetem Blick. Da Anja hinaus ist, bemerkt sie plötzlich ihr Alleinsein, wendet sich entsetzt nach der Tür*: Anja – Anja, wo bist du denn hin?
Sie schlägt die Hände vors Gesicht.
Aber ich kann doch nicht fort von hier – aber ich kann doch nicht – aber ich kann doch nicht – was soll ich denn tun, da draußen? Was soll ich nur tun? – Anja, so komm doch, meine liebe Anja! Hab ich dich einmal beschimpft? – Du weißt, wie ich's meine. Habe ich einmal geschrien, du seiest schuld? – Du weißt ja, wer schuld ist! – Komm, komm, komm, komm. – Was soll ich denn ohne dich tun? Ich kann doch nicht Step – tanzen. – Und ein Kind? Was hast du von einem Kind gesagt? – Ich bin doch nur eine Tänzerin – kann doch nicht Kinder haben – Anja! Meine liebe Anja!
Die Aufwartefrauen kommen wieder, um neue Gepäckstücke zu holen.
Nicht – kein Gepäck mehr hinuntertragen! Nicht – nein – ich will nicht mehr reisen –.

AUFWARTEFRAUEN: Ja, sollen wir denn die anderen zwei Koffer auch wieder hinauftragen?

ESTHER: Nein – ja, ich weiß nicht – ich weiß nicht. – Ein großer Adler biß mich in die Hand – da hatte Anja weiße Watte bereit – und war ein ernster Junge – und pflegte mich –. Was soll ich nur tun? Herrgott im Himmel: Was soll ich tun?!
Erik kommt vom Park her. Er trägt einen Strauß herbstlich bunter Blumen. Er ist gekleidet wie immer.
Esther, erlöst bei seinem Anblick:
Erik!! Erik, daß du da bist!
Sie läuft ihm entgegen, wirft sich ihm um den Hals, schmiegt sich ganz in ihn hinein.

Ich hatte dich vergessen – deinen Leib hatte ich vergessen – deine Stimme, dein Gesicht, dein Fleisch. – Oh, daß du da bist! Oh, daß du lebst – lebst, atmest, lachst. – Du hast mir Blumen mitgebracht – bunte Blumen – danke.

Sie läßt die Blumen zur Erde fallen.

ERIK: Dein Atem fliegt ja. Wir müssen fort, wir versäumen den Anschluß.

ESTHER: Sprich nicht – gib deinen Mund – gib deine Hände. – Ich dachte, ich könnte nicht fort von hier – hatte vergessen, was mich ans Leben binden werde – deine Stimme, dein Gesicht, dein lebendiges Fleisch –.

DIE AUFWARTEFRAUEN *tragen humpelnd und kichernd die Koffer davon*: Na, nun ist ja alles wieder – sehen Sie, Fräuleinchen – alles wieder gut –.

ERIK *streichelt die Zuckende*: Ich küsse dich während der Fahrt – während der Fahrt im rumpelnden Wagen küsse ich dich – Kaspar sitzt uns gegenüber und sieht wohl ein bißchen traurig drein. Der Alte sitzt uns gegenüber. – Er begleitet uns ja ein Stück – aber er lacht. So, jetzt mußt du dich verabschieden, von den Kindern, von Jakob, von den Tieren. – So – ich küß dich dann während der Fahrt.

ESTHER *wirft den Kopf zurück, lacht ihm, die Arme noch um seinen Hals geschlungen, ins Gesicht*: Du küßt mich dann während der Fahrt – während der Fahrt – und draußen – und wenn wir Step – tanzen.

Legt plötzlich den Kopf an seine Brust, ganz leise:

Erik, mein Lieb, glaubst du eigentlich, daß ich ein Kind bekomme?

Sie lacht, macht sich von ihm los.

Jetzt will ich mich von den Kleinen verabschieden. Warte – ich habe ihnen Schokolade gekauft!

Sie läuft hinaus.

Erik sieht ihr lachend nach.

Kaspar kommt vom Park her. Er ist auch in Reisekleidung, die aber nicht zu sehr auffallen darf.

KASPAR: Ist Esther nicht hier? – Ich dachte, ich hätte ihre Stimme gehört – und sie lachte doch auch –.

ERIK: Ja, am Schluß lachte sie.

KASPAR *ganz mühsam*: Erik – Erik – sie sagt alles zu dir, was andere dir vielleicht sagen möchten – sie sagt alles, sie lacht und sie weint über dich – und andere dürfen dir nur danken. Aber es könnte sein, daß die ungesagten Worte die dunkelsten sind und die heißesten.

ERIK: Zu mir – Kaspar – zu mir darf doch jeder sagen – was er will – und ich verstehe die ungesagten Worte so gut wie die gesagten – und ich verstehe sie beide nicht. Es fällt so in mich hinein – und manchmal glaube ich, bis zu mir, bis ganz zu mir, weißt du – dringt nichts von dem, was sie sagen. Und doch bin ich ganz voll davon, ganz trunken manchmal, von alldem, was sie mir gaben. – Und habe doch nichts verstanden –.

KASPAR: Wenn ich jetzt draußen etwas schaffen darf, etwas, das ich hier nicht hätte schaffen können – dann sollst du wenigstens wissen, daß du mir die Kraft dazu gabst. Wenn ich etwas vollenden darf, Erik, dann sollst du immer wissen, daß ich dir dafür danken muß.

ERIK: Ja – du hast das – du willst es gestalten. – Aber manchmal denke ich, nur ganz selten, aber doch manchmal, was ich eigentlich habe?

Er lacht plötzlich.

Aber was rede ich? – Wir müssen ja abreisen.

Er will hinausgehen, während Kaspar still stehenbleibt. Aber Jakob tritt ihm in der Tür entgegen.

JAKOB *mit seiner rauhesten und verzerrtesten Stimme*: Ich möchte Sie sprechen.

ERIK: Ja, ich wollte mich sowieso von Ihnen verabschieden. Aber Sie wissen ja: ganz wenig Zeit hab ich nur noch.

JAKOB *mit Schärfe zu Kaspar*: Kaspar, würdest du nicht endlich gehen? – Du siehst, daß ich Herrn Erik allein etwas sagen möchte.

KASPAR: Ja – entschuldige.

Er geht, in tiefe Nachdenklichkeit versunken, in den Park hinunter.

ERIK: So feierlich –?

JAKOB: Sie wissen vermutlich, daß ich seit meiner frühesten Jugend, das heißt, seit wir uns hier im Stift kennenlernten, mit Anja aufs innigste befreundet war.

ERIK: Ja – ich weiß – das heißt: Wenn Sie es sagen, wird es wohl auch so sein.

JAKOB: Sie haben Anja gesehen. Jeder, der sie sehen durfte, mußte ahnen, wer sie ist. Jeder, den diese Augen einmal angeblickt haben, mußte ahnen, was sie ist.

ERIK: Ich habe sie gesehen – doch, gleich zu Anfang im Park. – Sie stand zwischen dem schwarzen Gebüsch wie ein Heiligenbild.

JAKOB: Selbstverständlich können Sie es nicht annähernd ermessen, wieviel ich ihr zu verdanken habe. Daß ich ohne Anja heute tot wäre oder wahnsinnig, geht Sie weiter nichts an. Ich sage es ausschließlich, damit Sie mir das Recht nicht absprechen können, Sie wegen Ihres Betragens gegen Anja zur Rede zu stellen.

ERIK: Ich verstehe beim besten Willen nicht, was Sie meinen.

JAKOB: Ich weiß nicht, wer Sie sind. Ich weiß nicht, wieso Sie hierher kommen durften. Aber ich weiß, daß Sie hier, hier an diesem Ort, dessen Atmosphäre zu atmen Sie nicht wert sind, hier unter diesen Menschen, deren Schicksal auszudenken Sie nicht fähig sind – daß Sie hier Verzweiflung, Not, unwürdige Verwirrung gestiftet haben. Welch sinnwidriges Schicksal aber konnte es so lenken, daß die Reinste, ja, die Heiligste, die unter uns ist, das Opfer gerade Ihrer gemein-sinnlichen Herrschaft werden mußte!

ERIK: Wenn ich Sie nur begriffe –

JAKOB: Die Art, in der Sie den Verträumten und Unschuldigen spielen, ist mir widerwärtig. Sie wissen, daß Sie Anja heimtückisch das einzige geraubt haben, mit dem sie wahrhaft tief und menschlich verbunden war: Dieses Mädchen, das zu verführen Ihnen Freude bereitete: Esther.

ERIK: Aber ich habe doch Esther nicht verführt. – Aber ich wollte doch Anja nicht kränken.

JAKOB: Da Gott Sie mit plump anziehenden Gaben ausstattete, war es für Sie nicht nötig, Ihr bißchen Intellekt spielen zu lassen, um dieses Mädchen an sich zu ziehen. Das Fluidum ganz einfach, das von Ihrem Körper ausgeht, genügte vollkommen, um Esther in Ihre Arme zu treiben. Auf Ihr Zuraten, wie ich vermute, wandte diese sich dann in kindischer Brutalität von Anja ab. – Als sei aber durch diese Grausamkeit Ihrem spielerischen Machthunger noch nicht Genüge geschehen, nahmen Sie Anja so ganz nebenbei – so ganz nebenbei nahmen Sie Anja den zweiten Menschen, der ihr auf dieser Erde nicht fremd ist, nahmen ihr den Bruder. Alle gemeinen Instinkte, die er von einem anrüchigen Vater her in seltsam gemischtem Blut trug, riefen Sie in ihm wach. Sie bemächtigten sich seiner – so nebenbei – so ganz nebenbei, als sei Ihnen das Mädchen nicht genug, raubten Sie Anja den zweiten Menschen, für den sie fühlte – wie Fliegen verfielen die beiden Ihrer dummen Gewalt. Und jetzt ist sie doch allein!!

Er schreit gellend, in äußerster Verzweiflung:

Und jetzt ist Anja doch ganz allein!!

ERIK *nicht zu ihm, nur leise vor sich hin*: Es ist so merkwürdig, wie er das alles ansieht. So ist es doch gar nicht in Wirklichkeit. Zuallererst küßte ich doch Anja die Hand. Und Esther? Und Kaspar? – Ich kann doch nichts dafür. – Ich verstehe ihn nicht –.

JAKOB *schreit*: Deshalb stelle ich Sie zur Rede: Weil Sie, ein frecher Eindringling, dieser Heiligen das einzige geraubt haben, was sie mit unserer Erde verband!

ERIK: Aber – aber sie hat doch noch Sie – Sie, Jakob –.

JAKOB *sein Kopf sinkt nach vorn, ganz leise*: Mich? – Nein – mit mir hat sie nichts zu schaffen. – Mitleid hat sie vielleicht, mit der Qual – ich nicht, nein, ich nicht.

Er steht plötzlich fassungslos, mit gesunkenem Kopf.

ERIK *hebt, wie um ihn zu streicheln, die Hand nach ihm*: Jetzt sollen Sie nicht weitersprechen.

JAKOB *fährt zurück, schreit wieder auf*: Fassen Sie mich nicht an!! Um Gottes willen, fassen Sie mich nicht an! Ich fürchte mich vor Ihrem Fleisch! Ihr Fleisch ist schuld an allem! Ihr Fleisch – Ihr siebenfach verdammtes Fleisch hat Anja unglücklich gemacht! Ich fühle Lust, Ihr Fleisch zu strafen! Ingrimmige Lust fühle ich, Ihr Fleisch zu züchtigen! Vielleicht ist alles gut, wenn ich dies Leben erst aus dem Weg schaffe!

Er reißt einen langen, gefährlich spitzen Revolver aus der Tasche, er richtet ihn zielend gegen Erik.

ERIK *in primitivster, äußerster Todesangst, zurücktaumelnd, die Arme vorm Gesicht*: Nicht schießen! Um Gottes willen, nicht schießen!! Bitte, bitte, nicht schießen! Was habe ich Schlimmes getan? – Nicht – nicht –.

JAKOB *hält, sich weidend an seiner Angst, weiter den Revolver auf ihn gerichtet*: Was Sie getan haben? – Sie haben das Mädchen an sich gelockt, das Anja liebte, wahrscheinlich, um das Vermögen dieser Esther einstecken zu können. Jetzt fällt es mir erst ein: Höchstwahrscheinlich wegen des Geldes taten Sie das! – Um solcher Ursachen willen fühle ich Lust, Ihr Fleisch zu bestrafen – deswegen schieße ich jetzt!!!

ERIK *schreit*: Hilfe! Zu Hilfe! Er tötet mich! Ich habe nichts Schlimmes getan! Er tötet mich!

In diesem Augenblick kommen aus der Tür links der Alte, Esther und Anja. Auch der Alte ist in einer Art von Reisekostüm, er hat einen großen Hut auf und über seinem sonstigen Anzug einen offenen, schwarzen, rauhen Lodenmantel. Er führt die kleine Eliza an der Hand.

DER ALTE *lachend*: Oh – was ist denn hier für ein Lärm und für eine laute Komödie? Was wird denn hier wieder für Unfug gemacht?

ERIK *noch keuchend*: Danke, daß Sie gekommen sind. – Er benahm sich so komisch. – Ich weiß gar nicht recht, was er wollte – und ich bin auch gleich immer so ängstlich.

JAKOB *sieht, den Revolver gesenkt, ganz entgeistert den Alten an*: Ja – ja, reist denn du auch fort?

DER ALTE *immer lachend*: Reisen? Warum denn gleich fortreisen? – Ich fahre mit dem jungen Paar und mit meinem lieben Enkelsohn zur Begleitung bis zum Bahnanschluß. Und so geziemt es sich doch für einen guten Großvater. Und Eliza darf mitsein von der vergnügten Partie.

ANJA *zu Jakob*: Kommst du nicht auch hinunter, zum Wagen?

JAKOB *wirr*: Nein – nein, leider ist es mir ganz unmöglich. Ich muß jetzt die Kinder zusammenrufen. Es ist höchste Zeit zur Gesangstunde.

Er streckt Esther die Hand hin.

Leider – ist es mir – vollkommen unmöglich. – Adieu, Esther!

ESTHER *übersieht, schon an der Tür, die ihr angebotene Hand*: Adieu – ja – adieu, Jakob.

Sie ist, einen Mantel überm Arm, viele kleine Pakete tragend, hinaus, in den Park. Der Alte folgt mit Eliza an der Hand.

ERIK: Aber mir können Sie die Hand schon geben, Jakob. Was Sie vorhin gemeint haben, verstand ich nicht ganz. Ich glaube, daß

Sie verzerrtes Zeug redeten. Aber ich würde nicht gern in Unfrieden von jemandem hier scheiden, die Hand können Sie mir schon geben.

JAKOB *zieht sich fliehend an die Tür zurück*: Die Hand – nein – die Hand nicht. – Ich sagte Ihnen ja vorhin schon: Ich habe Angst – ich habe große Angst vor Ihrem Fleisch. – Aber alles Gute kann ich Ihnen immerhin wünschen. Gut wird es Ihnen schon gehen, ganz selten nur schlecht. – Adieu.

Er ist hinaus.

ANJA: Hat er Sie beschimpft, Erik?

ERIK: Ich glaube, offen gesagt, daß er krank ist. Er beschuldigte mich vieler Dinge, an die ich nie gedacht habe.

ANJA: Wahrscheinlich sprach er von mir. Das dürfen Sie ihm aber nicht übelnehmen.

ERIK: Nein – nein, das nehme ich ihm nicht übel. Aber er sagte, ich hätte Sie kränken wollen und schrecklich beleidigen. Das habe ich nicht gewollt. Sie wissen es besser als ich, daß ich das nicht gewollt habe. Und wie das alles gekommen ist, mit Esther und auch mit Kaspar: Gott ist mein Zeuge, da kann ich nichts dafür. Mir da die Schuld zuschieben wollen, heißt ungläubig sein an das Schicksal. Am ersten Morgen gleich habe ich Ihre Hand geküßt –.

ANJA *hastig*: Davon dürfen wir jetzt nicht sprechen – um Esthers willen nicht –.

ESTHERS STIMME *aus dem Park*: Anja – Erik! Warum kommt ihr denn nicht?

ANJA: Wir haben nur ganz wenig Zeit noch – hören Sie: Die Pferde scharren, die Peitsche knallt, der Kutscher räuspert sich auf dem Bock. – Es ist mir, als hätte ich Ihnen noch viel zu sagen. – Aber vielleicht ist es nur das: – Wir haben ja nur noch so wenig Zeit – Vielleicht ist, was ich Ihnen sagen wollte, nur, daß Sie Esther lieben sollen, so innig Sie können – daß Sie bei ihr bleiben sollen, solange Sie können.

ERIK: Ja, darum bitten Sie mich – danke, ja, ich werd es versuchen.

Bückt sich plötzlich und hebt die Blumen auf, die Esther fallen ließ.

Hier sind Blumen, die habe ich für Sie gepflückt. Für Sie, Anja.

Esther dachte zunächst, sie seien ihr zugedacht. Aber für Sie habe ich sie gepflückt – nehmen Sie.

ANJA *streichelt die Blumen*: Danke – die hebe ich mir auf.

ERIK *küßt ihre Hand*: Das hat mich so besonders getroffen, was Jakob da vorhin sagte – denn, wenn ich – überhaupt jemals eine Frau geliebt habe –.

ANJA *macht sich los*: Jetzt – jetzt will ich mich noch von Esther verabschieden.

Sie läßt die Blumen auf dem Stuhl liegen. Sie läuft hinaus. Erik folgt ihr.

Nach kurzer Zeit kommen die beiden Aufwartefrauen von rechts her, rote Taschentücher schwenkend, angelaufen.

DIE AUFWARTEFRAUEN *über die Bühne rennend*: Jetzt fährt der Wagen ab – Fräulein Esther und der Herr Kaspar fahren im Wagen davon!

Sie stehen und winken.

JAKOB *kommt gleichfalls aus der Tür, tritt zu ihnen*: Sind sie jetzt fort?

DIE AUFWARTEFRAUEN *humpeln, die Tücher jetzt vorm Gesicht, durchs Zimmer zurück*: Jetzt sind sie fort. Und Fräulein Anja steht am Wegsaum und winkt und winkt.

Sie sind hinausgehumpelt.

JAKOB *wiederholt, wie mechanisch*: Und winkt – und winkt –. Der Alte war ruhig, wie aus Stein. Er lachte sogar. Vor seinen Augen rinnt das Schicksal vorbei – und rinnt – und rinnt ewig. Aber seine Augen wissen alles. Drum blicken sie auch so seltsam. – Und ich hatte schon den Revolver erhoben. Und weiß doch nichts – und ich bin der Narr, der sich aufbäumt. Und er ist ruhig, wie aus Stein. Und ich bin der Narr, der hineinschreit.

Anja kommt langsam herein.

Sieht man sie jetzt nicht mehr?

ANJA: Nein, jetzt sind sie fort. – Die Kinder warten wohl schon auf uns.

JAKOB: Sie sitzen im Eßzimmer.

ANJA: Eliza wird fehlen. Sie ist fort, mit dem Alten.

Sie sind ins hintere Zimmer gegangen.

Der Gesang der Kinder beginnt klar hinter der Szene.

«Hör im Dorf sich viele freun,

Gärtner an der Mauer mäht,
Leise eine Orgel geht,
Mischet Klang und goldnen Schein,
Klang und Schein.
Liebe segnet Brot und Wein.»

Plötzlich kommt vom Park her Esther ganz außer Atem angelaufen. Sie scheint im Zimmer etwas zu suchen, findet den Blumenstrauß auf dem Stuhl, ergreift ihn und reißt die Tür ins hintere Zimmer weit auf. Am Tisch sitzen die Knaben und Mädchen – gruppiert, wie beim Essen des ersten Bildes: Die Knaben mit dem Rücken gegen das Publikum, die Mädchen mit der Front. – Sie haben ihre weißen Kittel an, und vor ihnen, auf dem Tisch, liegen Notenblätter, auf die ihre Augen andachtsvoll gerichtet sind. Im mittleren Thronstuhl sitzt Anja, Jakob steht hinter ihr. – Alle sehen der zu Anja hinstürzenden Esther mit Erstaunen entgegen.

ESTHER *bei Anja, ganz außer Atem*: Ja – ich habe den Wagen halten lassen – mir war etwas noch eingefallen. Erik hatte mir nämlich Blumen geschenkt, die habe ich hier vergessen. Da dachte ich plötzlich, daß ich sie dir schenken müsse – dir – Eriks Blumen.
Sie legt sie vor Anja hin, auf die Tischplatte.

ANJA *groß lächelnd*: Danke – ja – danke.

ESTHER *wendet sich, ohne noch etwas zu sagen. Geht, schleppend jetzt und mit geneigtem Gesicht, zur Tür. Einmal noch bleibt sie stehen*: Ja – so werde ich sie im Gedächtnis behalten. – Das Bild vergesse ich nicht mehr: Wie sie als Heilige zwischen den Kindern sitzt und dieser verzerrte Erzengel steht hinter ihr – das bleibt mir im Herzen.
Aufhorchend, ganz hell:
Erik? – Ja, ja, Erik – ich komme –.
Sie läuft hinaus.

ANJA: Dann singt nur wieder. – Du weinst ja, Gimietto? Weinst du, weil Kaspar jetzt fort ist? – Singt, Singt.

DIE KINDER SINGEN *andachtsvoll auf ihre Notenblätter schauend*:
«Mädchen kommen auch herein
Und der Hahn zum letzten kräht.
Sacht ein morsches Gitter geht

Und in Rosen Kranz und Reihn,
Rosenrein,
Ruht Maria, weiß und fein.»
Währenddem streichelt Anja die Blumen.

Revue zu Vieren

Komödie in drei Akten
(acht Bildern)

Heil dem Geist, der uns verbinden mag,
denn wir leben wahrhaft in Figuren.
Rilke, Sonette an Orpheus

PERSONEN

Renate
Ursula Pia
Allan
Michael
Der Akrobat Bum
Der Tänzer Jup
Der Fotograf
Der Journalist
Der Hoteldirektor
Zwei alte Damen
Eine alte Wirtin

ERSTER AKT

ERSTES BILD

Renatens elegantes kleines Hutgeschäft. Ein dunkelgetäfelter, reizvoller kleiner Raum mit weinrotem Teppich. Vorn ein großer, stehender Spiegel, dabei ein paar Stühle, ein Tischchen mit Modejournalen. Viele kleine, phantastische Hüte, wie Vögel, auf Regalen, Stühlen und in Glasschränken. – Tür im Hintergrund und eine kleinere, seitlich rechts.
Vor dem Spiegel im Vordergrund steht Ursula Pia und probiert einen Hut. Sie ist zugleich streng und mit Chic gekleidet, herrenhaftes Schneiderkostüm mit greller Krawatte; sie trägt auch Monokel und einen langen gelben Spazierstock. Hinter ihr steht Renate, sie hat einen schwarzseidenen Schal umgelegt. Ein wenig abseits, auf einem Stuhl, Allan, mit übereinandergeschlagenen Beinen, gleichfalls sehr smart gekleidet, heller amerikanischer Anzug, Monokel.

RENATE *in der Hand viele Hütchen*: Ich bin nun eben einmal der festen Überzeugung, daß der Dame dunkel ungleich besser stehen müßte. Rot könnte sich bestimmt sehr fein machen, aber dunkel gibt eine zugleich schickere und gehaltenere Note.

URSULA PIA: Ja, ja, das Hütchen ist gut, ich erkenne seine Vorteile durchaus. Aber ich möchte es ein wenig aufgemuntert haben, Sie verstehen: eine kleine, pikante Note hinein, etwas Aufreizendes, leicht Infames –

RENATE: Ich verstehe: gnädiges Fräulein haben einen kessen Geschmack. – Was hielten Sie etwa von einer kleinen grünen Feder, anmutsvoll seitlich placiert? Ohne indiskret zu wirken, würde es dem ganzen kleinen Ding eine gewisse extravagante Note geben, wie es eben der Typ der Dame erfordert.

URSULA PIA: Kleine grüne Feder wäre nicht schlecht. Machen Sie es doch zunächst provisorisch so, liebes Fräulein, wir wollen dann feststellen, ob es mich putzt.

Renate zieht sich ein wenig nach rückwärts zurück und arbeitet schweigsam am Hütchen.

ALLAN *beobachtet sie*: Wir haben von Ihrer überraschenden Sicherheit vielfach gehört. Ihr Ruf als Modistin ist, trotz Ihrer Jugend, sehr groß. Für uns ist es momentan aus vielen Gründen von besonderer Wichtigkeit, daß meine Braut fein ausgestattet wird.

URSULA PIA *hat sich eine Zigarette angezündet, die sie aus langer Spitze raucht*: Man kann wohl sagen, daß es von entscheidender Bedeutung für uns ist. – Es ist übrigens sonderbar, liebes Fräulein, wie viel Würdiges, Gesetztes Sie schon an sich haben, bei Ihrer phantastischen Jugend.

RENATE *hinterhältig und munter*: Man tut, was man kann, um seinen Kunden einen vertrauenerweckenden Eindruck zu machen.

URSULA PIA: Das ist vollkommen selbstverständlich. Jeder tut, auf seine Art, was er kann.

Michael kommt aus der kleineren seitlichen Tür. Er ist ein bißchen verkommen gekleidet, mit einem schwarzen, etwas bolschewistischen Sweater.

MICHAEL *bleibt, ohne Allan und Ursula Pia zunächst zu bemerken, an der Tür stehen, die Hand an der Stirn*: Ich kann wieder einmal nicht weiter, Renate –

Er sieht auf:

Oh, entschuldige, ich wußte nicht, daß du Gäste hast, ich hatte es gar nicht bemerkt –

Er will sich zurückziehen.

URSULA PIA *mit scharfer Liebenswürdigkeit*: Bleiben Sie doch, lieber Herr, ich möchte Sie ungern verscheuchen.

Michael bleibt stehen und lächelt ein bißchen erschrocken.

RENATE *lächelt auch*: So muß ich dich vorstellen – mein Freund Michael – Fräulein Ursula Pia, Herr Allan Dumont.

URSULA PIA: Ich habe schon von Ihnen gehört und Sie interessieren mich sehr.

MICHAEL *bestürzt*: Oh, danke – wie Sie gleich liebenswürdig zu mir sind…

URSULA PIA: In einer literarischen Zeitschrift habe ich einen Vorabdruck aus Ihrer Arbeit «Die Situation» gelesen.

MICHAEL *sofort warm*: Ja? Haben Sie es gelesen? Es war, glaube ich, der Abschnitt über Kollektivismus und Individualismus. Er scheint mir von allen der beinah Wesentlichste, der ganze zweite Band kulminiert in ihm.

URSULA PIA: Das Werk soll mehrbändig werden?

MICHAEL *sehr eifrig*: Ja, es muß mehrbändig sein, es werden drei ziemlich stattliche Bände. – Je umfangreicher es wird, desto schwieriger ist es allerdings, einen Verleger zu finden.

URSULA PIA: Setzen Sie sich doch ein bißchen zu mir, erzählen Sie mir noch von der Komposition Ihres Werkes. Ihre Freundin macht in dieser Zeit mein Hütchen fertig.

Michael sitzt auf einem kleinen Stuhl an Ursula Pias Seite, Renate arbeitet im Hintergrund, Allan hat sich zu ihr hingewandt und sieht ihr zu. Er beobachtet das Gespräch zwischen Michael und Ursula Pia nicht.

MICHAEL: Ich fürchte mich, Sie zu langweilen.

URSULA PIA: Ich meine ernst, was ich sage.

MICHAEL: Es wäre selbstverständlich unmöglich, in einem Band alles auszuführen. Die Aufgabe, die ich mir gestellt habe, ist ungeheuer. – Ich habe mir vorgenommen, in einem philosophischen Werk die geistige Situation des heutigen jungen Europa vollständig darzustellen und zu erklären. Das Buch hat zum Zweck, in alle wesentlichen geistigen Strömungen, denen die Jugend Europas ausgesetzt ist, einzuführen, ihre Möglichkeiten und Gefahren zu beweisen, zu entdecken, wo ihre Ursprünge sind. Es ist meine heilige Überzeugung, daß dieses Werk geschrieben werden muß, aber ich habe noch keinen getroffen, der, wie ich, den Auftrag führte, dieses auszuführen. Geistige Klarheit ist zur dringlichsten Notwendigkeit geworden. Erst wenn wir die ungeheuren Möglichkeiten dieser Epoche in ihrer gewaltigen Gegensätzlichkeit nebeneinandergestellt überschauen, wird es möglich sein, über alle Gegensätzlichkeiten hinweg, zur Synthese zu kommen.

URSULA PIA *lächelt ihm ins Gesicht*: Erzählen Sie weiter! – Sie nehmen allerdings den Mund ziemlich voll. – Wir setzen uns im Grunde mit denselben Fragen auseinander, nur auf etwas veränderter Ebene.

MICHAEL: Das Werk «Die Situation» wird in verschiedene große Abschnitte eingeteilt sein und diese wieder in zahlreiche Unterabteilungen. Die großen Abschnitte führen die Titel: Erotik, Politik, Religion und Kunst. Ich erörtere alle politischen Strömungen, von der Rechtsdiktatur bis zum Anarchismus. Ich setze mich mit dem Problem der Demokratie auseinander, das Problem der Bürgerlichkeit spielt hinein. Der Fragenkomplex, in dessen Mitte das Wort «Diktatur» steht, beschäftigt mich lange, vom Faszismus bis zum roten Terror finden Sie ihn in allen Formen abgehandelt. Die wirtschaftlichen und die sozialen Fragen stehen riesenhaft auf, das ungeheuere Problem Kollektivismus-Individualismus ist gegeben. Sowjet-Rußlands unabsehbarer Einfluß wird erörtert, dem Amerikanismus ist ein Kapitel gewidmet – Pan-Europa dazwischen. – Ja, der politische Teil hat mir beinah am meisten Kopfzerbrechen gemacht.

URSULA PIA: Das kann ich mir denken. Und wie nahe er mit allen Teilen im Zusammenhang stehen muß.

MICHAEL: Die Abschnitte über die neureligiösen Strömungen sind schon beendet. Ich habe sie von allen am liebsten geschrieben, und ich glaube, das Kapitel über den Katholizismus ist das schönste des Buches. Ich werde Ihnen gelegentlich die Seiten vorlesen, die von der Verwandlung der Hostie in den Leib des Herrn reden.

URSULA PIA *leiser*: Ja, ja, das müssen Sie unbedingt einmal tun –

MICHAEL: Welch grenzenlose Perspektiven eröffnen sich da! Der große Osten geht auf, der neue Einfluß der indischen, der chinesischen Weisheit, ihre heimlich wiedererwachte Gewalt. Die Theosophie, die Geisteswissenschaften –

RENATE *freundlich von hinten*: Das Hütchen ist fertig, gnädiges Fräulein, es scheint mir äußerst hübsch geworden zu sein.

URSULA PIA *wendet sich etwas gereizt*: Oh, das ist ja erfreulich. Lassen Sie sehen – ja, so ist es nicht schlecht.

Sie stehen sich, einen kurzen Moment, Aug in Aug gegenüber.

RENATE *lächelt ihr ins Gesicht*: Wie glücklich es mich macht, Sie zufriedenzustellen.

Ursula Pia wendet ihr brüsk den Rücken und probiert vor dem Spiegel.

ALLAN *der Renate die ganze Zeit angesehen hat*: Sie wollten uns, liebes Fräulein, noch die neuen Pariser Modelle zeigen. Wahrscheinlich sind sie nicht weit von hier aufgestellt.

RENATE: Bitte schön, gleich nebenan.

Sie geht mit Allan hinaus, in der Tür dreht sie sich noch einmal kurz nach Ursula Pia um, aber die steht vorm Spiegel, als bemerke sie nichts.

URSULA PIA *ohne sich nach Michael umzusehen*: Der erotische Teil Ihres Werkes wird selbstverständlich der gefährlichste und schwierigste von allen sein.

MICHAEL: Aber bedenken Sie doch, wie eng er sich dafür auch mit allen anderen Teilen verbindet. Ich stelle die Kapitel, die unsere Erotik behandeln, an erste Stelle, von dort aus erklärt sich so vieles, ich finde den einfachsten Weg zu so manchen politischen, sozialen, religiösen Phänomenen. Ich stelle, beispielshalber, die Geschichte der Wandervogel- und Jugendbewegung dar, wie könnte ich es, hätte ich unsere erotische Erlebnisweise nicht vorher gedeutet. Ich rede von den rechtsradikalen Geheimorganisationen: ich wäre ohne Grundlage, hätte ich nicht dies andere vorher besprochen.

URSULA PIA *sieht ihm groß, aber nicht im mindesten kokett, ganz ernst ins Gesicht*: Sie haben vollkommen recht. Dieser schwierigste Abschnitt wird zugleich der wichtigste von allen.

MICHAEL: Zur Zeit arbeite ich an dem Teil über Philosophie. Dazu waren selbstverständlich die zeitraubendsten Vorstudien nötig. Ich bin bei unserer Stellungnahme zu der Philosophie der Antike. Welches Glück, von Plato sprechen zu dürfen! – Aber das Tollste von allem ist Heraklit.

URSULA PIA: Nun könnten Sie mir eigentlich noch ein bißchen von Ihrer Vergangenheit erzählen. Was taten Sie, bis Sie zu Ihrer – Aufgabe kamen?

MICHAEL: Sprechen wir von meiner Vergangenheit lieber nicht.

URSULA PIA *sieht ihn an*: Ich brauche Sie nur anzusehen und ich erkenne aus Ihrem Gesicht beinah alles, was Sie getrieben haben. Wir brauchen einander doch nichts vorzumachen – glauben Sie nicht, daß ich erschrecken würde, wenn Sie mir das Schmutzigste erzählten.

MICHAEL: Oh, es ist wahrscheinlich nichts Außergewöhnliches, aber ich denke nicht gern daran zurück. – Mein eigentliches Leben beginnt von dem Tag an, da mich Renate gefunden hat.

URSULA PIA *senkt einen Augenblick das Gesicht. Dann*: Sagen Sie offen, ob Sie die Situation, in der Sie nun sind, nicht selber komisch und unwürdig finden.

MICHAEL: Ich kann beim besten Willen nicht verstehen, was Sie meinen. Was sollte an meiner Situation denn wohl komisch sein?

URSULA PIA: Ihnen scheint jedes Gefühl für Würde zu fehlen. Sie sind der ausgehaltene Freund einer fleißigen Putzmacherin. Das ist lächerlich – um so peinlicher, wenn Sie es nicht empfinden.

MICHAEL: Was Sie sagen, finde ich rückständig und absurd. Renate verhilft mir dazu, das ausführen zu können, was ich für meine große Aufgabe halte – ich möchte wissen, was daran lächerlich ist. Sie ist von allen Frauen, die ich kenne, die Beste, ohne sie wäre ich auf sinnlose Weise verkommen. Ich sage Ihnen, daß sie mich vom Abgrund gerettet hat. Sie glaubt an mich. Ich bin ihr zu ewigem Dank verpflichtet.

URSULA PIA: Beschönigen Sie immerhin mit pathetischen Worten die Unmöglichkeit Ihrer Lage. Ich sagte Ihnen schon, daß Sie zur Großmäuligkeit neigen, aber ich halte es Ihrer erschreckenden Kindlichkeit zugute. – Beides scheint die typischste Krankheit des jungen Mannes von heute.

MICHAEL *zieht sich von ihr zurück*: Warum sagen Sie das, ohne mich nur zu kennen? Es ist ungerecht, wenn Sie mich infantil und großsprecherisch nennen. – Und überhaupt, was wollen Sie von mir? Warum mischen Sie sich so in meine Angelegenheiten?

URSULA PIA *sehr stark*: Ich kenne Sie länger, als Sie es wissen. Ich habe mich mit Ihnen beschäftigt, seit ich eine Zeile von Ihnen las. Ich wußte, daß Sie hier lebten, deshalb kam ich hierher – die kleinen Hütchen hätten mich nicht gelockt. Ich meine es ernst mit Ihnen, das ist es, was Sie erschreckt.

MICHAEL: Ihr Ernst wirkt ein wenig einschüchternd auf mich, das müssen Sie doch verstehen. Ich weiß ja noch verhältnismäßig wenig von Ihnen...

URSULA PIA: Das kommt immer noch zeitig genug. Der Plan,

den wir nun bald realisieren wollen, hat mit Ihren Absichten verblüffende Ähnlichkeit, Sie wollen zusammenfassen, und zusammenfassen wollen auch wir. Sie aber sind auf völlig falschen und verstiegenen Wegen, während wir das Ganze um vieles praktischer in Angriff nehmen. – Immerhin: die Verwandtschaft unserer Wagnisse ist so groß, daß wir uns zusammentun sollten.

MICHAEL: Sprechen Sie mir von Ihren Plänen, ich bitte Sie darum! Ich habe noch niemals jemand getroffen, der etwas, wie ich, sich vorgenommen hätte. Es wäre wunderbar, wenn wir vereint arbeiten könnten.

URSULA PIA *mit einem plötzlich beinah scheuen Blick*: Ich kann hier von unseren Plänen nicht sprechen.

MICHAEL: Nun sehen Sie ängstlich aus! Aber wovor fürchten Sie sich? Wir haben hier keine bösen Lauscher versteckt.

URSULA PIA: Wir wollen lieber ein bißchen zusammen spazierengehen, draußen ist es wunderbar kalt und ein blitzweißer Wintertag.

MICHAEL: Aber Sie sind mit dem Herrn Bräutigam zusammen hergekommen.

URSULA PIA: Das macht nichts, wir sind nicht allzu viel gegenseitige Rücksicht gewohnt. – Außerdem unterhält sich mein Bräutigam augenblicklich mit Ihrer Freundin.

MICHAEL: Ich gehe gern ein bißchen mit Ihnen spazieren. Aber werden Sie nicht noch einmal so streng zu mir! Ich habe noch niemals eine so furchteinflößende Dame, wie Sie es sind, kennengelernt.

URSULA PIA: Wo kämen wir hin, wenn wir nicht streng wären, einer gegen den anderen? Wir haben es alle sehr nötig und Sie wahrscheinlich besonders. Ich hoffe von jedem, dem ich begegne, daß er es mit seinem Leben so bitterernst nimmt, wie ich mit dem meinen. – Fräulein Renate ist milder, wie ich annehmen darf.

Sie ordnet währenddem ihre Toilette vorm Spiegel.

MICHAEL *hält schon die Tür im Hintergrund auf*: Sind Sie immer so stark, Fräulein Ursula Pia? Das kann freilich nicht jeder sagen von sich. – Aber wir werden uns alle noch vielfach zu beweisen haben.

Sie gehen zusammen hinaus.

Aus der kleinen Tür rechts kommen Allan und Renate herein.

ALLAN: Ich habe Sie lange Zeit aufgehalten, ich muß um Entschuldigung bitten.

RENATE: Ihr Fräulein Braut scheint ungeduldig geworden, sie ist fort.

ALLAN: Ich bin es von ihr gewöhnt, daß sie geht und kommt, wann sie will. – Setzen wir uns doch noch einen Moment.

RENATE: Bitte sehr, wenn Sie noch Zeit dazu haben –

ALLAN: Es stört Sie nicht, wenn ich noch ein bißchen bei Ihnen bleibe? Ich bin so gern noch mit Ihnen zusammen. Sie haben etwas Vertraueneinflößendes an sich, das ich beinahe selbst nicht verstehe. – Offengesagt, ich hatte schon früher von Ihnen gehört und ich war neugierig, Sie kennenzulernen. Deswegen riet ich meiner Braut, bei Ihnen den Hut zu bestellen. Wie man mir Ihren Typ geschildert hatte, nahm ich gleich an, daß ich Sie sehr gut würde verwenden können für eine gewisse Unternehmung –

RENATE: Was meinen Sie damit? Sprechen Sie mir davon!

ALLAN: Warten wir damit lieber ein bißchen. Aber meine Ahnung hat sich vollauf bestätigt. – Erzählen Sie mir erst ein bißchen von sich – wie kommen Sie zu Ihrem Beruf und was haben Sie vorher getan? Sie sitzen hier zwischen Ihren Hütchen wie eine Verzauberte zwischen lauter Papageien, Sie könnten genausogut ganz woanders sitzen. Ihre Situation ist ein Spuk, ein Geheimnis, ein Zufall.

RENATE *lacht*: Oh, der geheimnisvolle Spuk hat seine höchst realen Motive. Ich verdiene mit meinen Papageien ziemlich viel Geld, er floriert, der kleine Modesalon. Die Spuks von heute sind nicht mehr so erdenfern und so sinnlos wie in leichteren Zeiten.

ALLAN: Sie lachen trotzdem über das, was Sie so zweckgemäß unternehmen, etwas Romantik ist doch noch dabei, und eine Verzauberte sind Sie doch.

RENATE: Der kleine Modesalon ist nicht das erste, womit ich uns weiterzuhelfen versuche, ich bin jetzt einundzwanzig, da hat man schon furchtbar viel hinter sich. – Vorher bin ich vorübergehend Turnlehrerin gewesen.

ALLAN: Ja, mit einundzwanzig hat man heute schon alles erlebt. Ich bin auch nur zwei Jahre älter als Sie.

RENATE: Turnlehrerin war ein netter Beruf, nur die Verdienste waren gar zu winzig klein. Ich entschloß mich, Empfangsdame in einem Bildergeschäft zu werden, aber die Einnahmen enttäuschten auch hier.

ALLAN: Sie haben nicht nur für sich allein zu sorgen? Sie erhalten auch Ihren Freund?

Renate sieht zur Erde. Kurze Pause.

Entschuldigen Sie, daß ich fragte. Sie werden wissen, warum Sie es tun. Wahrscheinlich halten Sie seine Arbeiten für wichtig genug.

RENATE: Ich verstehe von seinen Arbeiten nicht gar zuviel. – Ich kann davon mit Ihnen eigentlich nicht sprechen. – Ich glaube, mein Leben würde ohne Inhalt sein, hätte ich für ihn nicht zu sorgen.

ALLAN *etwas scharf*: Sie tun, als wenn es etwas Unerhörtes wäre. Sie lieben ihn, es ist das Gewöhnlichste von der Welt.

RENATE: Sie sagen es bissig, und außerdem sollten Sie nicht das Wort «lieben» gebrauchen. Die Zeit verwandelt sich schnell und der Sinn unserer Worte mit ihr. Gerade dieses Wort ist in seiner Bedeutung so unklar geworden, so schwierig, so vielfach in seinem Sinn, daß es unsere Beziehungen gar nicht mehr trifft.

Sie lächelt plötzlich.

Gott allein weiß, ob ich ihn liebe.

ALLAN *springt auf, läuft im Zimmer auf und ab*: Das ist lächerlich, Ihr Leben wäre n i c h t sinnlos, wenn diese Beziehung aus ihm gerissen würde. Ihre Seele wartet darauf, ergriffen zu werden für ein größeres Ziel. Sie sind unschlüssig, wie unsere ganze Generation. Sie sind so spielerisch, wie Sie tüchtig sind. Ob Sie turnen oder zwischen Hütchen sitzen: Sie könnten stets genausogut etwas anderes tun, und Sie selbst sind es, die immer Ihre Situation sehr komisch findet.

RENATE: Ist es schlimm, die Spaßigkeit dieses Lebens niemals zu vergessen über seinen unerbittlichen anderen Eigenschaften? – Aber Michael, sehen Sie, der hat ja ein Ziel, seine Seele ist von der großen Aufgabe erfüllt, ihr allein gilt sein Leben. Vielleicht ist es darum, daß ich ihn liebe –

ALLAN: Was er plant, ist ein Buch. Von Büchern kommen die Entscheidungen längst nicht mehr her. Man verbringt nicht seine Jugend damit, von einer Dame ausgehalten, Philosophie zu treiben, wenn man dazu berufen ist, seiner Generation weiterzuhelfen in wichtigen Dingen.

RENATE *sehr stark*: Ich verbiete Ihnen, schlecht von ihm zu sprechen. Niemand kann es sich schwerermachen als er. – Aber Sie wollten mir von Ihren großen Plänen erzählen.

ALLAN: Ja – nun erzähle ich Ihnen von meinen großen Plänen.

Er steht neben ihr, die im Stuhl sitzt.

Ich trage diesen Plan nicht seit gestern, ich weiß schon lange, daß ich ihn ausführen muß. Endlich habe ich Geld, es zu tun, endlich habe ich Geld!! – Wir müßten lächerlich werden, wenn wir nicht endlich etwas Neues, etwas wirklich Neues schafften. Wir zögern und disputieren, in der Zeit herrschen die Alten auf jedem Gebiet. Was Michael im abstrakt Geistigen versucht, will ich praktisch und organisatorisch vollbringen – eine verblüffende Sammlung unserer Möglichkeiten, eine gewaltige Synthese unserer Stile, eine allen Widerspruch zunichte machende Leistung unserer gesammelten Kräfte. – In einer kolossalen Revue sollen sich alle Strömungen sichtbar auswirken, sammeln und gestalten. Sie werden mir glauben, wie himmelweit entfernt ich sie mir denke von der allgemeinen Ausstattungsrevue, an der die Spießer ihre dumpfe Freude haben. Diese Revue soll alle Elemente glänzend in sich enthalten, vom Sport bis zum intellektuellen Theater. Sie soll unsere neue, strahlendste Körperfreudigkeit darstellen, wie unsere geistigsten Kompliziertheiten. Boxkämpfe, Gruppentänze, Grotesken, Dialoge: alles wird in sie eingegliedert sein. Alle Elemente des bürgerlichen Theaters sind in ihr verwertet, unerhört kühn vermischt mit den Elementen einer neuesten, frechsten, hinreißendsten Kunstart, die ohne Geschichte, ohne Voraussetzung ist. Diese gewaltige Darbietung soll endlich die Jugend wieder ins Theater ziehen, in ihr soll sie endlich ihr wildes, vielfältiges, erschreckendes Antlitz wiedererkennen. Allen ihren politischen Instinkten und Idealen muß Genüge geschehen, so daß die Revue halb den Charakter einer russisch-proletarischen Festlichkeit, einer kollektivistischen Massenfreude trägt, halb als amerikanisches Music-Hall-Stück durch blendende Smartheit und Exaktheit fasziniert. – Dabei bleibt das Ganze geistig-europäisch, es nimmt alle Einflüsse auf, aber es verliert sich an nicht einen von ihnen.

RENATE *hat ihm atemlos gelauscht*: Ja, Sie haben recht, ja, es ist großartig, was Sie da sagen. Sie wollen wirklich organisatorisch das, was Michael im Geistigen will.

ALLAN: Ich will mehr, als Michael will. Über ein Buch läßt sich stets diskutieren, und ein Buch kann durch ein neues Buch widerlegt werden. Das Schauspiel aber, das ich schaffen will, soll nicht mehr widerlegbar sein. Es soll Volk und Jugend so durchaus hinreißen wie die gigantischsten Filmerfolge des letzten Jahrzehnts. Während es aber ihr Vergnügungsbedürfnis, ihren Sensationsdrang reizt und stachelt, soll es heimlich Tieferes und das Tiefste in ihnen wecken, ohne daß sie es merken, ahnen und erlauben. – Spüren Sie denn nicht, was ich plane?! – Ein riesenhaftes religiöses Fest, das dröhnendste Fest des zwanzigsten Jahrhunderts, in dem die Jugend dieser Zeit und dieses Erdteils endlich, endlich das gesammelt wiederfindet, was sie bis jetzt in tausend Versuchen, Bemühungen, Ansätzen zersplittert und gespalten sah.

Er setzt sich zu ihr auf die Stuhllehne, plötzlich leiser, gleichsam überredend:

Es soll bei der Revue allein selbstverständlich nicht bleiben, aber sie muß zunächst im Mittelpunkt stehen. Gleichzeitig begründe ich eine Zeitschrift, die unter dem Titel «Europäische Jugend» erscheint. Große Filme sollen bald folgen, ein Klub wird gegründet, Restaurants, Bibliotheken, es entsteht ein Konzern – wir gastieren in Paris, Moskau, New York, die Zeitschrift wird in alle Sprachen übersetzt, in allen Hauptstädten der Welt finden sich Vertretungen, Niederlassungen unseres Klubs – unsere Einnahmen werden gewaltig sein, unsere Filme machen uns zu Millionären – unabsehbar die Konsequenz! Wir machen uns sozial in weitestem Ausmaße nützlich, wir fördern, wir helfen, notleidende Jugend wird unterstützt –

RENATE: Haben Sie all diese Pläne allein gefaßt oder hat Ihnen jemand dabei geholfen?

ALLAN *schweigt einen Augenblick*: Warum fragen Sie danach? – Ich habe Ursula Pia natürlich viel zu verdanken. Sie hat mich oft weitergetrieben, wenn ich verzagen wollte. Sie war es, die mir seit Jahren bei allen Unternehmungen half. – Mancher dieser Einfälle stammt tatsächlich von ihr.

RENATE: Sie sind dreiundzwanzig Jahre, aber wieviel Sie schon hinter sich haben. Ihr Gesicht kann abgehetzt und müde sein, wenn die Spannung von ihm genommen ist.

ALLAN: Mit der Inflation fing es an, damals war ich noch ein ziemlich junger Bursche. Womit habe ich seit damals nicht geschoben, womit hätte ich nicht spekuliert und welches zweideutige Manöver unversucht gelassen. Gab es Zeiten, wo man mit dreiundzwanzig Jahren noch ein Jüngling von Naivität und Unschuld war? Manchmal fürchtete ich, man müßte Dreck an meinen Händen sehen, mit so viel Dreckigem machten sie sich zu schaffen. Früher hätte man pathetischer von mir gesagt, ich sei in allen Satteln gerecht, in allen Wassern gewaschen, von allen Hunden gehetzt. Heute ist mein Typ viel zu häufig, und ich würde einfach ein kleiner Schieber sein, wenn ich nicht endlich Ernst machen wollte! – Aber alles bis jetzt ist Vorbereitung gewesen, ich rechtfertige alles, was ich bis jetzt getan. Diesmal mache ich Ernst!!

RENATE *mit einem halben Lächeln*: Und woher haben Sie sich denn diesmal das viele Geld verschafft?

ALLAN *wieder einen Augenblick abgewendet und betreten*: Ich bin Ihnen doch keine Rechenschaft schuldig. – Es ist auch vollkommen gleichgültig, wie ich mir's zu verschaffen gewußt habe. Die Wege waren trüb und verzwickt, es fällt mir nicht ein, das zu leugnen. Aber wir begriffen es längst, wie sehr der Zweck auch das schmierigste Mittel heiligt. Der Zweck ist diesmal so groß, er steht so gewaltig vor mir, daß ich vergessen darf, womit ich seine Ausführung möglich machte.
Nahe bei ihr und sehr dringlich:
Glauben Sie mir, daß der Zweck groß ist! Glauben Sie mir, ich flehe Sie an! Mißverstehen Sie mich nicht, es ist nicht Ehrgeiz, der mich zu diesen Plänen verleitet! Meine an den Schmutz vertane Jugend würde sinnlos und verloren sein, wenn es wieder um das Egoistische, Kleine ginge. Dieses Mal kämpfe ich für das Größere – für die Idee –, reinige ich nicht damit noch

nachträglich die schmutzigen Jahre? Nun waren sie Vorbereitung, mehr nicht –

RENATE: Ich weiß, wie ernst Sie es meinen, ich erkenne die Leidenschaft, die ich täglich in Michaels Augen sehe, in den Ihrigen wieder.

ALLAN: So nehme ich Sie also beim Wort! – Wenn Sie an den heiligen Ernst meiner Unternehmungen glauben, so dürfen Sie sich nicht von uns entfernt und einsam halten. Die Pflicht ist Ihnen mitgegeben, uns zu helfen! – Ich bitte Sie, helfen Sie uns! Kämpfen Sie mit uns, ich habe gleich erkannt, daß Sie die Frau sind, deren ich noch bedarf. Ursula Pia erschreckt die Menge zu sehr, Sie aber werden sie wieder beruhigen. Ursula Pia genügt nicht als einzige Frau, ihr Typus ist zu extrem – Sie werden da versöhnen können, wo sie aufregte und verletzte! Schließen Sie sich uns an! – Sie spielen die zweite weibliche Hauptrolle in der großen Revue!!

RENATE: Die zweite weibliche Hauptrolle in der großen Revue? – Sie wissen, ich bin zu vielem bereit.

Ziemlich leise:

Ich helfe gern und ich sage nicht nein, wenn Sie sich so Großes von meiner Hilfe versprechen.

ALLAN: So sagen Sie ja? – So kommen Sie mit mir?!

RENATE: Bei Ihnen finde ich Michael, denn ihn überredet Ursula Pia. Nun bin ich aber neugierig…

ZWEITES BILD

Ein Zimmer in der Redaktion der «Europäischen Jugend». In der Mitte großer Schreibtisch mit Papieren, Briefen, Korrekturen, Reklameentwürfen überhäuft. Mehrere Telefonapparate. – Seitlich ein großes, ziemlich niedrig gelegenes Fenster auf die Straße. Dabei ein enormer Grammophonapparat. – Grelles Licht des Vormittags.

Das Grammophon spielt eine amerikanische Platte, beim Apparat sitzt Renate in einem Schlafrock, sie hat eine große Ziehharmonika auf den Knien und begleitet mit ihr die Grammophonmusik. Im Vordergrund stehen in einer Reihe Ursula Pia, Allan, der Akrobat Bum, der Tänzer Jup, alle vier in schwarzen, gegürteten Trikots, und machen Turnübungen nach der Musik. Im Hintergrund sieht man, beide im Profil, Michael und den Journalisten auf zwei Stühlchen sitzen. Der Journalist schreibt ab und zu Bemerkungen in sein Büchlein, Michael redet vorgebeugt auf ihn ein, aber vor dem Lärm der Instrumente kann man keine Silbe verstehen.

RENATE *kommandiert*: Rumpfübungen! Die Rumpfübungen sind an der Reihe.
Die Turnenden machen Rumpfübungen. Das Telefon schrillt. Ursula Pia geht an den Apparat; während sie spricht, hörten Grammophonmusik und Ziehharmonikalärm nicht auf, die anderen turnen weiter.

URSULA PIA: O ja, der Herr Reklamechef, ganz richtig, schreiende Farben sind's, was wir wollen. Zu grobe Wirkungen? Ich glaube, daß Sie den Verstand verloren haben. Was heißt hier «zu grobe Wirkungen»?!
Das andere Telefon klingelt, Allan nimmt das Hörrohr ab und spricht, während die anderen weiterturnen und die Musik beängstigend schreit.

ALLAN: Redaktion der «Skandalösen Mitternacht»? – Ja, wir wissen den Tag der Premiere leider selber noch nicht genau. Doch, wir beeilen uns, so sehr es geht.

URSULA PIA *am Apparat*: Ich verstehe überhaupt beim besten Willen nicht, was Sie meinen. Nein, ich habe rein akustisch nicht verstanden. Ich höre, offengesagt, andauernd «künstlerisches Gewissen». Ich sehe schon, wir müssen uns einen anderen Reklamechef suchen.

ALLAN *am anderen Apparat*: Sehr interessant, Sie wollen unser Privatleben in den Schmutz ziehen, wenn wir nicht sofort 250 Mark zahlen. Ei was, Sie planen ein Extrablatt? – Wenn Sie es gut aufziehen, wird es eine Riesenreklame für uns. Wir haben leider 250 Mark keineswegs über.

URSULA PIA: Auf dieser Basis ist ein weiteres Zusammenarbeiten unmöglich. Ich bedaure es. Auf Wiedersehen, mein Herr.
Sie hängt ein und beginnt wieder zu turnen.

ALLAN: Was bemerkten Sie eben? – Oh, es ist schade, nun sehe ich mich genötigt, Sie wegen Beleidigung zu verklagen. Auf Wiedersehen, mein Herr.
Er hängt ein und beginnt gleichfalls wieder zu turnen.

URSULA PIA *während sie Rumpfübungen macht*: Der Reklamechef hat es gewagt zu behaupten, die Plakate auszuführen, die wir bei ihm bestellten, widerspräche leider seinem künstlerischen Gewissen.

ALLAN *während er turnt*: Die Redaktion der «Skandalösen Mitternacht» verspricht uns, bis heute abend unmöglich zu machen, wenn wir nicht sofort ihre gereizten Nerven mit 250 Mark beruhigten.

URSULA PIA *turnend*: Sind inzwischen noch Zusagen von den Jugendvereinigungen gekommen, die wir zur Premiere eingeladen haben?

ALLAN *turnend*: Die Zusagen sind vollständig. Ich warte nur noch auf ein Antworttelegramm aus Oxford.

RENATE *singt mitten hinein den Refrain des Schlagers*: Ja, wer hat denn – den Käse – zum Bahnhof gerollt –

Der Journalist hinten springt auf, eilt nach vorn und hält sich die Ohren zu. Michael folgt ihm, im schwarzen Trikot, wie die anderen. Der Journalist mit steifem Hut und Zwicker.

JOURNALIST *in heller Verzweiflung*: Aber junger Mann, junger Mann! – Ich verstehe kein Wort von dem, was Sie mir da erzählen! Das scheint mir schwieriges und abstraktes Zeug. Wer interessiert sich heute dafür? Ich bitte Sie, was heißt denn «Synthese»? Ich bitte Sie um alles, was hat denn eine Revue mit «Synthese» zu tun? Und dazu dieser ohrenbetäubende Lärm –

MICHAEL: Vielleicht gelang es mir nicht ganz, Ihnen anschaulich zu machen –

JOURNALIST: Nichts gelang Ihnen, nicht das Mindeste ist Ihnen geglückt! Ich habe meine Zeit verschwendet, mein Gott, ich bin ein vielbeschäftigter Mann – ich hatte heute vormittag alle Chancen, vom Sekretär des durchreisenden Enkeltöchterchens eines südamerikanischen Milliardärs empfangen zu werden.
Er sieht auf die Uhr.
Es ist sogar theoretisch immer noch möglich. Was heißt denn Synthese? – Wenn ich mich eile, komme ich immer noch hin.
Er will hinaus.

RENATE *legt ihm von hinten die Arme um die Schultern und hält ihn mit Sanftheit zurück*: Sehen Sie, lieber Herr, in Ihre alten, alten Erblaster: Heftigkeit und unhöfliches Wesen.

JOURNALIST *vollkommen perplex*: Aber gnädiges Fräulein, woher wollen Sie wissen –?

RENATE: Mein Bräutigam, muß ich fürchten, drückt sich ungeschickt aus. Das ist bei früheren Theologen häufig der Fall.

JOURNALIST: Ihr Bräutigam gehörte tatsächlich dem geistigen Stand an?

RENATE: Mein Bräutigam trug den Priesterhut.

JOURNALIST: Das ist freilich hochsensationell –

Er notiert sich.

RENATE *geheimnisvoll*: Sie könnten von mir noch mancherlei erfahren, was Ihnen nicht uninteressant erscheinen dürfte. Rücksicht gegen meine hochgestellten Herren Eltern verbietet mir, Ihnen die Geschichte meiner Jugend völlig zu enthüllen. Aber ich könnte Ihnen Andeutungen machen –

JOURNALIST *notiert*: Ihr Herr Bräutigam scheint mir das Bemerkenswerteste vorenthalten zu haben. Er sprach mir fortwährend von Synthese –

RENATE: Freilich, freilich – was wundern Sie sich, bei einem kirchlich Studierten. – Unser Familienschlößchen lag im Thüringschen Gebiet. Die Priesterschule war nicht weit davon entfernt –

Allan, Ursula Pia, Michael, Bum und Jup haben sich papageienbunte Mäntel umgelegt. Sie umstehen Renate und den Journalisten im Halbkreis. Der Journalist macht beständig Notizen.

Diese Erinnerungen kann keine irdische Macht mir je rauben! Bräunliche Waldungen – und ich, spazierenreitend zwischen den Hügeln! Der spiegelblanke kleine Rosensee, auftauchend stets, wo man ihn nicht vermutet hatte. Widdekind, das Lieblingsroß meines Vaters. Ernste Gesänge, von der Priesterschule herüber. Hätte nur mein angenehmes Äußeres Michael niemals dazu verleitet, das fromme Institut zu verlassen und mich meinen alten Eltern nächtlich zu entwenden! Oh, wovon rede ich – wüßte meine vornehme Mutter um meine Schmach –

JOURNALIST *notiert gierig*: Hochinteressant – hochsensationell –

RENATE: Meine treuen Knechte Bum und Jup wollten sich um keinen Preis von mir trennen. Nun sind sie unsere zuverlässigsten Helfer und vorzügliche Akrobaten geworden.

Bum und Jup verneigen sich etwas entsetzt.

BUM *stottert*: Es war unsere Ehrenpflicht.

JUP: Eine zarte Dame läßt man nicht allein in die Welt...

RENATE: Aber wir hätten allesamt den Hungertod erleiden müssen, wäre nicht die Begegnung mit Madame Loni Müller-Melon und ihrem bedeutenden Manager die Rettung für uns geworden.

Ursula Pia und Allan verneigen sich streng.

Oh, liebe Freundin, wie unangenehm, nun verriet ich Ihren richtigen Namen. – Madame Müller-Melon war damals gerade aus New York zurückgekommen, man hatte sie dort als Kunstreiterin maßlos gefeiert. – Sie erkennt mit scharfem Kennerauge unsere originellen Möglichkeiten sofort, gleich bilden wir eine Gruppe –

JOURNALIST: Und nun? Und weiter? Glauben Sie, Aussichten zu haben? Sehen Sie hoffnungsfroh in die Zukunft?! Ihre neuartig-synthetische Revue...

RENATE: Wir glauben, daß der Sieg uns sicher ist.

URSULA PIA: Wir haben alle Anzeichen dafür.

ALLAN: Der Enthusiasmus der Jugend ist bei uns.

MICHAEL: Wir arbeiten im Dienst der Idee.

URSULA PIA: Unser leidenschaftlicher Ernst gibt uns die Garantie, daß man nicht umhin können wird, uns ernst zu nehmen.

ALLAN *mit einer pathetischen Wendung*: Sehen Sie hier – die Stadt!

Sie gehen alle vier zum Fenster, der Journalist bleibt, von ihnen vergessen, allein und etwas betreten in der Mitte des Zimmers stehen, an seinen Seiten bleiben nur Jup und Bum.

URSULA PIA: Mißtrauen und Skepsis der Stadt gilt es für uns zu bezwingen!

ALLAN: Die große Stadt! Sie muß glauben lernen, an unseren Ernst!

Sie liegen alle vier auf der Fensterbank. Einer hat das Fenster geöffnet, der Lärm der Stadt klingt rhythmisch herauf. Der vergessene Journalist sieht ziemlich ratlos zu ihnen hin, nur Jup und Bum nicken ihm manchmal zu, halb drohend und halb beruhigend.

Was wir schon alles haben hinnehmen müssen von ihr, an Erniedrigung, an Demütigung, jeden Tag!

URSULA PIA: Wir sind so weit, daß wir uns ihr beweisen können.

MICHAEL: Vor dem, was wir ihr bieten wollen, wird noch ihr tiefstes Mißtrauen nichtig.

RENATE: Sie ist vormittags wunderbar – sie ist wunderbar in der Nacht – vielleicht, daß sie endlich ein Schauspiel sehen darf, ihrer selbst würdig.

JOURNALIST *bringt sich hüstelnd in Erinnerung, sie wenden sich ihm, wie aus einem Traum erwacht, alle vier wieder zu*: Meine Herrschaften, ich bin Feuer und Flamme für Sie. Ich empfehle mich, um sofort einen zündenden Aufsatz über Sie zu diktieren. Ihr großer Eifer, verbunden mit Ihrer stolzen Zuversichtlichkeit, verbürgt Ihnen einen starken Erfolg.

Er veneigt sich.

Meine Herrschaften, rechnen Sie in allen Situationen mit mir.

Er wendet sich nach dem Ausgang.

RENATE: Sie verstehen, Herr Doktor, daß wir Ihnen das Ehrengeleit geben möchten.

Renate und Michael zu seinen Seiten, Bum und Jup hinterher, geleiten sie ihn hinaus.

Ursula Pia und Allan bleiben zurück.

URSULA PIA: War es nötig, daß sie so grauenhaft log?!

ALLAN: Sie konnte den Kerl nur auf diese Weise für uns interessieren.

URSULA PIA: Das Ernste und das Spaßhafte mischen sich trübe in ihr. Sie ist innerlich so unexakt, daß ich es fast nicht ertrage.

ALLAN: Ernst und Lustigkeit mischen sich nicht allein in ihr.

URSULA PIA: Was sollte es, mit dem Thüringschen Schloß? Warum war sie frech genug, mich Loni Müller-Melon zu nennen?! – Das entweiht unsere Sache.

ALLAN: Sie hat unserer Sache mit ihren Scherzen genützt.

URSULA PIA: Du siehst so deutlich wie ich, daß zwischen Renate und mir ein Zusammenarbeiten nicht möglich ist.

ALLAN: Ich sehe es nicht, und du wirst dich an sie gewöhnen müssen.

URSULA PIA: Du bist nicht im mindesten objektiv. Leider hast du dich körperlich in sie verliebt.

ALLAN: Und wenn ich mich für sie interessierte – du pflegtest sonst nicht eifersüchtig zu sein.

URSULA PIA: Es war mir stets vollkommen gleichgültig, auf was für absurde Typen deine erotische Launenhaftigkeit verfiel. Es ist einem einzelnen Wesen unmöglich, so verschrobenen Ansprüchen wie den deinen gerecht zu werden. Diesen Fall ertrage ich nicht. – Es gibt zwei Typen von Frauen: sie und mich.

ALLAN: Ich werde niemals auf sie verzichten. Hier spricht mein nackter Selbsterhaltungstrieb. Ich habe sie wie Luft und Wasser nötig.

URSULA PIA *nahe bei ihm, flehend*: Und wenn du dich nicht menschlich von ihr trennen kannst, stelle sie mir nicht auch in der Revue als Konkurrenz an die Seite! Wir sind als Zusammenstellung unmöglich, eine hebt die Wirkung der anderen auf!

ALLAN: Du irrst dich, und das Gegenteil ist der Fall. Gerade eure tiefe Verschiedenheit fasziniert, und eine steigert durch ihr bloßes Dasein die Wirkung der anderen. – Du allein wärest dem Publikum unerträglich.

URSULA PIA: Sie meint es mit der Sache nicht ernst! Glaube mir, ihre feminine Verspieltheit zersetzt noch das Ganze! – Ich nehme diese unsere Unternehmung so ernst wie sonst nichts auf der Welt – wie sollte ich es jemals überwinden können, mit ihrem Unernst Seite an Seite kämpfen zu müssen?!

ALLAN: Du verleumdest sie, wenn du sie unernst nennst! Sie ist nur weniger fanatisch als du.

URSULA PIA *flehend*: Tue es mir zuliebe, wenn ich dich logisch nicht überzeugen kann! Nimm ihr die Rolle, ich flehe dich darum an! Tu es um dessentwillen, was wir zusammen gekämpft haben, um all der Jahre willen. – Es ist das erste Mal, daß ich dich überhaupt um etwas bitte.

ALLAN: Nun packst du mich bei der Sentimentalität.

URSULA PIA *mit stärkster Dringlichkeit*: Das ist nicht Sentimentalität, das ist sachlichster Ernst. Mache dich nicht verdorbener, als du bist! Gilt denn dies alles so wenig? Wiegt es denn wirklich so leicht? Diese gemeinsam durcharbeiteten Jahre? Diese gemeinsamen Entbehrungen, Schuftereien und Mühen? Dieses gehetzte, ruhelose Leben, Seite an Seite – dieses ehrgeizige Fliehen von Stadt zu Stadt, von Hotelzimmer zu Hotelzimmer – Seite an Seite?! – Wenn ich dies alles in die Waagschale werfe, das erste

Mal mich auf alles berufe – genügt es denn nicht, wiegt es nicht schwer genug, damit du mir diese Frau opferst? – Und diese Unternehmung, die ohne mich niemals entstanden wäre: darf ich denn kein Wort mitreden in ihr? Gilt mein Rat nichts, mein dringlicher Rat, mein Wille?

ALLAN: Sie wird die Rettung dieser Unternehmung sein. – Du redest vollkommen vergeblich: solange ich Herr in dieser Unternehmung bin, bleibt ihr Renate erhalten.

URSULA PIA *leiser, in sich zusammensinkend*: Das hatte ich nicht gedacht. Darauf war ich natürlich nicht vorbereitet.
Mit zaghaftester Bitte:
Es ist noch nicht Zeit, Allan. Trennen wir uns noch nicht, Allan. – Wohin geht es, wenn wir uns verloren haben? Unsere Aufgabe, Allan, unser Ziel...

ALLAN *geradeheraus, ohne sie anzusehen*: Die Bindungen, die uns aneinander hielten, sind nicht für ewig. Das hätten wir uns vom ersten Tag an sagen können. – Dein plötzlicher Anfall von Gefühl entstellt die Situation. Du scheinst zu glauben, ich wisse nicht, wie du zu Michael stehst.

URSULA PIA: Weißt du, wie ich zu Michael stehe? Weißt du, wer Michael ist? Weiß ich, wer du bist? Weißt du denn, wie ich zu dir stehe? – Alles würde zum Lachen einfach sein, dürfte einer den anderen kennen.

DRITTES BILD

Ein grauer, zeltartiger Verschlag bei der großen Arena, in der die Revue einstudiert wird. Auf der Erde ein paar Matratzen, Tücher und abgelegte Kostüme. Hebt man den Vorhang im Hintergrund, hat man einen schmalen Ausblick in die Arena.
Es ist während der Probe. Man hört die ganze Szene über sehr gedämpft eine etwas zirkushafte Musik.
Im Hintergrund sitzen auf einer Matratze zwei Girls im Trikot und schlafen mit vornübergeneigten Köpfen und lang von sich gestreckten Beinen. Zwischen ihnen sitzt Bum, ein wollenes Tuch um den nackten Oberkörper, und schläft gleichfalls, leise schnarchend. Vorn sitzt im dunklen, flüchtig übergelegten Mantel Renate auf einem

Hocker, bei ihr steht Jup in einem einfachen schwarzen Probekostüm.

JUP: Sie werden glauben, ich stelle mich schauderhaft an. Glauben Sie es nur! Quälen Sie mich! Nehmen Sie mich nicht ernst.

RENATE: Du bist verrückt, Jup. Ich nehme dich ernster, als dich vielleicht jemals ein Mensch genommen hat. Ich habe keinen Moment geglaubt, daß du dich anstellen könntest. – Aber was soll ich denn tun?

JUP: Schlaflose Nächte um Ihretwillen – und beim sehnlich erwarteten Morgen das grauenhafte Bewußtsein, daß der kommende Tag so hoffnungslos sein wird, als der vergangene war.

RENATE: Das ist mir wirklich peinlich, was du mir da erzählst. Sei nicht dumm, deine Tage sind doch nicht hoffnungslos, du bist doch so hübsch gewachsen. Und an mir – was ist denn an mir schon Besonderes?

JUP: Sie – Sie sind überhaupt das Besonderste, was es gibt. Sie sind so einzigartig, so unerklärlich – sehen Sie, einem Jungen wie mir ist doch so was noch niemals begegnet. Woher kommen Sie? Wo sind Sie zu Hause? Wo waren Sie erst?

RENATE: Keine Existenz kann weniger romantisch als die meine sein. Offen gesagt stamme ich aus den uninteressantesten Verhältnissen von der Welt.

JUP: Ich habe Angst um Sie. Ich fühle die Pflicht, Sie zu schützen, das sind ritterliche Instinkte, ich kannte sie noch gar nicht an mir. Ich halte Sie nämlich für äußerst verletzlich. Ursula Pia sieht Sie oft so bösartig an –

RENATE *etwas leiser*: Das bildest du dir bestimmt ein, Jup.

JUP: Der starke Bum ist vollkommen von Ursula Pia fasziniert, ich möchte sagen, daß er unter ihrem Bann steht. Wenn der starke Bum verliebt ist, tut er alles für seine Dame.

RENATE: Ich weiß überhaupt nicht, an was du denkst.

JUP: Es kommt mir vor, als wenn ich Sie warnen müßte. Ursula Pia ist eine von der allergefährlichsten Sorte...

RENATE *wendet sich*: Ich glaube fast, kleiner Jup, jetzt mischst du dich in Angelegenheiten, von denen du nichts verstehst.

JUP *hinter ihr drein*: Fräulein Renate – Sie waren vorhin so bezaubernd zu sagen, daß ich hübsch gewachsen wäre – ist es denn so ganz unmöglich, daß zwischen uns eine etwas nähere Beziehung erwüchse – ein etwas zärtlicheres Verhältnis –

RENATE: Wie gern täte ich dir den Gefallen. Aber ich eigne mich doch so gar nicht dafür.

JUP *fassungslos*: Ja – ja, sind Sie denn kein bißchen in mich verliebt?!

RENATE: Kein bißchen, Jup, es ist wirklich erstaunlich.

JUP: Ja, dann freilich – ja, dann bitte ich um Entschuldigung, es war nur eine kleine Kühnheit, ein kleiner Versuch –. Aber Sie sind doch wirklich das Besonderste, was mir jemals begegnet.

RENATE: Komm, Jup – ich glaube, wir müssen jetzt unsere Nummer probieren.

Sie wollen nach hinten. In der Öffnung des Vorhangs begegnet ihnen Ursula Pia.

URSULA PIA: Verzeihung, daß ich störe. Ihr plaudert?

RENATE: Wir wollten eben ohnehin gehen.

URSULA PIA: Ich habe eine ganze Stunde trainiert. Jedes Glied tut mir weh. Sie gestatten, daß ich mich ein wenig erhole.

RENATE: Hier schlafen sowieso schon zwei Girls und der kleine Bum.

Ursula Pia und Renate stehen sich in der Öffnung des Vorhangs direkt gegenüber.

URSULA PIA: Sie sind ehrgeiziger, als ich dachte. Wie sorgfältig Sie sich jede Nummer zurechtgelegt haben.

RENATE: Ich tue nichts anderes, als worum Allan mich bittet. Außerdem macht es mir Spaß.

URSULA PIA: Sie haben gute Beine. Aber Sie sollten etwas für Ihre Haltung tun.

RENATE: Sie haben ganz recht. Ich halte mich unschön, weil mein Beruf als Modistin gebücktes Sitzen verlangte.

Sie geht mit Jup hinaus.

Ursula Pia bleibt einen Augenblick unbeweglich stehen und sieht ihr nach. Wendet sich dann und kitzelt Bum, der schlafend sitzt. Bum wacht auf, sieht von unten, selig lächelnd, zu ihr empor.

URSULA PIA: Hast du von mir geträumt?

BUM: Ja – wirklich –, ich habe von dir geträumt – du erschienst mir in einem goldenen Trikot –

URSULA PIA *streichelt, hinter ihm stehend, sein Haar*: Wie es mir gestanden haben muß! – Und dazu eine silbrige Allongeperücke?

BUM *lacht*: Ja, ja – silbrige Haare und diamantene Zähne –

URSULA PIA *kauert sich zu ihm*: Gefalle ich dir von Tag zu Tag mehr?

BUM *von ihrer Atemnähe benommen*: Gefallen ist gar nicht mehr das richtige Wort –

URSULA PIA *entfernt sich ein bißchen von ihm*: Ich habe Ernstes mit dir zu reden.

BUM: Ja – mit dir rede ich sogar gern etwas Ernstes.

URSULA PIA *unvermittelt*: Renate glaubt nicht an die Idee.

BUM *mit großen Augen*: Ach! Das hätte ich niemals gedacht!

URSULA PIA: Versteh mich doch, Bum! Sie glaubt nicht an die Idee! Sie arbeitet wohl in ihrem Dienste, gewiß, sie ist tüchtig und munter, eine schätzenswerte Kollegin. Aber sie ist so weiblich, daß sie es nie der Idee wegen tut. Sie tut es Michael zu Gefallen, Allan zuliebe, und sie tut es gar noch des Spaßes halber, so weiblich ist sie, so unernst und so verspielt! Des Spaßes halber – bedenke das doch! Sie hat es mir gerade selber gesagt. Sie ist ungläubig, sie ist nicht entflammt.

BUM: Aber du bist schön, Ursula Pia.

URSULA PIA: Verstehst du nicht, was das ist, kleiner Bum? Die Idee –

BUM: Ja – die Idee –

URSULA PIA: Eine Frau wie Renate weiß davon nichts. Sie ist schön, ihr Herz ist beruhigt, oh, wie sie Glück um sich zu verbreiten versteht – aber im Grunde ist sie von allem entfernt, worum es sich handelt.

BUM: Ich verstehe schon, Ursula Pia, du bist eifersüchtig auf sie.

URSULA PIA *schreit ihn an*: Du bist unverschämt! Eifersüchtig – und ich! Das fehlte gerade – darauf wartet sie nur.

BUM *ihr ganz naiv ins Gesicht*: Möchtest du, daß ich ihr etwas antun soll?

URSULA PIA *senkt entsetzt das Gesicht*: Ja, Bum – vielleicht, Bum – eine Kleinigkeit, Bum –

BUM: Und was bekomme ich dann dafür?

URSULA PIA: Das, was du willst, Bum.

Bum: Du weißt doch schon, was ich will?

Ursula Pia *senkt das Gesicht immer tiefer*: Ja, ich weiß es. Das läßt sich schon machen. Doch, das verspreche ich dir.

Bum: Soll ich sie hinterrücks niederhauen? – Für diesen Lohn täte ich alles.

Ursula Pia: Nein, Bum, was für ein törichter Einfall. Nein – weniger – mehr! – Wir müssen sie blamieren, wir machen sie komisch, man soll merken, wie unernst sie ist. Während der großen Premiere richten wir irgend etwas Derartiges an, daß sie stolpert, daß es Gelächter gibt – wir verabreden es noch –

Bum *verschmitzt*: Glaubst du nicht, daß so etwas der – Idee des Ganzen etwa unzuträglich werden könnte?

Ursula Pia: Das laß meine Sorge sein, dummer Bum. Damit habe ich, nicht du, mich auseinanderzusetzen.

Bum: Das ist richtig, Gott sei's gedankt!

Küßt ihre Hände.

Ich freue mich so auf die Belohnung, ich freue mich so furchtbar darauf!

Ursula Pia *lächelt mit geschlossenen Augen über ihm*: Dummer Bum, dummer Bum – hast du eigentlich ein bißchen Mitleid mit mir?

Bum: Ich? Mitleid mit dir? Du bist die Allerbegehrenswerteste, die Allerbeneidenswerteste!

Ursula Pia: Habe ruhig ein bißchen Mitleid mit mir. Dummer Bum –

Michael kommt von hinten.

Ursula Pia sofort bei ihm:

Oh, Michael, gehst du hier spazieren und philosophierst?

Michael: Aber nein, philosophiert wird jetzt nicht mehr. Wir hatten Beleuchtungsprobe, die Boxer sind das erste Mal da –

Ursula Pia *lacht*: Und es soll doch ein solches Glück sein, von Plato sprechen zu dürfen. Aber, nicht wahr, das Tollste von allem ist Heraklit?

Michael: Von ihm gibt es einen Satz, der mir durch Mark und Bein geht, wenn ich ihn höre. «Alle Kreatur weidet unter Gottes Peitschenschlag.»

Ursula Pia *plötzlich todernst, geht nach vorn, ganz starr*: Alle – Kreatur – weidet – unter Gottes Peitschenschlag. Das ist wahr.

Das ist wahrhaftig wahr. – Ich höre es pfeifen und sausen – und wie sicher gezielt!

Allan erscheint in der Öffnung des Vorhangs.

ALLAN *klatscht in die Hände, schreit wie ein Zirkusdirektor, schwingt auch eine lederne Peitsche*: Herrschaften! Herrschaften! Wer hat Zeit, hier zu sitzen?! Premiere ist in vier Tagen! Von der Schlußgruppe hängt alles ab, wir probieren das letzte Bild!! Alles ist verloren, läßt unsere Energie einen halben Tag nach! Wer schläft hier?! – Herrschaften! Herrschaften!

Alle wenden sich ihm zu. Die beiden Girls springen auf und reiben sich die Augen. Die Musik steigert sich, ein amerikanischer Marsch gellt auf.

ZWEITER AKT

Vor dem vierten Bild große Jazz- und Orchesterouvertüre, die die gefährliche Stimmung der großen Revuepremiere malt und gleichsam die unsichtbaren Aufmärsche der Boxer, Akrobaten und Girls begleitet.

VIERTES BILD

Während der großen Premiere. Die Szene ist eine Art Konversationszimmer, hell und sachlich. Ein paar kleine runde Tische mit Klubsesseln. An der Wand die gelben und roten Riesenplakate des Unternehmens, ein enormes Plakat, auf dem in schreienden Lettern steht: «Junge Menschen! Lest alle die ‹Europäische Jugend!›», das große Plakat für die Revuepremiere mit riesenhaft bunten Karikaturen von Ursula Pia, Renate, Allan und Michael und andere enorme Plakate mit Boxern, Girl-Gruppen und den verschiedensten Szenen. – Im Hintergrund ein großer Vorhang, hinter dem es zu den Garderoben geht. Rechts seitlich eine kleine Tür, die zu dem Gang nach der Bühne führt.
In einem Klubsessel sitzt Ursula Pia, sie trägt ein schwarzes Tanzkostüm mit kurzem, gefälteltem Rock, kurze Jacke und weißem, gestärktem Umlegekragen, schwarze Seidenstrümpfe, Zylinderhut, langer Spazierstock. Sie hat vor sich auf dem Tischchen Kaffeemaschine und Cognac stehen. Weiter hinten an einem Stuhl lehnt Michael; er ist als ihr Partner gekleidet, gleichfalls in Schwarz, kurze Jacke mit gestärktem Umlegekragen, etonboyartig, gleichfalls mit Zylinderhut und langem Spazierstock. – Weiter vorn, auf dem Tisch, sitzt Jup mit übereinandergeschlagenen Beinen, ziemlich nackt, in einem goldenen Phantasiekostüm. – Nicht weit von Ursula Pia steht der eifrige Fotograf und macht sich gebückt an seinem Apparat zu schaffen.

FOTOGRAF *gebückt schwätzend*: Wenn gnädiges Fräulein so den Kopf still halten möchten, wird es eine vorzügliche Halslinie geben – so wird es glänzend – pst, pst – so wird's eminent. Wenn Sie jetzt noch ein bißchen zu lächeln versuchten, oh, nicht erzwungen, harmlos, pikant. – Denken Sie an die morgige Presse, hihi, an den Herrn Bräutigam, das ist wohl noch amüsanter – so wird es ja ganz vorzüglich sein – ich möchte Sie doch zugleich imposant und lieblich treffen, Sie verstehen, begehrenswert und trotz allem seriös – man ist doch am Ende eine geistige Dame –

URSULA PIA *nickt streng*: Ganz so wünsche ich mir's, Sie treffen das Rechte, wenn Sie es nur verstehen, mich imposant und zugleich lieblich darzustellen. Erlauben Sie mir noch, daß ich den Rock ein wenig höher ziehe.

FOTOGRAF *murmelt interessiert*: Oh, bitte sehr – das ist ja ganz vorzüglich –

JUP *beginnt leise und andächtig zu sprechen*: Es ist wunderbar, wie Renate von ihrem ersten Auftreten an die Situation gerettet hat. Das Publikum war doch nach Michaels großer programmatischer Ansprache ziemlich unruhig geworden, aber ihre Schönheit und Würde hielt alle sofort wie ein Wunder in Bann.

URSULA PIA *gereizt aus ihrer Fotografiepose heraus*: Lächerlich – ich habe, während Michael sprach, verschiedentlich klatschen zu hören geglaubt.

JUP: Die Leute waren natürlich lebhaft interessiert, aber die Stimmung war dem Umkippen nah. Von der Galerie pfiff es bedenklich, Michael zitterte ja auch am ganzen Leib.

MICHAEL: Der Gedanke, daß es schiefgehen könnte, ergriff mich mitten auf der Bühne und mit solcher Heftigkeit plötzlich, daß ich nicht mehr stehen zu können glaubte. Diese Sache darf nicht Fiasko machen – diese Sache darf einfach nicht Fiasko machen!

URSULA PIA: Die jungen Leute in den Gängen scheinen mir gut gelaunt, das ist, wenn ich nicht irre, meiner großen Szene mit den zwölf Boxern hauptsächlich zu verdanken. – Aber nun, Renates schönste Nummer, die den Anfang des zweiten Teils macht, wird ja mit Leichtigkeit zum endgültigen Triumph führen. Ich bitte euch, wie muß die Jugend Europas erzittern vor ihrer – wie sagten Sie so vortrefflich, Jup? – vor ihrer Schönheit und Würde! Die

Wirkung des altmodischen Damenideals scheint die sicherste bleiben zu sollen, die Jugend Europas ist konservativ. Fräulein Renate hätte gewiß auch schon zu Friedrich von Schillers Zeiten Furore zu machen gewußt.

FOTOGRAF *klagt*: Behalten Sie doch Ihr Lächeln, hochverehrtes gnädiges Fräulein – ich bitte Sie –, das Lächeln, das Sie so zierte. Ich bin bei der zweiten Aufnahme, die nach Amerika soll.

URSULA PIA: O gewiß, das Lächeln – ich vergesse das Lächeln –

JUP: Und ich bleibe dabei, ohne Renate wäre alles geschmissen gewesen. Wer könnte zu lächeln wagen, angesichts ihrer? Ich zweifle ja nicht an Ihrem enormen Talent, verehrte Ursula Pia, die Boxerszene war bravourös –

URSULA PIA *lächelt grimmig in den Apparat*: Oh, bitte sehr – bitte sehr –

FOTOGRAF: So – so ist es ja ganz eminent – die Amerikaner werden hingerissen sein – pst, pst – stillhalten, meine Gnädigste, so –

URSULA PIA *springt plötzlich auf, sie rennt mit großen Schritten im Vordergrund hin und her*: Monsieur Jup hat ganz recht – Sie haben vollkommen recht, Jup! Wer könnte es wagen, über sie zu lachen?! Sie ist ja die Sicherheit selbst, in ihr geht ja nichts vor, sie strahlt Ruhe aus, sie leuchtet in Stille, wie wir uns in Kampf und Erregung mühen!

Sie bleibt mitten in der Bühne stehen und schreit, jedes Wort leidenschaftlich scharf akzentuierend, halb in wütendster Trauer, halb mit zornigstem Zugeständnis:

Sie ist in der Tat bewundernswürdig!

Bum, akrobatisch gekleidet, kommt aus der kleinen Tür rechts, vom Laufen noch keuchend.

BUM *atemlos*: Die Stimmung ist gefährlich, hu, die Stimmung unten ist schrecklich gefährlich. Ich habe in den Korridoren herumgehorcht, die jungen Leute stehen in Gruppen beisammen und diskutieren, daß einem das Hören vergeht. Ich glaube, wie sie sich einstellen sollen, wissen sie noch nicht genau, die einen sagen, das Ganze wäre Frechheit und wäre ein Witz, die anderen sprechen von einer neuen Form der theatralischen Kunst. Sie sind alle sehr aufgeregt, aber man hört so viel schimpfen. Einige maßgebende Damen haben schon ihre Logen verlassen, so degoutiert sind sie, wie man erzählt.

MICHAEL *blaß, unbewegt und vor Aufregung zitternd*: Die Idee muß siegen, alle Widerstände werden zunichte. Jede Blamage hat ihren Sinn, aber diese Blamage würde gegen den Sinn und grauenhaft sein. Die Idee muß siegen! Sage es auch, Ursula Pia, daß die Idee siegen muß!

URSULA PIA *noch in der Mitte des Szene, einen Augenblick ganz todernst, mit weitaufgerissenen Augen und ineinandergepreßten Händen*: Die Idee muß siegen!

Sofort wieder abfallend, kokett und erregt, zieht sie Bum an sich.

So, Bum, jetzt sollen wir zusammen fotografiert werden, ein feines Doppelbild, nicht wahr, Herr Fotografenmeister? «Die Künstlerin Pia im Gespräch mit dem berühmten Akrobaten» –

Sie setzt Bum in den Lehnstuhl und sich auf die Seitenlehne neben ihn, um seine Schultern den Arm.

FOTOGRAF *wieder gebückt*: Gewiß, o ja, sicherlich, es kann eine wirksame Platte geben, ganz vorzüglich – wollen Sie bitte lächeln, Herr Akrobat?

URSULA PIA *über Bum gebeugt, verführerisch zischelnd*: Du hast doch alles gut eingerichtet, Bum, wie? Es ist doch alles ganz sicher?

BUM: Doch, eingerichtet habe ich es wie ausgemacht, das wird schon klappen. Ich habe nur ein bißchen Angst, daß es schadet –

URSULA PIA: Schaden – woher denn wohl schaden, dummer Bum?! So etwas ist ein Witz, es steigert die Stimmung. Du wirst erstaunt sein, Bum, wie ungeheuer es die Stimmung hebt. Und das Reizende ist doch, daß ihr törichter Hochmut ein wenig gedämpft wird, auf diese Weise, ihre Sicherheit kommt ins Schwanken, das ist schön, Bum, das ist wichtig für sie. So ein kleiner Witz, so ein spaßiges kleines Malheur bringt sie vielleicht in Bewegung, es lockert ihre Erstarrtheit, sie erlebt endlich einmal, daß man über sie lacht, es passiert ihr sonst nicht –

BUM: Du bist heute abend so unsinnig schön, Ursula Pia, du gefällst mir so sehr – dafür finde ich überhaupt keine Worte. Ich tue das da, ob es richtig ist oder nicht.

URSULA PIA: Es ist günstig, Bum, es ist gut –

Während sie zitternd auf Bum einflüstert und der Fotograf sich fiebrig um die Gruppe bemüht, hört man von hinten

ALLANS STIMME: Sind die Girls aufgestellt? Ist alles bereit? Jetzt kommt es darauf an – jetzt geht es um alles –

Der Vorhang wird auseinandergeschlagen, in seiner Öffnung stehen nebeneinander Renate und Allan. Renate leuchtet in beschwerter, lastender Pracht, sie ist in ganz großer Revuetoilette mit blauer Perücke, Straußenfedern und Silberumhang. Allan, an ihrer Seite, in tadellosem, scharfgebügeltem Frack mit schwarzem Cape und weißem Seidenschal. Alles, mit Ausnahme von Ursula Pia, wendet sich nach ihnen um, Jup springt auf und nimmt Renates anderen Arm.

FOTOGRAF *reißt den Apparat nach ihrer Richtung, fuchtelt ganz fasziniert*: Oh – welch unvergleichliche Dame – nein, welch überraschendes Damenbild – die aparte Erscheinung!

Fast jammernd vor Begeisterung sucht er sie in die Platte zu bekommen.

So zögern Sie doch nur eine Sekunde, ein kleines Bildchen, ich bitte, ich bitte!

JUP: Ich darf Sie begleiten, Renate, ich darf bis zur Bühne mit Ihnen gehen, von der ersten Kulisse aus sehe ich zu –

Allan und der Tänzer führen Renate über die Bühne, dem Ausgang rechts seitlich zu. Renate redet kein Wort, sie lächelt auch nicht. Ihr Blick ist erweitert und dunkel; behindert unter der schweren Last ihres Kostüms läßt sie sich langsam über die Szene geleiten. – Sie gehen durch die Seitentür ab.

FOTOGRAF *gebückt mit dem Apparat hinter ihnen dreinstolpernd*: Eine Aufnahme noch, ich bitte, ich bitte – ein kleines Künstlerbild für Amerika – etwas Reizendes für die «New York Times»!!

Mit dem Apparat ihnen nach und hinaus.

BUM *sieht mit großen Augen hinter Renate her*: Sie sah wundervoll aus –

Wendet sich, mit ängstlicher Stimme, an Ursula Pia.

Nicht wahr, sie sah wundervoll aus?

URSULA PIA *in tiefster Qual*: Ja, ja, ja – sie hatte sich geschickt herausgeputzt, was für ein Einfall, mit der blauen Perücke.

Sie fährt Bum an:
Aber mach doch, daß du hinauskommst, du hast ja zu tun!

BUM *steht langsam auf*: Ja, natürlich – ich habe zu tun.
Er geht zur Tür, wendet sich noch einmal nach Ursula Pia um, aber diese blickt streng zur Erde. Bum geht.

URSULA PIA *hebt, wenn er hinaus ist, rasch den Kopf, hebt, wie angstvoll, die Hand, als wolle sie ihn zurückrufen, läßt sie aber wieder sinken und blickt starr vor sich hin. Einen Augenblick Stille. Dann wendet sie sich nach Michael um, der ruhig im Hintergrund sitzt*: Kom näher, Michael, du könntest dich ein bißchen zu mir setzen, ich fühle mich plötzlich nicht gut.
Michael geht zu ihr hin und setzt sich auf die Seitenlehne zu ihr. Ursula Pia streichelt seine Hand und lächelt zu ihm hinauf:
Wie niedlich du dich herausstaffiert hast, kleiner Freund, ja, da hat alles im Parkett seine Freude. Nein, so ein bunter, zierlicher kleiner Philosoph!

MICHAEL *blickt asketisch zur Erde, lächelt aber kokett*: Ich diene unserer Sache mit meinem Körper wie mit meinem Geist.

URSULA PIA: Unserer Sache – unserer Sache – ich habe heute abend das Gefühl dafür vollkommen verloren. Ich bin eine Schauspielerin, nicht die angemalte Nonne eines zweifelhaften Kults. Lächerlich: unsere Sache. Wenn es schiefgeht, ist es wie ein anderer Theaterskandal auch!

MICHAEL: Wie magst du so reden, Ursula Pia, das macht nur deine Nervosität. Und schiefgehen kann es ja nicht, denke doch, in diesem Augenblick sitzen die Leute gebannt vor Renate –

URSULA PIA *springt auf, rennt nach vorn, schreit*: Wie war es, Michael? Du hast mir einmal von den Peitschenhieben des Herrn erzählt. Glaubst du mir, wie sehr ich sie auf meinem Rücken spüre?! Rote Striemen müssen schon zu sehen sein, so scharf trifft es mich. Ich habe nie geahnt, wie fürchterlich sie schmerzen.
Stampft mit dem Fuß auf.
Was geht mich «unsere Sache» an?! Ich bin im Recht! Ich bin allein im Recht!!

MICHAEL *steht hinter ihr, hat die Arme auf ihre Schultern gelegt*: Die Aufregung macht dich wahnsinnig, Ursula Pia, du verstehst nicht mehr, was du sprichst. Die Sache wird siegen, darüber ist kein Zweifel in mir. Die Idee siegt, vor dem zersetzenden Spott bleibt die Idee herrlich bestehen. Sie ist positiv, sie ist gut, das Gute siegt, Ursula Pia!

URSULA PIA *fährt entsetzt zusammen*: Hörst du nichts, Michael? Jetzt – hörst du es nicht?!

MICHAEL: Was soll ich hören? Es ist still, die Bühne ist ja weit weg –

URSULA PIA *in Todesangst*: Ich höre Gelächter – Lärm – Gelächter im Zuschauerraum – still –

Jup, aufgelöst, am ganzen Leib zitternd, kommt von rechts hereingestürzt.

MICHAEL: Um Gottes willen, nun war es doch Lärm –

JUP *kann kaum reden*: So etwas Grauenhaftes – so etwas Grauenhaftes habe ich noch niemals erlebt. Sie stürzte die ganze Treppe hinunter, kopfüber, verstehst du, die Hände voran, an jeder Stufenkante stieß sie sich die Stirn. So etwas Grauenhaftes habe ich noch niemals gesehen. Und wie die Leute gleich alle zu lachen anfingen! Wie sie gleich alle zu lachen anfingen! – Jetzt hat sie ganz blutige Hände – wie konnte das nur passieren?!

Ursula Pia stößt einen ganz leisen, ganz unterdrückten Schrei aus und schlägt die Hände vors Gesicht, sie verbirgt das Gesicht in den Händen.

MICHAEL *schreit auf*: Was sagst du? Sie stürzte? – Bist du verrückt?!

JUP: Jetzt ist alles aus, jetzt ist alles zu Ende – der Skandal brach nur so los, als hätte er auf den Anlaß gewartet. Sie erschien ganz oben, über der großen Treppe, ihr wißt ja, die sie langsam hätte hinuntergehen sollen, die Girls standen Spalier, feierlich vorbereitet empfing die Musik ihre Schönheit, die Spannung war ungeheuer, sie schaute ins Publikum, da wagte sich niemand zu regen. In dem Augenblick, da sie die erste Stufe nehmen wollte, rutschte sie irgendwie aus, es ist unerklärlich, wie es geschah – der Vorhang konnte gar nicht schnell genug heruntergehen, sie kugelte bei offener Szene die ganze Treppe hinunter, bis vor, zu der Rampe. Wenn die Leute gesehen hätten, wie sie blutete, so gelacht haben würden sie dann wenigstens nicht!

MICHAEL *stammelt*: Das – das ist nicht wahr, so etwas passiert nicht, so etwas hat keinen Sinn –

JUP *wendet sich nach der Tür*: Da bringen sie sie schon.
Sein Gesicht ist tränenüberströmt.
Von rechts her tragen Allan und Bum auf einer improvisierten Bahre Renate herein. Sie liegt, das Gesicht weggewendet, mit ihrem Silbermantel flüchtig zugedeckt. Wenn die Tür aufgeht, hört man, aber ziemlich entfernt, Johlen, Pfeifen und Schreien. Jup schließt die Tür sofort.

MICHAEL *sieht mit vollkommen entsetztem, ungläubigem Blick auf Renate, er kann kaum eine Silbe hervorbringen. Er murmelt, während er neben der Bahre hergeht*: Das – kann doch nicht sein – so etwas passiert nicht – so etwas hat keinen Sinn –
Der Trauerzug bewegt sich langsam und halb grotesk über die Bühne. Allan sagt kein Wort, er geht mühsam unter der Last, sein Gesicht ist ganz starr. – Sie sind hinaus, Michael und Jup mit ihnen.
Ursula Pia steht immer noch vorn, bewegungslos, das Gesicht in den Händen.
Von rechts her kommen sehr aufgeregt der Journalist und der Fotograf, sie lassen die Tür offen stehen, Pfeifen und Johlen dringen verstärkter herein.

JOURNALIST *eilt umher*: Nein, so etwas Peinliches, so etwas Fatales, nun muß mein ganzer Aufsatz umgeändert werden, man muß gegen Sie polemisieren, meine Herrschaften, die Umstände verlangen, daß man einen feindlichen Ton gegen Sie wählt. So was von Ungeschicklichkeit! So was von Pleite! Und diese Welle von Antipathie, die sich auslöste, als das Malheurchen geschah!
Das Notizbuch in der Hand, im Umhereilen schreibend:
«Welle von Antipathie –»

FOTOGRAF: Wo soll ich nun die vielen hübschen Bilder unterbringen?! Amerika wird sich schönstens bedanken, die Illustrierten Journale pfeifen darauf! Alle Arbeit umsonst! Man soll sich mit den jungen Leuten nicht abgeben, nicht einlassen soll man sich mit dem unreifen Gesindel. So was von Ungeschicklichkeit! So was von Pleite!

URSULA PIA *hat die Hände endlich vom Gesicht genommen, schreit sie an*: So machen Sie doch wenigstens die Tür zu!!

FOTOGRAF UND JOURNALIST *schließen zwar, im ersten Au-*

genblick eingeschüchtert, sofort die Tür, werden sich aber dann, Arm in Arm, ihrer Überlegenheit gleich wieder bewußt und höhnen, sich abwechselnd: Nanu, nanu, verehrte Künstlerin, nur keine so großen Töne, wenn wir bitten dürfen, die öffentliche Meinung ist durchaus gegen Sie – hat man nicht die unzweideutigen kleinen Pfiffe gehört? Sich nur nicht so aufspielen, verehrte Dame, in Ihrer Situation ist man besser bescheiden!

URSULA PIA *wie von einem Alptraum gequält, in höchster Verzweiflung*: Was wollen Sie denn noch von mir? Warum lassen Sie mich denn nicht endlich allein?!

JOURNALIST *plötzlich nahe bei ihr und vertraulich*: Nu, man wird doch noch was Näheres erfahren dürfen? Ist das gute Fräulein sehr ernstlich verletzt? Kleine Gehirnerschütterung, wie? Und wie ist das kleine Malheur zu erklären? Platzangst von seiten der Dame? – «Der verhängnisvolle Fehltritt» – zündende Überschrift. «Künstlerisches Unternehmen durch Straucheln einer Dame verdorben» – man kann was draus machen; wenn man geschickt ist, kann man aus allem was machen.

FOTOGRAF: Es wird wohl erlaubt sein, eine Aufnahme des verletzten Fräuleins zu machen? Wie, dagegen kann wohl nichts sprechen? Vielleicht liegt das Fräulein im Sterben, sehr gut möglich, äußerst wahrscheinlich. Sensationelles Bildchen, vorzügliche Sache: die Künstlerin auf dem Totenbett –

URSULA PIA *an den Grenzen des Wahnsinns*: Wenn Sie mich nicht sofort allein lassen, schlage ich Ihnen ins Gesicht, daß Ihnen Hören und Sehen vergehen!!

JOURNALIST UND FOTOGRAF *ziehen sich Arm in Arm nach rückwärts zurück*: So was! So eine Chuzpe! Man wird wohl seine Erkundigungen einziehen dürfen! So 'ne Pleite und dann so 'ne Chuzpe!

Sie ziehen schimpfend durch den hinteren Ausgang ab.

Ursula Pia sinkt, wenn sie allein ist, völlig in sich zusammen, sie geht mit schweren, schleppenden Schritten zu dem Stuhl, in dem sie zu Anfang saß, sie setzt sich todmüde hin, gießt sich Cognac ein, trinkt und sitzt dann, den Kopf aufgestützt, mit erstarrten Augen.

Bum kommt leise von hinten herein, er bleibt stehen am Vorhang.

BUM: Nun? Habe ich's prächtig gemacht?
Er versucht ein bißchen zu lachen.
Die Folgen sind allerdings nicht so besonders erfreulich –

URSULA PIA *ohne sich nach ihm umzusehen*: Ist sie – ist sie sehr schwer verletzt?

BUM: Nein, Gott sei Dank, schwer verletzt ist sie nicht. Ich glaube, sie ist schon wieder zu Bewußtsein gekommen. Eine leichte Gehirnerschütterung muß es gewesen sein.

URSULA PIA: Aber – aber sie blutete?

BUM: Ja, Schürfungen an den Händen und im Gesicht.

URSULA PIA: Hast du ein sehr schlechtes Gewissen?

BUM: Nein – warum sollte ich ein schlechtes Gewissen haben?

URSULA PIA: Wenn du jemals ermessen könntest, Bum, wie fürchterlich, wie qualvoll ich dich um dein Leben beneide.

BUM: Und nun bekomme ich ja auch noch die Belohnung!
Er stand bis jetzt hinter ihr, geht aber nun zu ihr hin und setzt sich auf die Seitenlehne des Stuhls.

URSULA PIA: Ach ja, das kommt auch noch. Warten wir damit lieber ein bißchen. Ich bin jetzt so müde, daß ich dir einschliefe mitten dabei.
Sie streichelt ihm langsam, wie mechanisch, über das Haar:
Du dummer Bum – du dummer, dummer Bum –
Sie steht plötzlich auf und geht rasch nach hinten:
Schlaf schön, mein Freund – wir müssen jetzt eine Konferenz abhalten, wir müssen denken, wachbleiben, weitersehen.
Nach hinten ab.

BUM *schaut hinter ihr drein*: Wenn Renate nicht geblutet hätte, das wäre angenehmer gewesen. Daß sie blutete, tat mir weh – sonst war es ja eher ein komischer Anblick. – Aber die Belohnung ist zu anziehend, ja, die Belohnung reizt mich sehr. Das müßte jeder verstehen, dem ich es ruhig auseinandersetzte. Vielleicht hat es wirklich dem ganzen Unternehmen ein bißchen geschadet – mich darf bestimmt kein Mensch zur Verantwortung ziehen!
Jup kommt von hinten und setzt sich auf die andere Seitenlehne des Stuhls. So sitzen sie mit dem Rücken gegeneinander und lassen die Beine baumeln.

BUM: Geht es ihr besser?

JUP *kurz und unfreundlich*: Ja, sie spricht schon und sie weiß alles.

Sie ist, Gott sei Dank, nicht ernstlich verletzt, in ein paar Stunden wird sie aufstehen können.

BUM: Ist sie sehr traurig?

JUP: Nein, eigentlich nicht. Sie hat überhaupt nicht geweint.

Kleine Pause.

Jup etwas drohend:

Hast du nicht gerade gelacht?

BUM: Ich? – Nein. Wieso? Wir haben zum Lachen gar keinen Anlaß. Es ist sehr die Frage, ob die Vorstellung morgen überhaupt wird stattfinden können. Sie haben ja sogar das Eintrittsgeld zurückverlangt. Am Schluß mußte noch die Polizei eingreifen, die öffentliche Ordnung war gefährdet, und alles sollte kurz und klein geschlagen werden.

JUP: Das ist mir vollkommen gleichgültig.

BUM: Es ist eine richtige Katastrophe. Alle Girls haben Weinkrämpfe in ihren Garderoben. Mit den fünfzig unbezahlten Boxern mag es jetzt auch nicht gut Kirschen zu essen sein.

JUP: Das alles ist mir vollkommen egal. Wenn der Eindruck sich bestätigt, den ich habe, dann gnade dir Gott. – Warum hast du gerade gelacht?

BUM: Aber Jup, ich habe doch gar nicht gelacht –

JUP: Ich fühle ganz deutlich, daß du schuldig bist an dem Unglück, das Renate geschehen ist.

BUM *springt auf*: Aber du bist wohl verrückt –

JUP *ihm nach*: Leugnest du? Leugnest du, Hundsfott?

BUM: Trau dich nur ran! Ich habe gar nichts zu leugnen!

JUP: Ich räche Renate, soviel ist sicher!

BUM: Was geht dich das an, saudummer Tanzaffe? Kümmere dich um deine eigenen Angelegenheiten!

JUP: Renates Angelegenheiten sind meine!

Sie fallen übereinander her.

FÜNFTES BILD

Die Szene ist ein Redaktionszimmer der «Europäischen Jugend», ähnlich dem Zimmer des zweiten Bildes. Wieder ein großer Schreibtisch, mit Papierstößen belastet, Telefonapparate. Rechts seitlich eine

Glastür, die zu einem kleinen Balkon hinausführt, darunter die Straße. – Links Tür nach dem Korridor.
Es ist früher Morgen, die Stimmung ist grau, aber deutlich, fast grell. Im Vordergrund sitzt auf einem kleinen Stühlchen Renate vor einer Schreibmaschine und tippt. Sie ist in einen schwarzen Schal eingewickelt. Michael geht, Hände in den Hosentaschen, diktierend auf und ab. In einem Sessel im Hintergrund sitzt unbeweglich Ursula Pia, die Zigarette im Mund, starr und in sich gekauert.

MICHAEL *immer hin- und hergehend*: Kameraden! Junge Menschen Europas! Hört noch einmal unser Wort, vertraut uns, wir meinen es ernst! Der Moment ist gekommen, wo wir unseren Ernst am stärksten beweisen. Wir könnten beleidigt sein, wäre Eitelkeit in unserem Unternehmen gewesen. Aber wir verstehen, daß eure Ablehnung Mißverständnis ist. Ihr seid verhetzt und mißleitet, die Führer der extremen Richtungen haben allen Grund, euch Übles über uns zu sagen. Wir wollen die Richtungen nicht mehr. Wir wollen das Ganze!!
Renate tippt eifrig und mit gesenktem Gesicht.

MICHAEL *bricht plötzlich ab, tritt ans Fenster*: Es ist schon vollkommen hell, wie spät mag es sein? Nun haben wir die ganze Nacht durch gearbeitet.

RENATE *blättert mit einem kleinen Lächeln in dem Papierstoß an ihrer Seite*: Dein Manifest ist auch schon hundertundzwanzig Seiten lang.

MICHAEL *tritt wieder vom Fenster zurück*: Ja, das Manifest – das Manifest. Wir müssen es fertigstellen, das Manifest allein kann uns retten.
Wieder im Auf- und Abgehen:
Kameraden! Junge Menschen Europas –
Renate schreibt wieder emsig, mit gesenktem Gesicht – einmal dazwischen faßt sie sich an die Stirn, die weh tut.
Von rechts her kommt Allan herein; er ist in ziemlich aufgelöstem Zustand, mit offenem Mantel und zerzaustem Haar.

ALLAN *bleibt an der Tür stehen, sehr müde*: Seid ihr denn gar nicht zu Bett gewesen?

RENATE *an der Maschine, wieder mit dem angedeuteten Lächeln*: Nicht dran zu denken, wir haben arbeiten müssen.

ALLAN *sonderbar flüchtig*: Es wird wahrscheinlich dein Tod sein, Renate. Aber jetzt läuft ja alles auf dasselbe hinaus. – Was hat es denn noch zu arbeiten gegeben?

MICHAEL: Ich habe Renate ein Manifest diktiert – verstehst du? Ein Manifest! Das allein kann uns helfen, man muß es ihnen darlegen, man muß es deutlich auseinandersetzen – alles wird gut werden, Klarheit, nur Klarheit, dann siegt die Idee!! Das Fiasko beruht auf einem Mißverständnis –

ALLAN: Ach, laß doch den Unfug. Was hilft denn ein Manifest?
Setzt sich plötzlich.
Sie waren schon hinter mir her.

RENATE: Wieso? Werden wir schon verfolgt?

ALLAN *erzählt, mit einemmal rasch, beinah keuchend*: Ich hatte gar nicht ahnen können, wie schauerlich es steht! Nicht einer hält mehr zu uns, alles, alles wendet sich ab. Wo man sich nicht über uns totlacht, schüttelt man sich vor Entsetzen und Abscheu. Die Polizei hat noch gestern unser Theater geschlossen, da die erste Vorstellung erwiesen hat, wie sehr unsere Darbietungen geeignet seien, öffentliches Ärgernis zu erregen.

MICHAEL: Aber die Zeitschrift? Die Zeitschrift, Allan?! Unser Organ?! Wir können uns doch noch äußern? Wir werden uns doch verteidigen dürfen?!

ALLAN: Selbstverständlich ist die Zeitschrift gleichzeitig verboten, sie rechnet, glaube ich, zum Schmutz und Schund, sie hetzt auf und meint es selbst damit nicht ernst. – Sogar die noch erreichbaren Exemplare der ersten Nummer sind beschlagnahmt und müssen eingestampft werden.

MICHAEL: Aber die Jugend? Stellt sich nicht die Jugend hinter uns? Verteidigt *sie* nicht unser Recht mit Inbrunst?!

ALLAN: Die Jugend hat in corpore sich gegen uns erklärt, der seltene Fall ist da, daß alle einig sind, die Vaterländischen verstehen sich mit den Kommunisten, die Kommunisten mit dem «juste milieu». Die Kommunisten erklären uns in ihrer Zeitung als gewinnsüchtig verlogenen Bourgeois unversöhnlichen Krieg, die gute Mitte verachtet uns als zersetzend und lüstern auf Sensation, die Vaterländischen sind felsenfest entschlossen, uns alle vier gewaltig zu verprügeln. Ich wurde unterwegs von allen Seiten angepöbelt, man erkannte mich von den Plakatsäulen her, Rotten von

jungen Leuten liefen hinter mir drein, wohin ich mich um Hilfe wandte, begegnete ich geballten Fäusten oder verächtlichem Grinsen. Ein Kommunistenführer spuckte mir ins Gesicht, ein Trupp halbwüchsiger Nationalisten verfolgte mich schon mit den Knüppeln. Ich entkam mit Mühe hierher, aber sie haben mir zugeschrien, daß sie unsere Redaktion stürmen wollten. Um uns zu beweisen, wie überhaupt nichts wir gemeinsam hätten mit deutscher Jugend, haben sie beschlossen, unsere Mobilien zu zertrümmern.
Er springt, wie plötzlich von Angst erfüllt, auf, schreit:
Sie können jeden Augenblick hier sein!!

MICHAEL: Und wenn die Jugend durch Politik und Vorurteil geblendet scheint: finden sich denn nicht Geistige, die für uns reden? Vernünftige, Objektive?

ALLAN: Eine Gruppe von Pädagogen, Schulleitern, Jugendschriftstellern hat sich noch gestern nacht zusammengetan und unsere sofortige Verhaftung wegen vorsätzlichen öffentlichen Unfugs, Verleitung der Jugend zu nihilistischem Unernst, bei der Staatsanwaltschaft beantragt. Alle, die sich zu finanzieller Hilfe etwa für uns angeboten hatten, ziehen sich brüsk von uns zurück, unsere Gläubiger beraten sich zu dieser Stunde über unseren Untergang, man wird unschwer Mittel und Wege finden, uns auch wegen Betrugs vor Gericht zu bringen. Eine Elternvereinigung beantragt unsere Ausweisung stürmisch, die Kinder haben die Petition mit unterschrieben.

MICHAEL *ganz kleinlaut, fast flehend*: Und der Journalist, unser Freund? Seine Verteidigung kann wohl nicht mehr viel nützen – aber er kennt unseren Ernst: nicht wahr, er legt sich tapfer für uns ins Zeug?!

ALLAN: Ich weiß nicht, ob du im Ernst sprichst. Selbstverständlich ist sein Aufsatz unter allen Verleumdungen die raffinierteste und frechste.

RENATE: Ob es dem Fotografen wohl gelungen ist, unsere Bilder geschickt zu entstellen, so daß ich schiele und Ursula Pia bucklig scheint?

ALLAN: Das paßt wahrhaftig zu dir, in dieser Stunde zu scherzen! Deine verruchte Ungeschicklichkeit ist an allem allein schuld! Es stand auf der Kippe, aber es hätte gutgehen können! Du warst es, die niemals etwas ernst zu nehmen vermochte!!

Man hört von unten Geschrei und Pfiffe.

MICHAEL *zitternd*: Horcht – jetzt sind sie schon da, jetzt werden wir erst ihre Meinung hören!

STIMMEN *von draußen*: Wartet nur, wenn wir euch in die Hände bekommen. Unsere Gummiknüppel sollen euch lehren, für die deutsche Jugend sprechen zu wollen!

ANDERE STIMME: Vaterlandsverräter! Nihilisten!

ANDERE STIMME: Bürgerpack! Geschäftsleute!

ANDERE STIMME: Wichtigtuer! Sensationsmacher!

VIELE STIMMEN *durcheinander*: Wichtigmacher! Vaterlandsverräter! Bürgerpack! Nihilisten! Ihr seid mir die rechten Repräsentanten der Jugend!

ALLAN *immer noch bei Renate*: Riesenhaft hätte der Erfolg sein müssen! Alles, das Ungeheure, das wir uns erträumten, das, was niemand mehr zu widersprechen wagt! Da fliegt s i e die Treppe hinunter! Nun scheint es mir fast, du hast es mit Absicht getan! Dir war niemals an unserer Sache gelegen! Es sollte vielleicht ein Witz sein! – Oh!!

Er hebt die Faust gegen sie.

URSULA PIA *fährt im Hintergrund in die Höhe, schreit*: Schlage sie nicht, Allan! Ich springe aus dem Fenster, wenn du sie schlägst. Alles ist Wahnsinn, was du ihr sagst! Schuld bin ich, ich einzig und allein! Ich habe es eingerichtet, daß sie stürzen mußte! Es ist mein Werk, i c h h a b e a l l e s a u f d e m G e w i s s e n!

SIMME *von unten*: Die können ja noch nicht einmal gehen und stehen! Die eine fliegt gleich die Treppe runter, wenn sie rauskommt, mit ihrer blauen Perücke!

ANDERE STIMME: Das wollen Führer der Jugend sein!

VIELE STIMMEN: Bürgerpack! Nihilisten! Vaterlandsverräter!

Dazwischen immer Pfiffe, Gebrüll und Trampeln.

Ursula Pia geht zur Balkontür.

ALLAN: Wo willst du hin? Was machst du? Bist du verrückt?

URSULA PIA *mit angespanntester Ruhe*: Ich will mich ihnen zeigen und zu ihnen sprechen. Es ist möglich, daß ihnen das Eindruck macht.

ALLAN: Laß das, du bist irrsinnig, sie lachen dich aus!

Ursula Pia geht hinaus auf den Balkon. Draußen setzt sofort Stille ein.

URSULA PIAS STIMME *von draußen*: Meine lieben Freunde –

Brüllendes Gelächter bricht sofort los und setzt nicht mehr aus.

Ursula Pias Stimme schreit gegen das Gelächter:

Ich nenne euch so, weil ich eure Feindschaft als Mißverständnis durchschaue –

STIMMEN *von unten*: Oho, tu nur nicht so, Weibsstück, Person!! Mißverständnis – so eine Frechheit! Wir holen dich runter! Wir prügeln dich tot! Mach, daß du wegkommst! Wir schmeißen mit Steinen nach dir!

URSULA PIAS STIMME *gellt gegen sie an*: Ihr sollt erkennen, daß ihr unsere Freunde seid! Ihr sollt erfahren, wie ihr euch irrtet! Man betrügt euch! Ihr seid mißleitet! Merkt ihr es nicht?!

STIMMEN *von unten*: Frauenzimmer! Wichtigtuerin! Runter! Runter mit dir! Runter!!

Man hört das Pfeifen von Steinen, Steine schlagen gegen das Fenster.

URSULA PIAS STIMME *mit letzter Kraft*: Ihr macht mir nicht angst! Es ist besser, wenn ihr mich trefft! Trefft mich ins Gesicht! Trefft mich gegen die Stirn!

ALLAN: Jetzt weiß sie nicht mehr, was sie schreit!

Er stürzt hinaus, packt sie und kommt, sie beinah tragend, mit ihr zurück.

Das Geschrei steigert sich, und die Steine pfeifen.

RENATE *steht auf*: Aber jetzt müssen wir wirklich die Fensterladen schließen.

Sie geht zur Balkontür, legt die Laden vor. Das Zimmer ist ganz dunkel, der Lärm fast vollkommen abgedämpft, nur noch ab und zu hört man das Anschlagen der Steine gegen die hölzernen Laden.

ALLAN *beginnt nach einer kleinen Stille im Dunklen zu sprechen*: Ich schäme mich so fürchterlich, das kann ich überhaupt gar nicht sagen. Sind wir denn nun wirklich das, als was sie uns beschimpfen? Ein paar Abenteurer, die taten, als kämpften sie diesmal für eine Idee? Verkrachte Sensationsmacher, skrupellos und dann noch ungeschickt? Alles verwandelt sich in lächerlichen Schmutz, da man uns die Bestätigung des Erfolgs versagte. Die

Erfolglosigkeit durfte nicht kommen, sie macht uns lächerlich – lächerlich –

RENATE *leise*: Könnten wir nicht wenigstens eine Lampe anzünden?

Jemand dreht eine kleine elektrische Lampe auf dem Schreibtisch an. Sie hat einen grünen Schirm und beleuchtet im kegelförmigen Ausschnitt nur die vier Köpfe, während das übrige Zimmer im Dunkel bleibt. Die Gruppe ist folgendermaßen: Renate sitzt immer noch vor der Schreibmaschine, die Hände auf den Tasten und den Kopf geneigt. Allan sitzt an der Mitte des Tischs, das verzerrte Gesicht in die geballten Fäuste gestützt.

Michael steht direkt hinter ihm, tiefes Entsetzen und große Ratlosigkeit im Gesicht.

Ursula Pia liegt noch in dem Stuhl, zu welchem Allan sie getragen, das Gesicht auf den Armen und bitterlich schluchzend.

URSULA PIA *hebt den Kopf, ihr Gesicht ist naß von Tränen*: Es ist das Grauenhafteste, was wir erlebt haben. Das Böse war stärker als die Idee. Das ist so fürchterlich, dafür lassen sich keine Worte mehr finden. Alles, was herrlich werden sollte, hat sich in Schmutz verwandelt, weil das Böse über die Idee triumphierte.

ALLAN: Und ich meinte es doch so ernst, diesmal meinte ich's doch so ernst. Ist es gerecht, daß wir nun lächerlich sind? Ich meinte es doch so ernst –

Das Telefon klingelt am Tisch.

RENATE *am Apparat*: Ja, hallo ? – Ach, das bist du, Jup, wie nett, daß du anrufst. Danke, uns geht es gut. – Ich mache keine Witze, woher denn, kleiner Jup. Soso, die Polizei ist alarmiert, ja, das haben wir uns gedacht. – Das ist ein hübscher Plan von dir, Jup, ein kleines Hotel vor der Stadt, doch, wir ziehen uns gern zurück. Es ist lieb von dir, uns zu warnen. – Nein, ich vergesse dich nicht, Jup, bestimmt nicht, nein, das kommt nicht in Frage. – Ich liebe dich nicht, du weißt doch. – Ich bin grausam? Nein, Jup, das sollst du nicht sagen. – Du willst mir noch etwas gestehen? – Du hast wirklich den Eindruck, als wenn Bum, von Ursula Pia behext –? Oh, versuche nicht, ihn niederzuschlagen, er ist auch viel stärker als du. – Das ist alles lang nicht so einfach, daß mit Niederschlagen etwas gebessert sein könnte. – Du irrst dich, Jup, du irrst dich ganz sicher. – Pfui, Jup, sag nicht so phantastische Sachen – anbeten, Jup, wie kämest du denn dazu. – Sicher sehen wir uns wieder, viele Grüße für Bum. – Was machst du denn, Jup? – Ach so, deine Stimme klang nämlich gerade so rauh, Gott sei Dank, es ist nichts, ich dachte, du weintest. – Auf Wiedersehen, kleiner Jup.

Sie hängt ein.

Er hat uns ein kleines und entlegenes Hotel empfohlen, wohin wir uns zurückziehen könnten. Er meint, hier würde es jetzt ein wenig ungemütlich für uns werden.

ALLAN: Ja, es ist gut, das paßt glänzend zu allem. Verstecken wir uns in ein kleines Hotel, laufen wir fort. Dann vergißt man uns bald, vielleicht ist man gnädig und ein groteskes Nachspiel vor den Gerichten bleibt uns erspart. Die große Stadt findet bald was anderes, womit sie sich dann erheitern darf, wir waren das Amüsement für ein paar Stunden, die große Stadt vergißt uns, sie vergißt rasch.

RENATE: Diese beiden kleinen Akrobaten sind nun doch die letzten, die zu uns stehen. – Das kommt mir eigentlich wichtiger als alles andere vor.

ALLAN: Ich glaube, niemand hat was dagegen, wenn ich das Licht wieder ausmache. Einer schämt sich vor des anderen Gesicht. Wir sitzen lieber im Dunklen.

Er löscht das Licht. Es ist dunkel.

RENATE: Aber auf der Straße ist es nun still geworden. Unsere Feinde haben die Belagerung aufgegeben. Wartet, ich lasse den Tag herein.

Sie öffnet die Fensterladen, Licht kommt herein, sie steht an der Tür, im Licht.

Gott sei Dank, daß es nun heller wird. Das Licht nimmt alle großen Worte weg, die noch wie Fledermäuse im Dunklen hingen: das Böse und die Idee und die Schuld. Alles ist viel komischer, als ihr denkt. Alles ist viel großartiger, als ihr es merkt –

DRITTER AKT

SECHSTES BILD

Häßliches Zimmer in dem kleinen Hotel. Dürftiges Bettgestell. Blechwaschtisch mit blauem Waschbecken, kleiner Spiegel darüber. Schmutzige Vorhänge am Fenster. Draußen rinnt Regen.
Auf der Bettkante sitzen nebeneinander Michael und Allan. Sie haben beide schwarze Hausanzüge an, beide sehen sie aus, als frieren sie.

ALLAN: Hast du nun eigentlich noch vor, dein Werk «Die Situation» auszuführen und zu vollenden?

MICHAEL: Ich habe, seit der Premiere unserer Revue, innerlich auf diesen Plan verzichten gelernt. Ich verstehe nun, daß er hochmütig war.

ALLAN: Dir bleibt die Blamage des schreiend sichtbaren Fiaskos erspart. Im Geistigen spielt alles sich unmerklicher und leiser ab. – Ich mußte meine hochmütigen Absichten grotesk und unzweideutig scheitern sehen.

MICHAEL: Mit dem Zusammenbruch unseres Unternehmens erlebte ich auch das Fiasko meiner Träume und Ideen, so deutlich und unbarmherzig wie du. Die Blamage ist uns gemeinsam. Mein Plan war beinah ganz in deinem aufgegangen, von der Stunde an, da Ursula Pia mich überredete, an deinem Unternehmen teilzunehmen, wir haben beide genau dasselbe gewollt, dieselbe Synthese schwebte uns vor Augen; wir haben uns, es zu vollbringen, zusammengetan – die Niederlage macht uns beide gleich lächerlich, da sitzen wir und haben zur Verzweiflung denselben Anlaß.

ALLAN: Die Verzweiflung ergreift wie eine Krankheit ganz Besitz von mir. Ich weiß nichts mehr, was ich ihr entgegenstellen könnte.

MICHAEL: Mir ist es, als sei mir der Boden unter den Füßen entzogen, ich falle nur, nichts hält mich und ich weiß nichts von Rettung.

ALLAN: Aber du bist doch wenigstens nicht allein. Du hast Renate, vergiß nie, daß sie dich liebt.

MICHAEL: Ich habe Renate in meinem Herzen so verloren, daß ich manchmal denke, ich müßte ihren Namen und ihr Gesicht vergessen. Ich kenne sie gar nicht mehr – und das geschieht mir in dieser Stunde, da ich sie vielleicht am nötigsten brauchte.

ALLAN: Statt daß unser Unglück uns immer näher zueinanderführte, scheint es den fürchterlichen Zweck zu haben, einen dem anderen völlig zu entfremden. – Ich kann mir ein Zusammenleben mit Ursula Pia überhaupt nicht mehr denken. Was uns zusammenhielt, war unser gemeinsamer Wille. Ich hatte sie mit der Flamme meiner Idee erfüllt – und zum Dank dafür half sie mir mit ihrer Kraft auf meinen zweifelhaften Wegen, sie leitete mich über alle Abgründe und Pfützen. Nun ist eine solche Ernüchterung und Leere zwischen uns, daß ich alle Bindung zu ihr verloren habe. – Und nun weiß ich nicht, wie ich ohne sie weiter soll.

MICHAEL: Wir lernen einsehen, wie sehr es diese Frauen von Anfang an waren, die uns Kräfte gaben und uns unterstützten. Wir hatten die Ideen, den Wagemut und den Stolz – aber sie waren dem Leben näher als wir. Nun sind wir beide allein, und schon wissen wir beide nicht weiter.

ALLAN: Ich will es dir offen gestehen: ich habe Renate gebeten, bei mir zu bleiben. – Aber sie wies mich zurück, sie hängt viel zu innig an dir.

MICHAEL: Ja. Sie hängt zu innig an mir.

Kleine Stille.

ALLAN: Man läßt nichts unversucht, wenn es schon um Hals und Kragen geht, das verstehst du doch auch.

MICHAEL: Wir brauchen einander nicht um Entschuldigung zu bitten. – Gute Nacht, Allan.

ALLAN: Gute Nacht, Michael. Hast du auch so Angst davor, die Lampe auszulöschen?

Sie geben sich die Hand, und Allan geht hinaus.

Kleine Stille. Michael sitzt auf dem Bett, die Beine hochgezogen und die Arme um die Knie geschlungen. Nach kurzer Zeit klopft es und Ursula Pia kommt herein. Sie hat einen ähnlichen schwarzen Pyjama wie Michael an, aber mit einer dürftigen weißen Spitze am Hals.

URSULA PIA: Entschuldige, daß ich dich besuche, aber in meinem Zimmer ist es nämlich so grauenhaft kalt.

MICHAEL: Ich friere hier auch so, daß ich schon daran dachte, zu dir herüberzukommen.

URSULA PIA *setzt sich auf den klapprigen Stuhl an der Wand. Pause*: Ein etwas gemütlicheres kleines Hotel wäre wohl auch nicht für uns zu haben gewesen?

MICHAEL: In diesem Gasthof außerhalb der Stadt sind wir wenigstens vor Unannehmlichkeiten sicher. Gebe Gott, daß wir bald genug Geld auftreiben, um weiterreisen zu können.

URSULA PIA: Ich habe eine Todesangst vor der Aussicht draußen. Die langen Pappeln kommen mir grauenhaft vor, die kahlen Neubaufronten bedrohen mich mit ihrem leeren Gesicht, und ich fürchte, daß ich von den ausgedehnten gelben Wiesen träumen werde in dieser Nacht.

MICHAEL: Ja, es ist eine Landschaft von bedenklicher Herbheit.

URSULA PIA: Ob wir nicht nach Tee und Butterbrötchen klingeln? – Aber dann will die Dame wieder gleich Bezahlung haben und wird unwirsch, wenn man Ausflüchte macht. – Daß es auch zu allem anderen regnet, als wenn die große Sintflut kommen wollte!

MICHAEL: Denke dir, wie wundervoll, wenn sie käme!

URSULA PIA: Aber darauf dürfen wir, scheint es, doch nicht rechnen.

MICHAEL: Siehst du, da liegt deine Laute in einer Ecke. Der Regen und deine Laute machen gewiß eine schöne Musik zusammen, wenn der Regen auch noch nicht fließen darf, um uns zu erlösen.

URSULA PIA: Wer mag die Laute da hingeworfen haben? Das ist gewiß in der allgemeinen furchtbaren Aufregung geschehen. Warte – ist sie auch nicht verstimmt?

Sie klimpert erst auf der Laute, singt dann:

Betet, betet für mich,
Für meine arme Seele,
Ihr alten Frauen, betet für mich,
Für meine arme Seele.

Wenn ihr in euren Kapuzen singt
Die frommen Litaneien,
Wenn ihr für mich die Messe singt,
Wird mir's der Herr verzeihen.

MICHAEL: Es ist gut, daß dir gerade dieses Lied eingefallen ist. Es gibt kein anderes, das in dieser Stunde passender für uns wäre.

URSULA PIA *singt*:

Betet, betet für mich,
Für meine arme Seele,
Ihr lieben Knaben, betet für mich,
Für meine trunkne Seele.

Wenn ihr das stille Angesicht
Vorm Kruzifixe neigt,
Betet zu Gott, daß er mir nicht
Seine Ungnade zeigt.

Sie singt ganz laut und mit größter Klage:

Betet, betet für mich,
Es irrt meine arme Seele,
Ihr Sterne, Ihr Wolken, betet für mich,
Für meine verlorene Seele.

Betet zu Gott, daß sein Gesicht
Ich darf im Jubeln schaun –
Vergeßt mich, ihr lieben Knaben, nicht,
Vergeßt mich nicht, ihr Frauen!

Sie wirft die Laute weg und springt auf.

Ich singe umsonst, keine Seele betet für uns. Wir sind so allein, daß wir einer des anderen Stimme schon nicht mehr hören.

Sie steht vor dem kleinen Spiegel, der an der Wand hängt.

Mein Gesicht ist leider vollkommen verdorben. Bei der Premiere gestern habe ich so dick Teint aufgelegt – das bekomme ich nie mehr herunter. Mein Gesicht ist böse, wie alles, was ich getan habe.

Sie geht vom Spiegel weg und stellt sich hinter das Bett, das Kinn auf die Hände und die Hände auf den Bettrand gelegt.

Ich kann nun nicht länger mit Allan zusammenbleiben.

MICHAEL: Ja, ich weiß, ihr trennt euch nun voneinander.

URSULA PIA: Aber du und Renate, ihr fühlt euch wohl unzertrennlich, für immer?

MICHAEL: Ich wagte es nicht, ohne sie weiterzuleben.

URSULA PIA: Du machst es dir freilich nicht gern zu schwer.

MICHAEL: Sie liebt mich. Man darf Liebe nicht von sich weisen, dazu begegnet sie einem nicht häufig genug.

URSULA PIA: Ich bitte dich, lasse das Wort «Liebe» beiseite. Wenn sie dich liebt, um so gefährlicher für euch beide. Du liebst sie so wenig wie mich. Wir haben, in unserer Situation, Wichtigeres zu tun, als auf unsere Gefühle füreinander zu achten. Wir haben miteinander diese Zeit zu bestehen, damit ist uns Größeres, ja, das Schwerste aufgegeben.

MICHAEL: Ich kann von Renate nicht lassen.

URSULA PIA: Du lügst ja mit jedem Wort. Du bist so allein wie ich. Du kennst Renate nicht mehr, sie ist unnütz für dich. Wenn du dich nicht losmachst, bringst du's zu nichts. Sie führt dich um alle Ecken herum, sie verzeiht alles, sie ist dir immer so nah, daß du nicht nach ihr zu suchen brauchst, und immer so entfernt, daß ihre Nähe dich nicht aufregt und beunruhigt.

MICHAEL: Ich fühle zu deutlich, daß ich zu ihr gehöre. Sie ist meine Ruhe und Sicherheit, bei ihr allein bin ich zu Hause. Wo sie nicht ist, wird es Fremde, an ihrer Seite ist alles besser und leicht geworden, wenngleich wir es oft so hoffnungslos hatten.

URSULA PIA: So gib die Sicherheit auf, in der du dich täuschst. Du bist verzweifelt wie ich. Wir gehören zusammen. Unser aller Verzweiflung ist gleich groß – sie allein spielt die Sichere und Starke.

Sie wendet sich von ihm ab und steht am Fenster, ihm den Rücken zugewendet.

Verlange nicht von mir, dir zu sagen, daß ich dich liebe.

MICHAEL: Daß wir zusammengehören, Ursula Pia, haben wir beide gemerkt, gleich als wir uns das erste Mal sahen. Aber wer hätte gedacht, daß so viel Qual und Aufwand nötig sei, bis wir das verstehen. – Du antwortest nicht mehr? – Ach so, du stehst da am Fenster. Lege nur dein Gesicht in den Regen, meine arme Geliebte. Der Regen wäscht auch am Ende dein armes Gesicht rein.

SIEBENTES BILD

Die Szene ist wie vorher, aber das Zimmer ist jetzt noch kahler. Alle Gegenstände, die im vorigen Bild etwas herumlagen, sind weggeräumt. Es ist heller Vormittag, hinter den Fenstern liegt deutlich die kahle Landschaft der Vorstadt.
Ursula Pia und Renate stehen, ziemlich weit voneinander getrennt, im Zimmer, sie sind beide reisefertig gekleidet, sie tragen ziemlich ähnliche graue Mäntel.

URSULA PIA: Dann ist also alles einfach und geordnet zwischen uns. Ich darf wohl Michael sagen, daß Sie seine Grüße erwidern. Weiter haben wir nichts zu besprechen. Zwischen uns ist keine Verständigung möglich.

RENATE: Das Wichtigste ist, daß Sie Michael meine Grüße sehr herzlich bestellen.

URSULA PIA: Seien Sie nur recht edelmütig, Sie sind im Recht, ich weiß schon, Sie sind im Recht! Sie sind die Märtyrerin, die Beraubte! Dabei gibt es das gar nicht mehr, eine Märtyrerin, dergleichen gehört der Vergangenheit an. Früher – da zog der eine weg und hinaus und war der Grausame, Unternehmungsfrohe. Früher blieb der andere zurück, wartete, bis der eine wiederkehrte, saß und wartete ein ganzes Leben lang, ergraute im Warten, saß grau und singend in seiner Hoffnung. – Heute wäre das eine altmodische und unhaltbare Situation. Man war eine Zeitlang zusammen gewesen und man trennt sich nach verschiedenen Richtungen. Man geht auseinander, keiner ist grausam und keiner bleibt singend zurück. In Wahrheit habe ich Sie um nichts beraubt, Sie lassen ziehen, was Sie nicht halten können. – Aber Sie sind die Heilige, die Verletzte! Schon sehe ich um Ihr Gesicht den schmerzlichen Glorienschein leuchten!

RENATE: Um mein Gesicht ist kein Leuchten. Sie haben recht – ich lasse ziehen, was ich nicht halten kann.

URSULA PIA: So ist unsere Unterredung beendet.
Sie wendet sich zum Gehen.

RENATE *hält sie mit einer großen Gebärde zurück*: Gehen Sie nicht aus diesem Zimmer, Ursula Pia, machen wir es uns nicht zu leicht! Sie wissen so gut wie ich, daß jedes Wort gelogen war.

Nichts ist einfach und geordnet zwischen uns – aber wohin kämen wir, wenn wir mit dem Ordnen anfangen wollten? – Was würden Sie sagen, wenn ich nun vor Ihnen niederfiele und Sie zwänge, ihn mir zu lassen, und Ihnen zuschrie, daß ich sterben müßte, wenn ich ohne ihn bin?! – Sie wissen ja, wir tun das nicht mehr. Aber vielleicht käme ein so veralteter Auftritt der Wahrheit näher als unsere sachliche Art. Gut, nach verschiedenen Richtungen trennen wir uns, und jeder nimmt sich ein anderes Ziel und jeder einen anderen Weggenossen – aber niemand sage, daß dadurch etwas erleichtert sei. Das singende Zurückbleiben und das In-Sehnsucht-Ergrauen war eine weiche und schwelgerische Form zu leiden, mit den Formen verglichen, die nun die unsren sind. Gott stehe mir bei, es ist nichts leichter geworden.

URSULA PIA *an der Tür, ganz leise*: Endlich höre ich Vorwürfe aus deiner Stimme. Nun ist jedes Wort ein Vorwurf für mich.

RENATE: Du kannst keinen Vorwurf aus meiner Stimme hören, wenn du nur ein bißchen genauer hinhören willst.

URSULA PIA: Nun erscheint mit einemmal das Fürchterliche, das ich dir angetan, mit unbarmherziger Deutlichkeit vor mir. Ich suche nach Worten der Reue, das Schlimmste ist, daß ich gar keine finde. Könnte ich jemals verstehen, warum das geschehen mußte! Ich war egoistisch – ich war gemein – und ich haßte dich so –

RENATE: Ihr bemüht euch stets, mit euren dummen Worten klarzumachen, was doch unergründlich ist.

URSULA PIA: Ich schäme mich so für Michael, und ich schäme mich so für mich. Nun geht Michael mit mir, und ich habe dir doch das Üble getan.

RENATE: Was sonst kann einer vom anderen lernen, wenn wir leben zusammen, als daß es das nicht gibt: Schuld. Was hat dieses Wort, Ursula Pia, mit unserer schwierigen Freundschaft zu tun? Und im Recht sind wir alle gleich wenig.

URSULA PIA: Er verdankt dir alles, das weiß ich ganz gut. Er wäre im Dreck ohne dich. Er ist undankbar – ich bin es, die ihn zur Undankbarkeit zwingt.

RENATE: Ich weiß noch nicht, wie ich ohne ihn weiterleben soll. – Aber ich bin davon überzeugt, daß keiner von uns mehr zugrunde geht. Wir haben zu viel miteinander gelernt.

Mit einem Jubel in der Stimme:

Du hast recht vorhin gehabt, als du logst. Es kommt nicht auf das Abschiednehmen mehr an, es kommt auf das Weitergehen an, sei es vom anderen getrennt und in verschiedener Richtung. Es ist Nebensache, was wir erleiden. Schmerz ist da, um überwunden zu werden.

URSULA PIA: So froh habe ich deine Stimme noch niemals gehört. So froh kann sie nur das eine Mal gewesen sein, als du Michael kennenlerntest und mit ihm besprachest, daß er bei dir bleiben solle. Damals muß auch dieser Freudenjubel in deiner Stimme gewesen sein. – War auch damals, unter dem Jubel, deine Stimme fast von Tränen erstickt?

RENATE: Nur daß die Tränen damals entgegengesetzte Ursache hatten –

Sie wendet sich:

Auf Wiedersehen, Ursula Pia.

URSULA PIA: Auf Wiedersehen, Renate.

Sie geben sich die Hand. Ursula Pia geht.

ALLAN *mit gesenktem Gesicht*: Hast du mich noch einmal erwartet?

RENATE: Freilich habe ich dich noch einmal erwartet, gerufen hätte ich dich, wärest du nicht von selber gekommen.

ALLAN: Es kostete ungeheure Mühe, meinen Stolz zu besiegen. Du hast mich zurückgewiesen. Ich bin das noch nicht gewohnt.

RENATE: Stolz, das ist auch so ein zweifelhafter Instinkt. Ich dachte, wir hätten ihn längst überwinden gelernt.

ALLAN: Werde du nicht auch noch zynisch, Renate. Wer sollte gläubig bleiben, wenn du dich so weit verlierst.

RENATE: Um Gottes willen, bin ich zynisch gewesen, mein Freund? – Ich hatte ernst gemeint, was ich sagte.

ALLAN: Was wären wir, wenn wir auch unseren Stolz noch verlieren? Wir haben, weiß Gott, schon genug einzubüßen gehabt.

RENATE: Oh, es gibt vielerlei Stolz, das sollten wir nicht vergessen. Vieles wandelt sich, alles ist in Verwandlung begriffen. Wir haben eingesehen, daß die Gegensätze nicht mehr unvereinbar sind. Fällt dir die Vereinigung von Stolz und Demut denn so schwer?

Sie wendet sich ihm voll zu:

Du hast mich gefragt, ob ich bei dir bleiben will?

ALLAN: Aber du hast nein gesagt, weil du Michael liebst.

RENATE: Du weißt, daß Michael und Ursula Pia sich inzwischen zusammengetan haben.

ALLAN *schreit auf*: Aber Renate! Ich kann doch nicht bei dir bleiben, nur weil Michael dich jetzt verlassen hat! Nur als Ersatz, als armseliger Ersatz!

RENATE: Du wirst bei mir bleiben, Allan, weil wir einer auf den anderen angewiesen sind. Sei nicht eitel und komme zu mir. Um unsere Bündnisse schimmert nicht mehr die romantische Gloriole großer Leidenschaften. Deswegen sind sie nicht um einen Schatten weniger wunderbar.

ALLAN *über ihre Hand gebeugt, in tiefster Scham*: So willst du denn zu allem anderen auch noch die Last meiner Liebe tragen?

RENATE *über ihm*: Gebe Gott, daß ich stark genug bin, mich ihrer würdig zu erweisen.

ALLAN: Aber bedenke wohl, was du tust! Ich bin der Verkrachteste von uns allen, ich stehe auf dem tiefsten Punkt meines Lebens. Alles, was ich versucht habe, ist mir mißglückt, mein Plan ist gescheitert, ich komme mir wie ein entlarvter Hochstapler vor.

RENATE: Wir sind noch immer am Anfang des Wegs. Machen wir uns weiterhin auf die unwahrscheinlichsten Scheußlichkeiten gefaßt, seien wir der ärgsten Niederlagen gegenwärtig. – Aber wenn, alles in allem, die kommenden Jahre so schön sein dürfen wie die vergangenen waren, so werden wir am Ende Anlaß zu grenzenloser Dankbarkeit haben.

ALLAN: Wenn ich von hier aus wirklich weiterfinde, gebührte meine ganze Dankbarkeit dir. Ich fände ohne dich keinen Schritt mehr aus diesem Zimmer, das meine grenzenlose Schmach gesehen hat. – Aber was wir auch noch zusammen erleben: niemals errate ich dein siebenfach verschleiertes Herz.

Ursula Pia und Michael kommen rasch zusammen herein.

URSULA PIA: Das Auto ist soeben vorgefahren. Der Hausknecht poltert mit unseren Koffern die Treppe hinunter.

MICHAEL: Bis zur Grenze, das steht doch fest, bleiben wir alle vier beieinander.

URSULA PIA: Was wir an Geld noch aus der Teufelskatastrophe gerettet haben, das verausgaben wir unterwegs. Dann haben wir überhaupt nichts mehr und fangen so radikal von vorn an, als wären wir eben, vier Sechzehnjährige, durchgebrannt von zu Hause.

MICHAEL: Sei es in Amerika oder im Land Türkei: dann wird es schon irgendwie weitergehen. Und das Arbeiten haben wir ja inzwischen alle gelernt.

RENATE: Wie wäre es, wenn wir uns verkleideten, solange wir in unserem Heimatland sind?!

ALLE VIER *durcheinander*: Selbstverständlich – verkleiden müssen wir uns – ohne das geht es nicht ab –

URSULA PIA: Wir sind maskiert vor Unannehmlichkeiten sicher, die unseren verrufenen Gesichtern sonst noch gar an allen Ecken drohen!

RENATE: Und außerdem wird alles viel komischer sein.

ALLAN: Ich reise mit einem ungeheuren schwarzen Bart –

URSULA PIA: Ich reise als Junge! Ich reise als junger Herr!

RENATE: Wir denken uns die phantastischsten Namen aus!

MICHAEL: Wir bilden eine verblüffende Reisegesellschaft!

ALLAN: Wie werden die Leute tuscheln und sich erregen, welches nun unsere Beziehungen zueinander sind!

URSULA PIA: Aber welcher Schrecken, wenn sie um die Wahrheit Bescheid wissen könnten!

RENATE: Sie würden vielleicht enttäuschter sein, als wir denken. Es geht ja eigentlich alles ganz bürgerlich zu: zwei Ehepaare, könnte man beinah sagen.

URSULA PIA: Ja, es ist im Grunde lächerlich, nun endigt es doch mit einer Doppelverlobung, wie in der alten Komödie.

ALLAN: Aber die einzelnen Umstände haben sich seitdem ein wenig geändert.

MICHAEL: Alles scheint mir schwieriger und zugleich einfacher geworden zu sein, seit jener Epoche. Weniger romantisch, aber sicher nicht weniger wunderlich und kompliziert.

Sie stehen alle vier vorn in einer Reihe. Sie sind ziemlich ähnlich gekleidet mit grauen, gegürteten Reisemänteln, Allan und Michael mit Schirmmützen.

ALLAN: Jeder von uns ist längst kein einzelner mehr. Wir nähern uns dem großen Kollektivismus, ob wir es wollen oder nicht. Einer hat dem anderen zuviel zu verzeihen und zuviel zu danken, die Beziehungen sind zu vielfach und dicht. Wir vier bilden eine Figur in der ungeheuren Figur alles Lebens.

Eine Autohupe von unten.

URSULA PIA: Jetzt müssen wir uns aber beeilen!

Sie gehen alle vier der Tür zu, und zwar Ursula Pia und Allan Arm in Arm und Michael und Renate. Wenn Allan und Ursula schon hinaus sind, bleiben Michael und Renate noch einen Augenblick bei der Tür stehen.

MICHAEL: Renate – ich möchte dir noch gern irgendwie – Ehrfurcht erweisen –

RENATE *lacht ihn aus*: Aber Michael! Du bist doch das dümmste Kind, und du bist der von uns, der niemals klug werden wird. Ehrfurcht verdient wahrhaftig nicht einer von uns.

Sie folgen den anderen.

Eine kurze Zeit steht die Bühne leer, dann kommt mit Besen, Staubtuch und Wasserkübel die alte Wirtin herein und beginnt sauberzumachen. Es klopft, und Bum und Jup stehen in der Tür, jeder einen großen roten Blumenstrauß in der Hand.

BUM *schüchtern an der Tür*: Ist es denn wahr, daß die Herrschaften schon abgereist sind, die hier gewohnt haben?

DIE ALTE WIRTIN *erregt schruppend*: Gott sei Dank sind die abgereist. Das sind mir saubere Herrschaften gewesen. Lauter Liebespaare, so was hat man nicht gern im anständigen Haus. – Gott sei Dank, daß sie wenigstens ein gutes Trinkgeld gegeben haben.

JUP *bekümmert*: So, die sind also schon fort. – Ja, entschuldigen Sie nur, daß wir gefragt haben.

DIE ALTE WIRTIN *brummend und schruppend*: Ja, ja, alles, was recht ist, solche sauberen Liebespaare – die ganze Nacht diskutiert und geredet, hab überhaupt kein Auge zutun können, da soll der Mensch sich nicht ärgern.

Sie ist mit dem Besen hinaus.

BUM: Na, das ist ja mal wieder angenehm, daß wir zu spät kommen, mit unseren Blumen.

JUP: Nicht einmal einen Augenblick wiedersehen sollte ich Renate, das wäre wohl schon zuviel des Glücks gewesen.

BUM: Die Wirtin sprach nicht gerade mit sehr viel Hochachtung von ihnen.

JUP: Sie scheinen sich wieder einmal auffällig benommen zu haben.

BUM: Gewiß nimmt der Blumenhändler die teuren Rosen unter keinen Umständen zurück.

JUP: Wir hätten überhaupt allen Anlaß, traurig zu sein. Wir sind ja jetzt ohne Stellung.

BUM: Ob man uns Entschädigung zahlen wird?

JUP: Ich möchte wissen, woher man es nehmen soll.

BUM: Man dürfte sich eben doch nie einlassen mit so problematischen Dingen, es ist nichts für uns, wir haben den Schaden.

JUP: Die vier anderen werden sich schon weiterhelfen – die sind ja klug.

BUM: Ja, die – die sind klug.

JUP: Dann haben sie ja auch das schöne Gefühl, sich für etwas eingesetzt zu haben, was ihnen wichtig schien. Ich habe nie ganz verstanden, was sie eigentlich meinten.

BUM: Ich habe gar nicht hingehört, wenn sie anfingen mit ihren intellektuellen Ideen. – Ich hätte eben doch lieber mein Zirkusangebot annehmen sollen. Dort wäre meine Spezialität sehr gefeiert worden.

JUP: Ich hatte auch ein hübsches Engagement an der Revue «Busen Nr. 37» in Aussicht. Dumm genug, daß ich es ausgeschlagen habe.

BUM: Ich hätte dann freilich Ursula Pia niemals kennengelernt.
Er lächelt plötzlich.

JUP: Das ist wahr. Und ich nie Fräulein Renate.

BUM: Fräulein Renate ist ja sehr stattlich, aber Ursula Pia hat ein hinreißendes Wesen.

JUP: Ursula Pia hat ja viel Chic, aber Fräulein Renate ist verehrungswürdig. – Hast du mit Ursula Pia geschlafen?

BUM: Nein, um es nur zu gestehen. Einmal allerdings hatte ich gute Aussicht dafür –

JUP: Ich darf bei Fräulein Renate natürlich überhaupt nicht dran denken. Aber sie wird immer das Idealbild meines Herzens bleiben. Ich will es dir nur offen gestehen, Bum, ich hatte eine Zeitlang den Plan, dich ihretwegen heimlich zu ermorden. Aber sie selbst riet mir ab, und sie meinte, du habest kein Unrecht getan.

BUM: Das ist schön, daß sie das eingesehen hat. Nein, ich habe, von meinem Standpunkt aus, nichts Böses getan.

JUP: Solche Damen sieht man nicht oft.

BUM: Und so was erlebt man nicht alle Tage.

JUP: Wir haben zwar nun am Ende das Nachsehen.

BUM: Aber das ist vielleicht schöner, als wenn wir gar nichts gesehen hätten.

ACHTES BILD

Seitensalon zu der Halle eines großen Hotels. Im Hintergrund eine Portiere, hinter der die Halle selber liegt, vorn, um ein Tischchen mit roten Lämpchen und zierlicher Blumenvase, eine Gruppe von vier Klubsesseln. – Leichte Musik.

Von hinten kommen zwei dicke, ältliche Damen in guten Abendtoiletten.

ERSTE DAME: Es ist doch immer angenehm, in einem schicken Hotel zu logieren.

ZWEITE DAME: Freilich, liebe Konstanze. Erstens: das gediegene Essen.

ERSTE DAME: Zweitens: die flotte Bedienung.

ZWEITE DAME: Und vergiß nicht, drittens: die feine Gesellschaft.

ERSTE DAME: Ach ja, die feine Gesellschaft. Erst heute sollen wieder vier Herrschaften von besonders prominenter Art in diesen Räumen eingetroffen sein.

ZWEITE DAME: Natürlich doch: Geheimrat Kunkenström aus Island mit seiner schönen Gemahlin –

ERSTE DAME: Und Seine Hoheit Prinz Roderich von Droste-Fischerin nebst seinem jungen, faszinierend aparten Herrn Sekretär.

ZWEITE DAME: Ja, es ist ein Vergnügen, in den ersten Häusern abzusteigen.

ERSTE DAME: Es lohnt das gute Geld.

ZWEITE DAME: Man hat was davon.

Von hinten komplimentiert der Hoteldirektor Michael und Ursula Pia herein. Michael, als Prinz Roderich, ist soigniert und schwarz gekleidet, er trägt ein hochmütiges, nervöses und dabei befangenes Wesen zur Schau und hat die Gewohnheit angenom-

men, flüchtig ab und zu seine Fingernägel zu besehen. – Ursula Pia, als sein Sekretär, trägt sich ebenfalls schwarz und streng, sie hat das Monokel im Auge und eine unerbittliche Art, die Augenbrauen emporzuziehen.

HOTELDIREKTOR *dienernd und sich die Hände reibend*: Welche Ehre für mich – ich kann nur stets wiederholen: welche Auszeichnung, welche Ehre. Nehmen Ihre Hoheit noch ein wenig Platz – Herr Sekretär, Herr Graf, wenn ich bitten darf –

Er geleitet sie nach vorn zu den Stühlen.

DIE BEIDEN DAMEN *zücken die Lorgnons, lächeln begeistert*: Das ist Er – i, dieses aristokratische Wesen – oh, die eigenartige Miene des Sekretärs –

HOTELDIREKTOR: Vielleicht ist es Seiner Hoheit ein wenig interessant, wenn ich späterhin Seiner Hoheit einen sehr namhaften Herrn der Wissenschaft präsentiere, der auch die Liebenswürdigkeit besaß, bei uns abzusteigen – Geheimrat Kunkenström aus Island, sehr berühmt, wie ich höre.

MICHAEL: Ich kenne den Geheimrat aus Biarritz flüchtig.

HOTELDIREKTOR: Oh – natürlich – selbstverständlich – aus Biarritz – sehr begreiflich –

DIE BEIDEN DAMEN *neigen sich abwechselnd zueinander*: Sehr begreiflich, sehr naheliegend – aus Biarritz sind sich die Herrschaften bekannt –

Von hinten kommen Allan und Renate. Allan, als Geheimrat, trägt einen kolossalen schwarzen Vollbart, große Brille und furchteinflößenden Gehrock. Renate, an seiner Seite, ist in schwarzer Seidenrobe, vornehm und hübsch, einen schwarzen Schleier halb überm Gesicht.

MICHAEL *erhebt sich*: Ah – unser Freund, der Geheimrat – sehr erfreut, Sie wiederzusehen, meine gnädigste Frau –

URSULA PIA *küßt Renate mit streng galanter Verneigung die Hand*: Gnädige Frau –

RENATE *mit dem charmantesten Lächeln*: Immer wohlauf, Hoheit, seit unserer letzten Begegnung? Ja, das waren damals sonnige Wochen – gewiß träumen auch Hoheit noch von der Bläue dieses göttlichen Meeres.

ERSTE DAME *zischelt im Hintergrund*: Die Geheimrätin spielt auf den Aufenthalt in Biarritz an.

ZWEITE DAME: Die Geheimrätin soll aus österreichischem Adelsblut sein.

Die vier Herrschaften lassen sich in den Klubsesseln nieder.

ALLAN *mit tiefer Orgelstimme*: Tanzen Hoheit immer noch so passioniert?

MICHAEL: Ich kann es nicht lassen, lieber Geheimrat, man darf es beinah schon ein kleines Laster nennen.

URSULA PIA *schneidend*: Aber den Charleston zu erlernen, machte Hoheit mehr Schwierigkeiten, als ich im Grunde erwartet hatte.

HOTELDIREKTOR *stört dienernd ihre Konversation*: Entschuldigen die Herrschaften – gewiß ist es den Herrschaften lästig, aber ein Herr Journalist hat mich angefleht, ob ich nicht ein kleines Interview vermitteln könnte, mit den erlauchten Gästen –

RENATE *hebt sofort, anmutig abwehrend, die Hand*: Oh, da bedauern wir sehr, lieber Direktor, aber mit diesen Journalisten haben wir schon soviel Ärger gehabt –

ALLAN *schüttelt grimmig den Kopf*: Soviel greuliche Unannehmlichkeiten!

HOTELDIREKTOR *zieht sich betroffen zurück*: Gewiß, gewiß – ich hätte es mir denken können –

DIE BEIDEN ÄLTEREN DAMEN: Freilich, das hätte er sich vorstellen können – nein, solche Herrschaften haben gewiß keine ruhige Minute!

Ursula Pia muß plötzlich fürchterlich lachen, was sie erst krampfhaft verbirgt.

RENATE *mütterlich*: Nun – und was amüsiert Sie so sehr, mein lieber junger Baron?

URSULA PIA: Oh, nicht der Rede wert, gnädige Frau. Mir ist nur bei den Worten des Herrn Geheimrats etwas so Drolliges durch den Kopf gegangen. Sie wissen ja, gerade mit Journalisten erlebt man die absurdesten Dinge. Ihre Erbfehler sind Heftigkeit und gelegentlich unhöfliches Wesen, diese Erfahrung habe ich öfters gemacht. Aber wenn man ihnen amüsant zu erzählen versteht, hat man sie gleich vollkommen in seiner Gewalt.

RENATE: Ich erinnere mich, daß ich einem solchen Herrn einmal Auskünfte über unser Stammschloß im Thüringschen geben sollte. Nein, wie wißbegierig sie sind! Sogar den Namen, den Papas Lieblingspferd trug, gebrauchte er für seine Gazette.

ALLAN *düster warnend*: Glaube nicht, liebes Kind, daß die Fotografen um ein Härlein anders sind. Von ihnen geht das Gerücht, daß sie die Porträts von ihnen unangenehmen Personen heimtükkisch entstellen, um sie damit lächerlich zu machen. Eine junge Künstlerin, die allerdings das kleine Unglück hatte, auf offener Bühne zu stolpern, erschien am nächsten Morgen schielend in der Illustrierten Presse, obwohl sie in Wirklichkeit sehr angenehme Augen hatte – während man ihrer Partnerin einen häßlichen Buckel anfotografiert hat. Den beiden Damen blieb selbstverständlich nichts anderes übrig, als in ein kleines Hotel vor der Stadt zu entfliehen. Fürs öffentliche Leben waren sie groteske Figuren.

MICHAEL *mit vornehmer Flüchtigkeit*: Nein, was nicht alles passiert. Es ist doch zu wunderlich, wirklich, man faßt es nur schwer.

ALLAN: Für mich, als Wissenschaftler, ist dies natürlich alles hochinteressant. Alles ist sehr bedeutungsvoll, ich ziehe meine Schlüsse aus allem.

RENATE: Ja, ja, lieber Kunkenström, du bist eben ein schwerblütiger Mann. – Hoheit interessiert sich vermutlich mehr für die schillernde Seite der Dinge.

MICHAEL *etwas beleidigt*: Wieso, wieso, liebe gnädige Frau? Durchaus nicht, durchaus nicht. Ich steige oft sehr in die Tiefe, fragen Sie nur meinen Sekretär. Viele Probleme sind mir sehr wichtig, ich kann wohl sagen, daß die Fragen des Lebens mir öfters schlaflose Nächte machen. Durchaus nicht nur schillernde Seiten.

DIE BEIDEN ALTEN DAMEN *im Hintergrund tuschelnd*: Nun sprechen die Herrschaften über Philosophie. Worauf man nicht alles verfällt, in so prominenter Situation.

RENATE *im gefälligsten Konversationston*: Und wohin, lieber Prinz, geht denn nun diesmal die Reise?

MICHAEL: Oh, Gnädigste, wenn wir das so genau wüßten. Aber weit fort, diesmal bestimmt ziemlich weit fort.

URSULA PIA: Und Ihrerseits, gnädigste Frau, wenn ich fragen darf? Welches Ziel haben Sie sich erwählt?

RENATE: Mein Mann und ich, wir sind ganz in Ihrer Situation: ungewiß, alles ungewiß. Gott, wie es eben so geht, bei vielseitig in Anspruch genommenen Personen. Aber weit fort wollen wir auch, möglichst weit fort –

ALLAN *streicht seinen Bart und wiederholt orgelnd*: Möglichst weit fort –

Der Prinz nickt nervös und betrachtet rasch seine Nägel. Der Sekretär neigt den Kopf und sieht mit hochgezogenen Brauen streng zur Erde. Die Geheimrätin lächelt geheimnisvoll und bezaubernd über den Tisch.

Gegenüber von China

Komödie in sechs Bildern

PERSONEN

Robert Simon
Ken Bennett
Jo Kandler
Tom Parker
Madeleine Selmanowich
Dorothy
Billy
Roxy
Professor Thiessen
Jacky McFerson, Sporttrainer
Graf von Turnen, deutscher Militär auf Vortragsreisen
Studenten und Studentinnen

Spielt in einer Universität Kaliforniens, nicht weit von San Francisco.

ERSTES BILD

Das Zimmer Robert Simons im vornehmsten Collegehaus. Schwere, dunkle Holzmöbel gotischen Stils, dazwischen einige moderne Gegenstände aus Roberts Besitz: eine extravagante Tischlampe, ein kubistisches Bild.

Parterrezimmer, mit einem Fenster zum Garten. Am Fenster führt der Weg vorbei.

Im Zimmer: Ken Bennett, Jo Kandler, Tom Parker. Alle drei von sehr ähnlichem Typus: angelsächsisch, blond, bequem und hübsch angezogen (helle, weite Hosen, blaue Hemden, breite Halbschuhe); am blondesten und am nettesten angezogen ist Ken.

JO: Ich glaube nicht, daß Central-City Chancen hat. Unsere Schreier sind blendend organisiert.

TOM: Wetten – was?

KEN: Laß doch. Warum willst du verlieren.

TOM: Die Mittelwest-Leute sind zuverlässiger. Hier in Kalifornien werden die Jungens weichlich.

JO: Quatsch. Das letzte Spiel hat das Gegenteil bewiesen.

KEN: Rauft euch nicht. Suchen wir lieber, wo Robert seinen Whisky versteckt hat.

JO: Der ist imstande und hat gar keinen.

KEN: Kennst ihn schlecht. Der hätte viel zu sehr Angst, in den Ruf der Unmännlichkeit zu kommen.

TOM: Wer geht heute abend mit ins Kino?

JO: Pfui, man schaut sich doch keine stummen Filme mehr an.

KEN: Immerhin: Greta Garbo –

JO: Ist mir zu originell.

TOM: Ziehe auch die ehrliche alte Pickford vor. Diese originellen Weiber wachsen einem zum Hals heraus.

JO: Tonfilm, Boys, Tonfilm! Ihr seid wirklich nicht auf dem laufenden!

KEN: Tonfilm ist erster Klasse.

TOM: Ganz – groß.

JO: Wird bald passé sein. Geruchsfilm ist besser.

TOM: Es lebe der technische Fortschritt!

KEN *reckt sich*: Wenn ich einen Tropfen Whisky hätte, würde ich mich gleich wie eine Million Dollars fühlen.

JO: Suchen wir doch endlich, wo er das Zeug hat.

Sie durchsuchen das Zimmer.

TOM *bleibt vor dem kubistischen Bild stehen*: Irrsinniger Quatsch. Was soll das vorstellen. Könnte es ebensogut umgekehrt aufhängen.

JO: Verdammt snobistisch.

TOM: Ist schon wahr. Originell um jeden Preis. Haben wir gern.

KEN: Wenn sein Vater nicht das viele Geld hätte –

JO: In den Queens-Club ist der Alte trotzdem nicht gekommen.

TOM: Da nützt einem kein Geld, wenn man Jude ist.

KEN: Unsereiner, so arm man ist, hat immer noch mehr Chancen.

JO *überzeugungsstark*: Ja. Denn wir können Geld machen.

TOM: Was hat er da liegen? Tolstoi. Das ist deutsche Philosophie.

JO: Und hier natürlich das Blättchen, das er selber redigiert. «Der Aufbruch». In dem schreiben alle verschrobenen Leute der Universität.

TOM *nachdenklich*: Professor Thiessen ist eigentlich nicht geradezu verschroben. Soll sogar sportliche Interessen haben.

JO: Aber langweilig.

TOM: Alle sagen, daß der «Aufbruch» gesinnungsmäßig bedenklich ist. Ich ziehe den «Katzensprung» vor.

JO: Der ist wenigstens lustig. Kolossal komische Zeichnung in der letzten Nummer, vom Rektor.

KEN *jubelt vor einem Schränkchen*: Ich habe die Pulle, hurra!

JO UND TOM: Gib her, mach schon, Ken, trink nicht alles allein!

Ken tut erst einen langen Zug aus dem Flacon, läßt dann die anderen trinken.

JO: Auf wen wollen wir anstoßen?

TOM: Auf klein Dorothy.

Sie lachen beide Ken an.

JO: Ja, Dorothy ist all right.

TOM: Sie hat ohne Frage mehr Sex-Appeal als alle anderen Girls von der Universität.

KEN: Also, auf unsere Dorothy!

JO UND TOM: Auf deine Dorothy! Prost!

TOM: Was treibt sie heute? Ich hab sie noch gar nicht gesehen.

KEN: Holt eine junge Dame von San Francisco ab. Europäerin.

JO: Die arme Dorothy. Wie kommt sie zu der?

KEN: Irgendeine Eltern- und Protektionssache. Vermutlich hat Dorothys alte Dame mal mit der alten Dame von dieser Neuen in Paris Tee getrunken. – Übrigens muß Dorothy gleich zurück sein. Sie fährt auf der Landstraße niemals unter 160 km.

JO: Wirklich famoses Stück.

TOM: Anstandshalber müssen wir doch auf unseren abwesenden Wirt anstoßen.

JO: Fällt mir nicht ein. Ich kann Jungens nicht ausstehen, die sich von anderen Jungens unterscheiden wollen. Sie sind mir einfach zuwider.

TOM: Mir ist auch zuwider, wer sich unterscheiden will. Aber schließlich hat doch sein alter Herr unserer Universität den See gestiftet. Ohne den Greis Simon könnten wir gar nicht schwimmen.

JO: Aber ohne den See wäre der Knabe Simon nie in unser College gekommen. Das hebt sich auf.

KEN *gutmütig*: Trinken wir schon auf ihn. Sein Whisky ist wenigstens anständig.

JO *mißmutig*: Also los!

Sie stoßen an.

TOM *gehässig*: Ich bin sicher, daß er sogar andere Zigaretten als wir raucht, irgendwas Türkisches oder Ägyptisches, was viel kostet und auffallend riecht.

KEN: Prost, die Outsider sollen leben!

Draußen am Fenster erscheint Dorothy, sehr niedlich im Sommerkleid mit Kirschenmund, kurzgeschnittenem, von der Autofahrt verwehtem Haar. Hinter ihr, halb im Schatten, Madeleine.

DOROTHY: Hallo, Boys!

ALLE DREI *laufen mit den Whiskygläsern zum Fenster*: Hallo, Dorothy!

KEN: Komm doch rein, Darling!

DOROTHY: Kann nicht. Muß erst meine Freundin in ihr Zimmer geleiten.

KEN: Oh, pardon – deine Freundin –

Er verneigt sich, Jo und Tom mit ihm.

Wenn Sie uns auch die Ehre geben wollten, Miss?

DOROTHY *lacht*: Rede nicht so affig mit ihr! Sie ist reizend. Gib uns lieber zu trinken.

KEN *reicht ihr das Whiskyglas durch das Fenster*: Prima Qualität. Gehört Robert.

DOROTHY *trinkt*: Auf dein Wohl, Madeleine! Sie soll es fein bei uns haben.

MADELEINE *lächelt im Hintergrund*: Danke. Aber jetzt muß ich mir die Hände waschen, wir sehen alle beide nicht gesellschaftsfähig aus.

DIE DREI: Auf bald, ihr Hübschen!

DOROTHY *verschwindet mit Madeleine*: Auf bald, wenn ihr Whisky aufhebt!

JO: Dorothy sah verdammt hübsch aus. – Was, Ken?

KEN *lächelt verträumt*: Aber die Neue scheint reizende dunkle Augen zu haben.

TOM *lacht breit, mit ihm Jo; sie schlagen ihm auf die Schulter*: Du bist aber ein Schwerenöter! Dein Girlfriend geht vorüber, und du siehst die reizenden Augen einer Neuen.

KEN: Wir wollen lieber Grammophon spielen.

JO: Was wird Robert schon für Platten haben.

TOM: Er ist doch immerhin Musiker.

JO: Aber was er macht, soll atonal sein.

TOM: Wie bitte? Was bedeutet denn das?

JO: So ähnlich wie das da.

Deutet auf das kubistische Bild.

Neueste Schule. Kein Mensch kann's verstehen.

KEN: Nächstens will er doch einen Abend hier geben.

JO: Hier? Für das College? – Daß er sich's traut.

TOM: Es wird Musik sein, wo man mit der Faust auf dem Klavierdeckel trommelt. Als ich mit Mama in Paris war, habe ich mal so was gehört.

KEN *kramt in den Platten*: Strawinsky, Hindemith, lauter Namen, die nie ein Mensch gehört hat. Hier, Gershwin, von dem gibt es Tänze.

JO: Richtig, der hat auch eine Revue gemacht. Wie heißt das Ding hier?

KEN: «Rhapsodie in Blue».

TOM: Ulkiger Name.

JO: Wie ich sage: exzentrisch um jeden Preis.

TOM: Laß doch mal hören.

Ken stellt das Grammophon an, läßt ein paar Takte aus der «Rhapsodie in Blue» von George Gershwin spielen.

JO: Au, hör auf! Das fängt schon langweilig an!

KEN *stellt gehorsam ab*: Findest du? Mir gefielen die paar Takte nicht schlecht.

TOM: Na weißt du, so ein ödes Gesuse. Der ganze Robert Simon, sein verdammter Pessimismus.

KEN: Na, wenn ihr alle meint, dann wird es schon schlechte Musik sein.

TOM *erhitzt sich bei dem Gedanken*: Dieser verdammte Pessimismus ist nämlich das eigentlich Ekelhafte an Robert. Er glaubt weder an unsere Zeit noch an Amerika. Habt ihr neulich seinen verzwickten Artikel im «Aufbruch» gelesen, «Gegenüber von China» oder so ähnlich? Da behauptete er allen Ernstes, alles Wesentliche, sozusagen die Hauptsache, spielte sich drüben, in Asien, ab, und die von gegenüber müßten lachen, wenn sie uns zusähen bei unseren Kinderspielen.

KEN *sehr langsam und nachdenklich*: Wie man zu Amerika kein Zutrauen haben kann, das ist mir nun wirklich vollkommen unverständlich.

Ziemlich eilig und in Gedanken versunken kommt Robert Simon herein. Er ist schmächtiger, brünetter, vergeistigter und nervöser als die anderen.

Da er sein Zimmer voll von Leuten findet, schrickt er etwas zusammen.

ROBERT *liebenswürdig, aber gehetzt*: Oh, ich habe Besuch.

KEN: Wir wußten gerade nicht, was mit der Zeit anfangen.

ROBERT: Habt ihr denn nicht mit dem Examen zu tun? – Es ist übrigens furchtbar nett, daß ihr da seid.

KEN: Ach, die Examen. Wer sich um die schon kümmert.

JO *mit einer gewissen Strenge*: Wir haben trainiert. In drei Wochen ist doch das große Spiel.

ROBERT: Ach so, ja – natürlich.

Er setzt sich irgendwo hin.

Ich habe so viel im Kopf, lauter überflüssige Scherereien. Ihr habt doch gehört: wegen des Abends, den ich geben möchte. Im «Aufbruch» hatte ich ja eine ausführliche Ankündigung.

JO: Natürlich haben wir gehört: atonal –

ROBERT *lacht enerviert*: Gott, «atonal» – wo habt ihr denn das aufgeschnappt? Damit hat es wirklich nicht viel zu tun. Freilich ist es etwas moderner als Mozart. Aber wenn man sich gewisser neuzeitlicher Klangwirkungen bedient, bricht man deshalb noch lange nicht mit den Grundgesetzen der Harmonie.

JO *wieder recht streng*: Wir verstehen ja davon nicht viel.

ROBERT *eifrig und eitel*: Natürlich, selbstverständlich; ich suche euch nur zu erklären –

JO: Verlorene Mühe. Wir sind unmusikalisch.

KEN *vermittelnd*: Willst du nicht auch was trinken? Wir sind über deine verbotenen Vorräte gegangen.

ROBERT: Danke, danke, die sind nur für meine Gäste. Ich merke beim Üben jeden Tropfen, den ich getrunken habe.

Mit Ironie: Sieh da, ihr habt Grammophon gespielt. Die «Rhapsodie in Blue», meine Lieblingsplatte.

JO: Uns hat sie nicht sehr gefallen.

KEN: Wir haben sie freilich nicht ganz zu Ende gespielt. Aber der Anfang schien uns etwas ödes Gesuse.

ROBERT *pikiert*: Ich habe leider die letzten Schlager nicht da. Ihr solltet ins Café hinübergehen.

Es entsteht eine peinliche Pause.

KEN *fängt, um die Situation zu retten, wieder zu sprechen an*: Wahrscheinlich wird noch Damenbesuch hier erscheinen.

ROBERT: Welche von den jungen Ladys habt ihr eingeladen?

KEN: Dorothy hat in San Francisco eine Neue abgeholt.

TOM: Was für dich: Europäerin.

JO: Und sie hat schöne Augen.

ROBERT: Habt ihr sie schon gesehen?

TOM: Nur durchs Fenster. Außerdem kann man ein Mädchen nie beurteilen, solang sie den Hut aufhat.

JO *mit tiefstem Mißtrauen*: Ich könnte mir denken, daß sie für ein Mädchen ein ganz, ganz klein bißchen zu intellektuell ist.

ROBERT: Gott steh ihr bei.

TOM: Na, dann wird sie wohl dein Girlfriend werden, Roby.

ROBERT: Schwärme ich für Intellektuelle? Dann habe ich allerdings hier keine reiche Auswahl.

JO: Man erzählt sich, daß die vielumworbene Billy dir Augen macht.

ROBERT: Ich bin nicht der einzige, an dem sie sich übt.

TOM: Aber bei dir meint sie es ernst. Sie ist ziemlich schlau.

ROBERT: Wieso schlau? Es könnte ja auch einmal passieren, daß ich einer gefalle.

JO *lacht brutal*: Es dürfte ihr nicht ganz unbekannt sein, daß dein alter Herr gerade kein armer Mann ist.

ROBERT *zieht sich beleidigt in sich zurück*: Ach so.

KEN: Alle finden, daß sich Billy zu stark schminkt. Bei einem studierenden Mädchen wirkt das nicht passend.

TOM: Sie kann sich das leisten, sie ist aus Boston und hat ganz blaues Blut. Feiner als sie gibt es gar nichts. Das Echteste vom Echten: ihre Vorfahren sind mit der «Mayflower» herübergekommen.

JO: Aber kein Vermögen vorhanden.

TOM: Das könnte kommen. Dafür gewinnt der Glückliche, den sie nimmt, Zutritt zu Kreisen, die ihm sonst vielleicht für immer verschlossen blieben.

KEN *steht auf*: Da lacht Dorothy.

JO: Das erkennt er auf hundert Meter.

Dorothy und Madeleine kommen lachend herein, beide hell gekleidet. Dorothy verzierter, Madeleine schlichter.

KEN: Hallo, Dorothy.

ROBERT: Wollt ihr mich nicht bitte der Dame vorstellen?

JO: Wir kennen sie selber noch nicht.

DOROTHY: Das hier sind Robert Simon, Ken Bennett, Jo Kandler und Tom Parker. Das ist meine neue Freundin Madeleine Selmanowich.

MADELEINE *unbefangen, aber nicht grell*: Welcher ist Ken?

DOROTHY, *da Ken rot wird und nicht antwortet*: Der dort. Er ist der Unmöglichste von allen.

MADELEINE: Wir hatten auf dem Gut einen Hund, der so hieß.

DOROTHY *lacht silbrig*: Das paßt famos. Er ist so blöd wie ein junger Hund.
Neckt ihn:
Hop, Ken! Schön Männchen machen, Ken!

KEN *sehr rot*: Aber Dorothy! Es ist doch natürlich besonders unfein, mit Namen Witze zu machen.

DOROTHY *kann sich vor Lachen und Händeklatschen nicht lassen*: Huhu, huhu – er schämt sich vor der Neuen! Kusch dich, Ken! Gutes Doggie sein, Ken!

ROBERT *versucht eine ernsthafte Konversation zu machen*: Sie sind Russin, Miss Selmanowich?

MADELEINE *sieht immer noch Ken an*: Das Gut, von dem ich vorhin gesprochen habe, lag in Tirol.

DOROTHY: Gab es noch andere Hunde dort, außer dem kleinen Ken?

MADELEINE: Ken war gar nicht klein, sondern eine ganz große Dogge. Er war mein Liebling, denn er war der Gutmütigste und Schönste von allen.

JO: Das mußt du als Kompliment auffassen, Ken.

KEN: Ich bedanke mich schönstens. Morgen weiß das ganze College, daß ich eine Dogge bin.

MADELEINE: Natürlich gab es auf dem Gut viele Hunde. Meine Großmutter hatte eine besondere Vorliebe für Pudel, immer war sie von fünf bis sechs schwarzen Wesen umgeben, die hundert Kunststücke konnten. Mein Vater war auf Dackel spezialisiert, mein Bruder auf Windspiele, Mama auf ganz abscheuliche kleine Zwergpinscher. – Freilich, wir hatten das ganze Gut voller Hunde. Als wir dann nach Paris zogen, mußten wir sie alle verkaufen.

DOROTHY: Blieb Ken auf dem Gut?

MADELEINE: Ken wurde erschossen.

KEN *ernstlich böse*: Das habe ich mir gedacht, natürlich, das mußte kommen.

MADELEINE: Den liebte ich nämlich zu sehr. Ich hätte es nie ertragen, ihn bei einem Fremden zu wissen.

KEN: Und warum durfte er nicht mit nach Paris, wenn ich fragen darf? Warum war das gar nicht zu machen?

MADELEINE *lächelt zärtlich*: Er war viel zu groß und zu tapsig. Er hätte uns die Wohnung demoliert. Außerdem machte er Mama furchtbar nervös.

ROBERT: Ihre Mutter war doch Französin, Miss Selmanowich?

MADELEINE: Woher wissen Sie das?

ROBERT: Ich habe es mir gedacht. – Trinken Sie was?

MADELEINE: Besonders gern. Ich habe eine ausgetrocknete Kehle.

Sie bekommt Whisky und Soda eingegossen.

DOROTHY *von stürmischer Fürsorge*: Sicher auch Hunger, Madeleine?!

MADELEINE: Irrsinnigen. Wann ißt man denn hier?

DOROTHY: Erst in einer Stunde, ärmster Darling.

MADELEINE: So sterbe ich halt.

KEN: Aber man könnte ins Café hinüberlaufen, etwas holen.

JO: Natürlich: Hot dogs.

MADELEINE: Um Gottes willen, wie sehen die aus?

TOM: Ach, das ist herrliches Zeug: Wurst und eine grüne Schweinerei und Senf und alles gebacken.

DOROTHY: Kommt, Boys, wir laufen alle zusammen!

DIE DREI BOYS: Los, Tempo, zu den Hot dogs!

DOROTHY *winkt im Hinauslaufen*: In drei Minuten!

Mit Ken, Jo und Tom ab, Madeleine bleibt mit Robert.

ROBERT *fixiert sie noch einmal scharf, setzt sich dann an den Schreibtisch, so daß er ihr den Rücken zuwendet*: Zu welchem Zweck sind Sie hier?

MADELEINE: Studienhalber.

ROBERT: Sie werden sich wundern. – Spielen Sie Tennis?

MADELEINE: Ich habe für meinen amerikanischen Aufenthalt eigens trainiert.

ROBERT: Hockey?

MADELEINE: Das ist gefährlich und macht mir deshalb sogar Spaß.

ROBERT: Fahren Sie einen eleganten kleinen Wagen?

MADELEINE: Ich habe mich noch für keinen entschieden, aber für zunächst an Buick gedacht.

ROBERT: Wie groß ist das Bankguthaben Ihres Herrn Vaters?

MADELEINE *der die Geduld reißt*: Ja, was erlauben Sie sich denn eigentlich?!

ROBERT *schneidend*: Mit anderen Problemen als den genannten beschäftigt sich hier keine Menschenseele.

MADELEINE *schon wieder munter*: Um das festzustellen, bin ich hergekommen.
Heiter entschlossen:
Ich mache mit.

ROBERT: So haben Sie zu Ihrem komödiantischen Talent Vertrauen.
Nahe bei ihr, sehr eindringlich:
Denn in Wahrheit, das wissen Sie doch selbst recht genau, trennen Sie Welten von denen.

MADELEINE: Es wird sich zeigen.

ROBERT: Ich habe Sie in der ersten Sekunde erkannt. Was sonst hier herumläuft, hat kaum ein Menschengesicht.

MADELEINE: Sie sind hochmütig. Ich aber bin darauf versessen, dazuzulernen.

ROBERT: Noch einmal: Sie werden Ihr blaues Wunder erleben.

MADELEINE: Noch einmal: Wozu sonst wäre ich da.

ROBERT: Sprechen wir uns in drei Monaten. Sie kommen aus den europäischen Großstädten, aus Berlin, aus Paris? So kennen Sie nur die Krankheit der Jugend, jene Krankheit, die problematisch und produktiv macht.
Mit einer verächtlichen Handbewegung:
Hier finden Sie nur ihre ordinäre Gesundheit.

ZWEITES BILD

Auf dem Campus der Universität. Eine Rasenfläche, ein Kiesweg, etwas graues Gemäuer mit gotischen Spitzbogen. Ein offenes Fenster, drinnen wird Klavier gespielt. Von weit her spielt ein Grammophon, kommt Gelächter.
Es ist später Nachmittag, gegen Abend.
Dorothy und Madeleine kommen Arm in Arm den Weg herunter.

MADELEINE *bleibt stehen*: Gegen Abend wird es ja ganz klösterlich bei euch. Wenn so ein blasser Himmel hinter euren Häusern steht, könnte man fast meinen, das sei wirkliche Gotik. – Wie alt ist die Universität eigentlich?

DOROTHY *stolz*: Beinahe hundert Jahre. Es ist eine der ältesten in Kalifornien. Freilich, so märchenhafte Zahlen wie Neuengland können wir nicht aufweisen. Die Harvard-Leute behaupten, ihre Universität sei fast dreihundert Jahre alt.

MADELEINE: Ich fände es eigentlich vernünftiger, wenn ihr stolz darauf wäret, daß alles so wunderbar neu bei euch ist.

DOROTHY: Ach, es gibt nichts Vornehmeres als das Altertümliche.

MADELEINE *lacht*: Hier könnte man sich wirklich einbilden, man sei in einem Hof aus dem zwölften Jahrhundert. Nur das Grammophon stört.

DOROTHY: Ich muß dich heute der Führerin unseres Clubs vorstellen.

MADELEINE: Ich bin furchtbar gespannt. Wie heißt euer Club?

DOROTHY: Club der hargesottenen Jungfrauen.

MADELEINE: Das läßt sich hören. Und euer Zweck?

DOROTHY: Es ist nicht nur einer. Wir betreiben die verschiedensten Dinge.

MADELEINE: Zum Beispiel?

DOROTHY: Sehr wichtig ist der Aufsitzesport.

MADELEINE: Noch einmal bitte; was für ein Sport?

DOROTHY *etwas mitleidig*: Du weißt eben noch nicht die grundlegendsten Dinge. – Das ist ein Spiel, in dem wir Ungewöhnliches leisten. Es besteht darin, daß wir unseren eigenen Wagen in der Garage lassen, wenn wir etwa nach San Francisco wollen, und uns an der Landstraße aufstellen. Wenn ein nett aussehender Gent in seinem Vehikel vorbeikommt, winkt man und macht niedliche Augen, dann nimmt einen der unfehlbar mit. So entstehen oft die spannendsten Bekanntschaften, man hat die Auswahl zwischen Ford und Rolls-Royce.

MADELEINE: Donnerwetter, das nenne ich einen nützlichen Sport.

DOROTHY: Billy hält den Rekord. Sie ist in einer Woche tausend Kilometer in fremden Wagen gefahren.

MADELEINE: Höchst respektabel. Hat sie sich dabei verlobt?

DOROTHY: Mehrfach, aber nie ernstlich.

MADELEINE: Sie läßt die Männer dann wieder sitzen?

DOROTHY: Selbstverständlich. Sie wartet auf die große Partie.

MADELEINE: Wenn aber ein Mann es sich einfallen ließe, s i e sitzenzulassen, könnte sie seine Existenz vernichten.

DOROTHY: Gott sei Dank, sie könnte ihn ins Gefängnis bringen.

MADELEINE: Ihr seid mächtig in diesem Land.

DOROTHY *strahlend*: Allmächtig, Darling.

MADELEINE *nach einer ganz kurzen Pause*: Und womit gibt sich euer Club sonst ab?

DOROTHY: Oh, da wäre noch allerlei. Zum Beispiel schließen wir Wetten ab, wer am meisten Gewicht in vierzehn Tagen abnehmen kann. Das ist sehr gesund, weißt du. Kleine Rekord-Entfettungskuren. Billy hat zehn Kilo in zwei Wochen runtergekriegt. Nach Hause schrieb sie dann, sie habe schwere Grippe gehabt.

MADELEINE: Billy ist bewunderungswürdig.

DOROTHY: Sie wird sicher unendlich reich heiraten.

MADELEINE: Hat sie es auf einen Bestimmten in der Universität abgesehen?

DOROTHY: Am ehesten auf den Robert Simon. Sein Vater ist Präsident der Pilgrim National Bank. Er ist doch Jude, und wenn er ein Mädchen mit blauem Blut heiratet, hat er eher Chance, in die exklusiven Clubs zu kommen.

MADELEINE: Er wird trotzdem nicht wollen, wie ich ihn kenne.

DOROTHY: Sein alter Herr wird ihm zusetzen. Er hat unserer Universität einen See gestiftet, nur damit man seinen Robert in das feinste College nahm. Man kommt nicht umsonst in die gute Gesellschaft. Das ist doch ganz klar.

MADELEINE: Selbstverständlich. – Man hat mir erzählt, der alte Simon habe ein Schloß in England.

DOROTHY: Aber die englische Aristokratie besucht ihn nicht. Er mußte sich immer Freunde aus New York kommen lassen. Es hat ihn so geärgert, daß er das Schloß jetzt verkaufen will.

MADELEINE: Der arme alte Simon. – Welchen hast du von den Boys am liebsten?

DOROTHY *wird rot*: Ich finde sie alle sehr nett, einer ist eigentlich so nett wie der andere, nur Robert Simon ist etwas extravagant. – Am meisten bin ich mit Ken Bennett zusammen.

MADELEINE: Ach, der große Junge mit dem Hundenamen? Das war der Blondeste –

DOROTHY: Siehst du, dahinten kommen ein paar vom Club der Hartgesottenen.

MADELEINE: Wie gespannt ich auf Billy bin.

DOROTHY *sehr treuherzig*: Aber sie hat auch allen Anlaß, auf dich gespannt zu sein, Madeleine.

MADELEINE: Ich habe doch, weder was Aufsitzesport noch was Rekordabnahme betrifft, Wesentliches geleistet.

DOROTHY: Madeleine! Aber dafür – dafür –

Billy, Roxy und ein paar andere Girls. In ihrer Mitte der junge Sportlehrer Jacky McFerson. Großes Geschrei und Stimmengewirr.

EIN GIRL: Vierzehn Pfund runtergekriegt in sechs Wochen ist schon eine ganz anständige Leistung.

ANDERES GIRL: Nein, wißt ihr, diese neue Adresse in Los Angeles: eine kleine Wirtschaft, vollkommen öffentlich, und nur 50 Cent für den Whisky.

ANDERES GIRL: Aber ich kann den Wirt nicht ausstehen. Was für eine scheußliche kleine Kröte! Nein, so was ungewöhnlich Mieses!

BILLY *überschreit alle*: Jacky ist der einzig Wahre! Hoch, Jacky!

ALLE GIRLS: Hoch, Jacky!!

MCFERSON: Ich lauf weg, wenn ihr so schreit! Das ganze College rennt ja zusammen!

BILLY *ziemlich exaltiert*: Wir halten ihn fest! Er ist das Prächtigste, was man hat.

ROXY *bemerkt Dorothy*: Hallo, Dorothy, alte Vestalin!

EINE ANDERE: Oh – und die Neue!

Sie umringen Dorothy und Madeleine; Jacky steht verlassen, er trollt sich.

DOROTHY: Das ist Madeleine, sie gehört zu uns.

BILLY *recht schnippisch*: Sieh da.

DOROTHY: Das ist Billy, Führerin des Clubs der Hartgesottenen.

MADELEINE *schüttelt ihr die Hand*: Ich bin erst einen Tag hier und habe schon so unendlich viel von Ihnen gehört. Es ist ein großer Augenblick für mich, Sie kennenzulernen.

DOROTHY: Sie muß unbedingt in den Club aufgenommen werden.

BILLY: So wird es deine Sache sein, ein schriftliches Gesuch einzureichen, das ihre Aufnahme beantragt. Darüber wird dann in geheimer Abstimmung entschieden werden.

MADELEINE *ironisch tadelnd*: Weißt du das nicht, Dorothy? So war es von alters her Brauch.

BILLY: Man hat nicht nur in Europa Sinn für das Würdige. Was wären wir, wenn wir unsere eigenen Angelegenheiten nicht ernst nähmen?

ROXY: Dahinten kommen unsere Jungens vom Trainieren.

ANDERES GIRL: Und da drüben Robert Simon mit seiner Mappe von der Klavierstunde. Der übt sich im Atonalen, anstatt für den Sieg unserer Universität mitzukämpfen.

ROXY: Habt ihr gesehen? In der letzten Nummer vom «Katzensprung» war ein furchtbar ulkiges Gedicht auf ihn und das Konzert, das er geben möchte. Paßt auf, das Konzert wird ein Riesenreinfall!

BILLY: Laßt nur! Er macht mit seiner schweren Musik der Universität auf seine Art Ehre!

Von der einen Seite kommen, ziemlich verschwitzt und aufgelöst, in Sportkleidung Ken, Jo und Tom; von der anderen Seite, sehr eilig, Mappe unterm Arm, Robert Simon.

Billy eilt Robert entgegen:

Ich habe dich aus der Ferne spielen hören. Es klang wieder irrsinnig interessant.

ROBERT *an ihr vorbei, sehr zerstreut*: So, so, so. Nicht sehr wahrscheinlich. Habe heute gar nicht gespielt, nur theoretisch gearbeitet.

BILLY *pikiert*: Dann war es eben gestern. Du bist oft so rechthaberisch.

ROBERT *gibt Madeleine die Hand*: Wie geht es Ihnen, Madeleine? Haben Sie sich schon ein bißchen eingelebt? Es kann nicht leicht für Sie sein.

MADELEINE: Ich finde es abends so hübsch bei euch. Es riecht so gut. Und überhaupt, ich mag das so gern –

Sie bricht mit einer vagen Bewegung ab, wendet sich an Ken, der inmitten einer Gruppe plaudert:

Habt ihr gut trainiert, Ken? Das wird doch ein furchtbar wichtiges Spiel.

BILLY *gereizt, weil Robert die Augen von Madeleine nicht läßt*: Interessieren Sie sich auch für Sport? Ich habe mir sagen lassen, Sie haben das ganze Zimmer voll Psychoanalyse und Religionsgeschichte, und all so was.

KEN *lacht*: Diese Europäer interessieren sich eben für die verschiedensten Dinge.

Zu Madeleine:

Danke der Nachfrage: Ich glaube, unsere Chancen stehen nicht schlecht.

BILLY *etwas zu forsch*: Wir stehen hier herum und quatschen, als wären wir alte Weiber, die den ganzen Tag nichts zu tun haben. Dabei ist es allerhöchste Zeit, sich umzuziehen. Kommt, Girls!

Sie geht mit ihrem Gefolge von Mädchen ab; ihnen folgen Tom und Jo. Dorothy und Madeleine bleiben, bei ihnen Robert und Ken.

KEN: Die geht mir fürchterlich auf die Nerven.

DOROTHY: Wieso, Ken? Das kommt dir nun wirklich nicht zu, hochmütig von ihr zu sprechen. Sie ist immerhin die Tüchtigste von uns allen. – Wenn sie Madeleine nicht gefiele, das würde ich viel eher verstehen.

MADELEINE: Sie interessiert mich besonders. Das ist eigentlich der Typ, auf den ich am meisten gespannt war.

ROBERT: Sie sind neugierig.

MADELEINE: Unendlich neugierig, Robert.

ROBERT: Offen gesagt verstehe ich dann nicht, was Sie gerade zu uns getrieben hat, wo nichts passiert, als daß eine kapitalistische Jugend Fußball spielt. Anderswo ist es doch interessanter. Hier entscheidet sich nichts. Wer wirklich neugierig ist, sollte, scheint mir, an die Küste gegenüber reisen. Vergessen Sie nicht: Gegenüber liegt Asien. Dort lohnt es sich zuzuschauen. Eine neue Welt fängt an, liegt in den Wehen. Etwas Ungeheueres regt sich, was geschlafen hatte.

MADELEINE: Daran denke ich, das dürfen Sie glauben. Es kann sogar sein, daß ich bald hinüberfahre. – Das hängt von verschiedenem ab.

ROBERT: Sie sind ebenso unternehmungslustig als neugierig.

DOROTHY *eifrig*: Das ist es, was ich so an dir bewundere. Daran könnten wir uns alle ein Vorbild nehmen. Was du schon alles erlebt hast! – Nein, ihr glaubt nicht, wenn sie anfängt zu erzählen! Man fühlt sich so unbedeutend, so beschämt, wenn man's hört. Denn was haben denn wir schon erlebt? –

MADELEINE: Manchmal glaube ich jetzt, daß ich eigentlich gar nicht mehr hinter mir habe als meine europäischen Altersgenossen. Äußerlich, vielleicht. Aber im Grunde war es wohl bei allen dasselbe.

DOROTHY: Allein diese Katastrophe bei Kriegsausbruch! Als ihr verkleidet von Wien nach Paris fliehen mußtet. – Mir imponiert das furchtbar; so viel Erinnerungen zu haben, ein so großes Gedächtnis. – Denkt euch, sie war sogar Führerin in der deutschen Jugendbewegung! Und sie hat politische Reden gehalten!

ROBERT: Vielleicht versucht sie es einmal, unseren jungen Leuten mit politischer Rhetorik zu kommen.

MADELEINE: Würden Sie zuhören, Ken?

DOROTHY: Ausgerechnet Ken! Der hat von Politik keine Ahnung.

KEN: Das solltest du nicht ohne weiteres sagen. Nächstens spricht hier ein deutscher Graf über seine Erlebnisse während des Weltkriegs, und ich habe mir schon einen Platz reserviert.

MADELEINE: Haben Sie keine Angst, ich behalte meine Erlebnisse während des Weltkriegs für mich.

DOROTHY *schmiegt sich an sie*: Ich würde so gern zuhören, Madeleine.

MADELEINE *nach einer kleinen Pause*: Billy hat ganz recht: Wir stehen hier herum. – Nun ist es schon ganz dunkel geworden. Ohne Mantel friert man hier beinah.

ROBERT: Ich muß unbedingt heute abend noch üben. Vor meinem Konzert habe ich intensiv zu arbeiten.

KEN: Weißt du eigentlich, Robert, daß dein Konzert denselben Abend ist wie der Vortrag des deutschen Grafen?

DOROTHY: Ein dummer Zufall! Ich habe auch schon die Karte für die Erlebnisse aus dem Weltkrieg.

ROBERT: So werden sich an diesem Abend die Geister scheiden. – Auf Sie darf ich doch rechnen, Madeleine?

KEN: Und ich wollte Sie gerade bitten, mit mir in den interessanten Vortrag zu kommen. Ich habe zwei Tickets.

MADELEINE *lacht*: So ist mein Schicksal in meine Hand gegeben: Werde ich mich auf die Seite der reinen oder der unreinen Geister schlagen?

Sie zählt ab:

Rein – unrein –; rein – unrein. Ich fürchte, Robert –

DRITTES BILD

Größerer Gesellschaftsraum in einem der College-Häuser, dunkel getäfelt, würdig eingerichtet. In einer Ecke das Grammophon. Ein längerer weißgedeckter Tisch mit Brötchenschüsseln und Salatplatten als Büfett hergerichtet. Im Vordergrund an einem kleinen Tischchen Jo und Tom; sie hantieren mit einem großen Cocktailshaker. Auf dem Tischchen ist in verschiedenen Flaschen alles zum Cocktail gehörige aufgereiht.

TOM: Nimm noch ein bißchen Gin, sonst wird das Zeug doch zu labbrig, Jo.

JO *schüttelt*: Ach was, wir haben nicht so viel Stoff; können ruhig noch ein bißchen verdünnen.
Lacht plötzlich:
Ich gönne Robert die Blamage von Herzen.

TOM: Es sollen nur vier Leute in seinem Konzert gewesen sein. Ist schon ein bißchen arg.

JO: Warum macht er sein ödes atonales Klaviergesuse denselben Abend, wo der feine deutsche Graf seinen Vortrag hat? Geschieht ihm gerade recht. – Gib noch ein bißchen Zitrone.

TOM: «Abenteuer von Ost nach West während des Weltkriegs». Schon am Titel hat man gemerkt, daß es etwas Lohnendes geben würde.

JO: Wie er von dem Nahkampf erzählte, das war doch großartig!

TOM: Und die nächtliche Rauferei mit den Kosaken!

JO: Und der Fliegerangriff! Gott, war das ulkig, wie er schilderte, als alle in den Keller liefen, er allein blieb auf dem Dach auf Beobachtungsposten.

TOM: Furchtbar ulkig. Jetzt würde ich noch ein bißchen Rum in dieses Gebräu tun.

JO: Er soll aus furchtbar alter Familie sein; mit den Habsburgern verwandt.

TOM: Ich dachte, mit den Hohenzollern. – Laß mich jetzt mal schütteln.

JO: Aber weißt du denn das Allertollste von ihm, Tom, also wirklich das weitaus Tollste?

TOM: Daß er einen von unseren Jungens mit einem Arm hochgestemmt hat?

JO: Auch ziemlich toll. – Aber er kann das New Yorker Telefonbuch mit einer Hand mitten durchreißen. – Na, ich finde das beispiellos.

An der Tür erscheint Ken.

KEN *etwas außer Atem*: Ist euer Cocktail auch fertig? Sie sind gleich da.

JO *gießt ein*: Wenn er ihm nur schmeckt, der ist sicher ein Kenner.

Es treten ein: der Graf von Turnen, ein strammer Herr im Gehrock mit Monokel, Professor Thiessen, klein, ältlich und nervös, mit grauem Spitzbart, Madeleine, Billy, Dorothy, Roxy, Jacky McFerson, ziemlich viel andere Studenten und Studentinnen.

Jo, Tom und Ken erwarten den Grafen in beinah militärischer Haltung, mit erhobenen Gläsern.

Herr Graf, im Namen all meiner Kameraden möchte ich Ihnen recht herzlich danken. Es war sehr interessant, wir haben viel Neues gelernt – vor allem die Sache mit dem Telefonbuch –

GRAF TURNEN *stößt mit ihm an*: Das Zusammensein mit strammen jungen Menschen ist mir immer reines Vergnügen. Prost. Ihr seid prächtige Kerle! Auf euch kann euer Vaterland sich verlassen! Viele von den pazifistischen Schlappschwänzen bei uns zu Hause könnten sich an euch, Kerle, ein Vorbild nehmen!

Er stößt erst mit Jo, dann mit Professor Thiessen an.

Auf Ihr Wohl, Herr Professor. Lehren Sie den Burschen hier nur weiter, was deutscher Geist heißt.

PROFESSOR THIESSEN: Man tut sein Möglichstes, Herr Graf.

Der offizielle Teil der Veranstaltung ist beendet; im Hintergrund verteilt man sich schwatzend und lachend ans Büfett, beginnt zu essen und zu trinken.

Graf Turnen bekommt von Jo einen neuen Cocktail eingegossen.

JO *lacht laut*: Sind wohl von Europa her besseren Stoff gewöhnt?

GRAF TURNEN: Wie beliebt? Ich verstehe nicht ganz –

JO *schlägt ihm, recht taktlos, auf die Schulter*: Na, ich meine nur so. Münchener Bier und französischen Sekt. Was, Herr Graf?
Gelächter in der Runde.

GRAF TURNEN *zuckt indigniert zusammen*: Ihre Scherze, junger Mann, richten sich an die falsche Adresse. Nicht wir, sondern die Franzosen sind vom Alkohol verseucht.
Sieht auf die Uhr, wendet sich dann an Professor Thiessen:
Tut mir riesig leid, Herr Professor, ich muß das gemütliche Beisammensein abbrechen. Ja, ja, ja, die Pflicht ruft, morgen abend werde ich in der Staatsuniversität Los Angeles erwartet, ich hoffe, noch den Nachtzug zu erreichen.
Er schüttelt verschiedene Hände.

PROFESSOR THIESSEN, *der ihn zur Tür geleitet, diskret gedämpft*: Das Honorar werden wir uns erlauben, in Ihr Hotel in Los Angeles überweisen zu lassen.

GRAF TURNEN: Wenn es Ihnen keinen Unterschied macht, lieber Professor, hätte ich das lieber sofort.
Er geht, von Professor Thiessen begleitet, hinaus.

JO: Uff, jetzt spielen wir Grammophon.

BILLY: An dem könnt ihr euch alle ein Vorbild nehmen. Verteufelter Kerl.

JO: Ja, er ist natürlich schon sehr verteufelt, und vor allem dieser Trick mit dem Telefonbuch war ja kolossal – aber ich weiß nicht, doch etwas gar zu schneidig. Man kann nie ganz unbefangen mit ihm reden.

DOROTHY: Wie hat er dir denn gefallen, Madeleine?

MADELEINE *die in Gedanken dagesessen ist*: Mir? – Ach, ich habe darüber kein rechtes Urteil –

KEN: Ich habe überhaupt den Eindruck, du hast gar nicht zugehört während des Vortrags. Du saßest so komisch da –

MADELEINE: Das kann schon sein, Ken. – Aber jetzt wollen wir was trinken.
Sie geht ans Tischchen und trinkt schnell hintereinander zwei Gläser.

PROFESSOR THIESSEN *der inzwischen unbemerkt wieder hereingekommen ist, mit sanfter und bescheidener Stimme aus dem Hintergrund*: Dieser Graf Turnen war ja gewiß eine sehr famose Persönlichkeit; ich möchte nur nicht, meine Lieben, daß ihr glaubt, alle Deutschen seien genauso wie er. Nein, nein, so sind doch nicht alle Deutschen. Ich habe ein ganz anderes Deutschland kennengelernt auf meinen Studienfahrten –

Seine Rede geht unter, denn das Grammophon wird angestellt. Verschiedene Paare beginnen zu tanzen.

DOROTHY *bei Madeleine*: Willst du nicht mit mir tanzen, Madeleine? Sicher könntest du führen.

MADELEINE: Wozu denn, Kindchen? Trinken wir lieber noch von diesem Cocktail, der ist vorzüglich gebraut. Außerdem habe ich Ken den ersten Tanz versprochen.

DOROTHY: Der tanzt aber mit Roxy.

MADELEINE: Ach so. – Und hier kommt Robert, er sieht ganz verbittert aus.

Ziemlich eilig und mit verdüsterter Miene kommt Robert herein; geht zwischen den tanzenden Paaren hindurch, tritt im Hintergrund zu Madeleine.

ROBERT: Nun, hat euch euer deutscher Graf schon verlassen?

DOROTHY: Er mußte zum Nachtzug nach Los Angeles.

ROBERT: Schade, ich hätte gern seine Bekanntschaft gemacht. Er muß amüsant und bedeutend sein. Sein Auditorium war wohl überfüllt? In meinem Konzert habe ich ganze drei Leute gesehen. Dafür habe ich seit Monaten gearbeitet.

MADELEINE: Trinken Sie was.

ROBERT: Danke, Miss Selmanowich.

KEN *aus dem Hintergrund*: Dorothy! Das ist unser English Waltz. Komm –

DOROTHY: Doch, Ken.

Sie tanzen. Robert und Madeleine bleiben im Vordergrund allein.

ROBERT: Sie wissen, daß Sie mich heute abend sehr gekränkt haben, Madeleine.

MADELEINE: Sie sind überempfindlich. Ich war für diesen Vortrag seit langem mit jemandem verabredet.

ROBERT: Wie war der Vortrag?

MADELEINE: Ich habe kein Wort gehört.

ROBERT: Trotzdem war er Ihnen interessanter als mein Konzert.

MADELEINE: Trotzdem war er mir interessanter.

ROBERT: Daß diese ganze Gesellschaft hier mich verachtet und sich über mich lustig macht, weiß ich seit Jahren. Das auch Sie es zu tun scheinen, erstaunt und verletzt mich.

MADELEINE: Ich antworte Ihnen ein andermal, Robert. Heute abend ist es wirklich nicht nett, mit Ihnen zu sprechen.

Sie geht in den Hintergrund.

Inzwischen haben die Paare zu tanzen aufgehört; man verteilt sich zum Ausruhen, trinkend und lachend auf den Lehnstühlen. Etwas verlassen und hilflos kommt Professor Thiessen nach vorn.

JO *auf einem Lehnstuhl*: Nun, Professor Thiessen, was macht die deutsche Literatur? Gibt's was Neues von Goethe?

PROFESSOR THIESSEN *hüstelt gequält*: Hähähä – immerhin schon siebenundneunzig Jahre tot –

JO *zieht ein flaches Silberflacon aus der hinteren Hosentasche*: Was zu trinken, Professor?

PROFESSOR THIESSEN: Hühü – besser nicht, im Interesse meiner Autorität als Lehrer – hähä –

JO: Ist aber reines Zeug.

Trinkt selber; zieht sich in den Hintergrund zurück, wo es immer lärmender wird. Madeleine kommt langsam wieder nach vorn.

PROFESSOR THIESSEN *zu Madeleine*: Sie bekommen heute abend einen – wie soll ich sagen? Nun: einen etwas kuriosen Eindruck von unseren jungen Leuten. So – so angeregt sind sie natürlich nur ausnahmsweise.

MADELEINE *etwas entfernt im Blick und Stimme*: Ich weiß doch, das macht der Alkohol. So sind sie natürlich nicht alle Tage.

PROFESSOR THIESSEN: In solchen Situationen kommt unsereiner sich recht überflüssig vor; nur wie geduldet, möchte man sagen.

MADELEINE: Man hat Sie doch in aller Form eingeladen, lieber Professor.

PROFESSOR THIESSEN *redselig*: Das schon, o gewiß, ohne Frage in sehr höflicher Form. Das sollte unsereinen aber über nichts hinwegtäuschen. Gerade wir, vom literarischen Fach, wir sind hier nicht mehr als geduldet. Widersprechen Sie nicht, meine Liebe!

Hier liegt niemandem an uns. Was nützt deutsche Literatur. Auf die Nützlichkeit kommt es an. – Obendrein bin ich alt.

MADELEINE: Ich verstehe Ihre Bitterkeit nicht. Sicher hat man Sie hier gern, und Sie werden verehrt.

PROFESSOR THIESSEN: Nein, nein, die jungen Leute wollen von diesen Dingen einfach nichts wissen. Sehen Sie, wir haben es zum Beispiel mit einer kleinen literarischen Zeitschrift versucht, «Der Aufbruch» hieß sie – etwas pathetisch, hähä –, kein Mensch liest das. Gott, man hatte sich wirklich Mühe gegeben –

MADELEINE: Sie wird nicht den richtigen Ton getroffen haben.

PROFESSOR THIESSEN: Gewiß, man sollte seine Ansprüche hinunterschrauben. Wenigstens habe ich nun wieder die Möglichkeit zu lehren, meinen Beruf auszuüben. Das ist schon viel. Wissen Sie, daß es Zeiten gab, wo kein deutsches Wort in dieser Universität gesprochen werden durfte? Wo man mich zwang, alle deutschen Bücher, die meine Bibliothek enthielt, zu einem Haufen zu schichten und sie feierlichst zu verbrennen? Ja, ja, ja, das war vor zwölf Jahren. Heute sind deutsche Grafen die letzte Mode.

Hinten, bei den Tanzenden, wird immer lauter gegrölt; man schreit die Anfänge von Schlagertexten durcheinander.

JO: Jetzt soll uns Roxy mal die «Souvenirs» auf atonal vorsingen.

ROBERT: Laßt mich in Frieden.

ROXY: Au, au, schlechte Laune! Wohl wegen des leeren Konzerts?

ROBERT: Ihr sollt mich in Frieden lassen, habe ich gesagt.

BILLY: Gott, Robert, wir haben uns ja alle sehr überlegt, ob wir nicht lieber in dein Konzert statt in den Vortrag gehen sollten; ich wenigstens habe es mir stundenlang überlegt. Aber dann dachte ich mir: Du kannst uns doch bei anderer Gelegenheit vorspielen, der Graf hingegen ist eine einmalige Sache.

ROBERT: Beruhige dich, Billy; ich werde euch überhaupt nicht mehr vorspielen.

BILLY: Nun, heute abend bist du ungenießbar. Was ist das überhaupt für eine Party! Mit diesen Intellektuellen ist wirklich nichts anzufangen. – Da vorn sprechen Madeleine und der Professor Thiessen über deutsche Philosophie. Flotte Festteilnehmer das!

PROFESSOR THIESSEN: Sie müssen Nachsicht mit mir haben. Ich

sagte gerade zu Miss Selmanowich, daß ich eigentlich besser täte, mich zu empfehlen; in Anbetracht eines «Faust»-Kollegs morgen früh –

Er wird von einer Anzahl junger Leute umringt.

BILLY: Was da! «Faust»-Kolleg hin, «Faust»-Kolleg her –

ROXY: Hiergeblieben wird, Herr Professor!

JO: Und ein ordentlicher Schluck getrunken.

BILLY: Wir wollen eine lustige Party!

VERSCHIEDENE STIMMEN: Verdammt noch mal: eine schwunghafte Party!

PROFESSOR THIESSEN *wehmütig*: So esse ich noch ein Stückchen Pastete, wenn Sie darauf bestehen.

Man drängt ihn nach hinten, zum Büfett.

BILLY *in einem anderen Teil des Zimmers*: Und wozu sitzt Jacky McFerson hier so griesgrämig in seiner Ecke?

JACKY *steht auf*: Ich kann Alkohol nicht vertragen. Macht mir gleich Kopfweh.

TOM *mischt sich etwas laut ein*: Freilich, das ist er von zu Hause nicht gewohnt. Seine Mama ist eine kleine, aber redliche Frau.

BILLY *mit Verführerblick auf Jacky*: Laßt nur. Wenn seine Mutter halb so nett ist wie er. – Tanzen Sie mit mir, Jacky?

JACKY: Tut mir furchtbar leid, mir ist wirklich nicht gut. Ich gehe schlafen.

TOM: Wenn kleiner Junge schlafen geht, tanzen wir, Billy.

Tanzt mit ihr fort.

JACKY *tritt zu Madeleine*: Von Ihnen will ich mich wenigstens verabschieden, Miss Selmanowich.

MADELEINE: Sie gehen schon?

JACKY: Doch, es ist besser. Erstens muß ich morgen früh zum Trainieren früh auf sein –

MADELEINE: Und zweitens?

JACKY: Diese Art «Parties» sind nicht sehr gemütlich für unsereinen.

MADELEINE: Sie sagen «unsereinen»; das Wort gebrauchte Professor Thiessen auch. Es klingt so bitter.

JACKY: Der wird auch seine Gründe haben.

MADELEINE: Ich verstehe euch nicht. Man ist doch reizend mit Ihnen.

JACKY: Man schlägt mir so auf die Schulter.

MADELEINE: Billy läßt die Augen nicht von Ihnen. Sie scheint Robert Simon ganz vergessen zu haben.

JACKY: Wenn sie zu flirten anfangen, wird es am gefährlichsten.

MADELEINE: Sie sind mißtrauisch. Das sind doch alles die reinen Kinder.

JACKY: Sie sollten diese Kinder erst kennenlernen. – Ich will Ihnen heute abend nicht die Stimmung verderben. Vielleicht haben Sie ein andermal Zeit für mich. Wenn Sie erlauben, würde ich gern einmal mit Ihnen zusammensein. Es sind hier so wenige, mit denen man sich ein bißchen aussprechen kann. – Gute Nacht, Miss Selmanowich.

MADELEINE: Gute Nacht, Mister McFerson.

Sie geben sich die Hand, Jacky geht ab.

Robert tritt zu Madeleine.

ROBERT: Sie haben sich mit unserem Trainer unterhalten? – Sonderbar, zu Ihnen haben alle Vertrauen. Dabei hören Sie heute abend niemandem zu. Sie haben ganz benommene Augen.

MADELEINE: Geben Sie mir doch was zu trinken. Dieser melancholische Sportsboy hat mich in eine komische Stimmung gebracht.

ROBERT: Er ist mir der Liebste hier, aus der ganzen Gesellschaft. Seiner proletarischen Herkunft wegen behandelt man ihn von oben herab.

MADELEINE: Geben Sie mir doch was zu trinken.

ROBERT: Was hat Sie heute abend so verändert? Ich erkenne Sie gar nicht mehr. – Gefällt Ihnen das Milieu hier so gut?

Er weist verächtlich nach hinten, wo Paare tanzen, grölen, würfeln, sich auf den Sesseln rekeln.

Professor Thiessen hat sich davongestohlen, auch der arme McFerson; die konnten das nicht mehr mitansehen. So endet das gesellige Beisammensein nach einem Vortrag über den Weltkrieg. Jetzt zeigt man sein eigentliches Gesicht. Finden Sie es so niedlich? Wie? So sympathisch, so appetitlich? Ist es nicht vielmehr etwas gemein, etwas brutal, etwas dreckig?!

MADELEINE: Ich dachte überhaupt, wir sind böse miteinander.

ROBERT: Sie tun, als seien Sie betrunken. Dabei sind Sie es keineswegs. Sie sind nur so fürchterlich darauf versessen mitzumachen.

MADELEINE *ruft*: Ken! Komm doch mal her, Ken! Ich möchte tanzen.

KEN *hebt sich aus einer Gruppe*: Gleich, Madeleine! Ich mache mich erst hier los –

ROBERT: Bitte, tanzen Sie jetzt nicht mit Ken.

KEN *kommt, ziemlich taumelig, näher*: Zur Stelle, Madeleine, melde gehorsamst –

Lacht betrunken.

ROBERT *so leise wie intensiv*: Bitte, Madeleine, tanzen Sie jetzt nicht mit Ken. Er ist vollständig besoffen.

MADELEINE: Ken, der Herr langweilt mich!

KEN *mit schwerer Zunge*: Welcher Herr?

MADELEINE: Dieser hier. Er langweilt mich unerträglich.

KEN *kommt drohend näher*: Sie sollen diese Dame nicht langweilen, mein Herr.

ROBERT *weicht erbleichend zurück*: In was für eine Situation bringen Sie mich, Madeleine?

KEN *betrunken lehrhaft, mit unsicher erhobenem Zeigefinger*: Eine Dame langweilen tun überhaupt nur ganz verdammte Snobs. Wir tun überhaupt etwas ganz anderes mit einer Dame. – Wir sind doch überhaupt nur dafür da, den Damen Freude zu machen, ihnen alles – recht hübsch einzurichten –

ROBERT: Komm mir nicht zu nahe, besoffener Lümmel!

KEN *packt ihn*: Was hast du gesagt?! Ich verstehe hier immer Lümmel. Du hast es nötig.

Beutelt ihn.

ROBERT *kreischt*: Laß mich los, du! Ich kann boxen!

KEN *beutelt ihn weiter*: Das wird dir nicht mehr viel nützen, wenn ich dich hinschmeiße. Du hast uns jetzt lang genug mit deinen Redensarten geärgert. Alle Leute, die Amerika nicht mögen, sollten so hinfliegen – wie du jetzt hinfliegst –

Er schlägt ihn ins Gesicht und schmeißt ihn hin, daß es kracht. Robert bleibt liegen.

Während der Auseinandersetzung hat sich eine Gruppe um die beiden gesammelt und mit wachsender Spannung, tuschelnd und zischelnd die Szene verfolgt. Diese löst sich nun, alles spricht durcheinander.

JO: Na, der hat aber ordentlich zugehauen.

TOM: Wär auch nicht nötig gewesen.

ANDERER JUNGE: Total besoffen.

BILLY: Der arme Robby. – War aber himmlisch aufregend.

DOROTHY *faßt Ken an, der starr dasteht*: Pfui, Ken, schämst du dich gar nicht? Wie kann ein anständiger Kerl so etwas tun? Sieh doch, er blutet.

KEN *stiert hin*: Der blutet. – Aber warum hat er auch so affig dahergeredet.

ROXY: Es müssen ihn doch ein paar forttragen. Wenn wir ihm kalte Umschläge machen, wird es bald besser. Hopp, wer faßt an?!

Tom und Jo nehmen ihn an Kopf und Füßen, die anderen, auch Billy und Roxy, folgen; sie bewegen sich im Zug hinaus. Zurück bleiben: Madeleine, die sich irgendwo hingesetzt hat und ziemlich geistesabwesend scheint; Ken, der mit stieren Augen anderswo lehnt; und Dorothy, ängstlich zwischen den beiden.

DOROTHY *bei Madeleine*: Gehst du jetzt nicht ins Bett, Madeleine?

MADELEINE *ohne aufzuschauen*: Die anderen sind doch auch alle noch auf.

DOROTHY: Du hast doch nicht viel getrunken, Madeleine? Nein, von dir kann ich's nicht glauben.

MADELEINE *lacht ein bißchen*: Ach, woher denn.

DOROTHY: Ich darf dich also nicht ins Bett bringen?

MADELEINE: Doch nicht, so lang die anderen alle auf sind.

DOROTHY: Beinahe alle sind doch schon in ihren Zimmern. Hier ist nur noch Ken, der sich heute abend so abscheulich benommen hat.

MADELEINE: Hörst du, Ken? Du hast dich heute abend ganz abscheulich benommen. Aber auch schon wirklich ganz abscheulich.

DOROTHY *angstvoll*: Du bist doch betrunken, Madeleine.

MADELEINE: Geh doch endlich schlafen, Dummerchen! Wer so blond ist wie du, muß viel schlafen. Mein Gott, so ein blondes kleines Herz –

DOROTHY: Was redest du denn, Madeleine? So habe ich dich noch nie, nie, nie gesehen.

MADELEINE: Unsereiner hat eben mehr Gesichter als euereiner. «Unsereiner» sagte Professor Thiessen immer. – Flattre in dein weißes Bettchen, Vögelchen! Flattre, flattre!

Macht scheuchende Armbewegungen.

Dorothy flieht zitternd; bleibt an der Tür noch einmal stehen, hat eine letzte, bittende, mißglückte kleine Handbewegung; ist hinaus.

Madeleine und Ken allein; kurze Pause, dann:

Komm doch mal her, Ken.

KEN *rührt sich nicht*: Ja.

MADELEINE: Ich muß dich was fragen.

KEN: Ich weiß aber nichts.

MADELEINE: Komm doch mal her.

Ken kommt langsam.

Der sah aber ziemlich ekelhaft aus, da auf der Erde. Große Beule am Kopf. Wahrscheinlich Bein verrenkt. – Ist es dir unangenehm?

KEN: Warum hatte er sich so affig. – Bist du mir böse?

MADELEINE: Ich wollte dich etwas fragen. Wenn du allein bist, woran denkst du dann eigentlich?

KEN: Ulkige Frage.

MADELEINE: Nein, sag doch! Oder denkst du dann überhaupt nichts? Denkst du vielleicht nur, während du sprichst? Es könnte doch sein, daß du nur so dasitzt, wenn du allein bist, so inmitten einer ganz, ganz hellen Leere. Es muß wundervoll sein. Aber auch traurig –

KEN: Sehe ich eigentlich noch deinem großen Hund ähnlich?

MADELEINE: Du siehst ihm nicht ähnlich. Aber wenn ich die Augen zumache und dein Haar anfasse, dann kann ich mir vorstellen, es ist sein Fell.

KEN: Ich bin ziemlich hinüber. Whisky und Sekt durcheinander ist immer gefährlich.

MADELEINE: Hm, ich habe wohl auch etwas weg.

KEN: Komisch zu denken, daß jetzt draußen in jedem Auto ein Junge und ein Mädchen sitzen und sich abküssen. In einem zum Beispiel Roxy und Tom, im anderen Billy und, ich weiß nicht wer –

MADELEINE: In jedem Auto. – Du, ich mag aber in kein Auto. Wohin gehen w i r denn?

KEN: In ein Zimmer. Möchtest du in mein Zimmer? Wenn wir im Treppenhaus kein Licht anmachen, hört uns wahrscheinlich niemand.

MADELEINE: Ob Dorothy dich eigentlich sehr gern hat?

KEN: Heute abend war sie so anders als sonst. Sonst lacht sie meistens –

MADELEINE: Die denkt aber auch nichts, wenn sie allein ist. Nur von Robert weiß ich immer, was er denkt. Darum hat er auch nichts recht Anziehendes für mich.

KEN: Aber was denkst du denn, wenn du allein bist?

MADELEINE: Seit ein paar Tagen gar nicht mehr viel. Nur noch deinen Namen, Ken.

KEN: Und ich meinte, du hättest so besonders viele Gedanken. Wie komme gerade ich zu der Ehre, dein einziger zu sein? Das ist eine unverhältnismäßig große Ehre –

MADELEINE: Das ist so wenig, Ken, das ist beinahe nichts. Wenn du wüßtest, was ich dir schulde –

VIERTES BILD

Billys Zimmer. Nacht mit Kerzenbeleuchtung. Ratssitzung des Clubs der hartgesottenen Jungfrauen. Billy, Dorothy, Roxy, etwa sieben andere Girls, alle in mehr oder minder phantastischen Pyjamas. Sie schwätzen im Durcheinander.

ERSTES GIRL: Sagt, was ihr wollt, ich finde das «Faust»-Kolleg von Thiessen hinreißend.

ZWEITES GIRL: Der neue Fordwagen wird wirklich so, daß niemand sich zu schämen braucht, ihn zu fahren.

ERSTES GIRL: Trotzdem habe ich nicht nur Mitleid mit Gretchen. Schließlich kann man sich doch beherrschen.

ZWEITES GIRL: Und doch haftet dem Namen Ford ein gewisser Armeleutegeruch an; so etwas Farmerhaftes –

ERSTES GIRL: Ach, aber der Schwung der Verse ist unvergeßlich!

Billy läutet energisch mit einer kleinen Silberglocke.

ROXY UND ANDERE GIRLS: Silentium, Silentium. –

BILLY: Ich eröffne die außerordentliche Sitzung des Clubs der hartgesottenen Jungfrauen.

ROXY: Sind die Vorhänge fest verschlossen? Es wäre gräßlich, wenn man draußen Licht sähe und so dies mitternächtliche Beisammensein entdeckte.

BILLY: Alles in Ordnung? So versammeln wir uns um den Tisch.

Sie gruppieren sich feierlich um die runde Tafel.

Leider ist der Grund, der uns heute zusammenführt, kein erfreulicher. – Ihr wißt, worum es sich handelt?

ROXY: Ich glaube, daß wir alle im Bilde sind.

DOROTHY: Es ist also wirklich wahr, daß wir über Madeleine verhandeln sollen? Woher nehmen wir uns das Recht dazu, frage ich euch?

BILLY: Sie hat uns durch ihr Verhalten dazu gezwungen.

DOROTHY: Durch welches Verhalten? Ich bestehe darauf, daß du dich deutlicher ausdrückst.

BILLY: Madeleine Selmanowich hat unserem College Unehre gemacht.

DOROTHY: Seid wann ist der Club der hartgesottenen Jungfrauen ein moralisches Institut, dazu berufen, die College-Ehre zu überwachen?!

BILLY: Gerade weil wir die Freiheit lieben, verabscheuen wir gemeine Zügellosigkeit.

DOROTHY: Wir flirten alle.

BILLY: Doch muß man Grenzen kennen.

DOROTHY: Woher willst du wissen, daß Madeleine sie überschritten hat?

BILLY: Ich habe meine Informationen.

DOROTHY: Du spionierst ihr nach.

BILLY: Es bereitete keine Schwierigkeiten. Sie blieb gestern, nach dem Fest für den deutschen Grafen, das so traurig ausartete, einfach im Zimmer eines der jungen Leute. Das, denke ich, sagt genug.

DOROTHY: Das sagt gar nichts. Wahrscheinlich hatte sie mit dem Jungen irgend etwas Ernsthaftes zu besprechen.

BILLY *lacht schrill*: Jetzt stellst du dich unschuldiger, als du bist. Man «bespricht» sich nicht nachts um eins mit einem Jungen auf seinem Zimmer.

DOROTHY *durch die Zähne*: Du vielleicht nicht, das kann sein.

BILLY *ganz strafende Würde*: Nun wirst du ungezogen, liebe Dorothy.

Sie wendet sich an den Kreis:

Ihr werdet einsichtiger sein und natürlicher empfinden. Ein Mädchen, das sich so weit vergessen hat, wie Madeleine Selmanowich, paßt nicht mehr zu uns. Sie würde, ihr empfindet das alle, einen Schandfleck in unserer Mitte bedeuten. – Wir sind amerikanische Girls!

EIN GIRL *neugierig, schüchtern*: Welcher Junge – ich meine: durch welchen wurde sie denn zum Schandfleck?

BILLY: Es fällt mir nicht leicht, seinen Namen zu nennen, denn eine aus unserem Kreis steht ihm nahe, und zwar gerade die, welche sich für Miss Selmanowich am meisten zu interessieren scheint. – Es ist Ken Bennett.

ROXY: Natürlich, gerade der netteste von allen.

DOROTHY: Warum soll Ken netter als irgendein anderer sein? Ich habe, im Gegenteil, immer gefunden, daß er genau wie alle anderen ist.

ROXY: Gerade das ist ja das Nette an ihm.

BILLY: Wir haben über Miss Selmanowichs Geschmack nicht zu diskutieren. Aber so lange sie bei uns, im College, ist, hätte sie es zum Äußersten nicht kommen lassen dürfen. Die Situation wird dadurch verschlimmert, daß Ken Bennett mit einer anderen für verlobt galt.

DOROTHY *rasch*: Ich verzichte auf alle meine Rechte.

BILLY: Das konnte Miss Selmanowich nicht im voraus wissen. Es ist auch nicht anzunehmen, daß sie Rücksicht darauf genommen hätte, denn sie flirtet schamlos und unbefangen, auch mit anderen jungen Leuten, auf die manche aus diesem Kreis ältere Rechte hätten.

EIN GIRL: Es ist klar: hier wird es Pflicht des Clubs der Hartgesottenen einzuschreiten.

BILLY *hoch aufgerichtet*: Mein Vorschlag geht dahin, daß wir, als Vertreterinnen aller weiblichen Universitätsmitglieder, ein Schreiben an die Direktion richten, in dem wir darauf hinweisen, daß Madeleine Selmanowich sich unseres Instituts unwürdig erwiesen hat und in dem wir feierlich den Antrag stellen, daß man Madeleine Selmanowich nahelege, mit dem Ende dieses Semesters aus unserem Institut auszutreten. – Ich schreite zur Abstimmung. – Wer ist für meinen Antrag?
Alle heben die Hand, bis auf Dorothy.
Wer – gegen?
Dorothy hebt allein die Hand.
Eine gegen sieben. – Ich gehe, um das Schriftstück aufzusetzen.

DOROTHY *steht ihr gegenüber*: Wenn dieser Irrsinn geschieht, erkläre ich meinen Austritt aus eurem dreckigen Club.

BILLY: Das werden wir zu ertragen wissen. – Im übrigen verbitte ich mir deine ordinären Beschimpfungen.

DOROTHY *wendet sich an die anderen*: Fühlt ihr denn nicht, daß dieser anonyme Brief eine Riesenschweinerei gegen eine Kameradin bedeutet?! Laßt euch doch in so was nicht hineinreden, besinnt euch auf eure natürlichste Anständigkeit! – Wenn ihr Madeleine nicht mehr bei euch haben wollt, werde ich selbst sie bitten, nach den Ferien nicht wiederzukommen.

EIN GIRL: Das ist ein Vorschlag, der Beachtung verdient.

BILLY: Ich stelle den Mißtrauensantrag.

ROXY: Madeleine müßte ein Papier unterzeichnen, auf dem sie sich verpflichtet, mit Semesterschluß hier den Abschied zu nehmen.

ANDERES GIRL: Ganz recht; und beschwört, nie und nirgends eine Andeutung fallenzulassen, als sei sie zu diesem Schritt von uns genötigt worden.

BILLY *mehr durch die Zähne*: Noch ein anderer Schwur wäre zu leisten. Der nämlich, den Dorothy uns schuldig ist.

ROXY: Freilich: Dorothy muß auch schwören.

EIN GIRL: Was eigentlich?

BILLY *zischt*: Schweigen! Sie muß sich zum tiefsten Schweigen verpflichten. Wer weiß, sie verrät uns sonst an die Feindin.

ALLE GIRLS *zischen*: Schwöre, Dorothy, schwöre!!

Sie umstehen, vom Kerzenlicht flackernd beleuchtet, Dorothy im Kreis.

BILLY *drückt ihr eine Rolle in die Hand*: Halte unsere Bundesstatuten beim Schwur! Etwas Heiligeres besitzen wir nicht. Schwöre im Namen Gottes, Amerikas und der Bundesstatuten!

DOROTHY *hebt bleich und eingeschüchtert die Finger*: Ich schwöre –

Die Gruppe löst sich, feierliches Schweigen.

BILLY: Lasset eure Führerin nun allein. Ich will heute abend noch das Pergament aufsetzen, das Miss Selmanowich wird unterschreiben müssen. – Gute Nacht, meine Getreuen.

Mit gemurmeltem Gruß geht eine nach der anderen hinaus. Billy bleibt allein.

Billy summt etwas, setzt sich vor den Toilettentisch, pudert sich, richtet ihr Haar. Dann nimmt sie eine Kerze vom Tisch, geht ans Fenster, schiebt den Vorhang ein wenig beiseite und schwenkt die Kerze, als mache sie draußen jemandem ein Zeichen. Summend und lächelnd geht sie an den Putztisch zurück, begutachtet noch einmal ihr Gesicht. Währenddem klopft es schüchtern an der Tür; sie wendet sich, ruft unbefangen:

Herein.

Langsam und vorsichtig schiebt sich Jacky McFerson ins Zimmer. Billy schaut ihm mit einem stummen Blick größten Gefühls entgegen.

JACKY *sehr befangen*: Warum haben Sie mich gebeten, so spät zu Ihnen zu kommen? Wenn jemand mich gehört oder beobachtet hätte –

BILLY *sieht ihm hypnotisch lächelnd entgegen*: Sie haben Angst?

JACKY: Gewiß nicht für mich. Aber eine junge Dame müßte vorsichtiger sein.

BILLY: Das überläßt man, scheint mir, der jungen Dame. – Trinken Sie was?

JACKY: Sie wissen doch: ich merke es gleich beim Trainieren.

BILLY: Wie du willst, Darling.

Sie fixiert ihn.

Du hättest allerdings etwas zuzusetzen.

JACKY *lacht geschmeichelt, zeigt seine Muskeln*: Das schon; aber ich habe sonst nichts, es ist mein Kapital. Ich muß vorsichtig sein.

BILLY *befühlt ihn*: Allerhand. Allerhand, Jacky.

JACKY *macht sich los*: Verzeihen Sie, Miss Billy, die Situation kommt mir zu merkwürdig vor. Sie haben mich gebeten, um Mitternacht vor Ihrem Fenster zu warten, bis Sie das Zeichen mit der Kerze geben. Das ist ja sehr romantisch und nett, aber schließlich müssen Sie doch irgendwas Bestimmtes wollen.

BILLY *mit großem Blick*: Jacky.

JACKY: Ich glaube, wir besprechen das ungefährlicher morgen vormittag.

BILLY: Warum tust du, als merktest du nichts?

JACKY: Ich habe so ekelhafte Angst, daß jemand uns hört und hereinkommt. Ich verlöre meine Stellung, es wäre zu schrecklich, denn ich bekomme nie eine andere, wenn ich einmal wegen so einer Geschichte geflogen bin. Du weißt doch, wie's ist: in solchen Fällen ist immer der Mann der Sittlichkeitsverbrecher, in diesem Land. – Und ich kann nichts, außer dem bißchen Sport.

BILLY: Ich träume von dir schon seit sechs Wochen.

JACKY: Es ist furchtbar nett von dir, Billy.

BILLY *an seinem Ohr*: Wir wollen durchbrennen, Engel. Ich bin so verrückt nach dir. Wohin du willst. Nach Paris. Ich opfere alles für dich.

JACKY: Natürlich wäre es wunderschön. –

BILLY: Ich werfe für dich alles hin, in dem Moment, wo hier meine Situation glänzend ist wie noch niemals. Ich habe dieses Zusammentreffen eigens so eingerichtet, es ist romantisch, es ist zugespitzt, es ist ganz und gar Hollywood, es ist sensationell. Heute abend habe ich auf der ganzen Linie gesiegt: Madeleine, die mir den reichen Simon wegnehmen wollte, fliegt; ich beherrsche den Club der Hartgesottenen und dadurch alle Mädchen der Universität. Ich kann alles, alles, was ich will, haben. In dieser Nacht lasse ich alles, alles, alles im Stich, für dich, der du arm und namenlos bist. Es ist großer Stil, das macht mir diese Miss Selmanowich nicht nach; es hat Pathos –

JACKY: Sie haben sich das bezaubernd zurechtgelegt. Aber wissen Sie, daß ich keine fünfzig Dollar Vermögen besitze? Ich kann nicht meine Stellung Ihrer Romantik opfern. Sie hätten sich für Ihr Abenteuer einen Jungen aus Ihren Kreisen aussuchen müssen. Unsereiner kommt für Ausflüge nach Paris nicht in Frage.

BILLY *plötzlich sehr spitz*: Sie sind drollig. Sie nehmen ernst, was ich vorgeschlagen habe. Selbstverständlich war es nur ein Scherz. Trotzdem hätten Sie höflicher antworten können.
Sie steht von ihm entfernt.

JACKY *der schon bereut*: Nun habe ich Sie gekränkt, und ich wollte nur offen sein. Versetzen Sie sich in meine Lage: ich darf an solche Eskapaden nicht denken. Meine Mutter ist Näherin in Chicago und auf meine Zuschüsse angewiesen. Wir Proletarier sind nicht so beweglich.

BILLY *ganz starr*: Ich weiß gar nicht, was Sie noch wollen. Lassen Sie mich doch endlich allein.

JACKY: Ich möchte nicht gehen, solange Sie noch so böse Augen machen. Ich weiß ja nicht, ob ich nur Ihre Eitelkeit verletzt oder ob ich Ihnen nicht vielleicht wirklich weh getan habe. Sagen Sie doch etwas Vernünftiges!

BILLY: Guten Abend, Mister McFerson.

JACKY *resigniert*: Gute Nacht, Billy. Sind wir versöhnt?

Er drückt ihr, um die Versöhnung zu besiegeln, von hinten einen Kuß auf den Nacken.

BILLY *hält ganz still, sehr leise und ganz verbissen*: Das hätten Sie sich nicht erlauben dürfen.

Sie macht sich, mit einem plötzlichen Entschluß, von ihm los, läuft zum Fenster, reißt es auf, schreit:

Hilfe, Hilfe, er vergewaltigt mich! Hilfe, ich werde hier vergewaltigt!

JACKY *vom Donner gerührt*: Sie sind irrsinnig geworden.

BILLY *am Fenster*: Ich habe mir genug von Ihnen gefallen lassen, Sie haben mich maßlos beleidigt. Hilfe! Notzucht! Kommt denn niemand?! Lustmörder!!

JACKY *packt sie von hinten*: Willst du sofort still sein? Laß diese infame, irrsinnige Schreierei!

BILLY *schreit durchdringend*: Er hat mir den Nacken zerfleischt! Er beißt, Hilfe, er umklammert meine Knie!

JACKY: Willst du wieder Hollywood spielen? Aber diesmal ist es gefährlicher. Weißt du, daß ich unfehlbar entlassen werde?

BILLY: Gott sei Dank; wir leben in einem sittlichen Land – mir scheint, da kommen schon Leute.

JACKY: Du bist so dumm, wie du infam bist. Kein Mensch wird dir glauben, diese Kinoszene wird dir selber den Hals kosten. Wartet nur, ich werde mich wehren! Du warst es, die mich hierherbestellt hat, das sage ich allen Leuten.

BILLY: Wenn Sie es wagen sollten, eine Dame, die Sie belästigt und der Sie dann alle Versprechen gebrochen haben, nachträglich noch zu beschimpfen, könnte das Ihre Situation nur verschlimmern. Ich bekomme in jedem Fall recht. – Außerdem habe ich Sie tatsächlich aufgefordert zu gehen, Sie aber haben mich in den Nacken gebissen und meine Beine umklammert.

JACKY: Du hast mich herbestellt.

BILLY: Ich werde sagen, daß Sie bei mir eingebrochen sind, und Schreikrämpfe bekommen, wenn Sie widersprechen.

JACKY: Du scheinst es sehr zu genießen, den «Vamp» zu spielen. Aus welchem Schauerfilm hast du diese «Rache einer zurückgewiesenen Frau»? – Leider kann mir in diesem Land deine Backfischlaune die Existenz kosten. Wäre ich Idiot nur nie in dein Zimmer gekommen!

BILLY: Sie hätten mit mir nach Paris fahren können.

Es klopft draußen, mehrfach und heftig.

JACKY: Verflucht! Wir leben in einem sittlichen Land.

FÜNFTES BILD

Madeleines Zimmer. Hell und sachlich, wie das der anderen jungen Mädchen; auf dem Schreibtisch Bücher und ein paar Fotografien. Kein Bett, der Schlafraum ist nebenan. Das Zimmer liegt im Parterre, offenes Fenster, der Weg führt vorbei.
Draußen bleiben Jo und Tom stehen, lehnen die Oberkörper ins Zimmer.

TOM: Hallo, Madeleine!
JO: Ist nicht vorrätig.
TOM: Und das ganze Zimmer voll Psychoanalyse und Wissenschaft. – Mit wem die sich wieder herumtreiben mag?
JO: Wetten, Tom: nach den Ferien darf sie nicht wiederkommen. Ich fand gleich, sie sähe zu intellektuell aus.
TOM: Da kennst du Madeleine! Wenn die mag, kommt sie wieder.
JO: Wetten – was?
TOM: Fünfzig Dollar.
JO: Schon verloren. Ich w e i ß, daß über sie gerichtet ist.
TOM: Geheime Feme in der Universität?
JO: Ganz richtig: Der Club der hartgesottenen Jungfrauen.
TOM: Oh, oh, seit wann macht der auf moralisch?
JO: Billy hat die neue Richtung angegeben.
TOM: Das wird nach dem Skandal von gestern doch niemand mehr ernst nehmen.
JO: Wo denkst du hin? – Der stärkt ihre Position.
TOM: Glaubst du wirklich? – Überfallen kann freilich die Anständigste werden.
JO: Schließlich hat sie sich als tapfere kleine Amerikanerin gewehrt.
TOM: Eigentlich wahr: Sie hat sich ein Recht erworben, das College von unsauberen Geistern rein zu halten.
Entdeckt einen Boy, der im Hintergrund auftaucht.

Wetten, Harry, daß Madeleine nach den Ferien nicht mehr zu uns zurück darf?

Sie schlendern zu dritt weiter.

Madeleine und Robert kommen ins Zimmer.

MADELEINE: Schön ist dieser Spaziergang wieder gewesen. Ich glaube, das ist der schönste Frühling, den ich je erlebt habe.

ROBERT: Es ist bemerkenswert: Manchmal reden Sie schon wie ein amerikanisches Magazin.

MADELEINE *legt die Blumen etwas ernüchtert fort*: Wissen Sie, daß Ihre dauernde Angst vor der Sentimentalität ein sehr bedenkliches Zeichen Ihrer Unsicherheit ist? Mir waren die Leute immer verdächtig, die jedes Wort fürchten, das Gefühl ausdrücken könnte.

ROBERT: Bei uns ist das Gefühl eine so ordinäre Ware geworden, daß ein anständiger Mensch sich gar nicht mehr damit abgeben mag. Der Amerikaner gibt es als Zugabe zu seinen Zahnpasten und Groteskfilmen.

MADELEINE: Müssen Sie wirklich so Angst haben, auf das Zahnpastenniveau zu sinken?

ROBERT *lenkt ab*: Sie versprachen mir, etwas von Ihrem wundervollen russischen Tee zu brauen, Madeleine.

MADELEINE *macht ihn gereizt nach*: Ihr wundervoller russischer Tee! Das ist wieder echt Robert! Diese stumpfsinnige Verehrung von euch amerikanischen Intellektuellen für alles, was aus Europa kommt, ist fast so langweilig, wie die bedingungslose Schwärmerei eurer Patrioten für alles Amerikanische. Natürlich ist russischer Tee nichts Schlechtes, aber Sie sprechen von ihm wie von Dostojewski.

ROBERT: Sie schimpfen mich ununterbrochen. Dabei wollten Sie ursprünglich heute nett mit mir sein.

MADELEINE *fängt an, den Tee zu bereiten*: Ihre Schuld; Sie machen es einem verdammt schwer. Nun habe ich Sie noch nicht einmal gefragt, ob Sie sich von gestern abend gut erholt haben.

ROBERT *geniert*: Es war gar nicht so gefährlich. Mir scheint, ich habe mich ziemlich wehleidig benommen. Eigentlich sollte man hier auf dergleichen immer gefaßt sein, sowie getrunken wird.

MADELEINE *zögert*: Sie haben – den jungen Bennett wohl auf dem Rektorat angezeigt?

ROBERT: Warum denn? Damit es noch mehr Lärm gäbe. Er war doch völlig unzurechnungsfähig.

MADELEINE: Selbstverständlich; er lallte ja nur noch.

ROBERT: Und was für Zeug!

MADELEINE *lacht*: Nicht wahr? Und was für Zeug!

ROBERT: Ich bin dafür, Madeleine, alles, was an diesem Abend gewesen ist, zu vergessen. Es war ein recht spukhafter Abend, eine Art Walpurgisnacht mit blutigem Ausgang, ich habe eine Beule am Hinterkopf dabei davongetragen. Es gibt ohnedies schon genug Skandal im College. Gestern nacht dieser Lärm mit Billy –

MADELEINE: Der arme Jacky McFerson, sie haben ihn schon entlassen. Er sah so anständig und ernsthaft aus. Er hatte es bestimmt nicht leicht im Leben. – Wer weiß, ob die Affäre sich ganz genauso verhielt, wie unsere Billy sie darstellt.

ROBERT: Ganz genauso? Sie sind naiv, Madeleine. Billy ist eine der smartesten Lügnerinnen, die ich jemals mit Augen gesehen.

MADELEINE: Und man glaubt ihr?

ROBERT: Einem jungen Mädchen aus solcher Familie muß man glauben, ob man will oder nicht. Jacky McFerson dagegen ist der Sohn einer kleinen Näherin aus Chicago.

MADELEINE: Billy aber bringt es fertig, die Karriere dieses Sohnes einer Näherin einfach zu vernichten. Sie ist wenigstens skrupellos. – Ich finde, Billy ist in ihrer Art eine imposante Persönlichkeit.

ROBERT: Freilich; nur kommt es auf die Art dabei an.

MADELEINE: Man erzählt sich, daß sie es sehr auf Sie abgesehen habe, Robert.

ROBERT: Aber mit dem Sportsboy wollte sie schlafen.

MADELEINE: Tun Sie nicht so verächtlich! Trotzdem schmeichelt es Ihnen sehr, daß sie Sie heiraten will.

ROBERT: Weil ich Geld habe.

MADELEINE: Sie bietet Ihnen dafür ihren Namen und ihre gesellschaftlichen Beziehungen.

ROBERT: Freilich, das Geschäft scheint klar.

MADELEINE: Und für Sie nicht unvorteilhaft.

ROBERT: Als Geschäft betrachtet, nein.

MADELEINE: Sie denken also daran?

ROBERT: Das hängt von etwas ganz Bestimmtem ab, Madeleine.

MADELEINE *macht sich am Tee zu schaffen*: Ich habe Sie noch nie gefragt, was Sie eigentlich außer der Musik studieren, Robert.

ROBERT: Das ist in diesem Milieu die unpassendste Frage, die Sie stellen können. Es ist hier gänzlich einerlei, was man studiert; aber es ist ganz und gar unmöglich, in irgendeinem hohen Beruf vorwärts zu kommen, wenn man nicht eine der drei oder vier exklusiven Universitäten besucht hat.

MADELEINE *bei ihrem Kännchen*: Jetzt ist der wundervolle russische Tee aber wirklich gleich fertig.

ROBERT *näher bei ihr, sehr heftig*: Ja, finden Sie denn all das nicht widerwärtig?!

MADELEINE: Danach dürfen Sie mich heute nicht mehr fragen.

ROBERT: Und fühlen Sie denn nicht Empörung in jeder Minute?

MADELEINE *weggewendet*: Ich weiß nicht, Robert; doch wohl nicht. Ich glaube, ich fühle in jeder Minute etwas ganz anderes. Wie Dankbarkeit etwas.

ROBERT: So unklar drücken Sie sich sonst nicht aus. Sie sind nicht ehrlich, Sie wollen mich als Amerikaner nicht kränken. Schließlich haben Sie doch Augen im Kopf, noch dazu die hellsichtigsten, neugierigsten, denen ich jemals begegnet bin. Mein Gott, Madeleine, was Sie hier sehen, ist denn das Jugend?!

MADELEINE *immer noch wie schamhaft*: Doch, das ist Jugend. Ich wußte nur gar nicht, daß es solche noch gibt.

ROBERT: Diese leeren Gesichter, von keinem Gedanken, von keinem Abenteuer gezeichnet? Diese Stirnen, blank und blöd und dumm von einem stumpfsinnigen Optimismus, der unsere Zeit die denkbar herrlichste aller Zeiten findet, weil er nämlich den ordinärsten Kampf um den Dollar, um die Materie mit der Freiheit verwechselt. Einer sieht aus wie der andere, und alle wollen in dreißig Jahren so sein wie heute ihre Väter und Mütter. Das ist nicht einmal bewußte Reaktion, das ist Stumpfsinn. Sie wollen in dem Staat weiterkommen, so wie er ist, als Geschäftsmann, als Ingenieur, als Beamter. Alles soll bleiben, wenn sie nur Geld daran verdienen. Kennt einer von ihnen Zweifel, Kritik, Erkenntnis? Oh, sie fühlen sich in ihrer Haut so verdammt wohl.

MADELEINE: Jugend, die sich wohl fühlt. Das empört Sie so? Mich bestürzt es auch. Aber so anders. – Es rührt mich, verstehen Sie, Robert? Es rührt mich zu Tränen.

ROBERT: Ich denke, was Jugend bedeutet, hat uns Europa gezeigt: Bemühung, Idealismus, Kampf um ein geistiges Ziel. Wer kümmert sich um den Geist, hier, in den berühmtesten Universitäten dieses herrlichen Landes? Ich kenne nicht einen jungen Mann zwischen diesen Mauern, dessen Ehrgeiz auf etwas anderes ginge, als darauf, für den ökonomischen Daseinskampf praktisch, zweckentsprechend ausgestattet zu sein. Wer anders denkt, anders empfindet, ist ein Snob, ein schlechter Demokrat und ein schlechter Amerikaner. Er hat sich auszugleichen, oder er geht unter. Das ist unsere Freiheit.

MADELEINE: Sie sprechen voll Ressentiment. Man merkt, daß vorgestern Ihr Konzert schlecht besucht war.

ROBERT: Glauben Sie mir, Madeleine, Sie ahnen noch nichts von der Intoleranz dieser Menschen; bei völliger Leerheit des eigenen Charakters dieser zunächst stille, aber entschiedene Widerstand gegen alles, was anders konstruiert, anders gerichtet ist. Hier ist jedermann der unausgesprochenen, aber festen Überzeugung, daß jeder geteert und gefedert gehört, der über anderes als über Football-Probleme nachdenkt.

MADELEINE: Man ist in seinen Antipathien wenigstens aufrichtig.

ROBERT: Sie irren sich. Man ist vielmehr von einer Natur gewordenen Verlogenheit, die auf den ersten Blick Aufrichtigkeit scheint. Diese Leute stehen vor dem Problem der Lüge, wie sie vor dem Problem des Glaubens oder Unglaubens stehen. Sie kennen den Unterschied zwischen Wahrheit und Lüge noch nicht. Ihre Heuchelei ist abgrundtiefe Unwissenheit.

MADELEINE: Sie müssen mich entschuldigen, Robert. Ich bin heute ein schlechter Gesprächspartner. Es fällt mir schwer, mit Ihnen zu diskutieren, denn es ist aussichtslos. Sie hassen die Jugend Ihres eigenen Landes.

ROBERT: Ich hasse nicht die Jugend meines eigenen Landes, denn es gibt eine andere, nur findet sie sich hier nicht vertreten. Es existiert eine Elite, ich weiß es, in den großen Städten, in New York, in Chicago, die den Gedanken kennt, seine Reizbarkeit, seine Entflammtheit. Sie ist es, die mit den europäischen Kameraden inneren Zusammenhang wahrt. Unter diesen Outsidern, schlechten Christen, schlechten Demokraten würden Sie Freunde finden, neugierig und tapfer wie Sie.

MADELEINE: Ich bitte Sie, Robert – hören Sie auf? –, ich bitte Sie darum, mich nicht an den Platz zu erinnern, der mir eigentlich zukommt. Ich darf jetzt daran nicht denken.

ROBERT *wieder sehr dringlich in ihrer Nähe*: Belügen Sie sich nicht, Madeleine, Sie können das hier nicht gutheißen: diese Massenflucht in einem verantwortungslosen Infantilismus, diese bornierte und bösartige Reaktion.

MADELEINE: Muß ich Ihnen denn verbieten weiterzusprechen? Ihre Kritik interessiert mich nicht, sie geht mich nichts an.

ROBERT *ihr gegenüber, mit großer Bedeutung*: Nehmen Sie sich in acht! Die lassen nicht mit sich spaßen. Verschwenden Sie Ihr Gefühl nicht an Unwürdige, die Sie enttäuschen werden!

MADELEINE: Eine Enttäuschung kann für mich nicht mehr kommen, dafür war es zu schön.

ROBERT *faßt nach ihr*: Sie steigern sich in ein Erlebnis, das zu Ihnen nicht paßt, das Ihnen nicht zukommt. Sie gehören zu mir!

MADELEINE: Ich will nicht zu Ihnen gehören, genügt Ihnen das noch nicht als Antwort?! Ich will, will, will nicht.

ROBERT: Gleich als Sie den ersten Tag mit Dorothy in mein Zimmer traten, wußte ich's: Sie sind aus meiner Familie. Madeleine, wenn wir irgendwo zusammenhalten sollten, dann hier, wo wir so lächerlich in der Minderzahl sind.

MADELEINE: Schonen Sie mich, Robert! Appellieren Sie nicht an meine Vernunft! Ich bin doch so selig, daß ich sie los bin. Wie hochmütig und zum Diskutieren aufgelegt kam ich von drüben! Ganz nach und nach merkte ich erst, wie überdrüssig ich unserer europäischen Qualen gewesen war. In was für einer Zersplitterung hatten wir gelebt; wie eingebildet war jeder auf sein persönliches kleines Schicksal gewesen. Das gab ein Aufatmen hier. Es wehte mich an, etwas Frisches. Erst spürte ich Verachtung, dann Neid, dann Glück oder alles im Durcheinander. Verstehen Sie, was ich meine? Etwas in mir ist endlich aufgegangen –
Sie steht auf, als schäme sie sich.

ROBERT: So kommen Sie mir nicht aus. Diese Situation ist einzig in meinem Leben. Es ist der Moment, der mich retten kann. Wenn Sie mich nicht haben mögen, ist Schluß.

MADELEINE: Sie kommen zu spät. Heute kann ich kein gescheites, aufsässiges Outsider-Paar mehr mit Ihnen bilden.

ROBERT: Dann werde ich mir eine Kugel durch den Kopf schießen.

MADELEINE: Im Gegenteil, Sie werden Ihre Halsstarrigkeit aufgeben. Sie werden den Anschluß suchen und finden.

ROBERT: Dafür ist es zu spät.

MADELEINE: Dafür ist es gerade der richtige Augenblick. Nehmen Sie Billy, das Geschäft ist nicht schlecht. Billy wird Sie mitten hineinbefördern und einen guten Demokraten aus Ihnen machen.

ROBERT: Ich gehe aus dem Zimmer, wenn Sie mich beleidigen wollen.

MADELEINE: Ist es beleidigend, wenn ich Ihnen von zwei Möglichkeiten zu der rate, die nicht Selbstmord heißt?

ROBERT: Sie wäre der schlimmere Selbstmord.

MADELEINE: Übermorgen denken Sie anders.

ROBERT: Das ist alles, was Sie mir zu sagen haben?

MADELEINE: Glauben Sie nicht, daß es wenig ist. Mir gibt heute kein Mensch einen Ratschlag.

ROBERT: Weil Sie keinen wollen. – Weil sie den einzigen Menschen hier, der es anständig mit Ihnen meint, zurückweisen. Auf Wiedersehen, Madeleine.

Er küßt kurz ihre Hand, geht hinaus.

MADELEINE *allein; sie geht im Zimmer umher, richtet da etwas, bläst da etwas Staub ab; summt. Sie bleibt stehen, schaut auf die Uhr*: Halb fünf Uhr. – Ken, Ken, Ken, Ken.

Es klopft, sie fährt zusammen, antwortet mit recht künstlicher Fassung:

Ja, herein.

Dorothy kommt ins Zimmer.

Madeleine fährt zurück, faßt sich aber sofort:

Oh, du bist's. Furchtbar nett. Komm doch rein.

DOROTHY *noch befangener als sonst in Madeleines Nähe*: Ich habe mit dir zu sprechen, Madeleine.

MADELEINE: Aber warum so feierlich, Darling? Setz dich doch, nimm eine Lucky Strike. Hast du wieder was im «Faust»-Kolleg nicht verstanden? Ich habe, während Thiessen predigt, offen gesagt, auch immer den Kopf voll anderer Sachen.

DOROTHY: Es hat nichts mit den Kollegs zu tun.

MADELEINE: Dann erzähle mir Klatsch, den habe ich furchtbar gern. Sollte unser Rektor sich mit der Wirtschaftsdame kompromittiert haben? – Schieß schon los! Ich erwarte nämlich Besuch.

DOROTHY: Ich muß dir einen – Rat geben, Madeleine.

MADELEINE: Du sagt das in einem Ton, als wolltest du mir empfehlen, mich heute nacht totzuschießen.

DOROTHY *stockend*: Ich möchte dich bitten – noch heute auf der Direktion mitzuteilen –, daß du nach den Ferien nicht mehr zu uns zurückzukommen gedenkst.

MADELEINE *nach einer kleinen Pause*: Oh – man will mich also schon lossein.

DOROTHY *dringend*: Es ist besser für dich, Madeleine! Ich bitte dich in deinem eigensten Interesse.

MADELEINE *ohne auf sie zu achten, ganz für sich und sehr nachdenklich*: Gewissermaßen hat also Robert recht behalten mit seinen Prophezeiungen. Es kommt mir doch überraschend. – Und daß gerade du mir diesen Vorschlag machst, Dorothy!

DOROTHY *wird sehr rot*: Ich kann dir das nicht erklären. Es ist der einzige Ausweg, den ich gefunden habe.

MADELEINE *sieht sie an und lächelt ein bißchen*: Du brauchtest wirklich keine Komödie spielen, Dorothy. Warum sagst du mir nicht, daß du eifersüchtig bist?

DOROTHY: Nein, das ist nicht wahr. Nein, das darfst du wirklich nicht glauben –

Sie kann vor Tränen nicht weiter.

MADELEINE *mit großer Wehmut*: Dabei hast du keinen Grund, dich zu fürchten. Ich hätte ihn dir nicht weggenommen. Glaubst du denn, ich hätte das gekonnt? Schau uns doch an. Gehören wir zueinander, Ken und ich?

DOROTHY: Das ist wirklich zu arg. Ich weiß ja, daß du mich immer für eine dumme Gans gehalten hast. Du hast dich für alle interessiert, für alle, alle, nur nicht für mich. Aber so tief brauchtest du mich nicht einzuschätzen, das habe ich nicht verdient.

MADELEINE *entschieden kühler, steht auf*: Unverständlich finde ich erst, wie du dich jetzt benimmst. Du bist in Ken verliebt, niemand kann das besser verstehen als ich, und du möchtest mich forthaben. Mir scheint, kein Zusammenhang könnte klarer liegen.

DOROTHY *schluckt hinunter*: Wenn dir alles so klar ist, gut, ich kann dir deine Überzeugung nicht nehmen. – Trotzdem muß ich dich bitten, dieses Papier hier zu unterschreiben.

MADELEINE: Was steht auf dem Wisch?

DOROTHY: Daß du dich verpflichtest, mit dem Ende dieses Semesters aus unserer Universität auszutreten.

MADELEINE: Wer erlaubt sich hier, mir Vorschriften zu machen? – Ich denke nicht daran, das zu unterschreiben.

DOROTHY: Auch nicht, wenn ich dich mit allem Ernst darum ersuche?

MADELEINE: Ich bin es nicht gewohnt, mich mit solchen Kindereien abzugeben.

DOROTHY: Madeleine! Du ersparst dir eine ernste Unannehmlichkeit!

MADELEINE: Hör zu, Dorothy! Ich bin noch niemals in meinem Leben gegen ein Mädchen unhöflich gewesen. Aber wenn du mich nicht sofort mit deiner kindischen und hysterischen Eifersucht zufrieden läßt und wenn du vor allen Dingen nicht augenblicklich diesen blödsinnigen Fetzen Papier einsteckst, muß ich dich bitten, aus meinem Zimmer zu gehen. Wenn du es im Interesse deines Lebensglücks für notwendig hältst, daß ich von der Bildfläche verschwinde, können wir darüber verhandeln, sobald du dich in einer zurechnungsfähigen Verfassung befindest. Ich habe keine Lust, mich auf diese sentimentale und unsachliche Manier von dir tyrannisieren zu lassen.

DOROTHY *fängt an zu heulen*: Jetzt weiß ich mir nicht mehr zu helfen. Ich brauche die Unterschrift, glaub es mir doch, und ich kann dir nicht sagen warum. Mich bindet ein Eid.

MADELEINE: Nun auch noch Eid! Es wird immer netter.

DOROTHY *schluchzend*: Man hat ihn von mir erpreßt. Du ahnst nicht, Madeleine, von was für Feinden, von wieviel Tücke du hier umgeben bist. Ich ertrage nicht länger, daß du glaubst, ich wollte dich forthaben. Billy ist es, die dich im Club der Hartgesottenen einen Schandfleck genannt hat. Außerordentliche Nachtsitzung. Alles in moralischer Entrüstung. Anonymes Schreiben an die Direktion war geplant. Man wollte dich verklagen, wegen Unsittlichkeit rausschmeißen lassen. Da kam mir der Einfall, mit dir selber zu sprechen. –

Sie kann vor Schluchzen nicht weiter.

MADELEINE *mit großem, lächelndem Erstaunen*: Oh, Billy hat diesen niedlichen Plan angezettelt. Ist sie denn auch in Ken verliebt?

DOROTHY: Sie ärgert sich wegen des großen Erfolgs, den du hast. Hauptsächlich Roberts wegen. Den will sie doch heiraten.

MADELEINE: Ich habe immer gewußt, daß Billy eine Persönlichkeit ist. Sie kennt keine Hemmungen. Was für ein böses, zielbewußtes Girl! Wahrhaftig, sie imponiert mir.

DOROTHY: Sie soll dir nicht imponieren. Du sollst sie hassen.

MADELEINE: So konsequent bösartig können nur ganz geniale oder ganz primitive Menschen sein. – Ihr seid ein prachtvolles Volk. Wo ist dein Wisch?

Dorothy reicht ihn ihr stumm.

Madeleine liest:

Ich verpflichte mich, unsere Universität mit dem Ende des laufenden Semesters zu verlassen und von diesem Entschluß noch heute auf der Direktion Mitteilung zu machen. Außerdem schwöre ich, nie und nirgendwo eine Andeutung fallenzulassen, als geschehe dieser Entschluß unter irgendeinem Druck oder von irgendwem beeinflußt.

Sie unterschreibt lächelnd:

Madeleine Selmanowich.

Dorothy sinkt plötzlich schluchzend vornüber.

Aber Dorothy! Um Gottes willen, was ist denn?!

DOROTHY *zwischen ihren Händen hervor*: Über alle denkst du nach, sogar über Billy. Nur über mich nicht.

MADELEINE *streichelt sie*: Aber kleine Dorothy! Was hätte ich denn nachdenken sollen!

DOROTHY: Sogar so eine kleine amerikanische Dorothy ist nicht so einfach.

Richtet sich auf, schaut sie aus verweinten Augen fassungslos an.

Ja, merkst du denn nichts?

Sie sinkt wieder zurück.

Du wirst fortgehen, und wirst nichts gemerkt haben.

Madeleine steht über sie gebeugt; es klopft an der Tür.

Dorothy springt auf, wischt sich die Augen:

So darf mich hier niemand sehen. Ich wasche mir das Gesicht in deinem Badezimmer.

Sie ist an der Tür.

MADELEINE *plötzlich sehr verwirrt*: Warum? Bleib doch –

DOROTHY: Ruf mich, wenn du wieder allein bist.

Sie ist hinaus.

Ken kommt, ziemlich verlegen, ins Zimmer. Madeleine hat sich hastig an den Schreibtisch gesetzt, sie kritzelt auf einem Papier, wendet dem Eintretenden den Rücken zu.

KEN: Ich habe mich verspätet, Madeleine.

MADELEINE: Hast du dich verspätet? Ich habe ganz vergessen, daß wir uns so fest verabredet hatten.

KEN: Bin draußen mit ein paar Jungen ins Gespräch gekommen. Man erzählt so viel Klatsch. Ist es wahr, daß Billy gegen dich intrigiert?

MADELEINE: Ich weiß nichts davon.

KEN: Um so besser, ich dachte, dir wäre vielleicht auch solcher Unsinn zu Ohren gekommen.

MADELEINE *übers Papier gebeugt*: Ich reise fort, Ken.

KEN: Was?! Das sagst du so nebenbei! Dabei ist es doch schließlich entscheidend für mich, ich meine für meine Zukunft –

MADELEINE: Wieso, Ken?

KEN: Ich weiß doch, was ich dir schuldig bin. Ich bin doch ein amerikanischer Junge. Da muß ich doch mit, wenn du reist. – Wohin willst du?

MADELEINE: Nach China.

KEN *nach einer kurzen Pause*: Ich werde auch dort arbeiten können. Papa hat, glaube ich, asiatische Geschäftsverbindungen.

MADELEINE: Ich fahre ins Innere.

KEN *etwas bedrückt*: Wir werden's schon schaffen.

Streichelt ihr von hinten das Haar.

MADELEINE: Faß mich nicht an, Ken.

KEN *tief erstaunt*: Warum soll ich dich denn nicht anfassen, Liebling?

MADELEINE *immer ohne ihn anzusehen*: Faß mich nicht an und sprich keinen Unsinn. Das ist doch Unsinn, daß du mitreisen willst. Wie kommst du eigentlich dazu?

Lacht ein bißchen.

Nein, was für eine närrische Idee! Im Ernst verfällt man gar nicht auf so was –

KEN: Du magst mich nicht mehr.

MADELEINE *kritzelt immer eifriger*: Was du dir heute alles zusammenredest –

KEN: Warum willst du nicht, daß ich mitkomme?

MADELEINE: Weil ich nicht einsehe, warum du deine Existenz und deine Karriere einem romantischen Pflichtgefühl opfern solltest.

KEN: An unsere Gefühle denkst du nicht mehr. – Was schreibst du da eigentlich die ganze Zeit? Das ist unerträglich.

MADELEINE *hält die Hand übers Papier*: Geschäftsbriefe.

KEN: Aber dabei kann man doch nicht sprechen, Madeleine! Paß doch auf! Ich will mit!

MADELEINE: Höre damit auf, es ist wirklicher Unsinn. – Jemand hier braucht dich notwendiger als ich.

KEN: Warum sagst du mir das?

MADELEINE: Siehst du: Dort gibt es wirklich eine Pflicht für dich zu erfüllen. Sie sitzt nebenan im Badezimmer und heult.

KEN: Dorothy?

MADELEINE: Sie war bei mir.

KEN: Du schickst mich zu ihr?

MADELEINE: Du mußt gut zu ihr sein. Sie hat nichts, außer dir. Versprich es mir, Ken: zwischen euch soll alles wieder in Ordnung kommen.

KEN: Ich hätte dir gern – etwas ganz anderes versprochen –

MADELEINE *wieder weggewendet, hastig*: Es ist besser so, Ken, es ist viel richtiger, glaub mir. Geh doch, Ken, geh doch: sie sitzt im Badezimmer und heult.

Plötzlich beinah mit einem Aufschrei:

So geh doch endlich!! Auf was wartest du noch?

KEN *an der Tür, sehr betroffen*: Ich geh schon. Ich habe nur noch auf ein anderes Wort von dir gewartet.

Er geht.

Madeleine allein am Schreibtisch. Sitzt einen Moment unbeweglich; zerknüllt dann das Papier, auf dem sie geschrieben. Ihr Kopf sinkt vornüber.

SECHSTES BILD

Am Schwimm- und Rudersee der Universität. Das Bühnenbild gibt einen symmetrischen Ausschnitt: Im Vordergrund rechts und links je eine weiße Bank, im Hintergrund ein Stück Wasser, darin, rechts und links, je das Ende eines Paddelboots, aus der Kulisse hervorragend.
In dem Paddelboot hinten rechts sitzen Dorothy und Ken, eifrig miteinander sprechend; Dorothy im hellen, weiten Bademantel, Ken im hellen, gegürteten Badetrikot.
Auf der Bank vorn links sitzen Billy und Robert; Billy in einem starkfarbenen Bademantel, Robert im dunklen, gegürteten Badetrikot.

BILLY: Merkst du, Robby, wie man seit der Affäre mit diesem Mister McFerson im ganzen College kühler gegen mich geworden ist?

ROBERT: Was redest du, Billy? Du weißt so gut wie ich, daß du in der ganzen Universität den größten Respekt genießt.

BILLY: Was nützen mir die Mayflower und mein blaues Blut?
Mit schlichter Melancholie:
Man hält mich für leichtsinnig. Doch, doch, widersprich nicht! Niemand versetzt sich in meine Situation, wie sie damals war. Manche scheinen anzunehmen, ich meinerseits hätte mich für diesen Trainer interessiert. – Stell dir doch vor: es ist Mitternacht, ich schlüpfe in meinen Pyjama. Ein junger Mann proletarischen Schlags dringt in mein Zimmer, ehe ich mich's versehe, hat er mich eingeschlossen. Ich stürze zum Fenster, schreie gellend um Hilfe; er inzwischen umklammert meine Füße, zerbeißt mir den Nacken; hier sind noch die Narben, willst du sie sehen?

ROBERT: Danke, danke; ich zweifle gar nicht, daß es gräßliche Narben sind.

BILLY: Gott sei Dank, daß ich die Geistesgegenwart hatte, so durchdringend zu schreien.

ROBERT: Weißt du, was aus McFerson geworden ist?

BILLY: Ich hoffe, daß er sich erschossen hat. Es ist das einzige, was ihm als Ehrenmann zu tun übrig blieb.

ROBERT: Erstens hätte man es in der Zeitung gelesen, und zweitens halte ich Jacky für vernünftiger.

BILLY *fängt prompt zu weinen an*: Oh, alle sind auf seiner Seite!

ROBERT: Um Gottes willen, weine doch nicht!

BILLY *schluchzt*: Kein Mensch ist mehr ein bißchen liebenswürdig zu mir. Deine Antipathie gegen mich verstehe ich ja: Du kannst nicht vergessen, daß ich damals nicht in deinem Konzert gewesen bin.

ROBERT: Aber Billy! Wer denkt denn noch daran!

BILLY: Wenn es das nicht ist, dann steht eine andere zwischen uns, ich fühle es deutlich. Oh, diese intrigante Madeleine!

ROBERT: Sie ist doch ausgeschaltet; sie reist.

BILLY: Du liebst sie, sie hat dich vom ersten Tag an verhext. Seit ihrer Ankunft hattest du keinen Blick mehr für mich.

ROBERT *springt auf*: Ich bitte dich, Billy, sprich nicht von ihr! Ich will mir ja alle Mühe geben, aber das geht über meine Kräfte. Ich kann es nicht vertragen, wenn du von ihr sprichst.

BILLY *schmollt ihm lieblich entgegen*: Es gab Zeiten, wo nichts auf der Welt dich dazu gebracht hätte, mich diesen rauhen Ton hören zu lassen. – Du hast mir einmal gesagt, ich als einzige hier in der Universität verstünde deine Musik und deine ganze feine Natur.

ROBERT *sinkt in sich zusammen*: Ich will mir ja alle Mühe geben.

Von der Seite kommt der Lärm eines Marschlieds und nahender Schritte.

BILLY: Hörst du das Universitätslied? Es stimmt mich immer so feierlich. Aber wir können jetzt keine anderen Menschen um uns brauchen. Komm, Darling, wir setzen uns in dein Boot und lassen uns vom See schaukeln.

ROBERT: Wenn du glaubst, daß es notwendig ist –

BILLY: Es ist der See, den dein Vater gestiftet hat.

Sie führt ihn nach hinten.

Während sie nach hinten gehen und sich in das Paddelboot links setzen, kommen von der Seite im Marschtritt: Professor Thiessen, Roxy, Jo, Tom, andere Jungens und Mädchen; Roxy trägt eine Fahne mit den Farben der Universität.

Gleichzeitig kommen Dorothy und Ken, die hinten aus dem Paddelboot gestiegen sind, nach vorn.

KEN: Hallo! Seid ihr schon beim Propagandaumzug?

ROXY: Und ob, Kinder! Wir machen mit den Farben der Universität Stimmung, damit morgen, beim Wettspiel, die ganze Stadt für uns schreit.

TOM: Kommst du nicht mit, alter Junge?

DOROTHY: Wir kommen nach, sicher! In ein paar Minuten –

JO: Ist doch famos, daß Professor Thiessen auch mitmacht?

PROFESSOR THIESSEN: Großes Vergnügen für mich; diene der Universität –

ROXY: Schwunghaftes altes Haus!

JO: Der hat mehr, als seinen Goethe im Kopf!

PROFESSOR THIESSEN: Ihr schmeichelt –

ROXY: Wir holen rasch noch eine zweite Fahne, unser Prachtprofessor, als Vertreter des Geistes, muß auch eine schwingen –

TOM: Dann holen wir euch!

KEN: Herrlich! Wir warten.

Der Zug entfernt sich mit Professor Thiessen in seiner Mitte. Dorothy und Ken setzen sich auf die Bank rechts vorn.

DOROTHY: Professor Thiessen macht jetzt aber tüchtig mit.

KEN: Ja, ja: das große Spiel fängt alle Outsider ein.

DOROTHY: Nur Madeleine –

KEN: Nur Madeleine –

Sie schweigen einen Moment.

Warst du eigentlich nie eifersüchtig, keinen Moment?

DOROTHY *gesteht leise*: Doch, Ken, ich habe furchtbar gelitten; nämlich weil sie dich so viel, viel lieber mochte als mich. Sie hat mich niemals bemerkt, ich existierte gar nicht für sie. Glaube mir: Ich habe Nächte durch geheult.

KEN: Na, so meinte ich's nicht gerade. Ob du eifersüchtig warst m e i n e t w e g e n, wollte ich wissen.

DOROTHY: Nicht doch, Ken. Sie steht doch so außerhalb. Ja, wenn du mit einer anderen etwas angefangen hättest, mit Roxy oder mit Billy –

KEN: Das hätte ich niemals getan, niemals, Dorothy. Auch mit ihr habe ich gar nichts angefangen, wie wäre ich darauf verfallen. Es packte mich, so –

DOROTHY: Wie glücklich du gewesen sein mußt.

KEN *etwas hastig*: Sowie ich mit der Universität fertig bin, können wir heiraten. Ich trete in Papas Geschäft ein, wir bekommen ein sehr nettes kleines Haus in Pasadena, freust du dich nicht darauf?

DOROTHY: Ja, doch, schon, Ken. Aber du wirst nachsichtig mit mir sein müssen, ich werde die erste Zeit nicht sehr oft lustig sein können.

MADELEINE *kommt von der Seite, rüstig, im gegürteten Automantel. Unbefangen, nur um einen Schatten verdunkelt*: In der ganzen Universität ist eine furchtbare Aufregung wegen des großen Spiels morgen.

Niemand antwortet, sie spricht weiter:

Die Mittelwest-Leute sollen schon da sein, lauter baumstarke Kerle. – Du wirst dich zusammennehmen müssen, Ken.

KEN: Doch, natürlich, Madeleine.

Inzwischen sind Robert und Billy nach vorn gekommen.

MADELEINE: Ewig schade, daß ich diese Entscheidungsschlacht nicht miterleben kann. Sie hätte mich so brennend interessiert. Aber ich muß noch heute nach San Francisco. Morgen früh geht mein Schiff.

DOROTHY: Dein Schiff? Ja, ist diese Reise nach China denn beschlossene Sache?

MADELEINE: Zunächst schien die Beschaffung des Visums Schwierigkeiten zu machen. Ich mußte den deutschen Botschafter telegrafisch bemühen.

DOROTHY: Den Deutschen? Ich dachte, du bist französische Staatsangehörige?

ROBERT: Und ich dachte russische.

MADELEINE: Oft weiß ich es selbst nicht genau. In diesem Fall war deutsch am bequemsten.

DOROTHY: Und der Auftrag des Zeitungskonzerns, ist der dir denn sicher?

MADELEINE: Ich hatte ihn schon, als ich bei euch ankam, in der Tasche. Der war meine Rückversicherung.

ROBERT: Das hätten wir uns denken können! Dieser Platz war von Anfang an nur als komische kleine Durchgangsstation gemeint. Wir waren die Kuriositäten, mit denen man experimentiert, um sie dann hinter sich zu lassen.

MADELEINE: Freilich, Robert, Sie haben's mich ja gelehrt; die Entscheidungen fallen drüben, dort gegenüber. Hier bleibt es doch bei den Kinderspielen. Jetzt werde ich über die großen Angelegenheiten zu berichten haben. Erinnern Sie sich nicht, was Sie mir selber gesagt haben? Eine neue Welt liegt in den Wehen, zwischen Peking und Moskau erwacht ein Erdteil.

ROBERT: Machen Sie sich nur über uns lustig, nachdem wir Ihnen wochenlang Objekte Ihrer kalten Neugierde gewesen sind.

MADELEINE: So, wart ihr das? Objekte meiner eiskalten Neugierde? Reise ich als eine Unbeteiligte ab? Und lasse nichts hier? – Sehe ich wirklich so aus? Wie leicht wäre mir dann. Das glaubt von euch allen aber nur Robert.

ROBERT: Ich wäre froh, Madeleine, wenn ich es nicht glauben müßte.

MADELEINE *wieder mit einer Leichtigkeit, die nur um eine Nuance gezwungen klingt*: Übrigens wird es euch interessieren, daß auf demselben Boot wie ich der Sittlichkeitsverbrecher Jacky McFerson übersetzt; nämlich als Leichtmatrose. Er verzichtet vorläufig auf den Sport und hat sich anheuern lassen.

BILLY: Das erwähnen Sie nur, um mich zu beleidigen.

MADELEINE: Aber Billy! Wissen Sie immer noch nicht, wie verehrungsvoll ich zu Ihnen stehe? Wenn ich Ihnen wirklich übel wollte, könnte ich doch über ganz andere Dinge plaudern, nicht wahr? Es ist mir sogar sehr lieb, Ihnen einen Beweis meiner Bewunderung geben zu können, indem ich Ihren Freund Jacky veranlaßt habe, mit mir zu kommen. So ist es für ihn am besten, und auch für Sie.

BILLY *zuckt die Achseln*: Ich verstehe kein Wort.

ROBERT: Soviel steht fest: wäre McFerson ein Gentleman, hätte er seinem Leben ein Ende gemacht.

MADELEINE *lächelt ihn an*: Gewiß, Robert, Sie haben sehr gesunde und vernünftige Ansichten; aber schließlich ist der arme Jacky aus Fleisch und Blut. Außerdem werden wir sein Temperament in Europa gut brauchen können, vielleicht auch in Asien. Da er das Boxen sowieso schon kann und zudem seine Erfahrungen mit den herrschenden Klassen hat, wird er, denke ich mir, in die radikale Politik gehen.

DOROTHY *platzt plötzlich dazwischen*: Warum sagst du nichts zu uns, Madeleine? Ich kann's nicht mehr aushalten. Bist du uns böse?

MADELEINE: Böse? Aber warum denn? Ich bin doch nur da, um zu gratulieren.

BILLY: Ich dachte, um sich zu verabschieden.

MADELEINE: Alles ist doch so richtig. Nun kann ich doch, ohne mir Sorge zu machen, an euch denken; an euch alle zusammen.

ROBERT: Freilich, das glaube ich: wir werden nun bald eine Masse mit einem Gesicht für Sie sein.

MADELEINE: Du, Robert, wirst doch jetzt der beste Amerikaner von allen. Nun hast du ja die energische Führerin, die ich dir so sehr gewünscht habe.

Von der anderen Seite naht sich, wieder mit erheblichem Lärm, der Zug der Sportsleute, an der Spitze, neben Roxy, nun Professor Thiessen mit der Fahne. Alle wenden sich ihnen zu.

TOM: Hallo, Ken! Nun halte dein Wort! Komm!

JO: Wird sowieso verdammt schwer sein morgen, ohne Jacky McFerson.

ROXY: Wenn ihr nicht ganz kolossal in Form seid, ist die Sportehre unserer Universität beim Teufel.

KEN: Ich komme gleich im Badeanzug mit.

PROFESSOR THIESSEN *tupft sich erschöpft die Stirn*: Das hätte ich auch nicht gedacht, daß ich alter Mann noch einmal im Dienste des Sports schwitzen würde.

ROXY: Bravo, Professorchen! Sie tun uns unschätzbare Dienste.

JO: Sie könnten auf dem Marktplatz ganz solo unser Universitätslied brüllen, Professor. Das würde kolossal Eindruck schinden.

TOM: Bravo! Famose Idee!

PROFESSOR THIESSEN: Man lernt nie aus. Ja, ja, ja.

ROXY *enthusiastisch*: Die große Sache vereint uns alle. Robby, willst du nicht auch mitziehen? Das wäre doch fein!

JO: Glänzend! Robert muß mit!

ROBERT *zögert geschmeichelt*: Wenn ihr es mit mir versuchen wollt – ausgerechnet ich, es ist allerdings eine verrückte Idee.

STIMMEN IM DURCHEINANDER: Bravo, Robby macht mit, Bravo!

ROXY: Er soll die Fahne tragen! Robby mit der Fahne: das wird eine Sensation!

Robert bekommt die Fahne in die Hand gedrückt, die er ungeschickt hält.

MADELEINE *steht vergessen beiseite, ohne daß jemand es hört, aber mit großer Innigkeit*: Hoffentlich siegen sie. Hoffentlich siegt Kens Partei.

Sie ist, unbemerkt, fort.

BILLY: Es ist noch irrsinnig viel zu bedenken: Wir müssen Abzeichen nähen –

DOROTHY *mit plötzlichem Aufschrei*: Wo ist denn Madeleine?

BILLY: Sie wird schon noch mal erscheinen.

DOROTHY: Nein, ich weiß sicher, sie kommt nicht wieder. Sie ist einfach in ihr kleines Auto gestiegen –

ROBERT *der die Fahne sinken läßt*: Ohne Abschied. – Aber am Schluß hat sie plötzlich einmal du zu mir gesagt.

Er wirft plötzlich die Fahne hin:

Und jetzt glaubt sie, ich wäre zu den anderen übergegangen. Nein, das darf sie nicht glauben!

Er läuft ihr hinterher.

PROFESSOR THIESSEN: War Miss Selmanowich hier? Gott, was muß sie über meinen Aufzug gedacht haben?

DOROTHY: Sie kommt nicht wieder. Und wie läßt sie uns zurück?

BILLY *ruft hinter Robert drein*: Robby! So hör doch! Robby! – Er ist doch noch verhext.

DOROTHY: Sie kommt nicht wieder.

JO: Hörst du, Tom? Sie kommt nicht wieder: jetzt bist du mir fünfzig Dollar schuldig.

KEN *ganz langsam, ganz fassungslos*: Zu mir – hat sie überhaupt – kein Wort mehr gesagt.

Eine Zeitlang war kein Geld mit einem Stück zu gewinnen …

… wenn Dichter und Schauspieler sich nicht darin mit ihren Gegnern herumzausten», sagt Rosenkranz im *Hamlet*

Daran hat sich im Prinzip nichts geändert. Das Theater lebt von Konflikten, sonst wäre es langweilig. Und für ein langweiliges Stück zahlt niemand Eintritt. Konflikt hin, Konflikt her – finanziell gesehen ist jedes Stück ein Risiko. Viele Theaterbesucher gehen deshalb auch zur Bank.

Geschwister

Vier Akte

Nach Motiven aus dem Roman
«Les enfants terribles»
von Jean Cocteau

PERSONEN

Elisabeth und Paul
Agathe
Gérard
Michael
Die Magd Marietta

Schauplatz: Paris.

Die Taube, die ich füttern wollte,
War ganz aus Glas;
So daß sie nicht gedeihen wollte,
was sie auch fraß.

Es schien mir, daß sie trinken wollte –
ich wußt nicht, was.
Und als ich ihr Gefieder streicheln wollte,
fand ich's von Tränen naß.

Tränen – Schnee – Taube – Glas.

ERSTER AKT

Das Zimmer der Geschwister.
Es macht auf den ersten Blick einen ziemlich gewöhnlichen Eindruck: zwei schmale Betten, ein Schrank, ein Tisch. An den Wänden keine Bilder, nur einige aus Zeitungen ausgeschnittene Fotografien mit Reißnägeln befestigt.
Hinten Tür zum Gang, seitlich eine kleine zum Badezimmer.
Später Nachmittag.

Elisabeth sitzt an einem kleinen Toilettentischchen, manikürt sich die Nägel; die Magd Marietta steht schwerfällig am Fenster.

MARIETTA: Es hat wieder g'schneit.
Elisabeth manikürt sich stumm.
Der Herr da drüben mit die gelben Stiefel hat auch nix Gutes vor. Lauter Mörder. – Warum machen's sich denn heit die Nägel ga so rot?

ELISABETH *betrachtet ihre Hände*: Fürchtest du dich?

MARIETTA: Mei Gott, so blutig. S' gibt so viel hinterlistige Leut. Bei uns daheim ist auch mal einer umgebracht worden. Fräulein Elisabeth, sein's nur vorsichtig! Ja, mein Gott: so blutige Finger!

ELISABETH: Schneit es sehr?

MARIETTA: Der Herr mit die gelben Stiefel hat jetzt 'n Weibsbild mit 'nem ganz finstern Pelzkragen getroffen. O mei, mit der steckt er sicher unter einer Decken. Die haben nix Gutes vor, die zwei ganz Verdächtigen die.

ELISABETH: Warst du schon unten im Café Charles, den Wermut und die Sandwiches holen?

MARIETTA: Wo ist denn Herr Paul wieder hin?

ELISABETH: Der geht nachmittags doch immer spazieren.

MARIETTA: Ja mei, spazierenlaufen! Junge Leut mit ihre schlanken Füß! Glauben's, Fräulein Lisbeth, meine Füß verkauft ich Ihnen billig, für beinah gar nixen. Die tun ja schon so grauslich weh, tuen die ja. Aber früher, glauben's, hab ich auch mal an recht an schenen Kerper g'habt, gar kein Bauch, vorn alles so dünn wie 'n Brettel, und so a prachtvolle Büsten! Mei Bräutigam selig hat sich immer ärgert, weil er halt schon alt war, und ich noch so sauber beisammen. Ja, ja, die jungen Leut mit ihre schlanken Kerper! Ja, ja, so zum Beispiel mein Neffe in Toulon.

ELISABETH *dehnt sich*: Tag ist ekelhaft. Möchte wissen, was an Tag Großes dran ist.

MARIETTA: Ja, in Toulon, mei junger Neffe. Ganz a braunes, rüstiges Gesicht, und so starke Füß! Wenn ma die anfaßt!

ELISABETH: Wie geht's denn deiner armen Schwester in Toulon?

MARIETTA: Wie soll ihr's gehen? Die sterbt halt. Hat a Karten g'schrieb'n: Schwester, i lieg im Sterben. Deswegen kann i net gleich bis auf Toulon runter reisen. – Aber den Albert hätt i halt gern wiedergesehen, den jungen Bursch. Was der für Füß hat!

ELISABETH: Beinah sieben Uhr. Paul wird gleich eintrudeln.

MARIETTA: Ich denk halt immer nach, ob Ihre Frau Mama auf natürliche Weis g'storben is. Ich mein nur: weil's gar so g'schwind vonstatten gegangen ist. Bums, war's schon tot. Und die jungen Herrschaften sind ohnedies 'n bissele narrert.

ELISABETH: Jetzt mußt du aber wirklich hinunter zu Charles, Abendessen holen.

Marietta murrend, kopfschüttelnd ab.

Elisabeth allein; manikürt sich weiter, summt.

Auftritt Paul. Er ist eher nachlässig gekleidet, aber mit auffallender Krawatte, hellen Handschuhen, leichtem grauem Hut. Elisabeth, die sich weiter manikürt, sieht sich kaum nach ihm um.

PAUL: Ich bin heute einen anderen Weg als sonst gegangen.

ELISABETH: Was für einen?

PAUL: Ein paar kleine Straßen hinterm Luxembourg. Unter den Arkaden des Odéon.

ELISABETH: Furchtbar originelle Route.

PAUL: Ich bin Métro gefahren. Sonst ging ich doch immer die Champs-Élysées hinunter und nachher um die Madeleine rum; oder Montmartre. – Ich habe heute Pflaumen gegessen.

ELISABETH: Wohl ziemlich sauer?

PAUL: Aber schön glatt. Weißt du: Obst – eine phantastische Sache. Fruchtfleisch. Kirschen; Äpfel. Ich freue mich, wenn es wieder Erdbeeren gibt.

ELISABETH: Dauert doch fast noch ein Jahr. – Hast du sonst nichts erlebt?

PAUL: Der Himmel hinterm Luxembourg. In anderen Städten gibt es doch sicher keinen solchen Himmel. Wie der blaß wird. Ganz silbern.

ELISABETH: Du kennst ja gar keine anderen Städte, Idiot. – Neue Mädchenbekanntschaften gemacht?

PAUL: Zwei Kinder beobachtet.

ELISABETH: Cochon.

PAUL: Der Junge dreizehn, das Mädchen elf Jahre alt. Der Junge blond, muß skandinavisches Blut gehabt haben. Ein bißchen Dargelos-Typ.

ELISABETH: Ich hab darauf gewartet, daß du irgendwas von Dargelos sagst. Immer wenn du sentimental bist, fängst du von Dargelos an.

PAUL: Weißt du, genau dieselben hellen Augen, wie aus Eis; graugrün. Große Erfrischung, wenn die einen anschauen. – Ich war auch im Dampfbad und in einer Konditorei.

ELISABETH: Gut besetzter Nachmittag.

PAUL: In der Konditorei: besonders schicke Kastanientörtchen. Im Dampfbad –

ELISABETH: Nun mach aber Schluß.

PAUL: Warum denn, Närrin?

ELISABETH: Das mit den kleinen Kindern hat mir genügt. Ich brauche nicht alle deine Ausschweifungen wissen.

PAUL *ganz ernst*: Aber du mußt sie doch alle wissen, Elisabeth.

ELISABETH: In meiner Phantasie sind sie viel interessanter.

PAUL: Der Nachmittag war so hell.

Es klopft, eintreten Marietta und Gérard. Beide tragen ohne Tablett Gläser, eine Wermutflasche, Teller, Salz, harte Eier, Sandwiches. Marietta verschwindet gleich wieder.

GÉRARD *munter*: Guten Abend, ihr Engel. Ich habe die arme Marietta auf der Treppe getroffen. Sie knickte fast zusammen unter den Lasten.

Man verteilt die Eßwaren auf ein Tischchen.

Wollen wir erst essen oder erst das Zimmer herrichten?

ELISABETH: Ahnungsloser! Natürlich erst essen.

Sie fängt, stehend, ein hartes Ei zu essen an.

PAUL *in der einen Hand ein Wermutglas, in der anderen ein Sandwich*: Wir haben viel zu lange nicht von der Kroxe gesprochen. Das bringt Unglück.

ELISABETH *kauend*: Warte doch, bis das Zimmer hergerichtet ist, Monstrum. Beim Abendessen schon von der Kroxe sprechen ist überhaupt eine Sünde.

PAUL: Aber vom Kroxmann wird man doch wohl noch sprechen dürfen.

ELISABETH: Du weißt genau, daß in seiner Art der Kroxmann ebenso heilig ist wie sie. Er ist nur zurückhaltender. Die Kroxe ist ja manchmal furchtbar aufgeplustert.

PAUL: Gotteslästerin.

GÉRARD: Streitet euch nicht, Kinder. Ich habe euch überhaupt Pralinés mitgebracht.

Er zieht eine Tüte aus der Hosentasche.

ELISABETH: Erstens sind sie natürlich warm von deiner Körpernähe. Pfui Teufel.

PAUL: Ich möchte die Cognac-Kirsche.

ELISABETH: Das einzige, was ich gern esse.

PAUL: Du bist doch erwachsen.

ELISABETH: Nimm dir das Nußhäufchen.

PAUL: Du könntest mir ja gleich das Cremehütchen anbieten.

ELISABETH: Vielleicht finden wir noch eine zweite Cognac-Kirsche.

PAUL: Es gibt bei dieser Mischung nur eine – und die behalte ich.

Er läuft mit seinem Raub ins Badezimmer, wo er gleich zu plätschern anfängt.

ELISABETH: Du willst im Ernst jetzt baden?

PAUL *aus dem Badezimmer*: Selbstverständlich, Cousine.

ELISABETH: Du weißt, lieber Großvater, daß du gestern gebadet hast. Für mich bleibt nur eiskaltes Wasser.

PAUL: Gut lauwarmes.

ELISABETH: Ich frage mich seit zehn Jahren, ob du im Zuchthaus oder im Tollhaus endest.

PAUL: Mach keine weiteren Umstände, komm in die Wanne zu mir.

ELISABETH: Aufforderung zur Unzucht: strafbar.

PAUL: Kroxe badete immer mit ihren Verwandten in derselben Wanne.

ELISABETH: Siehst du, Gérard, er lügt so. Das sind die pathologischen Züge an ihm.

GÉRARD: Ihr seid ja heute abend besonders gräßlich.

ELISABETH *hustet plötzlich – krampfhaft*: Er fängt im Badezimmer an, seine amerikanischen Zigaretten zu rauchen. Ich huste mich tot.

PAUL: Ich springe aus dem Bad, um zuzusehen.

ELISABETH: Scherz beiseite: ich packe meine Koffer und ziehe ins Ritz.

PAUL: Gérard, gib acht, daß sie nichts aus der Sammlung mitgehen heißt. Glaubst du, daß dein Onkel ihr wirklich die Hotelrechnung zahlt?

ELISABETH: Ich schlafe mit ihm.

PAUL: Dann mußt du draufzahlen. Vergiß nie, daß du häßlich wie eine Gewitternacht bist und bleibst.

ELISABETH: Du, mit Mehlbacken und roten Augen.

PAUL: Du, über und über verrunzelt.

ELISABETH: Jetzt komme ich aber und erdrossele dich!!

Sie stürzt ins Badezimmer, man hört drinnen die beiden planschen.

GÉRARD *der dies alles gewohnt ist, seelenruhig*: Ich werde inzwischen das Zimmer herrichten.

Er beginnt, ganz sachlich und ausführlich zu arbeiten. Verhängt die Lampe mit einem roten Tuch, zündet am Bett auch ein rotes

Lämpchen an. Öffnet weit die Flügel des Wandschranks, die innen dicht mit Zeitungsfotografien bepflastert sind. Nimmt aus dem Schrank einen Packen schmutziger Wäsche, den er in die Mitte des Zimmers placiert. Auf den Gipfel des Haufens setzt er eine groteske Negerpuppe. Er nimmt aus dem Schrank eine kleine schwarze Truhe, die die «Sammlung» enthält. Er öffnet sie, stellt die Gegenstände auf: verschiedene Schächtelchen, künstliche Blumen, Figürchen, einen Revolver, Fotografien, einen künstlichen Schneeball, einen Leierkasten. Auf dem Leierkasten läßt er eine kleine, traurig-monotone Melodie spielen. Während er so das eigentliche «Zimmer» entstehen läßt, tritt Marietta ein, um das Abendessen abzuräumen.

MARIETTA *schnuppert*: A, habt's schon alles wieder recht unheimlich aufg'baut?

GÉRARD *hantierend*: Freilich, Marietta.

MARIETTA: Komisch riecht's hier. Ja, die jungen Leut haben ihre Eigenheiten. Ich riech's gern.

Sie stapst hinaus.

Elisabeth und Paul kommen einträchtig aus dem Badezimmer, beide in Schlafröcken.

ELISABETH: Du hast das Gedudel voreilig angestellt. Wir liegen noch nicht.

PAUL: Der Schneeball liegt falsch, er gehört zwischen den Revolver und das Dargelos-Bild.

ELISABETH: Das wichtigste Kroxe-Symbol steht krumm.

GÉRARD: Ich habe doch mein Möglichstes getan.

PAUL: Der Schneeball ist ja wirklich ganz unerhört gut nachgemacht. Genau so sah der aus, der mir damals gegen den Kopf flog. – Wollt ihr die Geschichte noch einmal hören?

ELISABETH: Wir kennen sie alle auswendig.

PAUL: Als wenn das ein Einwand wäre! Du könntest genausogut sagen, wir kannten die Taubenarie auswendig und dürften sie deshalb nicht mehr singen!

ELISABETH *beginnt ernst und wie mechanisch aufzusagen*:

Die Taube, die ich füttern wollte,
War ganz aus Glas,
So daß sie nicht gedeihen wollte,
Was sie auch fraß.

PAUL: Es gab eine Schneeballschlacht im Hof. Warum zielte Dargelos ausgerechnet auf mich? Er konnte doch gar nicht wissen, daß ich so viel an ihn dachte. Ich war erst bewußtlos, weil der harte Schneeball mich so direkt gegen die Stirn traf.

ELISABETH: Es schien mir, daß sie trinken wollte,
Ich wußt nicht was.

PAUL: Gérard fuhr mich in der Droschke nach Hause. Muß ich geweint haben! Lauter Schnee und Tränen! Du schriest mich erst furchtbar an, weil ich so verschwollen aussah; aber dann spieltest du, um mich zu trösten, das Zimmer-Spiel.

ELISABETH: Und als ich ihr Gefieder streicheln wollte,
Fand ich's von Tränen naß.

PAUL: Dargelos' Bild müßte natürlich in die Sammlung, sowie der nachgemachte Schneeball. – Guter Gérard!

GÉRARD: Warum plötzlich?

PAUL: Immer rührend treuer Freund gewesen. Du hast auch mit deinem technischen Talent den falschen Schneeball fertiggebracht.

ELISABETH: Und uns den zierlichen Revolver geschenkt.

PAUL: Und dein guter Onkel ernährt uns überhaupt.

ELISABETH: Jugendfreund!

GÉRARD: Ängstigt mich nicht!

PAUL: Wir wollen ein Gedudel zu seinen Ehren loslassen.
Er stellt den Leierkasten an. Sie liegen alle drei auf den Betten.

GÉRARD: Seid doch nicht so gespenstisch! – Wir wollen lieber von Kroxe reden.

ELISABETH *beginnt litaneienhaft*: Kroxe, der Urgeist.

PAUL: Kroxe, der Inbegriff.

ELISABETH: An ihrer Seite, höchst gefährlich, der Kroxmann.

PAUL: Noch einmal mit Kroxe wandern zu dürfen!

ELISABETH: Durch den Siebennächte-Wald.

PAUL: Ins Tal der Schmerzen, ganz voll von Schnee.

ELISABETH: Das weißeste Teil.

PAUL: Am Eingang das Kind, das schneeballverletzte.

ELISABETH: Mit der blutenden Wunde am Kopf.

PAUL: Das sich niemals völlig erholt. – Und Dargelos, jagend mit dem Pfeil und dem Bogen.

ELISABETH: Unbarmherzig jagend im Schnee.

PAUL: Und nach dem Tal der Schmerzen –
ELISABETH: Die Kroxenhauptstadt.
PAUL: Unser Zimmer, erweitert.
GÉRARD *atemlos, leise*: Wie weit erweitert?
ELISABETH: Unendlich.
PAUL: Oh. – Was schnupperst du da unterm Bett?
ELISABETH: Nebensächlich.
PAUL: Wirst du «kühl»?
ELISABETH: Kleiner Imbiß.
Sie füllt eine Schüssel mit Krabben auf den Knien.
PAUL: Weichselkompott?
ELISABETH: Krabben.
PAUL: Grotesk.
ELISABETH: Auf was spielst du an?
PAUL: Mitten in der Nacht Krabben!
ELISABETH: Gott sei Dank, daß es dich abstößt. Ich fürchtete schon, du würdest auch um eine bitten.
PAUL: Meinst du denn, mir graust vor gar nichts?
ELISABETH: Ich bin beinah fertig.
PAUL *schreckensstarr*: Nicht dein Ernst.
ELISABETH: Ich schmause die vorletzte.
PAUL: Wo du weißt, wie irrsinnig gern ich sie esse.
ELISABETH: Die letzte wandert in meinen Mund.
PAUL: Jetzt kann ich vor Hunger nicht einschlafen.
Er legt sich friedlich zurück, deckt sich zu, schließt die Augen.
ELISABETH: Da, nimm eine Krabbe.
PAUL: Jetzt schlaf ich schon.
ELISABETH: Nimm sie doch endlich!
PAUL: Ich träume von einer Negerin, die Rad läuft.
ELISABETH: Lüg nicht! Iß!
Sie steckt ihm eine Krabbe in den Mund.
Paul spuckt sie ihr ins Gesicht.
Elisabeth tief gekränkt:
Jetzt aber Nicht-mehr-möga.
PAUL: So hab ich endlich meine liebe Ruhe.
Er legt sich auf die Seite.
ELISABETH: Schläft er jetzt wirklich?
GÉRARD: Es sieht so aus.

ELISABETH: Uff.

GÉRARD: Hat er dich wirklich geärgert?

ELISABETH: Wahnsinnig.

Sie deckt den Schlafenden mit Umstand und Zärtlichkeit zu, streicht ihm das Haar glatt:

Komisch, so ein Gesicht. Daß er immer beim Schlafen den Mund halb offen hat! Wenn man so ein Gesicht ganz, ganz lang anschaut, wird es wie eine Landschaft. Schau, wie die Wege von der Nase zu den Lippen laufen. Und auf der Stirn, was da alles vor sich geht, an Schatten und Lichtern. Und wie sich das alles zwischen den Augenbrauen auf einen Punkt konzentriert. – Könnt ich stundenlang drin spazierengehen. Kämmen hätte er sich auch mal wieder dürfen.

GÉRARD: Sieht man eigentlich die Narbe noch?

ELISABETH: Die vom Schneeball? Er trägt doch die Haare darüber.

Sie schiebt eine Strähne beiseite.

Sie ist immer noch blau. Pfui.

GÉRARD: Davon hat er sich doch nie ganz erholt.

ELISABETH *neugierig lebhaft*: Glaubst du, daß er geisteskrank ist?

GÉRARD: Aber Elisabeth! Doch nicht geisteskrank.

ELISABETH: Als uns damals dein lieber Onkel in das Hotel am Meer eingeladen hatte und Paul in den Geschäften an der Promenade so furchtbar zu klauen anfing –: das war doch schon klinisch.

GÉRARD *unheimlich berührt*: Du klautest doch mit.

ELISABETH *kichert*: Englische Bücher, die wir gar nicht lesen konnten, und abscheuliche Figürchen. – Vielleicht war ich auch klinisch.

GÉRARD: Du redest wirklichen Unsinn.

ELISABETH: Pauls Schreck damals über Mamas Tod war doch wahrhaftigen Gott's auch nicht normal. Mama hat uns niemals nahegestanden.

GÉRARD: Immerhin war es doch eure Mama!

ELISABETH: Erst hat sie den armen vergnügungssüchtigen Papa zu Tode geärgert, dann saß sie, nach ihrem Schlaganfall, fünf Jahre lang ganz starr im Lehnstuhl. Es war ja Pauls Pech, daß er sich von hinten längere Zeit mit ihr unterhalten mußte, ohne zu merken, daß sie schon tot war, bis er sich wunderte, daß er keine Antwort bekam. Aber dann schrie er die ganze Nacht lang.

GÉRARD: Sich mit einer Toten unterhalten zu haben ist ja auch kein Vergnügen.

ELISABETH: Findest du einen Toten unheimlicher als einen Lebendigen? Der Tote ist doch etwas ganz Natürliches. Unheimlich ist nur das Leben.

GÉRARD: Du bist heute nacht philosophisch.

ELISABETH: Pauls Narbe am Kopf hat mich angeregt. Ohne den Schneeball –

GÉRARD: Was wäre ohne Dargelos' Schneeball?

ELISABETH: Ohne den Schneeball wäre Paul nicht zu seiner Wissenschaft von den Tauben und Tränen gekommen. Unser Zimmer hat seitdem schneeiges Licht, trotz der Lämpchen. Anderes vertrüge Paul nicht.

GÉRARD: Paul vielleicht nicht, du schon.

ELISABETH: Ich schon? Bist du sicher, Gérard?

GÉRARD: Ich bin sicher, Elisabeth.

ELISABETH: Vielleicht vorübergehend.

GÉRARD *plötzlich sehr stark*: So geht es bei euch nicht weiter.

ELISABETH *mehr aus einer trägen Neugierde, als irgendwie aufgerüttelt*: Du kannst recht haben. Aber wieso?

GÉRARD: Ich wollte schon lange mit dir reden. So geht es bei euch nicht weiter.

ELISABETH: Das hast du schon einmal gesagt.

GÉRARD: Gut, mein Onkel sorgt für euch, und er würde es wahrscheinlich weiter tun. Aber es ist klar, daß ihr bei diesem Leben innerlich verkommt.

ELISABETH: Weißt du das schon lange, Liebling?

GÉRARD: Ich wagte es mir doch nicht einzugestehen. Es ist ein Wunder, daß ich es jetzt aussprechen kann. Ihr wart – ihr seid für mich so – jenseits jeder Kritik.

ELISABETH *sieht ihn aufmerksam an*: Wie gut du sprichst, Alter!

GÉRARD: Mach dich nicht über mich lustig! Ich habe mit meinem Onkel in letzter Zeit oft über diese Dinge gesprochen. Er ist doch Fabrikbesitzer und weiß viel von der Welt. Er sagt auch, daß wir uns auf die Dauer den Verpflichtungen nicht entziehen können, die an uns die Allgemeinheit stellt. – Du mußt arbeiten, Elisabeth.

ELISABETH *als wiederhole sie eine fremde Vokabel*: Arbeiten.

GÉRARD *mit großem Eifer*: Ich habe mir schon alles zurechtgelegt. Eine kleine Verwandte von uns, Agathe Dubos, ist seit einem Jahr in einem großen Modehaus angestellt, zu dessen Direktrice mein Onkel ausgezeichnete Beziehungen unterhält. Agathe ist Waise wie ihr, sie kommt aus sehr traurigen Verhältnissen; ihr würdet euch anfreunden –

ELISABETH: Was arbeitet deine Agathe denn in diesem Modegeschäft?

GÉRARD: Sie führt Kleider vor. Sie ist Mannequin.

ELISABETH: Das fändest du einen so besonders passenden Beruf für mich?

GÉRARD: Ganz gleich, was du tust; wenn es nur etwas ist.

ELISABETH: Ich bin allerdings vorzüglich gewachsen.

GÉRARD: Ich habe oft so furchtbar Angst um dich, Elisabeth.

ELISABETH: Komisch, wie die Konversationen mit deinem Onkel dich verändert haben.

GÉRARD: Etwas anderes, Elisabeth, hat mich vielmehr verändert.

ELISABETH: Das muß aber etwas Weihevolles sein, daß du mit einer solchen Stimme davon sprichst.

GÉRARD: Etwas ist anders geworden. Wir sind doch keine Kinder mehr. Ich denke an unsere Zukunft, Elisabeth.

ELISABETH *unnahbar*: Jetzt wirst du uninteressant.

GÉRARD: Verzeih mir, ich wollte davon nicht reden –

ELISABETH: Und Paul? Der arme Paul soll endgültig in asozialem Egoismus verkommen?

GÉRARD: Paul ist krank.

ELISABETH *neigt sich nachdenklich über den Bruder*: Er würde natürlich rasen vor Zorn, wenn ich als Mannequin Geld verdiente.

GÉRARD: Er wird sich beruhigen.

ELISABETH *lächelt selig*: Nu, er würde sich schon fürchterlich aufregen.
Plötzlich sachlich:
Mir hat überhaupt alles sehr eingeleuchtet, was du gesagt hast.

GÉRARD: Ich hätte nicht ganz umsonst gesprochen?

ELISABETH: Nein, Gérard, ich will arbeiten.

GÉRARD *greift ihre Hand, sie zu küssen*: Elisabeth –

ELISABETH *entzieht sie ihm, neigt sich wieder über Paul*: Ob er weinen wird? Ich habe ihn ziemlich lang nicht weinen sehen. – Was denkst du? Vielleicht schläft er gar nicht und hat alles gehört? Allerdings könnte er sich kaum so beherrschen.

Sie zupft ihn:

Paul! Ich werde Mannequin, Paul!

PAUL *schlaftrunken, halb aufgerichtet*: Schlafen läßt du mich also auch nicht mehr, Ungeheuer?

ELISABETH: Es ist etwas passiert, Paul.

PAUL: Interessiert mich nicht.

ELISABETH: Es ändert sich was.

PAUL: Ich habe eine Detektivgeschichte geträumt. Aus Bosheit hast du alles zertrümmert.

ELISABETH: Schlaf nur wieder ein, wenn es dich nicht interessiert.

PAUL: Jetzt erzähl schon, wo du mich aufgeweckt hast.

ELISABETH: Ich mag aber nicht mehr.

PAUL: Du bist der schmutzigste Charakter, mit dem Gott jemals seine arme Schöpfung befleckt hat.

ELISABETH: Dann freu dich, Liebling! Wenn du morgen mittag aufwachst, bin ich nicht mehr zu Haus!

PAUL: Red keinen Unsinn!

ELISABETH: Es ändert sich was.

ZWEITER AKT

Das Zimmer des ersten Aktes. Abend.

PAUL *sitzt allein am Tisch mit einer Klebearbeit. Er arbeitet stumm und verbissen. Nach ein paar Augenblicken tritt Agathe ein, in Mantel und Hut. Paul kaum aufschauend*: Du kommst allein?

AGATHE: Elisabeth hat mich gebeten vorauszugehen, dir ein bißchen Gesellschaft zu leisten.

PAUL *immer über seine Arbeit gebeugt*: Sie ißt wieder auswärts?

AGATHE: Aber sie kommt gleich nach Tisch.
Kurze Pause.
Was klebst du denn da?

PAUL: Was so ein kleiner Zuhälter tagsüber treibt.

AGATHE: Das wird eine Taube.

PAUL *eifriger*: Erkennt man es schon?

AGATHE: Und das, was da aus ihren Augen fällt, das sollen doch Tränen sein?

PAUL: Und das, was da auf sie zufliegt, so drohend – ein Schneeball.

AGATHE: Das wird aber sonderbar.

PAUL: Taube, Schnee, Tränen. Hörst du den Dreiklang?
Schiebt die Arbeit fort:
Idiotisch. Macht mir keinen Spaß mehr.

AGATHE: Was ist plötzlich?

PAUL *drohender Ausbruch*: Mit wem treibt Elisabeth sich herum?

AGATHE: Aber du weißt doch, Paul: mit dem Bekannten von Gérards Onkel –

PAUL: Immer noch mit dem Amerikaner? Amüsant! Sie speist jetzt täglich mit ihm zu Abend?

AGATHE: Er wartet immer um sieben Uhr vor dem Geschäft.

PAUL: Wartet vor dem Geschäft auf die Mannequins! Charmant, charmant. – Ob er unsere Elisabeth schon verführt hat?

AGATHE: Aber Paul! Ich glaube, daß er Elisabeth sehr verehrt. Ich glaube sogar, daß er sie wirklich liebt.

PAUL *böser Lachausbruch*: Lieben ist sehr gut! Lieben ist ausgezeichnet! – Übrigens ist es mir ziemlich gleichgültig, was meine Dame Schwester treibt, sie ist ein verworfener Typus. Aber man hat dich in diesen Betrieb mithineingezogen.

AGATHE: Was redest du nur! Ich führte ein schmutziges Leben, ehe ich Elisabeth kennenlernte. Elisabeth ist für mich der Inbegriff der Reinheit.

PAUL: Wenn ich mir die gute Elisabeth vorstelle, wie sie mit ihrer unmöglichen Figur im neuen Patcu-Modell vor alten Engländerinnen tänzelt! Das war eine Idee von Gérard, ausgerechnet ein Mannequin aus ihr zu machen! – In was für Lokale führt sie dieser Mister Michael?

AGATHE: Ich weiß nicht, Paul – sicher in sehr anständige Lokale –

PAUL *ihr scharf ins Gesicht*: Er will sie heiraten?!

AGATHE: Ich weiß wirklich nicht, Paul –

PAUL *stampft plötzlich auf, beinah weinend*: Idiot! Idiot! Idiot!! Der Wirt aus New York will Elisabeth anfassen!

AGATHE: Warum sagst du «anfassen», Paul? Sogar wenn er sie heiraten will: «anfassen» ist so ein komisches Wort.

PAUL: Mir ist dabei etwas so Idiotisches eingefallen. Als Kindern hat man Elisabeth und mir eingeredet, daß wir sofort in die Hölle kämen – aber weißt du: sofort, auf der Stelle –, wenn wir uns gegenseitig anfaßten; oder einen Kuß gäben; oder uns sonst wie zu nahe kämen. Marietta muß uns das gesagt haben, oder eine andere, noch frühere, eine aus Urzeiten –

AGATHE: Es ist mir schon aufgefallen, daß ihr euch nie einen Kuß gebt, fast nie die Hand –

PAUL *kurz*: Kann schon sein. – Wir würden auch bestimmt in die Hölle fahren.
Plötzlich bei den Zeitungsfotografien.
Wie gefällt dir eigentlich unsere Bildergalerie?

AGATHE: Was sind das alles für Leute?

PAUL: Boxer. Filmstars. Mörder.

AGATHE: Sie sehen alle einander ähnlich.

PAUL *plötzlich aufmerksam*: Ist das wahr?

AGATHE *unschuldig*: Ja, ich finde. Alle diese breiten Backenknochen und die hellen Augen dazu.

PAUL *starrt sie an*: Du siehst auch ein bißchen so aus.

AGATHE *lacht geniert*: Ach, woher denn –

PAUL: Sie haben wirklich alle dasselbe Gesicht. Daß ich das nie gemerkt habe! Dargelos' Gesicht.

AGATHE: Wer ist Dargelos?

PAUL: Hab ich dir nie erzählt?

AGATHE: Der Junge, der den Schneeball geworfen hat?

PAUL: Direkt gegen die Stirn. – Er hätte mich eigentlich schon mal besuchen können, als ich damals Monate krank war.

AGATHE: Wie lange ist das her?

PAUL: Sechs Jahre. Ich war dreizehn. – Dargelos wurde aus der Schule geschmissen.

AGATHE: Wegen des Schneeballs?

PAUL: Dabei wußten die alten Narren gar nicht, was es mit dem Schneeball eigentlich für eine Bewandtnis hatte. Ich habe es ja niemandem verraten, daß in dem Schneeball ein Stein verpackt war, wie in Watte. Das war Dargelos' steinerne Faust, die mich da ins Gesicht traf.

AGATHE: So ein Ungeheuer!

PAUL: Nicht wahr? Kolossal! – Und beim Verhör streute er dem Direktor Pfeffer in die Augen, daß der alte Knacker fast blind wurde.

AGATHE: Phantastisch!

PAUL: Jetzt erzähl du was!

AGATHE: Ich hab nichts Interessantes.

PAUL: Wird mich schon interessieren.

AGATHE: Nur Jämmerliches. Ihr wißt hier nicht, wie jämmerlich die Welt ist.

PAUL: Alles schlecht eingerichtet?

AGATHE: Alles miserabel eingerichtet.

PAUL: Viel Armut?

AGATHE: Bei uns kamen die Gifte dazu. – Ich habe übrigens erst gedacht, ihr spritzt auch.

PAUL: Warum denn? Lächerlich.

AGATHE: Die meisten Leute, die draußen nicht mitmachen mögen, spritzen doch oder nehmen sonstwas.

PAUL *mit großem Hochmut*: Als wenn wir das nötig hätten.

AGATHE: Freilich, das habe ich auch gleich gemerkt: für euer Zimmer wäre das schon ein zu plumper Rausch.

PAUL: Du hast dich eigentlich schnell an die Luft hier gewöhnt.

AGATHE: Ich kann mir schon gar nicht mehr vorstellen, daß ich jemals wieder in einer anderen leben muß. Dabei verstehe ich hier das meiste nicht. Wer ist, zum Beispiel, die Kroxe?

PAUL: Pst! Frag nicht! – Sehr mächtig.

AGATHE: Du mußt Geduld mit mir haben.

PAUL *schaut sie an*: Daß mir das nie aufgefallen ist: wie du Dargelos ähnlich siehst! Sein Haar ist damals etwas heller gewesen, aber inzwischen kann es nachgedunkelt sein.

Er versenkt sich immer tiefer in ihren Anblick.

AGATHE: Das bildest du dir bestimmt ein, Paul!

PAUL: Wenn ich das Gesicht nicht einmal wiedererkennen würde!

AGATHE *erlöst, da sie Schritte hört*: Da sind Elisabeth und Gérard.

Paul, dem seine Wut wieder einfällt, stellt sich mit dem Rücken düster und ungezogen gegen die Eintretenden.

Elisabeth und Gérard kommen herein.

ELISABETH *eine Nuance forciert*: Störe ich trautes Beisammensein in der Dämmerstunde?

AGATHE: Wir haben auf euch gewartet.

GÉRARD: Monsieur würdigt uns keines Blickes.

PAUL *fährt giftig zu ihnen herum*: Ich weiß alles.

ELISABETH: Was, Liebling?

PAUL: Es nützt dir gar nichts mehr, wenn du «kühl» spielst. Ich weiß jetzt, mit wem du täglich zu Abend ißt. Ich weiß, was du mit deinem Kerl vorhast.

ELISABETH: Er wird übrigens gleich hier sein.

PAUL: Du läßt ihn hierher kommen?!

ELISABETH: Er saust nur eben noch mit seinem Rennwagen dreimal durchs Bois de Boulogne.

PAUL: Unverschämtheit.

GÉRARD: Aber Paul! Das ist doch ein furchtbar netter, anständiger Mensch!

PAUL, *Wutausbruch*: Du kannst ganz still sein! Wer hat denn meine Schwester verkuppelt, wenn nicht du, he? Weiß Gott, was dieser Schuft aus Amerika dir dafür bezahlt! Ah, dich und den lächerlichen Amerikaner und deinen vertrottelten Onkel, der uns schikaniert: Euch soll alle der Teufel holen!

Ab ins Badezimmer.

ELISABETH: Idiot.

Ihm nach.

Gérard und Agathe bleiben bedrückt zurück.

GÉRARD: Daß er sich so fürchterlich ärgert.

AGATHE: Er leidet.

GÉRARD: Was kann Mister Michael ihm anhaben?

AGATHE: Ich habe so viel Menschen leiden sehen, sogar bei meiner Mutter konnte ich es ertragen. Bei ihm kann ich es nicht ertragen.

GÉRARD: Ich bin überzeugt davon, daß Elisabeth ihn jetzt noch mehr kränkt; absichtlich; bis aufs Blut. Die flirtet auch mit Michael hauptsächlich, um Paul zu ärgern.

AGATHE: Ist Michael ihrer denn würdig?

GÉRARD: Er ist ihr schon ganz verfallen, so stark er war. Er kann sich schon nicht mehr rühren.

AGATHE: Komisch, so ein Amerikaner.

GÉRARD: Dabei ist er noch nicht einmal hier im Zimmer gewesen.

AGATHE: Dann hat er noch keine Ahnung. – Ich hab Angst um Paul. Kann er das überleben?

GÉRARD: Als Paul zehn oder elf Jahre alt war, mußte er einmal in ein Erholungsheim, wohin Elisabeth nicht mit durfte. Weißt du, daß er am zweiten Tag ihrer Trennung so krank geworden ist, daß die Ärzte ihn zurückschicken mußten? Er braucht Elisabeth wie die Luft zum Atmen.

AGATHE: Gérard, wir müssen uns gegenseitig versprechen, daß wir beide niemals andere Menschen lieben wollen, als diese zwei.

GÉRARD: Warum sagst du das plötzlich?

AGATHE: Weil es so sein muß.

Die Szene verwandelt sich in das Badezimmer, *das nebenan liegt. Auf dem Rand der Badewanne sitzt* Elisabeth *und baumelt mit den Beinen, vor dem Waschbecken steht* Paul *und putzt sich energisch die Zähne.*

ELISABETH: Du bist immer noch dümmer, als man denkt, Paul.
Paul gurgelt energisch.
Ich sage dir: dieser gute Mann ist gar nicht so übel.

PAUL: Geht mich 'n Dreck was an, ob er übel ist oder nicht.

ELISABETH: Erstens: das schöne Vermögen, die Rennwagen, das Palais am Étoile.

PAUL: Schönes Vermögen kotzt mich an; Autos stinken; in das Palais setze ich keinen Fuß.

ELISABETH: Zweitens die schicke, sportliche Figur.

PAUL: Hör schon auf, Trottelin!

ELISABETH *scheinheilig*: Ich will doch auch einmal mein erotisches kleines Vergnügen haben.

PAUL *fängt an, seine Nägel mit Seife und Bürste zu bearbeiten*: Ich erkläre einfach Nicht-mehr-möga und höre nicht mehr zu.

ELISABETH: Der ist gar nicht so übel. Er wird vielleicht eines Tages zu uns gehören.

PAUL: Gott sei Dank, daß ich kein Wort mehr höre.

ELISABETH: Er kommt aus der anderen Welt, weißt du, und dadurch wirkt er natürlich manchmal etwas lächerlich.

PAUL *ruft durch die Tür ins Zimmer*: Agathe, bitte doch meine Schwester, sie soll mir nicht länger von einem fremden Herrn erzählen, der mich nicht interessiert. Es irritiert mich einfach als Geräusch.

ELISABETH *unbekümmert*: Aber er hat sich schon sehr an uns gehängt. Er hat sich wirklich schon sehr an mich angeschlossen.

PAUL: Wenn ihm das nur gut bekommt.

ELISABETH *lächelt geheimnisvoll*: Das laß doch seine Sorge sein, wie es ihm bekommt, Paul.

PAUL *grollt*: Er wird dich bald genug in seine Welt mit hinübergezogen haben.

ELISABETH: Idiot. Setz dich zu mir.
Paul setzt sich neben sie auf den Rand der Badewanne.
Nun sei einmal in deinem Leben vernünftig, das kann ich in Kroxens Namen von dir verlangen.

PAUL: Daß du dich ausgerechnet bei diesem Schritt auf Kroxe berufst, nenne ich Hybris.

ELISABETH: Ich fände es wirklich ganz passend, wenn ich ihn heiratete. Wir wären dann auch von Gérards idiotischem Onkel unabhängig.

PAUL: Seit wann hat sich dein Geschäftssinn so erschreckend entwickelt?

ELISABETH: Es hätte auch sonst seine Vorteile. Der Junge hat Möglichkeiten.

PAUL: Möglichkeiten – zu was?

ELISABETH: Wirst ja selbst sehen. Er dürfte gleich hier sein. Findest du, daß er doof ist, sage gleich, wenn er ins Zimmer kommt: «Kroxmann.» Wenn du aber findest, daß er für unsere Zwecke in Frage kommt, sag: «Schneeball.» Oder warte: Schneeball ist ein so auffallendes Wort. Wenn er dir halbwegs gefällt, sag einfach: «tot».

PAUL: Charmant, daß du mir die Entscheidung zuschiebst.

ELISABETH *plötzlich wieder sehr bös und spitz*: «Entscheidung» ist sehr gut. Deine Meinung interessiert mich aus alter Anhänglichkeit. Ich meinerseits bin ja fest entschlossen.

PAUL: Und wo soll ich eigentlich wohnen, wenn du Frau Millionärsgattin bist?

Marietta stürzt atemlos herein.

MARIETTA *keucht*: B'such ist draußen, B'such, Fräulein Lisbeth. A feiner Herr mit'm Pelzkragen!

ELISABETH: Führ ihn hier herein, Alte.

MARIETTA: Hier her? Aber haben's denn gar keinen Anstand im Leib, Fräulein Lisbeth?

ELISABETH *scheucht sie*: Marsch, marsch!

MARIETTA: Ja, jetzt so was Ausg'schamtes!

Murrend ab.

Paul und Elisabeth sitzen regungslos nebeneinander auf dem Rand der Badewanne, schauen zur Tür.

Von Marietta geleitet, die neugierig an der Tür stehenbleibt, tritt Michael ein; nicht mehr ganz jung, aber elastisch. Das glatte, intelligente Gesicht des amerikanischen Geschäftsmanns, nur die Augen etwas zu tief beschattet.

Das ist der Herr B'such.

MICHAEL: Guten Abend, Elisabeth. Sie empfangen mich ja im gemütlichsten Raum Ihrer Wohnung. Ist das der Herr Bruder?

PAUL: Tot.

MICHAEL: Wie beliebt?

Abdunkeln.

Ein rundes Zimmer in Michaels Palais am Étoile. In einem Lehnsessel sitzt Elisabeth; Michael steht neben ihr.

Michael redet etwas ermüdet wie einer, der schon lange versucht hat, einem anderen, Widerspenstigen etwas klarzumachen: Aber irgendwo in meinem Herzen muß doch immer eine Stelle gewesen sein, ein geheimer Fleck, der vorbereitet war auf dich. Der dir gehörte. Um dessentwillen ich mein Amerikaleben aufgab. Um dessentwillen ich herkam. Irgendein Teil meines Wesens muß doch immer nach dir gesucht haben, Elisabeth.

ELISABETH: Sie haben es reizend hier. Etwas frostig.

MICHAEL: Könntest du dir vorstellen, daß du hier zu Hause wärest?

ELISABETH: Paul will absolut in der alten Wohnung bleiben.

MICHAEL: Mir fällt etwas Wundervolles ein, Elisabeth, etwas wirklich ganz Wundervolles. Es gibt hier im Haus ein kleines Zimmer, vollkommen verloren, eigentlich ein Versehen des Architekten, ganz sinnlos unter dem Treppenhaus. Diese Kammer habe ich immer besonders geliebt, ich weiß nicht warum. Mehr als alle anderen Zimmer im Palais. Dort bin ich immer gesessen, wenn ich traurig war, das ist doch in letzter Zeit manchmal vorgekommen. Ich habe mir immer vorgestellt, daß du dort einmal mit mir sitzen würdest. – Dieses Zimmer könnte man als euer Zimmer einrichten, mit eurer Sammlung, allen euren Spielen.

ELISABETH *wendet sich ihm langsam voll zu*: Soll ich Sie dieses geheimen Zimmers wegen heiraten?

MICHAEL: Es könnte doch sein, daß dieses geheime Zimmer der geheimen Stelle in meinem Herzen entspricht, von der ich dir vorhin gesagt habe – ich bin nicht gewohnt, so etwas auszudrükken –

ELISABETH: Aber dieses Zimmer wird wachsen, Michael, es wird Ihr ganzes großes Haus beherrschen.

MICHAEL: Was wünschte ich mir denn sonst, Elisabeth?!

ELISABETH: Nur sagen Sie später nicht, daß ich Sie nicht gewarnt habe!

Sie nähert sich ihm zärtlich und gefährlich.

MICHAEL *will sie umfangen*: Du hast mir noch nie erlaubt, daß ich dich anfasse.

ELISABETH *macht sich los*: Laß! Warten Sie noch! So nah, wie mir jetzt Ihres war, ist mir noch nie ein Gesicht gewesen. Es gibt aber nur eines, das ich küssen darf; und auch das erst in einer ganz bestimmten Stunde.

Michael läßt von ihr; stumm, enttäuscht. Elisabeth ein paar Schritte von ihm entfernt:

Je mehr Sie mich lieben, Michael, desto schneller erfüllt es sich.

Abdunkeln.

Musik setzt ein, eine zugleich festliche und etwas monotone Melodie, an die des Leierkastens erinnernd. Sie spielt auch weiter, wenn die Szene sich wieder erhellt.

Dasselbe runde Zimmer im Palais wie vorher. In der Mitte steht jetzt ein runder Tisch, mit Blumen und Kristall reich geschmückt. Hinter jedem Stuhl ein würdiger Diener. Um den Tisch sitzen in ziemlich starrer Haltung: Elisabeth, im konventionellen weißen Brautkleid; neben ihr Michael; dann Agathe, Gérard, Paul, alle etwas betont festlich – bürgerlich – geputzt.

PAUL: Sie wollen mit Ihrem Rennwagen morgen nachmittag wirklich schon in Cannes sein?

MICHAEL: Das ist leicht zu schaffen. Wenn es nur Elisabeth nicht überanstrengt.

ELISABETH: Ich bin widerstandsfähig.

GÉRARD *erhebt sich plötzlich*: Ich möchte auf das Brautpaar eine Rede halten.

ELISABETH: Laß das.

MICHAEL *mit etwas gezwungener Munterkeit*: Aber natürlich soll er! Eine Hochzeit ohne Reden ist überhaupt Nonsens.

AGATHE: Man müßte die Musik bitten aufzuhören.

GÉRARD: Liebe Elisabeth, lieber Michael, liebe Freunde!

MICHAEL *lachend*: Ihr sollt beide enorm glücklich und sehr lange leben.

GÉRARD: Ihr sollt glücklich und lange leben.

MICHAEL *weiterparodierend*: Unzertrennlich, bis in den Tod.

ELISABETH *sieht ihn voll an*: Bis in den Tod.

Michael beugt sich tief über ihre Hand, sie zu küssen.

Die anderen sitzen mit gesenkten Gesichtern.

Abdunkeln, während die monotone Musik anschwillt. Die Musik spielt im Dunkel weiter, steigert sich, bricht, da die Szene wieder aufgeht, mit einem Ruck ab.

Dasselbe Zimmer wie vorher. Der Tisch ist abgeräumt, weiß und kahl. Hinter den Stühlen stehen keine Diener mehr. Michaels Sessel ist leer. Die anderen sitzen auf denselben Plätzen wie vorher, dunkel gekleidet; Elisabeth in einer Trauerrobe, die die genaue Kopie ihres Brautkleids in Schwarz ist. – Kurze Stille.

AGATHE *begräbt, wie in plötzlichem Entsetzen, das Gesicht in den Händen*: Grauenhaft! Sich mit dem Auto zweimal zu überschlagen!

ELISABETH: Wie oft soll ich dir noch erzählen, daß es gar nicht so besonders schlimm war. Man merkt beinah nichts, so schnell geht es.

GÉRARD: Bei 120 Kilometer Stundengeschwindigkeit –

AGATHE: Es ist ein Wunder, Elisabeth, daß du mit heiler Haut davongekommen bist; ein unfaßliches Wunder Gottes.

PAUL *lacht kurz*: Oder des Teufels.

ELISABETH: Seine Leiche war tatsächlich kaum zu erkennen. Der Schädel völlig zertrümmert.

AGATHE: Sprich nicht davon! Ich kann nicht dran denken!

ELISABETH: Kein anderes Ende wäre stilvoll für ihn gewesen. Im Grunde seines Wesens war er Sportsmann, alles andere war eine Krankheit bei ihm.

AGATHE: Stilvoll! Wie kannst du so reden! Er war doch dein Gatte!

ELISABETH: Schöner kann man nicht sterben, als bei 120 Kilometer Stundengeschwindigkeit.

AGATHE: Ohne Vorbereitung! Ohne geistlichen Zuspruch! Und den Tag nach der Hochzeit!

PAUL: Genau 24 Stunden nach der Trauung.

ELISABETH *wendet sich plötzlich an ihn*: Übrigens komisch, daß du dich in genau derselben Kurve entschlossen hast, doch noch ins Palais zu übersiedeln, nachdem du doch vorher behauptet hattest, dich von unserer alten Wohnung nicht trennen zu können.

PAUL: Möchte wissen, was daran komisch ist. – Wir gehen besser schlafen.

ELISABETH: Hast du dir das Zimmer schon eingerichtet? Das unterm Treppenhaus, das dir zugedacht war?

PAUL: Kannst dir's ja anschauen.

Alle sind aufgestanden.

ELISABETH *plötzlich wie in eine Ferne schauend*: Am unheimlichsten war, wie ein Rad des zerschmetternden Wagens sich noch ein paar Minuten drehte. Wißt ihr: über diesem schweigenden Trümmerhaufen das eine Rad, das sich immer noch drehte, während er doch schon tot war – und dann immer langsamer. –

DRITTER AKT

Der kleine Raum unter der Treppe des Étoile-Palais, den die Geschwister als ihr «Zimmer» sich einrichten.
Paul befestigt mit Reißnägeln die Zeitungsausschnitte an den Wänden.
Elisabeth steht vor dem Kasten, der die «Sammlung» enthält; spielt leise auf einer Mundharmonika.

PAUL *liest auf der Rückseite eines Ausschnitts*: Stalins Aufruf an die Arbeiterschaft.

ELISABETH: Idiotisch, daß ich so lange nicht auf der Mundharmonika musiziert habe. Inzwischen hat sie sich natürlich rostig geärgert.

PAUL *liest*: Zum Prozeß der Madame Hanau.

ELISABETH: Die Stöckchensammlung vernachlässigt, die Säftchensammlung vernachlässigt. Das merkt man erst alles so, wenn man umzieht. Wir haben auch viel zu lange nicht Martersteig und Löwenzahn gespielt. Wie weit konnte Martersteig fliegen?

PAUL *liest*: Das Arbeitslosenprogramm in Amerika. – Nachrichten aus einer anderen Welt. Mahnrufe.

ELISABETH: Idiot! Die richtige Antwort heißt: «So lang Kroxens Atem verhielt.» – Was willst du immer mit deiner «anderen Welt»? Die gibt es überhaupt gar nicht. – Du hast Valentino falsch gehängt, er gehört u n t e r Dempsey.

PAUL: Wir könnten eigentlich hier auch essen, der Speisesaal ist zum Kotzen. Und mein Bett will ich auch hier haben.

ELISABETH: Dein niedliches kleines Schlafzimmer soll verwaist stehen?

PAUL: Pfeife auf niedlich. Bleibe du in deiner Louis XIV.-Stube hocken.

ELISABETH: Sei unbesorgt, ich werde dich schon nicht zu viel allein lassen.

PAUL: Wo versteckt sich schon wieder die Josephine Baker-Puppe für den Wäschehaufen? Dieses hinterlistige Stück!

ELISABETH: Stör mich nicht, ich richte die Lämpchen.

PAUL *wirft ihr unvermittelt den künstlichen Schneeball zu:* Fang!

ELISABETH *fängt geschickt, betrachtet den Ball*: Wie der schmecken würde, wenn man ihn aufessen könnte?

PAUL: Tödlich.

ELISABETH *hält befriedigte Umschau*: Es ist wirklich wie bei uns zu Hause, was?

PAUL *blättert in einem Heft*: Kroxen – Litanei, erste Abteilung: «Der Kroxe flattert übers Dach, das sich vor Schrecken bäumte.»

ELISABETH: Ich weiß übrigens auch, warum wir jetzt oft so häßliches Zeug träumen und uns überhaupt so unangenehm fühlen; wir haben das große Einschlafspiel viel zu lange nicht gespielt.

PAUL: Das ist doch das, wo die Betten Segelschiffe werden?

ELISABETH: Nein! Wo die Betten steigen: Erst langsam, dann schneller. – Aber das kannst du ja nicht mehr spielen. Da muß man seinen ganzen Willen zusammennehmen und sehr genau zusammenarbeiten.

PAUL: Natürlich: damit man zur gleichen Zeit oben ist. Dann träumt man dieselben Dinge. – Warum soll ich das nicht mehr spielen können?

ELISABETH: Du bist unkonzentriert.

PAUL: Wir haben doch wochenlang dieselben Dinge geträumt.

ELISABETH: Das ist freilich ein Spiel, das man ernst nehmen muß.

PAUL: Vom leisen Glöckchen und vom Wald, der künstliches Licht hatte.

ELISABETH: Dem Nimmerwiederseh-Glöckchen.

PAUL: Jetzt erinnere ich mich wieder genau: die vielen schwarzen Vögel auf dem schwarzen Schnee. – Du hast natürlich als erste angefangen, wieder für dich zu träumen. Immer diese Eigenwilligkeiten!

ELISABETH *plötzlich zornig*: Zu vertrottelt, daß du vorhin von der «anderen Welt» gesprochen hast. Wen gibt es denn schon groß in der «anderen Welt»?!

PAUL: Dargelos regiert.

ELISABETH: Aber nur durch unsere Gnade.

PAUL: Und Agathe lebt auch.

ELISABETH *stampft auf*: Idiot! Monstrum! Idiot!

Sie schmeißt Kissen und Bücher nach ihm. Paul empfängt ruhig ihren Ansturm.

Abdunkeln.

Die Szene bleibt ziemlich dunkel, nur in ihrer Mitte ist ein Ruhebett beleuchtet, daneben ein Tischchen; im Hintergrund, etwas matter drei Stufen.

Auf dem Ruhebett Agathe, über eine Fotografie geneigt. Im Hintergrund, auf den Stufen, erscheint Elisabeth, bleibt einen Augenblick lauernd stehen, ehe sie zu sprechen beginnt.

Hier in diesem verdammten Haus ist es immer entweder zu still oder zu laut, man kann nie schlafen. Der Teufel soll's holen.

AGATHE *erschrickt, steckt die Fotografie weg*: Elisabeth! Schläfst du denn auch nicht?

ELISABETH: Aber kleine Kinder wie du brauchen viel Schlaf. Was treibst du denn? Herzenskummer?

AGATHE: Setz dich zu mir. Gut, daß du da bist.

ELISABETH: Du mußt zu mir kommen, wenn du Kummer hast.

AGATHE: Ja, Elisabeth.

ELISABETH *hinter ihr, streichelt sie*: Verheulte Augen! Aber Agathe, warum bist du denn nicht zu mir gekommen?!

AGATHE, *Ausbruch; sich gegen sie werfend*: Ich liebe ihn so sehr!

ELISABETH *streichelt sie, mitleidig – zärtlich*: Sei doch froh! – Sei doch froh! –

AGATHE: Er weiß es gar nicht –

ELISABETH: Sicher wird er es schon gemerkt haben.

AGATHE: Er sieht mich nie an; oder wenn, dann so finster.

ELISABETH: Er ist befangen. Du weißt doch: ein so schüchterner Junge.

AGATHE: Der ist sonst doch nicht schüchtern.

ELISABETH: Gérard? Hast du ihn jemals anders gesehen?

AGATHE *tief erschrocken, richtet sich halb auf*: Aber, Elisabeth! Ich meine doch Paul!

ELISABETH *völlig beherrscht; schließt nur eine Sekunde die Augen, dabei wird ihr Gesicht hart wie Stein. Sie drückt Agathe, die sich nach ihr umwenden will, in die Kissen zurück, damit sie dieses Gesicht nicht sehe, mit einer gläsern gewordenen Stimme spricht sie weiter*: Freilich, ich hatte mich nur im Namen geirrt. Du liebst Paul, freilich.

AGATHE: Ich bete ihn an! Seit ich ihn kenne! – Kannst du es mir verzeihen?

ELISABETH *ganz versteinert, indem sie Agathe mechanisch weiterstreichelt*: Was hätte ich zu verzeihen?

AGATHE *umklammert sie angstvoll*: Elisabeth!

ELISABETH *langsam*: Ich denke nur daran, wie ich dir helfen könnte – ich habe doch einen gewissen Einfluß auf ihn.

AGATHE: Du willst mir helfen?!

ELISABETH: Ich möchte euch doch gern glücklich sehen! – Was findest du denn an Paul?

AGATHE: Alles – alles – seine Stirn, seinen Mund, seine Stimme. Seine Stirn vor allem. Als Kind muß ich von der schon geträumt haben. Ich hatte mir einen Prinzen mit einer weißen Stirn ausgedacht, den ich den Schneeprinzen nannte.

ELISABETH: Er ist doch einmal von einem Schneeball getroffen worden. Seitdem ist er nicht mehr normal. – Du möchtest ihn heiraten?

AGATHE: Frag mich nicht –

ELISABETH: Ich muß doch wissen, was ich ihm sagen soll?

AGATHE: Du willst mit ihm sprechen?

ELISABETH: Ich gehe gleich zu ihm.

AGATHE: Elisabeth! Ich hab Angst –

ELISABETH: Lege dein Glück in meine Hände! Ich verwahre es wohl. *Sie nimmt, hinter Agathe stehend, deren Kopf zwischen beide Hände.*

AGATHE: Ich vertraue dir.

ELISABETH: Ich werde ihm erzählen, daß du ihn immer geliebt hast. Daß du von seiner Stirn geträumt hast. Daß du ihn den Schneeprinzen genannt hast.

AGATHE: Und ich dachte, du würdest mir böse sein!

ELISABETH: Ich möchte euch doch unbedingt gern beide glücklich sehen.

Sie läßt Agathes Kopf los, ihre Arme sinken herab.

Abdunkeln.

Das Dunkel geht wieder auf, dieselbe Szene wie vorher. Gérard steht inmitten des Raums vor dem Ruhebett. Elisabeth kommt die Stufen hinunter.

Was stehst du noch hier herum?

GÉRARD: Das ganze Haus ist voller Geräusche. Ich selber bin unruhig.

ELISABETH: Dagegen kann man nichts machen. Geh schlafen.

GÉRARD: Agathe sah heute schlecht aus. Ist sie krank?

ELISABETH: Migräne.

GÉRARD: Vielleicht kann ich ihr helfen.

ELISABETH *verstellt ihm mit großer Geste den Weg*: Sie will niemanden sehen. Wahrscheinlich schläft sie schon. – Geh auf dein Zimmer! Wenn ich etwas von dir will, werde ich dir Nachricht zukommen lassen.

GÉRARD: Oder selbst zu mir kommen?

ELISABETH: Oder selbst zu dir kommen.

GÉRARD: Elisabeth –

ELISABETH *über ihm, starr*: Ich habe zu arbeiten.

GÉRARD: Was denn? Bleib bei mir!

ELISABETH: Etwas einzurichten; in Ordnung zu bringen.

GÉRARD: Ich brauche dich wie noch nie.

ELISABETH: Geh auf dein Zimmer.

Abdunkeln.

Neues Licht; die Szene bleibt gleich. Paul sitzt am Tischchen und weint.

Elisabeth kommt die beiden Stufen herunter:

Tränen?

PAUL: Mach, daß du rauskommst.

ELISABETH: Danke. Aber ich weiß doch immer so genau, warum du heulst. Meistens sind es ulkige Gründe.

PAUL: Unmensch. Du hast keine Ahnung.

ELISABETH: Du brauchst mich ja nicht anzusehen, während du erzählst.

PAUL: In Ruhe sollst du mich lassen.

ELISABETH: Du weißt doch, daß ich das um keinen Preis der Welt fertigbrächte.

PAUL: So komm doch näher!

ELISABETH *hinter ihm*: Nah genug?

PAUL: Schon seit Monaten –
ELISABETH: Was denn?
PAUL: Agathe –
ELISABETH *läßt seine Schultern los*: Oh.
PAUL: Sie sieht Dargelos ähnlich.
ELISABETH: Was weiter?
PAUL: Ich habe nie geglaubt, daß ich eine Frau lieben könnte.
ELISABETH: Wenn ich mich recht erinnere, hast du jeden zweiten Tag eine andere geliebt.
PAUL: Das war alles Quatsch.
ELISABETH: Diesmal ist es dir ernst?
PAUL: Sie sieht Dargelos ähnlich.
ELISABETH: Armer Junge.
PAUL: Ich kann glücklich werden.
ELISABETH *streichelt ihn von hinten; sieht aber mit eisigen Augen über ihn hinaus*: Armer Zwerg.
PAUL: Laß den Unsinn! Ich habe vor Glück geweint.
ELISABETH: Nur vor Glück?
PAUL: Und aus Mitleid mit dir.
ELISABETH *läßt ihn los*: Habe Mitleid lieber mit dir selbst, Agathe ist nicht mehr frei.
PAUL *fährt herum*: Doch!!
ELISABETH: Sie hat es mir selber gestanden. Dabei weinte sie wie du vorhin: vor Glück.
PAUL: Ist es Gérard?
ELISABETH: Die beiden sind wie füreinander gemacht. Das wird ein ideales Ehepaar.
PAUL: Ich wollte mein ganzes Leben auf sie stellen.
ELISABETH: Weil sie Dargelos ähnlich sieht?
PAUL: Ich werde nie ein anderes Gesicht lieben.
ELISABETH: Tröste dich: du verlierst an ihr nicht viel. Ich kenne sie nun: sie ist mittelmäßig und sentimental.
PAUL: Ich liebe sie –
ELISABETH *mit heimlichem Triumph*: Warum weinst du denn jetzt?
PAUL: Jetzt weiß ich überhaupt nicht mehr, was werden soll. – Ich habe ihr einen Brief geschrieben.
ELISABETH: Idiot! – Wieso? Wann?
PAUL: Ein Pneumatique. Vor zwei oder drei Stunden.

ELISABETH: In dem du ihr deine Liebe gestehst?

PAUL: Es ihr zu sagen hätte ich niemals gewagt. Einem Mädchen sagen, daß man sie liebt! Zu idiotisch! Und es ist doch das erste Mal.

ELISABETH: Die wird sich schön lustig machen.

PAUL: Sie muß mir antworten. Dann weiß ich Bescheid.

ELISABETH: Vielleicht liest sie ihn gerade, mit Gérard zusammen.

PAUL: Auf ihre Antwort warten, heißt doch noch hoffen.

Abdunkeln.

Neues Licht; gleiche Szene, ohne das Bett. In der Mitte Elisabeth.

ELISABETH *liest, bei erhobener Kerze, ganz ernst Pauls Brief an Agathe*: «Sei nicht böse, Agathe: ich liebe Dich. – Auf den Knien bitte ich Dich, mir zu antworten. Ich leide.»

Sie verbrennt den Brief langsam, ausführlich an der Kerzenflamme. – Gérard tritt mit geneigter Stirn aus dem Dunkel.

Du bist immer noch auf?

GÉRARD: Ich habe auf dich gewartet.

ELISABETH: Eine schlauere Beschäftigung hättest du dir wohl nicht aussuchen können.

GÉRARD: Es ist die Beschäftigung meines Lebens.

ELISABETH: Man muß dich aufrütteln. Du lebst nur noch von Hirngespinsten.

GÉRARD: Meine Liebe für dich ist kein Hirngespinst. Sie wird dauern.

ELISABETH: Ich verbiete dir diese Reden. Du weißt, daß ich niemals einen anderen Mann lieben werde als Michael.

GÉRARD *völlig verdutzt*: Als Michael? Du machst Witze!

ELISABETH: Willst du mich beleidigen? – Warum hätte ich ihn schließlich sonst geheiratet?

GÉRARD *völlig fassungslos*: Davon hatte ich keine Ahnung.

ELISABETH: Weil du blind bist für alles, was um dich herum geschieht. Du scheinst ja sogar Agathens Liebe für dich zu übersehen.

GÉRARD: Agathens Liebe – für mich?!

ELISABETH: Jetzt verstellst du dich. So ahnungslos kannst du nicht sein. Aber wie sie dich anbetet, dürftest du wohl wirklich nicht ermessen.

GÉRARD: Agathe – die nur Augen für Paul zu haben scheint?

ELISABETH: Bei ihm weint sie sich aus, wenn du sie gar zu deutlich übersiehst.

GÉRARD *völlig verwirrt*: Was verlangst du von mir, daß ich tue?

ELISABETH *ihm stark ins Gesicht*: Du mußt sie heiraten.

Abdunkeln.

Neues Licht; die gleiche Szene, mit Bett. Auf dem Bett kauert Agathe; neben ihr, aufrecht, Elisabeth.

AGATHE *wehrt sich mit allen Kräften*: Was willst du von mir?! Nein, nein, nein! Ich liebe Gérard nicht!

ELISABETH: Du mußt ihn heiraten! Nach einer Woche wirst du ihn lieben. Er wird dich auf Händen tragen. Hör doch, Agathe, du kannst glücklich sein.

AGATHE: Glücklich bin ich doch nur, wenn ich Paul sehe.

ELISABETH *ihr gegenüber, sehr drohend*: Kennst du denn keine Würde? Jetzt wo du weißt, wie sehr er dich verachtet!

AGATHE *sinkt wieder in sich zusammen*: Du bist grausam, Elisabeth.

ELISABETH: Weil ich dein Glück will. Weil ich keine Freundin außer dir habe. Vertraue mir doch: heirate Gérard. Verlasse dieses Haus, das nichts birgt als Unglück. Laß mich mit dem kranken Unmenschen allein, besuch mich manchmal und erzähle mir von deiner Seligkeit.

Agathe birgt ihr Gesicht, leise weinend, in Elisabeths Schoß.

Elisabeth über ihr, mit tödlicher Sanftheit:

Warum hast du dich solange gesträubt?

Abdunkeln.

Neues Licht; gleiche Szene. Statt des Betts in der Mitte ein karges, blechernes Waschgeschirr. Elisabeth steht davor und wäscht sich die Hände.

ELISABETH: Komisch, man sieht nichts an meinen Händen.

Sie horcht ins Dunkel:

Weint da nicht jemand? Ist das Agathe, oder Gérard, oder Paul? Das ist doch Paul. Ich komme schon, Paul!

Sie trocknet ihre Hände.

VIERTER AKT

Kleiner Salon im Étoile-Palais mit vier Sesseln, die um ein Rauchtischchen stehen.
Elisabeth empfängt an der Tür Agathe und Gérard. Beide sind im Aussehen sehr verbürgerlicht: er mit solidem, dunklem Anzug, sie mit dezentem Kostüm, Handschuhen, Täschchen.

AGATHE *küßt Elisabeth*: Herrlicher Wintermorgen, nicht wahr, Liebling? Ach, du bist natürlich noch nicht ausgegangen. – Aber du hattest uns doch erwartet? Es ist unser Tag!

ELISABETH: Freilich, mein Gold. Was gibt's Neues, Gérard?

GÉRARD *händereibend*: Arbeit, Arbeit, Arbeit. So eine Fabrik nimmt den ganzen Menschen in Anspruch. Schließlich kann man sich nur auf sich selber verlassen, alle anderen machen doch nichts als Unsinn. Ich fange schon an, meine kleine Agathe zu vernachlässigen – was, Herzchen?

AGATHE: Aber die Abende haben wir doch meistens für uns.

ELISABETH *macht sich am Tischchen zu schaffen*: Ihr geht nicht viel aus?

AGATHE: Selten; höchstens einmal in ein gutes Konzert.

GÉRARD *ganz stolzer Gatte*: Bei Agathens Zustand!

ELISABETH: Dabei siehst du hübscher aus denn je.

AGATHE: Gérard liest mir, wenn er Zeit hat, abends oft aus einem Roman vor. Zum Beispiel Dickens.

ELISABETH *legt beiden die Arme um die Schulter*: Ihr seid restlos glücklich?

GÉRARD *macht sich etwas verlegen los*: Wo steckt eigentlich Paul?

ELISABETH: Weiß der liebe Himmel. Der liegt noch im Bett, oder im Bad, oder bestenfalls auf dem Diwan.

AGATHE: Auf dem Diwan – im Zimmer?

ELISABETH *als verstünde sie nichts*: In irgendeinem Zimmer wird der Diwan schon stehen.

AGATHE *verlegen*: Ich lauf rasch und hol ihn!

GÉRARD: Du bist wohl nicht recht bei Trost, Baby! Bei deinem Zustand! – Ich werde selbst nach ihm sehen.

Ab. – Die beiden Frauen schweigen einen Moment. Dann –

AGATHE: Du hast wahrscheinlich recht: wir sind glücklich.

ELISABETH: Du kannst mir ruhig ein bißchen dankbar sein, daß es doch noch so gekommen ist!

AGATHE: Ich bin dir dankbar, Elisabeth.

ELISABETH: Er trägt dich auf Händen?

AGATHE: Ich glaube – ich darf glauben –, daß er mich sehr liebt.

ELISABETH: Und du? Du fängst an, seine große, reine Liebe zu erwidern.

AGATHE: Ich gebe mir alle Mühe, Elisabeth. Und manchmal scheint mir, ich habe schon angefangen.

Gérard und Paul kommen herein; hinter ihnen Marietta.

GÉRARD *herzlich lachend*: Paul hat mit Marietta ein Duett einstudiert.

MARIETTA: O mei, was heißt «einstudiert!» Der Herr Paul hat ja von Musik keinen Dunst net!

PAUL *im schwarzen Pyjama, ziemlich verschlampt, bleich und zänkisch*: Marietta wird nächstens 125 Jahre alt. Es ist nachgerade grotesk, wie sie krächzt. Daß sie mir vorwirft, ich könne nichts, übersteigt das Maß des Erdenklichen. Sie hat sich die Kroxen-Lieder in jahrzehntelanger Arbeit halbwegs zu eigen gemacht, sie sind ja auch ziemlich leicht; von der Tauben-Arie hat sie keine Ahnung.

MARIETTA *weinerlich*: Die junge Herrschaft ist oft gar so tückisch. Ich bin eine ehrbare Witwe.

PAUL: Toll, wie sie lügt! Sie war nie verheiratet! Noch ihr Enkel ist unehelich.

MARIETTA *schluchzt los*: Huhu – so was Intrigantes, so was Hinterpfotziges! A arm's Dienstbot trazeln!

PAUL *schreit sie an*: Sag nicht trazeln! Das Wort ist inexistent!

MARIETTA: Das wird der jungen Herrschaft im heiligen Himmel heimzahlt werden!

Schluchzend ab.

Die Geschwister bleiben sehr ernst, Gérard und Agathe lachend zurück.

GÉRARD: So geht es also ewig weiter bei euch?

PAUL *verbissen*: Humoristisch, was?

AGATHE: Ach ja, die alte Marietta ist ein Unikum.

PAUL *sieht sie mit tiefstem Erstaunen an*: Was für eine Sprache sprichst du denn?

AGATHE *sofort verschüchtert*: Wieso? Wie immer –

PAUL: Ach so. Ich dachte, du irrtest dich vielleicht und hieltest uns für ein Strickkränzchen.

Kurzes betretenes Schweigen.

Elisabeth richtet auf einem Tablett Likör und Gebäck an; Agathe und Gérard nehmen. Paul lehnt unhöflich ab.

AGATHE *zu Paul*: Du fühlst dich nicht gut?

PAUL: Scheußlich geträumt.

ELISABETH *sachlich*: Kroxmann?

PAUL: Noch widerlicher.

GÉRARD *nach einer kleinen Pause lebhaft einsetzend*: Nein, wen glaubt ihr, daß ich vorgestern getroffen habe? Das erratet ihr nie!

PAUL *ohne jede Steigerung der Stimme*: Dargelos.

GÉRARD: Woher weißt du?

PAUL: Es gibt sonst niemand.

AGATHE: Der Schneeball-Junge, dem ich ähnlich sehe? Wie amüsant!

ELISABETH: Unsinn! Wer sagt, daß du ihm ähnlich siehst? Er hat eine brutale Boxerfresse.

GÉRARD: Die Ähnlichkeit ist frappant. Man würde schwören: ein Bruder Agathes. – Er sah übrigens unerhört braun und gut aus. War in den Tropen gewesen, Autovertretung; scheinbar ausgezeichnet verdient.

PAUL *sehr still, Lider gesenkt*: Älter geworden?

GÉRARD: Keine Spur, ganz der Junge von damals. Nach dir hat er sich sofort in furchtbar netter Weise erkundigt.

PAUL: Zu liebenswürdig.

GÉRARD: Sogar ein Geschenk hat er mir für dich mitgegeben.

Paul schweigt, wartet.

Er sagt, als Buben hättet ihr euch alle beide so mächtig für Gifte interessiert; hättet sogar eine Sammlung anlegen wollen. Er seinerseits sei dieser Leidenschaft treu geblieben.

PAUL *durch die Zähne*: Konsequent war er immer.

GÉRARD: Was sagst du?

PAUL: Sprich ruhig weiter.

GÉRARD *zieht ein rundes, weiß eingewickeltes kleines Paket aus der Tasche, hält es hoch*: Das ist aus Indien. Soll eine ganz verteufelte Komposition von Drogen sein. Gefährlich, läßt er dir sagen.

Legt es mitten auf den Tisch.

Paul kann die Augen nicht mehr davon lassen.

ELISABETH: Man muß es auswickeln.

GÉRARD: Wer traut sich?

ELISABETH *streckt langsam die Hand danach aus*: Ich.

AGATHE *aufschreiend*: Faßt es nicht an, ich beschwöre dich, Lise! Schon das Berühren kann gefährlich sein. Ich kenne dieses Zeug von meinen Eltern her!

PAUL *sieht sie groß an*: Was kennst du von deinen Eltern her??

AGATHE: Dieses infame Giftzeug.

PAUL *lacht kurz*: Ich glaube nicht, daß dieses hier so harmlos sein wird wie Kokain.

ELISABETH: Willst du es nicht auswickeln?

PAUL: Komisch; die Hände sind mir gelähmt.

Sie schauen alle vier fasziniert auf den eingewickelten Ball.

AGATHE: Was von dem für ein Schweigen ausgeht.

PAUL: Und man riecht ihn durch das Papier – merkt ihr? Ganz deutlich.

Elisabeth nimmt den Ball langsam in die Hand; beginnt vorsichtig die Hüllen abzunehmen.

AGATHE: Leg ihn weg, Elisabeth! Der bringt Unglück.

Elisabeth hält den ausgewickelten schwarzen Ball feierlich in beiden Händen.

PAUL *starrt hin, wie verzaubert*: Er sieht aus wie ein Schneeball. Nur schwarz.

GÉRARD: Ich finde, wie ein Knäuel von Schlangen. Ekelhaft.

ELISABETH: Er riecht auch nach Schlangen.

Reicht ihn Paul:

Du, nimm! Er gehört dir.

AGATHE: Nicht, Paul! Bitte, bitte nimm ihn nicht an!

PAUL *nimmt ihn endlich; steckt ihn ein, steht sofort auf*: Der gehört in die Sammlung, neben den weißen.

ELISABETH: Wir müssen ihm zusammen seinen Platz anweisen.

PAUL: Das ist meine Sache.

ELISABETH: Nichts, was mit der Sammlung zusammenhängt, ist allein deine Sache.

PAUL: Aber alles, was mit Dargelos zu tun hat. Ich werde doch das Geschenk aufbewahren dürfen, das er mir zukommen läßt. – Außerdem bin ich krank. Laßt mich allein.

Schnell ab.

AGATHE *verängstigt zu Gérard*: Du hättest ihm das grauenvolle Ding nicht geben sollen!

GÉRARD: Aber ich konnte es doch nicht unterschlagen.

AGATHE: Elisabeth hätte es in Aufbewahrung nehmen können.

ELISABETH: Ich bedanke mich schön.

AGATHE: Sei gut, Elisabeth! Kümmere dich jetzt um Paul! Wir lassen dich besser allein.

ELISABETH: Paul hat jetzt alles, was er braucht. Ich kann mich inzwischen ruhig schlafen legen.

AGATHE *im Hinausgehen*: Und bitte: falls Paul krank werden sollte, sei lieb und gib mir gleich Nachricht.

ELISABETH: Ich möchte wissen, warum er krank werden soll.

Alle drei ab.

Marietta kommt herein, räumt das Likörgeschirr zusammen; bleibt dann schwerfällig mitten im Zimmer stehen. Paul kommt dazu.

PAUL: Was stiehlst du hier, he?

MARIETTA: Ich fürcht mich halt.

PAUL: Wieder mal mit gelben Stiefeln einer draußen?

MARIETTA: Ich hab halt gedacht: der Herr Paul schläft; und's Fräulein Lisbeth höchstwahrscheinlich auch.

PAUL: Du sprichst von meiner Frau Schwester?

MARIETTA: Wo hier doch die vielen kostbaren Sachen rumstehen.

PAUL: Ich will ein Telegramm durchtelegrafieren.

MARIETTA: Immer die gleichen ausgefallenen Ideenverbindungen.

PAUL: Sicher hast du in der Küche zu tun.

MARIETTA: Ich horch lieber zu.

Setzt sich schwer; beobachtet ihn.

PAUL *nimmt langsam den Telefonhörer ab; spricht*: Mademoiselle? Ja, bitte. Ich möchte ein Stadttelegramm aufgeben an Madame Agathe. – Hier spricht Champs-Élysées 3045. Ganz recht, 3045; Inhaber des Anschlusses ist Madame Michael, Michael, ganz richtig. Also das Stadttelegramm geht an Madame Agathe Dubos, rue Vaugirard 2007. Dringend. Glauben Sie, daß die Dame es dann in etwa zwanzig Minuten haben wird? Sie können es Madame ja auch durchtelefonieren; aber bitte: nur ihr persönlich. Der Text lautet: Ich sterbe – ganz richtig: sterbe – während – du – dieses – liest – nein, nicht bist, liest von lesen, mit «l» wie Ludwig am Anfang – es ist deine Schuld. Unterschrift: Paul. Was das bedeuten soll? Es handelt sich um einen Scherz. Natürlich, ein Familienwitz, die Dame versteht schon. Wiederholen Sie doch bitte. Nein, das Telegramm geht nicht an Madame Elisabeth, sondern an Madame Agathe. Madame Elisabeth ist doch die Inhaberin meines Anschlusses. Danke, sonst ist es richtig.

Er hängt erschöpft ein.

Während des Sprechens am Telefon ist es mählig dunkler geworden; schließlich ist nur noch Marietta im Sessel matt beleuchtet.

MARIETTA *ganz schwer, zugleich drohend und befriedigt, vom Stuhl her*: Aha!

Die Szene wird langsam, während dieses «Aha» noch nachklingt, ganz dunkel: verwandelt sich in das «Zimmer», wie zu Beginn des dritten Aktes, mit Wäschehaufen, Lämpchen, Zeitungsausschnitten und allem Zubehör.

PAUL *kauert auf dem Bett, hält in der einen Hand den weißen, in der anderen den schwarzen Ball. Er jongliert mit beiden, balanciert sie auf den flachen Händen. Dazwischen ißt er manchmal von dem schwarzen einen kleinen Bissen*: Komisch: sie sind wirklich ganz genau gleich schwer.

Er balanciert; ißt dann wieder einen Bissen:

Diesen Geschmack muß ich aber doch schon gekannt haben. Vertrottelt, daß ich mich nicht erinnere.

Er singt leise; wiegt sich, immer die Äpfel balancierend, im Takt:

Die Taube, die ich füttern wollte,

War ganz von Glas,
So daß sie nicht gedeihen wollte,
Was sie auch fraß.
Von draußen, aufschreiend Agathes Stimme.

AGATHES STIMME: Paul! Um Gottes Barmherzigkeit willen, Paul, wo ist er denn! Ich finde mich hier nicht zurecht!

ELISABETHS STIMME *von weiter her*: Das glaub ich wohl, Herzchen! – Was ist eigentlich los? Paul wird in seinem Zimmer sein.

AGATHES STIMME: Ist das die Tür? Gibt es denn hier kein Licht? Um Gottes Barmherzigkeit willen –

PAUL *ißt weiter am schwarzen Apfel; singt*:
Es schien mir, daß sie trinken wollte,
Ich wußt nicht was.
Und als ich ihr Gefieder streicheln wollte,
Fand ich's von Tränen naß.
Agathe und Elisabeth in der Tür.

AGATHE *stürzt auf ihn zu*: Paul!! – Um Gottes willen, Paul, was sollte denn das grauenvolle Telegramm?

PAUL *liegt jetzt; lächelt schon sehr schläfrig*: Du bist schon da?

AGATHE *in weinender Angst*: So erklär mir doch. So sag doch ein Wort.

PAUL: Es schmeckte gar nicht so schlimm. Wie alte Schokolade, nur ein bißchen komisch gewürzt.

AGATHE *neuer Aufschrei*: Er hat den Apfel gegessen! Das Giftzeug! Ich habe doch gewußt, daß es Unglück bringt –
Sie sinkt an Paul nieder, bitterlich weinend.

PAUL *streichelt sie*: Es hat wirklich gar nicht so besonders schlimm geschmeckt.

AGATHE *springt wieder auf; zu Elisabeth, die die ganze Zeit regungslos an der Tür steht*: Elisabeth!! Es muß doch etwas geschehen! Hol einen Arzt! Telefoniere doch! Lauf doch! Irgendein Gegengift!

ELISABETH *starr*: Ich lasse euch nicht allein.

AGATHE *fassungslos*: Aber Elisabeth! Bist du denn wahnsinnig! Verstehst du denn nicht?! Es geht um sein Leben!!

ELISABETH: Wenn er es nicht mehr mag –

AGATHE *stürzt, an ihr vorbei, hinaus*: Es muß doch etwas geschehen –

ELISABETH *etwas näher an Paul, aber immer noch hinter ihm, so daß er sie nicht sehen kann*: Hat es wirklich so komisch nach Gewürz geschmeckt?

PAUL: Natürlich, wenn ich es sage.

ELISABETH *milde*: Ach, man weiß bei dir nie, du schwindelst ja so kolossal viel.

PAUL: Sprich nicht mit mir! Ich will jetzt nur noch Agathens Stimme hören.

ELISABETH: Vielleicht wirkt es gar nicht so besonders gefährlich.

PAUL: Das wirkt ganz genauso, wie ich mir's wünsche. Es fängt ja schon an. Ah, ich hab Durst.

ELISABETH: Da steht unser Wermut.

Sie gießt ein Glas voll, gibt es ihm.

AGATHE *kommt kopflos, weinend wieder hereingestürzt*: Zunächst habe ich dir einmal eine Wärmflasche gebracht.

PAUL *lächelt mühsam*: Mir ist sowieso schon so heiß.

AGATHE *legt sie ihm hin*: Das tut immer gut. Jetzt will ich ein Brechmittel suchen.

PAUL: Bleib bei mir.

AGATHE *der plötzlich alles wieder einfällt*: Aber Paul – was hast du nur damit gemeint, daß ich Schuld wäre an allem?

PAUL *streichelt ihre Hand*: Was für eine kleine Hand du hast! – Wenn du meinen Brief damals wenigstens beantwortet hättest –

AGATHE: Welchen Brief, Paul?

PAUL: In dem ich dir gestand –

AGATHE: Was denn?! Was denn, Paul?!

PAUL: Meine Liebe –

AGATHE: Ich weiß doch von keinem Brief.

PAUL *wendet sich langsam zu seiner Schwestern*: Oh – Elisabeth –

AGATHE *begreift endlich. Einen Moment wie vom Blitz getroffen, dann rasend auf Elisabeth zu*: Elisabeth!! Du wagst es noch, hier zu stehen?!

ELISABETH *empfängt starr ihren Ansturm*: Laß dein sinnloses kleines Geschrei. Hier ist jemand krank.

AGATHE *außer sich*: Hier ist jemand krank?! Und durch wessen Schuld?! Und wer hat ihn mit allen seinen Lügen vergiftet? Mörderin! Mörderin!!

PAUL *schwer atmend*: Bleib doch bei mir – wo läufst du denn hin, Agathe?

AGATHE *wieder bei ihm; umklammert ihn*: Paul – Paul – Paul – wir sind so abscheulich betrogen – Elisabeth ist gar kein Mensch, Elisabeth ist der Teufel –

PAUL *mit geschlossenen Augen*: Nicht nur den Brief unterschlagen. Auch noch alles mögliche erfunden?

AGATHE: Paul, bleib leben! Für mich, Paul! Das Gift darf nicht so stark sein! Wenn ich nur wüßte, wo das Brechmittel ist! Wir können immer noch glücklich werden. Ich bete dich an –

PAUL *der gegen das Einschlafen zu kämpfen scheint*: Du liebst nicht nur Gérard?

AGATHE: Nur dich, nur dich – seit immer – für immer – nur dich –

PAUL *mit mattem Erstaunen*: Ich hätte glücklich sein können?

AGATHE: Das Lügennetz über uns auszuwerfen –

PAUL: Ich hab Durst.

ELISABETH *steht plötzlich hinter ihm, mit dem Glas*: Hier ist noch Wermut.

AGATHE *will es ihr aus der Hand reißen*: Willst du ihn denn noch einmal vergiften?

ELISABETH: Laß los, Idiotin! Dir sähe es ähnlich, ihn aus lauter Liebe verdursten zu lassen!

AGATHE: Trink nicht, Paul! Ich flehe dich an: trink nicht! Sie ist der Teufel, was sie dir gibt, ist der Tod! Merkst du denn nicht? Mit genau der gleichen Bewegung hat sie dir den schwarzen Apfel heute mittag aufgezwungen.

PAUL *wendet sich langsam nach Elisabeth um, mit tiefer Neugierde ihr ins Gesicht*: Du bist ja wirklich der Teufel.

ELISABETH *ihm ruhig entgegen*: Schau mich nur an. Es gibt ja doch kein anderes Gesicht mehr für dich.

PAUL *streckt langsam die Hand aus*: Gib doch das Glas.

ELISABETH *reicht es ihm; er trinkt gierig; sie wendet sich langsam, majestätisch an Agathe*: Geh jetzt.

AGATHE *wimmert*: Paul – erlaube es nicht –

ELISABETH *sehr stark*: Was haben wir jetzt noch mit dir zu schaffen?

MARIETTA *erscheint plötzlich im Hintergrund an der Tür*: Brauchen's was von mir, Fräulein Lisbeth?

ELISABETH: Bring doch Madame hinunter, Marietta. Sie findet allein nie den Weg aus dem Zimmer.

AGATHE *weicht, wie gezogen, immer weiter zurück*: Erlaub es nicht, Paul. – Sag, ich soll bleiben –

Paul versucht die Hand zu heben, sie zurückzuwinken. Aber die Hand sinkt ihm herab.

MARIETTA *mahnt von der Tür her*: So kommen's halt a bissel schneller, Fräulein Agathe. Ich geb Ihnen unten an Regenschirm. 's schneit halt so.

Agathe immer das Gesicht Pauls Bett zugewendet, ist willenlos; hinaus.

Marietta hat die Tür hinter ihr geschlossen.

Elisabeth macht sich leise und geschäftig, dabei zuweilen vor sich hin summend im Zimmer zu schaffen. Holt den Kasten aus dem Schrank, der die «Sammlung» enthält, stellt alle kleinen Gegenstände – Bücher, Fotos, Puppen, Musikinstrumente usw. – im Zimmer herum auf.

PAUL: Was hantierst du denn, Unmensch?

ELISABETH: Ich richte die Sammlung.

PAUL: Das ist vernünftig. – Was hältst du da in der Hand?

ELISABETH: Was denn wohl, Narr?

PAUL: Den Revolver.

ELISABETH: Freilich doch.

PAUL: Du willst also mitkommen?

ELISABETH *lacht leise*: Dachtest du etwa, ich würde dich allein reisen lassen?

PAUL: Ich habe den Eindruck, du hast etwas zur Sammlung gestellt, was eigentlich nicht ganz dazu gehört.

ELISABETH: Michaels Bild. Das gehört jetzt dazu.

PAUL: Wodurch hat er's verdient?

ELISABETH: Durch seinen Tod, Paul. Besser konnte er sich nicht legitimieren.

PAUL: Hast du das schon gewußt, als du ihn geheiratet hast?

ELISABETH *nach kurzem Nachdenken*: Das habe ich wohl schon gewußt. – Iß doch den Apfel zu Ende.

PAUL: Das Spiel fängt schon an. Tränen; Schnee; Taube.

ELISABETH *zeigt ihm den Revolver*: Schau, wie das blitzt.

PAUL: Es war immer das feinste Stück aus der Sammlung. – Der

Apfel schmeckt genau wie irgendein Gericht, das wir uns als Kinder gemacht haben. Damals hat aber sicher Mama noch gelebt.

ELISABETH: «Müsli»?

PAUL: Marietta hat uns ein Gewürz dazu gegeben, so eine Art Zimt, aber anders. Das war, eh ich in die Schule kam.

ELISABETH: Die paar Jahre, die du in der Schule warst, gibt es eigentlich gar nicht.

PAUL: Dargelos' Bild trage ich auf dem Herzen. – Du könntest das Gedudel spielen lassen.

ELISABETH: Das hätte ich doch wirklich beinah vergessen.

Sie stellt den Leierkasten an, die monotone Melodie aus dem ersten Akt.

PAUL: Worauf wartest du noch mit dem Revolver?

ELISABETH: Bis du fertig bist, Liebling. Meinst du, ich liefe voraus? Erst überwache ich dich. Jetzt darf uns doch nichts mehr dazwischenkommen.

PAUL: Ich hätte gern noch den Knall gehört.

ELISABETH: Du wirst ihn als letzte Musik haben.

PAUL: Wenn du mich nun betrügst?

ELISABETH: Aber Paul! Würde ich dich mit einem Nicht-mehrmöga ins Zimmer eingehen lassen?

PAUL: Weißt du, es war gar nicht so leicht, die beiden Bälle zu balancieren, obwohl einer genauso schwer wie der andere wog. Der weiße wollte immer hinauf, der schwarze hinunter.

ELISABETH: Ewig schade, daß ich das nicht mitangesehen habe.

PAUL: Damals war doch noch jemand Drittes im Zimmer. – Gib mir einen Tropfen Wermut. Spielt das Gedudel noch?

ELISABETH: Noch ein paar Töne. Trink!

PAUL: Es schneit draußen.

ELISABETH: Freilich. Unser Wetter.

PAUL: Genau wie damals, als der weiße Ball kam. Den fing ich damals mit dem Kopf auf. Aber der schwarze traf mich in die Brust.

ELISABETH *nahe bei ihm*: Du hast lauter weißes Licht im Gesicht. Sogar deine Narbe sieht weiß aus.

PAUL: Du auch – weiße Stirn, weißer Mund – Elisabeth, halt mich fest –

ELISABETH: Ich bin ganz nahe bei dir.

PAUL: Hast du das silberne Ding auch fest an der Schläfe?

ELISABETH: Fest an der Schläfe. Versuch doch, ob du die Augen noch einmal aufmachen kannst.

PAUL: Es geht nicht mehr. Das große Einschlafspiel –

ELISABETH: Denke ganz fest, daß du steigst. Wir werden dieselben Träume haben.

PAUL: Vögel steigen mit mir auf, Elisabeth. Tauben. Das Zimmer ist so wunderbar hergerichtet. Jetzt dürfen wir uns endlich anfassen.

Athen

Fünf Bilder

PERSONEN

SOKRATES
XANTHIPPE
ALKIBIADES
KLEINIAS, sein junger Bruder
TIMON
KALLIAS, ein reicher Mann
MELETOS, ein Advokat
ANYTOS, ein Geschäftsmann
KRITON, PHAIDROS, LYSIS – Schüler des Sokrates
JUNGE LEUTE
BÜRGER
EINE TÄNZERIN
GEFÄNGNISWÄRTER
GERICHTSBEAMTE
SOLDATEN
DER GERICHTSHOF

ERSTES BILD

Das elegante Landhaus des reichen Kallias am Piräus. Der Hintergrund ist begrenzt durch einen wenig gerafften Vorhang, durch dessen Öffnung man auf eine Gruppe von Personen sieht, ohne einzelne zu erkennen. Man unterscheidet nicht mehr, als daß etliche jüngere und ältere Männer auf Polster aufgestützt liegen. Zwischen ihnen bewegt sich zuweilen eine Tänzerin, deren buntes Schleierkostüm auftaucht und wieder verschwindet.
Im vorderen Raum, der eigentlichen Szene, steht Alkibiades, die Miene von Wein und Triumph leicht gerötet, mit Purpur und Goldspangen herausfordernd prächtig gekleidet. Er ist umgeben von einer stattlichen Schar gleichfalls sehr angeregter junger Leute kriegerisch-üppigen Typs; unter ihnen als der einzig Düstere Kriton, Schüler des Sokrates.

ALKIBIADES *aufgereckt, mit gewaltiger Stimme*: Athen braucht Macht!

JUNGE LEUTE *in turbulentem Durcheinander*: Du gibst sie uns! Durch dich die Macht!

ALKIBIADES: Ich schwör's euch, Kameraden, ich darf's euch schwören in dieser Stunde: mit unserer Expedition beginnt ein neuer Abschnitt in der Geschichte Athens!

JUNGE LEUTE *enthusiastisches Durcheinander*: Die Expedition startet! Die neue Ära fängt an!

ALKIBIADES: Warum habe ich auf dieser Expedition nach Sizilien bestanden? Warum habe ich sie gegen alle Widerstände siegreich durchgesetzt? Doch nicht, um den angeblich bedrohten Egestanern gegen die Sizilianer zu Hilfe zu kommen! Der egestanische Hilferuf kam mir gelegen – man braucht so einen Vorwand.
Allgemeines Gelächter.
Warum habe ich alle alten Nörgler im Sturm überrannt?! Weil es fallen muß, dies verstaubte und verfaulte System! Weil der

Staat vor die Hunde geht, der nichts mehr riskiert! Weil nur gewinnt, wer noch wagt! Die Jugend wird's schaffen, nicht irgendein alter Skeptiker und Philosoph und nicht der wackelige alte Nikias.

JUNGE LEUTE *im Durcheinander*: Der wackelige, vorsichtige, asthmatische alte Nikias! Eine so ausgiebige Blamage hat sich noch nie einer geholt, wie der sie heute in der Versammlung erlebt hat.

ALKIBIADES: Sizilien – spüren wir das nicht alle?! – Sizilien ist nur ein Anfang! Karthago wartet, Afrika wartet, Athens Macht soll ungeheuer erweitert werden!

ERSTER JUNGER MENSCH *parodiert näselnd den Nikias, mit erhobenem Zeigefinger*: Nur nichts riskieren! Laßt euch warnen, Bürger von Athen: nichts riskieren!

ALLES *lacht durcheinander*: Genauso hat Nikias in der Versammlung gesprochen! Nikias, der krummbeinige alte Knabe! Und wie er immer mit dem langen Zeigefinger wackelt!

ERSTER JUNGER MENSCH *immer parodierend*: Wozu sich überflüssig exponieren – nur weil gewisse Leute nach Befehlshaberposten gieren?!

ALLE, *Riesengelächter*: «Gewisse Leute» –: das saß! Wie, das hat gesessen, Alkibiades?!

ERSTER JUNGER MENSCH *schüttelt den Zeigefinger komisch drohend zu Alkibiades*: Gewisse Leute sind hier gemeint, solche, die ungewöhnliche Einnahmen benötigen, um den skandalösen Luxus ihrer Lebenshaltung weiterhin bestreiten zu können!

ALKIBIADES *spontan aufgebracht*: Es ist doch zu dumm! Da hört man wieder, Wort für Wort, wie scheußlich dumm es war! «Skandalöser Luxus»! Wer sollte denn Athen repräsentieren, wenn nicht ich? Wer sollte denn sonst seinen Glanz zeigen, so daß alle anderen, Griechen und Barbaren, einsehen, wie herrlich wir sind? Treibe ich all diesen Aufwand nicht dem Volk zu Gefallen, das ihn von mir erwartet, verlangt?!

ERSTER JUNGER MENSCH *immer als Nikias*: Sieben Wagen glaubten gewisse Persönlichkeiten entsenden zu müssen zu den Olympischen Spielen –

ALKIBIADES *erwidert mit Verve, wie in der ernsthaften Diskussion*: Freilich, sieben Wagen, sieben blitzende, glänzende, leuchtend neue Wagen und Rosse! Und warum das, wozu? Damit Athen glanzvoll dastehe. Sport ist nationale Ehrensache.

ALLES *im Durcheinander*: Bravo – Sport ist nationale Ehrensache – es lebe unser Führer – Ehrensache – der glänzende Alkibiades.

ALKIBIADES *immer erhitzter*: Wer sollte sich denn abheben und unterscheiden von der misera plebs, wenn nicht ich, der ich für alle Welt zum Inbegriff geworden bin von Glanz und Stärke unserer großen Stadt?!

KRITON *bemerkt leise und scharf*: Hört doch den Demokraten!

ALKIBIADES *greift die Bemerkung auf, wendet sich dem Kriton mit einer großen, schönen und wilden Bewegung zu*: Ganz richtig, mein schlauer junger Kriton, du Schüler des Sokrates –: «Hört doch den Demokraten!» Kommen unsere Triumphe nicht immer zuletzt dem Volk zugute, das nach dem starken Mann lechzt, heute wie eh und je? Ja – ich, nur ich und meinesgleichen nennen sich mit Recht Demokraten, denn nur wir helfen dem Volk wahrhaft weiter! Was will ich mit dieser Expedition?! Einen Kranz für mein Haupt?! Sei es! Aber mein Haupt ist das Haupt von Athen!

Kriton zuckt die Achseln und zieht sich zurück.

DIE JUNGEN LEUTE *im Durcheinander*: Wie hinreißend er spricht! Dagegen kann keiner an! So in Form war er nie!

ALKIBIADES *hoch gereckt*: Wie ich es in allen Muskeln spüre: so in Form war ich nie! Mir ist, als könnt ich mit Gebirgen Fangball spielen! Und ich sollte dieses Sizilien nicht bewältigen?!

DURCHEINANDER: Die Expedition startet!

ANDERE: Ein neuer Wind weht!

ANDERE: Wir dürfen alle mit, alle mit!

ANDERE: Schluß mit dem faulen Frieden! Schluß mit der faulen Demokratie!

ANDERE: Die Spartaner werden Augen machen! Endlich Revanche! Endlich – endlich wieder Ruhm zu holen!

ALKIBIADES *mit geöffneten Armen*: Wir schaffen es nur selbst, unser Schicksal. Wer hilft uns? Was das Volk noch nicht wissen darf – sollen wir's uns nicht eingestehen? Seitdem die alten Götter tot sind, bleiben wir ganz allein. Denn es gibt kein Daimonion, das uns im Busen sitzt und flüstert. Es gibt nur uns, unsere Freude an der Tat, am Spiel, am Gewinn. Die alten Götter sind tot, es leben die neuen! Wir sind die neuen!

Während der letzten Sätze ist Sokrates mit Kallias, Phaidros und Lysis aus dem hinteren Raum in den vorderen getreten; nach ihnen Timon, der im Hintergrund stehenbleibt.

SOKRATES *klatscht leise, sehr liebenswürdig in die Hände*: Bravo, mein siegreicher Alkibiades, bravissimo! Das hast du wieder glanzvoll gebracht. Mir scheint übrigens, niemand hatte behauptet, daß dir ein Daimonion im Busen sitze.

Die ganze Gruppe, die den Alkibiades schwärmerisch umgeben hat, wendet sich, plötzlich ernüchtert und mit einem veränderten Gesichtsausdruck, dem Sokrates zu, da dieser anfängt zu sprechen.

ERSTER JUNGER MENSCH *mit gedämpfter Stimme*: Sokrates – hat er uns schon die ganze Zeit zugehört?

KRITON *eilt zu der Gruppe des Sokrates hinüber*: Den Göttern sei Dank, daß du da bist! Es war ziemlich schwer, das hier auszuhalten.

ALKIBIADES *im ersten Moment verwirrt, aus der Fassung gebracht, versucht es mit einem Achselzucken*: Sokrates ist ein Überraschungskünstler. Wenn sich sein Daimonion auf etwas versteht, so auf den Trick auszuspüren, wo Sokrates stören kann.

SOKRATES *galant lächelnd*: Du vergißt, mein Kostbarer, daß mein Daimonion mir nie etwas rät, sondern immer nur warnt. Heute, zum Beispiel, warnte er mich aufs entschiedenste davor, mich mit dem siegestrunkenen Alkibiades in eine Diskussion einzulassen – so sehr mich das natürlich jederzeit lockt.

TIMON *tritt plötzlich mit einem scharfen Ruck nach vorn. Er ist ein Mann Ende Fünfzig, das Gesicht, das bedeutend gewesen sein muß, grimassenhaft verwüstet*: Den Göttern sei Dank: Sokrates verschont uns ausnahmsweise mit seiner Diskussion. Er ist der letzte Grieche, der ernsthaft an die Dialektik zu glauben scheint. Die einzige Dialektik, die ich kenne, ist die, daß die Macht das Recht niedertrampelt, solange sie eben Macht ist. Habe ich es nicht am eigenen Leib erfahren?

ERSTER JUNGER MENSCH: Herakles, stehe uns bei! Nun erzählt uns Timon die Geschichte seines unglücklichen Lebens!

ZWEITER JUNGER MENSCH: Er leiert sie herunter wie der Sänger an der Straßenecke seine Ballade. Aber wir kennen deine grausige Ballade, alter Timon!

ERSTER JUNGER MENSCH: Gewiß, gewiß – du warst reich und so enorm großzügig gegen jedermann –

ZWEITER JUNGER MENSCH: Zweiter Vers: mit vollen Händen teiltest du aus, kein Bettler ging ungelabt –

ERSTER JUNGER MENSCH: Dritter Vers: bis das Schicksal sich wendete –

ZWEITER JUNGER MENSCH: Du erfuhrst – vierter, fünfter, sechster, zwanzigster Vers – den Undank der Menschen –

ERSTER JUNGER MENSCH: Keiner wollte mehr was von dir wissen.

ZWEITER JUNGER MENSCH: Refrain: Der Mensch ist schlecht.

TIMON: Ich bemerke mit großem Vergnügen, daß meine Geschichte einprägsam ist. Aber nicht von ihr wollte ich eben sprechen. Vielmehr drängte es mich, euch zu der Wahl eures Führers zu gratulieren. Laßt euch nichts vorschwätzen von Sokrates, der an die Macht des Wissens glaubt, statt an die der Schwerter. In Zeiten der Demokratie mag das Wort seine Bedeutung haben, wenn es das Rechte vertritt. Aber die Zeiten der Demokratie sind, dem Zeus sei's gedankt, endgültig vorüber. Ihr habt nun genau den Führer, den ihr braucht.

SOKRATES: Ich hoffe, meine Freunde, das bösartige Lob des Timon wird euch nicht an Alkibiades irre machen. Ich verstehe nichts von solchen Dingen, aber vielleicht – wer weiß es? – ist Alkibiades wirklich dafür begabt, euer Führer zu sein.

ALKIBIADES: «Vielleicht»?! «Wer weiß es?» Wie harmlos er sich wieder stellt, der Hinterlistige! Dabei ist doch immer er es, der alles am besten weiß!

SOKRATES: Nun muß ich euch alle anrufen, als Zeugen seiner tollen Ungerechtigkeit! Wann hätte ich jemals behauptet, etwas besser zu wissen als irgendwer?! Wann jemals wäre ich auf etwas anderes als auf Belehrung ausgewesen? Ich, der weiß, daß ich nichts weiß – außer vielleicht ein paar ganz nebensächliche und zarte Dinge – und nun: Wissensdünkel! Das ist doch gar zu ungereimt und kränkend.

KALLIAS *geschäftiger, dicklicher Herr, etwas üppig geputzt*: Ungereimt und kränkend, damit triffst du es, Sokrates, damit triffst du es, wie meistens. Andererseits hat aber auch Alkibiades gewiß einigen Grund, ungehalten zu sein; schließlich haben wir ihn in seiner Rede unterbrochen.

Er umtänzelt den Alkibiades, der trotzig-stumm dasteht:

Ich muß dich bitten, nicht zu widersprechen, mein Feldherr, wir haben dich unterbrochen, und mir, als dem Hausherrn, ist es außerordentlich peinlich. Sehr, sehr peinlich, ich betone das, denn meine Abende sind berühmt für ihre Gemütlichkeit, berühmt bei allen Gebildeten – und nun diese Mißstimmung. Dabei hatte ich mich so auf diesen Abend gefreut, gerade auf diesen kleinen Abend in meinem Haus. Alkibiades und Sokrates zusammen im Haus des wohlhabenden Kallias, dazu noch der grimmige Timon: eine Konstellation – dachte ich mir –, von der die ganze Stadt eine Saison lang plaudern wird. Und das kaum zwei Wochen, ehe die Expedition starten wird, diese originelle, hochinteressante Expedition des Alkibiades. Eine Art kleiner Abschiedsfete also, die erste Abschiedsfete für unseren Feldherrn. Gleichzeitig eine Versöhnungsfeier zwischen ihm und Sokrates. Denn ihr wart doch wohl ein wenig böse miteinander? Oje, man hat da so manches gemunkelt! Oder solltet ihr euch gar noch böse sein?

ALKIBIADES *verbissen*: Ich konnte mit Sokrates nicht erzürnt sein, denn ich habe ihn seit längerer Zeit nicht gesehen. Er schenkte mir nicht die Gnade seiner Gegenwart.

SOKRATES: Der große Alkibiades gefällt sich darin, scherzeshalber die einfachsten Dinge umzudrehen. Jeder weiß, daß er der meistbeschäftigte Mann von Athen ist und besetzt zu allen Stunden des Tages.

Alkibiades lacht bitter und kurz; wendet sich ab.

KALLIAS *klatscht in die Hände*: Wein! Ich denke: nun etwas Wein. Und würzt ihn ein wenig mit Zwiebeln, das macht ihn bekömmlich und schmackhaft, sagt schon Homer, hehehe –

Er bietet dem Alkibiades ein Glas an, der aber stumm, verstimmt abwinkt:

Aber Alkibiades! Nur ein Gläschen! Nichts kränkender für den Wirt, als wenn der Gast –

ALKIBIADES *mit einem bösen halben Blick auf Sokrates*: Der da verdirbt mir die Laune.

TIMON: Wie gehässig sie tun miteinander! So spitzig und gereizt wie ein altes Ehepaar. Für mich, der ich mit keinem Menschen etwas zu tun haben will, sieht das komisch aus. – Gib schon deinen Wein, Kallias! Ich will bei dir nicht bescheidener sein, als die Gäste in meinem Haus es zu sein pflegten.

Er nimmt dem Kallias das Gefäß aus der Hand:

Prost, Alkibiades! Lasse dich nicht von Sokrates zur Tugend bekehren!

Er trinkt, gibt dann den Becher an Alkibiades weiter:

Und nun trink du!

ALKIBIADES *nimmt den Becher*: Ich trinke auf Athen, das du verabscheust und aus dem Sokrates einen Debattier-Klub machen will!

Er schüttet den Wein hinunter.

KALLIAS *Hände reibend hin und her huschend*: Wohl bekomm's! Der Tropfen war ungemischt. Wasser gibt es nicht in meinem wohlhabenden Hause.

ALKIBIADES *hat den Becher wieder füllen lassen, nähert sich mit etwas schwankenden Schritten dem Sokrates*: Nun trink du! Schließlich sind wir, du und ich, zur Versöhnung miteinander eingeladen worden.

SOKRATES: Erinnerst du dich nicht mehr? Ich trinke nie ungemischt. – Aber diese Kinder sehen mir entschieden noch zu nüchtern aus. Phaidros, Lysis – sieh doch, und dein kleiner Bruder, der Kleinias ist fast eingeschlafen!

Er zaust den Kleinias im Haar:

Du mußt Wein haben, mein Kleiner!

Er reicht ihm den Becher.

KALLIAS *eifrig zu Alkibiades, der den Kleinias nicht sehr freundlich betrachtet*: Er ist ein Juwel, dein Brüderchen. Du selbst, Alkibiades, kannst in diesem Alter nicht reizender gewesen sein. Wirklich, du hast ihn uns zu lange vorenthalten.

ALKIBIADES: Ich wußte, daß Sokrates ihn früh genug entdecken würde. Dem entgeht nichts.

KLEINIAS *hebt den Becher. Mit einer nicht ganz männlichen Stimme, die sich leicht überschlägt*: Hoch, Alkibiades! Die Expedition soll leben!

KALLIAS: Oh, hört doch, was für eine schüchterne Stimme er hat, wenn er mit seinem großen Bruder redet! Und er läßt die Expedition hochleben, der tapfere kleine Mann!

KLEINIAS: Alkibiades erlaubt mir ja nicht zu beweisen, daß ich tapfer sein kann.

KALLIAS: Hört ihn doch, er ist ja charmant!

ALKIBIADES: Ihr verderbt mir den Jungen. So was gehört in die Schule.

SOKRATES: Aber wir wissen ja alle, du Herrlicher, daß du anders und viel großartiger warst, im zarten Alter des Kleinias. Mit vierzehn Jahren hast du einen Kameraden in der Ringschule totgeschlagen, du Löwenjunges, und mit fünfzehn bist du den Deinen durchgegangen, zu deinem Liebhaber, du Erstaunlicher. Freilich, Kleinias ist sanfter.

ALKIBIADES: All deine Reden, Anspielungen und Sticheleien werden uns nicht darüber hinwegtäuschen, daß du wieder einmal verliebt bist – und diesmal in Kleinias.

SOKRATES *lacht herzlich*: Oh, du biederer, eifersüchtiger Geist! Nein, du hast falsch gewittert, verliebt bin ich nicht, diesmal nicht – wie, mein reizender Kleinias?

ALKIBIADES: Dann möchte ich wohl wissen, warum du den ganzen Abend um ihn herumschleichst wie die Katze um den süßen Brei.

SOKRATES: Ich will dir sagen warum, du mein Wißbegieriger: um ihn zu trösten, weil du, den er so grenzenlos verehrt, ihn so schlecht behandelst.

ALKIBIADES: Ich behandle niemanden schlecht.

KLEINIAS: Aber auf die Expedition willst du mich doch nicht mitnehmen.

ALKIBIADES: Ich will dich nicht mitnehmen, beim Hades, weil du noch nicht trocken hinter den Ohren bist.

KLEINIAS: Und du, Sokrates, du bist weise. Meinst du nicht, ich wäre stark genug, um mitzumachen?

SOKRATES: Wobei mitzumachen, mein Kleiner?

KLEINIAS: Nun, bei der Expedition.

SOKRATES: Ich weiß von keiner Expedition.

Etwas betretene, kurze Pause.

ERSTER JUNGER MENSCH *aus der Gruppe, die vorher um Alkibiades geschart war und die anfängt, sich träge aufzulösen*: Kinder, es wird langweilig hier.

ZWEITER JUNGER MENSCH: Da hinten sind noch die Tänzerinnen. Die kleine Ariadne sieht gut aus. Lassen wir uns noch von der was vormachen.

Er winkt der Tänzerin, die faul in ihrem Schleierkostüm am gerafften Vorhang lehnt:

Hallo, Kleine!

TIMON: Griechenlands Jugend hat den Trieb zum Höheren.

DIE TÄNZERIN *ruft mit einer leblos girrenden Vogelstimme*: Na, kommt schon, ihr Hübschen!

ERSTER JUNGER MENSCH: Willst du nicht mit, Alkibiades?

Alkibiades achtet nicht auf ihn; sie schieben sich langsam dem Hintergrund zu und verschwinden hinter dem Vorhang.

ALKIBIADES *plötzlich ausbrechend*: So, du weißt von keiner Expedition!! Ganz Athen spricht von nichts anderem – aber du weißt von keiner.

SOKRATES: Das ist doch eine alte Sache: ich kümmere mich niemals um Politik.

ALKIBIADES: Du kümmerst dich niemals?! Hat dich vielleicht deine Stimme vor der Politik gewarnt? Oder Diotima, deine gescheite Schöne, Geheimnisvolle, zu deren Füßen du dich belehren läßt?

SOKRATES: Diotima bekümmert sich nur um hohe Angelegenheiten, um die Suche nach dem Wahren und nach dem Schönen. Was ärgert dich so?

ALKIBIADES: Und das allgemeine Wohl ist nichts? Und der Ruhm eines Feldherrn durch die Weltgeschichte – das ist also keine hohe Angelegenheit?! – Ah, wie mich ekelt vor deinem abscheulichen Hochmut!

KALLIAS: Aber höre doch, Feldherr! Aber du kennst doch den Sokrates, und daß er immer so ist! Aber so nimm doch Vernunft an!

ALKIBIADES: Und macht meinem kleinen Bruder den Hof, nur um mich zu verletzen! Und weiß von keiner Expedition –

KALLIAS: Aber unser gemütlicher Abend! – Im wohlhabenden Hause –

ALKIBIADES: Schwätz nicht, Alter! Gebt mir wenigstens zu saufen!

Er reißt einem Sklaven, der in seiner Nähe steht, den Becher aus der Hand, schüttet Wein hinunter. Ruft nach hinten:

Na, Burschen, wie ist die Kleine? Kann sie was?

STIMMEN UND GELÄCHTER *von hinten*: Schau doch selbst! Komm doch! Sie ist prima – prima!

Einige von den jungen Leuten erscheinen erhitzt und angeregt hinten am Vorhang.

ERSTER JUNGER MENSCH: Ist doch besser, als immer die klugen Gespräche.

ZWEITER JUNGER MENSCH: So was bekommt Sokrates freilich zu Hause nicht zu sehen von seiner wüsten Xanthippe!

Rohes Gelächter bei seinen Freunden.

PHAIDROS *der die ganze Zeit, mit Lysis zusammen, wie eine Schildwache stumm in der Nähe des Sokrates geblieben ist, mit einer sehr scharfen und jungen Stimme*: Schweigt!! – Damit ihr euch nicht versündigt!

SOKRATES: Laß sie doch, mein mutiger Kleiner! Es vergnügt sie, wie du siehst, eine alternde Frau zu verhöhnen. Man soll den Menschen ihre Vergnügungen lassen.

ERSTER JUNGER MENSCH: Niemand hat sie je zu Gesicht bekommen, die alte Xanthippe! Die muß ja toll ausschauen!

ZWEITER JUNGER MENSCH: Und wer weiß, was es mit der gescheiten Diotima auf sich hat, die unser Sokrates ständig im Munde führt! Ob er mit der wirklich immer nur weise Unterhaltungen pflegt?

ALKIBIADES: Genug habe ich jetzt von Sokrates und seiner Diotima und seiner alten Xanthippe!

ERSTER JUNGER MENSCH *albern*: Sehen möchte ich die schon mal. Toll ausschauen wird die Person!

ALKIBIADES: Kinder, draußen muß die Nacht wundervoll sein! Ich habe Lust auf den freien Himmel!

KALLIAS: Aber Alkibiades – mein Abend – meine kleine Soiree –

ALKIBIADES: Ich habe Lust, die Schlafenden zu erschrecken und mich in dem kalten Brunnen zu baden –

ERSTER JUNGER MENSCH: Wir ziehen durch die ganze Stadt!

ZWEITER JUNGER MENSCH *hat die Tänzerin in den Armen*: Aber die Kleine darf mit.

ALKIBIADES: Die Kleine darf mit, ihre Schleier werden hübsch wehen.

DIE JUNGEN LEUTE *nähern sich, den Alkibiades in ihrer Mitte, der Tür*: In den Brunnen baden – mit dem Wind um die Wette laufen – den Triumph des Alkibiades feiern –

KALLIAS *leise wimmernd*: Aber ist denn das eine Manier? Mein Fest, meine Vorbereitungen –

KLEINIAS *der, nach deutlichem, innerem Kampf, nicht gewagt hat, sich anzuschließen*: Und ich – darf nicht mit?

ALKIBIADES *scharf über die Schulter zurück*: Nein, Kleinias bleibt bei seinen Verehrern.

KLEINIAS *zuckt zusammen, als sei er geschlagen worden*: Oh – und ich habe doch gar keine –

Er verkriecht sich in eine Ecke.

Zweiter junger Mensch hat sich die Tänzerin auf die Schulter geladen.

TÄNZERIN *mit der girrenden Vogelstimme*: Hoppla –

Der Zug ist schon fast hinaus.

SOKRATES: Alkibiades – he, prachtvoller Alkibiades!

ALKIBIADES *steckt noch einmal den Kopf in die Tür*: Wer will noch etwas von mir?

SOKRATES: Ich, nur ich, mein Einzigartiger. Mir ist nämlich eingefallen, daß ich dir noch gar nicht Glück gewünscht habe. Bitte, nimm diesen Kranz.

Er hat einen Kranz aus seinem Gewand geholt.

ALKIBIADES *unsicher*: Willst du dich wieder über mich lustig machen?

SOKRATES: Aber nicht doch. Es ist ein Kranz, an dem mir viel liegt. Wirf ihn nicht in den Brunnen!

ALKIBIADES *zieht den Kopf zurück*: Ich habe schon viele Kränze.

SOKRATES *wirft ihm den Kranz nach*: Aber noch keinen von mir.

STIMME DES ALKIBIADES: Danke.

Der Zug ist hinaus.

TIMON: Diese Siegesfeiern vor den Niederlagen ergötzen mich. Es ergötzt mich festzustellen, daß die Menschen stets Möglichkeiten finden, noch dümmer zu werden. Ihr gestattet, daß ich dem Feldherrn folge.

SOKRATES: Aber gewiß, mein Freundlicher!

Timon mit tiefer Verbeugung ab.

KALLIAS: Und mein Abend – es war noch eine Pantomime vorgesehen –

SOKRATES: Tröste dich, Kallias! Die Tänzerin wird sich viel hübscher unter freiem Himmel machen, und du gibst auch bald wieder ein Fest. – Phaidros, Lysis! Schaut nicht so böse hinter dem Alkibiades drein! Und du, mein ernsthafter Kriton, machst eine Miene, als habest du Bitteres verschluckt.

KRITON: Zugrunde richten wird er Athen mit seiner irrsinnigen Expedition!

SOKRATES: Alles dieses finde ich lehrreich und unterhaltend zu beobachten. Er gibt Athen, was Athen will – da hat er leider recht, der grimmige Timon.

LYSIS *mit einer kleinen, schüchternen Stimme*: Ich verstehe nur nicht –

Er verstummt errötend.

SOKRATES: Was denn verstehst du nicht, mein schweigsamer kleiner Lysis?

LYSIS: Du hast uns doch gelehrt, böse könne man nur sein aus Unwissenheit. Ihn aber hast du unterrichtet vor allen anderen und ihn bevorzugt, den Schönsten, so daß Athen davon sprach: also muß er doch – wissen. – Und nun benimmt er sich so.

SOKRATES: Du sprichst nicht viel, mein aufmerksamer Kleiner, aber du denkst dir doch was. Deine Äußerung war hörenswert. Nur – ist es mit dem «Wissen» keine so einfache Sache. Der wohlgeratene Alkibiades hat mir zeitweise wohl gelegentlich zugehört, inzwischen bereut er es aber und ist sogar in einen Zustand der Abwehr gegen mich gekommen. Verstehst du das? Er setzt nun seinen Ehrgeiz darein, der Vernunft durch die Unvernunft zu imponieren. Das ist der Grund, warum er sich jetzt so auffällig gebärdet.

KRITON: Und bei diesem Wahnsinn hat er die ganze Stadt auf seiner Seite. Ist denn das auszuhalten? Heute ist er der Held, morgen kann er der Halbgott sein! – Und zur gleichen Zeit wird Sokrates im öffentlichen Theater verhöhnt, und jeder schmutzige kleine Sophist wagt es, sich lustig über ihn zu machen.

SOKRATES: Irgendwoher müssen die Lustspielschreiber und die armen Literaten ihre Stoffe doch nehmen.

KRITON: Ich beschwöre dich, Sokrates: nimm sie nicht zu leicht, diese Anfeindungen! Aristophanes macht nur den Anfang. Seit man sein Schandwerk gespielt hat, wächst der Haß in Athen gegen dich. Merkst du denn nicht, wie die Leute dir ausweichen, wenn du eines deiner herrlichen Gespräche mit ihnen anfangen willst? – «Nicht heute, Sokrates, ein andermal, ich habe eben Geschäfte.» – Und dann lachen sie hinter deinem Rücken.

SOKRATES: Ich beobachte gern, und die Dinge sind mir an sich interessanter als in ihrer Beziehung auf mich. Es fällt mir also wohl auf, daß ich anfange, mich ein wenig verhaßt zu machen, aber es unterhält mich mehr, den psychologischen Gründen dieser Tatsache nachzuforschen, als mich vor der Tatsache selber zu schützen.

KRITON: Du muß t dich aber schützen, hörst du? Sonst könnte es geschehen, daß –

SOKRATES: Ich fürchte, Kriton, es ist schon zu spät in der Nacht, um ein so wichtiges Gespräch fortzusetzen. Die Sklaven sehen auch müde aus und wollen wohl schlafen gehen.

KALLIAS *klatscht in die Hände*: Meine Lieben, meine Lieben, was wird man in der Stadt über die Gastmähler des reichen Kallias erzählen, wenn sie ohne jedes besondere Ereignis verlaufen? Eine Diskussion, ich schlage eine Diskussion vor, das ist immer so anregend! Über den Eros vielleicht oder über ein anderes hohes Thema!

SOKRATES: Offen gesagt, Kallias: Ich wäre jetzt mehr in der Stimmung, durch die Straßen zu schlendern und mich mit den Leuten zu unterhalten, die ihr Gemüse auf den Markt fahren um diese Stunde.

KRITON: Du überanstrengst dich, Meister! Und nun willst du wieder bis zum Morgen durch die Straßen wandern. Du solltest ins Freie, dich ausruhen!

SOKRATES: Weißt du es nicht, daß ich ein eigensinniger alter Großstädter bin? Ich bin wißbegierig, und die Felder und Blumen wollen mich nichts lehren, wohl aber die Menschen in der Stadt. – Und hier gefällt es mir nicht mehr, seit der laute Alkibiades davon ist. Es riecht auch gar zu sehr nach vergossenem Wein.

LYSIS *leise*: Aber ich finde es sehr hübsch hier – alles so voll Schatten, und die umgestoßenen Krüge, die verwelkten Blumen – weil ein Fest gewesen ist –

Im hinteren Raum fängt eine Leier leise-monoton zu spielen an.

SOKRATES *hält sich die Ohren zu*: Oh, und nun auch noch Musik! Ich dachte, die hätte Alkibiades mitgenommen! Wo Alkibiades ist, muß Musik sein. Aber mir bekommt sie durchaus nicht, sie macht mich krank, sie ist das Verbotene für mich.

KLEINIAS: Laßt sie doch weiterspielen, bitte, bitte! Wenn man die Augen zumacht, wird einem so schön schwindlig. Und dann kann man vergessen...

SOKRATES: Da fliehe ich lieber. Draußen ist's klar. Wir können auf der Stadtmauer den Morgen heraufkommen sehen. Und dann besuche ich vielleicht Diotima. Es ist zu lange her, daß ich Diotima nicht gesehen habe.

Vorhang

ZWISCHENBILD

Ein Stück dunkler Straße. Fast keine Dekoration.

EINE STIMME *ruft von der Seite*: Alkibiades –

ANDERE STIMME *antwortet wie ein Echo von der entgegengesetzten Seite*: Alkibiades –

ERSTE STIMME *näher*: Alkibiades – wo bist du?

ZWEITE STIMME *näher*: Hier – ganz in der Nähe!

KLEINIAS *tritt auf*: Ich schreie mir die Stimme aus der Kehle, und diese Nacht antwortet mir von allen Seiten mit Lärm. Woher kam jetzt das Rufen?

TIMON *tritt von der anderen Seite auf*: Wie gefällt dir meine Stimme, süßer Kleinias?

KLEINIAS: Ach, du bist das, alter Narr.

TIMON: Närrisch war ich, als ich noch etwas von den Menschen hielt. Erst das Unglück hat mich einsichtig gemacht. – Ich könnte dir übrigens verraten, wo du deinen Alkibiades findest.

KLEINIAS: Entschuldige bitte, wenn ich dich gekränkt habe. «Alter Narr» – das sagt man so hin, weil alle es sagen. – Ich bin schon ganz müde vom Laufen. Du weißt wirklich, wo Alkibiades ist?

TIMON: Ich beobachte ihn und seine lustigen Freunde, seit sie das Gastmahl des Kallias verlassen haben. Es geht hoch her bei ihnen, da lohnt sich's schon zuzuschauen. Dort hinten, wo die Hermenbilder stehen: Kannst du sie da nicht erkennen? Hörst du sie schreien? «Die alten Götter sind tot, es leben die neuen!» Und die armen toten Götter mißhandeln sie auch noch.

KLEINIAS: Es klingt schrecklich, wenn du so boshaft erzählst. Was machen sie denn mit den Göttern?

TIMON *zieht sich langsam zurück*: Oh, ich weiß gar nichts. Und was ich weiß, verrate ich noch nicht. Timon verrät nichts von den schauerlichen Greueln dieser Stadt, die er als zum Untergang reif kennt. – Es genügt ihm, daß er sie weiß, alle weiß für sich ganz allein – bis die große Gelegenheit kommt, sie alle auszusprechen. *Ab.*

KLEINIAS: Oh, laß mich doch hier nicht allein! Ich habe so Angst. – Alkibiades –!

Von hinten naht sich schwankend Alkibiades.

ALKIBIADES: Ich höre seit einer Stunde meinen Namen schreien. Wer wagt es, mich so zu belästigen?

KLEINIAS: Da bist du – da bist du ja endlich!

ALKIBIADES: Hast du derartig nach mir geplärrt?

KLEINIAS: Ich mußte dich finden – ich hatte das Gefühl, daß irgend etwas Schlimmes vor sich ginge –

ALKIBIADES: Gar nichts geht vor, was dich angeht. Du bist das aufdringlichste kleine Geschöpf, dem ich jemals begegnet bin.

KLEINIAS: Aber ich bin doch dein Bruder.

ALKIBIADES: Warum bleibst du nicht bei deinem Sokrates?

KLEINIAS: Was soll ich bei ihm?

ALKIBIADES: Stelle dich nicht so unschuldig! Das ist mir erst recht widerlich. Gesteh doch wenigstens, daß du der Liebling des Sokrates bist!

KLEINIAS: Ich habe kaum zehn Worte mit ihm gesprochen.

ALKIBIADES: Als wenn es auf die Worte dabei ankäme! – Aber seine Liebkosungen, die haben wohl ihre Reize?! Freilich, du bist ja noch jung, da hat er noch was zu verderben.

KLEINIAS: Wenn ich dich nur verstände! Ich liebe nur dich.

ALKIBIADES: Glaube ja nicht, daß ich eifersüchtig bin, du aufgeblasenes kleines Geschöpf! Wenn mir mehr an dir läge, wäre es nur meine Pflicht, dich zu warnen. Denn ich – ich habe ja von Sokrates gehabt, was ich nur wollte – und mehr, das kann ich wohl sagen. Er hat so lange um mich geworben und mich umtänzelt, der alte Bock, bis ich seiner gründlich überdrüssig wurde. Das ist die Wahrheit – seht doch, und diese Kröte hier macht ein Gesicht, als glaube sie mir nicht!

KLEINIAS: Ich glaube dir immer und jedes Wort. Mir liegt nichts an Sokrates.

ALKIBIADES *schüttelt ihn*: Du lügst, du lügst ja schon wieder! Ich seh dir's doch an! Du bist vom Sokrates geschickt, mich auszuhorchen. So sage ihm von mir, daß ich ihn hasse – daß ich ihn ebenso glühend hasse, wie du ihn liebst. Wenn ich mir das Abscheuliche vorstelle, dann stelle ich mir den Sokrates vor. Deshalb habe ich mir's abgewöhnt, ihn mir vorzustellen. Deshalb möchte ich ihn am liebsten vernichten.

KLEINIAS: Was tut er dir? Was kann er dir schaden? Wer kann dir überhaupt etwas tun?

ALKIBIADES: Ah, du bittest für ihn?! Aber nützen soll es dir nichts. Schon für heute nacht habe ich einen Überfall auf ihn vor, einen indirekten Überfall zwar, aber er wird ihn um so überraschender treffen.

KLEINIAS: Ich verstehe deinen großen Zorn nicht, Alkibiades. Aber es ist mir so entsetzlich zu denken, daß ich vielleicht an ihm Schuld haben könnte.

ALKIBIADES *etwas gedämpfter*: Wenn du's nicht wärst, wär's ein anderer. – Geh jetzt schlafen, du störst mich.

Von hinten kommen der erste und der zweite junge Mensch. Der erste trägt ein Marmorbild vor sich her.

ERSTER JUNGER MENSCH *betrunken*: Die alten Götter sind tot, es leben die neuen! Wir sind die neuen!

ZWEITER JUNGER MENSCH: Mit toten Göttern spielen: einziger Spaß, der sich lohnt!

Er kitzelt das Marmorbild:

Killekille, du toter Gott! Wir leben!

ALKIBIADES: Wir leben tausendfach, denn die Kräfte der Götter sind unsere geworden. Von welchen Sterblichen sollten wir uns nun noch einschüchtern lassen?! – Und wenn er sich noch so mit Geheimnis umgibt! Er mag die Knäblein behexen – nicht uns. Wir wollen doch sehen, was von ihm bleibt, wenn wir erst anfangen, an ihm zu zweifeln! Aus ist's mit ihm, sobald wir nicht mehr an sein Geheimnis glauben. Deshalb wagen wir uns mitten in sein Geheimnis.

Vorhang

ZWEITES BILD

Zimmer im Haus des Sokrates. Der kahle Raum liegt nicht hoch über der ebenen Erde; das Fenster läßt den Blick auf einen kleinen, offenen Platz frei, wo ein Brunnen neben einem einzelnen mageren Baum steht.
Inmitten der Bühne sitzt auf einem Sessel Xanthippe, isoliert, ohne Tisch oder anderes Gerät vor sich. Auf den Knien hält sie eine Wachstafel, in die sie mit dem Griffel ein Zeichen gräbt.
Es ist ganz früher Morgen, etwa drei Uhr, noch ziemlich dunkel. Obwohl am Fenster schon die Dämmerung beginnt, steht auf der Seitenlehne des Sessels ein Öllämpchen.

XANTHIPPE *über der Tafel*: Eins – zwei – drei – vier – fünf – sechs: es ist die sechste Nacht, in der er nicht nach Hause kommt. Nun beginnt gleich der siebente Tag. Aber es können auch zehn oder fünfundzwanzig oder hundert Nächte und Tage werden. – Was er nur so liebt an der Gasse? Was gefällt ihm denn so auf dem Marktplatz? Die jungen Leute? – Aber er macht sich doch immer über sie lustig; er verhöhnt sie doch, während er sie hofiert. Wenn er nur sprechen kann. Er spricht und spricht. Zu mir aber redet er kein Wort mehr. Er spricht kein Wort zu mir. Früher hatten wir doch noch ab und zu schöne Gespräche. Aber ich wußte nicht geschickt zu antworten. – Mein Mund muß verdorrt sein bei all dem Schweigen. Wie lange wage ich schon nicht mehr, in den Spiegel zu schauen?...
Sie steht langsam auf, geht durchs Zimmer – etwas schleppenden Gangs –, nimmt den Metallspiegel, der umgedreht an der Wand lehnt. Erst hält sie ihn so, daß sie auf seine Rückseite blickt:
Wie muß ich aussehen, daß er mich so vermeidet?
Sie dreht den Spiegel um, schaut hinein.
Pause.
Ich glaube, man sähe mir's gar nicht an, daß ich schon zwei Söhne

von ihm habe. – Seine Söhne will er auch nie sehen. Eigentlich habe ich gar keine Söhne, denn ich darf mich nicht um sie kümmern, und der Vater, der kümmert sich erst recht nicht um sie. Ach, dieser große Erzieher! –

Sie versenkt sich wieder in den Anblick ihres Spiegelbildes:

Das ist also mein Gesicht, das er nicht mehr anredet. Dabei ist dieser Mund doch noch jung. Er spricht kein Wort zu mir. – Stellt man sie sich so vor, die Xanthippe, auf den Gassen, wo er mir immer untreu ist? Vielleicht denkt man, daß ich alt und häßlich bin, mit grauen Zotteln, triefäugig. Er ist's imstande, solch ein Bild von mir zu verbreiten. Vielleicht lachen alle Burschen von Athen, wenn sie nur meinen Namen hören. Er ist's imstande, mir das anzurichten, ja, der ist's schon imstande. Dabei – wenn ich mich so genau in Augenschein nehme: – diese Stirn, diese Augenbrauen –. Ach, die Lampe hat auch schon wieder so ein kleines Licht, und der Tag ist noch nicht hell genug, daß ich mich richtig erkenne. Ich soll's nicht erfahren, wie ich eigentlich bin.

Sie hebt die Lampe hoch, untersucht sie:

Natürlich wieder kein Öl mehr im Lämpchen! Und nachzufüllen hab ich auch keins mehr. – Nie ein Geld da! Immer noch die Plage mit den Gläubigern, den Lieferanten! – Warum nimmt er nicht wenigstens Geld für sein vieles Reden? – Machen wir es schon aus, das Trauerlämpchen. Jetzt wird es bald hell.

Sie löscht die Lampe – fahles Licht –, tritt ans Fenster.

Der Morgen duftet schon, aber wie fahl alles ist. Wenn nur endlich die Vögel zu singen anfingen, dann hätte ich doch wenigstens etwas, dem ich zuhören könnte. – Nun verplaudert er sich wieder vor den Mauern der Stadt. Wer mag bei ihm sein? Sicher Alkibiades, der Schönste. – Oder er sitzt bei einem Salbenhändler zwischen den zarten Wohlgerüchen und schnuppert und belehrt dabei die Leute über das Wesen der Gerechtigkeit und der Wahrheit. – Ach, ich hätte auch wieder einmal Lust zu einem Spaziergang außerhalb der Mauern. Aber ich muß mich ja verstecken. Er will's so: ich darf nicht hinaus.

Aus dem Fenster gelehnt:

Wie das duftet! Ist das Orangenblüte? Ich lerne es nie, diese Düfte auseinanderzuhalten.

Sie summt:

O Morgen, bleicher Morgen!
Mit solcher Traurigkeit
kam keiner noch
vor dieses ärmste Haus.
Vor meinem Fenster
kleiner Brunnen rauscht.
Oh, Trost für meine Stummheit.
Klein Trostgesang der Magd
im fahlen Licht. –

Lacht leise:

Ich werde eine Närrin. Das ist seine Schuld –: jetzt summe ich schon Unsinn so ganz allein vor mich hin. – Aber wer kommt denn da über den Platz? Das ist doch nicht möglich! Ist er das? Und noch dazu mit Schülern? Oh –

Sie weicht vom Fenster zurück, schmiegt sich eng an die Wand, so daß sie, im Dämmerlicht, den Eintretenden nicht gleich erkennen kann.

Sokrates ist mit Kriton, Phaidros und Lysis im Gespräch eingetreten.

SOKRATES: Ach, über dieses Thema, müßt ihr wissen, möchte ich mich am liebsten mein Leben lang Tag und Nacht unterhalten; es ist so recht m e i n Thema, ich komme gar nicht mehr davon los. – Wenn du also aussichtslos liebst, mein tragischer Kriton, so darfst du deshalb nicht hoffnungslos sein. Die Gnade heißt: lieben, nicht geliebt zu werden. Wenn du aussichtslos liebst, wirst du um so länger lieben dürfen. – Denn schließlich verlockt uns nichts zu sehr, uns einem Wesen zu nähern, als das, was uns von ihm trennt.

LYSIS *der Xanthippe entdeckt hat*: Sokrates – es ist jemand – eine Frau – wenn ich nicht irre –

XANTHIPPE *tritt einen Schritt vor*: Guten Tag. Wir haben uns lange nicht gesehen.

SOKRATES *sehr höflich*: Oh, du stehst hier im Dunkeln. – Warum schläfst du nicht? Und wenn du nicht schläfst: warum hast du die Lampe nicht angezündet?

XANTHIPPE: Das Öl ist ausgegangen, Sokrates.

SOKRATES: Sieh da, das Öl. – Meine Freunde und ich, wir schauen nur einen Augenblick hier herein. Ich dachte, du schliefest, so daß wir dich nicht gestört hätten.

XANTHIPPE: Entschuldige, daß ich nicht schlafen kann. – Es stört mich nicht, dich wiederzusehen.

SOKRATES: Wir dachten auch an einen kleinen Morgenimbiß. Wir sind die ganze Nacht promeniert, daher etwas hungrig. Vielleicht ein wenig Brot und Honig oder Obst?

XANTHIPPE: Es ist nichts im Haus.

PHAIDROS *rasch*: Das schadet nichts. Wir bekommen etwas auf dem Markt. Machen Sie sich keine Umstände, gnädige Frau.

SOKRATES: Wir waren in einer reizvollen Unterhaltung. Wolltest du nicht noch etwas fragen, Kriton?

KRITON: Bei dem Gespräch mit dem Gemüsehändler war mir einiges nicht ganz klar. Rietest du ihm nicht, Sokrates, völlig seinen Instinkten nach zu leben? Und war das nicht ein etwas gefährlicher Rat?

SOKRATES: Oh, wie schlecht und ungenau ich mich wieder ausgedrückt haben muß. Glaubtest du, ich hätte gesagt, es wäre das letzte Resultat der Weisheit, allen Trieben der Natur nachzugeben, sich einfach vollkommen gehenzulassen?

KRITON: Ja, es klang mir so, als wenn du das gesagt hättest.

SOKRATES: So hast du nicht gemerkt, wo hinaus ich eigentlich wollte. Denn, wie ihr, bin ich für die Beherrschung der Triebe. Aber glaubt ihr, daß man etwas beherrschen kann, was man nicht einmal kennt?

KRITON: Schwerlich. Das würde kaum gehen.

SOKRATES: Man muß also seine Neigungen kennen, ehe man sie beherrscht. Das steht doch wohl fest?

KRITON: Gewiß, das scheint festzustehen.

SOKRATES: Es handelt sich, kurz und gut, darum, die Neigungen zu überlisten, indem man ihnen manchmal, wie zum Schein, nachgibt. So lernt man sie kennen, die gefährlichen – um sie dann erst recht zu beherrschen.

KRITON: Freilich, nun verstehe ich besser –

XANTHIPPE *die unbeweglich stehengeblieben ist*: Sokrates, ich habe mit dir zu reden.

SOKRATES: Zuchtlos ist man nur aus Unwissenheit.

XANTHIPPE: Ich habe mit dir zu reden, Sokrates.

SOKRATES: Wer seine Triebe erst kennt, wird niemals ganz mehr ihre Beute werden.

XANTHIPPE: Du hörst mich nicht, Sokrates.

SOKRATES: Aber ich bin in Eile, meine beste Xanthippe. Es gibt so viel Menschen in Athen, die ich heute nach verschiedenem zu fragen dachte.

XANTHIPPE: Du gehst gar nicht schlafen?

SOKRATES: Ich habe gestern ein wenig geschlafen. Dieser Tag wird zu schön, als daß ich eine Minute von ihm verlieren möchte.

Er will sich zur Tür zurückziehen, die Schüler sind schon hinaus.

XANTHIPPE *streckt, ohne sich von der Stelle zu rühren, die Hand nach ihm aus*: Nun hab ich dich einmal da, es kommt selten genug vor; und nun sollst du mich hören.

SOKRATES: Ich weiß aber doch alles.

XANTHIPPE: Du weißt alles, aber es interessiert dich nichts.

SOKRATES: Wie willst du es beurteilen? Es gibt nichts Irdisches, woran ich nicht Anteil genommen hätte.

XANTHIPPE *heftiger*: Und ich? Mein Leben? Und unsere Söhne?

SOKRATES: Meine Söhne werden Freunde finden, wenn sie es verdienen. Ich habe genug für sie getan, indem ich sie zeugte.

XANTHIPPE: Du bist kein Mensch, du bist ja gar kein Mensch, Sokrates. – Oh, mit welchem Unmenschen versuche ich da zu reden!

SOKRATES: Beschimpfe mich nur! Es kann nichts schaden, wenn du dein Herz erleichterst.

XANTHIPPE: Wenn du dich wenigstens aufregen wolltest! Kommt denn gar nichts an dich heran?! – Sag mir doch, warum du mich eigentlich bei dir behältst?

SOKRATES: Weil du zu mir gehörst, mein geliebter Schatten.

XANTHIPPE: Der ganzen Stadt tust du schön. Und ich, als einzige, bekomme nur deine entsetzliche Kälte zu spüren. Ich halte das nicht mehr aus, ich kann es bald nicht mehr aushalten.

SOKRATES: Du wirst es vielleicht nicht mehr lange aushalten müssen.

XANTHIPPE: Freilich, als halbes Kind hast du mich ja genommen. Ich habe kein eigenes Leben gehabt. Was kann ich dir geben?

SOKRATES: Du wirst mir das Beste, Letzte und Süßeste geben, meine Unschuldige – wenn die Stunde gekommen ist.

XANTHIPPE: Ach, was soll ich mit deiner Geheimnistuerei? Das tröstet mich nicht. – Es ist schrecklich, Sokrates: aber in all der Zeit, die du mich allein läßt, lerne ich dich beinahe – hassen!

SOKRATES: Glaubst du nicht, daß unter den vielen und gemischten Gefühlen, die ich gegen mich selber hege, unter anderem auch Haß ist? Nur Geduld – wir werden beide erlöst werden. – Und jetzt versuch noch zu schlafen!

XANTHIPPE: Bleibe bei mir, Sokrates! Dies eine Mal bleibe bei mir!

SOKRATES: Ich kann nicht, Xanthippe.

XANTHIPPE: Wohin mußt du? Bleibe bei mir! Ich habe dich noch nie darum gebeten!

SOKRATES: Alle Straßen von Athen warten auf mich.

Ab. – Xanthippe ist mitten im Raum stehengeblieben.
Nach einer Pause –

XANTHIPPE: Nun kommt wieder einer meiner einsamen Tage.

Sie geht langsam durchs Zimmer, macht sich dort ein wenig zu schaffen.

Inzwischen ist es ein wenig heller geworden, aber immer noch kein Tageslicht, sondern zart-hellgraue Dämmerung. – Plötzlich wird die Tür aufgestoßen, Alkibiades springt ins Zimmer. Er sieht etwas verwildert und mitgenommen aus, mit halbwelken Blumen im zerzausten Haar. Beim Eintritt hält er sich die Arme vors Gesicht, damit Xanthippe ihn nicht gleich erkenne.

ALKIBIADES: Gnädige Frau –

XANTHIPPE: Um der Götter willen, Barmherzigkeit – er läßt mich ermorden! –

ALKIBIADES *lacht*: Was für Phantasien Sie haben! Wer denkt denn an so was!

XANTHIPPE: Die Stimme des Alkibiades!

ALKIBIADES *tritt vor*: Sie kennen meine Stimme?

XANTHIPPE: Zufällig – ich habe Sie auf dem Marktplatz zufällig einmal gehört.

ALKIBIADES: Es hat Ihnen aber doch Eindruck gemacht.

XANTHIPPE: Wieso wagen Sie es, bei mir einzudringen? – Sokrates ist nicht da.

ALKIBIADES: Das weiß ich. Ich habe ja draußen gelauert, bis ich ihn das Haus verlassen sah.

XANTHIPPE: Das ist beispiellos! Sie überfallen eine einsame Dame.

ALKIBIADES: Wenn man's unbedingt so nennen will. – Ich bin schon zu lange neugierig auf Sie gewesen.

XANTHIPPE: Was gab Ihnen das Recht, neugierig auf mich zu sein?

ALKIBIADES: Ich wollte sehen, was – er Athen verheimlicht.

XANTHIPPE *die eine Sekunde zusammengezuckt ist*: Es ist ein Wahnsinn, daß ich Sie anhöre. Machen Sie augenblicklich, daß Sie hinauskommen!

ALKIBIADES: Ich wollte diese Stadt nicht verlassen, ohne ihm auf seine infamen Schliche gekommen zu sein – soweit das überhaupt menschenmöglich ist. Sie gehören zu seinen Geheimnissen. Wenn ich heute nicht den Mut hatte, es zu erforschen – wann jemals sollte es mir gelingen? Sie müssen wissen: ich habe einen großartigen Tag, eine glorreiche Nacht hinter mir, und ich bin in ganz phantastischer Stimmung. Gestern der Sieg in der Versammlung – Sie haben davon gehört? Seit diesem Sieg kann ich mit der Jugend Athens machen, was ich nur will. Bei dem Gastmahl des Kallias wurde ich wie ein Gott gefeiert. Blumenbekränzt, wie ein Gott, zog ich mit den schönsten Knaben Athens durch die Straßen, als wir genug von den Genüssen hatten, die der reiche Kallias uns bieten konnte. Haben Sie nicht den wunderbaren Lärm, den wir machten, bis hierher gehört? Wir badeten uns nackt in allen Brunnen – fühlen Sie, mein Haar ist noch naß! – Meine schönen Freunde waren wie toll, ich fürchte, sie haben sich sogar an den heiligen Hermenbildern ein bißchen vergangen, ja, wir schrien und sangen gegen die Götter, wir schreckten vor nichts zurück –

XANTHIPPE: Wozu erzählen Sie mir das alles? Sie sind noch betrunken!

ALKIBIADES *strahlend*: In dieser Nacht schreckte ich vor nichts zurück – und so wollte ich auch endlich die geheimnisvolle Gattin des Sokrates kennenlernen.

XANTHIPPE: Ich werde meine Dienerschaft rufen müssen.

ALKIBIADES *herzlich lachend*: Als wenn ich nicht wüßte, daß Sie gar keine haben!

Er mustert Xanthippe genauer:
Aber Er enthält Athen einen Schatz vor, ich hab es mir doch gedacht! – Wissen Sie's eigentlich, daß Er Sie überall verleugnet?

XANTHIPPE: Sie machen mir doch gewiß nicht diese ungeheuerliche Visite eigens, um mich darauf aufmerksam zu machen?

ALKIBIADES: Nein, um dagegen zu protestieren. Glauben Sie mir nur: Er ist ein ganz infamer Charakter.

XANTHIPPE: Das sagen Sie?! – Und Sie kennen ihn nur von seiner liebenswürdigsten Seite.

ALKIBIADES: Wie man es nimmt.

XANTHIPPE: Sie haben ihm mehr zu bieten als irgendwer sonst. Ich habe bis jetzt nur Ihre beispiellose Frechheit kennengelernt. Aber man spricht von Ihren ungeheuren Gaben.

ALKIBIADES *gierig*: Hat Er Ihnen davon gesprochen?!

XANTHIPPE: Athen spricht davon.

ALKIBIADES *ganz Verachtung*: Athen –

XANTHIPPE: Niemand kann zweifeln, in welchen Beziehungen Sie zu ihm stehen.

ALKIBIADES: Kann niemand zweifeln?

XANTHIPPE: Das klingt Ihnen überraschend, gerade aus meinem Mund. Ja, Sie merken schon, daß ich Seine verschlagene Doppeldeutigkeit nicht lernen konnte. Da Sie also, unbegreiflicherweise, schon einmal da sind: warum Ihnen nicht offen gestehen, daß ich Sie seit langem um Seine Liebe beneide.

ALKIBIADES: Um Seine Liebe –
Er wendet sich ab:
Entschuldigen Sie, gnädige Frau –

XANTHIPPE: Sie sehen endlich ein, daß Sie gehen müssen? Es ist schon fast Tag. Ihre großen Angelegenheiten verlangen nach Ihnen.

ALKIBIADES: Meine Angelegenheiten – ach, wenn Sie wüßten, wie gleichgültig die mir sind.

XANTHIPPE: Diesen Ton habe ich von Alkibiades nicht erwartet.

ALKIBIADES: Athen, diese unersättlich alte Vergnügungssüchtige, erwartet täglich eine neue Überraschung von mir – das sind meine Angelegenheiten.

XANTHIPPE: Aber wie Sie sich fühlen müssen! Der erklärte Liebling des Volkes!

ALKIBIADES: Eines Tages wird mir absolut nichts mehr einfallen.

XANTHIPPE: Und bis dahin leisten Sie sich von Tag zu Tag immer verblüffendere Streiche.

ALKIBIADES *mit erstickter Stimme*: Wenn Er nur nicht wäre! Er untergräbt meine Kraft!

XANTHIPPE: Wer? Aber was haben Sie denn?

ALKIBIADES: Er – Er – dieser Unmensch, dieses Ungeheuer!

XANTHIPPE: Sie sprechen von meinem Mann?

ALKIBIADES *auf sie zu; Ausbruch*: Das sag ich Ihnen: wenn ich Fehler mache, wenn ich mich, wenn ich die Stadt zugrunde richte: es ist Seine Schuld – Seine Schuld alles!!

Die Fäuste vor dem Gesicht, aufstampfend:

Um der ewigen Götter willen: welcher Sterbliche hielte denn so was aus?!...

Er sinkt vor ihr auf die Knie, geschüttelt.

XANTHIPPE *sehr hilflos*: Sie sind überanstrengt – Sie muten sich zuviel zu – beruhigen Sie sich doch nur –

ALKIBIADES: Ich bin am Ende – völlig am Ende – erledigt –

XANTHIPPE *fährt ihm leicht über den Kopf, den er gegen sie lehnt*: Nehmen Sie sich doch zusammen! Wenn das Volk Sie so sähe! Das Volk, das Sie als einen Heros vergöttert.

ALKIBIADES: Ihre Hände tun wohl. Das ist angenehm. Hören Sie doch bitte nicht auf, mich zu streicheln!

XANTHIPPE *erschrocken*: Ich wollte Sie ja gar nicht streicheln.

ALKIBIADES *schmiegt sich enger an sie*: Das tut gut! Das ist angenehm! Bitte, bitte – jetzt nicht plötzlich aufhören! Denken wir nicht mehr an Ihn!

Er küßt ihre Hände.

XANTHIPPE: Aber lassen Sie das doch! Das ist doch unglaublich!

ALKIBIADES: Unglaublich, unglaublich. – Er weiß schon, weshalb Er Sie uns vorenthält. Du bist ja so schön.

XANTHIPPE *ohne sich aber zu wehren*: Sie sind betrunken. Hören Sie auf!

ALKIBIADES *umklammert sie*: Und wie du duftest! Ja, diesen Duft mochte der alte Eifersüchtige seinen Freunden nicht gönnen. Daß wir Ihn doch noch überlistet haben!! – Was Er nur immer angibt mit seiner Diotima. Und Er hat dich –

XANTHIPPE *lächelt etwas schmerzlich*: Diotima existiert gar nicht. Die hat Er sich ausgedacht.

ALKIBIADES *einen Augenblick völlig perplex, hebt den Kopf*: Die existiert gar nicht? Diotima, die Er beständig im Mund führt, auf die Er sich immer beruft?

Er lacht laut:

So eine Frechheit!

Er läßt den Kopf wieder gegen sie sinken:

Soll mir auch gleich sein. So wohl hab ich mich fast noch nie gefühlt. Es ist wunderschön bei dir, Xanthippe.

XANTHIPPE: Ich muß Sie wegschicken.

ALKIBIADES *legt ihr den Finger auf den Mund*: Sei still – still sein! –

XANTHIPPE: Wie oft hast du einer Frau den Finger so schon auf die Lippen gelegt? Du bist zu geübt. Du treibst die Liebe wie einen Sport. Bei allen großen Hetären Griechenlands hast du Unterricht genommen.

ALKIBIADES: Aber es war immer wieder ganz anders. Und so wie dieses Mal war es nie.

XANTHIPPE: Laß mich dein Gesicht sehen.

Er hält es ihr hin, mit geschlossenen Augen.

Wie oft ich mir dies Gesicht schon vorgestellt habe! Das also ist die Stirn, die Er am meisten geliebt hat, und diesen Mund hat Er am schönsten gefunden –

ALKIBIADES: Ich kenne dein Gesicht schon, ohne es anzusehen. Dein Mund sieht aus wie verwundet. Ich habe mir aber nie gedacht, daß du so jung sein könntest.

XANTHIPPE: Als Er mich von meinen Eltern holte, war ich ein Kind.

ALKIBIADES: Oh, könnte ich deinem Namen, den Er verunglimpft hat, die Süßigkeit zurückgeben, die ihm gehört.

XANTHIPPE: Du mußt gehen, Alkibiades. Er kann doch jeden Augenblick zurückkommen.

ALKIBIADES: Ach, Er sitzt doch unendlich auf allen Gassen und plaudert. Wir wollen jetzt nicht mehr sprechen. Er spricht schon zuviel.

XANTHIPPE *sehr leise*: Was tun wir? Was wollen wir denn tun?

ALKIBIADES: Er hat sich ungeheuer gegen dich versündigt. Er hat dich versteckt und dich allein gelassen.

Xanthippe: Wirst du öfter als einmal zu mir kommen, Alkibiades?

Alkibiades: Bis die Expedition aufbricht, haben wir noch vierzehn Tage – vierzehn Tage, unendliche Zeit. Ich kann vierzehnmal zu dir kommen, Xanthippe. Und wie lange werde ich denn fort sein müssen? Nur ein paar Wochen.

Xanthippe: Was wollen wir tun? Ich habe Angst, Alkibiades. Es war hier alles so leise, und ich hatte immer nur meine armen Gedanken. Was kommt da plötzlich für ein Lärm und eine Schönheit, daß es mich so verwirrt? Wer ist denn da bei mir eingetreten? Ein junger Gott oder ein Kind, das sich beim Spielen verlaufen hat?

Alkibiades: Ich möchte dir etwas schenken – etwas Wichtiges – ein Pfand meiner Treue –, da, nimm diesen Kranz, ich habe ihn heute, in der Nacht meines Triumphs, bekommen, es ist mein Siegerkranz!
Er reicht in ihr.

Xanthippe *streichelt den Kranz*: Die Blumen sind schon etwas verwelkt, aber sie riechen doch noch. – Ich bitte dich, du mußt gehen, Alkibiades.

Alkibiades *sie zu sich reißend*: Wohin sollen wir denn mit unserer Liebe? Unsere Herzen, diese Brunnen von Zärtlichkeit – unendlich; die sich verströmen – aber wer fängt es auf, dieses Fluten? Ach, unendlich, unendlich, ihr Fluten – aber wer fängt sie auf? Welche Verschwendung! Aber kann man zu den Strömen sagen: steht still? Sie rinnen hin – wehe – und unsere Herzen werden nicht leerer. Lust und Verzweiflung hören nicht auf. Unendlich!

Xanthippe: Die strengen Götter werden vielleicht Nachsicht mit mir haben. Es war furchtbar schwer, allein zu sein.

Vorhang

VOR DEM VORHANG

Es treffen sich: Timon, Meletos und Anytos.

MELETOS *geschäftig*: Es freut mich, zwei Ehrenmänner miteinander bekannt machen zu können.

TIMON: Ich bitte, mir Beleidigungen zu ersparen.

MELETOS: Wie meinen Sie das wieder? – Er hat immer solche Einfälle.

TIMON: Die Ihr Ehrenmänner nennt, sind für mich Schurken. Ich habe meine Erfahrungen.

MELETOS *entschuldigend zu Anytos*: Das ist nun mal so seine Ausdrucksweise. – Das also ist Anytos, einer unserer vortrefflichsten Geschäftsleute, zuverlässiger Patriot, übrigens mein Klient. Das ist Timon, der die berühmten Unannehmlichkeiten hatte. Leider konnte ich seinerzeit seine Interessen nicht vertreten, ich war von Athen abwesend –

TIMON: Sie waren in Athen und ließen sich vor mir verleugnen, weil Sie wußten, daß bei mir nichts mehr zu holen war. Darauf kommt es aber jetzt nicht an.

MELETOS: He, he, he, Timon ist köstlich. Übrigens ein tadelloser Patriot im Grunde.

TIMON: Mein lieber Herr Anytos, ich lerne äußerst ungern Menschen kennen; jeden Athener im besonderen halte ich für einen Schwerverbrecher.

ANYTOS *prallt zurück*: Aber erlauben Sie mal –

MELETOS: Laß nur, laß nur! Es ist eben so seine Ausdrucksweise.

TIMON: Doch spüre ich, daß wir Gesinnungsgenossen sind – wenn unsere Gesinnung auch verschiedene Ursachen hat. Wir sind unzufrieden – wie, meine Herren? Wir sind aufsässig.

MELETOS: Dafür gibt es mancherlei Ursachen.

ANYTOS: Mancherlei Ursachen, kann man wohl sagen.

TIMON: Wir sind einer Meinung: Es ist ein Skandal.

MELETOS: Skandalös, äußerst skandalös.

ANYTOS: Was denn? Was ist es denn dieses Mal?

TIMON *mit einer wilden Gebärde*: Alles! Schlechterdings: alles.

ANYTOS: Na, zum Beispiel: Sokrates?

MELETOS: Der dürfte es nicht mehr sehr lange treiben. Wir haben Handhaben gegen ihn, in Hülle und Fülle. Seit Aristophanes ihn auf dem Theater verhöhnt hat, sind sogar dem Pöbel die Augen über ihn aufgegangen. Man bereitet die Anklage gegen ihn vor. Er ist der Verhaßteste bei den Behörden. Wir werden leichtes Spiel haben, ihn zu vernichten.

TIMON: Doch Sokrates ist nur ein Teil des stinkenden Skandals.

MELETOS: Und sonst? Sicher gibt es noch manches –

ANYTOS: Es muß gründlich saubergemacht werden!

TIMON: Um wen kann es sich handeln, wenn Ihr's Euch überlegt? Wer umgibt sich mit dem ungehörigsten Lärm, wo er sich immer zeigt? Wer spreizt sich wie ein Pfau, bläht sich auf wie ein Gokkel, parfümiert sich wie eine Hure, so daß er seine Unzucht vor sich herträgt gleich einer Fahne? Wer blufft und verführt und blendet? Wer schmeißt das Geld heraus für seinen phantastischen Luxus, das Geld, meine Freunde, das ihr zahlen müßt? Wer hat Athen in das irrsinnige Abenteuer dieser Expedition verlockt, an der wir verbluten werden? Wer ist es denn, he? Wie nennt er sich denn, der leibhaftige Skandal dieser Stadt?!

ANYTOS *leise, ehrfürchtig*: Sie meinen – den Alkibiades?

MELETOS: Gegen den können wir aber nicht an.

ANYTOS: Der größte Herr von Athen –

MELETOS: Der Liebling des Pöbels –

TIMON: Fragt sich nur, wie man's anpackt.

MELETOS: Übermorgen startet die Expedition. Das bedeutet: Alkibiades auf dem Höhepunkt seiner Popularität. – Wir können doch die Expedition nicht zurückhalten.

TIMON: Freilich nicht. Aber wer einmal fort ist, kann sich nicht mehr wehren.

MELETOS: Das leuchtet ein. Aber wie meinen Sie es?

TIMON: Erst muß Sokrates fallen, der Eure Knaben verführt und Eure Sklaven frei machen möchte. Sein Prozeß wird eine Sensation ersten Ranges. Das Volk von Athen ist doch versessen auf Skandalprozesse. Wenn wir es erst an einem haben Blut lecken lassen, will es gleich seinen nächsten. Dann kommt Alkibiades an die Reihe – Alkibiades, der die Steuern von Euch erpreßt.

ANYTOS: Puh – sprechen Sie nicht von Steuern!

TIMON: Kaum, daß er Athen den Rücken gedreht hat, schlagen wir gegen ihn los. Bis dahin sind wir seine besten Freunde.

ANYTOS: Schluß mit den Steuern für den Abenteurer!

MELETOS: Einen Prozeß gegen den Alkibiades? Aber weshalb?

ANYTOS: Ja – weshalb? Man braucht einen Grund für alles.

TIMON: Ich habe Material gegen ihn.

ANYTOS: Material: das ist spannend.

MELETOS: Aber – wird es genügen? Er ist stark.

TIMON: Es wird genügen, verlaßt Euch darauf. Auch der Stärkste kann sich nicht wehren, wenn er nicht da ist.

ANYTOS: Was ist es? Etwas Moralisches?

TIMON: Das zieht nicht – obwohl er auch auf diesem Gebiet über das erlaubte Maß hinausgeht. Seit zwei Wochen weiß man nicht einmal mehr, wer seine Geliebte ist, von der nur feststeht, daß er sie täglich besucht. Ist doch ein bißchen stark! Mein Material aber ist besser.

MELETOS: Hochverräterisch?

TIMON: Noch besser: religiös.

MELETOS *zu Anytos*: Sagte ich dir nicht, daß er ein Original ist?

ANYTOS: Ich sterbe vor Neugier! So erklären Sie schon deutlicher, was es ist.

TIMON: Ich werde damit hervortreten zur gegebenen Stunde. Zunächst: tiefstes Schweigen. Laßt ihn nur erst seine glanzvolle Abfahrt haben, den Gimpel. Am Schluß sind doch wir es, die alles entscheiden.

MELETOS *kichert*: Religiös ist eine famose Idee.

ANYTOS *mit dem Baß der Überzeugung*: Nicht diese aufgeblasenen Berühmtheiten, sondern wir, die Ehrenmänner, das intelligente Mittelmaß, sind es, die dann eben doch alles entscheiden.

Vorhang

DRITTES BILD

Das Zimmer wie im vorigen Bild. Es ist Nachmittag. Xanthippe am Fenster.

XANTHIPPE: Immer habe ich Angst, wenn Sokrates durch die Straßen geht, daß sie ihm Schimpfworte nachschreien oder sogar mit Steinen auf ihn werfen. Ich glaube, daß er nichts mehr hat als Feinde. – Aber seit einigen Tagen denkt die Stadt nur noch an Alkibiades. Wo er sich zeigt, gibt es einen Triumphzug. Ach, die Weiber ersticken ihn mir ja fast mit ihren Blumen und Liebkosungen. Da hat man vielleicht doch keine Zeit, sich um den Sokrates zu kümmern. – Sonderbar: mein Gatte ist der gehaßteste, mein Geliebter der geliebteste Mann von Athen.

Alkibiades tritt rasch auf; er ist in großer Rüstung und blumengeschmückt.

ALKIBIADES *strahlend*: Xanthippe –

XANTHIPPE: Du bist noch einmal gekommen.

ALKIBIADES: Von meinem Haus bis zum Hafen ist ein Zug von Menschen, die jubeln. Die Schiffe sind mit Blumen so überschüttet, daß man von den Waffen nichts mehr sieht – als sollte es zu einer Lustpartie gehen, statt in die Schlacht. In einer Stunde sollen die Anker gelichtet werden. Sie stehen vor meinem Haus zu Tausenden und warten darauf, daß ich hinunter zum Hafen reite. Aber ich habe mich durch die Hintertür davongeschlichen. So bin ich noch einmal bei dir – und wir haben noch eine Stunde.

XANTHIPPE: Du siehst erhitzt aus. Sicher bist du zu schnell geritten in der schweren Rüstung.

ALKIBIADES: Aber sie steht mir doch gut? Ja, sie war furchtbar teuer – aber das gehört zu den Unkosten der Expedition.

XANTHIPPE: Leg den Helm weg! – Aber wie dein Haar duftet! Du hast es wieder zu stark parfümiert.

ALKIBIADES: War – Er inzwischen hier?

XANTHIPPE: Nein, lange nicht – warte, wie lang ist es her? Es war die Nacht, als du mich überraschtest –

ALKIBIADES: Das ist vierzehn Tage her – weißt du es nicht? – Die Stimmung in der Stadt ist sehr unangenehm gegen ihn.

XANTHIPPE: Vierzehn Tage. Mir scheint es unendlich viel länger.

ALKIBIADES: Gestern hätte man fast mit Steinen nach ihm geworfen. Er reizt die Leute, indem er sie in verfängliche und absurde Gespräche verwickelt – und dann läuft es meistens darauf hinaus, daß er ihnen von der Expedition abrät. Das wollen die Leute aber gar nicht hören. Dabei kümmert er sich angeblich nicht um Politik. Wer nicht über ihn schimpft, lacht über ihn. Ich kann ihn auf die Dauer nicht schützen, wenn er dem Volk so auf die Nerven geht.

XANTHIPPE *leise*: Ob ich ihn noch einmal sehe?

ALKIBIADES: Ist's dir noch so wichtig?

Er will sie an sich ziehen.

XANTHIPPE: Laß doch! Jetzt nicht!

ALKIBIADES: Es ist das letzte Mal, meine Xanthippe. Warum wendest du dein Gesicht weg?

XANTHIPPE: Daß er hier nicht einmal Zuflucht sucht, wenn sein Leben bedroht ist! – Er hat kein Vertrauen zu mir.

ALKIBIADES: Du denkst nur an ihn. Seit zweimal sieben Tagen versuche ich mit allen Kräften meines Herzens, dich die Schmach vergessen zu machen, die Er dir antut. War denn alles umsonst?

XANTHIPPE: Ich habe Angst.

ALKIBIADES: Wovor denn? Xanthippe! Ich bin bei dir!

XANTHIPPE: Sie werden ihn holen, er will es selber nicht anders. – Und du? Du ziehst deinem Ruhm nach, in diesen Krieg. Und wann wirst du wiederkommen? Und wenn Er nicht mehr da ist: wirst du dann überhaupt noch einmal zu mir kommen? Warum bist du jemals bei mir gewesen?

ALKIBIADES: Xanthippe! Das fragst du!

XANTHIPPE *müde*: Ach, laß doch die großen Töne! Ich hätte so gern, daß du offen bist.

ALKIBIADES: Aber was verlangst du denn noch? Alle anderen Frauen, alle Freunde habe ich vernachlässigt, deinetwegen. Jede Minute, die nicht die Vorbereitung der Expedition in Anspruch nahm, war ich bei dir...

XANTHIPPE: Wir werden uns vielleicht nie wiedersehen, Alkibiades. Jetzt sage mir's doch: Wen hast du geliebt?

ALKIBIADES: Das fragst du mich?! Nach allem, was gewesen ist, Xanthippe?!

XANTHIPPE: Stelle dir vor, deine Sterbestunde wäre gekommen und ein Gesandter der Götter tritt an dein Lager und sieht so aus, daß man sich entzückt und entsetzt, und fragt dich: Wen hast du geliebt, Alkibiades? Was könntest du antworten? Daß du mich geliebt hast? Oder Ihn? Oder mich seinethalben? Oder Ihn, weil du mich bei Ihm ahntest? Oder gar nichts? Oder nur den Ruhm? Oder nur deine Schönheit? Oder dies alles? – Was könntest du antworten, Alkibiades?

ALKIBIADES: Du erschreckst mich, Xanthippe. Ich war darauf nicht gefaßt.

XANTHIPPE: Aber du mußt antworten. Der Gesandte ist unerbittlich.

ALKIBIADES: Ich werde ihm erzählen, wie du aussahst, als ich das erste Mal in dieses Zimmer trat. – Du lehntest an diesem Fenster – es war so ein graues Licht. Dieses Bild ist mein Heiligtum, das Schönste in meinem Gedächtnis ... Xanthippe! Sei lieb! Du verdirbst uns die letzte Stunde! – Es ist keine Stunde mehr – ich muß gleich zum Hafen.

Er versucht wieder, sie an sich zu ziehen.

XANTHIPPE: Laß doch! Ich habe dich schon einmal darum gebeten! – Erzähl mir lieber von Ihm! Du hast mir eigentlich noch nie von Ihm erzählt.

ALKIBIADES: Da gibt es nichts zu erzählen.

XANTHIPPE: Wie war es das erste Mal?

Ungeduldig:

Alkibiades! Wir haben nicht mehr viel Zeit! Wir sehen uns vielleicht nie wieder! Und du erzählst nicht!

ALKIBIADES *aufgebracht*: «Erzähle! Erzähle!» – Ich sage dir doch: Da gibt es nichts zu erzählen – das ist alles, das ist tausendmal alles. – Ich wünschte, daß Er tot wäre und endlich schwiege. – Jetzt weißt du es.

XANTHIPPE: Ja. Das habe ich schon gewußt.

ALKIBIADES: Und wenn Er tot wäre – wenn Er wirklich tot wäre, Xanthippe – dann würde ich vielleicht noch viel, viel unglücklicher sein als jetzt. So wehrlos, so ganz wehrlos bin ich gegen Ihn. Verstehst du das? – Wehrlos –

XANTHIPPE: Ja. Das habe ich auch gewußt.

ALKIBIADES: Warum fliehe ich vor Ihm, wie vor den Sirenen, und halte mir die Ohren zu, damit ich Seine Stimme nicht höre? – Weil ich nicht schon jetzt zum Greis werden will – deshalb. Weil Er mich entmutigt, weil Er mich beschämt und verwirrt mit Seiner mörderischen Verschlagenheit.

XANTHIPPE: Ja. Sprich weiter! Und sonst?

ALKIBIADES: Das ist alles. Ich sage dir doch, daß ich Ihn hasse und fliehe.

XANTHIPPE: Aber als Er dich liebte? Wie war es, als Er dich liebte und um dich warb?

ALKIBIADES: Wer kann behaupten, daß Sokrates ihn geliebt hat –?

XANTHIPPE: Aber Er war doch in dich verliebt? Ganz fieberhaft verliebt war Er doch?!

ALKIBIADES: Und wenn ich dir das Gegenteil sage? Und wenn ich dir sage, daß die ganze Stadt sich täuscht mit ihrem Gerede und daß Sokrates der einzige Mensch ist, der ganz sicher niemals verliebt in den Alkibiades war?

XANTHIPPE: Aber – alle Welt sprach doch davon –

ALKIBIADES: Alle Welt irrt sich, hörst du denn nicht? – Gefalle ich dir nicht mehr, weil du jetzt weißt, daß ich Ihm nicht gefallen habe?

XANTHIPPE: Das sage ich nicht. – Aber ich hatte mir das alles so genau vorgestellt. –

ALKIBIADES: Du hattest es dir genau vorgestellt? So hör, wie es in Wirklichkeit war! – Ich habe Listen angestellt, um Ihn zu gewinnen; aber Er wollte mich nicht. Ich richtete es ein, mit Ihm allein zu bleiben, ich wartete gierig auf Seine Liebeserklärung – aber Er war wie immer – nicht kälter, nicht liebenswürdiger. Ich nötigte Ihn, die Nacht bei mir zu verbringen, wir schliefen nebeneinander, unter einer Decke; aber, w i e, glaubst du, bin ich aufgewacht? Als hätte ich neben meinem Bruder oder meinem Vater geschlafen. Damit fing es an. Und es kam so weit, daß ich hinter diesem häßlichen Satyr herlief, wie der Liebende hinter der Geliebten. Er übersah es. Da änderte ich meine Taktik, wandte mich von Ihm und brachte die ganze Stadt in Aufruhr – einzig und allein, damit Er hinsehe. Er übersah es. Ich setzte die Expedition durch, ich wurde der Heros der Stadt. Er übersah es, übersah es, übersah es. – Das alles habe ich für Ihn gelitten und bin Ihm nicht um eines Schrittes Breite näher gekommen. Mir ist heute noch wie einem, den die Natter gebissen hat. Ich zittre, wenn ich Seinen Name höre – aber heute vor Haß.

XANTHIPPE *nach einer Pause, leise, ganz ohne Stimme*: Jetzt verstehe ich auch, warum du zu mir gekommen bist, mein armer Freund.

ALKIBIADES: Nein, sage es nicht! Ich bitte dich – sprich es nicht aus, Xanthippe! Zu Anfang – ja, vielleicht zu Anfang war es so. Aber du bist mir mehr gewesen, als nur ein Weg zu Ihm – glaubst du es mir, meine Xanthippe? Mehr als eine Brücke zu Ihm oder als eine Rache an Ihm. – Du bist mir etwas anderes geworden –

XANTHIPPE: Es ist schön von dir, das zu sagen. Aber wir haben uns doch gegenseitig nichts vorzuwerfen. Wer weiß, Alkibiades, vielleicht hätten wir uns geliebt –

ALKIBIADES *große Bewegung*: Xanthippe –

XANTHIPPE: Nicht gleich wieder so aufbegehren! Setz dich lieber still zu mir – ja, so. Du darfst dich so an mich lehnen. – Wir werden uns wahrscheinlich nie wiedersehen.

ALKIBIADES: Ich habe mir unseren Abschied anders gedacht.

XANTHIPPE: Du bist ein Kind, Alkibiades. Hat dir noch niemand gesagt, daß du ein Kind bist?

Von draußen kommt Geschrei und Pfiffe.

Xanthippe fährt auf:

Um der Götter willen – aber das da ist ernst! –

ALKIBIADES: Sei still – das ist der Pöbel, der seinen Radau macht, weil die Expedition heute startet.

Der Lärm kommt näher. – Man unterscheidet deutlicher einzelne Pfiffe und Pfuirufe.

XANTHIPPE: Aber das ist doch kein Freudengeschrei, das hat mit der Expedition nichts zu tun. Es kommt näher. Sie sind hinter Ihm drein – oh, Sokrates wird verfolgt! –

ALKIBIADES *ist aufgesprungen*: Das Strafgericht ist es! Athen straft Ihn! Das ist die Rache Athens! Welch göttliche Fügung, daß sie zusammenfallen muß mit dem Tage meines Triumphs!

XANTHIPPE *am Fenster*: Sie sind auf dem Platz! Mögen die Götter Ihm beistehen: eine ganze Meute ist hinter Ihm her!

ALKIBIADES *neben ihr*: Donnerwetter, und die angesehensten Bürger der Stadt sind darunter!

XANTHIPPE *stößt ihn von sich*: Zeige dich nicht neben mir am Fenster! Du bist verrückt!

STIMMEN *von draußen*: In den Wolken will er wandeln können. – Der Aufschneider, pfui, der Betrüger! Schlauer als die schlauesten Götter will er sein! Pfui, Sokrates, Verderber der Jugend!

STIMME DES SOKRATES *die, sehr scharf, fast krähend, den Lärm übertönt*: Ich danke Euch, meine Freunde! Ihr denkt sehr hoch über mich! Aber Ihr überschätzt mich gewaltig. Die Wolken, in die Ihr mich hebt, sind mir zu hoch; die Erde hat eine sehr starke Anziehungskraft für mich.

STIMMEN: Heuchler! – Der infame Heuchler und Wortverdreher! –

XANTHIPPE *am Fenster*: Wenn Er jetzt nicht endlich hereinkommt, werden sie Ihn vor meinen Augen in Stücke zerreißen!

STIMME DES SOKRATES *draußen*: Es war mir ein Vergnügen, Ehrenmänner von Athen, mich mit Euch zu besprechen. Ich hoffe, die Unterhaltung an geeignetem Ort fortzusetzen.

EIN WUTGEBRÜLL *antwortet ihm*: Nieder mit ihm! Zerreißt ihn in Fetzen! Warum laßt ihr ihn noch auskommen?...

Man hört Steine gegen das Haus prasseln.

ALKIBIADES: Jetzt wird es aber ungemütlich hier.

Er zieht sich in einen Winkel zurück.

XANTHIPPE: Sie werden mir das Häuschen einrennen. Sie schlagen mich mit Ihm tot! – Jetzt mußt du dich ihnen zeigen, Alkibiades! Jetzt will ich es selbst. Du bist der populärste Mann von Athen; dein bloßer Anblick muß sie beruhigen.

ALKIBIADES *aus seiner Ecke*: Ich werde mich hüten. Das war nur unbeherrschte Neugier und aus Versehen, daß ich vorhin ans Fenster gegangen bin. Du hattest völlig recht, mich wegzuschikken: Es würde uns beide tödlich kompromittieren, wenn man mich in diesem Haus sähe.

Anytos und Meletos, die hinaufgeklettert sind, erscheinen beide bis zur Brust am Fenster; beide sehr aufgeregt.

XANTHIPPE *Aufschrei*: Sie sind schon da! Jetzt ist alles zu Ende!

Alkibiades versteckt sich noch tiefer.

ANYTOS *droht und brüllt*: Uns entwischst du nicht mehr, Halunke! Lange genug hast du unsere Ideale gelästert!

MELETOS *schüttelt die magere Faust*: Es gibt Handhaben gegen dich! Die Gesetze –

ANYTOS: Die Ordnung im Staat –

MELETOS: Unser heiligstes Gut – wir werden es hüten!

ANYTOS: Meinen Buben hat er auch verrückt gemacht!

XANTHIPPE *geht mutig aufs Fenster zu*: Seit wann schreien die Hüter der Ordnung in fremden Wohnungen herum?! Schluß jetzt!

ANYTOS *äußerste Empörung*: Und eine Geliebte hat er auch, der Heuchler, denn seine Xanthippe ist ja alt und häßlich!

MELETOS: Das ist der Gipfel! Das Maß ist voll!

XANTHIPPE: Weg da! Schluß!

Sie schlägt ihnen den Fensterladen vor der Nase zu. Der Lärm vergrollt draußen wie ein fortziehendes Gewitter.

Inzwischen ist Sokrates mit den drei Schülern eingetreten. Kriton und Lysis kommen mit ihm nach vorn, während Phaidros im Hintergrund bleibt, wo er sich, die Stirn in den Händen, hinkauert.

SOKRATES: Entschuldige diese Störungen, Xanthippe.

Alkibiades versucht, hinter dem Rücken des Sokrates, die Nebentür zu gewinnen.

Sokrates hat ihn bemerkt, sehr liebenswürdig:

Oh, wir haben Besuch.

ALKIBIADES *stammelt*: Ich wollte Abschiedsvisite machen – fand nur die gnädige Frau –

SOKRATES: Großes Glück, daß ich dich eben noch sehe. Ich darf hoffen, daß ihr euch leidlich unterhalten habt. Du gedenkst zu verreisen?

ALKIBIADES *wütend*: Nicht der Rede wert. Ich bin im Begriff, den Marktbereich Athens zu verzehnfachen!

SOKRATES: Oh, ganz richtig, dieses köstliche Experiment! Daß ich es immer wieder vergesse! Man wollte mich gerade totschlagen, dadurch wird man immer so abkonzentiert.

ALKIBIADES: Athen hat gegen dich entschieden, Sokrates. Mich aber hat man zu seinem Führer erhöht. Ist dein Hochmut immer noch nicht gebrochen?

SOKRATES: Deine Frage ist mir unverständlich, du Liebling der

Stadt. Durch die Gunst der Allgemeinheit scheinst du mir zwar stattlicher, aber nicht klüger geworden. Oder nennst du es etwa meinen Hochmut, daß ich dem deinen gegenüber kühl geblieben bin?

ALKIBIADES: Oh, Sokrates, beginnen wir nicht dieses Gespräch, es würde ein Gespräch ohne Ende –

Kleinias stürzt bleich, abgehetzt, zerzaust herein.

KLEINIAS: Alkibiades – daß ich dich finde!

ALKIBIADES: Warum läufst du mir nach? Woher wußtest du, daß ich in diesem Haus bin?!

KLEINIAS: Weil ich dich gesucht habe durch ganz Athen! Ich mußte schon denken, der Erdboden habe dich verschluckt!

ALKIBIADES *wütend*: Du spionierst mir nach! – Ausgezeichnet! Weißt du, was du bist?! Du bist der aufdringlichste kleine Bursche, den ich kenne. – Du kommst nur, um dem Sokrates schöne Augen zu machen.

SOKRATES: Aber Alkibiades, du bist töricht. Siehst du denn nicht, daß der Kleine nah am Umfallen ist? Der kann nicht an schöne Augen denken.

KLEINIAS: Du mußt sofort zum Hafen, Alkibiades – das wollte ich dir nur ausrichten; entschuldige bitte, wenn ich dich gestört habe. – Alles ist zur Abfahrt bereit, man wartet auf dich, wird schon ungeduldig. Du mußt gleich kommen.

ALKIBIADES: Aber du darfst nicht mit.

KLEINIAS: Es ist etwas Unangenehmes passiert – ich muß es dir doch erzählen; aber wenn du dich zeigst, wird es sofort vergessen sein –

ALKIBIADES: Was wird vergessen sein?! So rede doch schon!

KLEINIAS: Irgendein Frevel ist geschehen, und man will es als ungünstiges Vorzeichen nehmen. Götterbilder sind zerstört worden, ich glaube, die Hermen – niemand weiß, wer es gewesen ist. – Aber wenn du dich zeigst –

ALKIBIADES: Das ist Unsinn – die Menge betet mich an – ihr werdet sie jubeln hören.

SOKRATES: Inzwischen sind auch die unten am Piräus, dich zu feiern, die gerade hier waren, um mich umzubringen. Ein unvergleichlicher Tag für meine Athener! Zwei so fette Sensationen auf einmal.

ALKIBIADES: Wir müssen abbrechen für dieses Mal, Sokrates; meine großen Angelegenheiten verlangen nach mir. Aber wir sehen uns wieder.

Er verneigt sich vor Xanthippe:

Gnädige Frau –

KLEINIAS: Komm doch, komm doch nur!

Alkibiades und Kleinias ab.

SOKRATES *sieht ihm lächelnd nach*: Der Alkibiades kann bleiben, wie er ist. Eine Pracht von einem Geschöpf!

KRITON *der mit großen Schritten im Vordergrund auf und ab gerast ist, während Phaidros immer noch im Hintergrund kauert und Lysis vorn an der Wand lehnt, still vor sich hinweinend*: Ungeheuerlich! Ungeheuerlich!!

SOKRATES: Wer denn, mein grimmiger Kriton? Unser blendender Alkibiades oder die Ehrenmänner von Athen?

KRITON: Ach was, Alkibiades! Alkibiades ist ein Narr!

SOKRATES *mit erhobenem Zeigefinger*: Sage das nicht, mein voreiliger Freund!

KRITON: Aber dieses Stadt! Unsere Stadt, die plötzlich den Verstand verliert! Die es wagt, ihren Weisesten als Verbrecher hinzustellen und sich so selbst zu erniedrigen! Und Aristophanes, dieser Hundekerl, der die Lumpen und Trottel aufgehetzt hat gegen dich!

SOKRATES: Laß doch! Ich fand die Posse teilweise ganz amüsant!

KRITON: Seit wann bist du anspruchslos? Möchte wissen, wo das amüsant gewesen sein soll! Wenn ich's schon höre, wie diese reaktionäre alte Giftnatter sich auf das Marathon-Geschlecht beruft und auf die guten alten Zeiten, wird mir's zum Brechen!

SOKRATES: Das finde ich doch eben so witzig anzusehen: wie die infamste und routinierteste Bosheit sich mit der biederen Mannestreue verbindet.

KRITON: Du sollst schuld sein, daß die Badeschulen überfüllt, die Ringschulen leer sind! Grotesk, scheußlich grotesk! Als ob die Burschen nicht immer dahin gegangen wären, wo sie es am lustigsten finden!

SOKRATES *lacht in sich hinein*: Trotzdem – wenn ich mich so erinnere –: es war doch stellenweise ganz komisch!

KRITON: Das Gemeinste und Gefährlichste war, wie er dem Pöbel deinen angeblichen Atheismus unter die Nase rieb.

SOKRATES *immer noch kichernd*: Einmal trifft es mich doch.

KRITON *bleibt vor ihm stehen*: Wie meinst du das?

SOKRATES: Sie haben es noch keinem durchgehen lassen.

KRITON: Aber, beim Hades, gegen Lügen wehrt man sich doch! – Dieser Unsinn mit der «Denkanstalt», in die wir uns angeblich verschließen – was sollte es dir, der du immer auf den Gassen unterrichtest, deine Weisheit verschwendest an jeden Handwerker und Bettler?

SOKRATES: Man darf unsere Athener nicht zu ernst nehmen, mein Aufgebrachter – ehrgeizig, gereizt und immer sensationslüstern, wie sie sind. Sie können nur buhlen oder zanken. Da sie mit dem Alkibiades gerade buhlen, zanken sie eben mit mir. – Sie sind der Demokraten überdrüssig, ehe sie sie recht gekannt haben – und nun unterhält es sie, der Gewalt zu huldigen. Aber bald werden sie herausbekommen, wie launenhaft und kompliziert das Wesen der Gewalt ist – und dann finden sie vielleicht gar noch zur Vernunft zurück. – Aber was weint da mein kleiner Lysis? Lysis! Es ist eine wichtige Stunde! Wir wollen doch fröhlich sein!

LYSIS *von Tränen erstickt*: Sie werden dich holen ... Ich weiß sicher, daß sie dich holen werden.

SOKRATES: Es ist ja möglich, mein Kleiner. Aber waren wir darauf nicht vorbereitet?

Phaidros stöhnt auf.

Wer stöhnt da? Mein kleiner Phaidros?

Bei ihm:

Phaidros! Beim Gott der Freunde! Du bist ja verletzt!

PHAIDROS: Nicht viel – ein kleiner Stein, der mich getroffen hat, dort an der Stirn – aber es tut etwas weh!

XANTHIPPE *die seit dem Abgang des Alkibiades starr in der Nähe der Tür stehengeblieben ist*: Ein Stein, der dir bestimmt war, Sokrates.

KRITON: Den Göttern sein Dank, daß er den Meister nicht getroffen hat!

LYSIS *läuft mit einem leisen Aufschrei zu Phaidros hin*: Oh, er hat eine Wunde am Kopf! Und es blutet! Phaidros, tut es dir weh? ...

XANTHIPPE: Seht ihr denn nicht? Er glüht! Legt ihn da vorn auf die Bank!

Kriton und Lysis führen den schwankenden Phaidros nach vorn, wo er auf eine schmale, ziemlich unbequeme Bank gelegt wird.

SOKRATES: Tut es denn wirklich weh, Phaidros?

PHAIDROS: Ich weiß nicht genau – ziemlich –

SOKRATES: Wir neigen dazu, schnell von Schmerzen zu reden. Was ist der Schmerz eigentlich? Nun?

PHAIDROS: Das da – in meinem Kopf –

SOKRATES: Doch wohl das Gegenteil des Wohlempfindens – einigen wir uns darauf?

PHAIDROS: Sicher – dagegen ist nichts zu sagen –

SOKRATES: Was aber ist Wohlempfinden, soweit es nur mit dem Körper zu tun hat? Doch wohl mangelnder Schmerz. So ist Wohlbefinden zunächst nur ein Mangel, der Schmerz aber das, was eigentlich da zu sein hätte. Wer mag behaupten, daß das, was eigentlich da zu sein hätte, ein Schlechtes wäre? Oder behauptest du das?

PHAIDROS: Nein, Sokrates. Wenn du so fragst: nein.

SOKRATES: Das, was eigentlich da zu sein hätte, war uns ja unbekannt, ehe es eintraf. Wir können also mit Fug nichts anderes von ihm behaupten, als daß es die Lücke ausfüllt, die das Wohlbefinden läßt. Was wir Schmerz nennen, ist also ein Mehr an Leben, kein Weniger.

XANTHIPPE: Aber das ist ja nicht auszuhalten! Verschone ihn doch jetzt mit deiner Philosophie! Er muß Umschläge haben.

SOKRATES: Laß nur, er hört die Melodie gern. – Nun, wie denkst du jetzt über den Schmerz, mein kleiner Phaidros?

PHAIDROS *wie hypnotisiert*: Angenehm. Ziemlich angenehm. Erzähl weiter!

SOKRATES: Am wichtigsten wäre es nun, etwas über das eigentliche Wesen des Wohlbefindens herauszubekommen – wir wollen den Begriffen doch immer möglichst weit in die Tiefe sehen. Wohlbefinden scheint mir aber, wenn ich mich gründlich bedenke, der Zustand zu sein, der uns möglichst nahe an die absolute Erkenntnis, zur wirklichen Wahrheit, bringt. Dann wäre schlechtes Befinden also das Gegenteil dieses Zustands, nämlich das Sich-

Fortbewegen von der Wahrheit. – Das einzige völlige Schlechtergehen ist, der Erkenntnis völlig beraubt zu sein.

PHAIDROS: Sprich weiter – weiter – es wird ja so dunkel –

Die Szene verdunkelt sich langsam.

SOKRATES: Der Schmerz ist also etwas, was wir vermeiden können, denn der Erkenntnis werden wir nicht beraubt, so lange wir aufrichtig nach ihr trachten.

An der Tür, die schon fast im Dunkel liegt, sind vier Soldaten mit hohen schwarzen Schildern erschienen.

ERSTER SOLDAT: Wir verhaften den Sokrates im Namen des Volkes von Athen.

Alle vier heben die Schilder.

PHAIDROS *auffahrend*: Sie holen ihn – oh!!

SOKRATES: Bleibe brav liegen – so brav liegen bleiben. – Wir sehen uns noch, und ich erzähle dir weiter –

Er steht auf:

Ich komme schon, meine Herren!

PHAIDROS *greift nach ihm*: Bleib bei mir – es wird schwarz –

Völlige Dunkelheit.

Vorhang

AUS DEM DUNKEL

kommt der Prozeß des Sokrates.

STIMME DES ANKLÄGERS: Sokrates, der sich Philosoph nennt! Das Hohe Gericht klagt dich an, die wahrhaftigen Götter geleugnet zu haben, eingeführt zu haben eine neue unwahre Gottheit, die du bezeichnest als dein Daimonion.

STIMME DES SOKRATES: Meine Gottheit, für die ich keinen Namen weiß, ist nicht von mir eingeführt worden, sondern sie hat mich würdig befunden, ihr Gefäß zu sein, in dem sie sich zuweilen – viel zu selten – vernehmen läßt.

STIMME DES ANKLÄGERS: Angeklagt, Sokrates, nicht nur dich selbst, sondern auch deine Mitbürger durch hetzerische Reden den wahren Göttern entfremdet zu haben. Deinen Unglauben gelang es dir so zu verbreiten, daß in der Mitte unserer frommen Stadt gegen die Götter gefrevelt wurde: Unbekannte Täter verstümmelten die heiligen Bilder der Hermen. So haben deine Irrlehren verderblich gewirkt.

STIMME DES SOKRATES: Von Herzen gern übernehme ich die Verantwortung für eine Tat, von der ich freilich nichts wußte. Aber Götter, die sich verstümmeln lassen, sind nicht wert, daß man länger zu ihnen betet, und es ist hohe Zeit, sie von den Altären zu stoßen. Ich kenne nur e i n e Gottheit, und die ist unangreifbar.

STIMME DES ANKLÄGERS: Angeklagt, Sokrates, eines ungeheuren Dünkels, alles besser zu wissen als die Obrigkeit.

STIMME DES SOKRATES: Ich weiß so wenig wie Ihr – nur mit dem Unterschied, daß ich mir gar nicht einbilde, etwas zu wissen.
Es fällt langsam ein Schein auf sein Gesicht, das dann als einziges im Raum beleuchtet steht.

STIMME DES ANKLÄGERS: Angeklagt, die eigenen Söhne vernachlässigt, die Jugend unserer Stadt aber, die dich nichts anging, verweichlicht und verführt zu haben, indem du sie von den alten Idealen entferntest.

SOKRATES: Ob ich meine eigenen Söhne erziehen will oder nicht, überlasse man mir! Der Jugend Eurer Stadt aber wünsche ich, daß sie sich Schritt für Schritt von Euren alten Idealen fort und zu immer neueren hin bewege. Stolz und dankbar will ich sein, Ihr Richter, wenn ich sie auf diesem schweren Pfad ein geringes Stück geleitet habe.

STIMME DES ANKLÄGERS: Angeklagt des frevlerischen Trachtens, die Sklaven – man denke: die Sklaven! – frei zu machen, um so die Grundfesten unseres Staates zu erschüttern.

SOKRATES: Die Sklaven werden frei sein, ob ich danach trachte oder nicht. Was ich wünsche, ist nur, daß alle Formen der Sklaverei, die folgen werden, ebensowenig von Bestand sein mögen und daß kein Staat es mehr wage, sich der Unterdrückung als der Grundfeste seiner Ordnung zu rühmen.

STIMME DES ANKLÄGERS: Angeklagt, dem Ruhme Athens geschadet zu haben, indem du dem Volk von Kriegen abrietest, insbesondere von der glorreichen Expedition, durch die unsere Macht und Herrlichkeit gewinnen soll.

SOKRATES: Auch zu dieser Anklage muß ich mich mit Stolz bekennen. Ja, ich liebte jeden Sohn dieser Stadt mehr als den Ruhm dieser Stadt, wie Ihr ihn wohl meint. Und ich wollte, daß jeder durch sein Leben den Ruhm Athens vermehre und steigere, anstatt durch seinen Tod. Diesen tausendfachen Tod – ich kann ihn keinen Ruhm nennen, auch nicht, wenn sich ein Feldherr mit ihm brüstet.

STIMME DES ANKLÄGERS: Angeklagt also eines unnatürlichen, anstößigen und entsetzlichen Lebens, das wir nicht länger in unserer Mitte dulden wollen.

STIMME DES SOKRATES: So hört mich denn, Ihr eifervollen Richter, und laßt Euch dieses eine Mal von mir belehren. Ihr nennt mich unnatürlich. Ich aber sage Euch: alle Weisheit ist ein Verbrechen an der Natur. Deshalb kehrt die Spitze der Weisheit gegen den Weisen. Denn wie könnten wir die Natur zur Preisgabe ihrer Geheimnisse zwingen, wenn nicht dadurch, daß wir ihr siegreich widerstreben, das heißt: durch das Unnatürliche? – Um es Euch nur zu gestehen: dieses ungeheuren Kampfes bin ich müde. Deshalb seht Ihr mich, meine hohen Richter, lüstern auf Euren Schiedsspruch, wie ich es noch niemals auf die Antwort eines anderen Partners war.

Die Bühne erhellt sich langsam. Man erkennt Sokrates, ganz allein, isoliert in der Mitte eines leeren Raums, den Gerichtshof nur als eine undeutliche Silhouette im Hintergrund.

DER GERICHTSHOF: Sokrates aus Athen, der sich Philosoph nennt;
schuldig befunden der Gotteslästerung,
schuldig des Ungehorsams gegen den Staat,
schuldig der Jugendverführung.
Zum Tode verurteilt durch den Giftbecher.

SOKRATES: So finde ich mich dem Ziel nahe, dessen Aussicht uns dies Jammertal erträglich macht. Ach, das allerbeste war mir unerreichbar: nicht geboren zu sein, nicht zu sein, nichts zu sein. Das zweitbeste aber, bald zu sterben, das habe ich nun gewonnen: Dank Euch, meine weisen Richter!

Vorhang

VIERTES BILD

Ein Platz in Athen. Früher Morgen.
Phaidros und Lysis kommen langsam von hinten.

PHAIDROS: Und es muß doch so sein, daß man in einer Nacht den Verstand verlieren kann.

LYSIS: Wir wollen uns doch lieber ein bißchen hier irgendwo hinsetzen. Meine Füße sind schon ganz wund. – Weißt du: ich glaube einfach immer noch nicht daran.

PHAIDROS *aufschreiend*: Der Spruch lautet: TOD – Tod durch den Giftbecher. Wie für einen gemeinen Verbrecher. Und kein Widerspruch. Und die Majorität war gewaltig.

LYSIS: Ich versuche ja immer wieder, es mir vorzustellen – aber es geht nicht. – Ach, Phaidros, mein Kopf tut so weh.

PHAIDROS: Wenn man schlafen könnte.

LYSIS: Ich glaube, ich könnt jetzt schon. Ich bin müde.

PHAIDROS: Wir dürfen nicht schlafen. Nachdenken müssen wir, was geschehen soll.

LYSIS *schüchtern*: Du meinst – wir sollen überhaupt nicht zu den Eltern zurück?

PHAIDROS: Eltern – ich weiß gar nicht mehr, daß es das gibt.

LYSIS: Meine Hauslehrer werden mich suchen. Bei mir zu Hause wird so schrecklich gut auf mich aufgepaßt.

PHAIDROS: Ich kann mich gar nicht mehr an die Gesichter meiner Eltern erinnern, so unendlich weg ist das alles für mich. Der Hauslehrer, mein Zimmer mit den Instrumenten und Turngeräten: ein Nebel hängt mir dazwischen, ich finde es gar nicht mehr. Wir müssen lernen, daß wir nichts anderes sind als Seine Jünger – nichts, nichts, nichts. Wir dürfen keine Stunde vergessen, die Er uns geschenkt hat.

LYSIS *leise*: Ich muß jetzt immer dran denken, wie es war, als ich Ihn kennenlernte. Ja, es war herrlich. Ich saß in der Ringschule, damals liebte mich der reiche Hippothales, der komische Dicke mit der hohen Stimme, weißt du, ich würfelte eben mit ihm Grade oder Ungrade; die Tür der Ringschule stand halb offen, draußen war so ein sanfter Nachmittag. Es war der Tag des Hermesfestes, ich weiß alles noch ganz genau, und wir hatten vom Morgen an gespielt und geturnt und Musik gemacht und waren schon etwas müde. Da kam Er mit ein paar anderen herein und schaute mich gleich an und setzte sich zu mir. Ich war erst etwas erschrocken, denn ich hatte soviel verschiedenes über Ihn reden hören, und meine Eltern hatten mich sogar vor Ihm gewarnt. Aber, Phaidros, wie Er gleich wunderbar zu sprechen begann, das war wirklich eine Musik, viel zauberhafter als alle Flöten und Leiern, und Er schien mir auch viel schöner zu sein als meine schönsten Freunde und reicher als der reiche Hippotheles. Er sprach und sprach: von der Freundschaft, von den Gesetzen der Anziehungskraft, von der Sehnsucht und der Harmonie und dem Wissen, und so schön vom Schönen. Das weiß ich gewiß: jedes Seiner Worte werde ich mein Leben lang hören.

PHAIDROS: Daß du gerade jetzt davon erzählen mußt! Ich ertrage es nicht, Lysis, ich muß gleich losweinen.

LYSIS: Erzähl mir doch auch, Phaidros, von deinem ersten Spaziergang mit Ihm. Wart Ihr nicht sogar vor den Mauern, außerhalb der Stadt? Sonst ist Er niemals aus Athen herauszubekommen.

PHAIDROS *hält sich die Ohren zu*: Erinnere mich nicht! Ich beschwöre dich, Lysis, erinnere mich nicht an diese begeisterte Stunde! Alles, was ich bin – ich bin es seit dieser Stunde! Er hat mich die Wissenschaft gelehrt, die Wissenschaft von dem, was wahrhaft und ewig da ist – und ich habe so eine Todesangst, daß ich sie jetzt wieder verliere. Halte mich fest, Lysis, mir ist, als wenn ich ins ganz bodenlose Tiefe fallen müßte.

LYSIS *umklammert ihn*: Deine Wunde geht auf, Phaidros, ich sehe es rot unter deinem Verband...

PHAIDROS: Das ist das Blut, das wir vergießen zum Schwur. Damit wir Seine Jünger bleiben, für immer. Kein anderer Gedanke, kein anderes Gefühl in unseren Herzen.

LYSIS *nahe bei ihm*: Kein anderes Gefühl, Phaidros –?

PHAIDROS: Keins, das wir von diesem einen trennen dürften. Ich kann nichts mehr davon trennen. Er wird über uns wachen, was immer wir tun.

LYSIS: Immer – Phaidros, immer ist eigentlich schrecklich. – Denn manchmal möchte ich doch auch allein mit dir sein –

Kriton tritt auf; er sieht stark mitgenommen aus.

KRITON: Endlich! Ich suche euch in der ganzen Stadt, und da sitzt ihr!

LYSIS: Irgendwo müssen wir doch sitzen.

PHAIDROS: Kriton! Wie gut, daß wir jetzt alle drei beieinander sind. – Du siehst aber auch aus, als wenn du nicht viel geschlafen hättest.

KRITON *bitteres Lachen*: Schlafen! Wer weiß denn noch, was das heißt? Die ganze Stadt hat's verlernt. Sie ist in Aufruhr, aus Seligkeit über den Triumph des Alkibiades – und über die Niederlage unseres Meisters.

PHAIDROS: Sprich nicht von Niederlage – ich bitte dich, Kriton! Wenn Er's nur gewollt hätte, Er könnte siegreich dastehen vor Seinen Feinden.

KRITON: Wir müssen Entschlüsse fassen.

LYSIS: Entschlüsse? Wo für uns doch alles verloren ist?

KRITON: Wir müssen Ihn befreien!

PHAIDROS: Du meinst – mit Gewalt?

KRITON: Mit Gewalt, mit Bestechung –: wie es uns eben glückt. Beamte sollen Geld nehmen, hört man, und Gitter lassen sich durchfeilen.

LYSIS *nach einer kleinen Pause*: Und wenn Er nicht will?

KRITON: Er wird wollen, der Sache wegen.

LYSIS: Er hätte vor Gericht siegen können – und Er hat's nicht gewollt –

PHAIDROS: Liegt Ihm denn gar nichts am Leben? Das ist bitter für uns –

KRITON: Und für die anderen, die dachten, Ihm nahezustehen.

LYSIS: Die schöne, traurige Dame, die wir zweimal in Seinem Haus gesehen haben – sonst schien das Haus immer leer –: war das wirklich Xanthippe, Sein Weib, von dem alle erzählen, daß es alt und häßlich ist? Oder war es Diotima selber?

KRITON: Wo Er Geheimnis haben will, dürfen wir nicht forschen.

Es tritt auf Kleinias an der Spitze einer Gruppe von jungen Leuten – es sind dieselben, die im ersten Bild den Alkibiades umgeben haben. – Kriton, Phaidros und Lysis ziehen sich, scheu und stolz, auf die andere Seite des Platzes zurück.

KLEINIAS: Es kann kaum eine Woche dauern, und wir haben die erste Nachricht vom Sieg unserer Flotte. Ich könnte den ganzen Tag jubeln, Athen hat wieder eine große Zeit; und dabei könnte ich auch den ganzen Tag heulen, daß ich nicht mit dabei sein darf.

ERSTER JUNGER MENSCH: Warum bist du eigentlich nicht dabei?

KLEINIAS: Weil mein Bruder es nicht gestattet hat. Die einzige seiner Entscheidungen, die ich gar nicht verstehe, so sehr ich mir Mühe gebe.

ZWEITER JUNGER MENSCH *zum ersten*: Und warum bist du eigentlich nicht dabei?

ERSTER JUNGER MENSCH: Weil auch in der Heimat gute Elemente bleiben müssen. Sonst wird hier gegen unsere Sache, die Sache des Vaterlandes, intrigiert.

KLEINIAS: Mein Bruder hat seine Freunde überall, wo er sie braucht.

ERSTER JUNGER MENSCH: «Mein Bruder»! Ist dieser Kleine nicht beneidenswert, der von dem wunderbarsten Mann Athens einfach als von seinem Bruder sprechen darf?

ZWEITER JUNGER MENSCH: Es lebe Kleinias, der beneidenswerte Bruder unseres herrlichen Führers!

KLEINIAS *verwirrt*: Nicht ich – alles für Alkibiades!

ERSTER JUNGER MENSCH: Es lebe Alkibiades, unser Führer – und sein süßer kleiner Bruder als sein Stellvertreter!

ZWEITER JUNGER MENSCH *bemerkt die Sokrates-Schüler*: Ah, da ist ja auch der Herr Kriton und Phaidros und Lysis, die Treuesten des alten Satyr! – Na, und euer Alter ist endlich, wohin er gehört: im Kittchen!

Allgemeines Gelächter. Die drei schweigen verbissen.

ERSTER JUNGER MENSCH: Nun merkt ihr wohl selbst, an wen ihr da geraten seid, ihr Gimpel! Ja, einmal trifft es sogar den raffiniertesten Schwindler!

PHAIDROS *will auf ihn los*: Halte dein Schandmaul, Dreckskerl, oder du sollst spüren –

KRITON *verbissen*: Lasse sie, Phaidros! Sie wissen nicht, was sie reden!

Allgemeines Gelächter.

ERSTER JUNGER MENSCH: Hört ihn doch, seht ihn doch! Er macht ein Gesicht wie ein Priester, der Affe!

ZWEITER JUNGER MENSCH: Den größten Griechen, Alkibiades, wollten die Unverschämten herabsetzen! Dem geistreichsten Griechen, Aristophanes, wollten sie nicht glauben! Jetzt sitzt ihr greuliches altes Orakel hinter Schloß und Riegel, und sie wollen immer noch nicht einsehen, daß sie Idioten waren.

ERSTER JUNGER MENSCH: Wer weiß, ob er es nicht war, der am Tag, ehe unsere glorreiche Expedition startete, die Hermenbilder verstümmelt hat, so daß es wie ein übles Vorzeichen für uns aussehen sollte!

ZWEITER JUNGER MENSCH: Dem wäre alles zuzutrauen, der leistet sich alles!

ERSTER JUNGER MENSCH: Wenn er auf Wolken wandeln kann –: jetzt soll er's beweisen!

ZWEITER JUNGER MENSCH: Oder vielleicht kommt seine alte Xanthippe und befreit ihn aus Kerkermauern!

PHAIDROS, *Weißglut des Zorns*: Das halt ich nicht aus!!

Er stürzt sich auf ihn; sie ringen. Die anderen umstehen sie im Kreis.

DIE JUNGEN LEUTE: Fest, Ktesippos! Gib's ihm! Fest!

KLEINIAS *hysterisch*: Es lebe Alkibiades! – Alkibiades lebe!!

Meletos und Anytos kommen über den Platz.

MELETOS: Auseinander, Burschen! Immer dieser Radau!

ANYTOS: Diese Verrohung der Sitten! Und wer hat darunter zu leiden? Die Wirtschaft!

KLEINIAS: Es lebe Alkibiades!

MELETOS: Das wird sich finden.

ANYTOS: Auseinander, ihr zwei da!

Die Kämpfenden trennen sich.

PHAIDROS *keuchend*: Keinem laß ich es durchgehen, der das Heiligste Athens lästert!

KLEINIAS: Das Heiligste Athens heißt Alkibiades!

MELETOS: Das Heiligste Athens...! Wie diese Bürschchen den Mund vollnehmen!

DIE JUNGEN LEUTE: Es lebe Alkibiades!

Es sammeln sich immer mehr Bürger auf dem Platz, unter ihnen Kallias.

ERSTER BÜRGER: Seit Tagen hört man nichts anderes als: «Es lebe Alkibiades!»

MELETOS: Etwas eintönig – wie?

ERSTER BÜRGER: Eintönig würde mich weniger stören, offen gesagt. Aber der Mann kostet uns ja kolossale Steuern!

KALLIAS: Das dämpft den Enthusiasmus, he, he, he...

ZWEITER BÜRGER: Wenn Sie das sagen, als Millionär...

ERSTER JUNGER MENSCH: Der Führer wird die Macht Athens verhundertfachen.

ERSTER BÜRGER: Wenn sich der Export nur um fünfzig Prozent erhöht, wollen wir schon ganz zufrieden sein.

ANYTOS: Für die nächste Zeit liegt die Wirtschaft jedenfalls völlig brach.

ZWEITER JUNGER MENSCH: Ihr redet von Geschäften! Wie lange ist es her, daß ihr den Führer wie einen Gott gefeiert habt?

ERSTER BÜRGER: Zugegeben, bei der Abfahrt der Flotte war ja ganz nette Stimmung – der Pöbel braucht so was.

ZWEITER BÜRGER: Immerhin hat die Sache mit den zerstörten Hermen der Stimmung zunächst einen bedenklichen Dämpfer aufgesetzt. Sah ja auch verdammt nach schlechten Vorzeichen aus.

ERSTER BÜRGER: Wenn man nur wüßte, wer sich diese Frechheit geleistet hat!

ERSTER JUNGER MENSCH: Aber als dann der Führer erschien, wuchs der Jubel gleich wieder ins Ungeheure.

MELETOS: Jedenfalls: auch der Alltag fordert sein Recht! Man lernt schließlich, die Dinge auch in einem etwas weniger rosigen Licht zu sehen.

KLEINIAS: Nur mit Begeisterung erweisen wir uns würdig des Führers!

ANYTOS: Nicht so exaltiert, junger Freund!

KALLIAS: Er muß ja die Steuern nicht zahlen. Die Bürschchen habens's leicht, begeistert zu sein.

MELETOS: Und der Dreikäsehoch hat ja nicht mal mitgedurft auf die kostspielige Spazierfahrt!

Allgemeines Gelächter.

Es haben sich noch mehr Bürger angesammelt.

ERSTER JUNGER MENSCH: Weil sein großer Bruder es anders bestimmt hat – deshalb.

MELETOS: Und ihr, wenn ich fragen darf, Jungens? Warum seid ihr nicht dabei?

ERSTER JUNGER MENSCH *etwas verwirrt*: Auch hier sind zuverlässige Elemente vonnöten – jeder auf seinem Posten.

ANYTOS: Und wir bezahlen den Spaß!

MELETOS: Mitbürger! Sollten wir nicht vorschnell gehandelt haben, als wir dem ehrgeizigen Alkibiades die Erlaubnis erteilten zu diesem imperialistischen Abenteuer, dem Abenteuer auf unsere Kosten –?

ERSTER BÜRGER: Nun – so schnell wollen wir den Mut nicht verlieren – vielleicht hat die Sache doch Chancen –

MELETOS: Vielleicht! Aber die Unkosten sind garantiert! Garantiert ist auch die Verhaßtheit im ganzen übrigen Griechenland, die wir uns durch diese Gewalttat gewinnen.

ANYTOS: Wir isolieren uns, und Alkibiades hat die Schuld.

ZWEITER BÜRGER: Es ging alles so schnell, man hatte ja keine Zeit nachzudenken –

ERSTER BÜRGER: Solange Alkibiades in der Stadt war, kam man ja gar nicht zur Besinnung vor lauter Sensation und Prachtentfaltung.

ANYTOS: Auf unsere Kosten.

MELETOS: Wir werden noch manches zu bereuen haben.

Timon springt plötzlich von hinten in den Kreis.

TIMON: Etwas Neues, ihr Bürger von Athen, etwas Neues! Ein ganz unerwarteter Skandal – ungeheuer!

ERSTER JUNGER MENSCH *sucht sich vorzudrängen*: Die Nachricht muß falsch ein, wenn der alte Timon sie bringt!

ANYTOS: Pst! Die Vorlauten sollen schweigen! Timon ist ein Ehrenmann und hat viel Unglück gehabt.

KALLIAS: Er hat mich zwar unlängst einen eitlen Protzen genannt –

MELETOS: Hören wir ihn doch immerhin an.

TIMON: Die Gottheit, unsere Gottheit ist gelästert worden! Eine Freveltat ohne Beispiel!

ERSTER JUNGER MENSCH: Timon, als Verteidiger der Gottheit – famos!

ERSTER BÜRGER: Er meint die Verstümmelung der Hermenbilder –

ZWEITER BÜRGER: Man sucht doch den Übeltäter –

MELETOS: Wer ist es gewesen? Timon sieht mir aus, als wisse er, wer es gewesen ist!

TIMON: Wer es gewesen ist –? Alkibiades, von dem ihr euch an der Nase führen laßt!

GEMURMEL: Alkibiades...? Dem wir unser ganzes Schicksal anvertraut haben...?

KLEINIAS *aufschreiend*: Verleumdung! Das ist nicht wahr!!

ERSTER JUNGER MENSCH: Timon verleumdet grundsätzlich! Vor ihm ist kein Ehrenmann sicher!

TIMON: Verleumdung? Und wenn ich Beweise habe?

ERSTER JUNGER MENSCH: Warum rückst du erst jetzt mit ihnen heraus?

TIMON: Weil ich erst meiner Sache völlig sicher sein wollte. Aber es kann kein Zweifel bestehen: Alkibiades hat mit eigener Hand die Götterbilder verstümmelt, als wollte er mit Gewalt die Rache der Allmächtigen und Empfindlichen auf unsere Häupter beschwören. Und er hat es nicht zufällig getan oder im Rausch, sondern absichtlich, vorbedacht. Denn ich habe ihn den Plan äußern hören – ja, er wagte es, sich des abscheulichen Plans vorher zu rühmen!

KLEINIAS: Er lügt! Er lügt! Merkt ihr denn nicht, daß er lügt?!

TIMON: Auf dem Gastmahl des Kallias – und nicht ich allein habe es mit anhören müssen – hat er die Götter gelästert und hat erklärt, daß er selbst die neue Gottheit wäre.

KALLIAS: Laßt mich aus dem Spiel! Ich bin untadelig, wenn ich bitten darf, und will nichts zu tun haben mit solchen Abscheulichkeiten!

TIMON: Aber du erinnerst dich, Kallias, daß Alkibiades auf deinem Fest gotteslästerliche Reden geführt hat? Und danach beging er die Untat!

KALLIAS: Ich erinnere mich an gar nichts, an absolut gar nichts. Dieses Fest war das unangenehmste, das je in meinem guten Haus stattgefunden hat; ja, es ist mir peinlich, daß ich es überhaupt veranstaltet habe. Alkibiades benahm sich während des ganzen Abends sehr unartig, dann lief er plötzlich davon – ich saß da mit meiner Aufwartung –, nur weil er sich mit Sokrates gezankt hatte; das ist doch kein Grund –

TIMON: Sokrates! Da haben wir seinen Namen! Ist dieser Alkibiades nicht sein Schüler gewesen? War es nicht sogar sein stadtbekannter Geliebter? – Da weiß man's, woher er die Mißachtung gegen das Göttliche hat!

KRITON: Was kann Sokrates für die Hybris seiner abgefallenen Schüler?

MELETOS: Nun, über Sokrates, den Verführer der Jugend, ist das Urteil gesprochen, sollte ich denken, und alle Gutdenkenden sind einer Meinung über ihn. Wer sich immer noch seinen Schüler nennt, setzt sich selber herab.

TIMON: Wenn Sokrates der Verführer der Jugend ist, was kann dann Alkibiades nur sein, der Wüstling und Aristokrat?! – Der Verführer eines ganzes Volkes.

ERSTER JUNGER MENSCH: Er beschimpft unseren Führer!

ZWEITER JUNGER MENSCH: Er bewirft den Schönsten mit Schmutz!

TIMON: Was ihr noch immer für Töne redet, ihr häßlichen Grünschnäbel! Wie, und wenn ich auch gegen euch Beweise hätte?! Wenn ihr selber froh sein müßtet, mit dem Leben davonzukommen?!

ERSTER JUNGER MENSCH: Er redet irre! Wir haben doch nichts verbrochen!

TIMON: Ihr habt nichts verbrochen, he?! – Komm doch mal da herauf, Kleine!

Er zieht die Tänzerin, die bis dahin irgendwo in der Menge versteckt war, zu sich in die Höhe.

DIE TÄNZERIN *die im ersten Bild bunt und lieblich war, wirkt nun, am Tage, ziemlich mausgrau und verkniffen*: Was wünschen die Herren?

TIMON: Du sollst erzählen, meine kleine Ariadne, was du mitangesehen hast, als du nach dem Gastmahl des Kallias von Alkibiades und seinen Freunden zum Spaziergang eingeladen wurdest.

DIE TÄNZERIN *leiernd, in einem Ton, ohne Interpunktion*: Na, das war ja ein feiner Spaziergang, das kann ich wohl sagen; eingeladen wurde ich überhaupt nicht, sondern einer von den Herren nahm mich plötzlich huckepack, ich konnte gerade noch Hoppla sagen, und dann waren sie plötzlich alle nackt, na, man ist's ja gewöhnt, und tanzten um einen Brunnen; und dann schrien sie und machten sich an den Götterbildern zu schaffen. Ich fand, wenn schon, sollten sie sich lieber an mir zu schaffen machen, wozu war ich denn mit; aber sie kamen gar nicht mehr weg von den Hermen – ich glaube, sie machten sie ganz kaputt –

TIMON: Da habt ihr's! Habe ich nun verleumdet oder die Wahrheit gesprochen –?

MELETOS: Und die jungen Leute sind der Schuld mit überführt. Wo sind sie –?

ERSTER BÜRGER: Die haben sich dünn gemacht.

STIMMEN: Unerhört – die sind weg –

MELETOS: Was ist aus der Jugend Athens geworden!

DIE TÄNZERIN: Nicht mal Geld haben sie mir gegeben!

ANYTOS: Unsere Flotte ist verloren mit diesem Führer, denn ihm folgt der Haß der Götter!

MELETOS: Euer aller Vermögen –

VIELE STIMMEN: Unser G e l d! . . .

MELETOS: Vertraut euch uns an, den Männern der goldenen Mitte, der Mäßigung, der Realität!

ERSTER BÜRGER: Alkibiades ist weit weg –

MELETOS: Da seine Schuld auch außer Zweifel ist, schickt das Staatsschiff hinter ihm drein!

ZWEITER BÜRGER: Und der Oberbefehl? Für wen der Oberbefehl?

ANYTOS: Unser Vertrauensmann heißt: Nikias.

EINE STIMME: Nikias ist alt!

MELETOS: Aber nicht kriminell.

ANYTOS: Nikias ist ein Konservativer im besten Sinne des Wortes – zuverlässig und von echtem Schrot und Korn. Nicht genial, aber ehrenhaft: also genau der Mann, den wir brauchen.

EIN BÜRGER: Alkibiades versprach uns großartige Zeiten –

MELETOS: Bürger von Athen, nehmt Vernunft an! Wir haben den häßlichsten Menschen der Stadt seiner großen Schuld überführt; nun wollen wir auch den nicht schonen, den ihr den schönsten nennt. Merkt ihr's denn nicht? Die beiden gehören zusammen. Ohne den anderen ist der eine gar nicht zu denken, so feindlich sie auch manchmal miteinander tun.

STIMMEN: Pfui, Sokrates! Nieder mit Sokrates!

MELETOS: Und ich vollende: pfui, Alkibiades, nieder mit Alkibiades! Die Stadt muß wieder von Ehrenmännern regiert werden, nicht mehr von den Verführern und den ehrgeizigen Abenteurern!

ANYTOS: Man schicke das Staatsschiff ihm nach! Jeder Pflichtbewußte verlangt das Todesurteil auch für Alkibiades! Er will einen Staat im Staat, das Vaterland ist ihm nichts als ein Vorwand, zu glänzen und ganz oben zu sein.

MELETOS: Wer wagt noch zu widersprechen? – Wir berufen die Versammlung ein! Der Beschluß muß sofort rechtskräftig werden! Auf zur Versammlung!

ANYTOS: Auf zur Säuberung unserer Stadt! Zur Wiedergeburt unserer Ehre, unserer Frömmigkeit, unserer ererbten Tugend!

ERSTER BÜRGER: Nikias ist jedenfalls weniger extravagant, man riskiert nicht so viel –

Die ganze Gruppe zieht sich mit Anytos und Meletos nach hinten zurück.

ANYTOS: Ich als Geschäftsmann bin der festen Ansicht –

MELETOS: Ich als Mann des Rechtes kann nicht zweifeln –

Sie sind von der Bühne.

KLEINIAS *ist allein vorn auf der Szene geblieben*: Wo sind denn die anderen? Jetzt ist keiner mehr da. Vor einer Viertelstunde haben sie mir noch alle schön getan. Aber inzwischen ist ja auch die Welt untergegangen. – Wenn er mich hätte mitgehen lassen, nach diesem verfluchten Gastmahl, dann wäre das nicht passiert mit den Hermen. Ob die Götter sich wirklich rächen werden? – Sie haben sich ja schon gerächt. – Ich kann aber doch nicht dabei sein, wenn er abgeurteilt wird!! Das kann ich doch nicht, nein, es gibt Dinge, die man nicht kann. – Alkibiades vor den Richtern: da fiele ich tot um, wenn ich das sehen müßte. Lieber gleich tot sein, als der Bruder eines zum Tode Verurteilten! – Und vor einer Viertelstunde war ich der Bruder des größten Mannes von Athen. – Lieber gleich tot sein. – Aber ich habe kein Schwert. – Ich leih mir ein Schwert von einem seiner Soldaten. Ein Soldat des Alkibiades wird doch seinem Bruder das Schwert nicht verweigern. – Ich stürze mich ins Schwert, wie ich's von den alten Feldherren gelesen habe. Es kann nicht so schlimm sein, wenn man die Augen dabei fest zumacht und denkt, man ist in der Schlacht. – Dann sterbe ich wenigstens als ein Held.

Er geht, da er Menschen kommen sieht, langsam nach hinten.

Sokrates wird von zwei Polizeibeamten über den Platz geführt.

SOKRATES *bleibt stehen*: Verzeiht meine Neugierde, ihr Freunde, aber sie ist nun einmal mein angeborenes Laster –: ich möchte so besonders gern wissen, wohin ihr mich führt.

ERSTER POLIZEIBEAMTER: Wirst es schon noch früh genug erfahren, Alter.

SOKRATES: Ihr wollt es mir keinesfalls sagen?

ZWEITER POLIZEIBEAMTER: In die Todeszelle, wenn du's wissen willst.

SOKRATES: Das war es, was ich zu hören hoffte. – Und wie lange werde ich es dort noch aushalten müssen?

ERSTER POLIZEIBEAMTER: Du hast noch mehrere Tage zu leben nach dem Gesetz.

SOKRATES: Da wir schon beim Plaudern sind, ihr Guten: was war denn das heute morgen für eine Aufregung hier auf dem Platz? Ich habe doch so was gehört –

ERSTER POLIZEIBEAMTER: Jetzt geht es gegen den Alkibiades.

ZWEITER POLIZEIBEAMTER: Hauptsächlich, weil er dein Schüler war, alter Sünder.

SOKRATES: Oh, das ist lange her.

ERSTER POLIZEIBEAMTER: Die Wirkung scheint aber nachhaltig.

ZWEITER POLIZEIBEAMTER: Werden ihn wohl zum Tode verurteilen.

SOKRATES: Sieh da, sieh da, den Alkibiades. Aber er ist doch gar nicht hier, sondern gerade erst abgereist.

ERSTER POLIZEIBEAMTER: Den bekommen sie schon. Den holen sie sich zurück.

SOKRATES: Das ist aber doch wirklich sehr undankbar von Athen. Hat er nicht das Seine für die Stadt getan? Immer wieder hat er sich was Neues ausgedacht. Ein so amüsanter Mensch wie Alkibiades!

Vorhang

FÜNFTES BILD

Im Gefängnis. Kahler Raum; im Hintergrund ein Fenster, vorn eine Bank. Links seitlich eine kleine, sehr niedrige Tür, die in eine Nebenzelle – die Schlafzelle des Sokrates – führt; rechts eine größere Tür nach außen.
Sokrates sitzt auf der Bank, Timon steht vor ihm.

SOKRATES: Du hast recht, mein unerbittlicher Timon, man büßt auf Erden jede Vergünstigung, die einem das scheinbar freundliche Schicksal zuteil werden läßt. Die Vergünstigung zum Beispiel, Besuche empfangen zu dürfen, büße ich mit der überraschenden Unannehmlichkeit, daß du mein erster Besuch bist.

TIMON: Ich bin es gewohnt, verabscheut zu werden.

SOKRATES: Du bist es nicht nur gewohnt, sondern du setzest deinen ganzen Ehrgeiz darein.

TIMON: Du wärest auch ohne mein Zutun schließlich vor Gericht gekommen.

SOKRATES: Das will ich hoffen. Aber welchem glücklichen Umstand habe ich dein Zutun eigentlich zu verdanken?

TIMON: Es wäre mir unerträglich, einen Athener in dem Irrwahn leben zu sehen, daß Wissen den Menschen gut mache. Ja, diesen Aberglauben wollte ich dir abgewöhnen. Du wolltest das Gute aus den Menschen herausholen? Aber das Böse sitzt tiefer. Es ist so gleichgültig, an was für Götter sie glauben, sie sündigen gegen alle. Es ist auch gleichgültig, ob die Sklaven frei sind oder nicht –: als Freie wären sie ebenso grausam, ebenso ausnutzerisch wie nun ihre Herren. Ich habe es doch erfahren. Wie haben mir die Sklaven gedankt, denen ich ihre Freiheit geschenkt habe? Durch Hohngelächter und indem sie mich bestahlen. Ist diese Welt nicht reif, vor die Hunde zu gehen? Und ist es nicht gleichgültig, wohin wir stürzen, wenn wir doch nur Tränen des Jammers sind, die der unbekannte Gott dieser erbarmungswürdigen Schöpfung in einen Abgrund weint? – Verstehst du mich nun? Ich wollte dich von deinem grauenhaften Optimismus kurieren: das war meine Sendung. Du hattest zu lernen, Sokrates, wie schlecht Menschen sein können, wenn du dich Philosoph nennen wolltest.

SOKRATES: Ich danke dir für deine Bemühungen, mein Freund, und beinahe erstaunt es mich, daß es doch noch menschliche Angelegenheiten gibt, für die du dich – wie es scheint – interessierst.

TIMON: Angelegenheiten interessieren mich nicht. Aber es gibt ein paar Prinzipien, die mich angehen. Dein flacher Optimismus vergiftete mir einfach die reine Luft dieser verbrecherischen Stadt, in der doch sonst jeder von der Schlechtigkeit des anderen vollkommen überzeugt ist.

SOKRATES: So lasse dir sagen, mein Bester, daß es einen Pessimismus gibt, der flacher ist als der flachste Optimismus. Und daß du ihn hast.

TIMON: Du bist kühn, Sokrates! Denn ich spreche, wenn ich den Mund auftue, aus den Erfahrungen eines schrecklichen Lebens – du aber aus den realen Grundsätzen einer – Vernunft.

SOKRATES: Welche Verachtung du in dieses Wort zu legen weißt!

TIMON: Es gibt nichts, was verächtlicher wäre als die Vernunft. Ihr Geruch ist abgestanden wie der einer verdorbenen Speise.

SOKRATES: Oh, mein armer Freund: welche Art von Vernunft mußt du meinen? Denn die, die ich kenne, das ist ein schönes, ein erregendes Wesen. Vernunft – spürst du die klare Süße nicht, die das Wort enthält? Und wenn du genau hinhören könntest, so würdest du merken, daß sogar Geheimnis auf dem Grund dieses Wortes liegt. – Ihr Pedanten der Verzweiflung, und jene anderen, die heroischen Narren –: seid ihr uns nötig, damit wir lernen, daß es hinter der Vernunft auch noch etwas anderes gibt, daß wir dieses andere doch immer noch inniger geliebt haben als selbst unsere hochgeliebte Vernunft? Da wir doch *zunächst* das andere, die Vernunft aber immer nur *mit*-geliebt haben?

TIMON: Worte beweisen nichts. Hat die Vernunft jemals eine Scheußlichkeit verhindert? Wurde sie nicht immer dazu mißbraucht, die Scheußlichkeit zu begründen? Wenn ich etwa an meinen Fall denke –

SOKRATES: Ach, mein Timon, denke lieber ein wenig weiter! Denn ich sehe Zeiten, wo man nach der Vernunft lechzen wird wie der Verdurstende nach Wasser. Wenn die Vernunft erst ausgeschaltet ist, werden die Menschen lernen, wie unentbehrlich sie war. Hunderte werden sich täglich umbringen in allen Städten der Erde, weil sich ohne die Vernunft nicht leben läßt – aber das wird den Triumph des Anti-Geist nicht mehr stören. Den Triumph des Anti-Geist – ich sehe ihn vollkommen werden, da die Vernunft immer wieder zu vornehm sein wird, sich zur Wehr zu setzen. Und er wird sich auf die Seele berufen, der Anti-Geist! Aber die Seele, die er meint, ist unrein, wir werden sie blutbefleckt sehen. Und von der wahren Seele werden sie nichts wissen. Denn was die Seele wirklich ist, das ist lang, und nur ein Göttermund könnte es rein aussprechen.

TIMON: Aber die Vernunft wird ihre eigene Entwürdigung mitansehen und noch begünstigen. Die Vernunft liebt ihre Entwürdigung. Sie war niemals tapfer.

SOKRATES: Nur einige ihrer Diener sind immer tapfer gewesen. Es waren die, die an der Vernunft mehr als nur die Vernunft liebten. – Kurz und gut, Timon, deinen weinenden Gott in Ehren, und mögen wir immerhin seine fallenden Tränen sein: ich wünsche trotzdem, daß die Sklaven frei werden und sich alles etwas vernünftiger ordnet.

TIMON: Dir ist nicht zu helfen. – Glaubst du denn wenigstens, daß sie dich lieben, diese Menschen, die du besser machen willst?

SOKRATES: Vielleicht war ich immer zu stolz, um zu glauben, daß überhaupt jemand mich lieben könnte.

TIMON: Aber hast du sie geliebt? Ist dir das sicher?

SOKRATES: Zweifel? Ach, mein harmloser Timon!

TIMON: Du hast gelehrt, alle Erkenntnis sei nur ein Weg zu uns selber.

SOKRATES: Und da könnte alle Liebe vielleicht auch nur ein Weg zu uns selber sein, zu uns *zurück*? – Ach, mein wackerer Menschenhasser, was verstehst *du* davon?! – Erzähle mir lieber, was du Neues von Alkibiades weißt!

TIMON: Er ist zum Tode verurteilt.

SOKRATES: Das war mir bekannt. Aber sie haben ihn nicht?

TIMON: Sie haben ihn nicht – und das freut mich nun wieder.

SOKRATES: Du warst es aber doch, der auch seinen Prozeß angezettelt hat, mein Geschäftiger – wenn ich nicht irre? Und solltest du nicht auch ein wenig bei der Verstümmelung der Hermen nachgeholfen haben, du unternehmungslustiger Alter?

TIMON: Freilich – die Alkibiades-Leute haben wohl in jener vergnüglichen Nacht nach dem Kallias-Bankett das eine oder andere Hermenbild ein wenig beschmutzt und angekratzt in ihrem Übermut, aber ich habe dann mit eigener Hand das Werk vollendet, in der Nacht, ehe unsere Flotte den Piräus verließ. Und das tat ich, wie alles andere, um diese schmutzigen Athener zu schädigen und zu blamieren. Ich wollte Unordnung, und das ist mir noch immer gelungen. Nun sitzt ihre Expedition ohne Führer da, und sie haben ihr Vermögen in die Expedition gesteckt. Nicht einmal das Vergnügen, ihren eigenen Abgott, Alkibiades, hinrichten zu können, gönnt ihnen ihr hartes Schicksal.

SOKRATES *droht ihm lächelnd mit dem Finger*: Ach, Timon, ich fürchte, du bist das Schlimmste, was es auf Erden gibt: ein Original. – Aber es war jedenfalls lohnend, dich noch in letzter Stunde etwas näher kennenzulernen, obwohl ich lieber junge Leute um mich habe, als so alte Käuze, wie du und ich einer sind. – Nun muß ich dich aber bitten zu gehen. Es gibt noch einiges für mich zu bedenken.

TIMON *schon an der Tür*: Was ich dir noch sagen wollte, Sokrates: wenn du fliehen möchtest – es wäre nichts leichter als das. Ich habe alles vorbereitet, du brauchst nur mit mir durch dieses Fenster zu klettern.

SOKRATES *lachend*: Auch wieder nur, um die Athener zu ärgern? – Aber, mein Scharfsinniger: glaubst du denn ernsthaft, ich wäre überhaupt ins Gefängnis gegangen, wenn ich irgendwo anders lieber wäre? – Nein, nein – wie du schon so treffend bemerktest: Mir ist nicht zu helfen.

TIMON: Es gibt nichts, was lächerlicher und nutzloser wäre als ein Opfertod.

SOKRATES: Wer sagt dir denn, Timon, daß ich etwas opfere, woran mir liegt? – Lebe wohl und unterhalte dich weiter gut mit deiner Verzweiflung.

TIMON: Leben ist eine scheußliche Sache. Aber lieber will ich gegen dieses Gesindel weiterleben, als für dieses Gesindel zu sterben! – Auf Wiedersehen!

Ab.

SOKRATES *allein*: Er hat mich bei einer schönen und sonderbaren Beschäftigung unterbrochen; ich bin wirklich froh, ihn los zu sein. – Habe ich mich auch nicht verhört, meine Stimme? – Aber nein, du pflegst dich klar auszudrücken. – Ich will weitermachen.

Er zieht sich in die hintere Zelle zurück, aus der dann eine leise Flötenmusik und ein leises, behutsames Summen kommen.

Phaidros, Lysis und Kriton erscheinen an der Tür rechts. Sie sprechen in aufgeregtem Flüsterton miteinander.

KRITON: Du bist der einzige, Phaidros, der es versuchen kann, ihn umzustimmen.

PHAIDROS: Warum nicht du, Kriton? Und warum Lysis nicht?

KRITON: Es kann nur einer tun, und er wird auf dich am ehesten hören.

LYSIS: Aber was ist denn da für Musik? Wer wagt es denn, Musik zu machen in der Wohnung des Meisters? Er hat die Musik doch verboten.

KRITON: Komm jetzt, Lysis. Er soll den Phaidros allein hier finden. – Phaidros, ich wünsche dir übermenschliche Kräfte!

PHAIDROS: Dabei zittere ich so –

Kriton und Lysis sind hinaus. Die Musik geht kurze Zeit weiter.

Dann tritt Sokrates aus der niedrigen Tür.

SOKRATES: Ich habe doch Stimmen gehört.

PHAIDROS *auf ihn zu*: Sokrates –

SOKRATES: Bist du es wirklich, Phaidros, geliebtes Haupt?

PHAIDROS: Seit fünf Stunden warte ich darauf, zu dir gelassen zu werden. Erst hieß es, du dürftest überhaupt niemanden empfangen, dann war jemand anderes bei dir. Endlich habe ich es erreicht. Wir haben mehr erreicht – alles. Du kannst frei sein, Sokrates, die Wärter werden ein Auge zudrücken, dieses Fenster ist offen und unbewacht –

SOKRATES: Pst, sei still!

PHAIDROS: Sokrates! Du kannst nicht so hart sein! Nicht abschlagen kannst du uns diese Bitte – unsere erste, größte, einzige!

Athen will deinen Tod nicht, das eigentliche Athen! Nur einige Narren sind beschwätzt von einigen Bösewichtern!

SOKRATES: Habe ich danach gefragt, ob Athen meinen Tod will?

PHAIDROS: Aber wer will ihn dann? Wenn ich dich nur verstünde –

SOKRATES: Komm näher zu mir! So. – Darf ich meine Hände so in dein Haar legen? Wie schön es sich anfühlt, überraschend schön. Dieser Zustand ist sonderbar: wenn das Lebendige uns überrascht, weil das – andere uns schon vertraut geworden ist. Der Tod, der mir einst so fremd tat, ist mir nun schon das Vertraute. Dadurch wird das Leben noch einmal sehr unheimlich und sehr süß.

PHAIDROS: Ich fürchte mich, Sokrates.

SOKRATES: Fürchte dich nicht! Denke nicht an mich – oder doch nicht zuviel. Nicht ich bin wichtig. Nur, was von mir aufgegangen ist in euch, nur das soll gelten.

PHAIDROS: Aber wie sollen wir weiterleben wollen, wenn du sterben willst? Dann lohnt es sich nicht mehr. Es ist aus.

SOKRATES: Ach, wie schlecht ich euch erzogen habe, daß ich euch jetzt trösten und aufrichten muß! Habt ihr darum so lange Umgang mit mir altem Dialektiker gepflogen, um noch immer nicht zu verstehen, daß unser Sterben nur ein vorläufiges Verschwinden, nur eine Pause im größeren Rhythmus ist? Wir lösen uns nur, um uns wieder zu binden – haben wir's nicht auch so mit den Gedanken gemacht? Binden und Lösen: Was denn sonst hätte uns vergnügt all die Jahre? Oder hat es euch am Ende immer gelangweilt? Was mich betrifft, ich liebte es gar zu sehr, das Trennen und das Verbinden, ich hätte sterben können dafür. Ich meine, dann sei ich überhaupt erst imstande, zu denken und zu reden, wenn ich zugleich löse und binde, mich entferne und mich verpflichte – wie eben jetzt.

PHAIDROS: Aber du verläßt uns, und sonst weiß ich nichts.

SOKRATES: Hörst du's denn nicht, kleiner Phaidros? Dieses Spiel ist Musik. – Wir haben die Musik nie gemocht, sogar ein wenig verachtet haben wir sie. Aber eine Veränderung hat sich begeben. Meine Stimme, die bis heute immer nur gewarnt, nie zugeraten hatte, riet mir plötzlich: «Treibe Musik, Sokrates!» – ja, sie forderte mich recht dringlich dazu auf; und dabei hatte sie einen anderen Klang als wohl sonst, sie war lauter, süßer und gewöhnlicher geworden. Unverkennbar: es war die Stimme meiner einzigen Geliebten.

PHAIDROS *sofort etwas eifersüchtig*: Wer ist das? Wer hat diesen Namen verdient?

SOKRATES: «Treibe Musik, Sokrates!» Ja, es war die Stimme des großen Lieblings. Und ich fand eine Flöte, und etwas singen konnte ich auch.

PHAIDROS: Ich habe zugehört, vorhin. Aber ich wagte gar nicht zu glauben, daß du es warst.

SOKRATES: Ach, Phaidros, geliebtes Kind, erzähl es nur auf allen Gassen von Athen, daß man mich sehr beneiden sollte um die ungeheure Gunst, die mir in letzter Stunde gewährt ward. Eros, unser geistreicher Gott – ich kannte ihn nur als den großen Sophisten, der immer Gründe will und schlau zu raten versteht. Aber er kann auch verhexen und zaubern, und so verwandelte er sich und mich noch einmal. Und nun sprach er nicht mehr, er sang. – Du mußt es auch unseren Freunden erzählen.

PHAIDROS: Ja, das werde ich ihnen erzählen. – Und sonst nichts? Keinen Wunsch? Keine Mahnung?

SOKRATES: Sie sollen die Vernunft und die Tugend nicht mehr lieben als das Leben selber.

PHAIDROS: Und sonst? Und daß du sie liebst?

SOKRATES: Sie sollen die Kunst der Liebe weiter erhalten und sie nicht vernachlässigen, um der Götter willen. Sei du nur aufmerksam gegen den kleinen Lysis.

PHAIDROS *neue, plötzliche Bewegung*: Bleibe bei uns, Sokrates! Du kannst bei uns bleiben!

SOKRATES *geleitet ihn sanft zur Tür*: Mein Herz war so fröhlich. Bist du gekommen, kleiner Phaidros, es mir schwer zu machen? – Lebe wohl jetzt, wir sehen uns noch.

Er hat den Phaidros, der weint, hinausgebracht.

Sokrates allein; geht langsam wieder nach vorn, zu der schmalen Bank:

Es gibt nichts, was egoistischer wäre als ein Jünger. – Ach, mein süßer, ahnungsloser Phaidros! – Aber nun wäre es doch wohl endlich Zeit für ein wenig Friede.

Er läßt sich auf der Bank nieder, rückt sie behaglich zurecht.

Ein Verhüllter im Kapuzenmantel springt von hinten vom Fenstersims.

Was ist denn das schon wieder? Allmählich werden diese Störungen unerträglich.

DER VERHÜLLTE: Pst – mach keinen Lärm!

SOKRATES: Ich mache niemals Lärm. Außerdem habe ich nichts zu fürchten.

DER VERHÜLLTE: Aber ich. Wenn du nicht leiser sprichst, fahre ich dir an die Kehle.

SOKRATES: Durch Drohungen bin ich nicht einzuschüchtern, und sonst wüßte ich keinen Anlaß, mir Ihretwegen Zwang anzutun. Ich werde genauso laut sprechen, wie es mir eben natürlich ist. Übrigens hört uns niemand.

DER VERHÜLLTE: Um so besser –

SOKRATES: Sicher wollen Sie mich entweder ermorden oder mich aus dem Gefängnis befreien. Eines ist so überflüssig wie das andere. Was den Rettungsversuch betrifft, so wäre es der dritte, den man seit einer Stunde mit mir macht.

DER VERHÜLLTE: Von Ermorden kann natürlich gar nicht die Rede sein, das wäre – wie die Dinge liegen – in der Tat die pure Kraftverschwendung. – Offen gesagt hatte ich zunächst auch nicht daran gedacht, dich zu retten. Eigentlich ist meine Situation nicht so, daß es für mich naheliegend wäre, anderen helfen zu wollen.

SOKRATES: Werden Sie selber verfolgt?

DER VERHÜLLTE *enttäuscht und ungeduldig*: Ja, bist du denn kein bißchen neugierig, wer ich eigentlich bin?

SOKRATES: Sie scheinen sich demaskieren zu wollen. Bitte! Ich bin auf alles gefaßt.

Der Verhüllte reißt sich Maske und Kapuze herunter.

SOKRATES: Alkibiades.

ALKIBIADES *strahlend*: Das hättest du nicht erwartet.

SOKRATES: Es freut mich aber. Du willst also mit mir sterben?

ALKIBIADES: Aber ich denke gar nicht daran.

SOKRATES: Ohne Frage ist dir bekannt, daß du genausogut zum Tode verurteilt bist wie ich.

ALKIBIADES: Mich werden die Herrschaften so leicht nicht bekommen.

SOKRATES: Du hast dein Leben sehr lieb?

ALKIBIADES: Keinesfalls bin ich willens, es diesen undankbaren Hunden von Athenern hinzuschmeißen.

SOKRATES: Dann verstehe ich aber wirklich nicht, was du hier noch zu suchen hast.

ALKIBIADES: Pfui, Sokrates! Verstelle dich nicht bis zum Schluß! So gefühllos kannst du nicht sein, wie du tust. – Natürlich bin ich gekommen, um dich noch einmal zu sehen.

SOKRATES: Wir sitzen hier beisammen, zwei zum Tode Verurteilte in einer Zelle, und du kannst noch immer von deinen Narreteien nicht lassen. Bedenke doch, daß wir in wenigen Stunden beide tot sein können; das heißt: ich sicher – und du vielleicht.

ALKIBIADES *hastig*: Ich nicht, Sokrates, ich keinesfalls. Da müßte ich schon ganz besonderes Pech haben.

SOKRATES: Du hast Angst?

ALKIBIADES: Ich hätte – oh, ich hätte unsägliche Angst. Aber es kommt ja gar nicht in Frage; ich habe meinen Rückweg ebenso raffiniert vorbereitet wie meinen Hinweg zu dir.

SOKRATES *lächelt ihn wohlwollend an*: Einmal trifft es dich doch.

ALKIBIADES: Aber noch lange nicht. Ich habe die schönsten Pläne.

SOKRATES *halb für sich*: Der freilich sieht aus, als wenn er ewig weitermachen könnte...

ALKIBIADES: Was sagst du? – Sicher war es wieder eine von deinen vieldeutigen Schmeicheleien. – Ach, du verwirrst mich – und ich habe dir so viel zu erzählen!

SOKRATES: Aber mach es ein wenig knapp, wenn ich bitten darf, und in der gehörigen Reihenfolge. Bringe nicht wieder alles so unangenehm durcheinander. Ich habe nicht mehr viel Zeit.

ALKIBIADES: Wenn ich nur wüßte, wieweit du über all diese Vorfälle unterrichtet bist! Aber sicher siehst du alles in ganz falschem Licht, beeinflußt von meinen Feinden. – Interessieren dich denn überhaupt meine Angelegenheiten?

SOKRATES: Du weißt doch, daß mich alles interessiert.

ALKIBIADES *ausbrechend*: Also diese Athener haben sich gegen mich benommen...!!

Sokrates kichert.

Warum kicherst du? Das macht mich nervös.

SOKRATES: Laß nur, mein Guter! Ich muß immer lachen, wenn ich an die Athener denke.

ALKIBIADES: Ja, es ist ein Skandal! Und wenn mich etwas versöhnen könnte, so nur, daß sie sich auch selber alles verdorben haben durch ihre äffische Bosheit. Wir hätten Sizilien haben können, wir hätten es haben können, jawohl. Wir saßen in Rhegion; Katana war auch schon zum Bündnis bereit –

SOKRATES: Gebrauche bitte nicht so viele Ortsnamen! Du weißt, daß sie mir alle nichts sagen. Ich kenne nichts als Athen.

ALKIBIADES: Ich will dir doch nur beweisen, wie vorzüglich alles schon stand. – Was bedeutete er denn Großes, dieser sogenannte «Hermenfrevel»?

SOKRATES *mit erhobenem Zeigefinger*: Man darf die Götter nicht lästern.

ALKIBIADES: Die Götter – die Götter –: was gehen diese alten Götter mich an?! Hast du uns nicht gelehrt, daß es nie welche gab, außer denen, die wir selber im Gewissen tragen?

SOKRATES: Es kann sein, daß ich lüge.

ALKIBIADES: Ist es meine Schuld, wenn meine Freunde viel trinken und berauscht sich mit alten Statuen amüsieren? Ich selber habe überhaupt keine angefaßt, wenn ich mich recht erinnere – und meine Freunde haben auch nur so ein bißchen Unfug mit ihnen getrieben, sie gar nicht ernstlich beschädigt. Fällt man einem Heerführer in den Rücken wegen ein paar fast nicht beschädigter Steinfiguren?

SOKRATES: Du hättest meinen Lehren nicht glauben sollen.

ALKIBIADES: Schamlosigkeit dieses Pöbels! Mich wie einen Verbrecher zu behandeln! Das Staatsschiff hinter mir drein zu schicken! Ist es nicht lächerlich?! Und mich zum Tode zu verurteilen!

SOKRATES *leise*: Ich war ihnen nicht genug, sie wollten mich doppelt ausrotten.

ALKIBIADES: Aber sie werden sich wundern müssen, diese Wucherer und Intriganten! Ihr ungeheurer Verrat rechtfertigt alles, was ich jetzt gegen sie plane. Ich gehe nach Sparta. Einen Feind wie mich haben sie noch nicht gekannt. Ich setze mich mit Persien in Verbindung, ich schaffe die Koalition gegen sie. Ich kenne die Geheimnisse dieser alten Hure Athen – bei den Göttern, und ich werde sie zu nützen wissen.

Er stampft auf:
Dieser verdammte Boden soll mein Vaterland sein?! Brennen soll er, dieser verdammte Boden – ich will dafür sorgen. – Ich werde dieser Stadt einen Schaden anrichten, Sokrates, einen Schaden, der ihr unauslöschlicher im Gedächtnis bleiben wird als jeder Sieg, den ich hätte erringen können.
Schritte von draußen. – Alkibiades sofort zitternd:
Was ist das?

SOKRATES: Nichts weiter. Mein Wärter.

ALKIBIADES, *Todesangst*: Um der Götter willen – wenn er mich findet! – Wohin mit mir?!

SOKRATES: Steige auf dies Bänkchen.

ALKIBIADES: Aber aufs Bänkchen? – Wo mich jeder sieht? Wieso denn – um der Götter willen –?

SOKRATES: Du bist eine Statue.

ALKIBIADES: Aber – meine Brust – atmet doch –

SOKRATES *mit großer Gewalt*: Du versteinerst, da ich es will.
Er steht vor ihm, der unter seinem Blick zur Statue erstarrt; dem eintretenden Wärter wendet er den Rücken zu.

WÄRTER: Mit wem habt Ihr gesprochen?

SOKRATES: Du siehst doch, mein Teurer: mit dieser Statue.

WÄRTER: Seit wann ist eine Statue in Eurer Zelle?

SOKRATES: Seit heute früh. Freunde haben sie mir gebracht. Es ist doch mein junger Lieblingsgott, mit dem ich immer Zwiesprache halte. Er hat großen Einfluß auf mich. Heute riet er mir, Musik zu treiben, und so feindlich ich zu dieser Kunst gestanden hatte, ich wurde noch ein Musiker am letzten Tage.

WÄRTER: Aber wieso ist mir das Ding vorher nicht aufgefallen?

SOKRATES: Wie töricht du nun wieder fragst, mein Kostbarer! – Weil du nicht aufgepaßt hast, wahrscheinlich.

WÄRTER: Laßt sie doch sehen, Eure Statue!

SOKRATES: Schaue sie dir nur an! Sie ist wundervoll. Sieh doch diese vollendete Linie der Schenkel und diesen herrlichen Hals! Nach meinem Dafürhalten ist sie die schönste Statue von Athen!

WÄRTER: Ich will geschwind Lichter holen, damit mir keine Einzelheit an ihr entgeht. Wenn Ihr, ein Kenner, sie so bewundert, muß sie wohl was ganz Besonderes sein.

SOKRATES: Nein, keine Lichter, das würde mich in meiner Andacht stören.

WÄRTER: Gut, keine Lichter. – Aber wir sprechen hier von Statuen und ihrer Beleuchtung, und ich bin doch mit einem schlimmen Auftrag zu Euch geschickt.

SOKRATES: So sind sie schon unterwegs mit dem Giftbecher?

WÄRTER: Wenn Ihr es doch schon wißt. – Ich gedachte, schonend vorzubereiten.

SOKRATES: Ich danke dir. Du hast eine gute Nachricht sehr geschickt ausgerichtet. Gehe jetzt den Herren entgegen und begrüße sie in meinem Namen. Ich muß mit meinem Gott allein bleiben.

WÄRTER: Erlaubt, daß ich Euch jetzt schon mein Beileid ausdrücke. Mir ist das Ganze sehr peinlich, und ich glaube auch, daß man an hoher Stelle einen Fehler gemacht hat, was Euch betrifft. Es wären allerdings, noch im Laufe des heutigen Tages, verschiedene Gelegenheiten gewesen, das Schlimmste abzuwenden; Ihr versteht, was ich meine – aber Ihr seid ja auf nichts dergleichen eingegangen. – Darf ich Euch nun wenigstens noch etwas Gutes zu essen machen?

SOKRATES: Iß selbst, oder gib es den Armen.

WÄRTER *im Hinausgehen murmelnd*: Betet, Herr, betet –

ALKIBIADES *springt, kaum daß der Wärter hinaus ist, von seinem Sockel*: Mir tut alles weh!

SOKRATES: Mein armer Schöner! Aber jetzt mußt du wirklich eilen, daß du verschwindest.

ALKIBIADES: Ich soll fort? Fort von dir – jetzt? Und hier treten sie ein, mit dem Becher – jetzt, da ich gehört habe, daß das Fürchterliche schon unterwegs zu dir ist, kann ich nicht fort, nein, ich kann nicht. Ich weiß nun, daß ich nur gekommen bin, dich zu retten.

SOKRATES: Schon wieder einer, ich dacht es mir doch. – Aber zu dir paßt die Erregung um einen Fremden am wenigsten.

ALKIBIADES: Ich flehe dich an, komme mit mir! Das Fenster ist offen; sie haben es absichtlich offen gelassen. Sokrates, hör mich! Erfahrungen sammeln und schöne Gespräche führen kannst du nur hier, wo es hell ist. Drüben ist doch wahrscheinlich alles ganz schwarz.

SOKRATES: Erfahrungen gesammelt habe ich längst genug. Erspare mir nur die, dich in Tränen sehen zu müssen. – Und wer sagt dir, ob ich nicht gerade nach dem Schwarzen durstig bin?

ALKIBIADES: Um meinetwillen, Sokrates, wenn dich sonst nichts bewegt –: um meinetwillen! Wir haben uns nie gekannt. Aber ich will dir Geständnisse machen, mein Herz will ich dir ganz öffnen –

SOKRATES: Später – drüben. Für dieses Leben weiß ich schon zuviel.

ALKIBIADES: Was du auch je erfahren magst über mich, hier oder drüben, es geschah alles um deinetwillen. Um deinetwillen, hörst du mich, Sokrates? Ich sehe Xanthippe nie wieder – ich habe sie nie gesehen –

SOKRATES: Deine Stimme ist von Tränen erstickt und mein Ohr schon voll Dunkelheit. Man versteht kein Wort von dem, was du sagen möchtest.

ALKIBIADES: Sokrates! Auf meinen Knien, laß dieses Gespräch nicht zu Ende sein! Wir fangen doch eben erst an!

SOKRATES: Und wir könnten es in der Ewigkeit fortsetzen, mein Geliebter. Wann wir es aber hier und jetzt abbrechen, bedeutet nicht viel. Es dauert. – Rette dich, Alkibiades! Ich höre schon Schritte!

ALKIBIADES *während er sich Maske und Vermummung eilig vors Gesicht zieht*: Meinst du – durchs Fenster?

SOKRATES: Durchs Fenster! Aber geschwind!

ALKIBIADES *während er sich mit großer turnerischer Gewandtheit aufs Sims schwingt*: Ich kann nicht – ich bin wie gelähmt.

Schon oben:

Ach, und ich hätte dich noch tausenderlei zu fragen! Nichts vom Wichtigsten ist besprochen!

SOKRATES: Du wirst leben, das ist das Wichtigste!

ALKIBIADES: Ich habe dich erzählen hören, daß du Musik treibst seit neuestem, und mich brachtest du damit irgendwie in Zusammenhang. Wieso habe ich dich dazu aufgefordert? – Ach, wenn ich dir nur noch einmal zuhören könnte!

SOKRATES: Zuhören – das konntest du niemals, du Ungeduldiger. Aber du hast mehr für mich getan, als der treueste Zuhörer konnte: Du hast alle Gespräche in mir angeregt, und schließlich noch die Musik. – Lebe wohl! –

Der Wärter öffnet die Tür und tritt ein.

Alkibiades läßt sich aus dem Fenster, nach hinten; seine Hände, die das Fenstersims umklammern, bleiben sichtbar.

DER WÄRTER *schaut unruhig umher*: Wo ist denn aber nun die Statue –?

SOKRATES: Denke dir, prachtvoller Alter, sie weinte, als sie erfuhr, daß ich Sünder sterben müsse. Richtige Tränen liefen ihr über ihre Marmorwangen. Dieser Anblick wurde mir so unertragbar peinlich, daß ich sie schleunigst aus dem Fenster werfen mußte.

DER WÄRTER: Die Statue weinte? Unglaublich – beim Herakles, ganz unglaublich –

Hinter ihm erscheinen in der offengebliebenen Tür: Drei hohe Gerichtsbeamte, hinter ihnen Xanthippe, die tief verschleiert ist, so daß man ihr Gesicht nicht erkennt; hinter ihr, schon halb im Schatten verschwindend: Kriton, Phaidros und Lysis; noch weiter hinten ein Gedränge von anderen Personen, die man aber einzeln nicht mehr unterscheidet. Niemand tritt ein, die Gerichtspersonen füllen den Türrahmen.

SOKRATES *wendet sich ihnen sehr höflich zu*: Ich begrüße Euch, meine Herren! Ihr überbringt mir den versprochenen Trank?

Alkibiades stöhnt draußen tief auf.

EINE STIMME *von einer der weiter hinten stehenden Personen*: Sokrates seufzt! Habt ihr ihn Stöhnen hören? Nun fällt es ihm doch schwer zu sterben.

SOKRATES: Nicht Sokrates hat geseufzt. Das Leben selber beklagt sich. Es hat sich in Todesgefahr begeben, obwohl es sich selbst so liebt – nur um mir zu helfen, seinem alten Liebhaber und Widersacher. Und mir scheint, nun ist es bitter gekränkt, weil Sokrates sich so leicht von ihm trennt.

ERSTER GERICHTSBEAMTER: Um so besser für dich. Denn die Frist zur Begnadigung ist versäumt. Du mußt sterben.

SOKRATES: Ich habe nicht die Gnade gehabt, Euch zur Wiedergutmachung Eures Fehlers zu verhelfen. Jeder soll die Konsequenzen aus seinen Entschlüssen ziehen. Ihr seid von der

Weltgeschichte dazu verurteilt, mir den Tod gegeben zu haben.

DER BEAMTE: Dein Hochmut scheint ungebrochen.

ZWEITER BEAMTER: Wir sind trotzdem nicht grausam. Wir gestatten dir, noch einmal deine Söhne zu sehen, an denen du dich so schwer versündigt hast.

SOKRATES: Eure Güte ist einfallsreich, meine Herren. Aber ich habe nicht nach meinen Söhnen verlangt.

ERSTER BEAMTER: Für diese unmenschlichen Worte allein würdest du den Tod verdienen. – Hier sind deine Söhne.

Eine Gasse tut sich auf in der Menge: man sieht die beiden Söhne des Sokrates, zwei halbwüchsige Jungen, eckig und ungeschickt.

SOKRATES: Ich habe euch lang nicht gesehen. Ihr seid nicht sehr gewachsen. Nun, habt ihr euch meinen Tod so ähnlich vorgestellt? Es ist die natürliche Beschäftigung aller Söhne, sich den Tod ihres Vaters vorzustellen.

Die beiden Söhne schweigen verlegen.

Aber ihr seht aus, als wäret ihr nicht phantasievoll genug dafür gewesen. Nun, so paßt jetzt nur ordentlich auf!

Die beiden Söhne schütteln sich vor Entsetzen, schlagen die Hände vors Gesicht und laufen davon.

Oho, sie fürchten sich vor dem Anblick! Wozu habe ich sie für diese Erde gezeugt, wenn nicht, damit sie alle ihre Schmerzen kennenlernen?

ERSTER BEAMTER: Die Stunde ist da, Sokrates, du sollst den letzten Schmerz kennenlernen.

Der Giftbecher ist durch eine Kette von Händen nach vorn gereicht worden, bis der erste Beamte ihn hält. Der Becher ist aus Silber und reich verziert. Er scheint von innen zu leuchten.

SOKRATES: Ich möchte den Becher nur von einer annehmen.

ERSTER BEAMTER: Du hast nicht zu bestimmen, wer ihn dir reicht.

SOKRATES: Wenn ich mir aber diese besondere Gnade ausbitte, statt jeder anderen?

DER BEAMTE: Aus wessen Händen also wäre der Becher dir am wenigsten entsetzlich?

SOKRATES: Am süßesten wird er mir aus den Händen dieser Dame sein.

Er verneigt sich nach der Richtung der Xanthippe.

DER BEAMTE *korrekt zu Xanthippe*: Meine Dame, wollen Sie dem Verurteilten seinen Wunsch erfüllen?

XANTHIPPE: Meine Hand zittert nicht.

Sie empfängt den Becher, geht, den Becher tragend, immer noch verschleiert, auf Sokrates zu. Sie steht ihm gegenüber; dann erst schlägt sie den Schleier zurück.

EIN GEMURMEL *unter der Menge unter der Tür*: Wer ist das? Das muß seine Geliebte, das muß Diotima sein –

SOKRATES: Habe ich dir's nicht gesagt, du Jammervolle, daß du mir das Beste und letzte zu geben hast, wenn sich die Stunde erfüllt?

XANTHIPPE: Ich habe noch etwas anderes für dich als den Becher.

SOKRATES: Du bist aufmerksam bis zum Schluß.

XANTHIPPE: Ich wollte, daß du diesen Kranz von mir annimmst.

Sie hält ihm den Kranz des Alkibiades hin:

Wenn du ihn trägst, während du stirbst, dann nimmst du alles mit hinüber, was ich gelitten und gesündigt habe. Dann wäre ich leicht genug, dir bald nachzukommen, und nichts hielte mich mehr.

SOKRATES *empfängt den Kranz*: Den kenne ich doch. Ach, er ist schon ganz welk. – Danke, Xanthippe. Der Becher und der Kranz, das sind zwei schöne Gaben am Ende.

PHAIDROS *schreit von hinten*: Nimm den Becher nicht an, Sokrates! Weigere dich! Schlage ihn ihr aus der Hand! Der Kranz ist für dich, nicht das Gift!

SOKRATES *lächelnd*: Nur mit dem Becher zusammen ist mir dieser verdorbene Kranz noch liebenswert.

Er nimmt den Becher aus den Händen der Xanthippe.

EINE JUNGE STIMME *leise – ehrfurchtsvoll aus der Menge*: Wie sein Antlitz strahlt! Wahrhaftig – er lächelt!

SOKRATES: Muß es denn nicht so sein, mein Unbekannter? – Da doch das Leben, das mir so viel zu schaffen machte, im Entweichen auch die Bitternisse des Lebens mit sich entführt. Muß ich denn nicht lächeln, ihr Freunde, da ich doch nun endlich Antwort auf meine vielen Fragen bekomme? Ach, was sich nun alles herausstellen wird, mir zur ewigen Überraschung! Vielleicht stellt sich heraus, daß uns vom Gott etwas noch viel Besseres zugedacht ist als dieses köstliche Leben. Und – wer weiß? – vielleicht ist das höchste aller Güter, das wir empfangen können, nichts anderes als unser Tod. –

Vorhang

Der siebente Engel

Drei Akte
Sechs Bilder

PERSONEN

Vera Vanstraaten, Medium:
Witwe des «Meisters» Jan Vanstraaten
Dr. Judith Vanstraaten, Schwester des Verstorbenen;
Generalsekretärin der Vanstraaten-Gesellschaft
Prof. H. F. Uncle, Vertreter der Vanstraaten-Gesellschaft
in den Vereinigten Staaten
Prof. Hector Larue, Vertreter der Gesellschaft in Europa
Prof. Li Tso, Vertreter der Gesellschaft im Fernen Osten

Ursula (14)
Kaspar (13)
Christopher (12)
Doris (11)
Betty (7)
Knirps (6)
— Veras Kinder

Jane (14), ein Waisenkind
Die Kindsanna
Die Küchenanna
Jakob, Fischer
Till

Ort der Handlung:
Das Haus Vanstraaten, auf einer kleinen Insel im Stillen Ozean, nahe der kalifornischen Küste.

BÜHNENBILD

Ein großer Raum in gleicher Höhe mit dem Garten – halb Wohnstube, halb Kapelle. Im Vordergrund konventionelles Mobiliar: Schreibtisch, Büchergestell, Stehlampe, eine gepolsterte Bank, ein paar Sessel. Im Zentrum des Hintergrunds ein altarartiger Aufbau, bestehend aus einem weißen Marmorblock, auf den ein siebenarmiger Leuchter mit hohen Kerzen gestellt ist. Der Marmorblock ist bedeckt mit gagischen Quadraten, Dreiecken und Hieroglyphen. Hinter dem Altar, über die ganze Breite der hinteren Wand, stehen in großen goldenen Lettern die Worte: «Geliebte Geister, schütztet und führet uns!» – Nicht weit vom Altar ist eine Orgel in die Wand eingebaut.

Im Vordergrund steht eine Porträtbüste mit goldener Inschrift: «Der Meister.» Das steinere Antlitz scheint mit seiner majestätischen Stirn und großen, gebogenen Nase den ganzen Raum zu beherrschen. – Die beiden Seitenwände sind mit je einem farbigen Bild geschmückt: links ein Porträt Vera Vanstraatens mit goldener Aufschrift: «Die Priesterin» – ein lieblich bleiches Gesicht mit geschlossenen Augen unter einer weißen Stirnbinde, seltsam losgelöst und geisterhaft verklärt im Raum schwebend. – An der gegenüberliegenden Wand eine große, farbige Reproduktion von Böcklins Gemälde «Die Toteninsel».

Rechts (vom Zuschauer) eine Tür ins Innere des Hauses. Links eine breite Glastür zum Garten. Die Glastür kann mit einem Vorhang aus dunklem, schwerem Stoff verhängt werden. Bei zurückgezogenem Vorhang hat man den Blick in den Garten mit seinen Palmen und Blütengebüschen, bis zum nahen Meer.

ERSTER AKT

ERSTES BILD

Ehe die Szene sich erhellt, sind fünf Posaunenstöße, begleitet von dumpfen Trommelwirbeln, zu hören.
Schöner Morgen. Die Glastür zum Garten steht offen. Draußen – Sonnenschein, Blüten, Glanz auf dem nahen Meer.
Im Vordergrund der Bühne stehen die sechs Kinder, nach ihrer Größe ausgerichtet. Von rechts nach links («rechts» und «links» immer vom Zuschauer aus): Ursula, Kaspar, Christopher, Doris, Betty, Knirps. Die Kinder tragen einfache, strenggeschnittene schwarze Kittel, etwa im Stil eines religiösen Internats. Ihre Gesichter sind verdeckt durch Engelsmasken mit silbernem Gelock und starren, lächelnden Mienen. In den erhobenen Händen halten sie lange silberne Posaunen von barocker Form.
Etwas abseits von den anderen, im Vordergrund ganz rechts, hockt Jane, mit einer großen Trommel zwischen den hochgezogenen Knien. Sie trägt keine Maske. Ihr Gesicht, mit halboffenem Mund und wäßrigen Augen, hat den Ausdruck fast idiotischer Einfalt. Auch sie ist in Schwarz gekleidet; aber ihr loses, schmutziges Gewand unterscheidet sich im Schnitt von den adretten Uniformen der anderen Kinder. Links im Vordergrund steht eine offene schwarze Truhe voll bunter Masken, Tücher und Kostüme. Andere Requisiten – chinesische Masken, Musikinstrumente, Engelsflügel, Perücken, Schwerter und allerlei bunter Kram – liegen auf dem Boden zerstreut.
In den Trommelwirbel hinein, den Jane dem fünften Posaunenstoß folgen läßt, tönt der Chorus der sechs Kinderstimmen –

DIE SECHS KINDER: «Und der sechste Engel posaunte...»
Ursula läßt den sechsten Posaunenstoß ertönen.
Jane trommelt mit verstärktem Eifer.

Die sechs Kinder machen ein paar feierliche Schritte nach dem Rhythmus des Trommelwirbels.

URSULA *bleibt stehen, während die anderen sich noch zwei bis drei Schritte weiterbewegen. Sie nimmt sich die Maske vom Kopf und enthüllt ihr trotziges Gesicht, gerahmt von dunklem, pagenhaft geschnittenem Haar. Sie schüttelt den Kopf, zuckt die Achseln*: So geht es nicht. Wir wollten sieben sein.

KASPAR *nimmt seine Maske ab. Sein Gesicht ist weich und träumerisch, von blonden Locken anmutig gerahmt. Auch seine Stimme klingt sanfter als die der Schwester*: Warum denn sieben? Wir waren doch immer nur sechs.

URSULA: Aber in der Geschichte, die der Papa uns erzählt hat, kommt alles siebenmal vor: Sieben Gemeinden in Asia, sieben Geister, die vor dem Thron sind; sieben Sterne, sieben goldene Leuchter, sieben Zornesschalen, das Buch mit den sieben Siegeln, und der feuerrote große Drache, der sieben Köpfe hat und auf seinen Köpfen gotteslästerliche Namen.

CHRISTOPHER *nimmt seine Maske ab. Die Miene, die er dem Zuschauer zeigt, ist von gravitätischem Ernst, mit spitzer Nase und kurzsichtigen Augen. Sowie sein Gesicht von der Maske befreit ist, zieht er flink eine Brille aus der Brusttasche und setzt sie auf die Nase. Gleichzeitig fängt er schon an zu sprechen*: Der mit den gotteslästerlichen Namen ist doch gar nicht der Drache. Die gotteslästerlichen Namen hat das Tier, das aus dem Meer kommt.

URSULA: Du mußt immer alles besser wissen. Das macht doch wirklich keinen Unterschied.

CHRISTOPHER: Freilich macht es einen Unterschied, sonst hätt es der Papa doch nicht erzählt. Das Tier, von dem er erzählt hat, war ähnlich einem Panther, und seine Füße waren wie die eines Bären und sein Rachen wie der Rachen eines Löwen. Ich hab mir alles gemerkt.

KNIRPS *nimmt seine Maske ab. Er hat die witzige Physiognomie eines durchtriebenen Heinzelmännchens. Mit hohem und scharfem Stimmchen*: Ich will das Tier spielen.

URSULA: Unsinn.

BETTY *nimmt ihre Maske ab. Sie ist auch ein recht verschmitzter Kobold, wenngleich weniger aggressiv als der kleine Bruder*: Wenn der Knirps das Tier spielt, dann spiel ich den Drachen.

DORIS *nimmt ihre Maske ab. Sie hat das niedlich-starre Gesicht einer Puppe mit runden Augen und herzförmig geschnittenem Mund. Auch ihre Stimme piepst automatenhaft*: Immer die beiden Kleinen. Zu blöd. Laßt den Christopher weitererzählen.

URSULA *zu Christopher*: Also wenn du die Geschichte so gut kennst – was kommt nach dem sechsten Posaunenstoß?

CHRISTOPHER: Nach dem sechsten Posaunenstoß kommen die Kriegsheere zu Pferde, zwanzigtausendmal zehntausend an der Zahl. Die hatten sich auf die Stunde und den Tag und den Monat und das Jahr bereitgemacht, um den dritten Teil der Menschen zu töten.

KASPAR: Den dritten Teil aller Menschen – das muß schrecklich sein ...

KNIRPS: Warum den dritten Teil?

URSULA: Weiter, Christopher! Und dann?

CHRISTOPHER: Ja, dann ist's soweit. Dann kommt der große Zorn und die Zeit der Toten, daß sie gerichtet werden.

KASPAR: Dann posaunt der siebente Engel.

URSULA: Und wir sind nur sechs.

KNIRPS *den Tonfall der großen Schwester äffend*: Nur sechs ... nur sechs ...

URSULA: Was gibt's jetzt da wieder nachzuäffen?

KNIRPS: Ach, weil du die Sachen immer gleich so wichtig nimmst und so aufgeregt tust – fast wie die Erwachsenen.

BETTY *kichert*: Die Ursula ist so erwachserich.

URSULA: Wenn ich «erwachserich» bin – ihr seid babyhaft, und obendrein recht frech. Denkt doch ein bißchen nach, eh ihr so dumm daherschwätzt! Wißt ihr denn überhaupt, worum sich's handelt? Der Papa hat sich zur heutigen Abendfeier einen ganz besonderen Locktanz von uns ausgebeten. Der Tanz soll mit der Geschichte zu tun haben, die der Papa erzählt hat. Du erinnerst dich an die Geschichte, Knirps?

KNIRPS: Weiß noch alles. So gut wie der Christopher.

URSULA: Na also. Dann mußt du doch begreifen, daß der Papa einen Tanz mit sieben Engeln sehen will, nicht mit sechsen.

KNIRPS: Aber wir sind doch nun einmal nicht sieben.

URSULA: Wir müssen irgendeinen Ausweg finden. Es geht nicht an, daß wir den Papa enttäuschen – gerade heute, wo er uns versprochen hat...

KASPAR: Wo die Mutti hofft, der Papa wird vielleicht...

CHRISTOPHER: Wo wir uns alle schon so diebisch freuen...

URSULA: Jetzt stellt euch einmal vor: Wenn unser Locktanz heute nicht in Ordnung ist, dann wird der Papa sich ärgern und wird zur Strafe...

KNIRPS: Du meinst, er wird zur Strafe überhaupt nicht kommen?

URSULA: Ich fürchte.

KNIRPS: Nein, das darf nicht sein. Dann machen wir uns halt sieben.

URSULA: Aber wie?

KNIRPS: Ich sag's der Mutti. Die schenkt uns noch ein Brüderchen.

URSULA: Bis heute abend? So schnell geht das nicht. Und außerdem... Ach was, es kommt überhaupt nicht in Frage.

KNIRPS: Ich frag die Mutti. Die besorgt's uns schon.

URSULA: Als ob du nicht wüßtest, daß wir überhaupt nicht mit der Mutti reden dürfen! Die Tante hat es streng verboten.

KNIRPS: Dann frag ich halt die Tante Judith, ob ich Mutti fragen darf.

URSULA: Es ist gegen das Gesetz.

KNIRPS: Ich tu's.

URSULA: Also, das hilft uns auch nicht weiter. Wir reden und reden, und sind immer noch sechs. Wo ist das siebente?

JANE *bisher unbeweglich und unbeteiligt, deutet auf sich selber, grinst und lallt*: Ich... ich... Schwesterchen sieben... ich bin's...

URSULA: Die blöde Jane! Habt ihr schon so was gehört!

KNIRPS *kichernd*: Die blöde Jane will den siebenten Engel machen! Ui, das gibt 'ne Hetz!

DORIS *sehr fein und zimperlich*: Ich ekle mich vor der Jane. Sie gehört nicht zu uns.

JANE *weiter lallend und auf sich zeigend*: Ich, ich... Schwesterchen sieben... ich, ich...

KASPAR *redet ihr gut zu*: Also, Jane, du mußt doch einsehen, daß du dich nicht eignest. Erstens mal bist du keine Schwester von und...

JANE: Ich bin's... Schwesterchen sieben... ich, ich...

CHRISTOPHER: Kümmert euch nicht um sie! Sie ist nicht der Mühe wert. Ich habe den Verdacht, daß bei der blöden Jane die feineren Organe so gut wie nicht vorhanden sind. Seele, Schwingungen, Astralleib, Ätherhülle: alles weggeschrumpft.

KNIRPS UND BETTY *tanzen um Jane herum*: Alles weggeschrumpft! Pfui, Spinne!

JANE *bricht in Tränen aus*: Weggeschrumpft... kann nichts dafür...

KNIRPS UND BETTY *kichern und hüpfen immer toller*: Schrumpf-Asträlchen, Astral-Stümpfchen! Alles Feinere verdorrt! Pfui, Spinne!

JANE *schluchzend*: Kann nichts dafür...

DIE SECHS KINDER *tanzen jetzt alle zusammen um die Weinende*: Schrumpf-Asträlchen... Astral-Stümpfchen... Die blöde Jane will den siebenten Engel spielen... Ist ja ein Witz! Ha – ha – ha...

Während die Kinder toben, ist Dr. Judith Vanstraaten vom Garten her in ihrem Rollstuhl ins Zimmer gerollt. Sie ist eine Frau schwer bestimmbaren Alters – etwa zwischen 45 und 55 –, grauhaarig, mit intelligenten, strengen Zügen: eine imposante, asketisch-würdige Figur im schwarzen, nonnenhaft einfachen Kleid. Die Halbparalysierte bewegt sich im Rollstuhl mit bemerkenswerter Leichtigkeit, nicht ohne Eleganz.

JUDITH *mit großer Autorität*: Ruhe!

Die sechs Kinder stehen sofort wie versteinert.

Was ist in euch gefahren? Ihr benehmt euch wie die Poltergeister. Hier im Sitzungssaal herumzuspringen! Soll ich der Mutti sagen, daß sie eurem Vater erzählt, wie ihr euch aufführt?

KNIRPS: Nein – nicht der Mutti sagen, daß sie dem Papa erzählt! Bitte nicht!

JUDITH: Warum weint die Jane?

URSULA: Heult doch immer gleich.

JUDITH: Warum weint sie jetzt?

CHRISTOPHER: Weil ich gesagt hab, daß sie keinen richtigen Astralleib hat.

JUDITH: Das war sehr grausam von dir, Christopher, und außerdem war es falsch. Wenn du bei den Vorträgen deines Vaters gut aufgepaßt hättest, wüßtest du, daß jeder Mensch einen Astralleib hat – ganz gleich, ob der Mensch dumm ist oder gescheit.

URSULA: Aber die Jane kann doch nicht den siebenten Engel machen. Das hat sie nämlich gewollt.

JANE: Schwesterchen sieben... ich, ich...

JUDITH: Den siebenten Engel mit der Posaune, beim Locktanz? – Warum soll denn Jane das nicht können?

URSULA: Weil sie nicht zu uns gehört.

JUDITH: Ursula! Ich muß mich über dich wundern. Du, als Größte und Verständigste, solltest mehr Einsehen haben. Hat euch euer Vater nicht wiederholt sagen lassen, ihr solltet nett zur armen Jane sein – ganz als ob sie eure Schwester wäre?

URSULA: Ja, Tante Judith.

JUDITH: Was tun die braven Kinder?

DIE SECHS KINDER: Dem Vater folgen.

JUDITH: So ist es: Dem Vater folgen – immer, unter allen Umständen. – Also es ist abgemacht: Jane bläst die siebente Posaune bei der Abendfeier. Und jetzt packt euer Zeug zusammen: es kommt Besuch.

URSULA: Was kommt?

JUDITH: Besuch – du hast es doch gehört. Wir erwarten Gäste.

KASPAR: Leute von draußen – vom Land?

JUDITH: Freilich – woher denn sonst?

KNIRPS: Pfui, Spinne!

DORIS: Da wird mir wohl schlecht werden, wo ich mich so leicht ekle.

JUDITH: Es sind Freunde. Sie kommen von weither.

BETTY: Warum?

JUDITH: Um unserer festlichen Sitzung heute abend beizuwohnen. Und um wichtige – sehr wichtige! – Dinge mit mir zu besprechen.

Die Kindsanna – etwa siebzigjährig, gebückt, schwarz gekleidet, mit altertümlich-niederländischer Flügelhaube – reißt die Tür rechts auf und bleibt keuchend auf der Schwelle stehen.

KINDSANNA *atemlos vor Erregung*: Fräulein Doktor... Fräulein Doktor... es kommen Leut!

JUDITH: Ich weiß, Kindsanna, ich weiß.

Die Küchenanna erscheint neben der Kindsanna in der offenen

Tür. Sie ist dick und behäbig; etwa ebenso alt wie ihre Kollegin. Trägt gleichfalls Flügelhaube und schwarzes Kleid; dazu eine dunkelgraue Küchenschürze.

KÜCHENANNA: Gleich drei! Sind grad mit dem Motorboot angekommen.

KINDSANNA: Fremde auf unserer Insel! Ein Überfall...

JUDITH: Ich sag euch doch, daß ich die Herren erwarte.

KINDSANNA: Ja, wenn du's gewußt hast, daß sie kommen, Fräulein Doktor – warum hast du uns dann nicht wenigstens gewarnt?

JUDITH: Weil ihr nicht immer alles wissen müßt. Wo sind die Fremden jetzt?

KÜCHENANNA: Am Strand stehn's beieinander und schaun recht blöd herum.

JUDITH: Die Herren sind um den halben Erdball gereist, um uns zu besuchen. Ich möchte, daß sie sich wohl hier fühlen. Führt sie herauf! Richtet das Fremdenzimmer für sie her! Bereitet ihnen ein Frühstück!

KINDSANNA: Das Fremdenzimmer? Bleiben die immer?

KÜCHENANNA: Essen wahrscheinlich Fleisch? Da soll ich wohl jetzt zweimal täglich tote Tiere kochen?

JUDITH: Sie essen kein Fleisch, und übrigens werden sie wohl nur ein paar Tage bleiben.

KÜCHENANNA: Was mach ich denn zum Frühstück? Die Kräutersuppe, von der das Rezept diktiert worden ist bei der vorigen Abendfeier?

JUDITH: Die Paracelsus-Brühe – ganz recht.

KÜCHENANNA: Viel zu gut für die.

JUDITH: Also eilt euch! Bittet die Gäste ins Haus! Seid freundlich und manierlich!

KINDSANNA: Freundlich auch noch – mit den hergelaufenen Schlawinern, den ganz verdächtigen...

Kindsanna und Küchenanna ab nach rechts.

URSULA: Kommen die jetzt hierher, in unseren Sitzungssaal?

JUDITH: Ihr braucht nicht zu bleiben. Aber Vera sollte die Gäste kennenlernen... Seid ihr vertraut mit dem geheimen Pfad zur Andachtsklippe?

URSULA: Den die Mutti immer geht am Morgen? Doch, ich glaube schon, daß ich ihn finden würde.

JUDITH: Gut. Dann lauft zur Klippe und sagt eurer Mutter, daß ich sie bitten lasse, ihre Meditation zu unterbrechen und sich hierher zu bemühen.

URSULA: Sollen wir ihr vom Besuch erzählen?

JUDITH: Keineswegs; ihr solltet überhaupt nicht zu ihr sprechen – nur eures Auftrags euch entledigen, und dann still sein.

URSULA: Ja, Tante Judith.

JUDITH: Und gebt acht, daß ihr euch nicht verirrt! Der Weg zur Höhe ist nicht leicht zu finden.

URSULA: Ja, Tante Judith.
Zu den anderen Kindern:
Wir gehen zur Andachtsklippe, die Mutti holen.

KNIRPS: Ui fein!
Die sechs Kinder bewegen sich im Gänsemarsch zur Glastür links.

JANE: Darf Schwesterchen sieben auch mit, Tante Judith?

JUDITH: Nein – besser nicht. Geh du in den Garten, Jane, oder an den Strand.

JANE: Schad. Schwesterchen sieben hätt gern den Pfad gesehen und die geheime Klippe. Aber am Strand sind Muscheln. Auch ganz schön.
Sie geht langsam in den Garten – an den anderen Kindern vorbei, die bei der Glastür stehengeblieben sind.
Kindsanna öffnet die Tür rechts, um die Gäste einzulassen.

KINDSANNA: Da hast du die Bescherung, Fräulein Doktor...
Sie zieht sich murrend zurück, wenn die drei Professoren eingetreten sind.
Prof. H.F. Uncle, Prof. Hector Larue und Prof. Li Tso bleiben befangen bei der Tür stehen. Sie sind alle drei hager, bebrillt, weißhaarig, schwarz gekleidet, mit Aktentasche unterm Arm; ihrem Ausdruck und Habitus nach könnten sie die Agenten eines erstklassigen Beerdigungsinstituts sein. Uncle, in der Mitte, überragt die beiden anderen um Haupteslänge. Larue, zu seiner Rechten, wirkt fröstelnd und gebrechlich, mit einem dicken Wollschal um den Hals, in dem sein wächsern spitzes Gesichtchen fast verschwindet. Li Tso, von stark mongolischer Physiognomie, lächelt maskenhaft, in demütig gekrümmter Haltung.
Die sechs Kinder haben die Eintretenden mit mißtrauisch-durch-

bohrendem Blick gemustert; lassen jetzt ein knurrendes Geräusch vernehmen, während sie mit der Behendigkeit nervöser Gazellen in den Garten entweichen.

Die drei Professoren fahren merkbar zusammen, schauen recht betreten hinter den Kindern drein.

JUDITH: Machen Sie sich nichts draus. Die Kleinen sind etwas scheu... Nochmals – willkommen auf unserer Insel, liebe Freunde! Es ist gut, Sie zu sehen.

UNCLE *mit Grabesstimme*: Es war gut von Ihnen, uns kommen zu lassen, verehrte Freundin.

LARUE *mit hohem, klagendem Falsett*: Wir sind sehr glücklich.

LI TSO *mit tiefer Verneigung*: Es ist eine hohe Ehre: die höchste.

JUDITH: Gut gereist?

UNCLE: Im Gegenteil. Die Schwierigkeiten waren schier unüberwindbar.

LARUE: Man darf wohl sagen, daß wir das Unmögliche möglich gemacht haben, um Ihrer Einladung Folge zu leisten. Die Reise von Paris hierher war grauenvoll – fast über meine Kräfte.

LI TSO: Meine Fahrt von Shanghai dürfte die schlimmste gewesen sein. Glücklicherweise ist man Philosoph.

JUDITH: Liegen die Dinge draußen immer noch so im argen? Ich höre doch, der Krieg ist längst zu Ende...

UNCLE *düster*: Ist er das...? Ich bin nicht so sicher.

LI TSO: Von Frieden ist nichts zu spüren. In Asien nicht...

LARUE: Nicht in Europa...

UNCLE: Nicht in Amerika. Nirgends.

JUDITH: Nur hier! Dies Friedenseiland bleibt unberührt von Wahn und Lärm der Zeit.

UNCLE *tief atmend*: Ja, hier ist's still...

LI TSO: Wie wohl das tut! Man atmet freier hier, im Bannkreis freundlicher, erhabener Geister.

UNCLE *sich im Zimmer umschauend*: Dies also ist das Heiligtum – des Meisters Heim, der Tempel unseres Kults. Daß es mir noch vergönnt ist, den geweihten Raum zu schauen! Die Büste... Der Altar... das Bild der Priesterin...

LARUE: Dürfen wir darauf hoffen, Madame Vanstraaten vorgestellt zu werden?

JUDITH: Selbstverständlich. Bald. Vera ist noch beschäftigt. Wie jeden Tag, verbringt sie die Morgenstunden auf einer Felsenhöhe, nicht weit von hier. Es ist ein stiller, feierlicher Platz. Die Kinder nennen ihn die Andachtsklippe.

LI TSO: Dort meditiert die große Eingeweihte?

JUDITH: Sie schaut aufs Meer. Von der Andachtsklippe geht es steil hinab. Unten ist felsiges Geröll – vom Wasser überspült zur Zeit der Flut. Es war an jenen Steinen, daß des Meisters Boot, auf seiner letzten Fahrt... Dort schied er aus diesem Leben in ein höheres.

UNCLE: Eine heilige Stätte. Wir werden unsere Andacht dort verrichten.

JUDITH: Später. Wir haben viel zu tun.
Gleichsam den offiziellen Teil der Konferenz eröffnend.
Freunde, ehe ich zu meinen Neuigkeiten komme, will ich von Ihnen hören, wie es draußen bei unseren Gemeinden steht.

UNCLE: Wir tun unser Bestes. All Ihre Anordnungen, verehrte Freundin, werden stets gewissenhaft ausgeführt.

JUDITH: Und der Erfolg?

UNCLE: Man muß zufrieden sein, die Zahl der Mitglieder nimmt weiter zu; allein in Amerika konnten kürzlich wieder fünf neue Zweigstellen eröffnet werden.

LARUE: Auch in Europa gibt es neue Gruppen – in Holland, Schweden, Spanien, Dänemark. In Rom verhandle ich mit einem Medium, das mir von Freunden sehr gepriesen wird. Die Séancen in Paris sind gut besucht.

LI TSO: Im fernen Osten sind erfreuliche Erfolge zu verzeichnen – besonders auf dem Gebiet der inspirierten Gymnastik und Medizin. Die Vanstraatenschen Atemübungen bewähren sich über Erwarten. Aus Indien wurden unlängst wieder acht Heilungen gemeldet.

JUDITH: Ausgezeichnet! Die irdischen Übelstände scheinen sich zu unseren Gunsten auszuwirken. Je verzweifelhafter die Lage in der materiellen Welt, desto stärker die Attraktion der Geistersphäre!

UNCLE: Ohne Frage. Indessen sollten wir uns durch äußere Erfolge doch nicht täuschen lassen. Die Menschen kommen zu uns, weil sie Hilfe suchen, in dieser Zeit der Not und Ungewissenheit. Wir offerieren Führung, Rat und Trost. Aber erfüllen wir stets die Hoffnungen, die wir erwecken?

LI TSO: Mein Freund hat recht. Mit der allgemeinen Beklemmung wächst auch der Anspruch unserer Gläubigen. Eine große, bange Frage liegt in der Luft: Was wird aus unserer Welt? Was wird aus uns? Wohin treiben wir? ... Auf diese Frage will man Antwort haben – von irgendwem, Geist oder Mensch.

UNCLE: Der Meister weiß Antwort. Warum schweigt er gerade jetzt, inmitten dieser Krise?

LARUE: Man hofft...

LI TSO: Man wartet...

JUDITH: Man hofft und wartet nicht umsonst, Freunde! Der große Mentor wird nicht nur zu uns sprechen, sondern zu uns auch ein sichtbarliches Zeichen geben.

UNCLE: Ein Zeichen...?

JUDITH: Bereitet euch darauf vor, heute abend der ersten Materialisation des Meisters beizuwohnen.

LARUE: Heute abend...? Hier...?

JUDITH: In diesem Raum. Bei der Abendfeier.

UNCLE: Das übertrifft allerdings meine kühnsten Erwartungen...

LARUE: Es wird der schönste Abend meines Lebens sein!

JUDITH: Der wichtigste. Wie Sie sich's denken können, würde ein so weit entrückter, hochentwickelter Spirit sich wohl kaum der Strapaze einer Materialisation unterziehen, wenn es nicht sehr besondere Gründe gäbe.

LI TSO: Eine neue Botschaft.

JUDITH: Eine Botschaft höchst ungewöhnlicher, entscheidender Natur. Es handelt sich um den Weltuntergang.

UNCLE: Wie war das...?

JUDITH: Ich sagte, daß der Meister mit uns über den bevorstehenden Weltuntergang zu konferieren wünscht. Um der Besprechung besonderen Nachdruck zu verleihen, will er dabei selbst in Erscheinung treten.

LARUE: Weltuntergang...?

UNCLE: Sie meinen das natürlich nur symbolisch?

JUDITH: Keineswegs. Ich meine es ganz wörtlich.

LI TSO: Ein neuer Krieg, dem unsere Zivilisation zum Opfer fällt?

JUDITH: Eine kosmische Explosion. Wir haben Grund zu der Vermutung – in der Tat, wir sind beinah sicher, daß dieser Planet demnächst zugrunde gehen wird.

UNCLE *erschauernd*: Demnächst...?

JUDITH: Recht bald. Zwischen uns und jener Schicksalsstunde dürften nur noch Monate liegen – nicht mehr Jahre.

UNCLE *zu Judith*: Und woher wissen Sie...?

LARUE: Die erste Nachricht kam vom Meister selbst?

JUDITH: Nein; es fing an mit einem Gesicht, das Vera hatte – am lichten Tage, auf der Andachtsklippe. Das Meer, das gerade noch blau gewesen war, verfärbte sich und wurde blutig rot. Aus dem Blutozean stieg eine Stadt mit sieben hohen Türmen. Es war Nacht. Die Stadt phosphoreszierte in der Dunkelheit. Vera sagt, es sei ein Schauspiel von großer Pracht und Schrecklichkeit gewesen – die sieben Türme, geisterhaft gleißend vor dem schwarzen Himmel.

LARUE: Die Stadt phosphoreszierte... Mir ist, als ob ich's sähe!

JUDITH: Dann kamen Blitze – sieben elektrische Entladungen, sieben Donnerschläge. Die Türme stürzten ein, das Meer schwoll an, der Himmel stand in Flammen. Was von der zerstörten Stadt noch übrigblieb, ward fortgerissen von den blutigen Fluten. Gleichzeitig fiel ein Hagel – ein metallener Schauer, alles verhüllend: Himmel, Meer und Trümmer. Dazu rief eine Stimme «Wehe» – rief es siebenmal. Vor dem siebenten «Wehe» war eine kurze Stille. Dem letzten Ruf folgend kam die Explosion, mit der das Gesicht verging.

UNCLE: Überwältigend!

JUDITH: Die Vision wiederholte sich siebenmal, stets zur gleichen Stunde, sieben Tage hintereinander. Alles blieb sich gleich: die gleißenden Türme, die blutige Flut, der Hagel. Aber schon beim erstenmal hatte die Seherin den Sinn des Geschauten intuitiv erfaßt, sie begriff: Es ist das Ende – es steht nah bevor.

LI TSO: Und der Meister bestätigte diese Ahnung?

JUDITH: Es scheint, daß er Veras Gesicht nicht deuten durfte, ehe ihm dazu ausdrückliche Erlaubnis von höherer Instanz gegeben war. Anfangs mußte er sich mit verschleierten Hinweisen und Andeutungen begnügen. Bei der nächsten Abendfeier erzählte er den Kindern gewisse Teile aus der Offenbarung des Johannes.

UNCLE: Aus der Apokalypse? Das ist klar genug.

JUDITH: Auch wurden die Kinder aufgefordert, sich beim Locktanz als die sieben Engel mit den Posaunen zu kostümieren.

UNCLE: Und weiter? Ließ er sonst nichts verlauten?

JUDITH: Aus allem, was er sagte, ging nur zu klar hervor, daß die Katastrophe unvermeidlich ist. Die fortschreitende Entartung der irdischen Kreatur skandalisiert die Mächte. Das Maß ist voll. Unsere verderbte Rasse stört die Harmonie des Alls, gefährdet den kosmischen Frieden. Daher der Entschluß, mit einer Radikalkur einzugreifen.

UNCLE: Nur eine Frage, verehrte Freundin: Warum hat man uns diese ungeheure Nachricht bis heute vorenthalten?

JUDITH: Es lag an Vera. Sie wollte ihrer Sache sicher sein.

UNCLE: Ist des Meisters Wort nicht genug?

JUDITH: Sie wollte mehr: ein Zeichen. Es wurde ihr verheißen.

UNCLE: Die Materialisation...

LI TSO: So ist denn heute der Entscheidungstag.

JUDITH: Deshalb bat ich Sie her. Als Repräsentanten der Vanstraaten-Gesellschaft haben Sie das Recht – nein, die Pflicht, der schicksalhaften Sitzung beizuwohnen.

LARUE: Wenn er erscheint – wenn er das Zeichen gibt: es ist nicht auszudenken.

LI TSO: Unter den Millionen von Blinden – wir die einzig Sehenden, einzig Eingeweihten!

JUDITH: Unser Amt wird sein, die Welt zu warnen, zur Buße und Besinnung aufzurufen. Ungeheuer – die Rolle, die unsere Gesellschaft spielen könnte...

UNCLE: ... wenn er das Zeichen gibt!

Es klopft an der Tür rechts.

LARUE *schreckhaft*: Was ist das...

JUDITH *lächelnd*: Noch nicht das Zeichen; nur unsere Kindsanna. Herein.

Kindsanna erscheint an der Tür rechts.

KINDSANNA: Die Brüh ist fertig, läßt die Küchenanna sagen. Wo soll ich sie hintun?

JUDITH: Das Frühstück wird im ägyptischen Salon serviert. Du kannst die Herren gleich nach oben führen.

Zu den Professoren:

Es ist besser, liebe Freunde, wenn Sie sich jetzt für eine Weile zurückziehen. Vera muß jeden Augenblick hier sein. Ich habe noch ein paar Dinge mit ihr allein zu besprechen. Wir sehen uns bald.

Die drei Professoren schütteln Judiths Hand in bedeutungsvollem Schweigen. Dann ab nach rechts, mit Kindsanna.

Judith, allein, sitzt regungslos, in tiefem Nachdenken. Dann rollt sie ihren Stuhl zum Schreibtisch, rechts im Vordergrund. Sie öffnet ein Fach, entnimmt ihm ein Bündel loser Papiere und beginnt zu lesen.

Nach einigen Augenblicken kommt Vera mit den sechs Kindern von links. – Vera ist etwa 32, sieht aber jünger aus. Sie ist schön – von einer empfindlichen und durchgeistigten Schönheit, aber keineswegs hysterisch oder anämisch wirkend. Das blonde Haar, in einfachen Flechten um den Kopf gelegt, scheint fast zu schwer für den zarten Nacken. Im Gegensatz zum Schwarz der übrigen Kostüme ist ihr Kleid ganz weiß – ein schmucklos fließendes Gewand von leicht antikisierendem, aber nicht übertrieben stilisierten Schnitt. Sie hält das gemmenhaft geformte Oval des Gesichts in ernstem Sinnen gesenkt, während sie langsam, etwas schleppenden Schrittes die Szene betritt.

Die sechs Kinder haben sich in genauer Anordnung um sie gruppiert: drei zu ihrer Rechten, drei zu ihrer Linken. Da Vera, nahe der Glastür, stehenbleibt, rühren sich auch die Kinder nicht mehr. Judith, auf der anderen Seite des Zimmers, mit ihrem Rücken zur Gartentür, hat Veras leisen Eintritt überhört und bleibt in ihre Papiere versenkt.

URSULA *nach einer Stille, leise und schüchtern*: Tante Judith...

JUDITH *wendet den Kopf, dann auch ihren Rollstuhl*: Oh, ihr seid zurück...

Zu Vera:

Wie fühlst du dich heute, Liebste?

VERA *mit einem etwas geistesabwesenden Lächeln*: Danke... Etwas matt...

URSULA: Tante Judith, dürfen wir jetzt gehen?

JUDITH: Freilich, Kinder. Lauft nur in den Garten.

URSULA: Doch nicht in den Garten, Tante Judith! Ins indische Zimmer. Es ist Zeit für unsere Yoga-Trainingsstunde. Die neuen Atemübungen, die der Papa diktiert hat.

JUDITH *leicht irritiert*: Dann macht eben eure Atemübungen. Worauf wartet ihr denn noch?

DIE SECHS KINDER: Auf Wiedersehen, Mutti.

VERA: Auf Wiedersehen, Kinder... Ja, das sind sicher sehr gute Übungen, die der Papa diktiert hat. Jemand sollte dabei sein, damit ihr keine Fehler macht.

URSULA: Wir können's schon allein.

VERA: Das ist recht. Ja... Auf Wiedersehen also...

Die sechs Kinder ab nach rechts.

JUDITH: Du mußt entschuldigen, Liebste, daß ich mir die Freiheit genommen habe, deine Morgenandacht zu unterbrechen...

VERA *immer noch sehr vage und zerstreut*: Ganz richtig... ja... du hast mich holen lassen. Was gibt es denn?

JUDITH: Es handelt sich um drei Repräsentanten der Vanstraaten-Gesellschaft...

Knirps kommt zurück und trippelt von der Tür rechts geschwind zum Rollstuhl der Tante.

KNIRPS *flüstert*: Tante Judith...

JUDITH: Was willst du denn schon wieder?

KNIRPS: Ich wollte nur fragen, ob ich die Mutti fragen darf.

JUDITH: Ich habe euch doch ausdrücklich verboten...

VERA: Laß ihn doch.

Knirps heranwinkend.

Na, Knirpsi-Mann, schieße los!

KNIRPS *bei Vera*: Mutti...

VERA: Nur heraus mit der Sprache!

KNIRPS: Mutti, wir brauchen ein siebentes Brüderchen. Läßt sich das schnell machen? Ein Schwesterchen tut's auch.

VERA *ihn loslassend, sehr perplex*: Aber Knirps...

JUDITH: Immer diese Dummheiten!

KNIRPS: Es ist nur wegen dem Locktanz heute abend. Der mit den Posaunen. Wir sollten sieben sein.

JUDITH: Das ist längst erledigt. Und nun Schluß! Raus mit dir!

KNIRPS: Ja, Tante Judith.

Ab nach rechts.

VERA: Ein siebentes Kind! Was für Ideen hat der Junge...

JUDITH: Zu töricht, zu absurd.

VERA: Ich wußte gar nicht, was ich sagen sollte.

JUDITH: Denk nicht mehr daran.

VERA: Es ist ja wirklich sonderbar – das mit dem Tanz heut abend. Wen hat er sich als siebenten Engel vorgestellt?

JUDITH: Ich weiß wirklich nicht...

VERA: Jane vielleicht?

JUDITH: Offen gesagt, die Frage scheint mir von vergleichsweise geringer Wichtigkeit. Was ich dir sagen wollte...

VERA: Ich glaube nicht, daß Janes Mitwirkung beim Locktanz günstig wäre. Es ist schlimm genug, das arme Ding hier im Haus zu haben...

JUDITH: Es war dein eigener Wunsch...

VERA: Du weißt recht wohl, daß die Idee von ihm kam – nicht von mir. Er hat Janes Mutter sehr geliebt – liebt sie vielleicht noch immer, ist in Kontakt mit ihr, dort in der anderen Welt...

JUDITH: Lächerlich. Als ob er und jenes Mädchen in derselben Sphäre des Geisterlandes weilen könnten! Unendlichkeit kosmischen Raums trennt sie voneinander. Aber genug davon. Ich wollte dir von den drei Freunden sprechen – den Vertretern und Organisatoren unserer Gesellschaft in drei Kontinenten.

VERA: Was ist denn mit ihnen los? Wo sind sie?

JUDITH: Sie sind hier.

VERA *völlig entgeistert*: Was soll das heißen?

JUDITH: Ich habe sie eingeladen. Die Herren sind heute früh hier eingetroffen.

VERA: Es ist gegen das Gesetz. Jan hat nie erlaubt... Keinem seiner Schüler war es je gestattet, die Insel zu betreten.

JUDITH: Die Umstände sind solcherart, daß selbst die kühnste Neuerung entschuldbar scheint.

VERA: Was sollen die Fremden hier? Zu welchem Zweck hast du sie kommen lassen?

JUDITH: Liebste, du mußt verstehen: Die Sitzung heute abend kann ein Ereignis von historischer – von welterschütternder Bedeutung werden. Wenn er erscheint...

VERA *plötzlich nahe bei ihr; flüsternd*: Glaubst du, daß er es tut?

JUDITH: Ich zweifle nicht daran. Um aber auf den Besuch zurückzukommen...

VERA: Laß den Besuch.

JUDITH: Du wünschst also nicht die Freunde zu begrüßen?

VERA: Nicht jetzt. Jetzt kann ich nicht. Später. Nach der Séance.

JUDITH: Wie du willst.

VERA: Was sollt ich ihnen sagen? Zunächst einmal brauche ich selbst Gewißheit.

JUDITH: Du hast Gewißheit, Vera – warum belügst du dich? Gerade eh du ins Zimmer kamst, hab ich noch einmal die Stenogramme der letzten Sitzung durchgelesen.

Sie deutet auf die Papiere, die sie aus dem Schreibtischfach genommen hat.

Seine Botschaft ist klar. Es kann keine Frage sein, daß deine Vision von ihm gesendet war. Das Verhängnis steht nah bevor, und du bist ausersehen, als erste darum zu wissen.

VERA *verzweifelt*: Ich glaub es nicht... Ich kann's – ich will's nicht glauben!

JUDITH: Du mußt es glauben, Kind. Du hast sein Wort.

VERA: Wenn ich nur wüßte, ob wirklich er es war, der zu mir sprach. Die letzten Male klang seine Stimme fremd. Vielleicht ein Dämon, der mich foppen wollte?

JUDITH: Du könntest einen bösen Geist mit ihm verwechseln? Versündige dich nicht!

VERA: Warum war er so kalt, so unbeteiligt? «Die Welt wird untergehen»...: Fast schadenfroh kam es heraus, wie er mir's sagte. «Die Welt wird untergehen»... Als ob das gar nichts wäre! Tut es ihm denn nicht leid um unsere arme Welt?

JUDITH: Mitleid ist Schwäche. Sie sind hart, die Erleuchteten.

VERA: Ich bin noch nicht soweit. Ich schau um mich, und mir bricht das Herz.

Mit einer Bewegung zum Garten:

Sieh doch, wie hübsch sie ist, die arme Welt! Die schönen Bäume, die Bildungen der Zweige, das große Fruchtbemühen... Mit alldem soll es nun zu Ende sein...

JUDITH: Gibt es denn das – ein Ende? Wir wissen doch, daß nichts verlorengeht. Tod ist Verwandlung, Reinigung, Entwicklung. Die irdische Hülle fällt – das ist alles. Warum sollte der Tod des Planeten, der sogenannte Weltuntergang, schrecklicher oder definitiver sein als unser eigenes Sterben?

VERA: Schon recht. Aber es ist doch bitter.

JUDITH: Du sprichst wie eine Uneingeweihte. Ich versteh dich nicht.

VERA: Ich versteh mich selber nicht...

Mit plötzlichem Ausbruch:

O Judith, Judith... Ich habe Angst!

JUDITH: Angst vor seinem Kommen?

VERA: Nein, nein, das ist es nicht... Wenn er nur käme! Vielleicht wird er mich trösten; vielleicht sagt er mir, daß alles ein Irrtum war, daß unsere Welt noch lang nicht untergeht...

JUDITH: Wie aber, wenn er käme, um das Verhängnis zu bestätigen und dir den Zweifel an seiner Unentrinnbarkeit zu nehmen?

VERA: Dann ist es mir auch recht. Nur kommen soll er, kommen!

JUDITH: Er wird erscheinen, wie er dir's versprochen. Er wird sich sichtbar machen – wenn du ihn innig genug rufst.

VERA: Wird er das? Du weißt ja nicht, wie oft ich ihn gerufen habe – mit welcher Sehnsucht, welcher Zärtlichkeit! Seit seinem Weggang habe ich darum gefleht, daß er sich einmal – ein einziges Mal nur – bei mir sehen läßt.

JUDITH: Er ist immer bei dir.

VERA: Warum erscheint er nie?

JUDITH: Ist es dir nicht genug, daß du ihn spürst? Und du hörst ihn – Beneidenswerte...

VERA: Ich verlange mehr, da er so furchtbar viel von mir verlangt. Ich will ihn sehen! Ein Zeichen.

JUDITH: Er wird es dir gewähren: Sei getrost!

VERA: Könnt ich's nur sein... Aber diese Angst – tief innen: hier, im Herzen... lähmend, grauenvoll. Ich habe Angst, daß er nicht kommt: daß er wieder nicht kommt, um mich zu strafen.

JUDITH: Um dich zu strafen? Wofür?

VERA: Da sind so viele Sachen... Ich war seiner nie würdig. Manchmal hat er mich's fühlen lassen. An jenem Abend, auf der Segelfahrt...

JUDITH: Was ist damals geschehen? Hast du ihn ungeduldig gemacht? Hast du ihm widersprochen?

VERA: Wie hätt ich das gewagt? Aber du weißt ja, wie er sein konnte. Den ganzen Abend war er schlechter Laune, sprach nicht zu mir, schien mich kaum zu merken. Dann kam das weiße Boot.

JUDITH: Was für ein weißes Boot?

VERA: Ein kleines weißes Segelboot – recht hübsch anzuschauen. In dem Boot war ein Junge.

JUDITH: Wie gut du dich erinnerst! Du mußt ihn recht genau betrachtet haben.

VERA: Natürlich sah ich hin. Ein Boot in unserer Gegend – das ist doch eine große Seltenheit! Der Junge winkte mir zu. Ich winkte auch und lachte. Das machte ihn ärgerlich.

JUDITH: Wen? Den jungen Mann?

VERA: Nein – ihn. Er behauptete, ich hätte Zeichen mit dem blauen Sweater-Jungen getauscht und ein Rendezvous mit ihm verabredet. Als ob ich ihm jemals Grund zur Eifersucht gegeben hätte...

JUDITH: Er hat's wahrscheinlich nicht so ernst gemeint.

VERA: Ernst genug. Und vielleicht hatte er recht, wenn ich es jetzt bedenke... Nicht mit dem Rendezvous natürlich; das war dumm. Aber in einem anderen Sinn – in einem tieferen. Ich hätte den blauen Sweater-Jungen nicht anschauen sollen. Und ich hätte nicht lachen sollen. Es war seine Todesfahrt.

JUDITH: Das konntest du nicht wissen.

VERA: Ganz gleich: ich habe auf seiner Todesfahrt gelacht. Hätte ich nicht gelacht – vielleicht wäre es nicht seine Todesfahrt geworden.

JUDITH: Wie meinst du das?

VERA: Er war mir gram, wegen des blauen Sweater-Jungen und des Lachens. Deshalb redeten wir nicht miteinander. Ich blieb stumm, als er darauf bestand, weiter als sonst ins Meer hinauszusegeln. Der alte Jakob warnte vor dem Sturm. Auch ich hätte warnen sollen. Aber ich sagte nichts. Es war meine Schuld.

JUDITH: Es war nicht deine Schuld. Wozu quälst du dich? Seine Stunde war da. Die Mächte wollten ihn zurück. Er mußte gehen.

VERA: Warum hat er mich dann nicht mitgenommen? Warum hab ich mich nicht mit ihm sinken lassen?

JUDITH: Denke an deine Sendung! Wenn du mit ihm gegangen wärst – was würde aus seiner Botschaft?

VERA: Trotzdem – es ist nicht recht: ich sollte nicht mehr leben. Er mißbilligt mich.

JUDITH: Wie du so reden magst! Er überschüttet dich mit seinen Gunstbeweisen. Du bist die Mittlerin zwischen ihm und uns. Und eben jetzt, in dieser Weltenstunde des nahenden Verhängnisses, ist dein Amt bedeutender denn je.

VERA: Ich bin ihm nicht gewachsen. Zu viel Angst... Glaubst du, daß die Kinder auch solche Angst haben werden, wenn sie heute abend zum erstenmal vom Weltuntergang hören?

JUDITH: Ich glaub es nicht. Sie sind mutig.

VERA: Du mußt es wissen; ich kenne sie so wenig... Sind sie mutig? Mag sein. Ich bin es nicht. Vielleicht wäre ich's – könnte es wieder werden: wenn er mir hülfe... Ach, in meinem Kopf dreht sich alles. Laß mich jetzt.

JUDITH: Du willst allein sein?

VERA: Ja.

JUDITH *ihren Rollstuhl zur Tür rechts bewegend*: Bitte – wenn ich dich störe...

VERA *folgt ihr zur Tür; mit einer leichten Liebkosung*: Du nimmst es doch nicht übel?

JUDITH: Was sollt ich übelnehmen?

VERA: Daß ich so dumm bin. Und allein sein will.

JUDITH *mit einer Geste zur Büste des Meisters*: Allein mit ihm: das ist doch nur natürlich.

Sie rollt hinaus.

VERA *allein, geht langsam, mit gesenkter Stirn, von der Tür zum Vordergrund: bleibt vor der Büste stehen, ohne aufzuschauen. Eine lange Stille. Dann, sehr leise beginnend*: Lieber, hörst du mich? Ja, ich bin's wieder: du weißt schon, was ich will. Bitte, bitte, tu's! Erschein heut abend, wie du's versprochen hast! Mach dich sichtbar! – mir zu Gefallen... Erscheine, um mir zu sagen, daß die Welt noch nicht untergehen muß! Und wenn es denn so bestimmt ist – wenn sie verderben soll, die arme, hübsche Welt –, dann sag mir, daß du Mitleid mit ihr hast: mit den Menschen, mit unserer Erde, unseren Kindern, mit mir, mit uns allen... Und sag mir, was ich tun soll! Laß mich jetzt nicht allein – allein mit dieser Angst... Hilf mir! Komm! Wenn du's nicht tust – wenn du dich verweigerst, dann muß ich fürchten... Ach, ich konnt es deiner Schwester doch nicht sagen, was ich so fürchte und was meine Angst ist. Du weißt es ja. Ich habe

Angst, daß du mich nicht mehr liebst. Wenn du mich nicht mehr liebst... Verzeih mir meine Schwäche. Ich bin so schwach, daß ich ein Zeichen von dir brauche. Ein Zeichen deiner Liebe. Bitte, komm! Komm – bitte... bitte...
Sie hat die Arme um den Hals der Büste geschlungen und das tränennasse Gesicht gegen den Stein gepreßt.

Dunkel

ZWEITES BILD

Am gleichen Tag, gegen Abend, kurz vor Beginn der Séance. Die Glastür zum Garten steht halb offen. Der Meeresstreifen, gegen den die Umrisse der Palmen und Gebüsche sich jetzt deutlicher abheben, spiegelt die Farben des Sonnenuntergangs.
Im Zimmer wird es schon dämmrig. Die beiden alten Mägde, Kindsanna und Küchenanna, sind dabei, den Raum für die Sitzung herzurichten. Der Altar ist mit weißen Blumen geschmückt. Vor dem Altar steht ein thronartiger Sessel ägyptischen Stils, mit breiten, eckigen Armlehnen. Um diesen zentralen Sitz herum sind im Halbkreis niedrige, lehnenlose Hocker gruppiert.

KINDSANNA *knurrt, die Hocker abstaubend*: Eine Schand ist es, eine Schand...
KÜCHENANNA: Ja, was haben's denn schon wieder, Kindsanna?
KINDSANNA: Ach, ich ärgere mich halt.
KÜCHENANNA: Sie sollten sich aber nicht so viel ärgern, Kindsanna. Warum sind's denn immer gleich so aufgebracht?
KINDSANNA: Die Herrschaft wird immer frecher. Wie die Heiligen kommen die sich schon vor. Dabei sind sie gar nicht so heilig!
KÜCHENANNA: Geh, schauen's, Kindsanna – ich versteh Sie nicht! Immer kritisieren...
KINDSANNA: Weil's wahr ist! Die Judith nimmt sich gar zuviel heraus. Erst ladet sie drei fremde Schlawiner ein zur Abendfeier – als ob sich so was gehörte! Dann erlaubt sie der blöden Jane, daß sie beim Locktanz mittun darf als der siebente Engel. Auch ganz falsch!

KÜCHENANNA: Was haben Sie jetzt wieder gegen die Jane? Ist doch ein armes Hascherl…

KINDSANNA: Freilich ist sie das; aber ein Bastard ist sie auch und sollte keine Engelsflügel tragen. Wenn ich mich erinnere, wie der Herr Jan herumpussiert hat mit ihrer Mutter, grad im ersten Jahr von seiner Ehe mit der Gnädigen! Und so was nennt sich dann heilig!

KÜCHENANNA: Geh, lassen's doch die Mutter von der Jane im Frieden. Ist doch schon lange tot – und überhaupt, sie war auch nur ein armes Dienstbot, wie Sie und ich.

KINDSANNA: Das ist's ja grad. Der Herr Erleuchtete fängt was mit dem Stubenmädel an, und das Kind davon wird dann als Engel präsentiert! Wenn so etwas keine Schand ist!

KÜCHENANNA: Der Gnädigen scheint's doch ganz recht zu sein…

KINDSANNA: Als ob die Gnädige den Mund auftun dürft in diesem Haus! Erst hat der gnädige Herr sie halb verrückt gemacht mit seiner Eifersucht und seinen Launen, und jetzt ist sie unter der Fuchtel von unserem Fräulein Doktor.

KÜCHENANNA: So schlimm ist es jetzt auch wieder nicht!

KINDSANNA: Noch viel schlimmer! Aber sie soll sich nur vorsehen, die arrogante Person, die Judith! Vielleicht, daß nächstens Schluß ist mit den Privilegien von der herrschenden Klasse.

KÜCHENANNA: Meinen's, daß es bald eine Revolution gibt oder so etwas?

KINDSANNA: Revolution – ja, so könnt man's wohl nennen… Es liegt doch was in der Luft, Küchenanna – merken Sie das denn nicht?

KÜCHENANNA: Ach, das bilden Sie sich sicher nur ein…

KINDSANNA: Das bild ich mir gar nicht ein! Es bereitet sich etwas vor, wovon unsereins nichts erfahren soll. Aber glücklicherweise ist man ja nicht auf den Kopf gefallen und kann sich auch mal was zusammenreimen – besonders wo die Gnädige so viel spricht im Schlaf.

KÜCHENANNA: Sind Sie denn dabei, wenn die Gnädige im Schlaf spricht?

KINDSANNA: Freilich – morgens früh, wenn ich ins Zimmer komm mit dem ägyptischen Kräutertee und dem indischen Müsli. Da liegt sie meistens noch im Morgenschlummer und hat ihre somnambulen Zustände. Und dann schwätzt sie halt drauflos.

KÜCHENANNA: Was erzählt sie denn?

KINDSANNA: Alles mögliche, es hängt ganz davon ab, wofür sie sich gerade hält. Manchmal hält sie sich für eine Wolke oder für einen Pfirsich oder für ein Eichhörnchen: dann schwätzt sie halt dementsprechend. Neulich hat sie sich gar für die Erde gehalten – Sie wissen schon, die Mutter Erde, unsere Erdkugel, der irdische Plan.

KÜCHENANNA: Und was hat sie denn geschwätzt, die somnambule Kugel?

KINDSANNA: «Ich hab Angst», hat sie geschrien, «ich will nicht untergehen!» Und hat den gnädigen Herrn gebeten, daß er kommt und ihr hilft.

KÜCHENANNA: Ja, das klingt ja beinah, als ob unsere Gnädige irgend etwas wüßte – über unsere Erde, mein ich: daß bald Schluß mit ihr ist und der jüngste Tag vor der Tür steht.

KINDSANNA: Merken Sie was? Also meiner Ansicht nach ist das die Neuigkeit, mit der die Judith sich so wichtig tut. Die Welt soll untergehen – und unsereinem wird's verschwiegen!

KÜCHENANNA: Glauben Sie wirklich, Kindsanna? Aber das wäre doch...

KINDSANNA: Mir wär's grade recht! 's ist eine schlechte Welt, ein wahres Jammertal – besonders für unsereinen. Soll sie doch untergehen! Soll sie doch kommen, die «kosmische Explosion», von der die Gnädige im Schlaf redet!

KÜCHENANNA: Mit scheint aber doch, Kindsanna, daß Sie die Sache etwas gar zu sehr auf die leichte Achsel nehmen. So eine Explosion kann doch recht schreckhaft sein, recht schmerzhaft und gewaltsam.

KINDSANNA: Da hab ich keine Angst. Geht wahrscheinlich viel zu schnell, um weh zu tun. Und überhaupt – die Hauptsache ist, daß einmal gründlich aufgeräumt wird und gleichgemacht und ausgekehrt mit eisernem Besen. Endlich soll es ihnen an den Kragen gehen – den Geheimniskrämern, den Ausnutzern, den Eingeweihten!

KÜCHENANNA: Daß Sie jetzt wieder so rebellische Reden führen mögen, wo der Gerichtstag vielleicht nahe ist und die Herrschaft sowieso alle Trümpfe in der Hand hat!

KINDSANNA: Das werden wir erst noch sehen, wer auftrumpft und wer nicht, wenn's einmal soweit ist! Unsereins hat sich stets ans Gesetz gehalten – die Atemübungen, die Diät, alles hat man brav mitgemacht und hat sich geplagt und geschuftet, jahraus und jahrein. Wohingegen die Herrschaft... Ich will ja nichts gesagt haben, aber eines weiß ich: Unser Fräulein Doktor ist keine aufrichtige Person nicht und hat kein soziales Gefühl. Es wäre ihre Pflicht gewesen, uns zu unterrichten.

KÜCHENANNA: Da haben Sie freilich recht: unsereins verdiente mehr Vertrauen...

KINDSANNA: Vielleicht, daß man heut abend etwas mehr erfährt, wenn der Herr Jan erscheint. Ich hab freilich meine Zweifel, ob er überhaupt kommen wird, wo die Judith den armen Bastard als siebenten Engel auftreten läßt: Da könnt leicht etwas schiefgehen. Und die Schwingungen von den drei Schlawinern werden sich wohl auch störend bemerkbar machen...

Während der letzten Worte sind die drei Professoren von rechts aufgetreten – alle drei in langem schwarzem Talar.

LARUE: Versammelt man sich schon? Wann beginnt die Sitzung?

KINDSANNA: Wird wohl bald soweit sein.

UNCLE: Ich hörte sie da vorhin von Schwingungen sprechen, gute Frau. Sind Sie bewandert in okkulter Wissenschaft?

KINDSANNA: Man schnappt manches auf, wenn man seit über fünfzig Jahren bei so einer Herrschaft ist.

UNCLE: Seit über fünfzig Jahren: Beneidenswert...

KINDSANNA: Wenn Sie wüßten, Herr, wie viel Ärger und Plag ich gehabt hab in all der Zeit!

LI TSO *zur Küchenanna*: Und Sie sind auch schon lang im Haus des Meisters?

KÜCHENANNA: Seit 53 Jahren und acht Monaten. Das heißt, am Anfang war es natürlich noch nicht das Haus vom Herrn Jan, sondern das vom alten Mynheer Vanstraaten, an der Keizersgracht in Amsterdam. Die Kindsanna und ich – wir sind mit der Herrschaft weit herumgekommen.

LI TSO: Sie müssen unendlich viel gesehen haben.

KINDSANNA: Ja, in den ersten Jahren, als wir noch gereist sind... da hat's wohl allerlei zu sehen gegeben. Die Wolkenkratzer in der Stadt New York, der Berg Vesuvius, der Feuer speit...

LI TSO: Ich dachte an okkulte Phänomene.

KINDSANNA *verächtlich*: Ach, die ... Das ist doch etwas so Alltägliches!

UNCLE: Sind sie medial veranlagt, gute Frau?

KINDSANNA: Wie man's nimmt. Orgel spiel ich halt.

UNCLE: Das scheint doch eher für musikalisches Talent zu sprechen.

KINDSANNA: Im Gegenteil, ich kann Musik nicht leiden. Mein Orgelspiel ist inspiriert – Sie wissen doch, was das bedeutet? Jemand führt meine Hand – ein Geist. Soll Organist gewesen sein, in Bremen, vor 250 Jahren. Sehr gut in seinem Fach, spielt wirklich ausgezeichnet.

UNCLE: Interessant.

Er macht sich eine Notiz in ein kleines Buch, dann zur Küchenanna:

Haben Sie auch Erfahrungen dieser Art?

KÜCHENANNA: Ich bin die Küchenanna, ich bin nicht inspiriert. Zwar kommen meine Kochrezepte größtenteils von drüben, aber durch die Vermittlung der Gnädigen. Ich mache alles so, wie es mir angeschafft wird.

UNCLE: Sehr verständig. – Ja, ja, ihr zwei treuen Seelen, ein großer Abend heute, man ist voller Erwartung... Haben Sie schon einmal einer Materialisation beigewohnt?

KINDSANNA: Und ob! Das ist doch die Spezialität von unserer Gnädigen. Oft war's wirklich lustig! Der Abend, wo der amerikanische Präsident, der Mr. Lincoln, ganz unerwartet durch die Glastür schwebte! Alles hat man genau erkennen können – den Zylinderhut, die lange Nase und die dünnen Lippen.

UNCLE: Das kam Ihnen lustig vor? Interessant.

Er macht sich eine Notiz.

KÜCHENANNA *herzlich lachend*: Und wissen Sie noch, Kindsanna, der Dr. Blitzstein aus Chicago, der verstorbene Frauenarzt – wie der nicht von der Decke runter wollte? Grad wie ein Vogerl ist er rumgeflattert!

KINDSANNA *gleichfalls sehr animiert*: Zum Schießen war's! Und die französische Actrice, Sarah Bernstein oder wie sie heißt, mit ihren großen Augen! Die haben aus dem Protoplasma-G'sichterl rausgeschaut, als ob die Madame noch lebendig wär!

KÜCHENANNA: Und der indische Mönch mit seiner langen Kutte!

KINDSANNA *plötzlich nachdenklich*: Nur der Herr Jan hat nie erscheinen wollen, obwohl die Gnädige ihn so oft bittet.

LI TSO: Heute wird er kommen.

KINDSANNA: Hoffen wir's.

UNCLE: Er hat es zugesagt. In dieser Schicksalsstunde wird er uns mit dem Wunder seiner Gegenwart beschenken.

KINDSANNA *lauernd*: Wie meinen Sie das jetzt wieder – «Schicksalsstunde»?

Die drei Professoren tauschen diskrete Blicke.

UNCLE: Sie werden es bald genug erfahren, gute Frau.

KINDSANNA: Aha! Der Herr weiß also Bescheid! Und unsereins muß im dunkeln tappen!

Jakob, der alte Fischer, ist während der letzten Worte links aufgetreten. Er ist eine ehrwürdig-romantische Figur mit langem weißem Bart, verwittertem Gesicht und sonderbar entrücktem, starrem Blick. Trägt einen schwarzen Lodenüberwurf und schwarzen Schlapphut.

JAKOB: Im dunkeln tappen... Ja, drunten ist's dunkel, auf dem Meeresgrund...

LARUE: Wovon spricht der Mann?

KINDSANNA: Es ist der Fischer-Jakob: achten Sie nicht auf ihn.

KÜCHENANNA: Er wohnt nicht hier im Haus, hat eine Hütte ganz für sich allein, bei den Felsen drüben. Aber wenn's eine Abendfeier gibt, dann darf er kommen.

KINDSANNA: Sehr gern haben wir ihn nicht dabei, obwohl er sonst ein guter Kerl ist. Aber wissen Sie – es war in seinem Boot, daß unser gnädiger Herr... Der Jakob hat gesteuert. Und dann das Unglück! Kein Wunder, daß er spinnt.

Die drei Professoren weichen scheu von Jakob zurück.

LARUE *erschauernd*: In seinem Boot...

LI TSO: Die Unsichtbaren steuerten den Kahn – nicht dieser arme Greis. Er ist ein Werkzeug in der Hand der Mächte – wie wir alle.

JAKOB: Ja, das Meer ich mächtig. Schaut es euch nur an. Heut sieht es grad so aus wie damals... So still und silbrig, und die vielen Farben vom Sonnenuntergang. Das bedeutet Sturm... Ich hab ihn ja gewarnt.

Mit einer plötzlichen Wendung auf Larue zu:
Kannst du schwimmen?

LARUE *fährt erschrocken zurück*: Kommen Sie mir nicht zu nahe, bitte!

JAKOB: Ob du schwimmen kannst, will ich wissen.

LARUE: Was für eine Frage!

JAKOB: Er hat's nämlich auch nicht gekonnt: drum ist er ja ertrunken. Landratten seid ihr, alle miteinander; feiges Rattengezücht, wasserscheue Mäuse...

LARUE: Unangenehmer Patron. Wie spät ist es denn? Immer noch nicht Zeit? Diese Spannung... Ich zittre am ganzen Körper.

UNCLE: Etwas mehr Selbstbeherrschung, Herr Kollege! Nehmen Sie sich ein Beispiel an unserem Freund aus China! Er scheint völlig ruhig.

LARUE: Diese Orientalen! Wir Europäer reagieren anders.

JAKOB *hat sich in der Nähe der Glastür niedergelassen, wo er vor sich hin murrt*: Nicht einmal schwimmen kann er. Und heut gibt es Sturm... So schlimm wie damals. Grad dasselbe Wetter...

LARUE: Der Alte geht mir auf die Nerven. Was er nur immer hat mit seinem Sturm?

JAKOB *hinausdeutend*: Die Wolke da – die kleine schwarze drunten am Horizont: die wird nachher ganz groß und frißt den Himmel auf. Ganz plötzlich! Das Meer kennt keinen Spaß...

Die Tür rechts öffnet sich lautlos: die sechs Kinder kommen herein – Posaunen in der Hand, in schwarzen, losen Gewändern mit Silberflügeln an den Schultern. Die Engelsmasken tragen sie unterm Arm – die Maskengesichter dem Zuschauer zugekehrt, was im Halbdunkel einen unheimlichen Eindruck macht. Der Zug der Kinder ist schon tief im Zimmer, ehe einer der Anwesenden ihn bemerkt.

LARUE *mit einem Aufschrei*: Was ist denn das...

KNIRPS *silbrig kichernd*: Nur wir... nur wir...

LARUE: Ich dachte schon, die Phänomene fangen an!

URSULA: Wir sind die Engel. Leider bis jetzt nur sechs.

Jane, gleichfalls im schwarzen Gewand mit Flügeln, stolpert von rechts ins Zimmer. Die Maske, die sie unter dem Arm trägt, unterscheidet sich etwas von den Masken der anderen Kinder.

JANE: Schwesterchen sieben... ich bin's...

URSULA *verächtlich*: Die Flügel sitzen ihr ganz schief am Rücken. Nicht einmal ihre Maske schaut aus, wie sich's gehört.

JANE: Kann nichts dafür...

JAKOB *brummt*: Landratten – die kleinen auch schon. Glatte Ratten, freche Mäuse, blinde Fledermäuse. Wollen mit Flügeln schwimmen! Flossen sollten sie haben...

Judith, von rechts. Auch sie ist im Feststaat – ein hochgeschlossenes schwarzes Kostüm, im Schnitt ähnlich ihrem Alltagskleid, aber aus reicherem und schwererem Material.

JUDITH: Was ist denn hier los? Diese Finsternis! Sofort die Kerzen anzünden! Die Glastür verhängt!

KINDSANNA: Wenn einem nichts gesagt wird...

Kindsanna und Küchenanna zünden die sieben Kerzen auf dem Altar an, ziehen den schweren schwarzen Vorhang vor die Glastür.

JAKOB: So ist's recht! Verschließt und vernagelt nur alles, damit ihr's nicht seht, wie die kleine schwarze Wolke groß wird und den Himmel frißt. Grabt euch nur ein, versteckt euch nur im Rattenloch...

JANE *zu Judith; auf sich zeigend*: Ist Schwesterchen sieben schön, Tante Judith? Wird das Engelchen dem Papa gefallen?

JUDITH: Schon recht, Jane, wirst ihm schon gefallen.

Sie rollt in die Mitte des Zimmers, klatscht in die Hände und ruft dabei:

Freunde! Alle mal herhören, bitte!

Alle versammeln sich um die Rednerin – bis auf Jakob, der murrend abseits, nahe der verhängten Tür bleibt.

JUDITH: Ehe wir die heutige Abendfeier eröffnen, möchte ich, im Namen der Hausfrau und in meiner Eigenschaft als Generalsekretärin der Vanstraaten-Gesellschaft, unseren Freunden von draußen ein herzliches Willkommen entbieten.

Die drei Professoren verneigen sich lächelnd – inmitten eines eisigen Schweigens.

JAKOB *lüpft den Zipfel des Vorhangs über der Glastür und lugt hinaus*: Ist schon gar nicht mehr so klein, die kleine schwarze Wolke. Wächst recht geschwind – grad wie damals...

JUDITH: Und nun werdet ihr wohl wissen wollen, warum ich die Herren gerade heut hergebeten habe und was es mit unserer Sitzung diesmal auf sich hat. Wie euch bekannt sein dürfte, haben wir Grund zu hoffen, daß unser Freund und Mentor von der anderen Seite – der Meister selber heut erscheinen wird.

Allgemeiner Beifall.

KNIRPS: Ob der Papa was mitbringt?

URSULA: Ob wir ihn anfassen dürfen?

KASPAR: Hoffentlich bleibt er lange...

BETTY: Ich bin fast aufgeregt wie am Weihnachtsabend!

CHRISTOPHER: Ich viel mehr. Die erste Materialisation von Papa – das ist doch hundertmal aufregender als Weihnachten!

JUDITH *das Stimmengewirr mit einer geübten Rednergeste bändigend*: Freunde! Ich habe noch etwas hinzuzufügen. Der Besuch, auf den wir uns alle freuen, steht im Zusammenhang mit einem bevorstehenden Ereignis sehr ernster, tragischer Natur.

KINDSANNA: Aha! Rückt sie doch endlich heraus mit der Sprache!

JUDITH: Wie meinst du, liebe Kindsanna?

KINDSANNA: Mach dir nur keine Mühe, Fräulein Doktor! Jetzt hast du's uns so lange nicht gesagt, daß du's uns überhaupt nicht mehr zu sagen brauchst. Wir wissen's eh schon alle, daß die Welt bald untergeht.

JUDITH: Kindsanna, ich bin erstaunt...

KINDSANNA: Gell, da wunderst du dich? Ja, ja, unsereins hat eben auch seine Informationsquellen.

JUDITH: Kinder, wißt auch ihr...

URSULA: Daß die Welt bald untergeht? Wir haben uns schon so etwas gedacht. Weil der Papa uns doch die Geschichte erzählt hat vom Erdbeben und vom Drachen und von den sieben Plagen.

JANE *unvermittelt in Tränen ausbrechend*: Nein, nein! Nicht die Welt untergehen lassen! Kein Erdbeben, keine Plagen! Bitte nicht...

JUDITH: Ihr braucht euch nicht zu fürchten, Kinder...

URSULA: Wer fürchtet sich denn. Nur die Jane, weil sie blöd ist und nicht zu uns gehört. Von uns fürchtet sich keiner. Uns passiert doch nichts. Wir haben doch den Papa.

KASPAR: Wenn die Welt untergeht, werden wir feine Geister.

CHRISTOPHER: Engel werden wir und dürfen Posaune blasen – wie's der Papa beschrieben hat in der Geschichte.

JANE *heulend*: Nicht untergehen lassen, die Welt! Bitte nicht...

URSULA: Was liegt schon dran? Wir kennen die Welt doch gar nicht.

CHRISTOPHER: Wollen sie auch gar nicht kennen...

DORIS: ... weil sie ja doch nur recht zum Ekeln ist.

KASPAR: Die Leute in der Welt könnten einem ja leid tun. Aber der Papa sagt doch, sie sind alle bös, und nehmen sich gegenseitig die Sachen weg, und schießen aufeinander.

BETTY: Alle so erwachserich!

CHRISTOPHER: Und so dumm, die Leute. Wissen nichts vom Gesetz, nichts vom Papa, nichts von der Geisterwelt.

KASPAR: Da ist doch viel besser für sie, daß sie untergehen. Sonst werden sie höchstens noch viel böser, als sie jetzt schon sind, und erfinden immer mehr Waffen, und machen sich das Leben schwer aus lauter Schlechtigkeit und Herzensdummheit.

JUDITH: Vielleicht hast du recht, mein Kind.

UNCLE *seinen beiden Kollegen zuflüsternd*: Erstaunlich, so tiefe Einsicht bei einem so jungen Menschen...

LI TSO *gleichfalls flüsternd*: Die Früchte okkulter Pädagogik...

KINDSANNA: Man wüßt halt mehr, w a n n es soweit sein wird.

JAKOB *nach außen spähend*: Geht ja schon los, der Sturm...

JUDITH: Genaueren Bescheid erwarten wir vom Meister. Und jetzt – auf die Plätze! Musik! Wir fangen an!

Allgemeine Bewegung.

KINDSANNA *zur Orgel hastend*: Hoffentlich läßt mich der Herr Organist nicht im Stich...

KNIRPS *macht noch einen geschwinden Luftsprung*: Juchhu! Heute kommt der Papa!

JUDITH: Schnell, Kinder! Die Masken aufgesetzt!

Die sechs Kinder setzen sich die Masken auf und nehmen ihre Posituren zur Eröffnung des Tanzes ein.

Kindsanna beginnt mit geschlossenen Augen zu spielen – zunächst nur einzelne Akkorde, aus denen sich allmählich ein fugenartiges Stück im Bachschen Stil entwickelt.

JUDITH *hat ihren Stuhl rechts neben den erhöhten Sitz gerollt; winkt Uncle herbei*: Hierher, Professor! Gleich links vom Medium...

UNCLE *sich auf dem Hocker links vom zentralen Sitz niederlassend*: Der Vorzugsplatz! Zu liebenswürdig...

Larue und Li Tso setzen sich neben Uncle.

JAKOB *immer noch bei der Glastür*: Jetzt ist es wild das Meer. Die großen schwarzen Wellen mit den weißen Kronen – grad so wie damals...

KÜCHENANNA: Komm, Fischer-Jakob! Die Feier fängt ja an...

Sie zieht ihn zu den Stühlen, beide setzen sich.

Die sechs Kinder beginnen ihren Tanz – feierlich nach dem Rhythmus der Musik schreitend.

Jane steht abseits, die Posaune in der Hand – wartend.

Nachdem Tanz und Musik einige Augenblicke lang gedauert haben, betritt Vera von rechts den Raum – das Gewand mit weißen Blumen geschmückt, ein weißes Stirnband über dem weißen Gesicht. Ihre Augen sind weit und starr geöffnet: Haltung und Gang scheinen die einer Somnambulen, da sie von der Tür langsam zu ihrem Sitz schreitet.

LARUE *flüstert*: Die Priesterin...

JUDITH: Pst...

Vera hat den Sessel erreicht und läßt sich nieder – steif aufgerichtet, mit starr fixiertem Blick.

Die sechs Kinder tanzen mit gesteigertem Ausdruck – die Schrekken der Apokalypse pantomimisch andeutend. Sie schwingen unsichtbare Schwerter, kämpfen mit imaginären Ungeheuern, gießen die Zornesschalen auf ihre Opfer aus. Schließlich nehmen sie in der Mitte der Bühne Aufstellung und setzen die Posaunen an die Lippen.

Jane, von Ursula herbeigewinkt, gesellt sich zu den anderen. Als die Größte hat sie ihren Platz am rechten Flügel der Reihe – etwas entfernt von den sechsen.

Knirps läßt den ersten Posaunenstoß ertönen – worauf die anderen Kinder wie in Entsetzen das Gesicht verhüllen.

Vera schließt beim Klang der ersten Posaune die Augen und läßt sich tiefer in den Sessel sinken.

Die sechs Kinder stehen unbeweglich, bis auf den, der gerade die Posaune bläst. Nach Knirps kommt Betty an die Reihe; dann, in ziemlich schneller Folge, Doris, Christopher, Kaspar und Ursula. Jedem Posaunenstoß folgt ein klagend dumpfes Echo von der Orgel und bei den Tänzern die Gebärde des Entsetzens. Jetzt ist es Jane, die ihr Instrument an die Lippen setzt. Sie bläst: es kommt kein Ton. Sie versucht es nochmals: wieder ohne Erfolg. Die übri-

gen warten regungslos. Schließlich nehmen die sechs Kinder ihre Masken ab und starren auf die verzweifelte Jane – todernst, kalt, unbarmherzig.

Vera bewegt sich unruhig; öffnet die Augen.

JANE *hat sich die Maske vom Kopf gerissen und starrt hilflos auf ihr stummes Instrument, flüstert*: Weggeschrumpft... kann nicht dafür...

Vera bemerkt Jane. Ihr Gesicht verzerrt sich wie in physischer Qual. Sie schließt die Augen wieder.

JANE *flüstert*: Weg... weg... weggeschrumpft...

JUDITH *in scharfem Flüsterton*: Genug. Kommt in den Kreis. Wir sprechen uns später, Jane.

Die sieben Kinder eilen zu ihren Plätzen – Jane als die letzte, still weinend.

VERA *flüstert, fast ohne die Lippen zu bewegen*: Schließt die Runde... Still...

Kindsanna, die nach dem Ende des Tanzes noch gedämpft weiterspielt, erhebt sich mit großer Behutsamkeit. Sie löscht alle Kerzen, bis auf eine in der Mitte des Leuchters. Dann setzt sie sich auf den einzigen noch verfügbaren Hocker.

Haucht – immer mit fast unbewegten Lippen, aber doch in der tiefen Stille deutlich zu verstehen:

Die Runde fest geschlossen... fest... fest...

Alle Sitzer fassen sich an den Händen. Die beiden neben Vera sitzenden Personen – Judith und Uncle – berühren mit ihren Fingerspitzen die Handgelenke des Mediums, die auf den Seitenlehnen des Sessels ruhen.

VERA *haucht*: Er ist nicht weit... Ich spüre... Er ist hier...

Lange Stille. Man hört draußen den Sturm heulen. Dann, immer mit geschlossenen Augen:

Bist du es, Lieber?

JAKOB: Nur der Sturm – grad so wie damals...

JUDITH: Pst...

VERA: Ich spüre dich... ja... du bist's... Dein Hauch auf meiner Stirn... Der Atem deiner Nähe...

URSULA *mit einem unterdrücktem Aufschrei*: Ich spür ihn auch... auf meiner Hand... im Nacken...

ANDERE STIMMEN: Ich auch... ich auch... die eisige Berührung...

JUDITH *ihrem Nachbarn zuraunend*: Der Kontakt ist hergestellt...

VERA *angestrengt lauschend*: Ja, Lieber, ja... ich höre dich... weit weg... Warum so weit? Ich kann dich kaum verstehen...

LI TSO *ehrfurchtsvoll flüsternd*: Er spricht zu ihr...

VERA *lauschend*: Jetzt ist es etwas besser... Wie meintest du? Nein, das wiederhol ich nicht... Warum nicht? Weil es mich kränkt, weil ich es nicht begreife... Ja, ja, schon recht... Die Schlechtigkeit der Welt... die Explosion... ich weiß... schon recht... Genug! Sag doch nicht solche Sachen!... Jetzt hat deine Stimme wieder diesen fremden Ton... Bist du es wirklich? Ich will nichts mehr hören...

JUDITH *flüstert ihr zu*: Sei geduldig!

VERA *ohne auf sie zu achten*: Worte... Worte... Worte... Du weißt doch, worauf wir warten... Du hast mir doch versprochen... Warum erscheinst du nicht? Laß dich sehen, Lieber! Bitte, tu's – tu's mir zuliebe – bitte, bitte!

URSULA *flüstert*: Bitte, Papa, bitte...

DIE ANDEREN KINDER *außer Jane, stimmen flüsternd ein*: Bitte, Papa, bitte...

VERA: Hörst du die Kinder? Tu's für sie, wenn du es mir zulieb nicht tun magst. Sie wünschen sich's so sehr. Du willst sie doch nicht enttäuschen? Sei nicht grausam, Jan!

JUDITH *ihr scharf zuraunend*: Vorsicht! Du weißt, er ist empfindlich!

VERA: Tu's für die Freunde – für die hier im Zimmer und für die vielen draußen in der Welt. In tödlicher Gefahr, voll Angst und Ungewißheit, warten sie auf das Zeichen. Gewähr es ihnen! Lasse sie nicht im Stich!

JUDITH *raunt*: Vorsicht! Vorsicht!

VERA *unbeirrt, mit wachsender Heftigkeit*: Erscheine, Jan Vanstraaten! Erscheine – und sprich! Deine Getreuen fordern, daß du dich offenbarst! Wir wollen wissen, was über uns verhängt ist. Du hast so viel gesagt, daß es nun deine Pflicht ist, uns völlig zu unterrichten. Deine Pflicht – hörst du mich?

JUDITH: Vera – was fällt dir ein?

VERA *immer erregter*: Ich habe dein Wort. Erscheine! – Wenn du dein Wort nicht hältst – wie soll ich dir dann noch glauben! Erscheine, Jan Vanstraaten – oder ich glaube dir nicht mehr! Ich glaube dir nicht mehr, daß du das Wissen höherer Mächte teilst; ich glaube dir nicht mehr, daß du mich liebst – wenn du jetzt nicht erscheinst!

JUDITH: Sie versündigt sich...

VERA *ist aufgesprungen, mit großer Gebärde*: Erscheine!

Ein kurzes, klopfendes Geräusch links.

Stehend, aber noch mit geschlossenen Augen:

Bist du es, Jan Vanstraaten? Zeige dich!

Das Klopfen auf der linken Seite der Szene wiederholt sich – diesmal von schnarrenden Geräuschen begleitet, als ob jemand von draußen an die Glastür kratzte. Einige der Anwesenden – Uncle, Larue, Ursula, Kaspar, Christopher – sind gleichfalls aufgesprungen.

Vera mit ekstatischer Intensität:

Erscheine! Ich befehle es! Mach dich sichtbar!

Verstärktes Klopfen und Scharren links. Es sind jetzt alle Anwesenden, außer Judith und Jakob, aufgesprungen. Einige der Kinder, Larue, Küchenanna fliehen zur Tür rechts.

Vera mit äußerstem Pathos:

Ich ertrag es nicht länger! Du mußt erscheinen! Hörst du mich wohl? Du mußt!

Die Glastür wird vom Garten her geöffnet: der Sturm bläst ins Zimmer. Im flackernden Licht der Kerze erkennt man hinter dem Vorhang, mit dem die Glastür verhängt ist, die Umrisse einer schwankenden menschlichen Figur.

Mit letztem Aufschrei:

Erscheine!!

Die Gestalt taumelt, stürzt und fällt der Länge nach in den Raum. Gleichzeitig erlischt die Kerze. Völlige Dunkelheit. Ein Schrei von der Versammlung.

Vera mit brechender Stimme:

Woher... kommst... du?

STIMME DES LIEGENDEN: Von unten... aus der Tiefe...

Vorhang

ZWEITER AKT

DRITTES BILD

Am nächsten Tag, früh morgens. Der ägyptische Thron und die Hocker um den Altar sind entfernt worden. Der Vorhang links auf dem improvisierten Lager in der Nähe der Glastür.
Auf dem Lager eine menschliche Gestalt – unbeweglich auf dem Rücken liegend, bis übers Kinn mit einer hellen, leichten Decke zugedeckt. Neben dem Lager sitzend – Vera, über den Liegenden geneigt.

VERA *die Fingerspitzen ihrer rechten Hand mit leichtem, regelmäßigem Rhythmus über die Stirn des Schläfers bewegend*: Wach auf, Fremder, wach auf! Sage mir, wer du bist! Erwache! Sprich! Wer bist du? ... Gib dich zu erkennen! Wach auf... wach auf... wach auf...
Der Schläfer rührt sich.
Vera zurückfahrend:
Du rührst dich... atmest... Wer bist du? Woher kommst du? Bist du es, in fremder Form? ... Nein, du bist es nicht... Wer schickt dich? Kommst du von ihm... Wach auf, wach auf...

DER SCHLÄFER (TILL) *hebt langsam den Kopf, öffnet ein wenig die Augen; mit lallend schwerer Zunge*: Ich bin's...

VERA *ist aufgesprungen, zurückweichend, mit Entsetzen*: Nein, du bist es nicht...

TILL *die Hand nach ihr ausstreckend*: Bleib... du bist schön...

VERA *weiter zurückweichend*: Ich habe Angst vor dir... Du bist es nicht... Du kommst nicht von ihm... Dein Gesicht, deine Stimme: alles fremd... Oh, diese Angst...
Ab, nach rechts.

TILL *ihr nachstarrend*: Schade...
Er läßt sich zurücksinken, schläft wieder ein.

Nach einigen Augenblicken kommen die sechs Kinder, von links her, auf den Zehenspitzen ins Zimmer.

URSULA *flüstert*: Hier muß er sein, auf dem Lager. Ich möcht ihn mir gern mal anschaun!

KASPAR *flüstert*: Ich auch. Aber es ist so dunkel.

CHRISTOPHER: Ob wir uns traun, den Vorhang aufzumachen?

KNIRPS: Ich trau mich.

Er zieht behutsam den Vorhang von der Glastür zurück.

In dem vollen Licht, das nun ins Zimmer fällt, wird Till zum erstenmal deutlich sichtbar. Er ist ein schöner, athletisch gebauter junger Mensch von etwa 25 – die Züge nicht mehr ganz glatt, schon vom Leben gezeichnet. Im dichten, zerzausten Haar hängen ihm noch ein paar Meeresalgen. Er trägt einen blauen Bademantel aus rauhem Frottierstoff, der aber zunächst nicht zum Vorschein kommt, da der Schlafende sich wieder unter seine Decke verkrochen hat. Neben ihm, auf einem Stuhl, liegen seine eigenen Kleider, Wollsweater und eine vielfach geflickte blaue Leinenhose – durchnäßt, mit Schlamm und Algen bedeckt.

URSULA *ihn betrachtend*: Was haltet ihr von ihm?

KASPAR: Ich bin noch nicht ganz sicher…

URSULA: Er sieht dem Papa nicht ähnlich.

KNIRPS: Nicht ein bißchen.

KASPAR: Die Tante Judith sagt, er ist ein Bote – vom Papa geschickt.

URSULA: Wenn er ein Bote ist – warum sagt er nichts?

CHRISTOPHER: Warum wird er nicht lebendig?

URSULA: Lebendig ist er schon: er atmet ja.

DORIS: Aber gestern abend war er's nicht. Da hat er nicht geatmet. Drum hat er mir zuerst so angst gemacht: Weil wir das noch nie gesehen haben – einen richtigen Toten. Wir sehen doch nur Geister.

BETTY: Er ist ein Geist? Er ist so fest und schwer.

URSULA: Er muß ein Geist sein. Die Mutti hat ihn aufgeweckt. Sie ist die ganze Nacht an seinem Bett gesessen und hat das magnetische Spiel mit ihm gespielt.

CHRISTOPHER: Aber dann ist die Mutti plötzlich weggelaufen. Warum?

URSULA: Ja, w a r u m? Das habe ich auch schon überlegt.

CHRISTOPHER: Er hat sie vielleicht erschreckt.

DORIS: Die Mutti wird doch nicht vor einem Geist erschrecken!

URSULA *bedeutungsvoll*: Vor einem bösen Geist erschrickt jeder Mensch – sogar die Mutti.

KASPAR: Wie sollte denn ein böser Geist den Weg zu unserer Insel finden? Noch dazu gestern abend, wo wir den Papa erwartet haben...

URSULA: Das ist's ja eben: Wir haben den Papa erwartet, und er ist nicht gekommen. Warum nicht? Weil unser Locktanz nicht in Ordnung war. In seinem Verdruß hat sich der Papa von uns zurückgezogen. Das Haus war unbeschützt: ein Dämon nutzte die Gelegenheit...

CHRISTOPHER, *Till durch seine Brille genau betrachtend*: Vielleicht ist er das Tier, das aus dem Meer kommt. Wenn man sein Haar zurück tut, dann sind die gotteslästerlichen Namen da.

BETTY: Und seine Füße, die er jetzt versteckt, sind wie die eines Bären.

DORIS: Und sein Mund, wenn er ihn aufmacht, sieht wie der Rachen eines Löwen aus. Ich ekle mich vor seinem Mund. So feucht und groß!

KNIRPS: Pfui, Spinne!

URSULA: Wenn er ein Dämon ist, so muß er schleunigst ausgetrieben werden.

KASPAR: Ich weiß doch nicht...

CHRISTOPHER: Freilich – es muß sein! Sonst findet ihn die Mutti, wenn sie wiederkommt, und er erschreckt sie wieder.

URSULA: Vielleicht tut er ihr weh oder verzaubert sie!

Till rührt sich im Schlaf.

Die sechs Kinder weichen vom Lager zurück und beobachten den Fremden, der wieder ruhig zu schlummern scheint.

URSULA: Besser wir treiben ihn aus, solang er schläft und sich nicht wehren kann. Wir riskieren nichts. Wenn er ein guter Geist ist, vom Papa geschickt, so wird unser Austreibe-Tanz keinerlei Wirkung haben. Ist es aber ein Dämon, so geschieht's ihm recht.

CHRISTOPHER *bei der Kostümtruhe*: Was wird gebraucht?

URSULA: Austreibe-Garnitur Nummero eins.

KNIRPS: Ui fein – die Masken mit den Hörnern und den großen Zähnen!

CHRISTOPHER: Die Pfeifen auch?

URSULA: Freilich – die Trillerpfeifen, das Tamtam und die große Trommel.

DORIS: Macht schnell! Er bewegt sich wieder...

Die sechs Kinder vermummen sich geschwind mit primitiv grotesken Masken – scheußliche Tierfratzen in grellen Farben, mit Teufelshörnern, klaffenden Mäulern, langen Stoßzähnen.

KNIRPS: Ich will die Trommel.

Er nimmt sie sich.

BETTY: Und ich das Tamtam.

Sie nimmt sich den chinesischen Gong.

URSULA: Also los! Wir vier großen arbeiten mit den Trillerpfeifen.

KASPAR: Ich hoffe nur, es ist nicht gegen das Gesetz...

URSULA: Unsinn. Seit wann schützt das Gesetz einen Dämon? Los, los!

DIE SECHS KINDER *beginnen einen wilden Rundtanz um das Lager – begleitet von Trommelwirbeln, Gongschlägen und dem Heulen der Trillerpfeifen. Dazu schreien sie im Chor*: Dämon, Dämon, flieg hinaus! Friede sei in unserem Haus!

Till erwacht; richtet sich halb auf; starrt entgeistert auf die Tanzenden.

Die sechs Kinder weichen ein paar Schritte zurück, tanzen und lärmen aber weiter.

TILL *mit schwerer Zunge*: Hallo, ihr da – ihr kleinen Teufel! Was habt ihr vor mit mir? Bin ich in der Hölle?

Er streckt einen Arm aus und faßt nach Knirps, der sich zu nah an das Lager heranwagt.

Knirps entzieht sich mit einem Aufschrei seinem Griff.

Die sechs Kinder entweichen in panischer Angst in den Garten.

Till starrt ihnen nach wie einer gräßlichen Vision.

Ich muß in der Hölle sein... Puh!

Er erschauert, läßt sich wieder zurücksinken und zieht sich die Decke über den Kopf.

Nach einer kurzen Pause kommt Jane vorsichtig aus dem Garten. Sie ist mit Meeresmuscheln beladen.

JANE *bleibt beim Lager stehen, schaut auf die verhüllte Gestalt. Nach einer Stille*: Fremder Geist...

TILL *unter der Decke hervorlugend*: Noch ein Teufelchen...

JANE: Ich nicht. Bin nicht Schwesterchen sieben... Bin's nicht: kann nicht dafür...

TILL: Wenn das nicht die Hölle ist, dann kann's wohl nur ein Irrenhaus sein.

JANE: Nicht die Welt untergehen lassen, fremder Geist! Bitte nicht!

TILL: Nein, nein, Kleine: Wir lassen die Welt noch nicht untergehen.

JANE *dankbar grinsend*: Bist gut. Ein guter Geist. Magst Muscheln?

Sie läßt die Muscheln aus ihren Armen auf sein Lager gleiten.

TILL: Vielen Dank, Kleine. Aber jetzt sag mir doch...

JANE: Nicht weggehen, guter Geist!

TILL: Ich denke gar nicht daran wegzugehen. Bin viel zu schwach...

Sich wieder zurücksinken lassend:

Und mein Kopf tut weh...

JANE: Sollst immer bleiben. Mich mag keiner hier. Aber du bist anders. Gell, du magst mich, Geist?

TILL: Freilich mag ich dich. Wenn du mir erklärst...

JANE: Weiß nichts... Kann nichts erklären... Bin die blöde Jane...

Sich zur Glastür zurückziehend:

Aber meine Muscheln: die wissen alles... Zaubermuscheln: erzählen Geschichten. Schöne Geschichten – vom Meer... Ich nicht; bin's nicht... Bin nicht Schwesterchen sieben... Hör den Muscheln zu, guter Geist!

Sie verschwindet im Garten.

TILL *allein, hält sich eine Muschel ans Ohr*: Geschichten vom Meer... Ach was, das ist auch keine Erklärung.

Er läßt die Muschel fallen.

Wenn ich nur wüßte...

JANE *erscheint nochmals an der Glastür; kokett mit dem Finger drohend*: Und nicht die Welt untergehen lassen.

Sie verschwindet wieder.

TILL: Wie komm ich nur in dieses Irrenhaus? ... Mir ist ganz schwindlig...

Er schließt die Augen.

Der alte Jakob kommt von links. Er trägt ein Gewinde aus Wasserblumen und Schlinggewächsen.

JAKOB *sich dem Lager nähernd*: Meeresgott...

TILL *öffnet die Augen*: Das wird ja immer toller!

JAKOB: Ich bin der Fischer-Jakob: mit mir hat er die letzte Fahrt gemacht.

Auf das Gewinde zeigend:

Das ist die Opfergabe für den Meeresgott. Kann dir auch Krabben bringen, wenn du die lieber magst.

TILL: Nein, nein, um Gottes willen – keine Krabben!

JAKOB: Sprichst von Gott und bist doch selber einer.

Ihn wohlgefällig betrachtend:

Du gefällst mir, Gott. Bist prächtig anzuschauen – wie du da liegst: mit Muscheln zugedeckt, die Mähne noch voll hübscher kleiner Dinge aus der Tiefe...

TILL *sich ins Haar fassend*: Hübsche kleine Dinge...?

Er nimmt sich eine Alge aus dem Haar und betrachtet sie.

Wunderhübsch!

JAKOB: Wart, ich mach dich noch hübscher.

Er legt ihm das Gewinde um den Hals; mustert ihn dann wieder schmunzelnd:

Sehr hübsch. Sehr wild. Sehr göttlich. Ja, ja, das Meer ist göttlich-wild und läßt nicht mit sich spaßen. Ich hab ihn ja gewarnt. Er hat nicht hören wollen. Wie geht's ihm denn, da drunten?

TILL *sich an die Stirn greifend*: Gleich werd ich selbst verrückt...

JAKOB: Gestern war's wieder so: Man glaubt mir nicht – obwohl ich doch alles weiß vom Meer. Hab's ihnen ja gesagt, daß die kleine schwarze Wolke plötzlich ganz groß wird und den Himmel frißt.

TILL: Ich glaube dir schon, Alter; jedes Wort glaub ich dir...

Kindsanna und Küchenanna erscheinen an der Tür rechts. Erstere trägt ein Tablett mit Krug und Glas. Letztere eine Schale mit Gebäck.

KINDSANNA UND KÜCHENANNA *bleiben in einiger Entfernung vom Lager stehen*: Die Mächte seien mit dir, Wesenheit.

TILL: Guten Morgen. Seid ihr Pflegerinnen oder auch Patienten?

JAKOB: Landratten sind sie – feiges Rattengezücht. Schau doch, sie haben Angst vor dir – trauen sich nicht ans Lager!

KINDSANNA: Angst haben wir nicht gerade; aber unsereins ist besser nicht zu keck – besonders im Umgang mit fremden, noch gar nicht ausprobierten Wesenheiten.

JAKOB: Dem alten Jakob ist nicht wohl in der Nähe der so memmenhaften Urscheln. Der alte Jakob geht. Leb wohl, schöner Muschelkönig, lieber Algenfürst, stattlicher Sohn der Wellen.

TILL: Schon recht, Alter, schon recht.
Zu den beiden Frauen:
Man soll ihnen nie widersprechen...

JAKOB: Ich bin bald wieder da und bring dir deine Krabben.
Er verschwindet im Garten.

TILL: Krabben! – Das fehlt gerade noch...
Zu den Frauen:
Was habt ihr denn für mich, gute Schwestern?

KINDSANNA: Das Fräulein Doktor schickt mich mit dem Opfertrank.

TILL: Medizin? Aber euer Fräulein Doktor weiß doch gar nicht, was mir fehlt.

KINDSANNA: Es ist das Würzgebräu aus dem Osiris-Tempel. Unser bestes Rezept: nur für besondere Gelegenheiten.

KÜCHENANNA *die Schale mit Gebäck präsentierend*: Und hier ist der orphische Fladen – die neueste Inspiration von unserer Gnädigen.
Die beiden stellen Krug und Schüssel behutsam auf ein Tischchen neben dem Lager, ziehen sich dann ängstlich ein paar Schritte zurück.

TILL *mustert das Dargebotene, dann*: Und ein richtiges Frühstück könntet ihr mir wohl nicht besorgen? Am liebsten hätte ich Kaffee, zwei weichgekochte Eier, Toast und etwas Schinken.

KINDSANNA *schnell*: Kaffee ist gegen das Gesetz.

KÜCHENANNA: Schinken erst recht. Fast alles verboten. Die Diät-Vorschriften von drüben werden immer strenger.

TILL: Wenn euer Fräulein Doktor so schwierig ist – vielleicht ließe es sich hinter ihrem Rücken machen, ganz diskret und heimlich?

KÜCHENANNA *entsetzt*: Hinterm Rücken von unserm Fräulein Doktor...?

KINDSANNA *ihr zuraunend*: Vorsicht! Der stellt uns nur eine Falle.
Zu Till:
Aber, Wesenheit! Du weißt doch, wie die Herrschaft aufpaßt!

TILL: Lassen wir den Schinken. Aber eine Tasse Kaffee und zwei weiche Eier können doch nichts schaden.

KÜCHENANNA: Kaffee! Eier! Von solch verbotenen Sachen redet man doch nicht! Und grad jetzt, wo der Weltuntergang vor der Tür steht!

TILL: Der Weltuntergang...? – Auch Patienten.

Er sinkt völlig entmutigt ins Kissen zurück.

KINDSANNA: Du hast leicht reden, Wesenheit. Für dich spielt der Weltuntergang keine Rolle, weil du drüben wahrscheinlich zur herrschenden Schicht gehörst.

TILL: Soso, zur herrschenden Schicht gehör ich also? Ist ja interessant! Na, was für einen Rang würden Sie mir denn da zutrauen?

KINDSANNA *ihn mit den Augen taxierend*: Schwer zu sagen. Ich möcht mir lieber nicht den Mund verbrennen.

TILL: Sie sollen ja nur raten. Nur so ungefähr.

KINDSANNA: Also, wenn du wirklich ein Bote vom gnädigen Herrn bist, wie das Fräulein Doktor behauptet – dann solltest du doch wohl mindestens zur Gruppe von den unteren Astral-Cherubim gehören. Vielleicht sogar zur mittleren Kategorie.

TILL *schmunzelnd*: Mittlerer Astral-Cherub? Ganz nett! Aber Kaffee und Eier krieg ich trotzdem nicht?

KINDSANNA: Jetzt hab ich aber genug von deinem Kaffee und Eiern! Das ist doch wirklich die Höhe...

TILL: Beruhigen Sie sich doch, meine Beste!

KINDSANNA *sehr aufgebracht*: Ruhig soll man auch noch sein! Meinst wohl, ich merk nicht, daß du uns bloß in Versuchung führen willst? Steckst wahrscheinlich mit der Herrschaft unter einer Decke!

KÜCHENANNA *die Kollegin am Ärmel zupfend*: Aber Kindsanna, seien's doch nicht wieder gleich so heftig! Gehen wir lieber und lassen ihn seine Opfergaben allein verschlingen.

TILL: Noch eine Bitte!

Er deutet auf die Kleidungsstücke, die neben ihm auf dem Hocker liegen:

Meine Sachen da sind mir auf der Reise naß geworden. Seien Sie doch mal nett und lassen Sie das Zeug in der Sonne trocknen! Ein bißchen saubermachen dürfen Sie's mir auch.

KÜCHENANNA *zur Kindsanna*: Können wir das riskieren?

KINDSANNA: Wenn Sie besondre Lust auf Extraarbeit haben...

KÜCHENANNA *die Kleidungsstücke vorsichtig berührend*: Sind die Sachen aus irdischem Material, wie das Gewand von unsereinem – oder...?

TILL *lachend*: Solang ich einen irdischen Körper habe, werd ich wohl auch irdische Hosen tragen müssen. Keine Angst! Die schmelzen nicht an der Sonne.

KÜCHENANNA *sich mit den Kleidern zur Tür rechts bewegend*: Man möcht ja nicht, daß einem die ganze Astral-Garderobe plötzlich unter den Händen wie Rauch vergeht...

KINDSANNA *bei der Tür*: Und nicht mehr von Kaffee und Eiern sprechen, Cherub! Geradezu blasphemisch klingt das ja – so schmutzige Worte in der Tempelstube!

Kindsanna und Küchenanna ab nach rechts.

TILL *allein, bricht in schallendes Gelächter aus*: Astral-Cherub der mittleren Kategorie! Nein, so etwas!

Er springt vom Lager und geht in seinem langen Bademantel, mit Schlingpflanzen geschmückt, im Zimmer auf und ab – laut lachend und sich die Hände reibend. Schließlich bleibt er vor der Büste des Meisters stehen:

Hallo, alter Knabe – wie geht's, wie steht's? Du schaust ja so arrogant drein, als ob du zur allerhöchsten Kategorie gehörtest. Nur nicht so stolz, mein Lieber!

Er zupft die Büste an der Nase; geht weiter. Vorm Altar die Inschrift lesend:

Geliebte Geister, schützet und führet uns! ... Vielleicht bin ich ein Geist und weiß es selber nicht?

Seinen Körper betastend:

Nein, nein, es ist alles fest, solid... Alles in Ordnung.

Er geht weiter. Vor der Reproduktion des Böcklinschen Gemäldes:

Die Toteninsel... So heißt also dieser Ort. Etwas schauerlich...

Er setzt seine Wanderung etwas verlangsamten Schrittes fort und verweilt dann – jetzt ganz ernst geworden – vor Veras Porträt:

Die Priesterin... Die hab ich doch schon irgendwo gesehen... War das heute morgen? Und war es heute morgen zum erstenmal?

Till steht in Betrachtung des Bildes versunken, während die Tür rechts sich öffnet und Uncle, Larue und Li Tso – alle drei im Talar – vorsichtig eintreten.

Die drei Professoren bleiben respektvoll bei der Tür stehen; eine Pause, dann – Uncle räuspert sich und macht einen Schritt auf Till zu.

Was gibt's denn jetzt schon wieder?

UNCLE: Wir sind... wir kommen, um zu fragen...

TILL: Ihr drei steht ja verdammt feierlich aus. Seid ihr Richter oder so etwas?

UNCLE: Im Gegenteil, bald dürften wir unsererseits gerichtet werden.

TILL: Warum tragt ihr dann den langen schwarzen Rock?

UNCLE: Unser Feierkleid – nur für besondere Gelegenheiten.

TILL: Mir zu Ehren?

UNCLE: Du sagst es, hoher Bote.

LI TSO: Wir erwarten in Ehrfurcht deine Offenbarung.

LARUE: Das Schicksal des Planeten...

UNCLE: Das Los der Menschheit...

TILL: Ich weiß von nichts...

UNCLE *mit großem Erstaunen*: Du weißt von – nichts??

TILL *schnell*: Freilich könnt ich euch allerlei erzählen, wenn mir danach zu Mute wäre; aber ich mag jetzt nicht.

LI TSO: Kein Wunder: Die Strapazen der Materialisierung, der Schock der plötzlichen Reinkarnation...

TILL: Sie haben recht: es war ein rechter Schrecken. Ich sollte vielleicht ein paar Happen essen? Wollen doch mal sehen, ob diese orphische Pastete hier so ungenießbar ist, wie sie ausschaut.

Er versucht einen Bissen; dann, angenehm überrascht:

Gar nicht übel!

Er ißt und trinkt mit wachsendem Behagen.

LARUE: Wir dachten, daß dieses Gericht deinen Beifall finden würde. Ein magisches Rezept – erst kürzlich von der anderen Seite durchgegeben.

TILL *mit vollem Mund*: Ich fühl mich schon viel besser. Wollen die Herren mir jetzt vielleicht verraten, wer Sie eigentlich sind?

UNCLE: Mein Name ist Uncle – H. F. Uncle aus Boston, Massachusetts. In der Zeit vor meiner Erleuchtung wirkte ich als Professor für Psychologie an einer der großen Universitäten meines Landes.

LARUE: Ich bin Professor Hector Larue – ehemals Lehrer an der Académie des Beaux Arts zu Paris. Ich galt als letzter Exponent der symbolisch-dekadenten Richtung. Das war natürlich, ehe der Meister meinem Leben neuen Sinn und Inhalt gab.

LI TSO: Wenn auch ich mich präsentieren darf: Professor Li Tso, früherer Philosophie-Professor an der Universität von Shanghai.

TILL: Drei gelehrte Häupter! Sehr erfreut.

LARUE *mit dünnem Lachen*: Gelehrt! Du beliebst zu spotten.

TILL: Aber gar nicht! Psychologie, Philosophie, Ästhetik – solche Sachen imponieren mir ganz gewaltig. Ehrenwort!

UNCLE: Was ist Psychologie? Ein Bluff, ein Selbstbetrug! Unsere Psyche ist Gesetzen untertan, von denen sich die Schulweisheit nichts träumen läßt. Um das Mysterium der Seele zu ergründen, müßte man selbst entstofflicht werden, selber Seele sein. Aus der Geisterwelt – aus deiner Sphäre, Bote! – kommen die Blicke, die uns durchschauen. Unsere Augen sind trüb und ungeübt. Der Erdenmensch ist blind.

LARUE: Was ist Kunst? Dreißig Jahre lang – zu meiner Schande sei's gestanden! – habe ich mich mit den Prinzipien irdischer Ästhetik abgeplagt. Als ob es echte Schönheit geben könnte auf unserem stofflich-ordinären Plan! Anmut und Harmonie sind bei euch zu Hause, auf der anderen Seite – nicht bei uns. Der Erdenmensch ist häßlich.

LI TSO: Was ist Weisheit? Mag sein, daß wir Orientalen dem Licht der Wahrheit etwas näher sind als die geschäftig rohen Materialisten des Okzidents. Aber ob Osten oder Westen – Wissen ist Illusion. Der Erdenmensch ist dumm.

LARUE: Die menschliche Vernunft – quelle blague, quelle barbe, quelle honte!

UNCLE: Die Aufklärung – ein schlechter Witz! Die Wissenschaft – ein Schwindel!

LI TSO: Wir künden den Bankrott der Wissenschaft!

TILL: Drei Bankrotteure...

UNCLE: Doch nicht ganz. Wir repräsentieren die größte okkulte Bewegung aller Zeiten – die Vanstraaten-Gesellschaft.

TILL: Was ist denn das? So eine Art von spiritistischem Verein?

UNCLE: Die internationale Organisation, vom Meister selbst gegründet, zur Intensivierung und Vertiefung des Kontakts zwischen den beiden Welten – deiner Geisterwelt und unserem irdischen Plan.

TILL: Was soll das heißen – zur Intensivierung und Vertiefung? Das ist zu hoch für mich.

UNCLE: Du scherzest, hoher Bote.

TILL: Ich möchte wissen, was ihr wirklich treibt. Ist Tischrücken eine eurer Spezialitäten?

LI TSO: Wir benutzen die mannigfachsten Mittel und Methoden, um mit dem Jenseits zu kommunizieren.

TILL: Macht ihr euch auch klar, daß uns in der anderen Welt eure Annäherungsversuche oft recht lästig fallen?

LI TSO: Es dürfte dir bekannt sein, daß wir deine Brüder, die Entstofflichten, nie leichtfertig bemühen. Die Führung überlegener Intelligenzen ist uns unentbehrlich.

TILL: Sind denn die Toten klüger als die Lebenden?

LI TSO: Du fragst, um uns zu prüfen – nicht weil du selber die Belehrung brauchst.

TILL: Das mag wohl sein. Es macht mir Spaß zu erfahren, wie unsere lichte Sphäre sich in euren irdisch-dunklen Köpfen malt. Ihr haltet uns also für verdammt gescheit?

LI TSO: Du weißt besser als wir, wie viel verschiedene Grade und Stufen der Erleuchtung es bei euch im Geisterland gibt.

TILL: Und euer Meister gehört zu den ganz hochgestiegenen Intelligenzen?

LI TSO: Er ist der höchsten eine.

TILL: Laßt ihr euch ausschließlich von ihm belehren, oder hört ihr auch den Rat geringerer Gespenster?

UNCLE: Er ist das Haupt, das Zentrum unseres Kults. Indessen sind wir dankbar für jede Unterweisung, die von drüben kommt. Viele unserer Freunde konsultieren ihre Lieben auf der anderen Seite durch die Vermittlung professioneller, von uns angestellter Medien. Freilich, in allen prinzipiellen Fragen ist es sein Wort, das entscheidet.

TILL: Aber was für Prinzipien sind das, die er predigt?

UNCLE: Abkehr von der Welt...

LI TSO: Verachtung des Irdischen...

LARUE: Die innige Versenkung in die Geistessphäre.

TILL: Wie stellt man das an – sich innig zu versenken?

LI TSO: Er zeigt den Weg.

UNCLE: Seine Vorschriften sind leicht faßbar, praktisch und präzis; sie regulieren unser Leben in allen Einzelheiten.

LARUE: Er bestimmt unsere Diät, unsere Lektüren, unsere Philosophie, unsere Atemgymnastik, die Erziehung der Kinder. Was immer wir tun – er überwacht unsere Handlungen, leitet unsere Schritte. Die Botschaften des Erleuchteten gehen als regelmäßige Bulletins zu unseren Gläubigen in fünf Kontinenten.

TILL: In fünf Kontinenten? Das klingt ja imposant.

UNCLE: Man darf wohl sagen, daß unsere Organisation – von lokalen und zeitbedingten Rückschlägen abgesehen – erfreulich prosperiert. Vor zehn Jahren nur eine kleine Gruppe von getreuen Schülern, umfaßt die Vanstraaten-Gesellschaft heute 260000 Aktive, eingetragene Mitglieder; 182000 allein in meinem Verwaltungsbezirk, den Vereinigten Staaten von Nordamerika. Wir haben Filialen in 51 verschiedenen Ländern; unsere Kapitalkraft ist nicht unerheblich; unser Prestige wächst von Jahr zu Jahr. Diese Insel – das frühere Heim des Meisters – ist das Eigentum unserer Firma. Außerdem verfügen wir über 5 Klöster, 12 Trainingsschulen für werdende Medien, 18 Hotels, 112 Restaurants – Vanstraaten-Speisehäusern mit Spezial-Diät –, 40 Zeitschriften, 4 Buchverlage, eine Radiostation und ein Warenhaus.

TILL: Alle Achtung! Ein solcher Apparat sollte vernünftigeren Zwecken dienen...

UNCLE: Wie beliebt?

TILL: Nichts, nichts. Ich meinte nur, ihr drei scheint ja enorm tüchtig in eurem Fach zu sein.

UNCLE: Wir sind nichts – nur Handlager, Diener, bescheidene Agenten des Mysteriums. Das Hirn unseres Unternehmens ist Fräulein Doktor Judith Vanstraaten, die Schwester des Erleuchteten, die von dieser Insel aus die Operationen der Gesellschaft lenkt. Sie ist es, die des Meisters Wort interpretiert und an die Gemeinden weiterleitet.

TILL: Und wie empfängt das Fräulein Doktor die Botschaften von der anderen Welt?

UNCLE: Als Mittlerin dient die Witwe des großen Mannes...

LARUE: ... das begnadete Medium...

LI TSO: ... unsere Priesterin: Vera Vanstraaten.

TILL *auf das Bild zeigend*: Diese da?

LARUE: Ein matter Versuch, den überirdischen Adel ihrer Züge mit irdischem Pinsel festzuhalten.

TILL: Wie heißt sie? Vera?

UNCLE: Du kennst sie nicht?

TILL: Darüber dachte ich gerade nach, als ihr kamt und mich störtet. Ihr Gesicht scheint vertraut – und doch wieder nicht...

LI TSO: Es ist nur natürlich, daß ihre Züge dich sogleich fremd und vertraut berühren. Du kennst sie nicht in ihrer irdischen Erscheinungsform – wohl aber ihre astralen Schwingungen. Sie war es, die dich rief.

TILL: Sie hat nach mir gerufen?

UNCLE: Um genau zu sein – es war der Meister, nach dem sie verlangte. Du kamst statt seiner – in seinem Auftrag, wie wir vermuten...

TILL: In seinem Auftrag – selbstverständlich. In wessen Auftrag denn wohl sonst? Die Botschaft, mit der er mich betraute, ist für diese Dame –
Er zeigt auf das Bild:
Für sie allein. Ich will sie sehen. Wo ist sie?

UNCLE: Sie ist... hm... nun ja...

LI TSO: Sie hat sich in ihr Zimmer eingesperrt.

LARUE: Eine Nervenkrise...

TILL: Man hole sie. Sofort! Eine Wesenheit meines Ranges ist nicht gewohnt zu warten.

UNCLE: Du mußt verstehen, Bote: Die Anstrengungen der Séance, die Enttäuschung...

TILL: Enttäuschung? Was soll das heißen?

UNCLE: Sie hatte sich so sehr gefreut auf den Besuch des Meisters. Eine liebende Gattin...

TILL: Liebende Gattin oder nicht – sie möge kommen! Schnell!

LARUE: Nous sommes navrés... Indessen – wir haben keine Vollmacht...

TILL *mit dem Fuß stampfend, sehr drohend*: Genug! Widersprecht mir nicht! Was macht euch so verwegen? Es ist wohl meine irdische Maskerade, die euch enttäuscht! Ich mag harmlos wirken, in meiner jetzigen Erscheinungsform. Doch wehe euch, wenn ihr mich weiter reizt! Noch ein Wort und ich verwandle mich, werde höchst furchtbar, speie Flammen, zersprenge dies Haus mit meinem Riesenzorn! Hinaus mit euch, elende Scharlatane! Bringt mir die Priesterin! Oder...

DIE DREI PROFESSOREN *sich zitternd zur Tür rechts zurückziehend*: Gewiß... Wir werden unser Bestes tun... Zürne nicht, großer Bote...

Ab, nach rechts.

TILL *allein, hinter ihnen her grollend*: Ich will euch lernen – Hochstapler, Narren, aufgeblasene Wichte! So hab ich mir die Eingeweihten vorgestellt...

Er macht ein paar Schritte durchs Zimmer; wendet sich dann wieder an Veras Porträt:

Und was dich anbetrifft, du blasses Heiligengesichtchen – du verdienst auch eine Lektion! Die liebende Gattin ist enttäuscht – he? Will sich nicht blicken lassen? Du wirst dich wundern, Kleine...

Die Tür rechts öffnet sich. Judith rollt herein, hinter ihr Vera, die auf der Schwelle stehenbleibt.

JUDITH: Großer Bote...

TILL *ohne sich umzuschauen*: Sind Sie es, Madam Vera?

JUDITH: Mein Name ist Judith Vanstraaten.

TILL *sich jäh umwendend*: Wie oft soll ich denn noch sagen...?

Vera bemerkend:

Ah, da sind Sie ja.

JUDITH: Ich habe sie gebracht.

TILL *zu Vera*: Man mußte Sie zwingen, vor mir zu erscheinen?

JUDITH *schnell*: Von zwingen ist keine Rede. Ich habe ihr zugeredet. Sie wollte erst nicht glauben, daß du in der Tat des Meisters Bote bist.

TILL *immer Vera anschauend*: Du hast an mir gezweifelt?

JUDITH: Sie war verwirrt, verängstigt...

TILL: Die Priesterin fürchtet sich? Das ist schlimm.

JUDITH: Verzeihe ihr! Die letzten Wochen waren schwer für sie. Sie hat sich sehr gequält...

TILL *den Blick auf Vera fixiert*: Ich verzeihe.

JUDITH: Und willst du uns nun nicht deine Botschaft sagen?

TILL: Mein Auftrag ist nur für sie.

JUDITH: Ich hoffte, daß auch ich, als Generalsekretärin der Gesellschaft...

TILL *scharf*: Haben Sie nicht verstanden, Fräulein Doktor?

JUDITH *sich zur Tür rechts bewegend*: Gut... bitte... Wie es dir beliebt... Ich darf wohl erwarten, später hinzugezogen zu werden.
An Vera vorbeirollend:
Kopf hoch, Liebste! Es ist ein großer Augenblick! Zeige dich ihm gewachsen.
Ab, nach rechts.
Ein langes Schweigen, dann –

TILL: Du hattest also Angst.

VERA: Ja.

TILL: Vor mir?

VERA: Auch vor dir.

TILL: Hast du jetzt keine Angst mehr?

VERA: Ich weiß nicht... Doch, die Angst ist schon noch da. Aber nicht mehr so stark.

TILL: Wenigstens solltest du jetzt eingesehen haben, daß ich der bin, den du gerufen hast.

VERA: Warum ist er nicht gekommen?

TILL: Bin ich nicht gut genug?

VERA: Er liebt mich also nicht mehr?

TILL: Davon weiß ich nichts.

VERA: Wenn er mich liebte, wäre er gekommen.

TILL: Denke jetzt nicht an ihn! Er ist nicht hier; ich bin's. Was kann ich für dich tun?

VERA: Deine Botschaft. Ich bin bereit zu hören.

TILL: Meine Botschaft... Ja...

VERA: Ist es wahr? Keine Hoffnung mehr?

TILL: Wovon redest du?

VERA: Von der Katastrophe – von was denn sonst? Vom Gerichtstag, vom Untergang der Welt!

TILL: Ihr könnt es ja kaum erwarten – ihr wunderlichen Käuze hier auf dieser Insel. Ist euch so sehr daran gelegen, daß eure Welt bald untergehen soll?

VERA: Daran gelegen? Nein... im Gegenteil...

TILL: Doch, doch, die alten Knacker hier brennen nur so auf den Jüngsten Tag. Und ich weiß warum? Weil sie so alt sind und genug vom Leben haben! Dein ganzer Hofstaat besteht aus Mumien, die zerfallen möchten. Aber du bist jung.

VERA: Ich wünschte, ich wäre älter: dann hätte ich vielleicht nicht solche Angst...

TILL: Wenn du dich vorm Weltuntergang fürchtest – wozu denn davon sprechen?

VERA: Weil es mein Amt ist, zu beraten, zu warnen – und zu wissen. Sprich! Sag mir alles!

Sie setzt sich auf die Bank im Vordergrund, um seinem Vortrag zu lauschen.

TILL *geht nachdenklich im Zimmer auf und ab, bleibt stehen, kratzt sich hinterm Ohr, scheint ratlos verlegen. Eine Pause, dann*: Ja, die Sache ist also die... Es ist nicht so einfach... Die Worte fehlen mir... Ich bin's nicht mehr gewohnt, mich in eurer irdischen Sprache auszudrücken.

VERA: Laß dir Zeit, Bote. Besinne dich.

TILL: Ich bin etwas müde. Der Weg war weit. Dazu die neue Umgebung, die ungewohnte Last des materiellen Körpers... Darf ich mich zu dir setzen?

VERA: Wenn es dir hilft...

TILL *sich zu ihr setzend*: Danke.

Kurze Pause, dann –

VERA: Was hast du mir zu sagen?

TILL: Höre denn! ...Die Welt... Ja, es sieht ganz so aus, als sollte sie demnächst in tausend Stücke springen.

VERA: Die kosmische Explosion... Mein Gesicht war also von höchster Stelle inspiriert? Eine zuverlässige Offenbarung?

TILL: Dein Gesicht...?

VERA: Meine Vision – die schreckliche! Sie war keine Täuschung?

TILL: Leider nicht. Nein, es war nur zu echt, dein schreckliches Gesicht – du kannst dich drauf verlassen.

VERA: Und was bedeutet das Zögern vor dem letzten Weheruf?

TILL: Hat jemand gezögert? Mir ist wirklich nichts aufgefallen.

VERA: Vor dem siebenten Weheschrei gab es ein Schweigen, das sicherlich nicht ohne Bedeutung war. Kannst du es erklären?

TILL *schweigt; dann – den Kopf in die Hände legend*: Du mußt verzeihen – in meinem Kopf ist plötzlich wieder diese Leere... Gar kein Gedächtnis mehr. Alles wie weggeblasen.

VERA: Ich dachte mir, daß vielleicht ein gewisser Zusammenhang bestehen könnte zwischen der Pause vor dem siebenten Ruf und dem Versagen der Posaune, gestern bei der Abendfeier.

TILL: Schon möglich. Gar nicht ausgeschlossen... Die Posaune... Die Pause vor der siebenten Abendfeier... Wie sag ich's nur? Wie drücke ich mich aus?

VERA *flehend*: Versuche, dich zu erinnern, Bote! Streng dich an!

TILL: Mir ist schwindlig... Willst du mir helfen, Vera?

VERA: Wenn ich kann...

TILL: Heut früh, eh ich erwachte, hab ich geträumt, daß eine kühle Hand mich streichelte... meine Stirn... Es war sehr angenehm. Immer so auf und ab... Grad hier, zwischen den Augenbrauen... Und hier, an den Schläfen...

Er nimmt ihre Hand und legt sie auf seine Stirn.

VERA *seine Stirn streichelnd*: Ist's so richtig?

TILL *mit geschlossenen Augen:*

Ja, so ist's richtig... Gut...

VERA: Halt nur still... Vergiß die Last... vergiß die Müdigkeit... den schweren, hinderlichen Erdenkörper... Vergiß, vergiß... Ruh dich nur aus, mein armer, müder Bote...

TILL: Darf ich den Kopf auf deine Schulter legen?

VERA: Ruh dich nur aus, und erinnere dich... Vergiß den Leib: entsinne dich der Botschaft...

TILL *mit dem Kopf an ihrer Schulter*: Gut... Wie gut das ist! ... Laß deine Hand auf meiner Stirn!

VERA: Vergiß... Erinnere dich...

TILL: Ich erinnere mich... heut früh... Der Morgentraum... Das Träumen beim Erwachen... Warst du die Priesterin?

VERA: Erinnere dich der Botschaft! Warum wurden sieben Engel, sieben Posaunenstöße von mir verlangt, da man doch weiß, daß ich nur sechs Kinder habe?

TILL: Du hast sechs Kinder?

VERA: Die Botschaft... Erinnere dich!

TILL *immer mit geschlossenen Augen*: Du siehst nicht aus, als ob du sechs Kinder hättest. Nicht deine Hand wegnehmen. Wie soll ich mich erinnern – ohne deine Hand?

VERA: Wirst du mir alles sagen?

TILL: Alles – wenn du nur deine Hand auf meiner Stirn läßt.

VERA: Warum sollten es sieben Engel sein, und nicht nur sechs? Warum der Sinn des Schweigens vor dem siebenten Ruf?

TILL: Warte... Ja... ich hab's! Jetzt ist es mir eingefallen. Die Stille vor dem siebenten Ruf bedeutet so eine Art von Gnadenfrist – verstehst du, Vera? Solange ein Engel fehlt, ist noch nichts verloren.

VERA *seine Stirn streichelnd*: Vergiß... vergiß...

TILL: Der siebente Posaunenstoß verkündet den Ablauf der Gnadenfrist – das begreifst du doch? Die Ankunft – das ist das Ende...

VERA: Und wie viel Zeit bleibt bis zum Tag des Zorns?

TILL: Das hängt von euch ab – von den Menschen.

VERA: Aber wir hängen von den Mächten ab.

TILL: Nicht völlig, nicht unbedingt. Ihr könnt handeln.

VERA: Wir können nur dem Rat der Mächte folgen.

TILL: Erst müßt ihr ihn recht verstehen – den Rat der Mächte! Wozu gewähren sie die Gnadenfrist? Damit ihr sie nutzt! Viel Zeit ist freilich nicht mehr zu verlieren. Es sieht schlimm aus in der Welt, und bald wird es zum Allerschlimmsten kommen – wenn nicht etwas geschieht!

VERA: Was soll geschehen? Was ist der Wunsch der Geister?

TILL: Wir müssen etwas aufziehen – eine große Sache! Eine Art Rettungsaktion... ja, eine Kampagne zur Verhinderung des Weltuntergangs! Ich habe da verschiedene Ideen...

VERA: Erinnere dich...

TILL *nimmt ihre Hand von seiner Stirn, erhebt sich*: Laß! Jetzt brauch ich das nicht mehr. Die Botschaft ist mir wieder eingefallen... Ihr habt den Menschen Abkehr von der Welt gepredigt. Das war ganz falsch. Der Propaganda-Apparat eurer Gesellschaft kann sehr nützlich sein – wenn man ihn richtig einsetzt! Was die Leute brauchen, ist ein konstruktiver Plan – ein ökonomisches, politisches Programm. Das bring ich ihnen!

VERA: Ein Programm – inspiriert vom Meister?

TILL: Ich hab es von den Mächten mitbekommen, wie ich's dir jetzt erzählen werde – fix und fertig! Also paß mal auf! Kriege, Hungersnöte, Ausbeutung, Anarchie – all das muß nicht sein! Mein Programm schafft diese Plagen ab, bringt endlich Ordnung, garantiert den Frieden…

VERA: Sag mir alles…

Dunkel.

VIERTES BILD

Am gleichen Tag, gegen Abend. Die Glastür zum Garten steht offen. Der Himmel draußen fängt schon an zu erblassen. Im Vordergrund des Zimmers – die Gruppe wie zu Ende des vorigen Bildes: Vera, auf der Bank; Till, neben ihr stehend.

VERA: Hast du mir alles gesagt, Bote?

TILL: Noch lange nicht. Aber ich muß gestehen, für den Augenblick bin ich ein bißchen ausgepumpt.

VERA: Schade. Ich könnte dir ewig zuhören.

TILL *lachend*: Du hast aber einen ulkigen Geschmack.

VERA: Dein Programm begeistert mich. Alles so klar, so einfach, so vernünftig! Die Rettungsaktion muß gleich begonnen werden. Aber wer soll sie leiten?

TILL: Du, Priesterin! Wer sonst?

VERA: Bin ich stark genug? Ja, ich wär's vielleicht – wenn du bei mir bliebest…

TILL: Ich bleibe bei dir, solange du mich brauchst.

VERA: Dank. Mit deiner Hilfe, Bote, fühle ich mich der großen Pflicht gewachsen. Die Mächte werden mich ein treues Werkzeug finden. Was soll ich tun? Was ist der erste Schritt?

TILL: Lasse mich überlegen. Gerade der erste Schritt muß sorgfältig erwogen werden. Am besten ist es wohl, ich fliege rasch ins Geisterland zurück, um neue Instruktionen einzuholen.

VERA *betroffen*: Du willst gehen?

TILL: Für eine kleine Weile. Ich bin gleich wieder da.

VERA: Versprichst du mir?

TILL: Ich versprech es. Schließ die Augen, auf daß ich mich verwandle und erhebe.

VERA *schließt die Augen*: Bleib nicht zu lang.

TILL: Nur ein paar Minuten.

Er bewegt sich auf den Zehenspitzen, rückwärts gehend, zur Glastür und verschwindet in den Garten.

Vera, allein, sitzt regungslos, mit geschlossenen Augen. Eine Stille; dann wird die Tür rechts vorsichtig geöffnet und Judith erscheint auf der Schwelle.

JUDITH: Ist er fort?

VERA *die Augen öffnend*: Er kommt wieder.

JUDITH: Hat er dir alles gesagt?

VERA: Er hat mir viel gesagt.

JUDITH: Es hat lang gedauert – den ganzen Tag.

VERA: War es so lang? Die Zeit ist schnell vergangen.

JUDITH: Willst du mir nicht die Botschaft wiederholen?

VERA: Wenn ich kann... Wir sind noch nicht zu Ende.

JUDITH: Sag uns, was du schon weißt. Gestattest du, daß ich die Freunde rufe?

VERA: Was für Freunde?

JUDITH: Die drei Professoren – unsere Gäste.

VERA: Ach so, die hab ich ganz vergessen. Ja, ruf sie nur: mir ist jetzt alles recht. Ich bin so froh...

JUDITH *nach rechts rufend*: Sie sind willkommen, meine Herren! Nur herein!

Uncle, Larue und Li Tso – in ihrer bürgerlichen Kleidung – erscheinen an der Tür rechts.

UNCLE: Ist die Priesterin willens, uns zu erklären...?

VERA: Ich will's versuchen, Freunde – so gut ich kann, in ein paar Worten...

JUDITH: Hat er die Echtheit deiner Vision bestätigt?

VERA: Ja, meine Vision war echt.

UNCLE: Die Welt geht also unter?

VERA: Die Gefahr ist groß, aber sie kann noch abgewendet werden. Der siebente Engel ist noch nicht erschienen; noch bleibt die Gnadenfrist vor dem siebenten Ruf. Der Wehe-Schrei, den ich vernommen habe, war noch nicht Fluch – nur Warnung. Es ist unser Amt, der Menschheit diese letzte Warnung einzuprägen.

JUDITH: Wird man uns hören? Wir haben den blinden Massen

schon so oft, so dringlich zugeredet, sich abzukehren von der schlechten Welt und sich den höheren Werten zuzuwenden.

VERA: Das ist es eben. Die neue Botschaft klingt anders. Was jetzt empfohlen wird, ist nicht mehr Abkehr von den irdischen Geschäften; im Gegenteil, man wünscht, daß wir weltlich werden, eingreifen, praktisch handeln.

JUDITH: Wir sollen uns mit Irdischem befassen? Uns ins Getriebe mischen?

VERA: Genauso wurde es mir ausgerichtet. Der Bote sagt, daß man im Geisterland ungehalten ist – nicht weil das Menschenvolk so weltlich wäre, sondern weil es seine weltlichen Pflichten vernachlässigt und mißversteht. Die Menschen – sagt der Bote – wissen mit ihrer schönen Welt nichts anzufangen. Daher die Gefahr der nahen Katastrophe.

JUDITH: Und was hat das mit unserem Amt zu tun?

VERA: Es handelt sich darum, die Gnadenfrist zu nutzen. Die Mächte schicken ein Programm – beinahe ein Ultimatum. Der Bote sagt, es ist die letzte Chance. Wenn die Menschheit hört, kann sie gerettet werden. Sonst...

JUDITH: Was für ein Programm?

VERA: Es soll umfassenden Charakter haben; auch Probleme politischer und wirtschaftlicher Art sind einbezogen. Eine Rettungsaktion zur Vermeidung des Weltuntergangs – kühn geplant, sorgfältig vorbereitet auf der anderen Seite!

JUDITH: Das klingt großartig; aber auch verwirrend. Seit wann sind Politik und Wirtschaft unsere Domäne?

VERA: Mir ist alles klar. Die Apokalypse, in deren Schatten wir verängstigt leben, ist Menschenwerk – ist nicht im Sinn der Mächte. Es wird gewünscht, daß wir das Unheil bannen, wie einen Dämon, einen bösen Geist. Ich werde an die Völker appellieren...

JUDITH *schnell*: Du darfst die Insel nicht verlassen. Dein Schwur bindet dich.

VERA: Man wird mich hören, wo immer ich auch bin. Und es wird nicht nur m e i n e Stimme sein, die zu den Menschen spricht: Der Bote bleibt bei uns – als unser Berater, Mentor, Mitarbeiter.

JUDITH: Der Bote bleibt? Ich dachte, seine Inkarnation sei nicht von Dauer, nur vorübergehend...

VERA: Er wird verweilen, solange wir ihn brauchen.

UNCLE: Wenn Sie mir ein Wort erlauben, liebes Fräulein Doktor – die neue Richtung scheint mir vom Standpunkt der Gesellschaft äußerst vielversprechend. Gewiß, die Wendung zum Politischen, Sozialen kommt etwas unerwartet; aber wenn es nun einmal des Meisters Wille ist...

VERA *schnell*: Es ist sein Wille, ohne jeden Zweifel!

UNCLE: Nun denn, als gläubiger Jünger nehme ich jede Weisung des Erleuchteten ohne Kritik und Kommentar entgegen. Was diese besondere Instruktion betrifft, so muß ich als Organisator und Geschäftsmann sagen, daß sie mich ganz entschieden animiert. Ich sehe ungeheure Möglichkeiten.

LARUE: Die Erscheinung des Boten wird eine Sensation ersten Ranges! Wir präsentieren ihn in Massenversammlungen, am Radio...

LI TSO: Das Wunder seiner körperlichen Gegenwart wird unsere Aktion unwiderstehlich machen!

UNCLE: Mit seiner Hilfe, unter seiner Führung lancieren wir eine Kampagne von beispiellosem Ausmaß. Dies Eiland wird zum Mittelpunkt der riesigen Bewegung – der Wallfahrtsort, zu dem Millionen pilgern. Wir scheuen keine Kosten, lassen den ganzen Apparat moderner Propagandatechnik spielen: Paraden, Flugblätter, Filme, Lichtreklamen – es kommt nicht darauf an! Die Masse strömt zu uns, unsere Gesellschaft wächst ins Ungemessene...

LI TSO: Endlich wird eine verdummte, verrohte Zivilisation die Führerstellung der okkulten Wissenschaften anerkennen!

UNCLE: Okkulte Wissenschaft – das ist die Lehre unseres Propheten: nichts anderes wird noch Bedeutung haben! Theosophie und Anthroposophie haben ausgespielt; die Vanstraaten-Gesellschaft triumphiert auf der ganzen Linie!

JUDITH: Freunde, ich schätze euren Enthusiasmus, teile eure Hoffnungen. Indessen muß ich euch vor Übertreibungen warnen. Es wäre falsch, voreilig zu planen oder gar zu beschließen. Der Bote ist noch nicht zurückgekehrt...

VERA *schnell*: Er wird bald wiederkommen!

JUDITH: Die Botschaft selbst ist uns noch kaum bekannt...

Till, im blauen Sweater und in blauer Leinenhose, erscheint an der Glastür links – von den Anwesenden nicht bemerkt.

UNCLE: Unsere Sendung! Noch niemals war sie so erhebend groß!

LARUE: Der Geisterkult als letzter Ausweg! Magie als Retter der Welt!

UNCLE *auf Vera zu*: Sie ist es – unsere Retterin, die Führerin des Kreuzzugs, die Auserwählte!

VERA *steht von den dreien umringt*: Nicht diese großen Worte! Ich kann's nicht hören. Wer bin ich, daß ihr mich so preist? Ich bin doch nur sein Mund. Es ist wahr, er hat mich sehr geehrt, indem er seinen Boten zu mir schickte...

TILL *mit gedämpfter Stimme von der Glastür her*: Vera...

Vera wendet sich – sieht ihn als Silhouette gegen den abendlich verfärbten Himmel: groß, schlank, im blauen Sweater. Sie erschrickt, unterdrückt einen Aufschrei.

JUDITH: Was ist dir, Liebste?

VERA: Nichts... ich dachte einen Augenblick...

UNCLE: Es ist der Bote.

TILL *ins Zimmer tretend*: Ich will mit Vera sprechen. Allein.

UNCLE: Vera hat uns erzählt...

LARUE: Wir sind bewegt, erschüttert...

LI TSO: Wir warten mit Ungeduld auf weitere Befehle...

UNCLE: Wir brauchen Formeln, Schlagworte, einen Feldzugsplan...

TILL: Wartet nur...

UNCLE: Die Zeit drängt. Du weißt ja, Bote, was auf dem Spiel steht.

LARUE: Die Rettungsaktion darf nicht verschoben werden. Jeder Tag ist kostbar!

TILL: Schon recht! Morgen früh vielleicht. Und jetzt geht.

Die drei zur Tür drängend.

Wir wollen nicht gestört sein – versteht ihr mich? Selbst die kleinste Störung könnte dem ganzen Plan gefährlich werden. Guten Abend.

JUDITH: Möge euer Zwiegespräch unter dem Schutz freundlicher Geister stehen.

Judith und die drei Professoren, ab nach rechts.

Till bleibt einige Schritte entfernt von Vera, die mit abgewendetem Gesicht steht. Eine Pause; dann –

TILL: Warum bist du erschrocken, als ich ins Zimmer kam?

VERA: Nichts... Es war nichts. Eine Täuschung.

TILL: Ist die Angst wieder da?

VERA: Nein, es ist schon vorbei... Was trägst du für Kleider?

TILL: Es sind die Sachen, in denen ich hier angekommen bin.

VERA: Die Sachen haben mich getäuscht... nur einen Augenblick lang. Der blaue Sweater... Denken wir nicht mehr daran. Ich bin dumm. Es ist schön, daß du zurückgekommen bist.

TILL: Ich hab's dir doch versprochen.

VERA: Warum hast du die anderen weggeschickt?

TILL: Ich muß dir etwas sagen.

VERA: Was ist es, lieber Bote?

TILL: Es geht nicht mehr. Ich spiele nicht mehr mit.

VERA: Wovon sprichst du...?

TILL: Du glaubst es also wirklich, daß ich ein Bote höherer Sphären bin?

VERA *mit dem Lächeln der Unschuld*: Wie sollt ich daran zweifeln? Ich hab dich doch gerufen...

TILL: Ja, sie glaubt wirklich. Ich weiß, daß sie es glaubt. Das macht es ja so schwer – so furchtbar schwer für mich...

VERA: Sprich nicht in Rätseln, Bote!

TILL: Ich bin kein Bote, Vera. Ich habe Sie angeführt. Ich bin nicht das Wesen, für welches Sie mich halten.

VERA: Das ist komisch. Du hast mich angeführt! Als ob ich so leicht zu beschwindeln wäre! Du vergißt, daß ich darin geübt bin, die Schwingungen und Auras der Wesenheiten voneinander zu unterscheiden. Meine Augen sehen mehr als nur das Sichtbare.

TILL: Warum haben Sie sich dann heute früh vor mir gefürchtet? Und jetzt wieder?

VERA: Weil ich verwirrt war heute morgen – nicht mein wahres Selbst, verängstigt, überanstrengt, übermüdet... Es ist peinlich, daran zu denken, daß ich dich je für einen Dämon hielt. Ein erfahrenes Medium darf sich nicht irren.

TILL: Vielleicht bin ich ein Dämon?

VERA: Du hast recht, mich zu necken. Ich verdien's nicht anders.

TILL: Ich bin so wenig ein böser Geist wie ich ein guter bin. Verstehen Sie mich doch! Bin überhaupt nicht von der anderen Seite. Ich bin ein Mensch – ganz irdisch, ganz gewöhnlich!

VERA: Das weiß ich schon, daß du jetzt in menschlicher Form erscheinst. Du hast dich ja verleiblicht – eigens um mir zu helfen in meinem schweren Amt.

TILL: Daß Sie mich nicht begreifen wollen? Was ich Ihnen beizubringen suche, ist doch gerade, daß ich nicht von oben komme, aus dem Geisterland...

VERA: Auch dies ist mir bekannt: daß du nicht von droben gekommen bist – vielmehr von drunten, aus der Tiefe. Der, den ich rief – der Meister –, verschwand im Meer. Aus Meereswogen kam sein Abgesandter. Was ist daran erstaunlich?

TILL: Erstaunlich ist nur, wie begriffsstutzig Sie sind! Jetzt hören Sie mir einmal zu: Ich bin aus dem Wasser gestiegen, weil ich vorher ins Wasser gefallen war. Ich wurde vom Sturm überrascht, auf einer meiner einsamen Segelpartien. Eine dumme Angewohnheit – nicht wahr? –: ab und zu in einem kleinen Segelboot ins Meer hinausgondeln. Aber ich kann's nicht lassen. Meistens geht es gut, weil ich Glück habe und ein erfahrener alter Segler bin. Aber wenn man das Schicksal oft genug auf die Probe stellt, passiert am Ende doch etwas. Gestern hätte ich beinahe ein bißchen zuviel Salzwasser geschluckt.

VERA: Wozu erzählst du mir diese Lügengeschichte?

TILL *sehr dringlich*: Es ist keine Lügengeschichte, Vera! Jetzt zum erstenmal sag ich die Wahrheit!

VERA: Ich glaube dir kein Wort.

TILL: Es ist zum Verzweifeln... Haben Sie noch nie davon gehört, daß es in dieser Gegend des Stillen Ozeans oft plötzlich Stürme gibt?

VERA: Doch, das weiß ich. Stürme kommen plötzlich: Ich hab es selbst erlebt.

TILL: Na also! Gestern bin ich in einen solchen Sturm geraten. Mein Segel ging in Fetzen; die Wellen spielten Ball mit meinem Boot. Schließlich zerbrach das ganze Ding an den Felsen eurer verwunschenen Insel. Mein Glück, daß ich kein schlechter Schwimmer bin!

VERA: Ich glaub es nicht. Kein Wort.

TILL: Sehe ich aus, als ob ich nicht schwimmen könnte? Leicht war es nicht – in der Dunkelheit, gegen die hohen Wellen. Es riß mich in die Tiefe – wieder hinauf, und nochmals in den Schlund. Ich dachte: Jetzt ist's aus... Dann dacht ich gar nichts mehr... Es war aus: Ich ließ mich sinken, ich wehrte mich nicht mehr... Es war gar nicht schlimm – aber angenehm: sich so fallen lassen... Jetzt weiß ich, daß der Tod nicht weh tut.

VERA: Und dann...?

TILL: Ich kann mich kaum erinnern... Eine Welle muß mich ans Land geworfen haben. Ich weiß nichts mehr davon... Ich war besinnungslos. Aber obwohl ich keine Besinnung hatte, muß ich ja doch das Licht gesehen haben. Es ist sonderbar...

VERA: Welches Licht?

TILL: Das Licht von eurem Haus. Ich hab's gesehen... Ja, die Erinnerung an das Licht kommt wieder: ganz schwach, ganz ungewiß – so wie man sich an einen Traum erinnert. Das Licht war da – ein matter Leitstern, schwankend, weit entfernt. Ich spürte festen Grund; erhob mich; taumelte dem Licht entgegen; erreichte diese Tür...

Mit einem kurzen, etwas rauhen Lachen:

Was für Manieren! Pudelnaß in ein fremdes Haus zu plumpsen!

VERA: So also stellt sich dir das dar. Indem du irdisch wurdest, mußtest du vergessen. Das Gedächtnis deiner Vergangenheit als Spirit ist in dir ausgelöscht.

TILL: Aber ich sage Ihnen doch, daß ich niemals ein Geist gewesen bin – jedenfalls nicht während der letzten 25 Jahre!

VERA: Das mag dir selbst so scheinen...

TILL: Vera! Versuchen Sie doch mal, zur Abwechslung ein bißchen klar zu denken! Sie bestehen also darauf, daß ich von meinen Vorgesetzten aus dem Geisterland zur Erde geschickt wurde, um Ihnen eine Botschaft auszurichten?

VERA: Du bist der Bote. Ich habe dich gerufen!

TILL: Wann haben Sie mich denn gerufen? Doch nicht vor 25 Jahren? So alt bin ich nämlich. Ich bin in Chicago zur Welt gekommen, ohne daß irgend jemand mich gerufen hätte: Nicht einmal meine Mutter hat mich haben wollen. Sie war eine Kellnerin – bettelarm, schwindsüchtig, nicht besonders hübsch. Meinen Vater habe ich nicht gekannt. Er verließ meine Mutter einige Monate nach meiner Geburt. Eine recht prosaische Geschichte – wie?

VERA: Du willst mich verwirren. Oder meinen Glauben prüfen. Ich weiß nicht, was du willst. Aber ich weiß, daß du der Bote bist.

TILL: Ich heiße Till. Mit elf Jahren fing ich an, meinen Lebensunterhalt zu verdienen. Mit dreizehn Jahren war ich auf der Landstraße. Dann reiste ich mit einem Wanderzirkus; dann wurde ich Matrose. Ich habe immer das Meer gern gehabt, fremde Länder... Ich war im Krieg; ich habe Menschen getötet – oder sind Japaner keine Menschen? Ich war auch im Gefängnis – nicht wegen des Tötens, sondern weil ich in ein Lebensmittelgeschäft einbrach, als ich hungrig war. Ist das prosaisch genug?

VERA: Ich schrie nach ihm – und er sandte dich. Du kamst zur Stunde meiner größten Not.

TILL: Es soll Zufälle geben.

VERA: Es gibt keine Zufälle. Oder doch nicht solche. Wenn du kein Bote wärest – nicht von drüben kämest: woher hättest du denn die Botschaft?

TILL: Trauen Sie mir nicht genug Witz zu, eine kleine Botschaft zu improvisieren?

VERA: Aber warum? Warum...?

TILL: Warum ich Sie beschwindelt habe? Ich weiß es selber nicht. Vielleicht weil ich mich gern verstelle und meinen Spaß an Maskeraden habe...

VERA: Das ist es nicht. Es steckt etwas dahinter...

TILL: Es kam so allmählich – fast von selbst. Zu Anfang hatte ich nichts Böses vor. Ich dachte, ich sei tot – in der Hölle. Ein Haufen kleiner Teufel tanzte um mich herum...

VERA: Die Kinder... Sie wollten dich vertreiben.

TILL: Dann glaubte ich mich in einem Irrenhaus. Die wunderlichsten Typen machten mir Visite und schwatzten ungereimtes Zeug. Schließlich ward mir klar, was für ein Platz dies ist und wofür man mich hielt. Ein Astral-Cherub der mittleren Kategorie! Es war unwiderstehlich!

VERA: Was ist das nur? Ich höre Worte, ohne zu verstehen... Als ob ein Abgrund sich langsam öffnet...

TILL: Freilich, ich weiß – ich hätte aufhören sollen. Es war falsch – es war unverzeihlich, Sie in das Spiel zu ziehen.

VERA: Die Angst... jetzt ist sie wieder da... Der Angst-Abgrund: bodenlos...

Sie begräbt das Gesicht in den Händen, sitzt unbeweglich.

TILL: Wie soll ich es erklären? Es ging so vieles in mir durcheinander... Ich wollte Ihnen helfen. Ja, das war's vor allem! Um Ihnen zu helfen, mußt ich weiterspielen. Hören Sie mich, Vera? Ich mußte! Es ging nicht anders!

Vera sitzt regungslos, das Gesicht in den Händen.

Ich will, daß Sie mich hören! Glauben Sie mir bitte, daß ich Sie nicht zum Scherz betrogen habe – nicht Sie! ... Als ich vorhin auf dieser Bank mit Ihnen saß, ging etwas Sonderbares mit mir vor. Ich fing an, mich für den zu halten, als den sie mich wollten. Wirklich, ich hielt mich für den Boten. Die Sache mit der Rettungsaktion leuchtete mir ein. Es schien mir, daß Sie und ich zusammen – Bote und Priesterin – sehr wohl imstande wären, den Weltuntergang zu verhindern. Glauben Sie das? Ich halt Sie nicht zum besten! Als ich Ihnen vom Elend der Welt erzählte – von der Gefahr und von der Gnadenfrist –: da war's mir ernst! Gewaltig ernst! Todernst! Vera! Hören Sie, was ich sage?

Er schüttelt die Schulter der Regungslosen.

VERA *hinter vorgehaltenen Händen stöhnend*: Rühr mich nicht an!

TILL *läßt sie los; ein kurzes Schweigen, dann*: Es dauerte nicht lange. Draußen im Garten wurde mir alles klar – das Frevelhafte meines Spiels, der Wahnsinn unseres Plans. Ich begriff, daß Schluß sein mußte – Schluß mit der Komödie! – Vera, ich bin hier, Sie um Verzeihung zu bitten. Aber auch, Sie zu warnen.

VERA *immer die Hände vorm Gesicht*: Ins Bodenlose... immer tiefer... In den Abgrund der Angst – bodenlos...

TILL: Ich habe Angst um Sie, Vera! Ehe ich gehe – Sie schicken mich doch fort? –, muß ich Ihnen sagen: daß ich Angst um Sie habe.

VERA: Worte – unverständlich... Eine fremde Sprache...

TILL: Sie sind auf falschem Wege, Vera. Sie gehen irre, führen irre, werden im Irrsein enden. Die Geister... Gut, Sie glauben, daß es Geister gibt. Vielleicht haben Sie Recht: ich weiß es nicht. Aber ich weiß, daß wir von den Geistern nichts erwarten dürfen – nicht Trost, nicht Hilfe, nichts.

VERA: Oh, ihr Mächte – was habt ihr vor mit mir? Wozu dieser Alptraum?

TILL: Wachen Sie doch auf! Schauen Sie um sich! Hier ist Wirklichkeit... Ein Haus, ein Zimmer und darin zwei Menschen – ein Mann und eine Frau: Vera und Till. Sonst niemand. Keine Geister.

VERA: Verzeiht dem Ahnungslosen, ihr Gewaltigen! Er weiß nicht, was er spricht...

TILL: Die Mächte, zu denen Sie flehen, sind Hirngespinste. Wir sind allein – allein auf dieser Erde!

VERA: Und ich wollte die Welt mit seiner Hilfe retten!

TILL: Begreifen Sie nun endlich, wie absurd das war? Das Idealprogramm zur Vermeidung der Katastrophe fällt nicht vom Himmel: kein Geisterbote kredenzt es uns auf silbernem Tablett. Die Rettungsaktion, von der wir träumten, wird hier geplant und ausgeführt – oder nirgends! Wenn die Welt wirklich zum Teufel geht, dann werden nicht die Mächte daran Schuld sein, sondern unsere Physiker, die demnächst den Planeten in die Luft sprengen dürften, und unsere feinen Politiker und Wirtschaftsführer, die an der Apokalypse zu verdienen hoffen. Und wenn die Welt gerettet wird, dann ist es nicht durch irgendeinen Geistergatten, der aus dem Jenseits Kochrezepte funkt...

VERA *aufspringend*: Geh!

TILL: Ja. Jetzt muß ich gehen.

Er rührt sich nicht.

VERA *bei der Büste des Meisters*: Laß ihn verschwinden! Nimm diese Qual von mir! Erbarmen!

TILL *in der Nähe der Glastür; unbeweglich*: Ich gehe, wenn Sie es wünschen. Zwar weiß ich nicht genau, wie man von dieser Insel zum Festland kommt. Es ist schon dunkel draußen...

VERA *bei der Büste*: Erbarmen! Hilfe! Diese Angst... Es ist zuviel für mich...

TILL: Wo finde ich ein Boot, das mich hinübernimmt? Vielleicht der alte Narr, der mich heut früh bekränzte – mein Freund, der Fischer-Jakob...

VERA *bei der Büste*: Ich höre dich nicht, Jan, ich spüre dich nicht... Wo bist du? Verlaß mich nicht! Der Abgrund...

TILL: Ja, der wackere Weißbart tut mir wohl den Gefallen. Ob er schon schläft? Macht nichts: Ich weck ihn auf.

VERA *sinkt weinend vor der Büste zusammen*: Zuviel... Die Angst... zuviel...

TILL: Jetzt geh ich also, Vera. Leben Sie wohl. Versuchen Sie, mir zu verzeihen.

Vera von Schluchzen geschüttelt; auf den Knien vor der Büste:

Sie können mir nicht vergeben?

Vera kniet; schluchzt immer heftiger.

Wollen Sie nicht, daß ich gehe? – Vera!

Er ist bei ihr; versucht, in ihr Gesicht zu schauen. Vera schluchzend – entzieht ihm ihr Gesicht.

Vera... Ich weiß nicht, was du willst... Sag doch ein Wort!

VERA *abgewendet, schluchzend*: Angst...

TILL: Ich möchte dich befreien von deiner Angst... Oder bin ich es, der dir so angst macht? Soll ich gehen? – Ich kann nicht gehen, wenn du weinst. Ich kann nicht gehen.

Eine Pause: Vera – weinend, auf den Knien; Till – hilflos, ratlos über sie gebeugt. Dann:

Ich kann nicht gehen. – Komm, Vera, komm! Steh auf!

Er hilft ihr, sich zu erheben.

Komm hier, zur Bank...

Er führt die Schluchzende zur gepolsterten Bank im Vordergrund.

Darf ich bleiben?

VERA *fast tonlos, das weinende Gesicht abgewendet*: Bleib.

TILL: Wein dich nur aus... Warte, ich mache den Vorhang zu, damit niemand dich weinen sieht...

Er zieht den Vorhang vor die Glastür.

Und hier, die Kerzen: die zünden wir jetzt an...

Er tut es.

Jetzt sieht's schön feierlich hier aus – fast wie bei der Séance. Aber diesmal kommen keine Geister...

Er kehrt zu Vera in den Vordergrund zurück.

Ich bin bei dir. Was gibt es denn Schlimmes?

VERA *stiller weinend*: Es ist schon besser...

TILL: Ich habe dir nicht weh tun wollen, Vera. Was ich da vorhin sagte – es klang wohl hart. Und vielleicht war es falsch. Du mußt verstehen... Mein Leben war nicht wie deines. Ein rauhes Leben hat mich rauh gemacht. Du bist anders.

VERA *hat zu schluchzen aufgehört; sich ihm langsam zuwendend*: Was weißt du denn von mir?

TILL: Eine ganze Menge. Mir kommt's vor, als ob ich beinah alles von dir wüßte. – Als ich noch jung war …

VERA *mit einem ganz leichten Lächeln*: Bist du jetzt alt?

TILL: Manchmal fühl ich mich so, weil alles schon so lang gedauert hat: das Wandern und das Suchen und das Kämpfen …

VERA: Du bist jünger als ich.

TILL: Die Frau, von welcher ich als Junge träumte, war älter als du. Ich machte Verse, in denen ich das Lob der Traum-Geliebten sang und alles von ihr wußte. Aber sie ist nie gekommen. Andere Frauen kamen.

VERA: Viele andere?

TILL: Viele. Aber nie die rechte. Die aus dem Traum – nie. Trotzdem hab ich nie aufgehört, von ihr zu träumen. Erst heute morgen wieder …

VERA: Sag nichts mehr …

TILL: Heut früh – ich spürte ihre Hand auf meiner Stirn. Ich war tot: sie erweckte mich. Ich erkannte sie: ihr Lächeln, ihren Blick …

VERA *ist aufgestanden, sich von ihm zurückziehend*: Genug … Ich kann's nicht dulden … Schweig …

TILL: Vera! Du weißt es selbst, daß du zu mir gehörst …

VERA: Du lästerst. Ich gehöre einem anderen.

TILL: Wem?
Auf die Büste zeigend:
Dem da? Dem Geist?

VERA: Meinem Gatten.

TILL: Er ist tot. Ich lebe. Ich bin stärker.

VERA: Sei still … Laß mich … Geh …

TILL: Du willst nicht, daß ich gehe, denn du erkennst mich, wie ich dich erkenne. Du hast nach mir gerufen: Ich bin hier – sichtbar, lebendig, wie du mich haben wolltest!
Die Arme nach ihr ausstreckend:
Ich bin's, Vera, ich bin's!

VERA *sich ihm entziehend*: Ist dies noch eine deiner Maskeraden, Eulenspiegel? Nimm dich in acht! Du spielst ein fürchterlich gewagtes Spiel …

TILL *ihr nach*: Du weißt, daß es kein Spiel ist – diesmal nicht! Wenn es mir jemals ernst gewesen ist …

VERA *entweichend*: Nimm dich in acht! Hüte dich vor den Mächten! Ihr Werkzeug bin ich, ihr Besitz, ihr Opfer! Ich bin gekennzeichnet, aufgespart, verflucht! Rühr mich nicht an...

TILL *bei ihr*: Ich rühr dich an... ich fühle – halte dich...

VERA *entweichend*: Du hältst mich nicht: Ich bin nicht zu halten. Ich fliehe, fliege, steige, verflüchtige mich, bin schwerelos, bin nirgends, überall... Nimm dich in acht! Aus deinen Armen finde ich den Weg ins Geisterland, entgleite dir, entweiche in unbekannte, eisig kalte Zonen...

TILL *ihr nach*: Ich will dich, wie du bist...

VERA *entweichend*: Wie bin ich denn? Ich weiß es selber nicht... Ich habe tausend Formen... Ich spalte mich, verwandle mich, werde Tier, Blume, Landschaft, Element... Ich spreche mit fremden Stimmen, ich denke fremde Gedanken, fremde Kräfte gehen durch mich hindurch, ich bin die Antenne fremder Schwingungen.

TILL: Wenn du kein eigenes Wesen hättest – wie könnte ich dich lieben?

VERA: Du kannst mich nicht lieben: ich bin kein Mensch... Meine Augen haben mehr gesehen, als Menschenaugen sehen dürfen, mein Herz weiß mehr, als einem Menschenherzen gut zu wissen ist; ich bin dabei in Reichen, die kein Sterblicher je betreten sollte. Wie könntest du mich lieben? Ich bin die Geliebte der Toten, um mich herum ist Tod, meine Umarmung ist tödlich...

TILL *ihr nach*: Ich wecke dich zum Leben, wie du mich erweckt hast...

Er hält sie.

VERA *in seinen Armen*: Hast du keine Angst?

TILL: Vor was? Ich liebe dich.

VERA: Vor mir... vor meinem Fluch... vor meiner Liebe...

TILL: Jetzt hast du mir gesagt, daß du mich liebst!

VERA *aus der Umarmung*: Ich habe dich gerufen!

TILL: Dein blasser Mund... dein Kuß...: es gibt nichts anderes mehr... Wir lieben uns...: Alles versinkt... Die Welt geht unter...

Vorhang

DRITTER AKT

FÜNFTES BILD

Am nächsten Tag, frühmorgens.
Die Situation im Zimmer ist ähnlich wie zu Anfang des zweiten Aktes: die Glastür geschlossen, der Vorhang beinah ganz vorgezogen – bis auf einen Spalt, wo ein Streifen des Morgenlichts auf das Lager fällt. Aber jetzt ist es Vera, die schlafend auf dem Lager ruht, während Till neben ihr sitzt – Stirn und Haar der Schläferin liebkosend.

VERA *aus dem Schlaf redend – mit fremder, singender Stimme*: Ich bin so schön... so friedlich... Gut Freund mit dem Meer, dem Sturm, dem Gras, dem Tau... Die Winde sind mir lieb, wenn sie mein Palmenhaar zausen, und die Wellen, wenn sie schmeichelnd zu meinem Felsenfuß kommen...

TILL: Vera, wovon sprichst du?

VERA *weiter im Schlaf*: Ich bin nicht Vera. Vera wohnt auf mir. Sie ist ja nur ganz klein – arme Vera! So klein und gebrechlich ist sie – aus Fleisch und Angst gemacht... Aber ich bin aus Erde, Fels und Muschelkalk. Ich bin schön – mit schönem Palmenhaar, schönem Blütenschmuck, schönen verborgenen Pfaden. Kennst du mich nicht? Ich bin die Insel.

TILL: Was für eine Insel?

VERA *im Schlaf*: Ich war die Toteninsel, die Grabesinsel, das Grab des Meisters, das Mausoleum des Erleuchteten. Aber jetzt bin ich neu verzaubert – mit einer neuen Lieblichkeit beschenkt. Die Liebesinsel bin ich jetzt – der Hafen der Liebenden, das Paradies der Küsse... Der Fremde hat meine neue Schönheit noch nicht gesehen. Er sollte mich betrachten.

TILL: Bin ich der Fremde?

VERA: Du bist es.

TILL: Soll ich dich betrachten, liebe Insel? Willst du, daß ich einen Rundgang auf dir mache?

VERA: Einen Rundgang? Du wirst mir weh tun... Aber sei es drum! Du magst auf mir spazieren, wenn du versprichst, vorsichtig aufzutreten. Geh auf den Zehenspitzen! Vorsichtig auf den Zehenspitzen, geh zur Andachtsklippe! Das ist mein schönster Platz, der Aussichtspunkt, das Allerheiligste. Dort sitzt die arme Vera und schaut aufs Meer. Sie sitzt und denkt der Toten und ist wie ein Teil von mir – wie ein Teil der Insel, ein Inselteilchen, ein inselhaftes Ding aus sterblich Stoff gemacht... Mach einen Rundgang, Fremder... Geh zur Andachtsklippe... Es ist der Platz, wo du die Braut des Toten findest: Dort gehört sie hin...

TILL *schüttelt sie*: Genug! Wach auf!

VERA *langsam die Augen öffnend*: Wer spricht zu mir?

TILL: Ich bin es – Till!

VERA: Oh! Du bist es... Küsse mich! Ist es noch Nacht?

TILL: Nein, es ist heller Tag. Schau...

Er zieht den Vorhang von der Glastür: Strahlendes Licht flutet ins Zimmer.

Wie schön es draußen ist!

VERA *sich an ihn schmiegend*: Schön...

TILL: Du hast wirres Zeug geträumt.

VERA: Hab ich im Schlaf gesprochen? Das tu ich oft.

TILL: Weißt du nicht mehr, was du geträumt hast?

VERA: Ich kann mich nie erinnern. Am Morgen sind die Träume immer weg.

TILL: Du hast geträumt, daß du die Insel bist. Du warst die Insel...

VERA *mit einem entgleitenden Lächeln*: Ich war die Insel...

TILL: Du sprachst mit einer fremden Stimme und hattest ein fremdes Lächeln. Es war schrecklich.

VERA *mit ihren Armen um seinen Hals*: Hab ich dich erschreckt?

Sie hält ihn umfangen. Eine kurze Stille. Dann macht sie sich plötzlich los von ihm; steht auf; entfernt sich einige Schritte vom Lager; bleibt sinnend stehen. Eine neue Stille; dann – sich Till mit starker Gebärde zuwendend:

Till. Liebster... Wir müssen fort! Wir können hier nicht bleiben!

TILL: Vera! Du willst...? Du würdest...?

VERA: Wir müssen, Till! Wir haben keine Wahl!

TILL: Ich habe daran gedacht, als du hier lagst und schliefst und dich für die Insel hieltest. Ich hab's mir so gewünscht, dich von hier fortzunehmen! Aber ich hätte nie gewagt, dich darum zu bitten.

VERA: Wir müssen fliehen – gleich! Hier sind wir verloren. In diesem Haus, auf dieser Insel ist unsere Liebe Lästerung, Verbrechen. Die Mächte...

TILL *bei ihr, sie in seinen Armen haltend*: Du wirst bei mir bleiben? Immer?

VERA *in seinen Armen*: Immer.

TILL: Du wirst mit mir gehen?

VERA: Wohin du willst.

TILL: Du wirst meine Frau?

VERA *ihn loslassend*: Deine Frau? ...Bin ich's nicht schon? ...Ja, ich bin deine Frau.

TILL *mit einem Jubelschrei*: Meine Frau!! O Vera, Vera! – ich bin so glücklich! Ich hätte nie geglaubt, daß es ein solches Glück gibt!

VERA *scheu um sich blickend*: Sprich nicht von unserem Glück... nicht hier... Er hört dich – seine Rache...

TILL *mit strahlendem Übermut*: Soll er mich doch hören!
Zur Büste:
Hör mich doch, Steingesicht, Hochstirne, Herrschernase! Vera und ich sind glücklich!

VERA *legt ihm die Hand auf den Mund*: Schweig!

TILL: Du bist doch glücklich, Vera?

VERA: Ja... Nein... Nicht solang wir hier sind.

TILL: Wann gehen wir?

VERA: Heute... Gleich... Sofort...

TILL *sie wieder in seine Arme schließend*: Es ist zu schön... es ist kaum zu fassen... Wohin gehen wir erst?

VERA: Weit weg... So weit wie möglich.

TILL: Erst nach San Francisco! Von dort fahren die Schiffe in alle Richtungen, nach allen Kontinenten...
Er scheint plötzlich nachdenklich zu werden. Eine Pause, dann:
Vera, weißt du, daß wir arm sein werden?

VERA: Es wird schon gehen; wir schlagen uns schon durch.

TILL: Freilich; aber es ist nicht so leicht, wie du wohl denken magst. Du sollst dir keine Illusionen machen: auf Rosen wirst du bei mir nicht gebettet sein. Ich bin ein Vagabund, ein Tunichtgut, ein Hans-in-allen-Gassen. Ich habe nichts, kann nichts, habe nichts gelernt.

VERA *mit einem leisen Lachen*: Da passen wir zueinander, ich bin auch nicht besser. Es gibt nur eine Kunst, auf die ich mich versteh – und mit der ist's jetzt aus.

TILL: War das dein Beruf – das Geistersehen, die Beschwörungen?

VERA: Es fing früh an. Ich war ein Wunderkind. Als meine Mutter starb, war ich sechs Jahre alt...

TILL: Gerade so alt wie ich war beim Tode meiner Mutter.

VERA: Zwei Tage nach der Beerdigung hörte ich ihre Stimme. Ich war durchlässig für die andere Welt... Ich wurde herumgereicht... vermietet, von einem Spiritisten-Club zum anderen. Meine Kindheit war eine endlose Reihe von Séancen, Experimenten, Untersuchungen.

TILL *sie liebkosend*: Arme Vera...

VERA: Ich hatte Wachträume, Gesichte, Halluzinationen; ich prophezeite, hypnotisierte, magnetisierte, heilte; ich bewegte entfernte Gegenstände, ließ Tische tanzen, produzierte Klopfgeister, Protoplasma-Schemen, jenseitige Musik, Stimm-Phänomene. Ja, das war mein Beruf, das war mein Leben... Sonst hab ich nichts gelernt.

TILL *zur Büste weisend*: Und dann kam er...?

VERA: Er engagierte mich für ein paar Sitzungen. Dann ließ er mich hierher auf seine Insel kommen. Er brauchte mich. Er war der große Lehrer, der Eingeweihte und Erleuchtete, weit fortgeschritten auf dem Pfad der Erkenntnis, aber er war kein Medium. Durch mich gewann er den Kontakt mit drüben. So blieb ich bei ihm.

TILL: Immer auf dieser Insel?

VERA: Er sperrte mich hier ein. Judith und er reisten, organisierten seinen Ruhm, gründeten die Gesellschaft. Ich war immer hier... mit den Toten...

TILL: Und mit deinen Kindern.

VERA: Ja, mit den Kindern... Du hältst mich wohl für eine schlechte Mutter, Till?

TILL: Ich weiß nicht... Es scheint unglaublich, daß du Kinder hast... Liebst du denn deine Kinder?

VERA: Doch... freilich lieb ich sie. Aber ich kenne sie nicht gut genug. Er ist ihnen viel näher, als ich es bin. Ihre Erziehung wird von ihm besorgt. Er belehrt sie, spricht zu ihnen, leitet ihre Spiele. Sie vergöttern ihn. Ich bin für sie nur sein Organ – sonst nichts.

TILL: Sie werden dich vermissen. Es tut mir leid für sie.

VERA *den Ton ändernd*: Was stehen wir hier und schwatzen? Ich muß fort... fort... fort...! Weg von seinen Kindern, seinen alten Dienern, seinen Jüngern, seinen Reliquien, seinem Kult!

TILL: Ja, jetzt gehen wir – schnell! Je schneller, desto besser!

VERA: Wenn es noch nicht zu spät ist. Wir hätten nicht von ihm sprechen sollen... nicht hier! Es war ein schwerer Fehler... Bleib nicht in diesem Zimmer, Till! – Ich beschwöre dich! Es ist sein Heiligtum: du bist gefährdet hier! Geh hinaus – in den Garten, an den Strand, wohin du willst: Aber bleib nicht beim Altar, nicht bei seiner Büste!

TILL: Und du!

VERA: Ich habe noch zu tun, nur ein paar Augenblicke.

TILL: Kann ich dir irgendwie behilflich sein?

VERA: Nein, nein – ich will nicht, daß du hier im Haus bleibst! Keine Minute mehr!
Auf die Büste weisend:
Schau doch – er sieht uns an...

TILL *lächelnd*: Angst?
Er will sie an sich ziehen.

VERA *mit steigender Unruhe*: Geh nur, geh...

TILL: Um dich zu beruhigen...
Bei der Glastür:
Ja, dann werd ich also einen Rundgang durch deine Insel machen. Dazu hast du mich nämlich im Traum aufgefordert.

VERA: Gut, tue das! Geh nicht zu weit! Und vor allem, komm nicht ins Haus zurück, eh ich dich rufe! Versprichst du mir das, Till? Nicht ins Haus!

TILL: Ruf mich bald! Pack nicht zu viele Kleider! Im neuen Leben wirst du sie kaum brauchen.

VERA: Im neuen Leben... Ja, jetzt fängt es an!... Geh lieber! In einer halben Stunde seh ich dich!

TILL *lachend*: Jetzt ist's schon eine halbe Stunde! Diese Frauen!... Auf Wiedersehen, Vera! Mach's gut!

Er verschwindet im Garten.

VERA *allein, macht ein paar unruhige Schritte, bleibt vor der Büste stehen; hebt die Hände, als ob sie etwas sagen wollte; schüttelt den Kopf und wendet sich wieder ab. Einige Schritte von der Büste entfernt, murmelt sie*: Es hat keinen Sinn... Wie soll ich's ihm erklären?

Sie steht in Grübelei versunken, während Till – vom Garten zurückkommend – im Rahmen der Glastür erscheint!

TILL: Vera...

VERA *sich etwas schreckhaft nach ihm umdrehend*: Aber Till, ich habe dir doch gesagt...

TILL: Ich weiß. Es ist nur... Ich hatte plötzlich ein Gefühl, als könntest du dir's anders überlegen. Das wirst du doch nicht tun? Sag mir, Vera, daß du das nicht tun wirst!

VERA *lächelnd*: Nein, Lieber, nein: ich überlege mir's nicht anders. Dafür ist es zu spät.

TILL *bei ihr*: Liebst du mich?

VERA: Viel zu sehr.

TILL: Dann ist alles gut.

Er küßt sie. Dann ab nach links.

VERA *steht unbeweglich, lächelnd*: Alles gut... ein neues Leben... alles, alles gut...

Judith kommt von rechts.

JUDITH: Störe ich dich in der Andacht?

VERA: Du störst mich nicht. Ich wollte eben zu dir.

JUDITH: Wo ist der Bote? Seid ihr euch einig über das Programm?

VERA: Wir sind uns einig.

Eine Pause; dann: Judith, ich muß fort. Für immer.

JUDITH: Fort? Wohin?

VERA: Irgendwohin. In die Welt... Zuerst nach San Francisco. Von dort fahren Schiffe... Ich muß fort – mit ihm.

JUDITH: Mit wem?

VERA: Mit ihm, den du den Boten nennst. Es ist es aber gar nicht – er ist kein Bote, er kommt nicht von drüben, er ist ein Mensch, ich liebe ihn, ich will mit ihm leben. Ich will leben – verstehst du, Judith? Leben will ich, leben!

JUDITH: Leben! In einer uneigentlichen, verfluchten, der Apokalypse verfallenen Welt! Und wie, wenn der Gerichtstag dich dort draußen überrascht – inmitten deiner Sünde und Verirrung?

VERA: Ich habe keine Angst vor der Welt – keine Angst vorm Weltuntergang: wenn er nur bei mir ist!

JUDITH *nach einer Pause, völlig versteinert*: Das bist nicht du, die zu mir spricht. Nicht Vera. Du bist verhext, verwandelt. Ein Dämon...

VERA *mit einem Aufschrei*: Hör auf! Ich ertrag's nicht mehr!... Ich liebe ihn – kannst du das nicht begreifen? Aber freilich, was weißt du von Liebe?

JUDITH *steinern*: Du darfst die Insel nicht verlassen. Nicht für einen Tag, nicht eine Stunde.

VERA: Und wer soll mich hindern?

JUDITH: Das Gesetz! Dein Schwur! Du hast gelobt, ihm hier zu dienen, von hier aus seine Lehre zu verbreiten. Dein Platz ist hier. Du bleibst.

VERA *mit einem hysterischen Auflachen*: Du scheinst deiner Sache gewaltig sicher zu sein, Fräulein Doktor!

JUDITH *unbewegt*: Ich bin meiner Sache sicher. Die Mächte werden deine Flucht verhindern – ich weiß es. Und du weißt es auch.

VERA *will an ihr vorüber, zur Tür rechts*: Laß mich vorbei!

JUDITH *ihr den Weg zur Tür verstellend*: Wo willst du hin?

VERA *versucht, sie beiseite zu schieben*: In mein Zimmer. Packen.

JUDITH: Ich duld es nicht. Du bist von Sinnen...

VERA: Und wenn ich dir sage, daß ich gehen muß? Daß mein Bleiben in diesem Haus gefährlich, sündhaft wäre?

JUDITH: Du bist krank, du rast...

VERA: Wenn du es wissen willst – ich bin Tills Geliebte. Auf diesem Bett hier...

JUDITH *nach Vera schlagend*: Schweig!

VERA *Ausbruch*: Du hebst die Hand nach mir? Du wagst es...? Danke! Jetzt ist es leicht zu gehen! Jetzt tut es nicht mehr weh! Jetzt weiß ich, daß du mich haßt – mit all dem Neid und Gift, mit dem Krüppel hassen können!

JUDITH: Du bist es nicht, Vera hätte das nicht gesagt.

VERA: Ich bin es, Judith! – Endlich bin ich es. In diesem Haus hab ich nie ein eigenes Leben haben dürfen: ich war eine Sklavin, von eurem irren Ehrgeiz ausgenutzt. Du, Jan, die Kinder – alle hier, sogar die Mägde –: was habt ihr denn aus mir gemacht? Einen Automaten, der Worte aus dem Jenseits wiederholt! Einen magischen Papagei! Eine mediale Puppe!... Damit ist's jetzt aus: Der Zauber ist gebrochen! Die Toteninsel kann mich nicht mehr halten. Ich bin frei!

Sie stößt Judith von der Türschwelle. Ab nach rechts.

Judith, allein, sitzt erstarrt. Eine Stille; dann von rechts – Uncle, Larue und Li Tso.

LARUE: Ist es erlaubt, die Priesterin zu sehen?

UNCLE: Kommt man ungelegen?

Judith antwortet nicht; bleibt unbeweglich.

Verehrte Freundin... Liebes Fräulein Doktor...

JUDITH *aus ihrer Geistesabwesenheit auffahrend*: Was gibt's? – Oh, Sie sind es... Freilich... Sie müssen mir verzeihen, liebe Freunde... ich war ganz in Gedanken...

LI TSO: Wir wüßten gern, wie weit der Feldzugsplan gediehen ist.

JUDITH: Was für ein Feldzug...? Welcher Plan...?

UNCLE: Mein Kollege meint das Programm unserer Rettungsaktion. Ist die Priesterin bereit, uns weitere Instruktionen zu erteilen?

JUDITH *hastig*: Nein... noch nicht so ganz. Eine Verzögerung... ein kleiner Zwischenfall...

UNCLE: Doch nichts von Bedeutung?

JUDITH: Nichts von Bedeutung – nein. Durchaus nicht, ganz und gar nicht. Eine Wesenheit untersten Ranges treibt etwas Schabernack – das ist alles.

LARUE: Wenn wir dem Fräulein Doktor vielleicht irgendwie bei der Austreibung des Kobolds helfen könnten...

JUDITH: Nein, nein, danke: Hilfe ist nicht nötig. Seien Sie unbesorgt: ich werde mit der Sache recht wohl allein fertig. Was Sie betrifft, meine Herren, so möchte ich empfehlen, daß Sie sich in Ihre Stuben zurückziehen und dort warten, bis ich Nachricht gebe.

UNCLE: Wir werden versuchen, in der Zwischenzeit unsere Gedanken zu klären und zu formulieren.

LARUE: Was die Gestaltung der kommenden Kampagne betrifft, so habe ich da ein paar Vorschläge zu machen, für die Sie, verehrtes Fräulein Doktor, und unsere Priesterin sich interessieren dürften.

JUDITH: Ausgezeichnet. Ich bin sicher, daß Vera gerade jetzt in der Stimmung ist, sich mit Ihren Ideen zu beschäftigen. Und nun müssen Sie mich entschuldigen, meine Freunde. Dieser Störungsversuch – geringfügig wie er ist – macht doch ein wenig Mühe.

DIE DREI PROFESSOREN *ziehen sich gegen die Tür rechts zurück – dabei murmelnd*: Zu ärgerlich... Eine dumme Geschichte... Tut uns furchtbar leid...

JUDITH *ihnen nachrufend*: Eine Bitte: Wollen Sie so freundlich sein, die Kinder zu mir zu schicken.

UNCLE: Alle sieben?

JUDITH: Es sind nur sechs. Sie finden sie wahrscheinlich im indischen Kabinett beim Yoga-Training.

LARUE: Die lieben Kleinen...

UNCLE: Ja, wir schicken sie.

Professoren ab nach rechts.

Judith, allein – in starrem Nachdenken, wie vor dem Erscheinen der Professoren. Nach kurzer Pause – die sechs Kinder, von rechts.

URSULA: Hast du uns gerufen, Tante Judith?

JUDITH: Ja, kommt her zu mir. Nein – näher. So ist's recht. Hört zu: es ist etwas Ernstes. Jetzt könnt ihr einmal zeigen, daß ihr gescheite, brave Kinder seid.

URSULA: Hat's mit der Wesenheit zu tun, die vorgestern statt dem Papa gekommen ist?

JUDITH: Woher wißt ihr das?

URSULA: Wir haben's uns gedacht.

KASPAR: Wir haben gleich gemerkt, daß er nicht gut ist. Er ist ein böser Geist.

JUDITH: Ihr seid schlauer als ich: Mich hat er angeführt. Ich hielt ihn für den Boten eures Vaters. Ein Bote ist er wohl – aber von finsterer Herkunft. Er hat Übles vor.

URSULA: Will er der Mutti etwas tun?

KNIRPS: Will er sie gar verhexen?

JUDITH: Darauf hat er es abgesehen. Erst will er sie verhexen – dann entführen.

KASPAR: Entführen – die Mutti?

CHRISTOPHER: Von der Insel weg?

JUDITH: Weg von der Insel, weg von uns, weg von eurem Vater. Jetzt, wo die Welt bald untergehen soll, wollen die schwarzen Mächte unsere Priesterin aus dem Wege räumen, damit sie die Menschheit nicht mehr warnen kann. Zu diesem Zweck ward der böse Bote hierher geschickt.

URSULA: Dann kommt er also ganz direkt vom großen Feind?

JUDITH: So ist es.

CHRISTOPHER: Ich wußt es ja: Er ist das Tier, das aus dem Meer herauskommt!

URSULA: Es muß etwas geschehen!

KASPAR: Wir müssen die Mutti schützen!

DORIS: Die liebe, arme Mutti...

BETTY: Unsere süße Mutti...

KNIRPS: Ich erlaub's nicht, daß er sie uns verhext!

URSULA: Was sollen wir tun, Tante Judith?

JUDITH: Ich habe Anweisungen von der anderen Seite – von eurem Vater selbst. Es wird gewünscht, daß ihr den Feind vernichtet.

KASPAR: Wir haben schon versucht, ihn auszutreiben.

JUDITH: Das war nicht genug. Er hat sich in menschlicher Gestalt hier eingeschlichen. Als Mensch, durch Menschenhand muß er vernichtet werden.

Eine Pause; dann –

URSULA *sehr leise*: Du meinst... der Papa will... daß wir ihn umbringen...?

JUDITH: Du sagst es.

URSULA: Das ist schwer...

JUDITH: Ihr wißt nun, was euch aufgetragen ist. Was tun die braven Kinder?

DIE SECHS KINDER: Dem Vater folgen.

JUDITH: Immerdar! – Was der Befehl auch sei. Kann der Erleuchtete sich auf euch verlassen?

Die sechs Kinder nicken – stumm und feierlich.

Ich wußte es – was die Ausführung des Befehls betrifft, das bleibt eurer Erfindungsgabe überlassen. Beratet euch! Denkt nach! Auch überlegt nicht zu lange! Er wird gleich hier sein...

Sie rollt zur Glastür links und verweilt auf der Schwelle, das Gesicht dem Garten zugewendet.

Die sechs Kinder, im Vordergrund, stecken die Köpfe zusammen und beraten mit gedämpften Stimmen.

KASPAR: Wie stellen wir es an?

URSULA: Keine leichte Sache. So etwas Schwieriges hat der Papa noch nie von uns verlangt. Laßt mich mal denken...

KNIRPS: Ich denke auch. Aber mir fällt nichts ein.

CHRISTOPHER: Der böse Geist ist sicher furchtbar stark.

DORIS: Wie sollen wir ihn kaputtmachen, ohne Waffen?

URSULA: Ich hab's!

KASPAR: Also sag doch...

URSULA: Wir fordern ihn zu einem Spaziergang auf und führen ihn den geheimen Pfad zur Andachtsklippe, wegen der schönen Aussicht. Dann gehen wir mit ihm zum Felsenrand und stellen uns alle um ihn rum. Wenn er dann dasteht und das Meer bewundert, wird ihm ganz plötzlich schwindlig – und er fällt. Er fällt einfach runter – kopfüber in die Tiefe.

KASPAR: Du meinst, er fällt – so ganz von selber?

URSULA: Beinah von selber. Ein ganz leichter Stoß genügt.

KASPAR: Ist das nicht ziemlich grausam? Ich möchte nicht, daß es ihm gar so weh tut.

URSULA: Sei unbesorgt! Von der Andachtsklippe geht es so hoch und steil hinab, daß er nicht lang zu leiden haben wird. Sein Menschenkörper ist sofort zerschmettert, und er kann sich wieder in einen Geist verwandeln. Wahrscheinlich wird er uns eher dankbar sein.

KNIRPS *kichert*: Er fällt einfach runter! Prima Ausdruck. Die Ursula ist doch die Schlaueste von uns allen.

JUDITH, *sie rollt von der Glastür wieder in die Mitte des Zimmers*: Aufgepaßt! Er kommt! Ich sehe ihn im Garten. Jane ist mit ihm.

URSULA: Hast du unseren Plan gehört?

JUDITH: Ich weiß von nichts. Aber falls ihr einen Spaziergang mit ihm machen wollt – das scheint mir eine vielversprechende Idee. Nun hört aber genau zu! Wie ich euch vorhin bedeutet habe – er ist ein böser Feind und muß vernichtet werden: der Befehl von drüben läßt an Klarheit nichts zu wünschen übrig. Indessen sind die Mächte großmütig und geduldig. Man will ihm eine letzte Chance geben.

URSULA: Was? Haben wir uns alles ganz umsonst ausgedacht?

JUDITH: Keineswegs. Es ist ein kurzer Aufschub. Ich will noch einmal mit ihm reden und versuchen, ihn von seinem schlimmen Vorsatz abzubringen. Gelingt es mir, mag er in Frieden ziehen. Sonst aber…

URSULA: Und wie erfahren wir, was du beschlossen hast?

JUDITH: Wenn er jetzt kommt, so zieht ihr euch in den Park zurück und laßt mich mit ihm allein. Einer von euch stellt sich als Horchposten bei der Glastür auf. Sowie ich zu dem Dämon sage: «Mögen die Mächte dich führen und beschützen» – kommt ihr wieder und fordert ihn zur Promenade auf. Was ist also das Stichwort?

URSULA: Das Todesurteil lautet: «Mögen die Mächte dich führen und beschützen.»

JUDITH: Alles klar?

DIE SECHS KINDER *flüstern*: Alles klar.

Till, von Jane gefolgt, erscheint im Rahmen der Glastür.

TILL *mit etwas forcierter Unbefangenheit*: Ah, da ist die ganze Familie! Guten Morgen, liebes Fräulein Doktor. Hat Vera nach mir gerufen?

JUDITH: Nein, noch nicht. Komm doch ins Zimmer, Bote!

TILL: Ich hatte eigentlich nicht vor… Na, ein paar Minuten können wohl nichts schaden.

Er tritt ins Zimmer.

Und ihr Kinder – euch kenn ich ja noch gar nicht. Wollt ihr mir nicht guten Morgen sagen?

JUDITH: Warum begrüßt ihr denn den Onkel nicht?

DIE SECHS KINDER *feindselig*: Guten Morgen, Onkel.

TILL: Ein herrlicher Morgen – findet ihr nicht auch? Ich habe mich ein wenig auf eurer schönen Insel umgeschaut. Aber den Platz, auf den ich am neugierigsten war, haben wir nicht gefunden.

JUDITH: Und welcher Platz wäre denn das gewesen?

TILL: Die Andachtsklippe.

Die sechs Kinder stoßen sich an, tauschen Blicke.

Ich habe mir sagen lassen, daß es die schönste Stelle auf der ganzen Insel ist. Aber meine kleine Führerin konnte den Weg nicht finden.

Er streichelt Janes Kopf wie den Kopf eines Hundes.

JUDITH: Ein entlegener Platz. Der Pfad dorthin ist wenigen bekannt.

JANE: Weiß nicht den Weg... Bin's nicht... Kann nichts dafür...

KNIRPS *voreilig lospiepsend*: Ich weiß den Pfad zur Klippe. Ich kann dich führen, Onkel.

Ursula pufft Knirps hinter Tills Rücken und bringt ihn zum Schweigen.

TILL *zu Knirps*: Wirklich, Kleiner? Zeigst du mir den Weg? Das ist nett von dir.

URSULA *schnell*: Jetzt nicht. Wir haben jetzt keine Zeit. Vielleicht später.

TILL: Wie ihr wollt. Vielleicht später.

URSULA *sich mit den anderen Kindern zur Glastür bewegend*: Wir gehen jetzt in den Garten. Es ist unsere Meditationsstunde. Auf Wiedersehen, Onkel.

TILL: Auf Wiedersehen, ihr Strolche. Meditiert nicht zuviel! Und falls ihr nachher Lust habt, mit mir zur Klippe zu marschieren – ich bin bereit!

JANE: Weiß nicht den Pfad... Ist heilig... ist verboten.

URSULA, *Jane mit sich in den Garten ziehend*: Komm mit uns, blöde Jane. Hier störst du die Erwachsenen.

Die Kinder, mit Jane, ab nach links.

Eine ungemütliche Pause zwischen Judith und Till. Dann räuspert sich Till, öffnet den Mund, will etwas sagen, findet keine Worte; er geht auf die Tür rechts zu.

JUDITH: Wohin willst du, Bote?

TILL: Zu Vera. Wissen Sie, wo sie ist?

JUDITH: Sie ist in ihrem Zimmer.

TILL *wieder an der Tür*: Ich will zu ihr...

JUDITH *mit Autorität*: Bleib! Vera ist beschäftigt. Sie packt ihre Sachen.

TILL *verdutzt*: Sie wissen also...?

JUDITH: Ich weiß alles, großer Bote. Vera hat gestanden.

TILL *mit dem Ausdruck eines trotzigen Schuljungen*: Um so besser. Oder um so schlimmer... Übrigens, wenn Sie genau unterrichtet sind – warum titulieren Sie mich dann immer noch «großer Bote»?

JUDITH: Weil du ein Bote bist – ob du es weißt oder nicht. Vielleicht kennst du die Macht nicht, die dich gesendet hat. Aber ich kenne sie: es ist eine finstere Macht.

Knirps erscheint draußen im Garten, am Rand der Glastür, halb hinter dem Vorhang versteckt.

TILL *immer noch trotzig und verbockt*: Ich habe mit Ihren «Mächten» nichts zu tun, Fräulein Doktor. Niemand hat mich geschickt. Ich bin ganz allein und selbständig hierher gekommen.

JUDITH: Das ist nicht wahr. Du bist hier auf Befehl der dunkelsten Wesenheit, des großen Feindes, dein Auftrag ist Sabotage. Das Werk des Meisters soll gestört werden, vernichtet werden. Zu diesem Zweck wurdest du auf Vera losgelassen.

TILL: Schluß! Noch ein Wort – und Sie werden ein paar Dinge von mir zu hören kriegen...

JUDITH: Sprich ungeniert! Ich bin heute morgen schon einmal beschimpft worden. Es macht mir nichts. Ich bin nicht empfindlich.

TILL: Es lohnt sich nicht: Sie würden mich nicht verstehen. Wir sprechen aneinander vorbei, in verschiedenen Zungen. Was mich betrifft, ich habe Ihren mystischen Kauderwelsch gründlich satt. Das Leben ist einfacher als eure verschrobenen Phantasien. Ich liebe Vera. Ich glaube, daß sie mich liebt. Sie will mit mir kommen. Sie wird meine Frau.

JUDITH *mit großer Eindringlichkeit beginnend*: Ich beschwöre dich, Bote...

TILL: Nennen Sie mich nicht immer «Bote»! Es geht mir auf die Nerven.

JUDITH: Was immer dein Name ist – ich meine es gut mit dir, und ich meine es gut mit Vera. Um deinetwillen und um Veras willen flehe ich dich an: Steh ab von deinem Plan! Begreife seine Undurchführbarkeit!

TILL: Was ist an unserem Plan so undurchführbar? Vera will das Haus ihres verstorbenen Gatten verlassen, um einen anderen Mann zu heiraten und mit ihm zu leben. Dergleichen soll schon öfters vorgekommen sein.

JUDITH *sitzt einen Augenblick sprachlos. Dann hebt sie wieder mit mühsamer Gefaßtheit zu sprechen an*: Du stellst dich naiver, als du bist. Wenn du Vera liebst, so mußt du wissen, daß Maßstäbe, die für gewöhnliche Frauen passen mögen, in ihrem Fall keine Geltung haben.

TILL: Freilich weiß ich, daß Vera keine gewöhnliche Frau ist. Würde ich sie sonst lieben?

JUDITH: Du mußt wissen, daß sie eine Sendung hat und daß sie diese Sendung nicht verraten kann, ohne sich zu zerstören: du mußt wissen, daß sie an diese Insel gebunden ist durch einen heiligen Schwur und daß jeder Fluchtversuch von den Mächten fürchterlich geahndet werden müßte.

TILL: Wenn sie so empfindlich und rachsüchtig sind, eure berühmtem Mächte – dann dürfte es jetzt schon arg genug um mich und Vera stehen. Wir sind zuweit gegangen ...

JUDITH: Es ist noch nicht zu spät. Euch kann verziehen werden – wenn du jetzt von ihr läßt!

TILL: Ich kann nicht! Ich will's nicht! Ich tu's nicht! Wie könnte ich sie lassen? Ich liebe sie.

JUDITH: Ist das dein letztes Wort?

TILL: Mein letztes Wort!

JUDITH: Du bist unwiderruflich entschlossen?

TILL: Unwiderruflich.

JUDITH *mit einem Seufzer*: Ich hab es mir gedacht. Nun, wenn es denn sein muß – vielleicht ist es am besten so ...

TILL *freudig überrascht*: Fräulein Doktor! Sie sehen selber ein ...

JUDITH *mit einem wehmütigen Lächeln*: Ich füge mich ins Unvermeidliche.

TILL *jubelnd*: Das ist fein! Großartig ist das ja! Sie werden uns also gar nicht böse sein? Wir können in Frieden scheiden?

JUDITH: Wir können in Frieden scheiden.

TILL: Oh, Sie wissen ja gar nicht, wie froh ich bin, wie erleichtert! Darf ich dich Judith nennen? Und dir einen Kuß geben?

JUDITH: Du darfst alles.

TILL: Danke, Judith, danke!

Er küßt sie auf beide Wangen.

JUDITH: Ich hoffe, ihr werdet sehr glücklich miteinander sein. Und mögen die Mächte dich führen und beschützen.

Knirps in seinem Versteck hinter der Glastür, macht ein Zeichen zum Garten.

TILL: Ich habe dir viel abzubitten, Judith! Weißt du, ich hätte nie gedacht, daß du so uneigennützig und so gütig bist!

JUDITH: Man kann sich täuschen.

TILL: Vera wird selig sein…

Die sechs Kinder kommen vom Garten. Jane folgt in einiger Entfernung.

URSULA: Wenn es dir jetzt genehm ist, Fremder – wir sind bereit, mit dir zur Andachtsklippe zu spazieren.

TILL: Zur Andachtsklippe? Ja, natürlich – ich bin grad in der rechten Stimmung für einen solchen Ausflug! Wie weit ist es denn?

URSULA: Gar nicht weit, wenn man die Pfade kennt.

KASPAR *mit dem holdesten Lächeln*: Und so schön! Ein Ort voll Lieblichkeit und Frieden: Paradiesisch…

KNIRPS *kichert*: Ganz wie im Paradies!

TILL: Ich komme mit. Wartet nur einen Augenblick: Ich will geschwind hinauf zu eurer Mutter gehen, um ihr zu sagen, daß ich bald zurück sein werde.

JUDITH *schnell*: Bemüh dich nicht! Ich muß ohnedies in den ersten Stock. Laß mich mit Vera sprechen.

TILL: Ausgezeichnet. Umarme sie von mir und sag ihr, daß ich den Rundgang mache, den mir die Insel selber vorgeschlagen. Sie wird schon verstehen.

JUDITH: Ich zweifle nicht, daß sie verstehen wird.

TILL *zu den Kindern*: Fertig?

CHRISTOPHER, *Ursula zuflüsternd*: Nehmen wir nicht die Masken mit? Austreibe-Garnitur Nummero eins?

URSULA *flüstert*: Gut, daß du mich erinnerst…

Die sechs Kinder holen sich aus der Kostümkiste die gleichen Masken, die sie im dritten Bild beim «Austreibe-Tanz» benutzt haben.

Zunächst halten sie die Masken unter dem Arm, so daß die scheußlichen Fratzen unsichtbar bleiben.

JANE *bei Till*: Nicht zur Andachtsklippe gehen, guter Geist! Nicht den verbotenen Weg gehen mit den Teufelchen!

TILL: Was plappert die Kleine da? Kommst du denn nicht mit?

JUDITH, *Jane zu sich winkend*: Nein, Jane bleibt hier. Ich brauche sie zu meiner Pflege.

JANE *bei Judith*: Nicht weggehen, guter Geist...! Nicht die Welt untergehen lassen!

URSULA: Sie schwatzt dummes Zeug. Das tut sie immer.

KASPAR *mit dem Lächeln süßester Unschuld, Till zur Tür lokkend*: Komm, Fremder, komm mit uns! Wir zeigen dir den schönsten Ort der Welt – den Friedensfels, die Paradiesklippe...

Die sechs Kinder umringen Till. Während die Gruppe, mit Till in der Mitte, sich nach links in Bewegung setzt, ziehen die Kinder sich ihre Teufelsmasken vors Gesicht.

TILL *mit einem etwas erzwungenen Lachen*: Ihr seht ja reizend aus! Soll ich mich von einer Teufelsbande ins Paradies geleiten lassen?

Till und die maskierten Kinder verschwinden im Garten.

JANE *will sich von Judith losreißen, um den anderen nachzueilen*: Nicht weggehen! Nicht die Welt untergehen lassen!

Judith hält Jane zurück, zwingt sie neben sich auf die Knie. Da Jane aufschreien will, hält Judith ihr den Mund zu. Aus dem Schrei wird ein ersticktes Wimmern.

Kindsanna und Küchenanna in großer Erregung von rechts.

KINDSANNA: Fräulein Doktor... Fräulein Doktor...

KÜCHENANNA: Etwas Furchtbares geschieht! Ein Schicksalsschlag...

KINDSANNA: Die Gnädige verläßt uns!

KÜCHENANNA: Hat sich ihr Köfferchen – die alte Ledertasche – vom Speicher holen lassen!

KINDSANNA: Schon alles eingepackt!

KÜCHENANNA: Das Boot bestellt!

KINDSANNA: Auf und davon will sie uns gehen! Mit Sack und Pack! Für immer!

KÜCHENANNA: Was fangen wir an ohne die Gnädige?

KINDSANNA: Wer wird uns schützen, wenn der Gerichtstag kommt?

KÜCHENANNA: Und was wird der gnädige Herr dazu sagen?

JUDITH: Schweigt!

VERA *hastig von rechts. Sie trägt einen weißen Schleier um den Kopf gewunden und einen einfachen weißen Mantel*: Wo ist Till?

JUDITH: Ich weiß es nicht.

Jane will etwas sagen: Judith hält ihr den Mund zu.

VERA *an der Glastür; ruft*: Till... Till, mein Geliebter! Wo bist du?

JUDITH: Er hört dich nicht.

VERA: Till – hörst du mich? Ich bin reisefertig! Bereit zum neuen Leben... Warum antwortest du mir nicht, Till?

JANE *bei Judith; wimmert*: Guter Geist – weg... Welt geht unter...

VERA: Till – ich warte!... Till – wo bist du?
Mit einem gellenden Aufschrei, als ob sie plötzlich verstünde.
Till!

Dunkel.

Während der kurzen Pause zwischen dem fünften und sechsten Bild kann das entfernte Geräusch brandender Wogen gehört werden.

SECHSTES BILD

Am gleichen Tag, gegen Abend. Offene Glastür; blasser Silberhimmel. Bei der Glastür, Vera – noch im Reisekostüm, das Gesicht dem Garten zugewendet. Hinter ihr, in einiger Entfernung, Judith im Rollstuhl.

VERA *mit todmüder, schleppender Stimme, als habe sie viele Stunden lang hier gestanden und nach ihm gerufen*: Till... Till... Till...

JUDITH: Er hört dich nicht – wie oft soll ich es dir noch sagen? Du mußt ihn anders rufen, damit er dich wieder höre.

VERA *ohne auf sie zu achten, mit mattem Klagelaut*: Till... Till... Wo bist du?

JUDITH: Jetzt ist er anders, gereinigt, unvergänglich. Du wirst lernen müssen, ihn anders zu lieben.

VERA *eilt gepeinigt durchs Zimmer*: Ich kann nicht...

JUDITH: Du mußt.

VERA: O Judith! Judith! Die Mächte sind grausam...

Sie sinkt neben dem Rollstuhl in die Knie; wimmert in Judiths Schoß:
Ihre Rache – grausam ... grausam ... grausam ...

JUDITH *mit einer ganz vorsichtigen, beinah scheuen Liebkosung*: Ich weiß, Vera, ich weiß ... Sie sind hart, die Mächte. Es ist hart zu verzichten – ich weiß, ich weiß ...

VERA *den Kopf hebend*: Woher weißt du es?

JUDITH: Als ob ich es nicht selbst erfahren hätte ... Ich habe lange gelebt ... viel länger als du, mein Kind. Meinst du, ich hätte mich nie nach irdischem Glück gesehnt? Es gab Zeiten, da träumte ich von Liebe, Ehe, Kindern ... Ich mußte mir's versagen. Dienst und Glück schließen einander aus.

VERA: Du konntest keine Kinder haben: du warst krank.

JUDITH: Das kam später. Die Krankheit besiegelte nur ein Schicksal, dem ich mich schon früh verpflichtet wußte. Vera, was nützt es, sich zu sträuben? Das Gesetz, dem wir verschworen sind, ist unerbittlich. Der Dienst am Unsichtbaren fordert das letzte Opfer. Wir müssen zahlen für die Wonne des Eingeweiht-Seins. Das ist der Preis. Nicht weniger als – alles.

VERA: Alles ... Er war mir alles. Jetzt bin ich ganz allein.

JUDITH: Sind wir nicht da? – Die Kinder, ich ... Was siehst du mich so an? Haß mich nicht, Vera! Was du auch von mir glauben oder ahnen magst – du weißt, mußt wissen, daß ich dein Bestes will, daß ich dich liebe. Hasse mich nicht! Ich bin deine Schwester.

VERA: Ich hasse dich nicht. Ich hasse niemanden. Ich bin allein.

JUDITH *auf die Büste weisend*: Und e r? Ist er dir nicht mehr nah?

VERA: Ich fürchte mich vor ihm. Er wird mir nie verzeihen.

JUDITH: Du hast gebüßt: dir wird verziehen werden. Rufe ihn heute abend.

VERA: Es geht nicht ... nein ... unmöglich ... Ich bin nicht mehr imstande ...

JUDITH: Und der andere – der neue Geist und heimgekehrte Bote, der drüben an dich denkt?

VERA: Du meinst, er würde ...? Ich dürfte es versuchen ...?

JUDITH: Es ist deine Pflicht.

VERA *gleich wieder verzagt*: Aber ich kann nicht. Keine Kraft ... In mir ist alles leer, zerbrochen, abgestorben ...

JUDITH: Du mußt nur glauben, Vera – und du bist stark! Glaubst du?

VERA *mit geweiteten Augen*: Ich glaube...

JUDITH: Sei stark!

VERA: Was soll ich tun?

JUDITH: Steh auf!

VERA *sich langsam, mit Mühe erhebend*: Ja...

JUDITH: Du hast den Tag verschwendet mit deiner Klage. Nun ist es Abend. Dein Ruf, der hier ungehört verhallen mußte – drüben wird er erwartet. Geh auf dein Zimmer. Bereite dich zur Abendfeier. Geh.

VERA *sich langsam, wie schlafwandelnd auf die Tür rechts zubewegend*: Ja...

Sie dreht sich noch einmal um, die Türklinke in der Hand.

Und du meinst wirklich, er wird... er könnte...?

JUDITH: Von wem sprichst du?

VERA: Von ihm, den ich liebe.

Nach einer kurzen Stille – plötzlich ganz hell und freudig erregt:

Ja, er wird antworten – ich spür's, ich weiß es! Du hast recht, Judith: Ich bin nicht allein. Oh, danke – danke für deinen Rat!

Schnell ab nach rechts.

JUDITH *allein, schaut ihr nach – mit Zweifel, Reue, Mitleid und Mißbilligung. Dann, die Hände zum Altar hebend*: Gebt ihr Kraft, heilige Mächte! Verzeiht ihr und gebt ihr Kraft!... Und auch mir verzeiht! Habe ich mich vergangen? Ist das Gesetz von mir beleidigt worden? Ich wollte euch dienen, Mächte –: Ihr wißt, daß dies mein ganzer Ehrgeiz war. Verzeiht mir, gebt mir Kraft. Verzeiht ihr und mir.

Der alte Jakob und Jane erscheinen im Garten – eine verdeckte Bahre tragend. Sie setzen die Bahre draußen in einiger Entfernung von der Glastür ab. Dann erscheinen sie im Rahmen der offenen Tür.

JAKOB: Wir bringen dir was Schönes, Fräulein Doktor – auf der Bahre...

JUDITH: Was habt ihr da...?

JAKOB: Der Meergott ist's – der schöne Wellenfürst... Die Wellen haben ihn noch einmal ans Land getragen.

JANE *schluchzend*: Der gute Geist! War gut zur blöden Jane – hat mich recht gern gehabt... Jetzt ist er tot – ganz blutig... Jetzt mag mich keiner mehr.

JUDITH: Wo habt ihr ihn gefunden?

JAKOB: Drunten, bei den Felsen. Von der Andachtsklippe muß er ins Meer gesprungen sein – der Kühne! Da fingen ihn die bösen Zacken – grad an der gleichen Stelle, wo unser Meister ertrunken ist... Sein göttliches Gesicht, die starken Schultern, die beschwingten Füße – alles hin, zerbrochen... Willst du ihn betrachten, Fräulein Doktor?

JUDITH *schnell*: Nein... Tragt ihn zurück ... gebt ihn dem Meer zurück. Sagt keinem etwas. Es ist ein Geheimnis.

JANE *flehend*: Nicht ins Meer zurück – bitte, bitte! Die Flut spült ihn davon: dann ist er nicht mehr da. Die Welt geht unter, wenn er nicht mehr da ist. Keiner mag mich mehr.

JUDITH: Schweig, blöde Jane! Dein Lallen ärgert mich.

JANE: Nicht ins Meer... Nicht die Welt untergehen lassen...

JUDITH: Weg mit dir! Laß dich hier nicht mehr sehen!

JANE: Nie mehr? Zur Strafe? Wegen der Posaune?

JUDITH: Wie schnell du mich verstehst! Ja, zur Strafe – wegen der Posaune! Du kennst deine Schuld. Freilich, auch ich bin schuldig, weil ich in dir irrte. Wie konnte ich dich für den siebenten Engel halten? Du bist es nicht, bist nicht die Rechte. Nicht du!

JANE: Nicht Schwesterchen sieben... Bin's nicht... Nicht ich...

JUDITH: Du hast das Vertrauen der Drüberen enttäuscht – und meines. Dein Versagen bleibt unverzeihlich. Aus meinen Augen! In diesem Haus ist kein Platz für dich.

JANE *wimmert*: Kein Platz für mich... Nirgends...

JAKOB *ihr einen schweren Arm umlegend*: Nicht greinen, blöde Jane! Bei mir ist Platz für dich.

JANE *dankbar zu ihm aufblickend*: Wirklich...?

JUDITH: Gut. Von jetzt ab magst du mit ihm in der Hütte leben, als seine Dienerin. Geht jetzt, ihr zwei Verfluchten!

JAKOB *mit einem tiefen, brummenden Lachen*: Verfluchte – wir? Da muß ich aber lachen. Wir haben doch das Meer... Und was habt ihr denn – ihr traurigen Gestalten, ihr Fledermäuse, Angstratten, Geisterjäger? Wir – Verfluchte! Hahaha!

JUDITH: Fort mit euch! Macht schnell!

Nach draußen, auf die Bahre zeigend:

Und nehmt das da mit!

JAKOB *zieht sich, Jane umschlungen haltend, langsam in den Garten zurück*: Wir gehen ja schon, Doktorin: sind ja schon weg, wollen ja gar nicht bleiben... Hier ist's eng und stickig; aber am Strand, da bläst ein guter Wind. Grad recht zur Hochzeitsfeier! Denn wenn der Wellenkönig heimkehrt ins Wellenreich – das ist doch eine Hochzeit! Das muß gefeiert werden –

Zu Jane:

Nicht wahr, Töchterchen? Jetzt gibt's ein Fest – freust du dich schon darauf?

JANE: Ein Fest... Jane freut sich...

JAKOB: Der Bote aus der Tiefe – gar lieblich aufgeputzt mit Muscheln, Algen, feuchten Wasserrosen – vermählt sich dem Ozean. In der Tiefe drunten spielt er dann mit dem Meister – und wir schauen zu...

JANE: ... und wir schauen zu...

JAKOB: Wir schauen zu, wie die zwei miteinander scherzen und sich ergötzen und befreundet sind. Schließlich sind sie eins – eins miteinander, eines mit der Tiefe...

JANE: Die schöne Hochzeit... und wir schauen zu...

Jakob und Jane, die Bahre tragend, verschwinden im Garten.

Kindsanna und Küchenanna, von rechts.

KINDSANNA: Die Gnädige sagt, es gibt eine Sitzung.

JUDITH: Richtig, schmückt den Altar, schafft den Thron herbei.

KINDSANNA: Erst heißt's, die Gnädige will weg – und dann gibt's plötzlich eine Feier außerhalb der Reihe! Wer kennt sich da noch aus?

KÜCHENANNA: Geh, brummen's nicht schon wieder! Ich hätt freilich auch lieber Feierabend, statt einer Abendfeier...

KINDSANNA: Die Herrschaft hat ihre Launen, ihre Visionen und Sensationen. Für unsereinen läuft es immer auf dasselbe raus. Immer die gleiche Plackerei...

Es fängt an, dunkel zu werden. Kindsanna und Küchenanna bewegen sich zwischen Altar und rechter Tür hin und her – Hocker tragend, den Altar mit Blumen schmückend usw.

Uncle, Larue und Li Tso, von rechts – im Talar. In der offenen Tür stoßen sie mit Kindsanna und Küchenanna zusammen, die mit dem großen ägyptischen Thronsessel gleichfalls durch die Tür wollen.

LARUE: Oh, pardon...

UNCLE: Darf ich behilflich sein?

KINDSANNA *verächtlich*: Das schwere Ding wolln Sie uns tragen helfen? Daß ich nicht lach! Sie haben doch keine Kraft! Sind doch nur ein Professor!

KÜCHENANNA: Wir schaffen's allein. Ist ja noch immer gegangen...

JUDITH *von der Glastür her, wo sie sitzen geblieben ist*: Guten Abend, meine Herren.

DIE DREI PROFESSOREN *bei Judith*: Verehrte Freundin...

UNCLE: Die Störung ist behoben?

JUDITH: Alles in bester Ordnung.

LI TSO: Den Mächten sei Dank!

LARUE: Man war doch leicht besorgt...

UNCLE: Und es soll eine Abendfeier geben?

JUDITH: Eine außerordentliche Sitzung – ganz improvisiert.

UNCLE: Vielleicht dürfen wir Ihnen vor Beginn der Séance einige unserer Ideen auseinandersetzen.

LI TSO: Wir haben die Zeit des Wartens nicht ganz schlecht genutzt: Vieles wurde durchdacht, besprochen...

UNCLE: Uns ist mancherlei eingefallen, was sich für die kommende Kampagne vielleicht verwenden ließe. Hier sind ein paar Notizen...

Er holt ein Bündel loser Blätter aus der Tasche seines Talars.

LARUE *gleichfalls Papiere hervorziehend*: Es ist alles noch etwas ungeordnet: ein Durcheinander von Fragen, Themen, Slogans...

LI TSO *gleichfalls mit Papieren*: Indessen hat das Konzept der Rettungsaktion sich doch schon weitgehend in uns geklärt...

JUDITH: Ich muß Sie unterbrechen, meine Herren. Während der letzten Stunden sind Dinge geschehen, die eine völlig neue Lage schaffen. Es stellt sich jetzt heraus, daß Vera den Willen der Mächte mißverstanden hat – wenn sie nicht böswillig betrogen wurde.

UNCLE: Der Bote...?

JUDITH: Er ist ganz plötzlich abgerufen worden.

LARUE: Man darf doch hoffen, daß er wiederkommt?

JUDITH: Vielleicht gelegentlich, als Geisterstimme; aber doch nicht in offizieller Eigenschaft, und keinesfalls mehr in der leiblichen Gestalt, die er vorübergehend angenommen.

UNCLE: Für unsere Sache ein sehr harter Schlag.

JUDITH: Wer sind wir zu entscheiden, was der Sache des Geistes nützlich ist – was ihr schadet?

UNCLE: Sie haben recht: ich bitte um Vergebung. Ich dachte an die Interessen der weltlichen Organisation, der ich diene. Das war falsch. Von Bedeutung ist einzig und allein das Interesse der überweltlichen Werte und Wesenheiten, in deren Dienst unsere Gesellschaft steht.

LIT TSO: Groß ist die Weisheit der Mächte – ob wir sie fassen können oder nicht.

LARUE: Unsere Gesellschaft wird auch den Verlust des Boten überleben – wenn nur die Priesterin uns erhalten bleibt!

JUDITH: Auf Vera ist Verlaß. Wie zuvor, wird auch künftig wieder der Meister sich durch ihren Mund vernehmen lassen – ohne Zwischenträger. Doch scheint es nicht wahrscheinlich, daß eine Rettungsaktion von der geplanten Art im Sinn der Mächte wäre. Die materielle Welt ist nicht zu retten – soll nicht gerettet werden. Das Heil liegt nicht in der Reform irdischer Übelstände, sondern in der Überwindung des Irdischen. Es wird gewünscht, daß wir das Verhängnis demütig akzeptieren und die verirrte Menschheit darauf vorbereiten. Was tut der Eingeweihte und Erleuchtete?

UNCLE: Dem Rat der Geister folgen!

LARUE: Treu und gehorsam...

LI TSO: Immer.

JUDITH: So sei es. Und nun laßt uns hören, was für Rat und Trost die Unsichtbaren heute für uns haben.

Kindsanna und Küchenanna haben inzwischen den hinteren Teil des Raums für die Séance zurechtgemacht – den Vorhang vor die Glastür gezogen, die Kerzen auf dem Altar angezündet usw. Während des letzten Teils der vorigen Szene – etwa mit dem Beginn von Judiths abschließender Rede – hat die Kindsanna gedämpftes Orgelspiel hören lassen. Gleichzeitig sind die sechs Kinder – im Engelskostüm, mit Flügelschmuck und Maske – lautlos von rechts her eingetreten und haben ihre Positionen zur Eröffnung des Reigens eingenommen. Jetzt rollt Judith nach hinten und nimmt ihren gewohnten Platz neben dem Thronsessel ein. Die drei Professoren folgen und lassen sich auf den Hockern neben ihr nieder. Auch die Küchenanna setzt sich. Feierliche Spannung. Die Kinder stehen unbeweglich, in starren Posen. Die Orgelmusik schwillt an. Nach langer Pause erscheint Vera von rechts – im weißen Gewand, mit Stirnbinde, aber ohne Blumen.

VERA *an der Tür stehen bleibend*: Verzeiht mir, Freunde: ich möchte heute keine Zeugen meines Gesprächs mit drüben. Nur die Kinder sollen bei mir bleiben. Alle anderen wollen bitte die Güte haben, den Sitzungssaal zu verlassen.

JUDITH: Auch ich?

VERA: Auch du, Judith. Ich werde Nachricht geben, sowie ich meinerseits Nachricht empfangen habe.

Das Orgelspiel bricht ab. Alle nach rechts ab, mit etwas enttäuschten Mienen. Die Kindsanna ganz leise und murrend den Kopf schüttelnd. Nur Vera und die sechs Kinder bleiben zurück.

Vera steht aufrecht vor ihrem Sessel in der Mitte der Bühne. Die maskierten Kinder bleiben regungslos. Eine Pause; dann –

Nehmt die Masken ab. Ich will eure Gesichter sehen.

Die sechs Kinder nehmen ihre Masken ab.

URSULA: Kein Locktanz heut?

VERA: Nein, kein Locktanz. Kommt zu mir.

Sie setzt sich.

Die sechs Kinder gruppieren ihre Hocker um Veras Sitz herum; nehmen Platz, Vera flüstert:

Schließt die Runde!

Die Kinder nehmen sich bei den Händen. Ursula und Knirps – neben Vera sitzend – berühren mit behutsamer Zärtlichkeit die Handgelenke der Mutter. Eine Pause – dann mit geschlossenen Augen – flüsternd:

Spürt ihr etwas?

Die Kinder erschauern.

URSULA: Der Hauch... kälter als sonst...

KASPAR: Eisig...

VERA: Es ist jemand da... Ich höre...

URSULA: Wer ist es?

VERA *im Kontakt mit der anderen Seite; selig lächelnd*: Ja, Lieber, ja... Wie gut von dir... Danke... Nein, ich habe nicht weinen können; es war zu schlimm für Tränen... Jetzt ist es besser... ja... Weil du jetzt bei mir bist... weil ich dich wieder höre... Deine Stimme... wie gut... Ja, ich liebe dich... immer... immer...

URSULA: Ist es der Papa?

VERA *schüttelt den Kopf. Dann, wieder dem Unsichtbaren zulächelnd*: Willst du mir nicht erzählen, wie es kam?... Ja, ich verstehe... Du standest auf den Zehenspitzen am Rand der Klippe – flugbereit... Verlorst das Gleichgewicht... Die Wellen riefen... Niemand hatte Schuld... Du bist keinem gram...

URSULA *wiederholt flüsternd*: Er ist keinem gram...

Die sechs Kinder lassen einen Seufzer der Erleichterung hören.

VERA: Was sagst du?... Die Insel wollte es?... Die Toteninsel, die Liebesinsel: sie war es also, die darauf bestand? Zürnst du ihr nicht? Oh, lieber Bote... Lieber...

Plötzlich erschaudernd:

Was hat mich da berührt? Es war wie ein Funke... an meiner Schläfe... hier... schmerzhaft, hart... fast wie ein Schlag, elektrisch... Was gibt es? Eine Mitteilung von großer Wichtigkeit?... Ich bin bereit. Wer bist du, der du zu mir sprichst?... Jetzt scheinen es zwei Stimmen – gleichzeitig mich bedrängend... Wer seid ihr?... Bist du es, Gatte? Oder du, Geliebter?... Wenn ihr beide sprecht – gegeneinander, zur gleichen Zeit –: wie soll ich euch verstehen?... Ihr macht mir angst... Eure Stimmen streiten... Streitet nicht!... Die Angst ist wieder da... Der Abgrund – bodenlos... Habt Erbarmen!

URSULA: Was ist es, Mutti? Können wir dir helfen?

VERA: Jetzt ist es wieder gut... Die Stimmen verschmelzen, vermählen sich: nun ist es nur noch eine: ein Ruf, ein Gruß, eine Liebkosung... Was kündest du mir, liebe Doppelstimme? Die große Neuigkeit... Ja, ich höre... Ich verstehe... ja...

URSULA: Es muß etwas sehr Schönes sein: sie lächelt!

VERA *verklärt*: Der siebente Engel... Ja... Ich habe ihn empfangen... Empfangen – von wem? Von dir?... Von dir?... Von euch... Das Zeichen eurer Liebe, um das ich flehte – es wurde mir zuteil...

URSULA: Warum bist du so froh?

VERA *zu den Kindern*: Frohe Kunde! Ihr werdet sieben sein. Der siebente Engel kommt – ein kleiner Bruder: die liebe Stimme hat ihn mir verhießen...

KNIRPS: Ui fein! Dann haben wir genug Posaunen für den Locktanz!

URSULA: Aber der siebente Posaunenstoß bedeutet...

KASPAR: Wenn der siebente Engel kommt, dann ist's soweit...

CHRISTOPHER: Dann ist die Stunde da: der große Zorn, die Zeit der Toten...

VERA *wieder bei den Geistern*: Sag mir doch, liebe Stimme: Was ist der Sinn des Segens? Ist's der Tod der Welt, den ich gebären werde? Oder ist's der Retter? Oder ist es nur ein Menschenkind, wie die Millionen anderer Menschenkinder? Das dürft ihr mir nicht sagen? Ihr dürft mir nichts mehr sagen? Wie fern ihr klingt... wie weit... Dies ist Abschied?... Keine Fragen mehr? Kein Zwiegespräch? Die letzte Abendfeier...?... Oh, Gatte! Oh, Geliebter!... Zweifach geliebter Hauch... Ihr entweicht? Ihr laßt mich?... Bleibt!... Nein, ihr mögt gehen. – Es ist gut... Ich habe keine Angst mehr... Gar keine Angst... Ich halte still... Ich warte... Mein neues Amt – ich weiß... Lebt wohl, liebe Stimme... Danke für eure Botschaft... Es ist alles gut...

Sie erhebt sich, geht einige Schritte nach vorn – noch wie in Trance, noch lächelnd, noch verklärt.

Die sechs Kinder sind mit ihr aufgestanden; folgen ihr.

URSULA, *Vera mit scheuer Bewunderung von der Seite betrachtend*: Du bist so schön, Mutti.

VERA: Weil ich glücklich bin.

URSULA: Wegen des siebenten Engels?

VERA: Wegen des Segens – ja.

KNIRPS: Aber wenn die Welt doch bald untergeht – lohnt es sich denn da noch, ein Brüderchen zu machen?

VERA: Es lohnt sich immer. Es ist alles gut.

Tür rechts öffnet sich: Judith erscheint auf der Schwelle. Hinter ihr drängen sich die drei Professoren, Kindsanna, Küchenanna.

JUDITH: Ist die Sitzung aus?

VERA *ohne sich umzudrehen; immer mit demselben selig-benommenen Lächeln*: Die Sitzung ist aus.

JUDITH *sich weiter in den Raum bewegend*: Gibt es etwas Neues?

KNIRPS *will losplappern*: Ja, Tante Judith – etwas Neues, Schönes...

Vera legt den Finger an den Mund.

Die sechs Kinder verstehen, legen alle den Finger an den Mund – sich gegenseitig zum Schweigen mahnend.

VERA: Nichts Neues – Nein. Nichts, was ich wiederholen dürfte.

UNCLE: Und der Weltuntergang...? Unsere Aktion...?

VERA: Von alldem weiß ich nichts.

JUDITH: Was soll das heißen? Versuch es noch einmal, die Geister zu befragen. Sie werden Auskunft geben...

VERA: Nein, keine Fragen mehr, keine Orakel! Mein Zwiegespräch mit drüben ist zu Ende.

JUDITH: Morgen also, wenn du jetzt nicht in Stimmung bist...

VERA: Auch morgen nicht. Nie wieder. Ich habe der Stimme Lebewohl gesagt.

JUDITH: Was hat das zu bedeuten...?

VERA: Durch mich erfahrt ihr nichts mehr aus der anderen Welt. Ich habe ein neues Amt.

Judith, die drei Professoren, Kindsanna und Küchenanna bewegen sich in bedrohlicher Erregung auf Vera zu.

JUDITH: Das ist Verrat...

UNCLE: Nicht möglich...

LARUE: Quelle désastre...

LI TSO: Im Namen der Mächte, wir beschwören Sie...

KINDSANNA: Unsereins läßt sich das nicht gefallen...

KÜCHENANNA: Ein alter Dienstbot bittet...

Die sechs Kinder haben sich schützend um Vera gestellt, verdekken sie mit ihren Engelsflügeln.

JUDITH *näher an Vera heran*: Dein Eid! Man wird dich zwingen...

URSULA: Unsere Mutti zwingt keiner! Wir beschützen sie!

VERA *die Kinder an sich ziehend*: So ist's recht: wir halten jetzt zusammen! Zusammen warten wir – auf was? Was es auch sei... Neubeginn oder Ende –: wir sind getrost. Getrost, geduldig leisten wir unseren Beitrag, auf daß der Wille der Unsichtbaren, Unerforschlichen sich erfüllen möge.

LI TSO: Ihr Antlitz leuchtet. Glanz auf ihrer Stirn...
JUDITH: Und wir bleiben im Dunkel?
VERA: Dunkel ist's auch in mir, wo das Leben wächst. Aber die Angst ist nicht mehr da. Das Glück, das aus mir leuchtet – auch ihr fändet es, wenn ihr nur nicht mehr suchtet. Fürchtet euch nicht.

Vorhang

EDITORISCHE BEMERKUNGEN

‹*Anja und Esther*› wurde am 20. Oktober 1925 an den Münchner Kammerspielen uraufgeführt. Regie: Otto Falckenberg, in den Hauptrollen spielten Toni van Eyck (Anja), Maria Baitz (Esther), Hans Schweikart (Kaspar) und Ernst Ginsberg (Jakob).
Erste Veröffentlichung im Verlag Oesterheld & Co., Berlin 1925.

‹*Revue zu Vieren*› wurde am 21. April 1927 im Alten Theater Leipzig uraufgeführt. Regie: Gustaf Gründgens, Bühnenbild: Thea Sternheim, Musik: Klaus Pringsheim. In den Hauptrollen spielten Klaus Mann (Michael), Gustaf Gründgens (Allan), Pamela Wedekind (Ursula Pia) und Erika Mann (Renate).
Erste Veröffentlichung im Verlag Oesterheld & Co., Berlin 1926.

‹*Gegenüber von China*› wurde am 27. Januar 1930 im Stadttheater Bochum uraufgeführt. Regie: Hans Buxbaum, Bühnenbild: Ernst Presber und Johannes Schröder. In den Hauptrollen spielten Magda Reichard (Madeleine) und Otto Collin (Robert).
Erste Veröffentlichung im Verlag Oesterheld & Co., Berlin 1929.

‹*Geschwister*› wurde am 12. November 1930 an den Münchner Kammerspielen uraufgeführt. Regie: Richard Revy, Bühnenbild: Otto Reigbert. In den Hauptrollen spielten Erika Mann (Elisabeth) und Wolfgang Liebeneiner (Paul).
Erste Veröffentlichung im Gustav Kiepenheuer Verlag, Berlin 1930.

‹*Athen*›, bisher noch nicht aufgeführt, wurde (unter dem Autoren-Pseudonym Vincenz Hofer) zuerst veröffentlicht im Verlag Oesterheld & Co., Berlin 1932.

‹*Der siebente Engel*›, ebenfalls noch ohne Uraufführung, wurde erstmals 1946 vom Europa Verlag in Zürich als Bühnenmanuskript vervielfältigt.

Die Textfassungen im vorliegenden Band folgen den jeweiligen Erstausgaben der Stücke; Uneinheitlichkeiten in der Schreibweise wurden behutsam angeglichen. Stand aller Angaben: Dezember 1988.

Für Auskünfte und Materialien haben die Herausgeber zu danken Dr. Fredric Kroll, Freiburg, dem Europa Verlag Zürich, dem Stefani Hunzinger Bühnenverlag Bad Homburg, dem Deutschen Theatermuseum München und dem Klaus Mann Archiv der Staatsbibliothek München.

NACHWORT

Kein Wunder, daß er das Theater leidenschaftlich liebte: Klaus Mann war eine nervöse und extrovertierte Künstlernatur. Verwandlung und Maskerade, Selbstdarstellung vor Publikum, das war immer eine Seite seiner literarischen Arbeit. Die andere: Suche nach Orientierung und weltanschaulicher Programmatik, Sprecher seiner Generation sein, die unbestimmten Sehnsüchte und Ängste der Zeit zum Ausdruck bringen. Auch das wollte in die Öffentlichkeit, drängte auf die Bühne.

In den Kindheitserinnerungen nehmen die Aufführungen des «Laienbunds deutscher Mimiker», mit dem die Kinder sich im Familienkreis produzierten, breiten Raum ein. Neben der Freude am Spiel dürfte auch die Aura des Künstler-Milieus besonderen Reiz auf den Heranwachsenden ausgeübt haben. Schauspieler führten nach Meinung der Bürger eine amoralische und gefährdete Existenz. In der Familie Mann wurde oft das Schicksal von Tante Carla beschworen. (Die Schauspielerin Carla Mann hatte 1910 mit Zyankali ihrem Leben ein Ende gesetzt.) Klaus Mann sah darin kein warnendes Beispiel. Theater mußte ihn faszinieren, sah er doch einen engen Zusammenhang zwischen Exhibitionismus und dem Phänomen der künstlerischen Begabung, «die tiefe Lust jedes artistischen Menschen am Skandal, an der Selbstenthüllung; die Manie zu beichten».[1]

Zu seinen ersten literarischen Arbeiten gehören die Theaterstücke ‹*Anja und Esther*› und ‹*Revue zu Vieren*›. Beide Stücke schildern Pubertätswirren und formulieren mit jugendlichem Pathos die verzweifelte Suche nach Orientierung. Die unterschwellige Erotik, die Darstellung von homosexuellen und anderen verbotenen Liebesbeziehungen gaben den Stücken den Beigeschmack des Anrüchigen, zumal der Autor sie als «persönlichste Beichte» präsentierte.[2] Jede Premiere war umkämpft, erregte Aufsehen, machte Skandal. Zwar gab es vernichtende Kritiken, höhnische Kommentare und Glossen, aber unterm Strich war Klaus Mann der Presserummel «als Reklame willkommen».[3]

Beunruhigt dagegen war verständlicherweise Thomas Mann. Zunächst versuchte er, sich auf Distanz zu halten: «Sehen wir zu mit den besten Wünschen, aber aus der Ferne. Denn in die Premiere bringen mich keine zehn Pferde.»[4] Vor der Wiener Aufführung von ‹*Anja und Esther*› ging das Gerücht um, er weigere sich, das Stück zu lesen, weil es unzüchtig sei; Thomas Mann sah sich gezwungen, öffentlich zu dementieren: «Ich bin kein Stiftsfräulein.»[5] Er bekam nicht bloß einige «häßliche» Kritiken zu lesen, er wurde auch direkt angesprochen, etwa von der Frau Albert Bassermanns. Die literarische Produktion des Sohnes bereitete ihm erhebliche Schwierigkeiten. Zornig verurteilte er ‹*Anja und Esther*› als ein «unbeschreiblich gebrechliches und korruptes Stückchen».[6] So steht es in einem Brief an Ernst Bertram; Erika Mann gegenüber formulierte er höflich-anerkennenden Zuspruch und konstatierte einen «gewissen jugendlich-überjugendlichen Charme» des Dramas.[7] Klaus Mann seinerseits entschuldigte sich beim Vater, «daß Du meinetwegen so widerliches Zeug geschickt bekommst»[8], aber ihm muß der Erfolg, so zweifelhaft er auch zustande gekommen sein mag, doch Genugtuung verschafft haben. Zeitlebens immer gemessen an seinem großen Namen, konnte er in dieser Gattung den Vergleich gut aushalten: Als Bühnenautor war er weit erfolgreicher als Vater und Onkel, die mit historischen Dramen am Theater scheiterten. Lästermäuler spotteten bereits: «Thomas Mann, der Dichter der vielfach unaufgeführten ‹*Fiorenza*›, wird schließlich noch seinen Sohn beneiden müssen.»[9]

‹*Anja und Esther*› wird im Untertitel als «romantisches Stück» charakterisiert. Ort des Geschehens ist ein Stift, ein «Erholungsheim für gefallene Kinder»; der achtzehnjährige Autor verwertete Eindrücke und Erlebnisse aus seiner Internatszeit.[10] Von Unterricht, schulischem Lernen ist im Stück kaum die Rede. Singen, Tanzen, Dichten: Erik, irritiert und verwirrt, fragt sich, «ob es nun eine Besserungsschule ist oder ein Kabarett, ob es nun eine Art Kloster ist – oder das Gegenteil». Der Zuschauer im Theater mußte sich dieselbe Frage stellen, dafür sorgte schon die Entreeszene. Ein hoher Raum mit breiter Flügeltür, darüber ein Kruzifix, rechts und links zwei Kandelaber. In diesem Ambiente üben sechs kleine Mädchen eine

Revuenummer, Probe zur jährlichen Schulaufführung. Die Programmfolge wird noch diskutiert: Jakob schwankt, welches seiner Chansons er singen soll. Das ‹*Schminkelied*› könnte frivol wirken, auf die ‹*Ballade vom toten Jüngling und vom bösen kleinen Mädchen*› werde er besser verzichten – die Geschichte von der Leichenbuhlschaft stelle vielleicht «zu hohe Anforderungen an das Begriffsvermögen der Leute». Die Szene hat einen komischen Akzent: Kinder spielen Erwachsene. Sie reden im gepflegten Konversationston über verruchte Laster, von denen sie gewiß weniger Kenntnis haben als jeder Volksschüler oder Lehrling.

Die gestelzte Sprache und die gekünstelten Posen verraten eine Sehnsucht ohne Ziel, Liebesverlangen und Erfahrungshunger. Genießerisch überläßt man sich dem Weltschmerz, denn «alles Schöne ist traurig». Verschwommene Religiosität, gepaart mit Narzißmus, bringt eine seltsame Mystik und groteske Wunschträume hervor. In diese hermetisch abgeschlossene Welt, wo in der stickigen Luft der Pubertät erotische Phantasien wuchern, platzt ein Fremder: Erik, «ein Bursche von etwas proletarischem Aussehen». Doch der Autor konfrontiert die überspannten Stiftszöglinge nicht mit der schlichten Realität des Normalbürgers, sondern stattet Erik mit mondänen Zügen aus: Er kommt aus den großen Städten, den verrauchten Kaschemmen, wo die Dirnen mit hohen Stiefeln und roten Perücken auftreten. Nicht nur Kaspar träumt vom Leben «draußen», «hingegeben den Städten, aber doch die Sehnsucht nach zu Haus im Herzen». Dies ist auch die Haltung des Autors: Klaus Mann war im Juni 1923 nicht an die Odenwaldschule zurückgekehrt, sein erstes Theaterstück aber, eineinhalb Jahre später entstanden, ist geschrieben mit der «Sehnsucht nach zu Haus». Kaspar fühlt einen Auftrag: «Aber aus alldem muß doch einmal irgend etwas kommen – eine Art Werk – eine Art Gestaltung. Einer von uns muß das Lied singen, unser Lied.» Das sah Klaus Mann als seine Aufgabe an, diese Sätze bilden sein künstlerisches Credo.

Das Stück lag im Dezember 1924 als Manuskript vor. Klaus Mann wußte um die Gefahr, daß eine falsche Inszenierung das Stück erledigen konnte. Seiner Verlobten Pamela Wedekind schrieb er: «Freilich wirkt es nur in einer exquisiten Aufführung, eine Nuance zu plump und es ist ein lächerliches Sexualstückchen.»[11] In der Inszenierung an den Hamburger Kammerspielen übernahm er selbst die

Rolle des Kaspar; Schwester Erika spielte Anja, Pamela Wedekind Esther. Dichterkinder auf der Bühne, das war nicht nur eine publicityträchtige Sensation, es war zugleich der Versuch, noch kaum verarbeitete Erfahrungen authentisch zu gestalten. Ihre Leistungen wurden von der Kritik wohlwollend beurteilt, obwohl einige sich über Klaus Manns deklamierende Emphase mokierten, Dilettantismus und eine gewisse Gehemmtheit konstatierten. Regisseur Gustaf Gründgens, der ebenfalls eine Rolle übernommen hatte, fand übrigens kaum irgendwo Erwähnung.

Als der Vorhang sich schloß, kam es zum Tumult. «Das Publikum, das sich im Verlauf des Stückes fast völlig stumm verhalten hatte, reagierte am Schluß mit Hand und Hausschlüssel.«[12] Konservative Stimmen ereiferten sich über Dekadenz und Unmoral: «Das Herumwühlen in sexuellen Entartungsmöglichkeiten» sei abstoßend, und diese Jugend, die «nichts bewegt als die Wirrnis pervertierter Liebesgefühle», sollte gefälligst «ihre düsteren Angelegenheiten im Stillen mit sich selbst abmachen, aber nicht vor der Öffentlichkeit».[13] Der Kritiker des Traditionsblatts *Hamburgischer Correspondent* ließ sich dazu hinreißen, auf dem Papier von Brutalitäten zu träumen: «Die Gestalten, die es auf die Bühne bringt – zu Charakteren hat es nicht gereicht – reden und reden, bis man das intensive Bedürfnis hat, irgend jemanden in den Bauch zu treten, damit wenigstens irgend etwas geschieht.»[14] Bei den Kammerspielen gingen anonyme Drohbriefe ein; Klaus Mann, dem «Schwerverbrecher am deutschen Volke», wurden für «solchen perversen Bockmist» Ohrfeigen angeboten.[15] Trotz des aufgeheizten Klimas war die Hamburger Aufführung ein Erfolg: Von den meisten seriösen Blättern wurde die Ernsthaftigkeit des Unternehmens nicht bestritten.

Zwei Tage zuvor, am 20. Oktober 1925, war das Stück in München unter der Regie Otto Falckenbergs uraufgeführt worden. «Phantasielos im ganzen, mißglückt im einzelnen, ohne Mut zum Entscheidenden, ganz verkehrt angelegt», lautete das Fazit in der *Frankfurter Zeitung*.[16] Auch die Berliner Premiere, eine Vormittagsmatinee, wurde ein Desaster. Herbert Jhering ging hart mit Stück und Autor ins Gericht: Klaus Mann habe «den szenischen Marlittroman der Homosexualität» geschrieben. «Alles ist nur verzärteltes Auskosten, morbides Glimmern, undramatisch, unlebendig, von einem süßlichen Moderduft durchzogen.»[17] Während am Wiener Raimund-Theater – ein Schriftsteller-Kollege, Franz Theodor Csokor, hatte die Regie übernommen – die Veranstaltung ohne Eklat über die Bühne ging, schlugen in Darmstadt die Wogen der Empörung hoch bis in den hessischen Landtag, wo die Opposition voll «Schrecken und Grauen» von dem Theaterereignis sprach. Dabei hatte Regisseur Jacob Geis für eine einfühlsame und unspekulative Inszenierung gesorgt. Die erotischen Komplikationen sollten nur geahnt werden; wichtig war ihm die Mischung von schwebender Melancholie und jugendlichem Überschwang. Wesentlich fand der Regisseur «die unbestimmte und unbestimmbare Sehnsucht dieser jungen Menschen nach Veränderung des gegenwärtigen Zustands».[18] (Drei Jahre später holte Bertolt Brecht Geis nach Berlin, um dort ein anderes, ebenfalls von den Verwirrungen der Pubertät handelndes Stück herauszubringen: *‹Pioniere in Ingolstadt›* von Marieluise Fleißer.)

‹Anja und Esther› ist in den Kontext der Zeit zu stellen; Frank Wedekind und Ferdinand Bruckner, in dieses Koordinatenkreuz gehören die frühen Stücke Klaus Manns. Wunschphantasien und reale Nöte, romantische Illusionen und pubertäre Verstiegenheiten, kurz «die Krankheit der Jugend» (so der Titel eines Bruckner-Dramas, das damals noch ungespielt war) wurden auf der Bühne ausgestellt. Im Zentrum von Klaus Manns Stück steht Esthers Anklage der Vätergeneration. Verglichen mit dem expressionistischen Drama – Walter Hasenclevers *‹Der Sohn›* hatte 1916, Arnolt Bronnens *‹Vatermord›* 1922 Uraufführung – war dies leere Rhetorik ohne jene Aggressivität, die aus konkretem Leidensdruck entsteht. Ähnlich abstrakt-allgemein Esthers Standortbestimmung der jungen Generation: «Wir sind hilflos zwischen alle Extreme gestellt, und niemand ist unser Führer.»

Klaus Mann hatte eine vage Vorstellung davon, wie der ersehnte Führer beschaffen sein mußte: «Wer schwach genug sein könnte, allen diesen Strömungen sich hinzugeben, stark genug dann wieder, aus dieser Hingbe sich selbst zu gewinnen», sinniert der Protagonist in der Erzählung *‹Vor dem Leben›*.[19] Die Geschichte endet in Ratlosigkeit und einem großen Gelächter, mit dem die Jugendlichen ihrer Trauer Herr werden wollen.

Davon handelt auch Klaus Manns zweites Theaterstück, das Sendungsbewußtsein mit Selbstironie zu paaren versucht, im Ergebnis aber vor allem von Selbstüberschätzung zeugt. In *‹Revue zu Vieren›* will eine Gruppe von Jugendlichen ein Bühnenspektakel erarbeiten, das nichts weniger sein will als eine Synthese aller Zeitströmungen inklusive Erotik, Politik, Religion und Kunst. Im Theater soll die Jugend «ihr wildes, vielfältiges, erschreckendes Antlitz wiedererkennen». Die Premiere der Revue wird jedoch zur Blamage, und die Künstler bzw. selbsternannten Führer der Jugend müssen vor der aufgebrachten Menge flüchten. Im letzten Bild sehen wir die vier in einem Nobelhotel jenseits der Grenze. Vor den Hotelgästen geben sie sich als Baron und Geheimrat aus: Sie spielen Komödie. Ist dies das große Gelächter, das die Trauer überspielen soll? Wohl kaum. In der Schlußszene bricht sich plötzlich ironische Selbsterkenntnis Bahn: Nicht nur die Revue im Stück, auch Klaus Manns Komödie war nichts anderes als Bluff und Hochstapelei.

Dramaturgisch ungeschickt gebaut und in papierenem Deutsch verfaßt, verriet *‹Revue zu Vieren›* zudem das inhaltliche Anliegen. Der Theaterverlag zögerte, das Stück in sein Programm aufzunehmen, doch dem Autor war es gelungen, eine Tournee zu organisieren, die im Anschluß an die Leipziger Uraufführung unter anderem nach Berlin, München, Wien und Prag, Budapest und Kopenhagen führte. Klaus Mann setzte wieder auf die Erfolgsmasche «Dichterkinder spielen Theater». Zwei Paare standen auf der Bühne: die Verlobten Klaus Mann und Pamela Wedekind, das Ehepaar Gustaf Gründgens und Erika Mann. (Klaus Pringsheim, ein Onkel von Klaus und Erika, war für die Musik zuständig; für Kostüme und Dekorationen zeichnete ein weiteres Dichterkind verantwortlich: Thea Sternheim.) Wieder endete die Premiere mit einem Theaterskandal. Erich Ebermayer, damals Dramaturg in Leipzig, berichtet: «Man prügelte sich noch lange in den schon dunklen Foyers.»[20] Doch diesmal war der Skandal nicht mit einem Erfolg gleichzusetzen.

Waren die Dichterkinder bei *‹Anja und Esther›* noch als Kuriosität belächelt worden, so schlug ihnen jetzt hart der Wind der Kritik entgegen. «Kindertheater» überschrieb Herbert Jhering seine Besprechung. «Kämpferische Ideen werden versüßlicht. Eine Limonadenjugend. Kindliche Greise. Für dieses Altersheim eine Generation verantwortlich zu machen, wäre absurd. Klaus Mann redet von

Generation und Epoche – aber er ahnt nicht einmal seine Altersgenossen.»[21] Ähnlich äußerte sich Erich Mühsam in der kommunistischen *Welt am Montag*: «Es geht nicht um den individuellen Fall Klaus Mann, es geht um den typischen Fall einer Sorte von Zwanzigjährigen, die nicht die Jugend repräsentieren, sondern das stagnierende Greisentum, das als klebriges Rudiment erledigter kultureller Ansätze mit unnützer Indolenz in die gärende, flutende, grundstürzende Gegenwart hineinschnarcht.»[22] Auch wohlwollende Kritiker wie Kurt Pinthus meinten, nun sollten die Dichterkinder erst einmal von der Bühne abtreten.

1926 lernte Klaus Mann in Paris Jean Cocteau kennen und war sogleich «fasziniert von der kühnen Bravour seines Virtuosentums, von der radikalen Unbedingtheit seines Ästhetizismus».[23] Cocteau pflegte stilvoll und kultiviert das Laster, er hatte homosexuelle Beziehungen und zelebrierte den Opiumgenuß. Der Bohemien und Exzentriker inszenierte sein Leben als Kunstwerk. Und er war eine einflußreiche Figur des literarischen Lebens, entdeckte junge Begabungen und lancierte noch unbekannte Künstler. Cocteau nahm sich auch Klaus Manns an. Dank seiner Vermittlung erschien der Roman *‹Alexander›* in Frankreich. Im Vorwort nannte Cocteau den Verfasser «einen meiner Landsleute, will sagen: ein junger Mann, der auf dieser Erde schlecht behaust ist und der geradewegs die Sprache des Herzens spricht».[24]

Cocteaus Roman *‹Die schrecklichen Kinder›*, 1929 erschienen, beginnt mit einer Schneeballschlacht. Paul wird von einem in einem Schneeball versteckten Stein seines Mitschülers Dargelos getroffen. Gérard bringt den Verletzten in die Rue Montmartre, wo er mit seiner Schwester Elisabeth wohnt. Hier haben sich die Geschwister eine Welt mit eigenen Gesetzen, Ritualen und Reliquien eingerichtet. «Das schöpferische Genie des Zimmers» bewirkt eine «gewitterschwüle Atmosphäre»: Die Kinder geben sich Wachträumen hin, lassen sich in den Zustand des Halbbewußtseins sinken und «verreisen». Diese Spiele sind ihre «geheimnisvolle Droge», die wie jede Droge Opfer fordert und wie jedes Rauschgift nach immer stärkeren Dosen verlangt. Einmal dem Spiel verfallen, fordert die Begierde immer schärfere Reize. Elisabeth, in der Geschwister-Beziehung die beherrschende Figur, sorgt dafür, daß die Spiele raffinierter und abgefeimter werden – mit der Unschuld der Kinder, «hemmungslos bis zum Verbrechen, unfähig, Gutes und Böses zu unterscheiden».

Neben Gérard wird die Waise Agathe in den Bannkreis der Geschwister gezogen. Elisabeths Heirat mit dem reichen Amerikaner Michael bleibt Episode: Die Ehe währt einen Tag, dann stirbt der Mann bei einem Autounfall. Die Erbschaft ermöglicht es den inzwischen Zwanzigjährigen, ihr absonderliches Leben fern der gesellschaftlichen Realität fortzuführen. Man bezieht die riesige Wohnung Michaels, Paul richtet sich in der Galerie hinter Wandschirmen das Zimmer aus der Rue Montmartre ein. Er hat sich in Agathe verliebt, deren Gesicht ihn an Dargelos erinnert. Aber Elisabeth läßt es nicht zu, daß sich jemand in die Geschwister-Beziehung drängt. Unter ihren Einflüsterungen heiraten Agathe und Gérard, obwohl beide in Wahrheit die Geschwister lieben. Gérard trifft auf der Straße Dargelos, der ihm ein Geschenk für Paul mitgibt: eine Giftkugel. Einst hatte er ihn durch die «weiße Kugel» verwundet; nun schickt er ihm die «schwarze Kugel» ins Haus. Sterbend gesteht Paul Agathe seine Liebe, die Intrige bricht zusammen. Und doch gelingt es Elisabeth, dem Bruder ein letztes Mal ihr Spiel aufzuzwingen: Sie erschießt sich neben ihm, den sie so noch im Tode an sich bindet.

Der Roman wurde sogleich nach seinem Erscheinen zum Kultbuch, was Cocteau nicht ohne Verärgerung registrierte: «Dieses Buch wurde zum Brevier der manischen Schwindler und der Verschrobenen, die offenen Auges schlafwandeln.»[25] Klaus Mann dagegen wurde von ihm als Geistesverwandter akzeptiert; er nahm ihn, der sich als Heimatloser und Entwurzelter fühlte, als einen seiner Landsleute auf: Weil sie dieselben abseitigen Bezirke des Lebens bewohnten. Auch Klaus Mann spürte die Affinität. Noch bevor die deutsche Übersetzung erschien, pries er Cocteaus Roman als Meisterwerk: «Les enfants terribles sind die Abseitigen, die Lebensunfähigen, die rührend Unmöglichen. Das Pathologische wird ins Märchenhafte, das Märchenhafte ins Pathetische, zur Tragödie hinüberstilisiert. Cocteau hat, wie in der Zeichnung Picasso, zum Mysterium der klarsten Linie zurückgefunden. Der Roman der Geschwister Elisabeth und Paul ist von magischer Einfachheit, durchsichtig konstruiert, ein Haus aus Glas.»[26]

Aus Puppenspiel wird Tragödie, auf diese prägnante Formel brachte

Klaus Mann den Romanverlauf. Theatermetaphern durchziehen das Buch. Im Geschwister-Zimmer «ragten die Betten auf, gleich einer Bühne. Die Beleuchtung dieser Bühne gab Veranlassung zu einem Vorspiel, das dem Drama unverzüglich seinen Ort anwies», heißt es bei Cocteau. «Elisabeth wartete, bis er soweit war; dann kam ihr Auftritt, und es erscheint unglaublich, daß sie vier Jahre hindurch allabendlich dasselbe Stück spielen konnten, ohne gleich anfangs alles aufzudecken.» Es sind nicht nur die Selbstinszenierungen und ritualisierten Spiele, auch der unerbittliche Gang des Schicksals erinnert an die innere Logik eines Dramas: Die Tragödie nimmt ihren Lauf. Am Schluß setzt Elisabeth den Revolver an die Schläfe und drückt ab. «Wie von einer Bombe zerrissen, zeigte die Umfriedung eine klaffende Wunde, und das heimliche Zimmer verwandelte sich in eine Bühne, die offen vor den Zuschauern lag.»
Im Juni 1930 begann Klaus Mann mit der Dramatisierung des Cocteau-Romans. Während der erste Teil des Romans zu einer Zeit spielt, als die Geschwister noch zur Schule gehen, setzt das Stück sechs Jahre später ein. Klaus Mann fügte Details aus eigenen Kindheitserinnerungen ein, füllte das Spiele-Repertoire kräftig auf. Die neckischen Kinderspiele bilden die bunte Fassade für ein raffiniertes System gegenseitiger Kränkungen und Verletzungen, aber auch gemeinsamer Traumphantasien. Diese Code-Wörter haben einen deutlich infantilen Beigeschmack: «Jetzt aber nicht-mehr-möga.» Die «Kinder» sind zwanzig Jahre alt, sie weigern sich, erwachsen zu werden, und entziehen sich den Forderungen der Realität. Deutlicher als in der Vorlage hat Klaus Mann diesen Punkt herausgearbeitet. Als Paul in der neubezogenen Wohnung Bilder aufhängt, auf der Rückseite der Ausschnitte Zeitungsberichte liest, dringen «Nachrichten aus einer anderen Welt» in das Zimmer ein. Es ist nur ein kurzer Moment, wo politische Vokabeln durch den Raum schwirren, dann wischt Elisabeth zornig die Irritation beiseite: Die Welt außerhalb des Zimmers, sie «gibt es überhaupt nicht». Bezeichnenderweise findet sich für diese Szene keine Entsprechung bei Cocteau. Klaus Mann ist zwar fasziniert von den Geschwister-Ritualen, aber er betont zugleich den Realitätsverlust und läßt einen kritischen Blick auf diese fremdartig-bizarre Welt zu. Die «Hieroglyphen der Kindheit», bei Cocteau nur aufgezeichnet, werden von ihm entziffert.

Man kann den Roman lesen als literarische Transponierung von Cocteaus unentschiedener Sexualität, ohne daß dies dem Autor bewußt war. Anders Klaus Mann: Er macht das Abhängigkeitsverhältnis der Geschwister, das Inzesttrauma sichtbar. Ihre verschworene Gemeinschaft ist der zum Scheitern verurteilte Versuch, eine unmögliche Liebe zu leben. Über diese Liebe wachen beide Geschwister voller Eifersucht. Aufschlußreich Pauls Reaktion, als er von Elisabeths Heiratsplänen erfährt. Ihn erregt der Gedanke: «Der Herr aus New York will Elisabeth anfassen!» (Aber sie läßt sich nicht anfassen, und mit der Hochzeit erfüllt sich Michaels Schicksal.) Pauls Liebe zu Agathe muß wiederum Elisabeth als Bedrohung erscheinen. Ihre Intrige rettet die hermetisch abgeschlossene Welt vor zerstörerischen Einflüssen, und ihr letztes Spiel mit dem Tod bringt die Vereinigung. In Klaus Manns Interpretation halten die Geschwister nun «Einzug in ihr eigentliches Reich, das der tödlichen Losgebundenheit; in dem endlich ihre ersehnte Hochzeit, die auf dieser Erde, die der Fortpflanzung dient, verboten, weil widersinnig, Ereignis werden darf».[27] Paul sagt den letzten Satz im Drama: «Jetzt dürfen wir uns endlich anfassen.»

Die Adaption des fremden Stoffs ist Klaus Mann bemerkenswert gelungen. Das Netz von symbolischen Motiven ist dichter geflochten als bei Cocteau. Die Todessucht, im Roman bereits vorgegeben – auf dem Spiegel im Zimmer steht geschrieben mit Seife: «Der Selbstmord ist eine Todsünde» –, ist im Theaterstück ständig präsent. Geschickt wird mit Verwandlungen der Szene gearbeitet. Das Hochzeitsfest wird abgebrochen, die Bühne dunkel; die Szene erhellt sich, dieselbe Gesellschaft, aber nun fehlt Michael, und Elisabeth trägt Trauer, «die genaue Kopie ihres Brautkleides in Schwarz». Die Verwandlung von weiß in schwarz ist Ausdruck dafür, daß sich das Schicksal erfüllt: Aus dem weißen Schneeball, dem «falschen Tod», wird die schwarze Kugel. Übrigens sieht der Schneeball, als Attrappe in den Reliquien-Fundus eingegangen, genauso aus wie die schwarze Kugel, nur kann man ihn nicht essen. Zu den Spielen der Kinder gehört, daß Elisabeth Paul mit Essen lockt, ihm es aber dann verweigert: symbolische Spiegelung des Inzesttabus. Und der Ball, die Giftkugel – ein letztes Beispiel dafür, wie die Symbole korrelieren – wird auch Apfel genannt: das biblische Motiv von Eros, Verführung und Verlust der Unschuld. Am Schluß nimmt Paul den giftigen Apfel. Selbstmord ist eine Todsünde ebenso wie «anfassen».

Der ursprüngliche Plan, in der Uraufführung das Geschwisterpaar von Klaus und Erika Mann spielen zu lassen, wurde verworfen. Die Premiere war trotzdem skandalträchtig: Das Publikum reagierte während der Aufführung mit Zischen und Pfiffen, so daß die Schauspieler fast abbrechen mußten. Der Tenor der Kritik: Das Stück sei «eine privatim sicherlich echt empfundene Arbeit»[28], aber es stelle einen «extravaganten Einzelfall» dar, nicht ein gesellschaftliches Symptom. Therese Giehse meinte rückblickend: «Zu dieser Zeit hatten die Leute andere Sorgen, als ein romantisch verträumtes Stück über eine Geschwisterliebe bedeutungsvoll finden zu können.»[29] (Die Giehse spielte in der Uraufführung die Haushälterin Marietta, die mit deftigem Mundwerk und im breiten Dialekt einen deutlichen Kontrast zur überempfindlichen, gekünstelten Gefühlswelt der Geschwister bildete.)

Nachzutragen ist, daß Anfang 1930, noch vor *‹Geschwister›*, ein weiteres Theaterstück von Klaus Mann in Bochum Premiere hatte. *‹Gegenüber von China›* spielt in einem amerikanischen College und verwertete Reiseeindrücke, nachzulesen in dem Bericht *‹Rundherum›*. Das Interesse des Autors galt offenbar weniger der dramatischen Handlung als der Weltanschauungsdebatte der Protagonisten. Robert Simon, ein schmächtiger und vergeistigter Student, hofft in Madeleine eine Gesinnungsgenossin zu finden: «Sie kommen aus den europäischen Großstädten, aus Berlin, aus Paris? So kennen Sie nur die Krankheit der Jugend, jene Krankheit, die problematisch und produktiv macht. Hier finden Sie nur ihre ordinäre Gesundheit.» Das Amerika-Bild, das Robert zeichnet, wird bestimmt von stumpfsinnigem Optimismus und Massenflucht in den Infantilismus. Die Jugend dieses Landes habe keine geistigen Ideale, so sein bitteres Fazit. Madeleine muß ihn enttäuschen: Sie ist froh, die «europäischen Qualen» in der Neuen Welt vergessen zu können.

Das Theaterstück ist kaum mehr als die blasse Illustration politischer Thesen. Bezeichnend, daß Klaus Mann in dem Essay *‹Zur Situation›* den Gegensatz zwischen europäischer und amerikanischer Jugend an Hand seiner Komödie abhandelt. Andererseits: Der Autor empfand sein Theaterstück, in dem er eine «Milieustudie» sah, als «letzten Endes autobiographisch». Man muß diese Bemerkung wohl so interpretieren, daß Klaus Mann, auch er ein «schwierig Vereinzelter», sich von der gesunden und gedankenlosen Jugend angezogen fühlte und die «Verliebtheit ins Kollektivum» bei sich beobachtete, zugleich aber um die Vergeblichkeit seines Werbens wußte.

‹Gegenüber von China› erschien ihm als eine Art Umdrehung seines ersten Schauspiels *‹Anja und Esther›*: «Dort brach in eine idyllisch abgeschlossene, schwierig verfeinerte Gruppe von Menschen ein Gesunder. Diesmal liegt der Fall umgekehrt, die Gesunden bilden die große Masse. Deshalb ist das Stück zeitgemäßer und hat eine frischere Luft.»[30] Doch muß man ergänzen: Nicht die frische Luft war das Lebenselement Klaus Manns, sondern die stickige Atmosphäre frühreifer Jugend, die dünne Luft des Ästhetizismus und der Dekadenz. «Mögen die Gesundheitsliteraten reden, was sie wollen. Das Pathologische bleibt potenziertes Leben», stellt Doktor Massis in dem Roman *‹Treffpunkt im Unendlichen›* fest, eine Auffassung, die auch Klaus Mann lange Zeit teilte. *‹Gegenüber von China›* ist der erste, noch wenig überzeugende Versuch einer Neuorientierung.

Zunächst aber wurden die alten Anschauungen einer Kritik unterzogen. Die Theaterskandale und die Presseresonanz – wobei das Feuilleton oft genug zur Klatschspalte verkam – hatten Klaus Mann lange Zeit glauben lassen, er habe etwas in der Welt bewegt. Nachdem der Sensationswert sich verflüchtigt hatte, wich der jugendliche Enthusiasmus einem eher nüchternen Blick. Klaus Mann wurde zu einem politisch denkenden, zeitkritischen Schriftsteller. In dem Roman *‹Treffpunkt im Unendlichen›*, 1932 erschienen, überfällt einen Theaterkritiker die Einsicht von der Nutzlosigkeit seines Tuns: «Da plagt man sich mit dieser verkrachenden Lustbarkeit, und woanders fallen die Entscheidungen.»

Aus der kritischen Beobachtung des Theaterbetriebs ist sein bekanntestes Werk erwachsen: *‹Mephisto›* ist die exemplarische Beschreibung eines Typus von Theaterkarrieristen. Thomas Mann urteilte, «daß das Gelungenste und kritisch-erzählerisch Glänzendste die Schilderungen aus dem Berliner Theater- und Literatenleben von vor dem Umsturz sind».[31] Und die faktische Aufhebung des rechtsgültigen Verbots wurde 1979 eingeleitet durch das Theater, durch Ariane Mnouchkines Dramatisierung. Damit wurde auf der

Bühne die gesellschaftliche Funktion des Theaters thematisiert. Die Bühnenfassung des Théâtre du Soleil verschneidet den Roman mit Klaus Manns autobiographischen Schriften und zitiert eine Szene aus *‹Anja und Esther›*. Der erste Teil endet mit einer Szene im Hause Thomas Brückners. Ein milder Herbstabend auf der Veranda, gebildete Gespräche und Hausmusik, ein bißchen Aufregung um Nichtigkeiten – Erika: «Haaah! Ich habe das deutliche Gefühl, es liegt ein Drama in der Luft!» Wehmütige Abschiedsstimmung kommt auf, und aufs Stichwort wird Tschechows *‹Kirschgarten›* im Familienkreis rezitiert. Während am Beispiel Höfgen / Gründgens die politisch und moralisch gefährliche Haltung gezeigt wird, den Erfolg auf dem Theater zum Lebensinhalt zu machen, zeigt die Familienszenarie Brückners / Manns, wie sich das Bürgertum in die Welt von Dekadenz und Melancholie flüchtet und so das Leben zum Theater verkommt. Mit dieser Haltung konnte man dem aufziehenden Faschismus nicht begegnen. Als das Ende der Weimarer Republik nahte, war auch Klaus Mann bewußt geworden: Die Zeit für romantische Illusionen war abgelaufen.

Stefan Zweigs Aufforderung, wieder etwas für die Bühne zu schreiben, beantwortete er zurückhaltend, verriet aber schließlich doch: Ein neues Theaterstück sei in Arbeit, «und diesmal bringe ich es unter anderm Namen heraus».[32] Das Drama *‹Athen›*, erschienen unter dem – zu Lebzeiten des Autors nicht aufgedeckten – Pseudonym Vincenz Hofer, lag Ende 1932 als Bühnenmanuskript vor. Eine Aufführungsmöglichkeit gab es, wenige Monate vor der nationalsozialistischen Machtergreifung, nicht mehr.

«Alles, was mit Sokrates zu tun hat, zieht mich besonders an (er ist einer meiner großen Lieblinge)», bekannte Klaus Mann einmal gegenüber Ludwig Marcuse.[33] Das Stück verknüpft mit dichterischer Freiheit historische Ereignisse, so daß Athen, «diese unersättlich alte Vergnügungssüchtige», an einem Tag zwei Sensationen erlebt: Der umjubelte Aufbruch zur kriegerischen Sizilien-Expedition, der Triumph des Alkibiades, fällt zusammen mit der (von ihm selbst provozierten) Verhaftung des Philosophen. Sokrates, das ist für Klaus Mann der großstädtische Intellektuelle, hochmütig, allein der Ratio verpflichtet. Seine Haltung zur Musik, die ihm als «das Verbotene» erscheint, zeigt gleich anfangs: Klugheit wird hier mit Verzicht erkauft. Man kann das Drama lesen als Bekehrung des Intellektuellen, der seinen Stolz überwindet und sich der Liebe öffnet. Am Ende seines Lebens, als er zur Musik gefunden hat, weiß Sokrates: Man soll die Vernunft nicht mehr lieben als das Leben selber. («Das Bild eines Sokrates, der den Logiker in sich überwand, des musiktreibenden Sokrates», dieses Motiv hatte Klaus Mann der Nietzsche-Monographie von Ernst Bertram entnommen.[34]) Aber es ist schon zu spät, nun ist der Philosoph bereits «nach dem Schwarzen durstig», und es verlangt ihn nach dem Schierlingsbecher. Todessehnsucht ist das andere Motiv, das Klaus Mann an diesem Stoff faszinierte. In seinem Exemplar von Nietzsches ‹*Geburt der Tragödie aus dem Geiste der Musik*› hatte er die Worte Silens an König Midas unterstrichen: Das allerbeste sei, nicht geboren zu sein; das zweitbeste, bald zu sterben.

Klaus Mann hat kein Historienstück geschrieben. Unverkennbar spielte ‹*Athen*› auf die aktuelle politische Situation an: Der von der Masse als Führer vergötterte Alkibiades hetzt das Volk auf zu einem imperialistischen Abenteuer; in seiner Rede klingen Nazi-Formulierungen an, und die aufgeputschte Menge fordert das Ende der Demokratie. Mit scheinbarem Zynismus beobachtet Sokrates, wie «die infamste und routinierteste Bosheit sich mit der biederen Mannestreue verbindet». Sein Gegenspieler Timon ist siegesgewiß, «da die Vernunft immer wieder zu vornehm sein wird, sich zur Wehr zu setzen». In Deutschland hatte man seit jeher gern über das Thema Geist und Macht debattiert und darüber die politische Praxis den anderen überlassen. Noch 1930 war Klaus Mann überzeugt: «Das Wort hat immer noch den Sieg davongetragen über die Macht»[35], doch die politische Entwicklung lehrte, daß der Glaube an die Vernunft naiv war. Hitler war mit sokratischen Prinzipien nicht beizukommen. Das Versagen der Intellektuellen in der Weimarer Republik wird, am Vorabend des Faschismus, in ‹*Athen*› kritisch reflektiert.

Im Exil war dann Wichtigeres zu tun, als Stücke zu entwerfen, für die es kein Theater gab. Erst 1942, ein Jahrzehnt später, als das Zeitschriften-Projekt *Decision* gescheitert war und er auf die Einberufung zur US Army wartete, konzipierte Klaus Mann wieder ein Theaterstück. Eine «Geisterkomödie» schwebte ihm vor; die erste Fassung trug den Titel ‹*The Dead Don't Care*›. Der Plot erinnerte an die Antinazi-Filme Hollywoods: Hinter der Fassade einer spiri-

tistischen Sekte verbirgt sich die fünfte Kolonne der Faschisten, die vom FBI-Agenten Brown entlarvt werden. Überarbeitet wurde das Stück 1946. Der Weltkrieg war «angeblich zu Ende», und das Drama erhielt einen neuen Titel: ‹*Der siebente Engel*›.
Der Krieg ist vorbei, vom Frieden aber nichts zu spüren – gute Zeiten für obskure Sekten, Erweckungsprediger und Spiritisten. Die weltweit operierende Vanstraaten-Gesellschaft blüht und gedeiht. Schauplatz ist eine kleine, vom Festland abgeschlossene Insel, ein seltsames Kloster, ähnlich wie das Stift in ‹*Anja und Esther*›. Die Exposition wird nahezu identisch entwickelt. Dem Zuschauer wird eine «Generalprobe» vorgeführt: Die Kinder, kostümiert und maskiert, üben den «Locktanz» für die abendliche Séance; heftig umstritten ist, ob die blöde Jane als siebenter Engel mit der Posaune auftreten darf. Mitten in die Geisterbeschwörung, Ende des ersten Aktes, platzt ein Fremder, bricht bewußtlos zusammen und sieht sich am nächsten Morgen mit einer merkwürdigen, mit eigenen Gesetzen und Ritualen ausgestatteten Welt konfrontiert. Auch dieses Muster ist aus ‹*Anja und Esther*› bekannt. Doch inzwischen geht Klaus Mann souveräner mit den szenischen Mitteln um, kann aus der Situation komödiantische Funken schlagen. Nicht zufällig heißt der Gestrandete Till; er ist ein Eulenspiegel, der sich einen Spaß daraus macht, Vera eine neue Eingebung zu verschaffen: Die Welt kann und muß gerettet werden, es fehlt nur ein umfassendes politisch-ökonomisches Programm.
‹*Der siebente Engel*› ist ein Zeitstück. Die prophezeite kosmische Explosion war nach dem Abwurf der ersten Atombombe auf Hiroshima zur konkreten Bedrohung geworden. Die Angst, «daß dieser Planet demnächst zugrunde gehen wird», verschaffte den Heilsbringern und Kündern des Jenseits Konjunktur. Doch «die Apokalypse, in deren Schatten wir verängstigt leben, ist Menschenwerk». Politiker und Wirtschaftsbosse, höchst reale und weltliche Mächte, tragen die Verantwortung, wenn es zum großen Knall kommt. Das Stück ist ein Aufruf zum Widerstand, auch gegen jene Prediger, die den Untergang geradezu herbeisehnen. Solche ideologischen Strömungen sind – kostümiert im Gewand fernöstlicher Religion – unvermindert aktuell. «Rechtsherum im Rückwärtsschritt / tanzt man jetzt den Apocalypso und alle taumeln mit», singt Udo Lindenberg, und gegen diese Haltung wendet sich auch Klaus Mann. ‹*The Dead*

Don't Care›, das meint: Den Toten ist alles egal, die Lebenden jedoch haben eine Aufgabe.
Das politische Verkündungsdrama, das ist die eine Ebene des Stücks. Die Handlung läuft vor einer bunten Pappmaché-Kulisse ab, eine Abenteuer- und Liebesstory, dazu ein paar komödiantische Einlagen: Kindsanna und Küchenanna, das Personal, das sich beschwert, vom Wissen um die mysteriösen Dinge ausgeschlossen zu sein; die sechs Kinder, wahrlich Früchte der okkulten Pädagogik, die einen Mord in aller Unschuld ausführen. Satirische und poetische Elemente gehen hier eine eigentümliche Verbindung ein: Auf die Johannes-Offenbarung wird im Text selbst verwiesen; «meine Engelkunde», bekannte Klaus Mann dem Vater, «stammt teils von Rilke, teils von Gide und Cocteau».[36] Auch wenn er sich über okkulten Spuk mokiert, Magie ist für ihn keine bloß lächerliche Angelegenheit. Nimmt man dem Stück alles schmückende Beiwerk und reduziert es auf den Kern, ergibt sich folgende Geschichte: Das Meer wirft einen Gesunden auf die Toteninsel. Mit seiner Liebe versucht Till, Vera aus dem Geisterreich hinüberzuretten ins Leben. Er wird von der Andachtsklippe gestürzt und findet den Tod; sie wird von der Krankheit zum Tode geheilt und wird neues Leben gebären. So leichtgewichtig das Theaterstück daherkommt, seine innere Tendenz weist auf den Mythos.
Als Klaus Mann das Stück entwarf, hatte die Krankheit zum Tode sich bei ihm bereits eingenistet. «Ich schreibe ein Stück für die Schaubühne und bin auch sonst des Lebens gründlich müde», heißt es in einem Brief.[37] Die optimistische Lebensbejahung, «der strahlende Till» des Stücks, das sei «echtester Klaus», schwärmte Erika Mann[38], und doch hat der Autor sich hier wohl selbst betrogen. Wie sehr er sich die positive Aussage abgerungen hat, zeigt sich schon daran, daß sich im Nachlaß verschiedene Schlußversionen für ‹*Der siebente Engel*› befinden. In einer Variante führt die blöde Jane Till zur Andachtsklippe, und er stürzt von selbst hinab in den Tod.[39] In einer anderen Version geleiten ihn die drei Professoren zu der Klippe, um ihn in Judiths Auftrag zu töten; aber im Schlußbild tritt Till unversehrt wieder auf, zu Tode stürzt sich statt seiner die unglückliche Jane, und Till wird – gemeinsam mit Vera und den Kindern – tatenfroh in die normale Welt außerhalb der Insel zurückkehren.[40] Dieses Happy-End erschien Klaus Mann allzu einfach und

unglaubwürdig, und er verwarf die Fassung wieder. Die dritte (im vorliegenden Band gedruckte) Fassung endet statt dessen mit der Ermordung Tills durch die sechs Kinder und der Ankündigung neuen Lebens in Gestalt des «siebenten Engels». Doch der Optimismus von Veras Schlußworten wirkt bei allem Pathos seltsam verzagt, als müsse sich der Autor zu solcher biblischen Zuversicht selbst zwingen.

In seinem Roman ‹*Der Vulkan*› (1939) taucht ein «Engel der Heimatlosen» auf, der an die Emigranten appelliert: «Bewahrt euch die Hoffnung! Steht auf eigenen Füßen!» Im Kampf gegen den Hitler-Faschismus hatte Klaus Mann aus dem Engagement Kraft und Hoffnung bezogen. Als nach dem Sieg das Bündnis zwischen West und Ost, zwischen Demokratie und Sozialismus sich in den Kalten Krieg verwandelte, mit dem Abwurf der ersten Atombombe die totale Vernichtung der Welt vor Augen rückte, vermochte Klaus Mann der Resignation nichts mehr entgegenzusetzen. Mindestens einen gescheiterten Selbstmordversuch hatte er schon hinter sich, als er am 21. Mai 1949 an einer Überdosis Schlaftabletten starb.

Dem Dramatiker Klaus Mann war kein dauerhafter Ruhm beschieden. Sechs Theaterstücke hat er geschrieben. Zwei tauchen ab und zu in den Spielplänen auf: ‹*Anja und Esther*› und ‹*Geschwister*›. Zwei Theatertexte, ‹*Revue zu Vieren*› und ‹*Gegenüber von China*›, vom Autor selbst als «intellektuelle Sketche» verstanden, dürften heute wohl nur mehr zeithistorisches Interesse beanspruchen. Zwei Stücke sind bis heute ungespielt, ihre Bühnenwirksamkeit ist noch nie erprobt worden: ‹*Athen*› und ‹*Der siebente Engel*›. Es sind keineswegs nebensächliche Jugendwerke, sondern ausgereifte Bühnenwerke: An Dialog und Dramaturgie hat der Autor jahrelang gefeilt. Daß die Uraufführung noch aussteht, mag einen ganz banalen Grund haben: Beide Stücke waren bislang unveröffentlicht und deshalb nur Kennern des Nachlasses bekannt.

«Habe das Theater immer geliebt – wie fast alle geistigen Deutschen. Der alte deutsche Wilhelm-Meister-Komplex.» Stichworte zu einem Vortrag, den Klaus Mann während der ersten Exil-Jahre in der Tschechoslowakei hielt.[41] Da waren die hochfliegenden Theaterpläne des jungen Autors bereits verflogen, doch «das leidenschaftliche Interesse ist geblieben», bekannte er. Mag sein, daß dies eine unglückliche Liebe war, vom Theater nicht recht erwidert. Obwohl seine Stücke heute nur selten im Repertoire unserer Bühnen auftauchen, lohnt doch ein kritischer Blick auf diesen Zweig der literarischen Produktion des Autors: In seinen Theaterstücken hat Klaus Mann in verschiedenen Phasen seines Lebens Zeitgefühl und Weltanschauung zu formulieren versucht. Sein Theater-Roman ‹*Mephisto*› ist allgemein bekannt, der Dramatiker ist erst noch zu entdecken.

Michael Töteberg

ANMERKUNGEN

1 Klaus Mann: Kind dieser Zeit. Reinbek 1967, S. 121
2 Vgl. Michel Grunewald: Klaus Mann. Bern, Frankfurt/M., New York 1984, Bd. 2, S. 635
3 Klaus Mann: Der Wendepunkt. Reinbek 1984, S. 165
4 Thomas Mann: Briefe an Ernst Bertram aus den Jahren 1910–1955. Pfullingen 1960, S. 135
5 Das Gerücht wurde kolportiert vom «Neuen Wiener Journal» am 19. 2. 1926. Thomas Manns Stellungnahme erschien am 4. 3. 1926
6 Thomas Mann: Briefe an E. Bertram, a. a. O.
7 Thomas Mann: Briefe 1889–1936. Frankfurt/M. 1978, S. 249
8 Klaus Mann: Briefe und Antworten 1922–1949. München 1987, S. 27
9 Anonym: Klaus Manns Stück im Raimund-Theater. In: «Die Stunde», Wien, 10. 3. 1926
10 Paul Geheeb, Leiter der Odenwaldschule, glaubte sich in der Erzählung «Der Alte» porträtiert und protestierte bei Thomas Mann, der ihn zu beruhigen versuchte: Klaus habe geglaubt, «starke Eindrücke der Wirklichkeit mit Erfundenem dichterisch vermischen zu dürfen». Nach einem Briefwechsel mit Klaus Mann im Mai/Juni 1925 nahm Geheeb keinen Anstoß an der Figur des Alten in «Anja und Esther».
11 Klaus Mann: Briefe, a. a. O., S. 18
12 Olga Herschel: Theater der Jugend. In: «Hamburger Stimmen» (Zeitungsausschnitt im Klaus Mann Archiv, ohne nähere Angaben)
13 M. A. M.: Klaus Mann: Anja und Esther. In: «Hamburger Fremdenblatt», 23. 10. 1925
14 Carl Müller-Rastatt: Viel Lärm um nichts. In: «Hamburgischer Correspondent», 23. 10. 1925
15 Vgl. die Notiz: «Anja und Esther» und ein Gesunder. In: «Der Querschnitt», Dezember 1925, S. 1075
16 Rudolf Schneider: Dichterkinder. In: «Frankfurter Zeitung», 28. 10. 1925
17 Herbert Jhering: Von Reinhardt bis Brecht. Berlin/DDR 1959, Bd. 2, S. 192
18 Jacob Geis, in: «Die Scene», 1926, Heft 3, S. 86
19 Klaus Mann: Woher wir kommen und wohin wir müssen. München 1980, S. 18
20 Erich Ebermayer: Eines Freundes Tod (Zeitungsausschnitt im Klaus Mann Archiv, ohne nähere Angaben)
21 Herbert Jhering: Von Reinhardt ..., a. a. O., S. 266

22 Erich Mühsam: Der Fall Klaus Mann. In: «Welt am Montag», 8.8.1927
23 Klaus Mann: Der Wendepunkt, a.a.O., S. 219
24 Jean Cocteau: Vorwort. In: Klaus Mann: Alexander. Reinbek 1983, S. 7
25 Zit. nach Jean-Jacques Kihm u.a.: Jean Cocteau. München, Wien, Basel 1970, S. 165
26 Klaus Mann: Auf der Suche nach einem Weg. Berlin 1931, S. 231. – Cocteaus Roman wird hier zitiert nach der Übersetzung von Friedhelm Kemp, erschienen unter dem Titel «Kinder der Nacht», Stuttgart 1985
27 Klaus Mann: Auf der Suche..., a.a.O., S. 233
28 R. Elsner (Hg.): Das deutsche Drama in Geschichte und Gegenwart. Berlin 1931, S. 241
29 Therese Giehse: «Ich hab nichts zum Sagen». Reinbek 1973, S. 31
30 Klaus Mann: Selbstanzeige. In: «Die Scene«, 1929, Heft 12, S. 353
31 Klaus Mann: Briefe, a.a.O., S. 273 f
32 Ebd., S. 83
33 Ebd., S. 580
34 Zu Klaus Manns Quellen vgl. Fredric Kroll: Vor der Sintflut. Klaus-Mann-Schriftenreihe, Bd. 3. Wiesbaden 1979, S. 195
35 Klaus Mann: Auf der Suche..., a.a.O., S. 111
36 Klaus Mann: Briefe, a.a.O., S. 393
37 Ebd., S. 491
38 Erika Mann: Briefe und Antworten. Bd. 2. München 1985, S. 175
39 Typoskript im Klaus Mann Archiv
40 Typoskript im Archiv des Europa Verlags, Zürich
41 Klaus Mann: Junges Theater. Rede für den Bühnen-Club. Typoskript im Klaus Mann Archiv

Klaus Mann

Mephisto
Roman einer Karriere. rororo 4821

Der Vulkan
Roman unter Emigranten. rororo 4842

Symphonie Pathétique
Ein Tschaikowsky-Roman. rororo 4844

Flucht in den Norden
Roman. rororo 4858

Treffpunkt im Unendlichen
Roman. rororo 4878

Kind dieser Zeit
rororo 4996

Alexander
Roman einer Utopie. rororo 5141

Erika und Klaus Mann
Rundherum
Abenteuer einer Weltreise. rororo 4951

Der Wendepunkt
Ein Lebensbericht. rororo 5325

André Gide
und die Krise des modernen Denkens. rororo 5378

Der fromme Tanz
Roman
rororo 5674

rororo

C 1048 / 9

Heinrich Mann

Die Jugend des Königs Henri Quatre
Roman
rowohlt jahrhundert Band 017

Die Vollendung des Königs Henri Quatre
Roman
rowohlt jahrhundert Band 018

Professor Unrat
Roman
rororo 35

Heinrich Mann
in Selbstzeugnissen und Bilddokumenten
dargestellt von Klaus Schröter
rowohlts monographien Band 125

rororo

C 156/2

Jean Genet

«Genets Sprache bewirkt zunächst, was jede Phantasie bewirken will: sie leugnet die gemeine, banale Wirklichkeit, die für Genet «Eure Welt» heißt und die er verachtet. Sie schafft «einen köstlichen und grausamen Platz», der vor dem Wahnsinn der Menschheit sicher ist. Gleichzeitig aber objektiviert sie die Phantasie nach eigenem Gesetz und auf besondere Art: Genet schreibt «die Sprache der Mystiker aller Religionen, jene Sprache, die sie verwenden, um von ihren Mysterien zu sprechen.» (Jost Nolte)

Querelle
Roman (1684)

Notre-Dame-des-Fleurs
(1870)

Briefe an Roger Blin
Der Seiltänzer
Das kriminelle Kind
(4030)

Alle Dramen
(5115)

Tagebuch eines Diebes
(5116)

rororo

C 902/12

Nicolas Born

Die Fälschung
Roman
420 Seiten. Gebunden und als
rororo 5291

Die Welt der Maschine
Aufsätze und Reden
224 Seiten. Broschiert

Gedichte
Sonderausgabe.
240 Seiten. Gebunden und als
rororo 4780 unter dem Titel
Gedichte 1967-1978

Täterskizzen
Erzählungen
256 Seiten. Gebunden und als
rororo 5971

**Die erdabgewandte Seite
der Geschichte**
Roman
rororo 4370

rororo

C 961/20

Literatur für Kopf Hörer

«Es ist eines, ein Buch zu lesen. Es ist ein neues und recht andersartiges Erlebnis, es von einem verständigen Interpreten mit angenehmer Stimme vorgelesen zu bekommen.»
Rudolf Walter Leonhardt, DIE ZEIT

Bruno Ganz liest Albert Camus
Der Fall
Deutsch von Guido Meister.
3 Tonbandcassetten im Schuber mit je 90 Minuten Spieldauer
(66000)

Eva Mattes liest Roald Dahl
Küßchen, Küßchen
Die Wirtin, Der Weg zum Himmel, Mrs. Bixby und der Mantel des Obersten
Deutsch von Wolfheinrich von der Mülbe.
1 Tonbandcassette im Schuber mit 90 Minuten Spieldauer
(66001)

Erika Pluhar liest Elfriede Jelinek
Oh Wildnis, oh Schutz vor ihr
Keine Geschichte zum Erzählen
1 Tonbandcassette im Schuber mit 90 Minuten Spieldauer
(66002)

Produziert von Bernd Liebner

Rowohlt
Cassetten

C 2321/2